Un baiser interdit

*

Eprise de son patron

*

Seconde chance pour leur amour

JESSICA LEMMON

Un baiser interdit

Traduction française de
FLORENCE MOREAU

HARLEQUIN

Titre original :
HIS FORBIDDEN KISS

Ce roman a déjà été publié en 2020

HARPERCOLLINS FRANCE
83-85, boulevard Vincent-Auriol, 75646 PARIS CEDEX 13
Service Clients — www.harlequin.fr
ISBN 978-2-2805-0545-1

Édité par HarperCollins France.
Composition et mise en pages Nord Compo.
Imprimé en avril 2024 par CPI Black Print (Barcelone)
en utilisant 100% d'électricité renouvelable.
Dépôt légal : mai 2024.

FSC www.fsc.org MIXTE Papier issu de sources responsables FSC® C159065

Pour limiter l'empreinte environnementale de ses livres, HarperCollins France s'engage à n'utiliser que du papier fabriqué à partir de bois provenant de forêts gérées durablement et de manière responsable.

1

Le cœur cognant à tout rompre et ses escarpins claquant sur le marbre, Taylor Thompson courait aussi vite que le lui permettait sa longue et lourde robe Versace ornée de perles. Elle l'avait achetée spécialement pour le gala de la Saint-Valentin qui se tenait à River Grove, et il fallait convenir que c'était une tenue des plus extravagante, même pour un événement aussi important que celui de cette soirée. Cependant, elle n'avait pas imaginé un instant que cette robe entraverait sa fuite : en effet, la jupe fuselée lui serrait un peu plus les chevilles à chaque pas rapide qu'elle faisait.

Remontant l'ourlet jusqu'aux mollets, elle évita soigneusement les toilettes qui fourmillaient probablement d'autres femmes sur leur trente et un, et fonça droit vers les vestiaires.

Mais, quand elle en referma la porte, elle se rendit compte qu'elle se trouvait en réalité dans un espace exigu et sombre qui ressemblait davantage à un cagibi.

Peu importe ! Elle avait juste besoin de trente secondes pour reprendre ses esprits, à l'abri des regards, sans avoir à feindre qu'elle ignorait la demande en mariage qui l'attendait.

En l'occurrence une demande en mariage !

À l'exception de l'année où elle était partie en vacances à Miami avec des amies de l'université, elle assistait au gala tous les ans : elle ne s'en réjouissait pas particulièrement, mais n'avait jamais envisagé l'idée de ne pas s'y rendre. C'était son devoir, à l'instar de toute la jeunesse dorée de River Grove.

Sa famille avait contribué à la construction de la ville, ainsi que celle de Brannon Knox, son compagnon attitré, ce soir. Les Thompson et les Knox étaient également connus pour avoir créé l'une des plus grandes sociétés high-tech du pays, ThomKnox Group, fondée par feu son père, Charles, et Jack, celui de Brannon, vingt-six ans plus tôt : elle était alors âgée de deux ans.

De toute évidence, Brannon espérait à l'occasion de ce gala établir une fusion d'une tout autre nature entre les deux familles.

Mais enfin, Brannon, qu'est-ce qui te prend ?

Pour être équitable, elle aurait dû se poser exactement la même question. Quand il lui avait demandé de l'accompagner au gala, elle n'avait pas eu le cran de refuser, mais s'était promis que ce serait la dernière fois et qu'elle aurait ensuite avec lui la discussion qui s'imposait depuis déjà trois semaines. Un tête-à-tête durant lequel elle lui dirait une phrase du type : « Ça ne marche pas entre nous, restons juste amis. »

Consciente qu'elle ne pouvait passer le reste de la soirée enfermée dans le cagibi, elle passa en revue les options qui s'offraient à elle. Il n'était pas concevable qu'elle se réfugie dans les toilettes et se retrouve face à Mme Mueller ou Patsy Sheffield. Certes, elles étaient fort gentilles et force était de reconnaître qu'elles avaient été adorables avec elle depuis le décès de son père, l'automne dernier, mais elles avaient aussi la langue bien pendue, et elle n'avait aucune envie que la ville entière sache qu'elle fuyait son « fiancé » en se cachant dans les toilettes ! Patsy et Mme Mueller auraient probablement lancé cette rumeur avec allégresse.

Mais pouvait-on réellement parler de rumeur, puisque c'était la vérité ?

Si son père n'avait pas récemment perdu son combat contre le cancer, elle n'aurait jamais accepté les invitations à dîner de Brannon. Ils se connaissaient depuis toujours, et n'avaient jamais été attirés l'un par l'autre.

Cependant, ce ne serait pas une partie de plaisir de le lui expliquer. *Désolée, Bran, je suis sortie avec toi juste parce que j'étais triste et que d'une certaine façon j'espérais que mon père, dans sa tombe, s'en réjouirait.* Et à présent qu'une bague de fiançailles était en jeu, la scène serait encore plus pénible : elle était pourtant incontournable et ce, avant qu'il ne la demande en mariage !

— La barbe ! marmonna-t-elle.

Poings serrés, elle donna un coup de talon dans le sol. Quelle frustration ! Sans compter qu'il régnait une chaleur épouvantable dans ce réduit qui semblait se refermer tel un piège autour d'elle.

Résolue à trouver une cachette plus spacieuse pour réfléchir, elle saisit la poignée, la tourna une fois, puis deux... Sans résultat. La troisième ne fut pas non plus la bonne, la serrure, ancienne, étant bel et bien bloquée.

— Et zut !

Elle sentit alors de la sueur couler sur son front, tandis qu'elle s'acharnait en vain sur la poignée. Comme elle regrettait de ne pas avoir pris sa pochette ! Pourquoi avait-il fallu qu'elle la laisse sur la table, et en confie la garde à Addison ? Au moins, elle aurait pu s'éclairer à l'aide de son portable.

Elle n'était pas particulièrement claustrophobe, mais l'idée de suffoquer dans un cagibi ou celle de s'évanouir suite à une crise de panique n'était ni l'une ni l'autre réjouissante.

Elle aurait dû prendre la situation en main dès l'instant où elle avait surpris Brannon en train d'admirer, dans un coin reculé, une bague de chez Tiffany & Co, logée dans un écrin bleu. Où était donc la machine à remonter le temps dont elle avait besoin ?

Elle tendit l'oreille afin de percevoir de la musique, ou des voix : hélas, pas un seul son ne filtrait dans sa nouvelle demeure complètement insonorisée. Renonçant à la poignée, elle recula en vue de défoncer la porte quand celle-ci s'ouvrit brusquement, avec une facilité déconcertante.

Dans l'encadrement se dessina alors une haute silhouette à la carrure imposante dans un smoking noir ; et au-dessus de ses mâchoires carrées, elle imagina instantanément les sourcils froncés de « l'apparition ».

En l'occurrence le frère aîné de Brannon !

— Taylor ? Mais qu'est-ce que tu fiches là-dedans ?

C'était avant tout de la curiosité que traduisait le ton de Royce

Knox. Bien qu'il l'ait effrayée au-delà du dicible, elle poussa un grand soupir de soulagement.

— Royce, merci, vraiment !

Et elle l'agrippa par les avant-bras.

Immédiatement, elle perçut les muscles sous le tissu de sa veste, la sinuosité qui les rendait si attirants. Des années plus tôt, elle avait trébuché en regagnant la limousine de son père, lors de ce même gala, et il s'était trouvé là pour la rattraper : elle avait seize ans quand elle avait saisi ses bras pour la première fois. Ils n'étaient pas aussi impressionnants qu'aujourd'hui, mais les curieux frissons qui lui parcouraient actuellement les reins étaient en revanche les mêmes qu'à l'époque. Impossible de le nier : elle avait toujours été attirée par Royce, il exerçait sur elle une fascination totale.

Elle n'avait pas manqué de remarquer le visage désapprobateur de son père, après la soirée, et il l'avait d'ailleurs priée en termes très clairs de se tenir à l'écart de l'aîné des frères Knox.

— Il est bien trop âgé pour toi.

Car c'était Brannon, le cadet moins ténébreux, qu'il avait toujours souhaité unir à sa fille…

Taylor lâcha brusquement Royce, hésitante, ne sachant trop ce qui lui était le plus préjudiciable : se conformer sans se poser de questions aux vœux de son père, et se fiancer à Brannon, ou céder à l'indéniable attirance qu'elle éprouvait pour Royce. Car en dépit de tout, celle-ci était bien palpable, le sang dans ses veines en courait plus fort…

— J'ai cru que j'allais mourir dans ce réduit, marmonna-t-elle.

Royce émit alors un curieux grognement.

— Aucun risque, Bran te cherche partout.

— Je sais, dit-elle.

Et imaginant la bague de fiançailles, elle sentit son estomac se contracter.

— Mais c'est la dernière fois que je sortais avec lui ce soir.

— Pardon ? questionna-t-il d'un ton alarmé.

Il ne put en dire davantage, car une autre voix l'interrompit : celle de Bran dans le corridor.

— Quelqu'un aurait-il vu Taylor ?

Comme le cagibi dans lequel elle avait trouvé refuge se trouvait dans un angle, Bran ne l'avait pas encore vue, pas plus qu'il n'avait repéré son frère.

Incapable de l'affronter, elle entraîna Royce à l'intérieur du réduit et en referma la porte derrière eux : elle préférait encore suffoquer ici que de faire face à l'homme qui s'apprêtait à s'agenouiller devant elle pour une demande en mariage.

— Hé ! protesta Royce en entendant le déclic du pêne.

Elle lui plaqua alors la main sur la bouche, notant au passage qu'il était rasé de près, comme toujours. Il voulut lui saisir le poignet, mais s'immobilisa devant le « chut » implorant qu'elle lui lança. Ils se contentèrent alors d'écouter les bruits à l'extérieur, le cœur de Taylor battant jusque dans ses oreilles ; elle perçut malgré tout la voix de Brannon qui s'éloignait, alors qu'il poursuivait ses recherches.

Un soupir de soulagement lui échappa, et deux réalités s'imposèrent alors à elle : de ses doigts vigoureux, Royce lui tenait d'une part le poignet, de l'autre une douce chaleur s'en dégageait.

Royce entendit brusquement Taylor lui confier d'une voix empreinte de nostalgie :

— C'est à ce gala que mes parents se sont fiancés. Le soir de la Saint-Valentin. Maman a toujours affirmé que ça avait été la soirée la plus romantique de sa vie.

Il ne voyait pas son expression dans la pénombre, mais il devinait qu'elle reflétait de la tristesse et il éprouva alors une empathie totale envers Taylor et sa mère. Le décès de Charles avait été une dure épreuve pour tous, les Knox et les Thompson formant quasiment une famille depuis que Royce était à l'école primaire.

— C'est sans doute pour cette raison qu'il a fait ça, reprit-elle.

Avait-elle donc découvert la « surprise » que son frère lui réservait ? La confirmation fut rapide, car elle ajouta :

— Je veux dire Brannon.

Avec douceur, il écarta la main de Taylor de sa bouche, et son parfum délicat lui titilla alors le nez. Elle sentait terriblement bon, cela l'avait frappée chez elle, les rares fois où il avait eu l'occasion de se trouver tout près d'elle. Charles avait en effet toujours veillé à ce qu'ils ne se côtoient pas.

— Donc tu es au courant, pour sa demande en mariage ?

— Oui, depuis très peu de temps.

Et elle ne semblait absolument pas s'en réjouir, ce qui ne manqua pas de l'étonner : pourquoi au juste sortait-elle avec son jeune frère depuis environ trois semaines ? Quand Brannon lui avait montré la bague, il avait immédiatement réagi de manière défavorable, mais il était vrai que son frère suivait les élans de son cœur alors que lui, Royce, était un homme bien plus calculateur, aussi lui avait-il répondu que l'affaire lui semblait précipitée.

— C'est trop tôt, déclara Taylor en écho à ses pensées.

Et il aurait juré que ses paroles lui procurèrent un certain soulagement. La demande en mariage de son frère était bel et bien une erreur, il fallait sortir ensemble plus de trois semaines avant de faire le grand pas et de s'engager pour la vie.

— C'était censé être une surprise, reprit-il malgré tout. Qui te l'a dévoilée ?

— J'ai vu Bran en train d'admirer la bague.

— Il est vrai qu'elle est magnifique, reconnut Royce.

Ce diamant monté en solitaire devait avoir un nombre insensé de carats.

— Il te l'a montrée ? s'enquit-elle d'un ton presque angoissé.

Lui relâchant le poignet, il chercha à tâtons l'interrupteur. Quand la lumière inonda le cagibi, trois choses le frappèrent : les cintres vides autour d'eux, les corbeilles contenant des décorations de Noël, et l'expression de Taylor, à la fois belle et désemparée. Il était habitué à sa beauté, mais jamais il n'avait vu de désarroi sur ses traits.

Avec sa longue chevelure blond foncé relevée pour l'occasion en un chignon, ses lèvres fardées d'une nuance rose foncé, elle était l'incarnation parfaite de la classe fortunée à laquelle elle et lui appartenaient. Tous deux étaient coutumiers de ce genre de soirée, où ils devaient apparaître sous leur meilleur jour pour la plus grande joie de leurs aînés. Chez lui, c'était d'ailleurs une seconde nature de toujours se montrer impeccable, aussi bien au travail que dans la vie, et il avait la sensation qu'il en allait de même pour Taylor.

En l'occurrence, sa robe pailletée ne pouvait masquer le sérieux qui la corsetait, ni le côté glamour de sa tenue dissimiler toute l'ambition qui était la sienne. Et en ce sens, elle ne lui semblait pas du tout assortie à son jeune frère. D'ailleurs, ils se connaissaient tous depuis si longtemps, qu'elle était pour eux plutôt une jeune sœur, comme Gia, la troisième de leur fratrie. Et d'ailleurs, comment aurait-il pu la considérer autrement ? Charles, son père, avait clairement estimé qu'elle ne lui était pas destinée.

Toutefois, face à la détermination affichée par Bran pour la demander en mariage, il avait pensé qu'au fond il ne connaissait pas aussi bien qu'il le croyait le lien qui unissait Bran à Taylor ; après tout, c'était peut-être de l'amour.

Seulement voilà : Taylor ne ressemblait pas du tout à une femme amoureuse, réfugiée dans ce réduit, avec sa respiration haletante, et cette angoisse qui lui étranglait la voix. Une conclusion s'imposait : il n'était pas le seul à penser que ce mariage n'était pas une bonne idée.

— Il fait chaud, ici. Essaie d'ouvrir, s'il te plaît, dit-elle.

Et sans attendre qu'il obtempère, elle voulut s'en charger, mais sans succès de sorte qu'elle finit par donner un coup sur la porte.

Désireux que l'anxiété de Taylor redescende, il posa la main sur son épaule.

— C'est un club rempli de monde, quelqu'un va venir d'une minute à l'autre. Reprends ta respiration.

— Je ne peux pas. Je porte un Spanx.

Un quoi ? Bref, peu importait. Il retint un sourire quand il la vit vaillamment ouvrir la bouche pour suivre ses conseils.

— Fais un petit effort, l'encouragea-t-il. On va y arriver. Imite-moi.

Sur ces mots, il se pencha un peu en avant pour être à sa

hauteur, oubliant que ce soir elle portait des talons hauts de sorte que ses lèvres lui arrivaient au menton.

Leurs yeux se croisèrent, et il prit la mesure du tumulte qui agitait ses prunelles couleur noisette.

— Respire à la même cadence que moi, lui dit-il de la voix la plus affable possible.

Elle émit un soufflement tremblotant avant de reprendre à nouveau sa respiration, sa bouche formant un O. Elle recommença, mais cette fois-ci une larme roula sur sa joue.

— Je ne veux pas le blesser, Royce, dit-elle en agrippant le revers de sa veste.

— Je sais.

En réalité, il n'en savait rien du tout, mais jugea préférable d'acquiescer.

— C'est la faute de papa, si j'ai accepté de sortir avec Bran, la première fois.

Et elle tira un peu plus fort sur sa veste.

— Je n'aurais jamais dû laisser les choses aller si loin, poursuivit-elle. Bran est adorable et serait sans doute un parti idéal, mais…

Elle secoua la tête.

— En fait, je m'apprêtais à mettre un terme à cette mascarade ce week-end et, si je suis venue ce soir, c'était juste par politesse.

— Tu n'as pas à te justifier.

Fronçant les sourcils, elle répéta :

— Je ne veux pas le blesser.

Ce fut alors qu'elle plongea les yeux dans les siens et qu'il y vit de la culpabilité.

— Taylor, on n'accepte pas une demande en mariage par politesse.

Passant le doigt sous son menton, il lui inclina la tête légèrement en arrière, pour qu'elle comprenne bien le message.

— Et peu importe ce que ton père souhaitait, ajouta-t-il.

Elle hocha la tête, sans grande conviction, et sans lâcher le revers de son smoking. À cet instant, il aurait pu reculer, mais il n'en fit rien, heureux que pour une fois elle lui accorde toute son attention.

— Tout va bien se passer, tu vas voir, lui assura-t-il encore.

Il s'apprêtait à lui offrir d'autres généralités et platitudes, mais ce qui était sur le bout de sa langue ne devait jamais sortir de sa bouche...

Car à cet instant Taylor avança la sienne vers ses lèvres, et l'embrassa comme si sa vie en dépendait.

D'ailleurs, c'était peut-être aussi son cas à lui.

2

Royce s'ordonna d'interrompre ce baiser, voulut se convaincre que Taylor n'était pas pour lui : c'était la « princesse » Thompson, et il était l'héritier de l'empire Knox ! Peu importait que son frère et elle soient mal assortis ou l'aveu qu'elle venait de proférer dans l'intimité de ce cagibi. Mais il avait beau se répéter en boucle ces arguments, il demeurait incapable de quitter le sanctuaire de sa bouche ardente.

Ses lèvres étaient si sensuelles, si pleines, elles avaient le goût du champagne et du désir brûlant ; or, il y avait fort longtemps qu'il n'avait pas succombé à de troublantes étreintes, aussi s'accorda-t-il la grâce de ce baiser pour se rappeler le plaisir de la chair ou en découvrir peut-être l'existence, car il avait beau fouiller sa mémoire, il ne pouvait associer aucun souvenir au baiser de Taylor. C'était si nouveau pour lui, si excitant, si pimenté... Enfin, il n'aurait pas juré que le terme était approprié...

Assez ! Qu'est-ce que cela pouvait bien faire ? Maintenant qu'il avait goûté sa bouche, il avait envie de prolonger le plaisir du fruit si longtemps interdit, encore qu'en l'occurrence c'était Taylor qui s'était jetée sur lui. Il n'était pratiquement qu'un innocent spectateur...

Jusqu'à ce qu'il glisse la main dans sa nuque et lui rende son baiser de façon aussi fiévreuse, cédant à un désir qui venait de naître en lui quelques secondes auparavant mais qui lui paraissait en réalité exister depuis bien plus longtemps...

Royce appréciait tous les aspects de sa vie fort bien organisée et estimait qu'il était taillé pour une telle existence : de son père, il avait hérité le sens des affaires, alors que Brannon reflétait l'enthousiasme et la spontanéité de ce dernier. Ces qualités avaient été réparties de façon équitable entre les deux frères, alors que Gia avait bénéficié des trois, ce qui était parfaitement injuste !

Il s'y connaissait en termes de budgets et de stratégies financières, et son poste de directeur financier lui plaisait énormément, car dans son domaine tout était prévisible, les mathématiques ne comportant pas de « zones grises ».

Contrairement à Taylor, qui en était une !

Dès ses vingt-trois ans, il avait entamé la carrière de ses rêves chez ThomKnox, et la presse, tout comme Internet, lui avait rapidement attribué le surnom de « génie précoce », ce qui ne l'avait pas un instant détourné de son obsession : les chiffres, qui eux ne mentaient jamais. On ne pouvait pas en dire autant des réseaux sociaux dédiés aux commérages…

Tu imagines le déchaînement en ligne si on découvrait que tu sors avec la petite amie de ton frère cadet ?

La perspective doucha son ardeur, et il s'abstint, à contrecœur, de plaquer Taylor contre le mur et de faire glisser sa bouche le long de son cou, puis plus bas encore… Même si Bran n'avait aucun droit sur elle, ainsi qu'elle venait elle-même de l'affirmer. Son jeune frère s'apprêtait à la demander en mariage, et elle à décliner : quelle preuve supplémentaire fallait-il pour montrer que ces deux-là n'étaient pas accordés ?

Il finit par détacher sa bouche de la sienne, et reprit sa respiration, se rendant alors compte qu'il haletait littéralement : elle lui avait volé tout son oxygène !

Yeux écarquillés, regard perdu et bouche entrouverte, Taylor le scrutait à présent… Bon sang, jamais il n'aurait soupçonné qu'un tel courant passerait entre eux : tout dans ce baiser l'incitait à la déclarer sienne, à prendre ce qu'elle lui offrait si généreusement.

C'était bien la première fois que son pragmatisme le désertait ! Et en toute connaissance de cause, il captura à nouveau sa bouche pour la savourer encore un peu. Il en paierait les conséquences lundi matin, mais pour l'heure ces considérations ne comptaient pas ; ce qui importait, c'était l'attirance mutuelle qui avait bouillonné pendant des années et qui débordait aujourd'hui…

Alors qu'il venait juste de reprendre sa bouche, et de presser son corps contre le sien, la porte dans son dos s'ouvrit de façon brutale, et ils se séparèrent brusquement, tels deux adolescents surpris en flagrant délit.

Sous l'appel d'air, le réduit parut se vider de celui qu'il contenait, tout comme les poumons de Taylor, à en croire l'expression paniquée qu'elle afficha. Elle s'écarta de Royce.

Brannon se tenait sur le seuil, le visage stupéfait, mais bientôt gagné par une fureur si rapide que Royce n'eut pas le temps de parler.

— Je t'avais demandé de trouver Taylor, pas de la rejoindre dans un coin sombre !

— Ce n'est pas…

— J'ai vu la lumière sous la porte, poursuivit Bran, mâchoires serrées, et maintenant tout s'éclaire sous un nouveau jour.

Du plus loin qu'il s'en souvînt, Royce avait toujours pris soin de son frère et de sa sœur, c'était lui le responsable de la fratrie et, franchement, il aurait tout à fait pu détourner la tête quand Taylor avait approché ses lèvres des siennes ; seulement, il n'en avait rien fait.

— C'est ma faute, déclara-t-il d'emblée, espérant que Taylor rejetterait elle aussi le blâme sur lui, et sauverait la face auprès de Bran.

— Maintenant, je comprends mieux pourquoi tu me déconseillais de la demander en mariage, renchérit Bran. Pour pouvoir le faire à ma place !

— Pardon ? s'interposa Taylor.

Et l'air offensé qu'elle affichait était tout aussi tangible que son parfum sucré.

— Je m'apprêtais à te demander en mariage, répondit Bran, menton relevé.

— Je sais, renchérit-elle avec gentillesse, car telle était sa nature.

Elle était d'ailleurs bien trop gentille si elle sortait avec son frère pour honorer la mémoire de son père disparu, au lieu de penser à elle ! Pourquoi n'avait-elle donc pas eu auparavant la discussion qui s'imposait avec Bran ? Si elle l'avait prévenu de ses intentions, il n'aurait assurément pas acheté de bague.

Et si elle n'avait pas vu le diamant, elle et lui ne se seraient certainement pas embrassés tout à l'heure.

Un tel « incident » n'aurait jamais dû se produire ; toutefois, il éprouvait quelques difficultés à le regretter.

— Tu savais ? répliqua Bran, en rougissant violemment.

— Je t'ai vu ouvrir l'écrin tout à l'heure, et alors... Eh bien, je me suis enfuie. Royce m'a retrouvée. Et je ne voulais pas... Enfin, j'ai toujours eu envie de l'embrasser.

— Ah bon ? se récrièrent à l'unisson Royce et Bran.

Et ils échangèrent un regard courroucé.

— Je comptais mettre un terme à notre relation ce week-end, poursuivit-elle à l'adresse de Brannon. Dans ma tête, la question était réglée. Je ne me doutais absolument pas que tu...

Et elle désigna la poche de son costume où se dessinait nettement la boîte qui confirmait ses intentions.

— Je vois, fit-il.

Gêné et visiblement meurtri, il tourna les talons.

— Brannon, attends !

Mais avant que Royce ne s'élance derrière lui et parvienne à trouver les mots qu'il fallait pour faire amende honorable, Taylor le retint par le bras.

— Non ! C'est ma faute.

Et elle fonça derrière Bran, aussi vite que le lui permettaient ses talons et sa robe.

Royce s'adossa alors à la porte et la suivit du regard. Il se rendit alors compte de la présence de deux femmes devant les toilettes pour dames, en train de triturer leur collier de perles. Un membre du personnel avait également assisté à la scène, mais détourna les yeux quand il croisa les siens.

Taylor arriva à la hauteur de Bran alors qu'il atteignait la sortie et ils s'éloignèrent ensemble. Il dut s'interdire de leur emboîter le pas : Taylor n'était pas sa petite amie, pas plus aujourd'hui qu'hier, et ce qui s'était passé dans cette « zone grise » ne devait jamais se reproduire.

Il s'était laissé emporter, répondant à la loi de l'attraction, qu'il ne savait pas exister entre elle et lui. Il aurait dû résister, assurément ; il n'était tout de même pas né de la dernière pluie ! Sa vision manichéenne du monde aurait dû pour une fois lui servir à autre chose qu'à aligner des chiffres ! En l'occurrence, ce baiser allait peut-être lui coûter très cher, à lui et à tout son arbre généalogique. Un contretemps si grave n'était encore jamais arrivé.

Et sûrement pas à lui !

3

Cette soirée aurait franchement pu se dérouler de façon plus calme, pensa Taylor. Et la seule explication qu'elle voyait pour son moment de folie dans le cagibi ne lui plaisait guère : elle avait embrassé Royce car elle en avait envie, c'était aussi simple que ça. L'opportunité et une proximité un peu trop grande avaient suffi à prendre possession de son subconscient. Ce baiser n'avait été ni intentionnel ni rationnel, mais depuis quand le cœur l'était-il ?

Brannon Knox avait été à deux doigts de la demander en mariage ! N'était-ce pas lui, au fond, qui avait déclenché toute cette déraison ?

Bref ! Suite à son tête-à-tête impromptu avec Royce, elle avait rompu avec Brannon de la pire façon possible. Ce baiser avait été fatal à leur relation, les actes étant plus éloquents que les mots. Il fallait bien avouer que, depuis le temps où son père avait estimé que Royce était un territoire interdit pour elle, ce dernier avait acquis des galons et était devenu une sorte de célébrité insaisissable, ce qui avait multiplié par dix l'effet d'attirance.

Il lui avait été inaccessible jusqu'à ce moment d'égarement, au gala. Elle n'avait jamais réellement fait partie de son cercle parce qu'il était plus *âgé* qu'elle. Évidemment, ils se croisaient souvent au travail, et ils assistaient aux mêmes réunions, mais ils s'en tenaient tous deux strictement à une relation professionnelle. Elle n'aurait jamais imaginé un scénario qui les conduirait à s'embrasser dans un cagibi rempli de cintres. Ni nulle part ailleurs.

Pitié ! Elle s'effondra sur son bureau, visage dans les mains. Elle aurait voulu disparaître de la surface terrestre !

— Salut, poulette !

Gia Knox, la plus jeune sœur des deux frères à qui elle avait pensé toute la matinée, venait d'entrer dans son bureau d'angle et d'en refermer la porte derrière elle. Elles étaient allées à l'école ensemble jusqu'à ce que leurs chemins se séparent au moment des études supérieures : peu de personnes avaient les capacités d'intégrer le fameux MIT comme Gia ; même ses frères n'y avaient pas été admis.

— Bonjour, répondit Taylor d'un ton mesuré, ne sachant trop ce que son amie pensait de « l'incident » survenu au gala.

Elle avait passé son dimanche enfermée chez elle, téléphone éteint, et fait du ménage, comme si cela allait la libérer de tout sentiment de culpabilité.

— Si tu veux mon avis, ils sont aussi nuls l'un que l'autre, déclara Gia, clin d'œil à l'appui.

Avec sa longue chevelure brune, sa robe d'un rouge soutenu et ses magnifiques courbes, c'était un génie dans le corps d'une Jennifer Lopez.

Gia était aussi sa plus proche amie et la seule auprès de qui elle avait pensé un instant se réfugier après cette affreuse altercation. Brannon était si furieux quand elle l'avait rejoint, et c'était tout à fait légitime.

— Franchement, Taylor ? s'était-il écrié. Royce ?

— Brannon, ce n'est pas...

Elle s'était interrompue d'elle-même, consciente du cliché qu'elle allait murmurer. Pourtant, c'était la vérité : ce n'était pas ce qu'on aurait pu penser en les trouvant tous les deux dans le cagibi, Royce et elle : elle avait juste, hélas, été dépassée par ses émotions.

— Je ne cherchais absolument pas à te blesser, lui avait-elle assuré.

Mais Bran n'avait pas pris la peine d'écouter ses justifications et c'était sans doute préférable. Qu'y avait-il à dire ?

Relevant la tête de son ordinateur, Taylor plongea les yeux

dans ceux de Gia, d'une nuance chocolat plus foncée que ceux de Royce.

— Tu me détestes ? demanda-t-elle.

Celle-ci lui fit un joyeux clin d'œil et s'assit en face d'elle.

— Je t'adore, et tu le sais, répliqua Gia.

Puis elle secoua la tête et reprit :

— Je n'imaginais pas un instant que Bran allait te demander en mariage jusqu'à ce qu'il revienne dans la salle en se lamentant de l'erreur qu'il avait commise.

Taylor sentit tout le sang refluer de son visage. Qu'avait-il dit à Gia ? Avait-il vidé son sac devant tout le monde ?

Cette dernière posa les mains sur les siennes.

— Rassure-toi, je l'ai tout de suite entraîné dans une salle à part, donc ne t'inquiète pas, il n'y aura pas de commérages. Royce nous a ensuite repérés et s'est joint à nous. Bran a alors admis qu'il avait eu tort d'avoir voulu te demander en mariage, Taylor. Je crois que lui et toi êtes juste trop *potes* pour vous marier. C'est d'ailleurs ce que je lui ai dit. Quant à Royce, il est parti à ta recherche et t'a trouvée en train d'étouffer dans un cagibi et disons qu'il t'a alors fait du bouche-à-bouche. Ou bien y a-t-il des choses que j'ignore ?

Gorge serrée, Taylor était consciente de devoir la vérité à son amie.

— En réalité, je ne sais pas.

Ce baiser était-il le début d'autre chose ? Et si tel était le cas, comment pourrait-elle naviguer dans des eaux si agitées ? Allons, Gia ne la détestait pas, Royce l'avait saluée ce matin d'un « bonjour » bourru, mais il ne paraissait pas bouleversé. Si deux Knox sur trois ne la haïssaient pas, était-ce suffisant ?

— Tu vas bien ? questionna Gia en lui caressant le genou.

Vaste question !

— Oui. Le problème, c'est que Brannon doit m'exécrer.

— Sa fierté a été froissée, mais on n'accepte pas une demande en mariage parce qu'on se sent coupable de la refuser.

Ces propos faisaient écho à ceux de Royce. *Taylor, on n'accepte pas une demande en mariage par politesse.*

— Même si tu lui as consenti quelques dîners pour ne pas le blesser, ajouta Gia.

Taylor considéra attentivement son amie : Gia avait donc perçu, lorsqu'elle avait commencé à s'afficher avec Bran en public, qu'elle avait franchi une ligne rouge. Toutefois, comme il s'agissait de son frère, il aurait été délicat qu'elle le lui dise.

— Rien ne t'échappe, murmura-t-elle.

— J'ai été choquée samedi soir de te voir entrer au bras de Bran. Je pensais qu'il serait accompagné par une autre fille et que l'on passerait toutes les deux la soirée ensemble.

Elle posa sa main aux ongles soigneusement manucurés sur son décolleté.

— En toute franchise, je pensais que vous auriez rompu avant ce gala. Il y avait une distance si palpable entre vous. Enfin, distance n'est pas le mot approprié, je dirais plus un manque... d'étincelle.

— Je remettais toujours au lendemain pour lui avouer que je l'aimais énormément, mais pas au sens romantique du terme. Pas assez pour qu'on se marie, en tout cas.

Gia aurait-elle été aussi indulgente si elle avait vu la scène que Bran avait découverte en ouvrant la porte de ce fameux réduit ? se demandait-elle tout à trac.

Quand Royce avait capturé sa bouche pour la deuxième fois, toute pensée rationnelle lui avait échappé. L'embrasser dans le feu du moment était une chose, mais qu'il lui rende la pareille en était une autre... Oui, ce second baiser lui avait donné le vertige, l'avait littéralement consumée, des étincelles l'avaient parcourue de la tête aux pieds, et elle avait eu la sensation qu'une enseigne lumineuse rouge vif s'était mise à clignoter dans sa tête. *Seul ce Knox sait embrasser.*

Elle avait échangé quelques baisers avec Bran, au cours de leurs sorties peu excitantes, mais aucun n'arrivait à la hauteur de celui de Royce.

Ce n'était absolument pas dû à un manque de personnalité ou d'adresse de la part de Bran. C'était un homme très drôle et tous les jours elle riait de ses commentaires. Il était par ailleurs d'une beauté à faire tourner les têtes, avec sa fossette qui creusait une de ses joues et sa bouche généreuse. Royce avait des traits plus anguleux, mais l'un et l'autre étaient beaux à se damner.

Une évidence s'imposait toutefois à elle : elle n'avait jamais été attirée par Bran. C'était un ami formidable, ou du moins l'avait-il été avant qu'elle ne détruise leur amitié par ce baiser spontané.

Si elle pouvait remonter le temps, elle aurait rompu avec Bran une semaine plus tôt – ou n'aurait peut-être d'ailleurs jamais accepté leur premier dîner. Il aurait été préférable qu'elle le blesse dans sa fierté au tout début qu'à la fin.

— Je ne m'attendais pas un instant à une demande en mariage, déclara-t-elle. Je me disais que son intérêt s'était émoussé de lui-même. Il ne s'était rien passé entre nous à part quelques baisers, et pour le gala, quand il m'a demandé d'être sa cavalière, j'ai accepté comme une amie qui rend un service. Tu sais à quel point ce genre de cérémonies peuvent être fastidieuses.

— Ça oui ! Donc, Bran et toi n'aviez pas franchi le pas...

— Mais non, nous n'avons jamais couché ensemble !

Et Taylor ne put s'empêcher de rire devant la soudaine pudeur de Gia.

— Oh ! je te rappelle que c'est mon frère et que ce genre de détail n'est pas très agréable pour moi. Enfin, si tu veux mon avis, toute cette affaire me semble un énorme malentendu.

— Tout à fait ! Et je m'attendais presque à ce que, à la fin du gala, il rompe avec moi.

Espérer aurait été plus exact.

— Et il aurait su s'y prendre en douceur, tu peux me croire, renchérit Gia avant d'ajouter : Je ne dis pas que tu n'en aurais pas été capable, ne me regarde pas d'un air aussi désespéré !

— J'ai paniqué, je n'aurais jamais imaginé un instant qu'il...

Elle revit alors Bran contemplant le diamant, et poursuivit :

— C'est quand je l'ai surpris au gala en train d'admirer une bague de fiançailles que ça a fait tilt et que je me suis enfuie. Il... il ne souriait pas, tu sais, il n'avait pas l'air heureux ni excité. Il semblait... Comment dire ? Résigné ?

En tout cas, il n'avait certainement pas l'apparence d'un homme amoureux !

— Ah bon ? fit alors Gia d'un air songeur. Je me demande si...

S'interrompant, elle lui adressa un sourire légèrement faux et reprit :

— Peu importe, il n'est jamais bon de spéculer. Qui sait ce que les hommes ont en tête ?

Que voulait dire au juste son amie ? Elle ne pouvait en rester là.

— Pardon ? Où veux-tu exactement en venir ?

Gia se mordit la lèvre, hésitante.

— Eh bien, reprit-elle visiblement à contrecœur, je me demande si cette envie de t'épouser n'est pas liée au prochain départ à la retraite de papa. Vois-tu, si Bran était fiancé, il serait mieux placé pour lui succéder dans son rôle de P-DG que Royce.

— Il n'aurait quand même pas...

Elle s'interrompit, se rendant compte que durant leurs fameux « rendez-vous » Bran n'avait pas cessé de parler du travail et de l'avenir de la société.

« Papa prendra sa retraite plus tôt que nous le pensons, Tay », lui avait-il dit un soir, après deux verres de vin.

Il avait avoué que Royce était son « rival » pour la succession au poste de P-DG et déclaré qu'il le convoitait plus que lui, mais le méritait moins. Elle avait alors pris sa défense en arguant que tous les deux étaient légitimes pour remplacer Jack. Ce qui était la vérité : les frères Knox étaient aussi compétents l'un que l'autre et complètement dévoués à la société.

— Je ne dis pas qu'il se servait de toi, reprit Gia, je ne le crois pas capable d'avoir imaginé un plan aussi odieux à tes dépens pour arriver à ses fins.

— Non, je sais bien que non, approuva-t-elle.

Elle connaissait Brannon depuis toujours, et l'ambition ne l'aurait tout de même pas conduit à une telle bassesse.

— Malgré tout, peut-être qu'au fond de lui il pensait que cela ne lui nuirait pas d'offrir l'image d'un homme stable, décréta Gia. Après tout, dans la société, il passe pour le fils qui aime s'amuser.

— Allons, c'est lui le président, ce n'est pas un fanfaron ! rétorqua Taylor.

— Tu as raison, et toi tu es la directrice des opérations. Une union rêvée sur le papier.

Gia inclina la tête, et ajouta :

— Ton père avait toujours espéré que Bran t'épouse, non ?

C'était indéniable.

— Je ne pourrai jamais plus me regarder dans un miroir si je suis la source d'un conflit entre Bran et Royce, déclara Taylor en soupirant.

— Ils ne sont pas indemnes de toute responsabilité ! Tu n'étais pas la seule, dans ce cagibi. Tu as fait ton mea culpa, tu ne peux pas aller plus loin, et il est impossible de revenir en arrière. D'ailleurs, une part de toi doit être soulagée de ne plus avoir à simuler d'être la petite amie de Brannon, non ?

— Tu es si compréhensive, Gia.

— Les hommes sont de grands enfants, dit cette dernière en haussant les épaules. Ils s'en remettront.

— Je pense que je devrais discuter avec Bran.

Bien sûr, la perspective était déprimante, mais ils travaillaient ensemble, elle ne voulait pas avoir une impression de gêne lors des réunions, par exemple, ou le sentir hostile, pas plus qu'elle ne souhaitait constamment l'éviter.

— Tout à fait ! Tu sauras trouver les mots, et tout ira à nouveau pour le mieux. Il n'a pas agi comme un amoureux, et je ne sais pas pourquoi il a cru que t'offrir une bague de fiançailles serait judicieux, alors que son élan ne venait pas du cœur. C'était du pragmatisme, si tu veux mon avis.

— Oui, c'est aussi ce que je me suis dit au gala, qu'entre nous il n'y avait rien de romantique, et que rompre nous aurait soulagés tous les deux.

— Exact, mais tu n'as pas rompu au bon moment ; il faut sortir du guêpier où tu te retrouves maintenant.

Un pétrin qui incluait Royce et la terrible attirance qu'elle éprouvait pour lui, songea Taylor. Quand elle pensait à lui, outre l'incident, elle sentait une folle excitation monter en elle :

au fond, il était peut-être sa chance de connaître une relation authentique et viscérale.

Même si elle ne devait jamais plus embrasser Royce, il était clair qu'il l'attirait sexuellement. Après deux ans de célibat et une romance qui n'en était pas une avec Brannon, elle commençait à se demander si elle trouverait celui qui la ferait un jour vibrer des pieds à la tête.

Mais pas un instant elle ne s'était figuré que cet homme prendrait les traits de Royce, d'autant que les mises en garde de son père continuaient de la hanter, même si elle n'était plus une petite fille qu'il fallait protéger.

— On se voit à la réunion, tout à l'heure ?

— OK. Et merci, Gia.

— Avec plaisir, ma belle.

Agitant ses doigts en signe d'au revoir, Gia sortit de son bureau.

4

Royce pénétra dans la salle où se déroulait la réunion relative au bilan financier, et déboutonna sa veste de costume avant de s'asseoir à la longue table de conférences en acajou. En tant que directeur financier, on l'avait convoqué pour qu'il communique des données, mais ce n'était pas lui qui présidait l'assemblée, le rôle revenant à Stella, la manager financière ; elle avait déjà allumé le projecteur et relisait ses notes.

Il éprouvait des difficultés à rester concentré, et ce, pour des raisons évidentes : le travail et la distraction ne faisaient pas bon ménage, et d'ailleurs il n'avait guère le temps de se distraire. Gérer les comptes de la société représentait une tâche qu'il prenait extrêmement au sérieux.

Gia arriva la dernière, comme à son habitude. Elle s'assit près de Taylor, qui se trouvait à sa gauche. Brannon avait pris place en face de lui et, appuyé au dossier de son siège en cuir, il pianotait sur une gomme tout en lui jetant des regards noirs.

Il n'y prêta pas attention.

— Tout le monde est prêt ? On peut commencer ? demanda Stella.

Questions purement formelles, car elle enchaîna sans transition. Personne n'aimait les réunions, mais c'était un mal nécessaire pour que tout le monde reste au courant de ce qui se passait dans la société. Et plus encore aujourd'hui, alors que son père flirtait de plus en plus avec l'idée de prendre sa retraite.

Jack Knox n'avait pas l'intention, une fois retiré des affaires, de cultiver gentiment les fleurs de son jardin. Non ! Il entendait voyager, profiter de la vie et du monde. À soixante et un ans, il comptait rattraper le temps perdu !

Il jeta un coup d'œil vers Bran. Celui-ci étudiait à présent le document qu'il tenait à la main tandis que Taylor consultait sa tablette, comme lui d'ailleurs quand il ne regardait pas les participants. Gia avait déposé devant elle un carnet en cuir recouvert de perles et de stickers. Sa petite sœur ne s'encombrait pas de formalités ! Brannon non plus, même s'il faisait des efforts. Néanmoins, il utilisait rarement les appareils électroniques que vendait la société, ce qui amusait Royce en son for intérieur.

Enfin, il en avait ri jusqu'à « l'incident », car depuis les relations étaient glaciales entre eux. Leur dernière conversation avait eu lieu sur le seuil du cagibi : quand il avait voulu se joindre à lui et à Gia, plus tard, Bran avait bien vite tourné les talons et était parti. Il comprenait assurément la colère de son jeune frère et, au bout de sept messages restés sans réponse, il avait fini par renoncer à renouer avec lui. Provisoirement, bien sûr !

Ce matin, il était entré dans le bureau de Bran en déclarant :

— Bonjour, frérot !

Ce dernier avait levé la tête de son portable pour le transpercer de son regard vert doré qu'il tenait de leur mère, puis s'était emparé de son téléphone et avait passé un appel, sans répondre.

Deux heures plus tard, ils se retrouvaient dans la même pièce, et la relation ne s'était pas réchauffée.

En soupirant, il lança un regard à Gia : elle prenait des notes dans une position décontractée, adossée à son siège, mais nul doute que son cerveau brillant absorbait telle une éponge tout ce qui sortait de la bouche de Stella. Elle avait cette capacité à se concentrer sur n'importe quel sujet, même les plus fastidieux, ce qui n'était pas le cas de Bran, comme il pouvait d'ailleurs le constater pendant cette réunion. Pour sa part, il appréciait la méthodologie nécessaire à une présentation : l'ordre qui s'imposait pour un bon déroulé avait du sens à ses yeux.

Jayson Cooper, l'ex-époux de Gia qui travaillait toujours pour ThomKnox, brillait par son absence et avait envoyé à sa place

Whitney, son assistante, afin qu'elle renvoie les informations les plus pertinentes.

Tout à coup, Taylor posa une question, attirant l'attention de chacun. Il la regarda alors ouvertement, ce qui n'avait rien d'une corvée, eu égard à sa beauté. Il lui savait gré d'être venue travailler aujourd'hui, sans faire d'histoires eu égard à ce qui s'était passé au gala. Elle se montrait toujours fort professionnelle depuis qu'elle avait intégré la société, même s'il gardait un autre souvenir d'elle, enfant ; Gia et elle avaient à peu près le même âge, alors qu'il avait six ans de plus qu'elles. Sans doute était-ce pour cette raison qu'ils ne fréquentaient pas les mêmes personnes, bien que leurs situations sociales les conduisent désormais à côtoyer les mêmes cercles. Bref ! Il avait longtemps vu en elle une amie de sa jeune sœur et, quand Charles Thompson affirmait en sa présence que Taylor ne devait pas être la cible de ses visées romantiques, il n'avait jamais rien objecté, d'autant que Charles était comme son deuxième père et qu'il le respectait énormément.

Mais depuis cette époque, Royce avait grandi et le regard qu'il posait sur elle avait aussi évolué… Non seulement elle affichait de troublants attributs physiques, mais elle menait aussi sa vie d'une main de maître. Elle réussissait tout ce qu'elle entreprenait, et faisait aussi preuve d'une boulimie impressionnante : elle voulait tout, et en même temps. Pour sa part, il préférait se cantonner à un domaine. Mais, malheureusement, Taylor avait fini par fixer son attention sur lui, lors de ce fatal gala…

Allons ! Il ne devait plus penser à leurs étreintes magnétiques, mais au salut de leur société, d'autant qu'après le décès de Charles on avait confié un poste clé à Taylor.

Cette disparition, qui les avait tous attristés, l'avait naturellement bien plus affectée, tout comme sa mère, Deena. Jack Knox et Charles Thompson étaient des amis de longue date et, même si leurs points de vue divergeaient parfois, ils parvenaient toujours à s'entendre pour prendre les meilleures décisions pour la société. Cependant, depuis la mort de Charles, Jack avait de moins en moins envie de s'investir dans la société, et était bien plus attiré par des leçons de parapente ou des voyages en Afrique.

En toute honnêteté, il le comprenait. Il était tout à fait normal qu'il songe à se retirer des affaires, quelle que soit la personne qu'il nommerait à sa place, en tant que P-DG. Bran convoitait lui aussi le poste : comme il savait à la fois s'amuser et travailler dur, ce double aspect séduisait les investisseurs et ravissait les employés, de sorte qu'il aurait tout à fait été légitime que le choix de son père se porte sur son cadet. Et sans doute aurait-ce été le meilleur.

Royce avait un côté plus inaccessible ; il était méthodique et prudent, concis, n'improvisait jamais.

Stella ayant répondu à sa question, Taylor la remercia et lui sourit, ce qui attira son regard sur son adorable arc de Cupidon, et suscita un tiraillement dans une région bien précise de son corps.

Quand Taylor l'avait agrippé et embrassé, au gala, il avait été pris au dépourvu, celle-ci représentant pour lui depuis des années un interdit qu'il ne contestait pas. Mais en l'occurrence, son équilibre intérieur en avait été sérieusement ébranlé et c'était tout son monde qui avait basculé.

Qui n'aurait pas été tenté par la belle Taylor ?

Néanmoins, le badinage durait un temps et il était bien résolu à faire rentrer le génie de la tentation dans sa bouteille, d'y enfoncer le bouchon et de la laisser partir au gré des flots. Il était hors de question de remettre en cause l'harmonie d'une société sur le point de perdre son P-DG pour une chamaillerie entre deux frères, surtout quand l'enjeu était une femme aussi respectée que Taylor ! Elle appartenait au sommet de la hiérarchie ; or, les investisseurs appréciaient la stabilité, donc ils ne pouvaient se permettre de faire des vagues. Il était bien conscient que le départ de son père entraînerait des changements, mais autant les surmonter rapidement et s'efforcer de les réduire au maximum.

Taylor cala une mèche blonde derrière son oreille, puis se rassit, déploya une de ses longues jambes et se toucha le pied. Du regard, il suivit son mouvement, ses yeux passant de son mollet bien galbé à sa cuisse musclée qui disparaissait sous l'ourlet d'une élégante robe noire.

À cet instant, la voix de Stella parut s'estomper tandis que toutes les connexions de son cerveau se brouillaient : maintenant que ses lèvres avaient touché celles de Taylor, qu'il était facile de s'imaginer enfouir la tête entre ses seins, de humer son parfum enivrant, de glisser sa bouche dans son décolleté...

— Royce ?

Au son de sa voix, il comprit que ce n'était pas la première fois que Stella l'interpellait. Rapportant tout de suite son attention sur cette dernière, il la vit arborer un sourire patient.

— Tu voulais nous communiquer certains chiffres, me semble-t-il, lui rappela-t-elle.

— Oui, tout à fait, répondit-il d'un ton placide.

Et d'un doigt, il remplaça l'écran qu'il avait sous les yeux par le suivant, trouva le rapport et se figea : c'était celui du trimestre précédent, pas le document sur lequel il avait travaillé l'essentiel de la matinée !

Génial.

— Euh... Une seconde.

Conscient que tous les yeux étaient braqués sur lui, il ouvrit un fichier dans son *cloud* avant de se rappeler qu'il l'avait envoyé par e-mail à Brand et à Taylor. Il lui suffisait donc d'aller dans sa boîte e-mail et de...

— Je peux me charger de répondre, Stella, déclara subitement Taylor, en lui jetant un regard oblique où brillait une belle lueur. Royce et moi en avons discuté ce matin, et on n'a finalement pas désigné celui qui présenterait le rapport. Il semblerait que les résultats de ce trimestre montrent une belle évolution dans...

Scotché, Royce l'écouta énumérer les chiffres d'une voix assurée ; il n'avait pas imaginé qu'elle volerait à son secours et pourtant elle venait bel et bien de lui sauver la face. Impressionné par son aisance et ses connaissances, il ne put détacher les yeux de sa personne pendant au moins une bonne minute.

Et quand il y parvint, ce fut parce qu'il sentit un autre regard le transpercer, en face de lui, en l'occurrence celui de son frère. À vrai dire, il était habitué aux colères de Bran, leur père estimait d'ailleurs qu'il était normal pour deux frères de se quereller, mais il doutait que Jack ait alors inclus ce genre de situation.

Car elle n'avait rien de très sain ! Non, l'animosité qui suintait de son frère était même des plus inquiétante et il espérait de tout cœur que personne ne la percevait.

Bran, comme lui, tenait à sa carrière au sein de ThomKnox, il en allait de même pour Taylor, ils formaient tous la génération montante qui allait bientôt en prendre les rênes, il était inconcevable qu'il existe la moindre brouille entre eux.

Jamais il n'avait oublié des documents clés à une réunion financière, à aucune d'ailleurs. Qu'est-ce qui avait donc modifié la donne ? Le fougueux baiser qu'il avait échangé avec Taylor Thompson, évidemment !

Il était urgent qu'il oublie une fois pour toutes le moment d'intimité qu'ils avaient partagé, pour l'intérêt de tous. À cet instant, il croisa le regard de Gia et le sourire amusé qui animait ses lèvres, comme si celles-ci lui murmuraient : « Un problème, grand frère ? »

La réponse était définitivement oui !

Pourtant, il ne pouvait se permettre la moindre distraction : la société allait subir une profonde transformation, soit lui, soit Bran se retrouverait dans le siège du P-DG et chacun devait s'y préparer au mieux.

Plus la transition s'opérerait en douceur, plus vite ils pourraient reprendre le cours de leur agenda habituel.

Royce jeta à nouveau un regard en direction de Brannon, mais cette fois sa décision était prise : une discussion avec son jeune frère s'imposait, que ce dernier le veuille ou non.

5

Taylor considéra Rolf : assis sur ses pattes arrière, le chien de sa mère venait de poser une patte sur sa cuisse.

— Quel mendiant, vraiment ! s'exclama-t-elle en caressant ses oreilles en forme de papillon qui valait son nom à sa race.

— Ne lui donne rien, s'il te...

Trop tard ! Elle venait de lui céder un bout de son steak.

Sa mère portait pour dîner une jupe rose et une veste assortie, avec une broche en forme d'abeille fixée au revers et tout un assortiment de bijoux en or autour des poignets et du cou. Son rouge à lèvres longue tenue n'avait pas bougé et ses cheveux étaient parfaitement lissés.

Deena Thompson évoluait depuis toujours dans un monde aisé ; sa propre mère avait grandi dans une famille de riches investisseurs, une grande partie de sa fortune provenant de l'industrie aérospatiale.

— C'est un chien, maman. Il aime la viande. Plus que moi d'ailleurs, je préfère les pommes de terre et les asperges.

Qu'elle avait d'ailleurs déjà mangées !

Le dîner avait été servi de façon plutôt formelle, dans la salle à manger. La table convenait davantage à un repas de Thanksgiving réunissant de nombreux convives, ses parents donnaient d'ailleurs de nombreuses réceptions autrefois. Cependant, Deena aimait dîner dans cette pièce.

— C'est un petit chien, et je ne tiens pas à ce qu'il soit trop gros, reprit Deena en inclinant la tête pour rejeter sa chevelure sur une épaule.

— Un petit bout de steak ne va pas lui nuire, n'est-ce pas, Rolfie ?

Taylor reposa sa serviette de table, puis frotta son nez contre le museau du chien. Elle n'aurait jamais pensé que cette espèce canine naine pourrait susciter un tel amour chez elle, mais, après qu'on eut diagnostiqué le cancer de son père, sa mère et elle avaient passé des soirées à éponger leurs larmes dans sa fourrure tandis qu'il passait des genoux de l'une à ceux de l'autre.

— Il t'adore, dit Deena en émettant un doux rire. Je crois qu'il te prend pour sa sœur.

— Il est vrai que ses grands poils rappellent ma chevelure, renchérit Taylor.

Et elle redonna un peu de viande à Rolf sans prêter attention au regard désapprobateur de sa mère.

Enfant unique, Taylor n'avait jamais souffert de solitude. Elle avait tout d'abord sa mère comme amie, et puis la tribu Knox faisait largement partie de son univers. Royce, Bran et Gia avaient été élevés par une succession de nourrices alors que Deena, même si elle avait du personnel domestique à sa disposition, avait été ravie d'échapper à la pression du monde professionnel pour s'occuper de sa fille et organiser des réceptions. Elle adorait sélectionner des traiteurs, des vins, tout comme s'adonner à la décoration intérieure. Finalement, pensait aujourd'hui Taylor, femme au foyer était à la fois un métier et un art, et elle se demandait souvent comment elle-même s'en sortirait plus tard, quand elle devrait mener de front son travail et son foyer.

— Tu aurais voulu un autre enfant ? demanda-t-elle tout à trac.

Et elle repoussa Rolf de ses genoux, car le chef cuisinier venait d'entrer pour desservir. Elles le complimentèrent sur tout, puis il leur apporta des crèmes brûlées en dessert, ainsi que deux petits verres de porto.

Sa mère plongea sa cuillère dans son dessert, ayant sans doute oublié sa question, ou tentant de l'esquiver.

— Maman ?

— Mm ? Désolée, ma chérie. Nous n'avons pas pu avoir d'autres enfants.

Et elle haussa les épaules, comme si elle venait de lui annoncer qu'elle n'avait plus de lait dans le réfrigérateur.

— Ah bon ? s'exclama Taylor. Mais tu ne m'as jamais dit...

— Oh ! non, pas du tout ! Nous aurions été en mesure d'en avoir d'autres, mais en raison des circonstances nous avons décidé que non. Et puis tu avais les Knox comme compagnons de jeu, et moi je tenais à ma ligne.

Sa mère lui fit un clin d'œil : de ce côté-là, elle n'avait aucun souci à se faire, et Taylor était d'ailleurs ravie d'avoir hérité de ses gènes et de son goût pour l'exercice.

— Je voulais surtout me consacrer entièrement à toi, reprit-elle. Mais dis-moi, pourquoi cette question ? Une certaine relation aurait-elle fait des progrès ? Je ne t'ai même pas demandé comment s'était fini le gala.

Deena y était restée une heure environ, puis elle avait confié à Taylor qu'elle préférait rentrer, n'ayant pas envie que tout le monde lui parle de Charles toute la soirée : son deuil était trop intime pour qu'elle ait envie de le partager avec une autre personne que Taylor.

— Ah bon ? Tu n'as pas entendu parler de la demande en mariage de Brannon ?

— Je n'ai pas dit cela, juste que je ne t'avais pas questionné à ce sujet.

Et Deena leva les sourcils.

— On a rompu, ce soir-là, déclara-t-elle. Depuis, c'est un peu tendu au travail. Il en est affecté, ce qui est compréhensible.

— Il faut dire que tu as embrassé son frère.

— Maman ! Mais tu es au courant de l'histoire ?

— C'est Patsy Sheffield qui m'a tout raconté, avoua sa mère.

Décidément, leur voisine ne pouvait s'empêcher de colporter des commérages !

— Tu sais que ton père n'aurait pas aimé que tu t'encanailles avec l'aîné des garçons Knox, enchaîna sa mère.

Sa cuillère remplie de crème brûlée juste devant la bouche, elle ajouta :

— Et alors, cela t'a plu ?

— Maman, ce n'est plus un garçon, mais un homme.

Elle repensa alors à la façon possessive dont il l'avait enlacée par la taille, avant de presser son corps contre le sien...

Rougissante, elle poursuivit :

— Ça m'a énormément plu, oui.

— Ah ! Le pouvoir des hommes plus âgés sur les jeunes filles !

Deena avait cinquante-quatre ans, dix ans de moins que Charles. Quand elle avait rencontré son futur mari, son propre père s'était vivement opposé à leur union, d'autant qu'à l'époque Charles était un modeste homme d'affaires, mais finalement, avec son humour indéboulonnable, celui-ci avait su conquérir son grand-père. D'ailleurs, il racontait toujours l'histoire à coups de grands rires contagieux, auxquels se mêlaient ceux de sa mère. Elle l'avait entendu rire de sa petite enfance à sa mort.

Récemment, elle l'avait presque entendu aussi lui faire la leçon à propos de Royce. D'ailleurs, même quand il était très malade, il lui avait répété que Bran était un meilleur parti que l'aîné des garçons Knox.

— Tant mieux si tu as mis un peu d'animation au gala ! J'espère en tout cas que tu as su garder la tête haute, après « l'incident ».

Elle scruta sa mère un instant.

— Toi aussi, maman, tu sais faire face, décréta-t-elle gentiment. Je sais qu'il te manque ; moi, c'est pareil, j'ai l'impression d'avoir un membre en moins.

— Moi, c'est comme si je les avais tous perdus.

Et Deena pressa les lèvres.

Son père menait une vie bien moins saine que sa mère, se souvint alors Taylor, avec un petit sourire doux-amer. C'était un homme qui aimait la bonne chère et les cigares, et les rapports conviviaux avec les autres.

Il y avait chez Bran un côté chaleureux qui lui rappelait son père et sans doute était-ce la raison pour laquelle elle avait accepté de sortir avec lui. Mais il était clair qu'aucun courant amoureux ne passait entre eux, sans quoi ils se seraient comportés autrement l'un envers l'autre... Comme elle et Royce dans le cagibi, par exemple !

Toute sa vie, elle avait admiré les enfants Knox, la complicité qui les unissait, et le fait qu'ils l'aient traitée comme une sœur non officielle. En outre, Jack et Macy étaient en quelque sorte de seconds parents pour elle. Royce était déjà à l'université quand Bran, Gia et elle étaient adolescents, mais aucun de ses retours à la maison pour les vacances ne lui avait échappé.

Et jusqu'à samedi dernier, quand il avait posé la main sur sa hanche et ses lèvres sur les siennes, elle n'aurait pas imaginé que lui aussi s'intéressait à elle.

Elle se rappela ses cheveux soyeux sous ses doigts, quand elle les avait enfouis dedans : elle aurait aimé aller plus loin, se glisser derrière le mur de masculinité qu'il incarnait à ses yeux, un curieux mélange de rigidité et de souplesse pendant le baiser échangé. Rien que d'y repenser, elle en vibrait à nouveau, d'autant que jamais elle n'aurait imaginé pareille scène avec Royce.

— Il faut que j'aie une discussion avec Brannon, déclara-t-elle à sa mère.

C'était une phrase qu'elle avait souvent répétée depuis le gala, à son entourage et à elle-même.

— Royce et Brannon se jetaient des regards noirs aujourd'hui, lors d'une réunion, poursuivit-elle, et je n'ai pas pu m'empêcher de penser que c'était ma faute.

Il était évident que Royce était distrait durant la réunion, tout comme elle était certaine que c'était à cause d'elle. Aussi était-elle spontanément venue à son secours quand elle avait compris qu'il n'avait pas le rapport que lui demandait Stella.

— Brannon n'est pas fait pour toi, reprit sa mère. Vous vous entendez parfaitement bien tous les deux, mais vous marier ? Non, ce n'est pas une bonne idée.

Deena secoua la tête.

— Oh ! j'adore ce garçon, ne te méprends pas ! Et je ne dis pas non plus que Royce soit l'homme qu'il te faut, mais ma chérie, tu n'es ni mariée ni fiancée et tu as juste embrassé l'aîné des Knox par curiosité.

Et parce qu'elle en éprouvait le plus vif désir, mais elle ne pouvait décemment l'avouer à sa mère.

— Tu as raison, approuva-t-elle.

— Peut-être que ces fiançailles manquées t'ont donné l'idée de construire une famille. Tu te remets tout juste du décès de ton père, et il est normal que tu sois tournée vers l'introspection.

— Prendre le café avec ce groupe de personnes en deuil m'aide beaucoup, répondit-elle.

Et elle retint un sourire affectueux : entendre le mot « introspection » dans la bouche de sa mère était plutôt amusant, car celle-ci ne la pratiquait absolument pas.

— Chaque chose vient en son temps, dans la vie, reprit Deena. Je sais que tu aimes beaucoup planifier l'avenir, mais laisse-le se dérouler de lui-même, et avise.

Hélas, elle ne partageait pas cette philosophie ! Contrairement à sa mère, elle n'aimait pas se laisser mener par le courant mais le diriger, dans la mesure du possible.

— Qui crois-tu que Jack va nommer à la tête de ThomKnox ? questionna soudain Deena, son verre à la main.

— Pas Gia, c'est certain, car elle n'a aucune envie de gérer la société.

— Elle a bien raison, approuva Deena. J'imagine que ce sera Royce, tu ne crois pas ?

— Jack peut aussi choisir Bran, l'un comme l'autre a les capacités pour occuper le poste de P-DG, mais en tant qu'aîné Royce a selon moi l'avantage.

— Peut-être que le choix de Jack se portera sur toi.

— Non ! répliqua Taylor.

Et elle leva la main, refusant catégoriquement d'envisager l'option.

— J'aime mes fonctions actuelles, elles me correspondent tout à fait, tout comme j'aime à penser que papa serait fier de moi.

Et elle s'interrompit, gorge nouée, incapable de poursuivre.

— Oh ! ma chérie ! s'exclama sa mère en l'enlaçant. Il est fier de toi, là où il est. Charles aimait à dire que tu lui ressemblais en tout, et c'est vrai. Tu vas toujours jusqu'au bout de tes projets, tu as l'esprit d'une femme d'affaires, contrairement à moi.

Elle sourit à sa mère, car il était un fait que, chez elle, c'était le sens caritatif qui l'emportait, ce qui ne rimait pas toujours avec profit.

— Et quand tu décideras de te marier, tu auras le même succès en amour qu'en affaires, poursuivit Deena. Mais tu as tout le temps d'y penser.

— Merci, maman, dit-elle.

Sa mère savait toujours trouver les mots qu'il fallait.

— Bien, reprit Deena, je dois maintenant retourner à mon atelier et je suis certaine que de ton côté tu n'avais pas prévu de passer toute la soirée en ma compagnie.

— Décidément, je ne pourrai jamais rien te cacher, renchérit-elle.

Et il était vrai que Taylor avait hâte de se retrouver seule en tête à tête avec son ordinateur.

Sa mère la raccompagna jusque sur le seuil, Rolf sur ses talons, et elles prirent congé l'une de l'autre.

Une fois dans sa voiture, elle repensa à Royce : comment pouvait-il bien occuper sa soirée ? Était-il chez lui en train de répondre à des e-mails ou de peaufiner un tableau Excel ? Avait-il pensé à elle depuis le baiser échangé ?

Forcément, non ?

6

Royce regarda Bran avaler une nouvelle gorgée de bière.

Quelques verres avaient un peu fait fondre la glace entre eux, après l'accueil très froid que son frère lui avait réservé. Il était venu chez lui sans le prévenir, allant jusqu'à entrer par la porte de derrière, mais une discussion s'imposait entre eux et, choisissant le moment opportun, il s'était lancé.

— En toute franchise, je n'y ai pas pensé, répondit Bran.

Royce retira alors ses lunettes, ayant oublié qu'il les portait, et les rangea dans la poche de sa veste.

— Si, tu y as pensé, tout comme moi, ne me raconte pas d'histoires !

Bran fronça les sourcils et reprit son air distant.

— Allez, tu ne peux pas m'en vouloir toute la vie ! insista Royce. Admets que toi aussi tu y as pensé. Je suis le directeur financier, Taylor la directrice des opérations et toi le président, tu pourrais tout à fait succéder à papa en tant que P-DG de ThomKnox.

— Tu connais bien le rôle de chacun.

— Donc sous peu, l'un de nous trois sera P-DG.

À ces mots, un silence s'abattit sur la cuisine. Ils étaient en concurrence directe, mais restaient malgré tout loyaux l'un envers l'autre. Toutefois, si Jack le désignait pour lui succéder, il accepterait. Il reprit alors :

— Taylor, toi et moi faisons partie intégrante de ThomKnox. Si les investisseurs prennent peur, ils...

— C'est donc ce qui t'inquiète, reprit Bran avec un sourire

condescendant. Bon Dieu, Royce, je pensais que tu cherchais à séduire Taylor dans ce cagibi, je suis presque soulagé de constater que tu es toujours égal à toi-même, c'est-à-dire un vrai cyborg.

— Je ne cherchais pas à la séduire, renchérit-il en s'efforçant de se maîtriser. Écoute, nous allons surmonter cette histoire, nous formons tous une même famille. Seulement, il va falloir que tu discutes avec Taylor afin que tout rentre dans l'ordre. Je te rappelle que tu t'apprêtais tout de même à la demander en mariage.

À ces mots, Bran s'empourpra. De gêne ou de colère ? Il n'aurait su dire, un mélange des deux peut-être. Passant la main dans ses cheveux, il répliqua :

— Et que me suggères-tu de lui dire, bon sang ? « Désolé que tu aies découvert que je voulais te demander en mariage ? »

Il plongea les yeux dans ceux de Bran.

— Veux-tu vraiment l'épouser ?

La proposition avait été si précipitée, quasi désespérée, et assurément déplacée.

— Cela importe-t-il, à présent ? rétorqua Bran.

— Elle a paniqué, tu sais. Elle n'arrivait quasiment plus à respirer, coincée dans ce cagibi. Quand je l'ai trouvée, elle avait vraiment l'air effrayée et m'a dit qu'elle ne s'attendait absolument pas à une telle demande alors que vous sortiez ensemble depuis juste deux semaines.

Royce leva sa bouteille de bière.

— Elle te fuyait, frérot ! Crois-tu qu'elle aurait accepté ta demande en mariage, honnêtement ?

— Oh ! je devrais la remercier de m'avoir plaqué en douceur avant que je ne subisse une humiliation publique, puisqu'elle aurait refusé ma main devant tout le monde ?

— De fait, oui !

Brannon lui lança un regard un rien dubitatif et il ajouta alors :

— C'était un baiser fortuit, je t'assure.

— Ce n'est pas mon impression.

OK, il avait raison : leur rencontre inopinée dans cette sorte de placard avait réveillé le dragon qui sommeillait en lui, et réveillé d'un coup sa libido. Il travaillait constamment, et sa solitude lui convenait. Cependant, il aurait dû se rendre accompagné au gala de la Saint-Valentin, mais il n'avait tout simplement pas pris le temps de s'en préoccuper ! D'ailleurs, les femmes étaient une distraction qu'il appréciait de temps à autre, mais il ne les laissait jamais longtemps empiéter sur sa vie. De manière générale, elles requéraient trop de temps. La preuve : la situation dans laquelle il se trouvait actuellement.

— Ce que j'essaie de te dire, c'est que Taylor ne s'est pas réfugiée dans ce cagibi pour m'embrasser.

— C'est pourtant ce qui s'est passé.

Et zut !

— Et alors, ça t'a plu ? enchaîna Bran d'un ton curieux.

— Bien sûr que non, lui assura-t-il.

Bah, c'était un petit mensonge blanc et il fallait qu'ils avancent !

— Elle m'a tout de suite présenté ses excuses, et je dois avouer que je l'en remercie car j'allais lui rendre la pareille. Or, ça aurait été une erreur, c'est une très bonne amie et une collègue des plus compétente.

— Avec un corps magnifique et une bouche fantastique, marmonna Bran.

Cela dit, ce n'était pas la jalousie qui empreignait ses traits mais plutôt la suspicion.

— Je ne suis pas aveugle aux avantages de Taylor, admit-il, mais ce ne serait pas un bon parti pour moi.

Son pragmatisme avait toujours été son meilleur allié.

Bran hocha la tête, et sembla vouloir en dire davantage. Quant à lui, il n'avait rien à ajouter sur l'incident.

— Bon, l'affaire est donc close ? s'enquit-il.

— Tout à fait, répondit son frère.

Sceptique quant à la sincérité de Bran, il se leva et déclara :

— Je te conseille d'avoir une discussion avec Taylor. Au nom de votre amitié, elle mérite que tu entendes sa version. Et si tu as de la chance, elle te permettra aussi de t'expliquer. Ne laissons pas ces histoires prendre le pas sur ce qui est le plus important.

— Devenir P-DG ?

— Que le meilleur gagne ! renchérit-il.

— Tu le penses vraiment ? En tant qu'aîné, tu es plus légitime que moi à être nommé à ce poste, non ? C'est un peu comme accéder au trône et tu serais fou de ne pas te battre pour le titre.

— C'est à papa qu'il revient d'en décider et j'accepterai son choix. Tu es dans la course, trône ou non, précisa Royce avant de s'incliner devant son frère et d'ajouter : Votre Majesté.

— Pauvre idiot ! lança Bran. Je suis sûr que Taylor a mis ce baiser sur le compte de ses talons qui la grandissaient et hissaient sa bouche à la hauteur de la tienne.

— Décidément, tu la connais bien ! répondit-il, ravi que son frère et lui soient de nouveau sur la même longueur d'onde.

Il avait toujours protégé ses frère et sœur, mais en l'occurrence Bran avait raison, le poste de P-DG aurait dû logiquement lui échoir, en tant qu'aîné. Toutefois, si son père en décidait autrement, il redoublerait alors d'ardeur dans le poste qui était le sien, et qui lui plaisait tout à fait.

En sortant de chez Bran, il jeta un œil en direction de la fenêtre : son frère était adossé au mur, l'air bien plus décontracté qu'à son arrivée, en train d'écrire un texto. Pourvu que ce soit à Taylor ! pensa-t-il. Et il croisa les doigts pour qu'elle lui livre une version semblable à la sienne.

Une fois derrière le volant, pour plus de sécurité, il la briefa par texto sur sa visite à son frère, puis démarra.

Tout devait à présent rentrer dans l'ordre.

Enveloppée dans une serviette en éponge bleue, Taylor enroula ses cheveux dans une autre de même couleur. Elle était restée fort longtemps dans la vapeur, désireuse de s'éclaircir les idées. Ce soir, elle ne travaillerait pas mais regarderait un bon film, au lieu de ruminer sur le mini-drame qui se jouait entre Royce, Bran et elle.

Avant le décès de son père, il était rare qu'elle passe une soirée seule à la maison : il fallait dire que ce dernier lui trouvait toujours une réception où se rendre à sa place ou bien l'y accompagner.

Si elle avait accepté quelques dîners ensuite avec Bran, c'était parce qu'il la comprenait, connaissait bien sa famille, et qu'il écoutait complaisamment ses histoires, eu égard à son père.

Oui, Brannon était un véritable ami et elle espérait regagner son amitié, elle détestait cet entre-deux désagréable !

Prenant tout son temps, elle se sécha les cheveux, s'appliqua de la crème pour le corps, puis enfila un pyjama confortable pour contrecarrer cette fraîche soirée de février, en Californie. Après quoi, elle s'écroula dans sa causeuse devant son écran plat géant, et saisit son téléphone qui était sur silence avant d'allumer la télévision. Ce fut alors qu'une série de textos s'afficha sur son portable : un de Brannon et plusieurs de Royce.

Elle lut celui de Brannon en premier.

Il faut que nous reparlions de samedi.

Ah, tout de même ! Il était grand temps qu'il comprenne qu'une discussion était nécessaire entre eux !

Elle passa aux autres messages.

J'ai expliqué à Bran que tu regrettais de m'avoir embrassé et que tu t'étais immédiatement excusée.

Sous la panique, tu as agi de manière confuse. Il comprendra.

Son sang ne fit qu'un tour.

— Sous la panique ? De façon confuse ? marmonna-t-elle.

Alors là, il allait l'entendre ! Elle appuya tout de suite sur Rappeler, et, dès qu'il décrocha, elle déclara :

— Tu as dit à Brannon que je t'avais embrassé et que je le regrette ? Que je t'ai présenté des excuses ? Moi ? Et tu lui as dit que j'étais confuse ?

— C'est à peu près ça, oui.

Elle exhala un lourd soupir, narines palpitantes. Quel était au juste le problème de Royce ? Comme Gia l'avait souligné, elle n'était pas toute seule dans ce cagibi.

— Et toi, tu regrettes, Royce ?

Il s'était montré si ardent, dévorant sa bouche comme si sa vie en dépendait, se pressant contre elle. Il était évident qu'entre eux passait une extraordinaire alchimie !

— Bien sûr ! répondit-il d'un ton détaché.

— C'est faux !

Il était possible qu'avant leur fatale rencontre dans le réduit il ne lui ait pas prêté attention, mais ce temps était révolu ! S'il croyait qu'elle ne l'avait pas vu la détailler pendant la réunion. Sans compter sa confusion à lui…

— Tu n'as pas apporté le bon rapport, à la réunion.

— Merci de me rappeler mon incompétence.

— Tu semblais si distrait lors de cette réunion, lui rappela-t-elle. Y avait-il quelque chose…

Ou quelqu'un…

— … qui te tracassait, Royce ?

— Oui, répondit-il.

Et sa voix, plus grave, lui retourna le cœur. Elle le savait ! Elle le savait que ce baiser était dû à autre chose qu'à l'exiguïté du cagibi.

— Mais cela ne se reproduira pas, enchaîna-t-il.

C'était moins une promesse qu'une revendication. Comment pouvait-il en être si certain ? Elle-même ne possédait aucune certitude, quant à son comportement, si une opportunité se représentait. Et quand elle repensait au regard de Royce : on aurait dit qu'il voulait la lécher du talon d'Achille à l'entrecuisse. Assez ! Elle rougit sous l'effet de sa propre imagination.

Puis elle frémit malgré elle en imaginant la scène, la langue de Royce sur sa peau… À propos…

— As-tu précisé à Bran qu'après que je t'ai embrassé sous la panique et la confusion tu as plongé ta langue dans ma bouche jusqu'à nous donner le vertige à tous les deux ?

Sur ces mots bien sentis, elle attendit sa réponse, cœur cognant à tout rompre. Il prit son temps, sans doute parce que la vérité l'embarrassait, ce qui lui procura une grande satisfaction.

— Je me suis laissé emporter, admit-il dans un murmure.

Un sourire aux lèvres, elle laissa sa main glisser sur le cuir en daim de sa causeuse. *Pas mal, Tay.*

— ThomKnox va traverser une période de transition dans les semaines et mois à venir, une fois que mon père aura pris sa retraite. Il faut que nous soyons le plus concentrés possible pour affronter nos actionnaires et investisseurs. Oublie ma bouche sur la tienne, ou sur n'importe quelle partie de ton corps, d'ailleurs. Il faut que nous continuions à travailler ensemble comme par le passé. J'imagine que, comme moi, tu estimes que nous devons montrer le visage d'une équipe de direction soudée.

Le mélange entre des paroles si intimes et si professionnelles l'irrita au plus haut point. Royce voulait toujours tout maîtriser, elle le savait, mais en l'occurrence, au point de croire qu'échanger un autre baiser avec elle atteindrait l'harmonie de ThomKnox ? À d'autres ! Que les hommes étaient de mauvaise foi.

Nier l'attirance réelle qui existait entre eux était non seulement une invention, mais aussi très cruel. Elle n'avait pas couché avec un homme depuis près de deux ans. Deux ans ! se répéta-t-elle. Car elle s'était alors entièrement consacrée à son père, s'efforçant de trouver des médecines alternatives, de bonnes ondes, de méditer, bref, de tout mettre en œuvre pour que perdure sa vie sur cette planète.

En vain, hélas ! Et voilà que Royce débarquait et lui expliquait ce qu'elle avait ressenti en l'embrassant ! Une attitude machiste qu'elle ne pouvait tolérer. En sus de sa prétendue indifférence !

— Soit ! Tu peux mentir autant que tu veux, reprit-elle. Mais dans la profondeur de ton être, tu connais la vérité, qu'elle te plaise ou non.

— La vérité, qu'elle me plaise ou non, est que cette scène n'aurait jamais dû arriver. Je suis tout à fait prêt à l'oublier, et je te conseille d'en faire autant.

7

Après avoir raccroché rageusement, Taylor n'avait pas eu le courage d'appeler Brannon. Elle était bien trop en colère contre l'aîné des Knox pour que cela n'ait aucun effet sur sa discussion avec le cadet. En outre, et combien même cela lui coûtait de l'avouer, Royce avait raison.

La société allait connaître une transition considérable, et il était déterminant que l'équipe de direction affiche la plus grande cohésion. Brannon et elle avaient commis des erreurs, lui en comptant la demander en mariage alors qu'ils n'avaient jamais couché ensemble et elle pour ne pas avoir rompu alors qu'elle savait parfaitement que leur relation ne mènerait à rien, et que celle-ci n'avait d'ailleurs jamais commencé.

Bon, il fallait néanmoins battre le fer tant qu'il était chaud et dès le lendemain elle irait discuter avec Brannon.

Elle arriva délibérément en retard pour ne pas tomber sur l'un ou l'autre frère dans l'ascenseur, et se dirigea tout droit vers le bureau de Brannon.

— Bonjour, Addi, dit-elle à son assistante.

Addison Abrams travaillait pour lui depuis six mois et, selon Brannon, elle lui était vite devenue indispensable, tant elle possédait de qualités : elle était intelligente, attentive et fort gentille ; cela, elle-même pouvait en témoigner car, après le décès de son père, elle l'avait gentiment et longuement serrée dans ses bras, ce qui l'avait beaucoup touchée.

— Bonjour, répondit-elle d'un ton moins enjoué que d'ordinaire.

Curieux. D'autant qu'en général elle ajoutait un compliment sur sa tenue. Bah ! Peut-être n'aimait-elle pas le gris, couleur de son tailleur, aujourd'hui. Les deux femmes ne se parlaient pas en dehors de ThomKnox, mais elle aurait tout à fait pu imaginer qu'elles deviennent amies, un jour.

— Que puis-je faire pour vous, mademoiselle Thompson ?

Tiens, ce ton formel était lui aussi inédit.

— Tout va bien ? osa Taylor.

Avec ses cheveux blond platine qu'elle portait en un chignon bas, son teint hâlé et sa robe orange feu, Addi était une vraie Californienne et, grâce à ses yeux bleu vif et ses hautes pommettes, elle pouvait se permettre les couleurs les plus vives.

Mais ce matin, son beau regard couleur océan était glacial.

— Tout va bien.

Sans rebondir sur cette réponse sèche, Taylor enchaîna :

— Je voudrais voir Bran s'il n'est pas trop occupé. Il est au téléphone ?

Addi vérifia le témoin rouge sur son bureau qui clignota deux fois avant de s'éteindre.

— Plus maintenant, répondit-elle.

— Parfait. Je peux entrer sans être annoncée ?

Addison hocha la tête, sourire forcé aux lèvres.

Taylor frappa doucement à la porte puis entra, et une expression de surprise se peignit sur le visage de Brannon.

— Je viens répondre en personne à ton texto.

— Quel honneur ! ironisa-t-il en fronçant les sourcils.

Hélas ! L'air irrité ne lui seyait pas autant qu'à son frère, Bran étant un homme avenant, à la bouche taillée pour les sourires ou les mimiques malicieuses.

— Assieds-toi, je t'en prie, poursuivit-il.

Et désignant les deux fauteuils en cuir noir disposés autour d'une table basse, il se leva pour venir prendre place en face d'elle. Avant, toutefois, il appuya sur une touche de son fixe et déclara :

— Addison, pouvez-vous nous faire monter deux cafés, s'il vous plaît ? Un noir pour Taylor et l'autre…

— Avec deux sucres et de la crème pour vous, l'interrompit son assistante dans le haut-parleur d'une voix suave.

Tiens donc, intéressant !

— Je constate qu'Addison n'est pas de mauvaise humeur avec tout le monde, juste avec moi.

— Disons que c'est son côté protecteur, trancha-t-il. Elle travaille pour moi, donc elle est forcément de mon côté.

Pas sûr que ce soit la raison, pensa-t-elle en notant le regard oblique qu'Addi lui lança à travers les persiennes avant de décrocher son téléphone pour passer commande. C'était peut-être tout simplement sa présence dans le bureau de Bran qui lui déplaisait, avec la porte fermée. Évidemment, elle avait dû entendre les commérages – quels qu'ils soient – qui couraient sur la demande en mariage ratée et le baiser…

Elle reporta alors son regard sur la chemise de Brannon, au motif amusant : de gros soleils orange étaient imprimés sur un fond jaune clair. Il était en accord avec la robe d'Addison, pensa-t-elle furtivement.

Ils échangèrent d'abord quelques banalités sur la société – sur le ton d'une politesse un rien forcée – jusqu'à ce qu'un stagiaire leur apporte du café.

Bran lui en servit alors une tasse, puis versa dans la sienne une dose exagérée de crème et de sucre avant de s'adosser à son siège, café à la main, attendant qu'elle parle. Entendu, après tout, c'était elle qui était venue le voir.

— Pourquoi voulais-tu m'épouser ?

Il émit un petit rire.

— Mais non, ce n'était pas mon intention.

— Si, répliqua-t-elle calmement.

— Je…

Il secoua la tête, de toute évidence irrité par ses propres agissements.

— Bon, c'était clairement une erreur de ma part, reprit-il.

— Tu m'as invitée deux fois à dîner dans un cadre romantique et on ne peut pas dire que les baisers que nous avons échangés ont été transcendants.

— Merci beaucoup !

— Bran, dit-elle en riant devant son air faussement offusqué, soyons honnêtes. Je suis l'une de tes meilleures amies, et vice versa.

Il baissa les yeux vers son café pendant quelques secondes avant de relever la tête et de croiser à nouveau son regard.

— J'avoue, ils manquaient de fougue, mais je n'en suis pas responsable.

— Et tu as pensé qu'une demande en mariage arrangerait la situation ?

— Pourquoi pas ? Des fiançailles, ça peut durer un certain temps.

Curieuse réponse... Que lui cachait-il ? Soudain, elle repensa aux remarques de Gia sur les ambitions de Bran relativement au poste de P-DG. Au fond, elles n'étaient peut-être pas infondées, Bran maniant visiblement fort bien l'art de la manigance nécessaire à une telle fonction.

— Royce t'a menti, déclara-t-elle, résolue à aller droit au but. Je ne me suis pas excusée de l'avoir embrassé, je regrette juste la façon dont cela s'est terminé entre toi et moi, tout comme le moment où la rupture a eu lieu. En fait, j'aurais dû mettre un terme à notre relation après ce dîner épouvantable autour d'un plat de fruits de mer, tu te souviens ?

— Je reconnais qu'on a eu un mal fou à trouver des sujets de conversation, ce soir-là.

— Alors que nous sommes les meilleurs amis du monde, précisa-t-elle aussitôt. Quelque chose m'aurait-il échappé ?

Et elle l'empoigna par le bras. Il lui adressa alors son fameux sourire patenté qu'elle admirait depuis toujours ; même s'il n'attisait pas en elle le désir que lui avait inspiré Royce, elle n'en trouvait pas moins Bran particulièrement beau, lui aussi.

— Le poste de P-DG signifie énormément pour moi, tout comme la société, finit-il par dire. Mais je veux fonder une famille, et je pensais avoir un foyer avant de changer éventuellement de fonction au sein de ThomKnox. Il m'a semblé que...

Il haussa les épaules avant d'ajouter :

— … que je devais faire avancer les choses.

Il fit la grimace, redoutant sans doute ce qu'elle penserait de l'aveu. Allons, elle le connaissait bien, et Gia avait raison : il ne s'était pas servi d'elle, il avait juste été rattrapé par cette course au poste de P-DG, contaminé par le virus de la compétition.

— Donc ton ambition est d'occuper la plus haute fonction dans la société, mais en réalité tu n'avais pas envie de m'épouser.

— Un mariage entre nous aurait été prématuré, éluda-t-il, sans doute pour la ménager.

— Écoute, Bran, je sais que tu es un être aussi généreux que ton père et que tu es entièrement dévoué à la société et à ta famille. Et qu'en leur nom tu serais prêt à tout, même à te marier.

Il plaqua tout à coup la main sur son front.

— Bon sang, Taylor, mais tu peux me dire ce qui m'a pris ?

— Et moi, alors ? J'aurais dû foncer sur toi quand je t'ai vu sortir cette bague et te questionner sur tes intentions pour les contenir. Mais à la place, j'ai paniqué.

OK, un point pour Royce, pensa-t-elle, puisque c'était le terme qu'il avait employé.

— Et tu es allée t'enfermer dans un cagibi !

— Non, ça, c'est un accident, je me suis retrouvée bloquée à l'intérieur.

— Et le baiser, c'était aussi un accident ?

Il lui lança un regard intrigué et ajouta en secouant la tête :

— Franchement, Royce et toi formez un couple encore plus mal assorti que nous deux.

— Ah bon, tu crois ? On a pourtant des points communs, lui et moi. Par exemple, on aime tous les deux le vin blanc alors que, toi, tu n'y touches pas.

OK, elle était ridicule. Heureusement, il ne releva pas mais déclara :

— Ton père a demandé ta mère en mariage à ce gala, et puis tu étais si triste, j'ai pensé que… Enfin, je ne sais pas ce que j'ai pensé, mais j'ai eu tort d'agir ainsi.

Il était si désarmant qu'elle se fichait au fond de ses motivations.

Ce fut alors qu'il prit ses mains dans les siennes et, l'aidant à se relever, ajouta :

— On est toujours amis ?

— Toujours, répondit-elle.

Là-dessus, il l'attira à lui pour la serrer affectueusement dans ses bras… Quand ils s'écartèrent l'un de l'autre, il lui adressa un sourire malicieux.

— Ah, quelle étreinte épouvantable ! s'exclama-t-il. Oserais-je dire écœurante ?

— Je dirais même plus : répugnante ! renchérit-elle.

Et elle prit bien vite son mug de café pour en avaler une gorgée car elle venait de voir un éclat orange derrière la porte vitrée. Addison les regardait d'un air dur, lèvres pincées, visiblement blessée.

— Taylor, je suis certain que tu vas trouver celui qui te convient, reprit Bran, mais ce n'est pas moi. Et arrête de me supplier de sortir avec toi. C'est embarrassant, à la fin.

Voilà le Bran qu'elle aimait ! L'incorrigible pince-sans-rire.

— Tu prends tes rêves pour la réalité, mon grand.

— En tout cas, cet homme, ce n'est pas non plus Royce.

— Pourquoi dis-tu cela ?

Il était inutile de nier que le baiser lui avait plu, et lui avait donné envie d'explorer la « piste ».

— Tu es mon amie, je ne veux pas te voir souffrir. Tu mérites mieux que lui.

Elle hocha la tête : au fond, il était difficile de le contredire, étant donné que Royce s'était montré vraiment très désagréable avec elle, ces derniers temps.

— Merci d'être passée, poursuivit Bran en lui ouvrant la porte.

Puis il ajouta à l'intention d'Addison :

— C'est plus fort qu'elle ! Taylor ne peut s'empêcher de me tripoter.

La plaisanterie tomba à plat, et elle sentit les yeux d'Addison rivés à elle tandis qu'elle s'éloignait. Pauvre Addi ! Elle était donc si jalouse ? Elle aurait voulu faire demi-tour et la réconforter, lui expliquer qu'il n'y avait rien entre Brannon et elle, et qu'il n'y avait jamais rien eu, mais elle avait une autre affaire à régler...

Avec l'entêté directeur financier de ThomKnox !

8

Tout était finalement rentré dans l'ordre, songea Royce à la fin de la semaine, avant de se plonger dans des rapports fourmillant de chiffres.

Il sursauta brutalement quand Taylor pénétra dans son bureau avec la force d'un ouragan ! Avait-il triomphé trop tôt ?

Sans transition, elle commença à se plaindre du fait que Lowell Olsen – le propriétaire de Box, un magasin spécialisé dans l'informatique – se questionnait sur la façon et l'endroit où il allait placer les produits de ThomKnox, ce qu'il n'avait jamais fait auparavant.

— Apple n'est pas le seul à vendre des produits design et sexy, tu sais. Nous allons sortir sous peu une excellente tablette, bien meilleure que celle d'Apple, et voilà qu'il veut nous faire payer le double pour l'exposer en tête de gondole !

Pendant qu'elle parlait et s'agitait, un des boutons de son chemisier s'ouvrit, au niveau de la poitrine.

Il s'efforça aussitôt de détourner le regard, mais ses yeux ne cessaient malgré lui de revenir à l'espace ouvert qui montrait un peu de dentelle rose. Le souvenir du baiser lui revint subitement et tout son corps se raidit, comme sous l'effet d'un choc. Il finit par baisser la tête et faire mine de lire des notes sur sa tablette.

— Tu m'écoutes ?

Pour lui prouver que oui, il répéta la dernière phrase qu'elle venait de dire et enchaîna :

— Lowell est un imbécile s'il croit que ThomKnox ne peut pas rivaliser avec n'importe quel produit du marché, et son chiffre d'affaires est aussi ridicule que son cerveau préhistorique.

Il la vit se mordre la lèvre, pour ne pas sourire. Décidément, il lui était difficile de faire abstraction de l'attirance qu'il éprouvait pour elle. Assez ! Il allait s'enfermer pour quelque temps dans son bureau, l'éviter au maximum, et ce qui existait entre eux finirait par passer. Il le fallait, et il y veillerait.

— Bien parlé ! s'exclama-t-elle. J'adore ce ton pince-sans-rire qui te caractérise.

— Tu veux dire que je suis prévisible ? C'est plus fort que moi.

Et sur ces mots, il porta à nouveau les yeux sur son soutien-gorge qui jouait à cache-cache avec son corsage en fonction des mouvements de Taylor.

— Absolument pas, dit-elle.

Et elle afficha un sourire suggérant qu'elle ne voyait pas en lui un directeur financier ennuyeux à mourir.

Comme l'idée était troublante...

— Mon chemisier a l'air de te plaire, tu ne le lâches pas des yeux, ajouta-t-elle tout à coup d'un ton ironique.

— Pas du tout, répondit-il en regardant ailleurs.

— Royce ! s'écria-t-elle soudain d'un ton outré. Mais tu aurais pu me dire que mon bouton était ouvert.

Et elle le ferma prestement.

— Je redoutais que tu ne m'accuses de te harceler sur ton lieu de travail. Tu es ma collègue et je te respecte, répliqua-t-il.

À ces mots, elle rejeta ses cheveux derrière ses épaules.

— Eh bien, la prochaine que l'on voit mes seins, dis-le-moi, s'il te plaît !

Il fronça les sourcils, pour repousser l'image qu'elle venait de convoquer en lui, à savoir celle de ses seins.

— Entendu, marmonna-t-il.

— Bref, on a besoin d'autant de publicité que possible pour notre nouvelle tablette, et Lowell reviendra à la raison avant son lancement. Sinon, tu pourrais signer cela ?

Et elle lui tendit une enveloppe.

— Qu'est-ce que c'est ?

— Une carte d'anniversaire pour Addison.

Il ouvrit l'enveloppe.

— Tu n'aurais pas pu en trouver une avec encore plus de paillettes ? questionna-t-il. Et y a-t-il une raison particulière pour que ce soit toi qui la fasses circuler ?

— J'ai l'impression que je dois faire amende honorable envers elle. Je vais aussi lui acheter un énorme bouquet. Je ne comprends pas pourquoi, mais on dirait qu'elle me déteste.

— Qu'est-ce que tu racontes ? Addison est adorable avec tout le monde.

Elle était brillante, souriante, professionnelle, Bran ne cessait de vanter devant lui les qualités de sa fantastique assistante, notamment quand il tentait de le convaincre d'embaucher lui aussi une assistante personnelle, au lieu de toujours s'en remettre aux stagiaires. Mais il aimait trop son indépendance pour partager son espace de manière permanente.

— Sauf avec moi. Elle m'a littéralement fusillée du regard quand elle m'a vue enlacer Bran.

Et elle roula des yeux, de sorte qu'elle ne le vit pas se raidir et serrer, sous le choc de la révélation, son Mont Blanc or et noir, au risque de l'abîmer.

— Quand elle t'a vu faire quoi ? parvint-il à demander.

— Je suis allée discuter avec Bran, reprit-elle.

Comment pouvait-elle prendre un ton aussi détaché alors qu'elle venait de lancer une bombe en lui annonçant qu'elle avait « enlacé » son frère ?

— Addison nous a vus, poursuivit-elle, et j'ai l'impression que cela ne lui a pas plu.

Eh bien, cela faisait deux mécontents, à présent !

— Je crois bien qu'elle a un faible pour lui, mais il est trop obtus pour s'en apercevoir.

— Mais pourquoi as-tu enlacé Brannon ?

La question avait jailli malgré lui. Il rajusta alors son nœud papillon pour tenter de se calmer.

— Quelle question ! Parce que c'est mon ami !

— Pour qu'Addison en soit jalouse, ce devait être un câlin bien spécial.

Elle riva alors sur lui ses beaux yeux, à l'éclat à la fois intrigué et intense. Un rien trop intense.

— Désolé, dit-il bien vite en désignant sa tablette, j'ai beaucoup à faire.

Ces paroles lui valurent cette fois un regard assassin alors qu'elle tripotait – sans doute inconsciemment – le bouton de son corsage, attirant à nouveau son attention sur son chemisier dont la soie lui caressait le corps... Il l'imagina alors défaire chaque bouton en forme de perle, puis laisser glisser son corsage sur ses épaules tandis que lui recouvrirait de sa bouche la moindre parcelle de peau qu'elle lui dévoilait...

— Merci pour la signature, dit-elle.

Il cligna des yeux, puis leva la tête vers elle.

— Je t'en prie, répondit-il d'une voix ferme.

Dès qu'elle fut sortie, il s'affaissa dans son siège. Placer Taylor dans la case amie et collègue ne marchait pas, surtout quand elle venait lui confier tout ce qui lui pesait sur le cœur avec autant de passion : le comportement indigne de Lowell, ses efforts pour regagner les bonnes grâces d'Addison. Elle n'en était que plus séduisante...

Or, il ne pouvait se permettre de céder à la tentation. Il avait du travail, et devait se concentrer sur la société et la période de transition qui les attendait, une fois que son père aurait pris sa retraite. De son côté, Taylor avait visiblement suivi ses conseils et arrangé les choses avec Bran, ce dont il aurait dû se réjouir.

Pourquoi n'était-ce pas le cas ?

Royce quitta la société avant 18 heures, ce jour-là, son père lui ayant demandé de le rejoindre au Rust and Boar, un restaurant huppé de River Grove ; ce rendez-vous était des plus opportun, car il était incapable de se concentrer.

C'était autour d'un verre de whisky, cigare à la main, que Jack Knox avait décroché ses meilleurs contrats, ceux qui avaient rapporté des millions à ThomKnox. Encore que son père ne soit pas un grand amateur de cigares ; le véritable adepte, c'était Charles, le père de Taylor. Mais Jack entretenait la tradition.

Il ne put retenir un sourire en se rappelant la dernière réunion de la société au Rust and Boar, sans doute parce que Taylor y était venue à la place de son père. Ce dernier aurait été fier d'elle : ThomKnox n'avait jamais été, et ne serait jamais, un club pour hommes. Taylor y était aussi respectée, voire davantage, que tous les membres masculins de la société.

II fronça soudain les sourcils : décidément, Taylor hantait ses pensées, et pas seulement pour ses atouts physiques. Or, c'était une femme qu'il devait admirer de loin s'il voulait rester fidèle à son éthique et à sa rigueur légendaire. Il devait cesser de penser à elle, cela n'avait aucun sens pour un homme comme lui, qui cherchait toujours à garder le contrôle en toute situation.

C'était sûrement le stress qui le perturbait en ce moment, se dit-il, l'éventualité d'être nommé P-DG, la tension qu'il y avait eu entre Brannon et lui pendant quelques jours, sans compter ce Lowell Olsen qui leur cherchait des poux dans la tête…

Pénétrant dans le restaurant, il repéra tout de suite dans le lounge la tête blanche de Jack, en train de rire de bon cœur avec la femme assise à côté de lui, en l'occurrence Macy – sa mère et son premier grand amour.

— Royce ! s'écria cette dernière en levant la main quand elle l'aperçut.

Il s'approcha d'elle et l'embrassa sur la joue.

— Tu es très en beauté ce soir, maman, lui dit-il.

Puis il se tourna vers son père à qui il serra la main.

— Ravi de te voir, papa.

— Notre table est prête, déclara Jack avec un grand sourire.

Brannon ressemblait définitivement à leur père, il avait hérité de lui ce côté léger et convivial qu'il leur enviait presque.

Eh oui, on ne pouvait pas gagner sur tous les fronts ! pensa-t-il. Et puis le caractère inaccessible qui était le sien pouvait aussi représenter une bonne arme.

— Messieurs et madame Knox, si vous voulez bien me suivre, leur annonça un homme en uniforme, cartes des menus à la main.

Et il les conduisit à l'étage, dans un salon privé qui appartenait en réalité à ThomKnox et où se tenaient de nombreuses réceptions importantes ; sans doute la fête liée au départ à la retraite de son père s'y déroulerait-elle, songea Royce, quand celui-ci se déciderait enfin à annoncer sa décision !

— Que célébrons-nous, ce soir ? demanda-t-il à ses parents une fois que chacun eut pris place autour de la table.

Elle donnait sur une vue à couper le souffle : d'imposantes montagnes se détachaient en effet sur un ciel d'un bleu vif, sans le moindre nuage, derrière les carreaux de la fenêtre. Il était rare qu'ils ne dînent que tous les trois ; en général, Brannon et Gia étaient de la partie, ainsi que Jayson Cooper au temps où sa sœur et lui étaient encore mariés.

— Buvons d'abord, nous discuterons ensuite.

Ouvrant la carte des menus, Jack prit son temps pour choisir un bon vin, puis ils commandèrent tous la truite en croûte aux amandes du chef accompagnée de légumes rissolés. Ils en étaient à la moitié du dîner lorsque Jack fut visiblement prêt à parler...

— C'est toi qui vas me succéder au poste de P-DG, déclara-t-il tout à coup, sans tambour ni trompette, entre deux bouchées.

Royce reposa lentement sa serviette sur ses genoux et croisa le regard de sa mère : à son magnifique sourire, il comprit qu'elle était au courant et approuvait la décision.

— Je l'annoncerai officiellement au bureau, lors d'une réunion prochaine, mais je tenais à te mettre au courant avant. Cela te donnera un peu de temps pour digérer la nouvelle. Je sais que tu es plus lent à accepter le changement que Bran ou Gia.

— Et eux, ils le savent ?

— Ils l'apprendront bientôt, répondit son père.

— Gia ne veut pas du poste, enchaîna sa mère. J'ai l'impression qu'elle a envie de s'occuper d'autre chose que du marketing, depuis son divorce.

— Vous verrez, elle finira par jeter son dévolu sur le département Technologie, dit Jack.

— Coop va adorer, marmonna Royce.

Jayson Cooper n'avait rien contre le fait d'avoir pour chef une femme, mais en l'occurrence il s'agissait de son ex-épouse…

— Brannon aimerait ce poste, et nous en sommes conscients, reprit sa mère.

— Mais toi, tu le convoites bien plus encore, insista son père.

Royce secoua la tête, mais juste pour la forme, car en réalité il avait envie de crier : « OUI » de toutes ses forces. Jack leva la main pour contrer un éventuel refus de sa part.

— Ne te prive pas de ce dont tu as vraiment envie, Royce. C'est ta spécialité, je te connais bien, tu sais. Mais en l'occurrence, tu es l'aîné et tu as de l'ambition, donc ne te sacrifie pas pour ton frère et ta sœur.

Son père afficha alors un fier sourire.

— C'est notre façon de te dire qu'il est grand temps pour toi d'accepter tes propres envies, précisa Macy.

— C'est aussi une démarche d'ordre égoïste, reprit Jack en reposant sa fourchette et son couteau. Tu es le seul qui soit en mesure de gérer ThomKnox, de doubler ses bénéfices. De mon côté, je compte faire construire une villa privée sur une île où ta mère et moi irons souvent passer des vacances, je n'aurai donc pas le temps de m'occuper de l'avenir de la société, et je n'en ai plus non plus le goût.

Et son père lui adressa un clin d'œil appuyé, pour montrer qu'il exagérait un peu.

Ce fut alors que Royce redressa les épaules : pour sa part, il en avait tout le loisir et l'envie ! Depuis l'obtention de son diplôme, il s'était entièrement dévoué à ThomKnox et, à l'instar de son père, il estimait qu'il était le plus apte à la reprendre en main, ce qui n'enlevait rien, bien sûr, aux compétences de Brannon et de Gia.

Comme il vivait seul, il pourrait se dédier pleinement à ses nouvelles fonctions et il oublierait dans la foulée toute cette pagaille entre Taylor et lui.

Oui, se redit-il, il convoitait ce poste de P-DG plus que toute autre chose au monde… Et il n'avait jamais été aussi près de l'obtenir !

— Entendu, déclara-t-il enfin.

Jack émit un petit rire et lui tapota la joue comme lorsqu'il était enfant.

— Tu vois, je te l'avais dit, déclara-t-il à l'intention de sa femme. Je savais bien qu'il serait ravi que le poste lui revienne.

Macy acquiesça.

— Je confirme, tu l'avais prédit.

À ces mots, il s'autorisa enfin à sourire, et à goûter pleinement au sentiment de satisfaction qui fourmillait dans tout son corps.

Le P-DG de ThomKnox, ce serait donc lui !

Que ses parents n'aient crainte ! Il saurait honorer la confiance qu'ils lui accordaient, et ils seraient assurément fiers de la succession.

9

Taylor accrocha son chemisier à un cintre de son dressing, puis en effleura la soie délicate, tout en pensant à Royce.

Il l'avait détaillée à son aise, ce matin, et le fait qu'il ne lui ait pas indiqué qu'un de ses boutons était ouvert n'avait rien à voir avec le respect qu'il lui devait en tant que collègue. Qu'avaient donc les hommes à toujours nier l'évidence ?

Elle secoua la tête. La journée avait été longue, elle n'allait pas se mettre à analyser cette incohérence maintenant. Retirant son pantalon, elle l'accrocha également, puis elle écarta des cintres, en quête de son legging le plus confortable.

Qu'est-ce que Royce avait essayé de prouver, aujourd'hui ? Qu'objectivement elle n'avait rien d'irrésistible ? Elle repoussa un nouveau cintre, se rappelant alors son regard intense rivé à ses seins. Il l'avait littéralement dévorée des yeux, oui ! Et pourtant, il s'en était défendu avec une telle véhémence !

De quoi avait-il donc peur ?

Et toi alors, de quoi as-tu donc peur ?

Pourquoi n'avait-elle pas été aussi directe avec lui qu'avec Brannon ? Était-ce toujours par respect pour les vœux de son père ?

Cela ne lui ressemblait guère de ne pas suivre ce que ses envies lui dictaient. Jusqu'à présent, elle n'avait pas éprouvé le besoin de poursuivre Royce de ses assiduités pour la bonne raison que jamais il ne l'avait regardée avec des yeux aussi convoiteurs qu'aujourd'hui. Il avait été si réjouissant de le voir lutter contre ses propres instincts, une bataille silencieuse durant laquelle il s'était contenté de froncer les sourcils mais dont elle n'avait pas été dupe. Elle avait eu l'impression qu'il se sermonnait intérieurement, et elle ne l'avait pas non plus incité à surfer sur la vague de ses désirs.

Elle soupira. Il lui fallait impérativement un chat ou un poisson rouge, bref une présence pour cesser de marmonner toute seule dans sa barbe le soir, et éviter de sombrer dans la folie. Elle repoussa un autre cintre et avisa alors une tenue qu'elle n'avait pas mise depuis longtemps...

Depuis l'époque de Seth Wheeler, en fait, le petit ami avec qui elle était restée le plus longtemps. Leur relation avait presque tenu un an, et elle n'excluait alors pas de l'épouser et d'avoir des enfants avec lui. Ses parents l'appréciaient énormément, et elle-même avait eu l'impression de sentir les frissons de l'amour dans ses bras, un mois après avoir fait sa connaissance. Et quand Seth lui avait avoué son amour, elle lui avait répondu, d'un cœur allègre, qu'elle aussi l'aimait. Ils se voyaient vivre ensemble, chacun ayant sa carrière et lui donnant la priorité. Puis Seth, qui était ingénieur, avait eu l'opportunité de partir travailler à Dubaï, le jour même où elle avait appris que son père souffrait d'un cancer.

Et sa vie avait brutalement pris un tour affreux, à de nombreux égards.

Seth estimait que cette offre était la chance de sa vie et n'avait aucune envie d'y renoncer pour rester en Californie ; de son côté, elle refusait de quitter le chevet de son père, espérant que Seth finirait par décliner le poste à Dubaï et resterait à ses côtés pendant que son père luttait pour sa survie.

Mais il était parti... Elle revoyait son air penaud, mais aussi si égoïste quand il lui avait dit :

— Il se peut que notre relation ne dure pas toujours, Tay, mais Dubaï, c'est du sûr.

Ses yeux tombèrent alors sur de la lingerie fine qu'elle avait achetée en vue de fêter son premier anniversaire avec Seth et qui était toujours restée dans son dressing. Le voilage noir glissait sur son corps comme un murmure, la rendant incroyablement plus féminine, et les broderies délicates qui ourlaient le col et le décolleté plongeant, dans le dos, hissaient ce body au rang de chef-d'œuvre...

Et comme elle l'avait acheté pour elle et non pour Seth et ce qu'elle ressentait quand elle le revêtait, elle l'avait toujours gardé, en se disant qu'un jour il y aurait un autre homme dans sa vie qui lui donnerait envie d'enfiler cette pièce qui lui avait coûté sept cents dollars.

Tout en caressant le tissu soyeux, elle se rappela la réaction de Royce, quand il avait appris qu'elle avait enlacé Brannon... Elle aurait parié que le même démon qu'Addison le dévorait, en l'occurrence la jalousie.

Elle reposa le cintre où était suspendu son body, puis le considéra à nouveau. Et s'il était temps de défier l'avis de son père ? Certes, elle l'aimait et le respectait ; il nourrissait assurément les meilleures intentions à son endroit, mais il pouvait aussi avoir tort, non ?

Royce la désirait, et vice versa.

Que lui restait-il à faire ? *À le prouver, voilà tout !*

Ainsi, si elle toquait à la porte de Royce de façon inopinée, vêtue uniquement, sous son manteau, de ce body dont la très courte jupe à volants mettait ses cuisses en valeur et dont les bretelles soulignaient la finesse de ses épaules, nul doute qu'elle ferait vaciller ses ultimes résistances. Il ne pourrait plus nier l'attirance qu'elle exerçait sur lui.

N'était-il pas grand temps qu'elle suive ce que lui dictait sa volonté, au lieu de continuer à se conformer à celle de ses parents, de ses amies ? Elle était sortie – à tort – avec Brannon pour faire plaisir à son père, incroyable tout de même, non ? C'en était assez ! On ne sentait pas tous les jours les étincelles du désir crépiter sur sa peau ; ce qui s'était passé entre Royce et elle arrivait si rarement. Même avec Seth, elle n'avait pas éprouvé une telle attirance.

Dénichant un trench blanc qui lui arrivait aux cuisses tout près du body, elle décrocha les deux cintres, avant de prendre ses escarpins noirs aux talons les plus hauts, sur l'étagère voisine.

Ils mettraient parfaitement en valeur le galbe de ses jambes qui dépasserait largement de dessous son manteau, pensa-t-elle, un sourire malicieux aux lèvres.

Vingt minutes plus tard, elle était au volant de sa voiture, sur le trajet qui menait chez Royce.

Une fois arrivé chez lui, Royce déposa son trousseau de clés dans le bol décoratif posé sur un guéridon, dans l'entrée, où se trouvait aussi une belle plante verte dont sa femme de ménage avait lustré les feuilles à la perfection. Elle avait également déposé un compotier de citrons dans la cuisine, ainsi qu'un bouquet de fleurs dans la salle à manger.

Il appréciait énormément ce genre de détails : vivre seul ne le dérangeait pas, mais il aimait sentir que le souffle de la vie avait balayé son appartement en son absence, ce qui tenait à l'écart le sentiment de solitude qui aurait pu naître de son célibat, qu'il chérissait pourtant plus que tout.

Enfin, jusqu'à présent.

Depuis que ses parents lui avaient appris qu'il serait le nouveau P-DG, il flottait sur un petit nuage d'allégresse, ce qui était rare chez lui. Après le dîner, sa mère l'avait laissé en tête à tête avec son père, devant un dernier whisky. Celui-ci lui avait assuré qu'il annoncerait la nouvelle personnellement à Bran et à Gia, et lui avait demandé de ne parler à personne de ce dîner clandestin ; après quoi, il lui avait prodigué quelques conseils sur les qualités qu'un P-DG devait avoir, la réserve et la discrétion étant primordiales. Il avait toutefois ajouté :

— Il ne faut pas non plus être toujours sur ses gardes. On peut parfois se permettre quelques licences, la terre ne s'arrêtera pas de tourner.

Une licence comme... Taylor Thompson ? avait-il tout de suite pensé. Et une fois encore, il avait revécu en pensées le baiser échangé dans le réduit. Ce moment de ferveur et d'abandon total. Certes, la terre tournait toujours tranquillement, mais lui avait reçu une sacrée secousse.

Pourquoi n'avait-il toujours pas oublié Taylor et ce baiser ? Ce moment, censé être un petit plaisir qu'il s'accordait à l'abri des regards, le hantait encore une semaine plus tard ! Rien que d'y repenser, des frissons le parcouraient, comme s'il avait la fièvre.

Il retira sa veste et alla se servir un dernier verre de vin : ce soir, c'était la fête ! Il allait se porter un toast à lui-même, tiens !

Il sortit une bouteille de sa cave réfrigérée, un zinfandel qui avait quelques années d'âge et dont il admira le goulot design. Ce fut alors que sa maison lui fit l'effet d'un cocon insonorisé, il était certes heureux, mais il n'était jamais très agréable d'ouvrir une bouteille sans la moindre compagnie...

L'idée de ne pouvoir mettre son frère et sa sœur au courant lui déplaisait, même s'il comprenait tout à fait les choix de ses parents, et leur envie de les en informer eux-mêmes.

Une fois la bouteille ouverte, il alluma une lampe posée sur une table basse, et, un peu perdu, s'assit sur son nouveau canapé au cuir vieilli devant la cheminée : il s'empara alors d'une télécommande, et d'un clic en fit jaillir des flammes. Puis il avala une gorgée de vin. Bon sang, qu'il était étrange de boire seul ! Il reposa son verre, prit un magazine, et sursauta au moment où il allait le reposer...

On venait de sonner à sa porte !

Il bondit, prêt à faire entrer son visiteur quel qu'il soit, même si c'était Brannon ou Gia : après tout, l'un ou l'autre lui tiendrait compagnie pour savourer son vin, ce qui serait plus convivial.

L'écran de sécurité dans la cuisine afficha alors la silhouette d'une femme, trop grande pour correspondre à celle de Gia. Il s'en rapprocha un peu.

Taylor ?

Un malheur était arrivé, pensa-t-il immédiatement, sans quoi, pour quelle raison serait-elle venue chez lui à l'improviste ? Mais quand il lui ouvrit, sa deuxième pensée fut qu'elle s'était trompée de porte.

Son mini-trench-coat était étroitement ceinturé à la taille et cachait ce qu'il imaginait être une jupe très courte. Ses jambes étaient lisses et hâlées, et ses escarpins noirs aux talons vertigineux en accentuaient le galbe. Sa chevelure ondulée retombait souplement sur ses épaules, vibrante de vie.

Eh bien finalement, il avait quelqu'un avec qui fêter sa promotion ! se dit-il, le pragmatisme étant une seconde nature, chez lui. Mais il était vrai qu'en l'occurrence il n'était guère difficile de ne pas l'être : Taylor était la sensualité et la tentation incarnées, juchée sur ces stilettos. Comment sa propre anatomie aurait-elle pu rester indifférente devant celle qu'elle lui montrait ?

Il fit remonter son regard le long de son trench-coat blanc à gros boutons noirs pour croiser bientôt son regard noisette où brillaient des étoiles. De la tête aux pieds, elle était à tomber par terre.

— Bonsoir, dit-elle d'un ton aussi innocent que le Petit Chaperon rouge.

Puis elle lui adressa un sourire digne d'un prédateur.

Ce fut alors qu'il entendit à nouveau les paroles de son père. *Il ne faut pas non plus être toujours sur ses gardes. On peut parfois se permettre quelques licences, la terre ne s'arrêtera pas de tourner.*

De fait, le baiser échangé dans le cagibi n'avait rien changé à la marche du monde. Finalement, il pouvait peut-être mener deux fronts à la fois...

Heureux pour elle qu'elle ait choisi un Grand Méchant loup plutôt bienveillant, il lui sourit à son tour et désigna son intérieur :

— Me feras-tu l'honneur d'entrer ?

10

Le mantra préféré de Taylor, c'était : « Donne tout ou rentre chez toi » ! Elle se l'était répété en enfilant son body La Perla qui avait glissé comme une caresse sur sa peau sensible.

Seulement voilà : maintenant qu'elle se trouvait chez Royce, sans rien d'autre que de la soie et de la dentelle, elle se mit à triturer nerveusement la ceinture de son trench-coat. Elle s'était peut-être surestimée, pensa-t-elle, inquiète, et aurait sans doute dû rentrer chez elle.

— Tu ne pouvais pas mieux tomber ! déclara Royce. Je n'avais personne avec qui faire la fête. Un verre de vin, ça t'intéresse ?

De toute évidence, il s'efforçait de faire comme s'il était tout à fait normal qu'elle débarque dans cette tenue chez lui à 22 heures, mais son attitude démontrait le contraire. *Royce voulait « faire la fête » ?* Curieux...

— OK, répondit-elle.

— Tu peux accrocher ton imperméable au portemanteau, si tu veux.

Avait-il une vision rayons X qui lui permettait de savoir ce qu'elle portait en dessous ?

— Euh... Non, ça ira, j'ai un peu froid, en fait.

Il acquiesça d'un bref hochement de tête, le visage impassible.

— Mon grand cru va t'aider à te remettre.

Sur ces mots, il se rendit dans la cuisine tandis qu'elle entrait dans le salon. Elle était déjà venue chez lui, peu après son emménagement, cinq ou six ans auparavant. Sa maison était fort spacieuse, mais elle l'avait trouvée peu chaleureuse, ce qui était tout le contraire ce soir : le canapé couleur whisky et la cheminée moderne au centre du mur lui donnaient envie de se blottir sur les coussins avec un bon roman.

— Et voilà ! entendit-elle.

Un instant plus tard, un verre ballon en cristal se matérialisa devant elle. Elle s'en empara, refoulant la moiteur qu'elle sentait se former sur sa main. Où était donc passée sa féminité rugissante ? Elle se faisait soudain l'effet d'un chaton sachant à peine miauler. Comme elle se décevait !

Pire, elle sentait sa confiance s'effriter : au fond, elle s'était peut-être trompée sur la réaction de Royce, ce matin, quand elle était venue le voir dans son bureau. Il se pouvait qu'il n'ait pas du tout fantasmé sur son décolleté, mais que ses yeux se soient posés par hasard sur son bouton ouvert ?

Était-il possible qu'il soit insensible à son charme ?

Argh !

— Royce, écoute...

Reposant le verre de vin, elle lui fit face, prête à s'excuser pour s'imposer chez lui si tard, mais peu désireuse de lui avouer la vérité. Elle devait d'urgence trouver un prétexte lié au travail pour expliquer cette visite tardive !

— Finalement, tu as changé d'avis pour ton imper ?

La question la laissa sans voix : elle ne s'était jamais sentie aussi vulnérable de sa vie.

Si elle répondait par la négative, elle pourrait alors lancer une discussion sur Lowell Olsen et discuter avec lui de la meilleure stratégie à adopter. Royce l'écouterait patiemment, émettrait quelques conseils, puis elle rentrerait chez elle sans que son intrusion chez lui n'ait eu de conséquence.

Mais si elle répondait oui... Si elle acceptait que Royce l'aide à retirer son trench-coat, et qu'elle se retrouvait en lingerie fine devant lui... La raison de sa présence chez lui à cette heure indue s'imposerait d'elle-même.

Était-elle prête à franchir ce point de non-retour ?

Il n'était pas non plus exclu qu'il l'enveloppe dans son

imperméable ou la recouvre de la première couverture qui lui tomberait sous la main, et ordonne : « Rentre chez toi, jeune fille ! »

OK, elle exagérait, il ne prononcerait pas de telles paroles, mais l'humiliation serait la même, s'il la rejetait, et il les penserait. Elle avait six ans de moins que lui, et, à part « l'anomalie » survenue au gala, il voyait toujours en elle la meilleure amie de sa jeune sœur, pas une femme pour qui il aurait retiré son costume afin de passer du temps sous les draps !

Sa gorge se noua : elle avait pris ses désirs pour la réalité et donné bien trop d'importance à ce qu'elle avait cru déceler chez lui. Son regard sur son décolleté n'était peut-être pas intéressé du tout, juste surpris.

— Taylor ? dit-il.

Et il fronça les sourcils, de toute évidence confus.

Bon, se dit-elle en reprenant sa respiration, c'était sa dernière chance de battre en retraite et d'éviter un potentiel cataclysme ! Ce fut alors qu'au fond d'elle-même un violent désir muselé commença à s'agiter… Ne tenait-elle pas une opportunité rêvée pour l'assouvir ?

Royce leva la main, s'apprêtant à prendre son trench-coat. Allait-elle avoir l'audace de le lui donner ?

Allez ! l'encouragea une petite voix démoniaque. *Lance-toi !*

— Oui, le voici, dit-elle sur une impulsion sans croire elle-même aux paroles qu'elle venait de prononcer.

Et elle eut la sensation d'être projetée dans une scène de film quand, dénouant son trench-coat pour le lui remettre, elle l'entendit dire :

— J'ai envie que tu l'enlèves.

Son cœur se mit à cogner comme un fou lorsqu'il posa ses mains sur les siennes pour l'aider gentiment à défaire le nœud de sa ceinture.

Le côté animal de Royce s'était brusquement éveillé en lui, prenant le pas sur son habituel pragmatisme. Une fois la ceinture dénouée, il fit glisser le trench-coat de Taylor sur ses épaules pour découvrir la soie noire légèrement chatoyante qui voilait à peine son corps. Le souffle lui manqua... Elle bougea légèrement, et le tissu glissa de façon fascinante sur ses seins, attirant son attention sur ses mamelons bien dressés.

Ce n'était pas une robe ; c'était de la lingerie d'un raffinement exquis, et il n'avait jamais rien vu d'aussi sexy.

Il leva les yeux vers elle, vers son visage qui semblait anxieux de sa réaction.

— Quelle agréable surprise ! murmura-t-il.

— Voilà les mots que j'attendais, répondit-elle d'un ton de toute évidence soulagé.

— Qu'aurais-je pu dire d'autre ?

— De remettre mon manteau et de rentrer chez moi.

Comment avait-elle pu imaginer un tel scénario ? Lentement, il lui ôta son imperméable.

— C'est ce que tu aurais aimé m'entendre dire ?

Elle secoua la tête. *Non.*

Parfait. Car une telle réaction était absolument exclue.

Recouvrant le canapé de son imperméable, il fit glisser les doigts sur le tissu incroyablement doux, avide de toucher sa peau, en dessous, qui devait l'être tout autant. Elle sentait terriblement bon, une odeur citronnée qui rappelait l'été. Par cette fraîche soirée de février, elle avait charrié le soleil de midi chez lui. Ses yeux pétillaient, elle s'était cambrée... Irrésistible, pensa-t-il en l'attirant vers lui. Et quand il captura sa bouche, elle lui rendit son baiser avec une fièvre égale à la sienne.

Puis il sentit ses doigts défaire les boutons de sa chemise avant qu'elle n'empoigne sa chevelure ; il pressa alors son érection contre elle et un charmant gémissement lui échappa...

Il délaissa le havre de sa bouche pour faire glisser ses lèvres le long de sa nuque tandis que, de ses mains, il palpait ses reins tout en rêvant à leur prochaine destination : sa généreuse poitrine sous le voilage... Et quand il posa les paumes sur ses seins, elle s'arc-bouta un peu plus, pour l'encourager ; alors de ses pouces, il se mit à titiller gentiment les pointes de ses seins...

Haletante, elle murmura son prénom, puis inclina la tête, paupières fermées.

— C'est ce que tu es venue chercher ce soir, Taylor ? questionna-t-il d'une voix rocailleuse.

Il était si rare qu'il lâche la garde, qu'il s'accorde quelques douceurs, une tranche de cake au chocolat de temps à autre, pas plus, mais jamais un dessert aussi sulfureux que Taylor ! Il savait, dès qu'il avait goûté sa bouche, qu'il allait la dévorer en entier.

— Oui, mais...

— Mais ?

— Je ne savais pas si ta réaction serait... favorable.

Saisissant l'une de ses mains, il la pressa contre son entrejambe pour qu'elle sente à quel point sa « réaction » l'était. Alors elle ouvrit grand les yeux, pupilles si dilatées qu'elles en avalèrent ses doux iris vert noisette.

— Tu es bien sûre de toi ? demanda-t-il malgré le lion qui rugissait en lui.

— Et toi ? répliqua-t-elle d'une voix rauque en s'en prenant à son nœud papillon.

En un rien de temps, le bout d'étoffe se retrouva par terre, puis, plongeant les yeux dans les siens, elle haussa un sourcil.

— Tu ne semblais pas très intéressé, ce matin.

— J'étais au travail. Que voulais-tu que je fasse ?

— Je te le concède.

Et elle posa les mains sur ses épaules, son regard toujours rivé au sien : ce qu'il aimait son air provocateur, convoiteur, affamé...

Subitement toute pensée le déserta : *Prends-la ! Prouve-lui qu'elle est belle et courageuse et combien elle a eu raison de débarquer ce soir à l'improviste.*

Au moment où il avait le plus besoin d'elle et avant que la raison ne reprenne les rênes.

S'agenouillant devant elle, il fit glisser ses mains sur son affolant body, avant de les poser sur ses fesses nues. Du pouce, il retraça la dentelle du string et ce fut à son tour de pousser un grognement. À travers le voilage, il captura alors un de ses seins ; elle s'agrippa immédiatement à ses épaules...

— Oh ! Royce... !

Il sentit un sourire de prédateur barrer son visage quand il s'en prit à son autre sein, avant de repousser les bretelles de son sous-vêtement sur ses épaules. En moins d'une seconde, celui-ci forma une petite flaque noire à ses pieds.

Retrouvant alors ses mamelons durs, il passa la main entre ses cuisses humides ; elle enchevêtra immédiatement ses doigts aux siens pour le guider, et il sentit son excitation monter d'un cran...

— Oui, oui ! murmura-t-elle d'un ton précipité.

Il redoubla ses caresses intimes tandis qu'elle ondulait contre lui, haletante.

Il était impatient à présent de la voir jouir sous sa main, aussi lui demanda-t-il de sa voix la plus sensuelle :

— Que veux-tu que je fasse, Taylor ?

— Ça, dit-elle en fermant les yeux.

— Sois plus précise.

— Que tu me touches, que tu...

Et bouche ouverte, joues rougies, elle poussa soudain un cri qui ne laissait aucun doute sur le maelström qui faisait rage en elle...

— Tu es si belle quand tu jouis, Taylor, murmura-t-il.

Une déesse aérienne, pour être précis.

Alors elle lui sourit, et ce sourire lui fit l'effet d'un miel blond se déversant sur un toast chaud.

— Je suis certaine que je vais en dire autant sous peu, rétorqua-t-elle, souffle saccadé.

Son audace lui plut. C'était d'ailleurs ce qui la caractérisait, mais il ne s'en était pas vraiment aperçu avant le gala.

— Eh bien, il n'y a qu'une façon de s'en assurer, s'entendit-il répondre.

Et la prenant dans ses bras, il la porta jusqu'au canapé, où dès qu'elle fut allongée sur le cuir elle entreprit de défaire son ceinturon.

11

Taylor n'imaginait pas à quel point elle désirait Royce jusqu'à ce qu'il l'effleure pour finir par jouer un solo endiablé de banjo sur son corps, notamment sur sa partie la plus sensible... Et elle qui estimait que le célibat lui convenait parfaitement !

Jamais elle n'aurait pu toute seule connaître les sensations que les doigts de Royce lui avaient procurées. Était-ce parce qu'ils étaient plus calleux que les siens ou car elle ne savait pas où il allait la caresser ? Et puis il y avait aussi tous les mots délicieux et osés qu'il lui avait murmurés... Oui, sans doute cela avait-il été déterminant dans la puissance de l'orgasme qu'elle avait ressenti.

Certes, elle n'avait pas couché avec un homme depuis fort longtemps, mais elle doutait qu'elle aurait connu une telle plénitude avec un autre que Royce, et pourtant, jamais elle n'aurait imaginé en lui un amant aussi expert. Ce soir, c'était un homme bien différent de l'ami et collègue qu'elle découvrait, une autre version de lui-même bien plus décontracté, prêt à tout pour la satisfaire.

Dans un même mouvement, il avait fait glisser son pantalon et son boxer sur ses cuisses musclées, et il se tenait à présent devant elle dans toute la splendeur de sa virilité. Un sourire aux lèvres, il ôta rapidement sa chemise et elle n'eut plus qu'une envie : caresser son corps, le sentir contre le sien, en elle.

À nouveau, la vague chaude du désir l'inonda, et elle se prépara mentalement à recevoir la masculinité qu'il incarnait. Mais, se penchant alors au-dessus d'elle, il l'embrassa et murmura :

— Je reviens.

— Mais… Où vas-tu ?

Se redressant sur un coude, elle le regardait s'éloigner : son postérieur était aussi musclé que le reste de son corps, constata-t-elle.

— Chercher un préservatif, dit-il avant de disparaître.

Naturellement ! Ils devaient se protéger.

Rassurée, elle se rallongea sur le canapé.

Bien vite, elle entendit à nouveau le bruit de ses pas et il fut soudain devant elle : il fit glisser le préservatif sur son impressionnante érection avant de la recouvrir de son corps. Vibrante d'impatience, seins durcis, elle poussa une petite exclamation à ce contact.

— J'aime la façon dont tes cheveux ondulent, lui dit-il.

Sur ces mots, il regarda par-dessus sa propre épaule, avant de lui adresser un sourire digne d'un pirate :

— Puisque tu as toujours ces escarpins si sexy, entoure ma taille de tes jambes, si tu veux bien.

Elle obtempéra, et il la pénétra dans la foulée… Elle se délecta aussitôt des nouvelles sensations qu'il lui procura, puis il commença à bouger en elle, s'enfonçant jusqu'à la garde, poussa un vague grognement…

Soudain, il releva la tête vers elle.

— Tout à l'heure, sur le seuil de ma porte, tu avais l'air du Petit Chaperon rouge, mais au fond de tes yeux j'ai vu briller une lueur déterminée.

— C'est-à-dire ? questionna-t-elle en haletant légèrement.

En effet, alors qu'ils parlaient, il continuait à chalouper au-dessus d'elle, avec douceur, adresse.

— Eh bien, tu n'avais pas l'air aussi innocente que tu le semblais.

— Oh ! tu veux dire que c'était moi le loup ? ironisa-t-elle.

— Dans notre scénario, il y en a peut-être deux, qui sait ?

Et il lui donna un coup de reins un peu plus violent que le précédent, tout en prenant soin d'effleurer son point le plus sensible. Sa pudeur en sursauta presque…

Royce lui adressa alors un clin d'œil, et elle éclata de rire.

— J'aime quand tu es comme ça, commença-t-elle d'un ton badin. Incapable de me résister.

— C'est dur.

— Oui, je le sens, répondit-elle amusée par le double sens de leur échange.

— Si tu te tais, je redoublerai d'efforts.

— C'est une menace ou une promesse ?

Il lui fallut une seconde avant de répliquer :

— Une menace que tu redemanderas une fois que tu y auras goûté.

Et il lui donna un bref baiser sur la bouche.

Visiblement résolu à lui faire perdre la tête, il se mit à aller et venir en elle de manière de plus en plus impétueuse et rapide tandis que, s'accrochant à lui, elle enfonçait ses ongles dans son dos, désireuse de sortir de son axe en même temps que lui. La voix lourde des efforts qu'il fournissait, il lui dit tout à coup :

— Je veux voir ta bouche former ce O si adorable, Petit Chaperon.

— Cela ne tient qu'à toi, Grand Méchant loup, répliqua-t-elle sur le ton du défi.

Un défi qu'il releva sans se faire prier : ajustant leurs positions, il lui décocha un sourire de fripouille, reprit sa bouche, et se remit à la chevaucher. Pas question cette fois de faire le grand saut toute seule, pensa-t-elle en retenant la jouissance qui allait à nouveau l'envahir pour qu'ils y plongent de concert...

Quelques instants plus tard, elle vit un puissant orgasme le soulever. Bon sang, ce qu'il était beau, pensa-t-elle avant de le rejoindre dans le plaisir indicible qui les unissait.

Taylor prit le legging et le sweat-shirt estampillé MIT que lui tendit Royce.

— Ils sont propres, dit-il. C'est Gia qui est passée ici pour se changer avant d'aller au gala.

Et ce n'était assurément pas lui qui s'était chargé de les mettre dans le lave-linge, pensa-t-elle avant de penser que c'était un bien mauvais procès à lui faire, étant donné qu'elle-même avait une femme de ménage. Encore qu'elle s'était réservé deux domaines : la cuisine, car la sienne l'inspirait par son volume et sa clarté, et le linge en raison de son côté tatillon. Elle n'aurait pas supporté qu'on abîme ses affaires !

— Merci, dit-elle en les enfilant rapidement, soudain gênée d'être nue devant lui.

D'ailleurs, il ne devait pas être très à l'aise lui non plus, car il avait détourné les yeux. Quand elle le rejoignit sur le canapé, il l'accueillit avec un grand sourire, et l'embarras se dissipa aussitôt. Le sweat-shirt était très échancré, constata-t-elle, et tombait sur une de ses épaules... que Royce ne cessait de scruter d'un regard convoiteur...

Installée à l'autre bout du canapé pour lui faire face, elle leva son verre de vin, et déclara :

— Donc, il t'aura fallu dix ans pour remarquer que j'étais une femme.

Il avala une gorgée de vin avant de répondre :

— Je l'avais déjà remarqué, tu sais.

— Vraiment ?

Elle avait dû ouvrir de gros yeux, car il éclata de rire, ce qui fit bouger le T-shirt bleu marine qu'il avait enfilé sur un bas de pyjama de même couleur. Il était pieds nus, et elle vit donc qu'il avait le pied grec, ce qu'elle trouvait particulièrement craquant, chez un homme. En revanche, elle n'en avait jamais connu qui portait un haut après l'amour.

— Je suis étonné que cela t'importe.

Elle s'éclaircit la gorge, mais il reprit avant elle :

— C'est juste une remarque sincère, pas un reproche. Tu es la meilleure amie de Gia, et tu es aussi plus proche de Brannon que de moi en raison de votre âge. J'avais vingt-quatre ans quand tu en avais dix-huit, je n'allais quand même pas être le premier.

— Ce n'aurait pas été le cas, puisqu'à cet âge je n'étais déjà plus vierge.

Elle leva un sourcil, ravie de le voir presser les lèvres.

— Et puis tu avais vingt-quatre ans, pas quarante-quatre ! Il n'aurait pas été totalement inconcevable qu'on sorte ensemble.

Toutefois, en prononçant ces mots, elle sentit le doute s'immiscer en elle : à l'époque, il avait des vues sur les étudiantes qu'il fréquentait, pas sur une lycéenne obligée d'assister à toutes les réceptions que donnaient ses parents ou celles auxquelles ils se rendaient ! Il ne soupçonnait absolument pas qu'elle l'admirait en silence, que sa taille, sa musculature, sa confiance en lui la fascinaient, tout comme ses silences et sa distance. Bran était si différent, jamais le dernier à rire, bien moins sérieux ; elle n'en adorait pas moins sa compagnie, c'était un ami très agréable, mais elle n'avait jamais fantasmé sur une relation amoureuse avec lui.

— Nous voici une décennie plus tard ! reprit-elle. Et contrairement à autrefois, nous nous croisons aux réceptions officielles auxquelles assistent aussi nos familles !

Elle se mit à rire, mais fut étonnée de l'entendre dire :

— Oui, et ce n'est pas toujours une sinécure.

— Ah bon ? C'est une corvée, pour toi ?

— Je le cache bien, non ? répliqua-t-il.

Et cette fois, ce fut lui qui releva un sourcil.

Ah ! Ce petit air voyou qui lui seyait si bien, c'était cela qu'il savait parfaitement dissimuler. Elle sentit des frissons la parcourir.

— On dirait que tu es très fort en la matière, renchérit-elle.

Et ses mots résonnèrent contre le cristal du verre qu'elle avait porté à ses lèvres.

Ce qu'elle aimait partager cet instant avec lui ! Dans son espace, avec le feu qui crépitait en face d'eux – et celui qui brûlait entre eux ! Tout comme elle adorait partager un verre de vin en s'exprimant à cœur ouvert avec lui. À quelques centimètres de lui.

— Je fais ce qu'on attend de moi, comme toujours.

Il haussa les épaules et ajouta :

— Je suis un fils modèle.

Oh ! oh ! elle n'était pas certaine que l'on attendait de lui qu'il couche avec Taylor Thompson… D'ailleurs, personne n'aurait davantage misé sur ses capacités à elle de le séduire. Une vague de fierté la submergea : finalement, elle était arrivée à ses fins !

— Il se trouve que j'ai toujours détesté en particulier le gala de la Saint-Valentin. Enfin à part cette année. *Comme par hasard.*

Sur ces mots, il lui décocha un regard brûlant qu'elle lui rendit sans réfléchir, et elle eut l'impression que l'air de la pièce allait s'enflammer. Ce fut alors qu'il lui toucha les orteils.

— Tu veux aussi des chaussettes ? questionna-t-il.

— C'est gentil, mais il va hélas falloir que je remette ces petites… merveilles, dit-elle d'un ton un peu ironique en désignant ses escarpins, aussi attirants qu'un corset.

— Moi, je les adore, si cela peut te consoler.

Il pressa alors ses orteils, geste qui lui sembla familier même si c'était une première.

— J'imagine que j'étais la dernière personne que tu pensais trouver sur le seuil de ta porte, ce soir.

À bien y réfléchir, il avait été fou de sa part d'espérer que Royce se jetterait sur elle dès qu'il la découvrirait à moitié nue sur son palier, mais il était vrai que ses instincts la trompaient rarement.

— Complètement ! Un instant, j'ai cru que c'était Bran qui venait me botter le derrière, parce que papa lui avait dit…

Il s'interrompit brusquement, comme s'il avait trop parlé.

— Bref ! Peu importe.

Pardon ? Il espérait vraiment s'en sortir par cette pirouette ? Que lui cachait-il encore ?

— Tu pensais que ton père lui avait dit quoi ?

Devait-il lui raconter ou pas, telle était la question qui de toute évidence le tourmentait. Il se leva pour chercher un plaid dont il la recouvrit, ce qui était fort attentionné, se dit-elle.

Puis, verre de vin à la main, il tourna les yeux vers la large baie.

— Le poste de P-DG me revient.

Elle cligna des yeux, sous le choc.

— Et… Comment le prends-tu ?

— Je suis l'aîné, la responsabilité me revient.

— Mais cela te plaît-il ?

— Naturellement ! s'écria-t-il sur un ton presque outré, comme pour l'avertir de ne pas le titiller à ce sujet.

En d'autres termes, il lui signifiait que leur intimité physique ne lui donnait pas pour autant accès à ses pensées profondes.

Il était primordial pour lui de définir des frontières, elle le concevait, il y avait tant en jeu ! Et plus encore à présent qu'il avait été nommé P-DG.

— Bien, je vais partir, dit-elle en rejetant la couverture. Je dois prendre mon petit déjeuner à la première heure avec ma mère, demain.

Il ne protesta pas, mais qu'attendait-elle, au juste ? Qu'il la supplie de rester et qu'il l'entraîne dans son lit ? Leur relation n'était pas placée sous le signe du romantisme, et d'ailleurs n'avait-elle pas donné le ton ? C'est-à-dire résolument sexy, eu égard à la façon dont elle s'était présentée sur le seuil de sa porte...

Enfilant ses chaussures inconfortables, elle se leva. Il n'hésita pas un instant à la suivre et, une fois dans l'entrée, lui donna son sac et ses clés. À l'extérieur, une brise fraîche agitait les palmiers en face de la maison, lesquels s'élevaient tout sombres contre le ciel de la nuit, qui l'était davantage encore.

— Bonne nuit, dit-elle en calant ses cheveux derrière ses oreilles.

L'embrasser une dernière fois aurait sans doute été déplacé, au lieu de quoi elle ajouta :

— Et bravo encore pour ta nomination.

Sur ces mots, elle s'éloigna en direction de sa voiture quand soudain il l'appela. Un espoir aussi fou que violent monta alors en elle : allait-il la retenir ?

Elle se retourna, le vit descendre une marche. Bon sang, qu'il était beau ! songea-t-elle...

Mais lorsqu'il ouvrit la bouche, il ne prononça pas les mots qu'elle attendait.

— Ne dis rien à Brannon ou à Gia !

— Naturellement, acquiesça-t-elle.

Et l'espoir retomba en elle avec une telle force qu'elle en eut le souffle coupé.

Il croisa alors les bras comme pour se protéger du froid.

— Maman et papa les préviendront chacun séparément, avant de faire l'annonce officielle dans les locaux de ThomKnox.

Elle en resta muette, déconfite par l'issue de cette soirée.

Il hocha rapidement la tête, puis remonta les marches et referma sa porte. Pour une idylle romantique, elle n'avait visiblement pas frappé à la bonne !

12

Royce balaya les lieux du regard. La réception donnée en l'honneur de l'anniversaire de Jack Knox se tenait au Hourglass, au cœur de San Francisco, ancienne marbrerie transformée en hôtel sélect sous la houlette d'un architecte de renom, et qui alliait une élégance à l'ancienne à un style aux accents plus bohèmes.

Le pan, derrière le bar, était en bois couleur ardoise ; le motif au sol en chevrons et le noir des colonnes contrastaient avec le bois veiné du mobilier. Des sièges rembourrés dans les tons de rouge brique, de vert olive et de gris anthracite entouraient des tables ourlées de cuivre, sur lesquelles se trouvait toute une variété de verres en fonction de l'alcool que choisiraient les hôtes.

Il était venu en voiture, accompagné de Gia. L'idée lui était passée par la tête d'inviter Taylor à se joindre à eux ; cependant, comme *normalement* il ne se serait pas préoccupé de la façon dont elle se rendait à la réception, il n'en avait finalement rien fait. La façon dont ils s'étaient séparés la veille l'avait plongé dans la confusion, mais il était vrai qu'il n'était pas très doué en psychologie féminine. Et Taylor en particulier représentait une véritable énigme pour lui.

Ce qu'il aimait, c'étaient les situations claires et nettes, comme un tableau Excel, composé de cases comportant chacune des informations précises. Hélas, on ne pouvait pas y faire entrer la nature d'une relation avec une femme !

Sans compter que Taylor était à peu près aussi gérable qu'un bateau dans la tempête.

Ils avaient couché ensemble, et l'expérience avait été fantastique, mais cela signifiait-il pour autant qu'il devait l'appeler ? Étaient-ils en couple ? Plus il y réfléchissait, et plus les réponses lui échappaient. Il avait donc résolu de compartimenter sa vie : ce soir, c'était l'anniversaire de son père, un point c'est tout.

— L'homme de la soirée est en route ! annonça Bran d'une voix assez forte pour que tous les convives l'entendent.

Puis il remit son portable dans sa poche, un grand sourire aux lèvres, épaules redressées. Il était de belle humeur, pensa Royce, et il s'en réjouit. Nul doute que ses parents ne l'avaient pas encore informé de leur décision, sans quoi son frère n'aurait sans doute pas eu l'air si heureux. D'ailleurs, Gia n'était pas non plus au courant, car elle aurait forcément abordé le sujet durant le trajet d'une heure, pour venir jusqu'ici.

— Et voici un scotch pour vous, monsieur, dit le serveur en lui tendant un verre.

— Merci, répondit-il en parcourant la salle des yeux.

Une soixantaine de personnes avait été conviée pour 20 heures, afin que « l'homme de la soirée » ne soit pas trop en retard car, si pour le travail son père était des plus ponctuel, il n'en allait pas de même pour les soirées : il aimait que la fête batte son plein avant d'y faire son entrée. En tout état de cause, il aurait juré que son père comptait faire d'une pierre deux coups, ce soir : fêter son anniversaire et annoncer son départ à la retraite.

Vêtue d'une petite robe noire, toute souriante, Taylor s'avança soudain vers lui. Bien que sa tenue n'ait rien d'extravagant, il sentit un frisson lui parcourir les reins. Elle lui arrivait aux genoux, et épousait des formes qu'il connaissait bien ; le décolleté lui rappela alors son body de la veille, puis il repensa à la façon dont elle avait ondulé sous lui… Portait-elle de la lingerie semblable, aujourd'hui ? À en juger par les bouts de ses seins qui pointaient sous sa robe, il aurait juré qu'elle ne portait pas grand-chose, en dessous.

— Salut, dit-il d'un ton affable.

Car lui demander si elle avait des sous-vêtements n'aurait pas été très poli.

Elle lui tendit un verre vide.

— Tu veux bien aller me le remplir au comptoir ? questionna-t-elle d'un ton désinvolte.

— Blanc ou rouge ? s'enquit-il en prenant son verre.

— Du rosé, s'il te plaît.

Forcément, avec elle, ce ne pouvait jamais être tranché, et un sourire lui vint aux lèvres, quand il passa sa commande.

— Et voilà ! dit-il en lui remettant quelques instants plus tard un verre rempli d'un vin tout rose. La même couleur que tes joues, hier soir.

Ses propres mots le stupéfièrent, car flirter n'était pas vraiment son rayon, mais il était vrai que Taylor suscitait toujours des comportements étranges, chez lui.

Quand elle porta le verre à ses lèvres, ses lourds bracelets cliquetèrent à son poignet, capturant au passage une flèche de lumière.

— C'est la première fois que je viens ici, dit-elle.

Et elle jeta un regard alentour, vers les lampes accrochées aux murs, juste au-dessus des tableaux pour les mettre en valeur : certains représentaient des scènes de chasse, d'autres étaient complètement abstraits.

— Ah bon ? Moi, c'est un de mes bars préférés non seulement pour le fantastique Macallan 1926 qu'on y sert, mais aussi pour le cadre. J'adore les sièges vintage en cuir si fin et si confortable.

— Il est vrai qu'on voit d'emblée qu'on recherche l'authenticité, ici.

— Et surtout, ils ne se prennent pas au sérieux. Dans les toilettes des hommes, un tableau représente des chiens en train de jouer au poker.

Elle ouvrit de grands yeux.

— Ah bon ?

— Mais non, dit-il en riant.

Il adorait la taquiner.

Elle éclata de rire, et tourna légèrement la tête, par discrétion, de sorte que ses cheveux retombèrent d'un seul côté. Tiens, elle s'était fait des mèches.

— Tu as changé de couleur de cheveux, reprit-il.

— Tu es très observateur !

Il allait lui donner d'autres précisions sur ce qu'il avait remarqué chez elle qui lui plaisait, son odeur citronnée, la caresse de ses cheveux quand il l'avait pénétrée, son érection au réveil alors que résonnaient encore en lui les cris de son orgasme de la veille, quand Bran surgit brusquement, une chope de bière à la main.

— Salut, les jeunes !

— Bonsoir, Bran, répondit-il.

Taylor reprit instinctivement un peu de distance avec lui, mais Bran ne parut pas s'en apercevoir et il se pencha vers elle pour lui donner un baiser sur la joue.

— Tu es beau dans cette tenue, dit-elle en détaillant son jean clair et sa chemise blanche.

Il ressentit alors comme un picotement de jalousie : elle ne lui avait fait aucun compliment sur son costume et son nœud papillon !

— Je suis prêt à tout, enchaîna Bran, yeux rivés à la porte, guettant l'arrivée de son père.

Et zut, il ne savait vraiment rien ! pensa-t-il. Ce fut alors qu'une pensée désagréable lui traversa l'esprit : Jack était un homme spontané et, même s'il avait affirmé qu'il annoncerait qui il avait choisi pour lui succéder lors d'une réunion prochaine au bureau, il n'était pas exclu qu'il ait opté finalement pour une autre option, et résolu de faire d'une pierre trois coups !

— Il arrive, lança une personne en descendant de la terrasse sur le toit.

Et de fait, Jack fit son entrée, Macy au bras ; il leva la main pour saluer l'assemblée.

— Que la fête commence ! déclara-t-il quand on lui apporta un verre.

Bran fut le premier à s'avancer vers lui et à l'embrasser, puis Gia lui succéda, Royce laissant ensuite ses amis et collaborateurs les plus proches l'approcher.

— Ton père est si décontract, dit Taylor.

— Décontract ? Tu veux dire décontracté ?

— Ah, ce que tu peux être vieux jeu parfois, Royce, dit-elle, clin d'œil à l'appui.

Puis elle tenta de se faire une place parmi les gens qui s'étaient agglutinés autour de Jack comme s'il était le soleil autour duquel gravitaient les convives. Il lui emboîta le pas.

— Je dois partir à 21 heures, dit-il alors. Rappelle-le-moi, s'il te plaît.

— Ah bon ? Mais pourquoi ?

Et il adora son petit air déçu, comme s'il lui manquait déjà.

— Pour ne pas rater mon feuilleton et avancer dans mes mots croisés.

Elle parut un instant perplexe puis saisit de toute évidence qu'il la taquinait.

— C'est malin !

Malgré lui, il se pencha vers elle pour humer son parfum enivrant.

— C'est toi qui as commencé ce petit jeu, murmura-t-il.

Et il soutint son regard pour qu'elle comprenne bien qu'il faisait allusion à la veille. Ce qu'il aimait être près d'elle ! Les femmes qui ne demandaient pas de comptes étaient si rares.

— As-tu vu la terrasse sur le toit ? questionna-t-il.

— Mais enfin, Royce, l'invité d'honneur vient d'arriver, souligna-t-elle.

— Non, l'invitée d'honneur est juste ici et c'est toi, rétorqua-t-il.

Sur ces mots, il glissa son bras sous le sien et la conduisit sur la terrasse.

13

Le bleu foncé du ciel séduit immédiatement Taylor, sur la terrasse, tout comme le décor résolument design, mais ce qui lui plut le plus, c'était de se retrouver seule en compagnie de Royce.

Avec son pantalon sombre, sa veste d'un gris foncé et sa chemise blanche, il incarnait le summum de l'élégance, sans oublier son nœud papillon, bien sûr, bleu marine et strié de fils d'argent.

Déboutonnant sa veste, il lui présenta une chaise sur laquelle elle prit place sans pouvoir retenir un frisson : en dépit du brasero et du vin, elle sentait nettement la fraîcheur, ici. Ce qui n'échappa pas à l'œil vigilant de Royce : il déposa promptement sa veste sur ses épaules, avant de s'asseoir en face d'elle, de sorte qu'elle put l'admirer en toute tranquillité. Il l'attirait tant, et elle n'imaginait pas qu'il serait si ouvert avec elle, après leurs adieux un peu curieux, la veille.

Soudain, le rire de Jack Knox attira son attention et elle déclara :

— Ton père ne se comporte pas comme un homme de soixante ans et quelques.

Elle inclina la tête, avant d'ajouter :

— Contrairement à toi.

— Très drôle ! fit-il en haussant un sourcil.

— À propos, je n'ai rien dit à Gia et à Bran. Ni pour nous ni au sujet de… l'autre histoire.

Et elle lui jeta un regard éloquent.

— Oui, c'est ce que j'en ai déduit, car je suis passé prendre Gia chez elle, et elle n'a abordé aucun des sujets pendant le trajet : or, elle n'est pas du genre à garder ce qu'elle pense pour elle.

— Ah bon ? Gia n'a pas pris sa voiture ?

Il parut hésiter, puis déclara :

— Depuis son divorce, elle me demande souvent de jouer les chauffeurs, mais je t'en prie, ne le répète à personne, sinon elle va me tuer.

Taylor hocha la tête : son amie était très indépendante et nul doute qu'elle n'apprécierait pas qu'on sache qu'elle se reposait sur son grand frère en matière de transport.

— Elle m'a demandé si les choses avançaient, entre nous, poursuivit-il avant d'avaler un trait de whisky. J'ai répondu par la négative.

Elle n'aimait guère avoir des secrets pour sa meilleure amie. Toutefois, jusqu'à ce qu'elle-même comprenne la nature de sa relation avec Royce, elle préférait elle aussi tenir sa langue.

Comme par un fait exprès, la voix de Gia résonna tout à coup derrière eux.

— C'est donc là que la soirée se déroule ? s'exclama-t-elle en se laissant tomber sur un siège, près de Royce. Eh bien, comment ça va, frérot ?

— On ne voulait pas interférer avec tous les courtisans, en bas. Comment ça se passe, alors ?

Il voulut lui pincer le nez, mais elle le fusilla du regard.

— Ah non, ne me prends pas pour une imbécile ! C'est toi qui convoites le poste de P-DG, pas moi !

Royce se rembrunit et lança un coup d'œil à Taylor.

— On devrait vous placer sur un ring, pour qu'un combat à la loyale vous départage. Tay et moi serions ravies du spectacle.

— Il n'y aura pas de lutte à mort, Gia. Désolé de te décevoir, mais j'accepterai la décision de papa.

À ces mots, sa sœur le considéra attentivement en silence.

— Qu'y a-t-il ? demanda-t-il d'un air impassible.

— C'est toi, n'est-ce pas ? questionna à son tour sa sœur comme si la vérité était gravée sur son front.

— Je... Euh... Comment...

Le rire bon enfant de Brannon s'éleva alors jusqu'à eux, et brusquement il arriva sur la terrasse en compagnie de Cooper. Ils s'avancèrent vers leur petit groupe. Gia lança un long regard à son frère, mais ne pipa mot ; nul doute qu'elle ne comptait toutefois pas en rester là !

Une heure plus tard, la plupart des invités - soixante-huit en tout, Addison y compris - avaient quitté la soirée pour des raisons diverses. La dizaine de convives restants envahissait à présent la terrasse. Des radiateurs extérieurs avaient été ajoutés pour contrer la fraîcheur de février, et ils se reflétaient dans la verrière qui donnait sur la ville. Au-dessus de cette barrière transparente se dessinait le croissant de lune, au beau milieu d'un ciel constellé d'étoiles.

Taylor portait toujours la veste de Royce qui était toute chaude et sentait comme lui, incroyablement bon ! Jayson Cooper vint s'asseoir à côté de Gia, tandis que Bran s'installa dans un fauteuil confortable près d'elle. La discussion roula sur Jack, chacun trouvant son départ à la retraite prématurée, d'autant que ce dernier semblait bien plus jeune qu'il ne l'était.

— Je suis heureuse d'avoir hérité de ses cheveux épais, déclara Gia. Mais la blancheur peut attendre.

— Et ça, alors ? renchérit Cooper en lui touchant une mèche de cheveux. On dirait bien que tu commences à blanchir.

— Arrête ! prévint-elle.

Et elle lui donna une tape sur la main.

Cooper sourit tandis que Taylor secoua la tête.

— Il te taquine, tu sais bien que tu n'as pas le moindre cheveu blanc et que tu es très belle.

— Ça l'énerve pourtant systématiquement, observa Cooper en riant.

— C'est pour cela que nous avons divorcé, précisa Gia d'un air supérieur.

— Pour cela et pour ton incapacité à admettre quand j'ai raison, répliqua-t-il avec un petit sourire.

Ces deux-là ! soupira Taylor intérieurement, ne sachant trop que penser de leurs chamailleries. Depuis leur divorce, parfois, on aurait dit qu'ils flirtaient et, à d'autres moments, ils semblaient avoir des difficultés à redevenir amis.

— J'aimerais porter un toast, déclara soudain Jack en se détachant du cercle de personnes avec qui il discutait. Et vous faire une annonce.

Royce la regarda à nouveau, et elle fronça les sourcils, comme pour le rappeler à l'ordre : seul Jack était censé savoir ce qu'il allait annoncer et, à l'expression de Royce, elle se demanda si l'annonce n'allait pas avoir lieu plus tôt que prévu.

— En réalité, commença son père, j'aurais dû organiser un base-jump, puisque nous sommes tous sur la terrasse.

Royce secoua la tête, sceptique quant à la plaisanterie. Ces derniers temps, Jack était de plus en plus intéressé par les passe-temps dangereux ; encore que sauter avec un parachute depuis un immeuble était illégal, il ne pouvait donc être sérieux.

— Si nous sommes réunis ici, c'est parce que je vous ai demandé de ne pas partir, enchaîna-t-il sans transition. Rassurez-vous, le personnel a utilisé des gaz inoffensifs pour que les autres aient envie de rentrer sans délai.

Parmi les convives restants se trouvaient – outre ses parents, son frère, sa sœur, Taylor et lui – la mère de cette dernière, Deena, Addison, Whitney, et quelques membres du conseil d'administration et autres hauts cadres.

— Merci d'avoir fait de mon soixante-deuxième anniversaire ce qu'il est, poursuivit-il en se déplaçant au sein du petit groupe. Je n'aurais jamais cru que ThomKnox serait promis à un tel succès. Quand Charlie et moi avons fondé la société, nous nous étions promis de ne pas tomber dans les travers d'une grande entreprise sans âme. Puis mes enfants nous ont rejoints…

Il posa la main sur l'épaule de Bran avant de placer l'autre sur celle de Taylor :

—… ainsi que la fille de Charlie.

Elle lui adressa un petit sourire triste en raison de l'évocation de son père, mais également reconnaissant. S'y mêlait aussi une autre émotion qu'il ne parvint pas à identifier et il s'en irrita ; pourquoi n'était-il donc pas plus perspicace pour lire dans les pensées d'autrui ?

Et plus particulièrement de cette femme...

— Je ne m'attendais pas à devenir le P-DG mais encore moins à ce que Charles quitte définitivement le navire.

À cet instant, il pressa l'épaule de Taylor, et celle-ci ferma les yeux. La disparition de Charles était encore toute fraîche dans les cœurs, et l'émotion fut tangible quand il avança vers Deena pour lui donner un baiser sur la joue.

— Nous voici à une nouvelle croisée des chemins, dit-il. Je ne rajeunis pas, mais, si vous demandez son avis à Macy, elle vous dira que j'ai gardé un esprit d'enfant.

— Ce qui est vrai, intervint alors sa mère en s'adressant à tous. Demandez à notre nouvelle Ferrari.

Tout le monde éclata de rire.

Jack leva la main pour ramener le calme.

— Il est temps pour moi de tirer ma révérence et de profiter de ma retraite, de réaliser ce que Charlie et moi projetions de faire, le moment venu. Mais n'ayez crainte, je vous laisse entre de bonnes mains. Celles de Brannon qui est un excellent président, celles de notre petit génie de fille qui a hérité du cerveau légendaire de son père, et nous a permis de toujours garder la tête hors de l'eau, ainsi que celles de notre super héros à la technique, Jayson Cooper.

— On se demande si elle est aussi intelligente que cela pour m'avoir laissé partir, glissa ce dernier en essayant d'embrasser Gia.

— Tu es vraiment nul, répliqua-t-elle, tout en lui adressant un sourire.

— Et entre celles de Royce, dit-il enfin en se plaçant juste derrière lui.

À cet instant, il posa les deux mains sur ses épaules et enchaîna :

— Royce est directeur financier depuis aussi longtemps que je me souvienne. C'est le plus *geek* d'entre nous, ce qui est déterminant pour une société de haute technologie comme la nôtre.

Une nouvelle salve de rires s'ensuivit. Pour sa part, il fit la grimace, non pour la plaisanterie de son père mais pour ce qu'il sentait venir...

— Il est compétent, confiant et à partir de maintenant il est votre nouveau P-DG.

La dernière phrase fut prononcée sur le même ton badin que le reste du discours, mais un lourd silence ne s'abattit pas moins sur la terrasse, le temps que tous absorbent la nouvelle.

Jack Knox venait de nommer son successeur.

— Je le savais ! s'exclama Gia.

Bran fronça les sourcils.

— À Royce ! déclara Jack en levant son verre.

Et des acclamations et félicitations s'ensuivirent, bientôt entremêlées d'une revendication :

— Un discours, un discours, un discours !

Bon sang, papa !

Ce n'était pas ainsi qu'il était censé communiquer la nouvelle, il devait auparavant en discuter avec Bran et Gia, et l'annonce aurait dû avoir lieu dans les locaux de ThomKnox. Si seulement il avait eu un parachute, il se serait essayé au base-jump, quitte à braver la loi !

— Eh bien, vas-y, mon fils, fais-nous un discours !

Il se leva en regardant fixement son père.

— Nous avions passé un accord, commença-t-il.

Jack fit la moue.

— Il arrive que les choses changent en cours de route, rétorqua-t-il.

Il considéra longuement son père, l'homme qu'il avait admiré toute sa vie, et se rendit compte qu'il était bien trop furieux pour prononcer un discours productif. Aussi, se tourna-t-il à la place vers Cooper et lui demanda-t-il :

— Peux-tu ramener Gia chez elle ?

— Euh..., fit ce dernier en regardant son ex-épouse.

— Je vais raccompagner Gia, intervint Taylor.

En d'autres termes, elle lui disait : « Pars. Je me charge de tout. »

Parfait, songea-t-il. Et, tournant les talons, il s'éclipsa sans prononcer de maudit discours !

— Deux rosés, s'il vous plaît ! demanda Gia au serveur, dans le lounge de son immeuble.

— Non, j'ai assez bu, je vais me contenter de m'asseoir avec toi.

En réalité, elle avait consommé très peu d'alcool, mais c'était la réaction de Royce qui lui pesait encore sur l'estomac.

— Il n'y aura donc pas de discours, avait conclu Jack.

Commentaire qui lui avait valu peu de sourires, la tension était palpable dans l'air. On avait à nouveau mis de la musique et petit à petit les conversations étaient reparties. Bran avait gardé le silence, visage impassible. Il n'était pas dans la nature de Gia d'être aussi mystérieuse.

Un quart d'heure après, celle-ci l'avait saisie par le bras et lui avait suggéré qu'elles s'en aillent, ce qui lui convenait tout à fait : elle en avait assez de cette soirée étrange !

Après qu'on leur eut apporté les deux verres de rosé commandés, Gia se pencha vers elle :

— Allez, juste un petit, l'incita-t-elle.

Elle ne pouvait pas laisser tomber son amie et d'ailleurs toutes deux avaient besoin de discuter, et ce qu'elle avait à lui dire requérait tout de même un peu d'alcool.

— Et toi, tu n'as pas le moindre cheveu blanc, tu le jures ? commença Gia en référence à Cooper.

Jouant le jeu, Taylor leva la main.

— Je le jure !

Son amie secoua la tête et soupira :

— Bon sang, quand va-t-il commencer à m'oublier et à tourner la page pour vivre sa vie ?

— Et toi ? ironisa Taylor en haussant un sourcil.

— Traître ! s'exclama Gia avant d'éclater de rire.

Après quoi, elle posa la tête sur l'épaule de Taylor et poursuivit :

— On aurait pu croire qu'il aurait, depuis, trouvé une nouvelle femme à titiller.

— Tu seras toujours titillée par Jayson Cooper, dit Taylor d'un air amusé. Est-il seulement sorti avec une femme, depuis votre séparation ?

— Je l'espère pour lui. Cela fait plus d'un an, maintenant. D'ailleurs, je me souhaite la même chose.

— Je te comprendrais si je ne venais pas de passer deux ans sans coucher avec un homme, répondit Taylor.

Et elle prit finalement un peu de vin, sans se rendre compte que son amie était restée bouche bée devant elle, après son aveu, à savoir que sa période de chasteté était terminée.

— Qui est-ce ? Celui avec qui tu as couché si récemment que tu ne m'as encore rien dit ?

Depuis sa rupture avec Seth, son amie avait joué les coachs en la matière, l'encourageant à rencontrer d'autres hommes. Mais naturellement, le décès de son père avait freiné Gia dans ses élans, et depuis elle la réconfortait en disant : « Quand tu seras prête, tu le sauras. Inutile de précipiter les choses. »

— Avant que je te raconte tout, tu dois me promettre que tu ne vas pas t'énerver.

— Oh non ! Tu as couché avec Brannon ?

— Non, avec Royce.

Gia ouvrit des yeux tout ronds, ne s'étant visiblement pas attendu à une telle confession.

— Royce ? Tu parles vraiment de mon frère aîné, le grand maître des finances respecté par tous, à ThomKnox ?

— Lui-même ! Je me suis présentée hier soir chez lui dans un body La Perla.

À nouveau, Gia entrouvrit la bouche.

— Pourquoi ?

La question était légitime.

— Mon père.

Son amie fronça les sourcils.

— Il m'avait toujours mis en garde contre Royce, me disant qu'il était trop âgé pour moi, mais j'imagine que notre baiser, au gala, ainsi que la façon dont Royce me regardait depuis…

— Ah bon ? Il te regardait ? Mais pourquoi ne m'as-tu rien dit ?

Le ton de Gia était accusateur, à présent, et elle l'avait méritée : en temps normal, elle lui racontait tout.

— Je n'en étais pas non plus certaine, il soufflait le chaud et le froid avec moi. Jusqu'à hier soir. Et là... ce fut torride !

— Ça alors, dit Gia en secouant la tête. Comment cela a-t-il pu m'échapper ?

— Nous sommes tous les deux de grands acteurs.

— Et donc, c'était comment ?

— Mais je viens de te le dire.

— Sois plus précise !

— Disons que cela a étanché ma soif, éluda-t-elle en désignant discrètement le serveur du menton.

Il ne perdait de toute évidence pas une miette de leurs propos.

— Je ne me suis rendu compte de rien du tout, s'écria Gia qui ne s'en remettait visiblement pas.

— Cela remonte juste à hier soir.

— Tu étais aussi au courant pour sa nomination ? questionna Gia, perspicace.

— Oui, avoua-t-elle. Mais à la décharge de Royce, sache que ton père lui a demandé de ne rien vous dévoiler, à Bran et à toi. Jack était censé vous l'annoncer puis officialiser la nomination lors d'une réunion, à ThomKnox.

— Et bien sûr, papa n'a pas pu s'empêcher de nous jouer un autre numéro, dit Gia en se mordant la lèvre. J'ignore en fait comment l'a pris Bran.

Quand elles étaient parties, celui-ci était en grande conversation avec Addison, et elle se demanda alors s'il n'avait pas utilisé cette dernière pour éviter de parler à son père.

— Bref, poursuivit-elle, Bran est un grand garçon, il s'en remettra. À propos, entre vous, tout est rentré dans l'ordre ?

— Oui, complètement. Je crois que tu avais vu juste quand tu as suggéré qu'il m'avait demandé en mariage pour obtenir le poste de P-DG. Mais il mourrait plutôt qu'avouer.

— Je vais l'étrangler, celui-là, après avoir réglé son compte à Royce. Incroyable qu'ils ne me racontent rien, je suis leur sœur, nom d'un chien ! soupira Gia. Au fait, tu as mangé, à la réception ?

— Juste un ou deux petits-fours.

— On ne peut pas survivre avec si peu de calories, décréta

Gia en hélant le serveur. Bon, qu'est-ce qui te ferait envie ? Ils servent de délicieux samoussas aux légumes ou au fromage, ici. Les deux ?

— Allons-y pour les deux !

14

Taylor était submergée de travail. Après l'annonce officielle de la nomination du nouveau P-DG, le lundi matin, les bureaux de ThomKnox vibraient d'excitation – et de commérages —, et elle devait répondre aux nombreux appels, messages et chats en ligne qui lui parvenaient de la légion de managers qu'elle supervisait. Le capitaine du navire prenant sa retraite, une nervosité mêlée de peur était palpable dans l'air.

Cela va-t-il affecter la date de mon départ à la retraite ?

D'autres changements de management sont-ils envisagés ?

Mon service va-t—il être restructuré ?

Et ainsi de suite.

Le mardi matin, quand elle osa sortir de son bureau, elle fut témoin d'une conversation un peu musclée dans celui de Royce, entre ce dernier, Brannon et Jack. Elle ne pouvait percevoir ce qui se disait, mais aux expressions des visages qu'elle voyait à travers les parois vitrées il était manifeste que la satisfaction n'était pas au rendez-vous.

La semaine, qui déjà lui semblait longue le mardi, lui parut interminable jusqu'au vendredi, jour de la présentation à l'entreprise de la publicité concernant le prochain lancement de leur nouvelle tablette. La salle de conférences était remplie à craquer des meilleurs managers de ThomKnox, Jack y compris.

— Ce sera ma dernière réunion, annonça ce dernier. Mais je ne pouvais manquer ce rendez-vous pour la sortie de notre T13. Elle a été conçue par Downey Design à Chicago, et...

Tandis que Jack s'exprimait, la température de la salle montait. Gia tapotait son stylo en or doré contre son agenda, écoutant son père ou faisant mine. Cooper était adossé à son siège, bras croisés et yeux rivés à Jack. Brannon et Royce, en revanche, échangeaient des regards noirs.

Bien.

De nombreux problèmes demeuraient irrésolus…

— Et maintenant, regardons la vidéo de la publicité, proposa Jack.

La tablette s'afficha sur grand écran, semblable à un ruban de lumière aux courbes ondulées, évoquant davantage une voiture de sport qu'un ordinateur plat.

Royce s'adossa à son siège, et ses phéromones qui devaient dormir depuis le début parvinrent alors jusqu'à elle. D'un coup, tous ses sens s'aiguisèrent, dans l'obscurité ; elle le sentit se pencher imperceptiblement vers elle et, quand elle entendit son souffle rauque, elle se rappela son haleine chaude dans son cou, la dernière fois qu'il l'avait embrassée. Et lorsqu'il s'éclaircit la voix, elle entendit, comme en écho fantôme, les paroles qu'il avait alors prononcées. *Jouis pour moi, Taylor. Maintenant.*

Même s'ils ne s'étaient pas parlé depuis une semaine, elle n'avait cessé de fantasmer sur lui, et elle comprenait presque pourquoi il avait suggéré qu'ils gardent leurs distances pendant le tournant que vivait l'entreprise, car ni l'un ni l'autre n'avait besoin d'une telle distraction.

Il avait été facile de l'éviter pendant cette semaine folle, mais à présent qu'ils étaient dans cette salle sombre, côte à côte…

Soudain, elle sentit les doigts de Royce glisser sur le dessus de sa main, puis son poignet… Elle reprit rapidement sa respiration mais, quand il retraça la ligne de son bracelet, une bouffée de désir monta instantanément en elle. La caresse était pourtant bien innocente, comment pouvait-elle la perturber à ce point ?

Elle changea de position dans son siège et jeta un bref coup d'œil alentour, pour vérifier que personne n'avait rien remarqué. Ouf ! Tous les regards étaient tournés vers l'écran où défilait sous toutes les coutures la rutilante T13 tandis qu'une voix *off* en décrivait les étonnantes fonctionnalités. Elle aussi aurait dû écouter, mais comment aurait-elle pu se concentrer alors que Royce, à présent, lui caressait la cuisse ?

Elle sentit ses doigts remonter encore, à un rythme irrégulier qui la rendait folle. Faisant mine de prendre des notes, elle se pencha en avant.

La vidéo déroula son argument le plus convaincant au moment où elle sentit sa main chaude coulisser sous sa jupe, jusqu'à son entrecuisse. Elle se figea, n'osant le regarder, par peur qu'il ne lise dans ses yeux le désir qui la consumait, encore qu'il n'ait guère besoin qu'on l'encourage... Il finit par retirer sa main, puis tourna la tête vers elle : dans la semi-pénombre, elle le vit hausser les sourcils. *À ton tour*, semblait-il lui dire.

Il lui lançait un défi ?

Voilà qui n'était pas très sage...

Jetant un regard furtif autour d'elle, elle posa sa paume sur la cuisse de Royce puis remonta... Il sursauta sur son siège, feignant un accès de toux, et en profita pour changer de position. Elle afficha alors un sourire digne de celui du chat du Cheshire qui n'aurait trompé personne, si tant est qu'on l'avait observée, mais, comme ce n'était pas le cas, elle plaqua la main sur l'entrejambe de Royce et croisa son regard : ses prunelles reflétaient une lueur intense, soulignées par la lueur de l'écran. Leurs yeux restèrent attachés l'un à l'autre, jusqu'à ce qu'elle retire sa main de son érection.

Elle expira alors lentement, le cœur battant comme un fou, son corps inondé d'une chaleur sensuelle, prête pour des étreintes plus intimes. Où se trouvait donc le cagibi dont ils avaient tant besoin ? Ce qu'elle désirait par-dessus tout, c'était enfouir les mains dans ses cheveux et l'embrasser à pleine bouche jusqu'à ce que, tous deux haletants, ils s'arrachent mutuellement leurs vêtements. Et peu importe qui jouirait en premier...

Brusquement, les applaudissements éclatèrent tout autour d'eux et les lumières se rallumèrent. Elle perçut alors une lueur de panique dans le regard de Royce.

— Eh bien, qu'en pensez-vous ? questionna Jack.

Puis, s'avançant vers Royce, il s'assit à côté de lui et poursuivit :

— Commençons par toi, le P-DG de ThomKnox.

Royce, des plus troublé – délicieusement troublé, à ses yeux attendris —, rajusta son nœud papillon.

— Au début, j'étais perplexe. Je me suis dit que ce n'était pas pour moi, la version d'un tel produit existe depuis des années et jamais je n'ai été particulièrement tenté. Mais après ce choc...

Et il désigna l'écran, même si elle savait pertinemment que la publicité n'avait rien à voir avec son choix terminologique, et poursuivit :

— ... j'ai changé d'avis. Sa ligne est trop sexy pour qu'on puisse passer à côté. Oui, elle est inoubliable. J'en veux plus.

Il lui lança un regard torride et ajouta :

— Et toi, Taylor, en tant que directrice des opérations, qu'en penses-tu ?

Faisant abstraction de ses joues en feu, elle plongea ses yeux dans les siens :

— Cela fait un petit moment que je l'ai à l'œil et j'attendais le moment idéal pour l'introduire dans ma vie. Ce pourrait être la nouvelle donne qui va changer mon existence alors que j'ignorais en avoir besoin.

Et chacun prit ensuite la parole à tour de rôle ; elle posa le regard sur chaque personne qui s'exprimait, mais son esprit demeurait concentré sur une seule, en l'occurrence l'homme assis à côté d'elle, dont elle ne pouvait détourner ni les pensées ni les mains... Et au diable les conséquences !

L'équipe de direction se dirigea vers la porte, Royce en tête. Il laissa Taylor passer devant lui afin de pouvoir, du regard, dévorer ses reins qu'épousait une jupe bleu marine. Sans compter ses jambes, juchées sur des escarpins rouges aux talons qui l'excitaient à un degré indicible.

Il attendit que tout le monde sorte, Brannon prenant tout son temps comme Jack. Quand Gia arriva à sa hauteur, elle se tourna vers lui.

— Vous êtes toujours en bisbille ? questionna-t-elle.

Pensant qu'elle faisait allusion à Taylor et à lui, il jugea prudent de ne rien répondre.

— Subtil, Gia, renchérit alors Brannon. Qu'est-ce que tu attendais ? Que je renverse la table de conférences ?

Elle parlait donc de la vive discussion qui avait eu lieu en début de semaine entre Jack, Bran et lui-même dans son bureau.

— Eh, les garçons, on a une société à gérer ! dit-elle avant de s'adresser plus précisément à son père : Sauf toi, papa. N'es-tu pas censé être en retraite ?

— Si, et cette histoire, ce n'est pas mon problème, dit-il en désignant ses deux fils. Je leur conseille malgré tout une bonne bagarre, pour en finir avec leur rage.

Royce poussa un grognement : Brannon et lui se disputaient depuis des années et jamais ils n'en étaient venus aux mains.

— Si vous voulez bien m'excuser, dit ce dernier en passant devant lui, mes devoirs présidentiels m'attendent.

Et jouant des épaules, il se fraya un chemin dans le petit groupe et fila.

Allons, tout rentrerait dans l'ordre bientôt, songea Royce. Du moins l'espérait-il.

Ce que lui reprochait son frère, ce n'était pas son poste de P-DG, mais le fait qu'il ait gardé le secret à ce sujet. Et au lieu d'en tenir rigueur à son père, pour le subterfuge, il passait sa fureur sur lui, mais nul doute qu'il était tout de même mécontent de ne pas avoir eu le titre.

Gia pointa soudain le doigt vers lui.

— Et toi, tu allais finir par me le dire, pour Taylor ?

Il s'assura que personne n'écoutait leur conversation avant de répondre :

— Non. En général, je ne te demande pas ton avis sur les femmes avec qui je couche.

Ainsi, Taylor s'était confiée à Gia, mais il était vrai qu'elles étaient très proches, il était donc tout à fait logique que cette dernière soit au courant.

— De toute façon, cela n'est arrivé qu'une fois, ajouta-t-il.

Même s'il était évident que ce qui venait de se passer lors de cette réunion était une invitation à réitérer...

Sa sœur lui adressa un petit sourire en coin.

— Si vous croyez tous les deux que vos petits jeux de regard sont passés inaperçus, tout à l'heure, vous vous mettez le doigt dans l'œil.

— De quoi parles-tu ? demanda-t-il en toute mauvaise foi. Nous serions bien imprudents, étant donné nos fonctions respectives. Le conseil...

— Le conseil, mais qu'est-ce que tu racontes ? C'est notre société, Royce, celle des Thompson, des Knox, et si tu peux la rendre heureuse, franchement, qu'est-ce qu'on en a à fiche de ce que les autres pensent ?

Il était heureux d'avoir sa bénédiction et, même s'il avait de bonnes raisons de demeurer prudent, il approuvait ses paroles : qu'est-ce qu'ils en avaient à faire de l'avis des autres ?

— Je te laisse réfléchir à la question, frérot, conclut Gia en se dirigeant vers l'ascenseur d'un pas déterminé.

Quand il pénétra dans son bureau, ce fut pour y trouver Taylor Thompson, assise sur le rebord de la table, ses longues jambes croisées, un stiletto s'agitant dans l'air. Son sourire quasi diabolique était en parfaite adéquation avec la couleur vive de son rouge à lèvres, et le tout l'incita à oublier instantanément la fameuse prudence qu'il venait d'invoquer !

D'ailleurs, en dépit de ce qu'il avait affirmé à sa sœur, il avait bel et bien l'intention de séduire Taylor, et lors de la réunion il était parfaitement conscient de la répercussion de ses actes.

— Bien, nous avons tout ce qu'il nous faut ? déclara-t-il en refermant la porte.

Il nota au passage que les persiennes étaient opportunément fermées, et en profita pour verrouiller la porte.

— On dirait que ton nouveau titre m'enivre, dit-elle en agitant toujours son stiletto.

Il se saisit alors de sa cheville et caressa son mollet de haut en bas jusqu'à ce que sa chaussure tombe.

— Donne-moi l'autre pied, répondit-il.

Tout en réitérant l'opération, il ajouta :

— Tu as tout raconté à Gia.

— J'avoue.

— Je commence à me demander si je ne me fiche pas au fond de ce que les autres penseront.

— Suffisamment pourtant pour fermer la porte à clé, observa-t-elle.

Et elle lui adressa un regard provocateur.

Il captura aussitôt sa bouche, pour se repaître de sa saveur et étancher la terrible soif qui toute la semaine l'avait tenaillé. Chaque fois qu'il l'avait vue dans les couloirs, en train de discuter avec Addison ou Bran, il avait ressenti un pincement au cœur, ce qu'il avait pris pour un avertissement. Mais quand les lumières s'étaient éteintes, lors de la réunion, il avait compris ce dont il s'agissait : c'était le désir qui venait frapper à sa porte.

Un désir intense.

Un désir que les caresses échangées tout à l'heure dans la pénombre n'avaient fait qu'attiser. Il avait hâte d'achever le travail commencé et de pouvoir, au lieu de la palper à travers le tissu, poser directement ses lèvres sur les plis de sa chair.

De toute évidence sur la même longueur d'onde que lui, elle lui déboutonna sa chemise, et embrassa son torse ; il glissa alors les doigts dans sa chevelure, savourant ses lèvres chaudes sur sa peau.

Une nuit n'avait assurément pas suffi, il fallait de nouveau qu'il s'enfouisse en elle, et qu'il l'entende hurler son prénom...

En une seconde, il ouvrit la fermeture Éclair de sa robe, et son soutien-gorge atterrit sur l'écran de son ordinateur au moment où il plaquait ses mains sur sa poitrine. De son côté, elle défit son pantalon et empoigna son érection, poursuivant ce qu'il avait initié lors de la réunion et qu'il allait finir.

Là, sur-le-champ, dans son bureau !

Sans mot dire, il roula son siège vers l'endroit où elle était juchée, puis s'assit dessus avant de le descendre aussi bas que possible de sorte que son regard se retrouva au niveau de sa délicieuse intimité.

— Mais qu'est-ce que tu fais ? demanda-t-elle d'une voix faussement innocente, où s'entendait une vive excitation.

Un string rouge ! Bingo ! On aurait dit qu'elle connaissait déjà ses fantasmes. Il fit lentement remonter ses lèvres le long des jambes de Taylor pour atteindre enfin la terre promise…

Ce fut alors qu'elle referma les cuisses autour de son cou, le rendant aveugle au reste du monde, uniquement bercé par le crissement de ses doigts dans ses cheveux et ses gémissements sensuels…

Se concentrant pleinement sur l'objet de sa convoitise, il la titilla, la caressa du bout de la langue, la mordilla afin de la satisfaire au-delà de ses espérances, afin qu'elle en redemande…

— Jouis pour moi, Taylor, murmura-t-il soudain contre sa chair en feu.

Son ordre y était-il pour quelque chose ? Toujours fut-il qu'un orgasme la saisit sans attendre et il goûta son nectar exquis, enivré par ses soupirs de plaisir. Elle en perdit l'équilibre, entraînant le téléphone dans son sillage alors qu'elle tentait de s'agripper au bureau, mais, quand l'appareil tomba par terre dans un bruit sourd, cela ne la détourna en rien de sa jouissance ; de toute évidence, une autre montée de plaisir la submergea, et cette fois ce furent sa calculatrice et ses lunettes qui volèrent à terre.

Quand il releva la tête, elle darda sur lui de grands yeux où brillait un éclat sauvage. Il était captivé par le seul fait de la contempler, elle était aussi imprévisible qu'un orage et deux fois plus dangereuse. Elle l'avait entraîné hors du monde en noir et blanc dans lequel il avait si longtemps séjourné et à présent il errait dans une sorte de brume…

Mais peu importait : l'alchimie qui passait entre eux était indéniable. *Incontestable.*

Quand elle s'agenouilla devant lui, il posa la main sur sa nuque… Décidément, il ne pourrait pas faire rentrer le génie dans la bouteille, comme il se l'était promis. Non, c'était impossible avec la langue de Taylor qui s'affairait si agilement sur lui… Son pouls battait à tout rompre et le monde lui semblait inexplicablement parfait, pensa-t-il juste avant que tout raisonnement ne le déserte…

15

Taylor avait toujours rêvé d'avoir un feu de cheminée dans sa chambre, tout comme des sols en pierre, une déco dans le style texan ou encore un lit modèle king size.

Et c'était précisément ce qu'elle trouvait chez Royce, pensa-t-elle en s'étirant, songeuse, devant les flammes.

Après une autre semaine où ils avaient dû déployer de gros efforts pour ne pas se déchaîner au bureau, c'était la quatrième fois… – euh, oui, ses calculs étaient bons – qu'ils passaient la nuit ensemble. La veille, il était venu chez elle après un arrêt chez le traiteur ; ils s'étaient d'abord dévorés mutuellement puis s'étaient restaurés en tenue d'Adam et Ève sur le canapé.

Ce soir, ils avaient d'abord dîné, et qui plus est en public, avant de se réfugier chez Royce et de se jeter l'un sur l'autre. À l'occasion de ses visites chez lui, elle avait pu constater à quel point son intérieur était ordonné, et qu'il savait aussi très bien cuisiner…

Un plateau à la main – rempli de deux verres à whisky et d'une bouteille —, il revint dans la pièce. Tiens, elle connaissait cette marque : c'était la préférée de son père.

— C'est avec ton père que j'ai goûté pour la première fois au whisky, lui dit-il, portant un simple boxer noir. J'avais dix-huit ans, je venais de finir de passer le bac.

Il lui tendit un verre et y déversa la boisson ambrée autour des glaçons.

— Ainsi que mon premier cigare.

— Oui, cela ressemble tout à fait à papa, dit-elle, petit sourire attendri à l'appui.

— Pour le cigare, je ne l'ai pas suivi, mais la texture et le goût du whisky m'ont entièrement convaincu. Il est à la fois épicé et compliqué.

— Comme toi, plaisanta-t-elle.

— J'ai pensé qu'on pourrait lui porter un toast.

Elle sentit ses yeux se brouiller.

— Tu sais…

— Oui, aujourd'hui, c'est son anniversaire.

— Et sais-tu aussi que je déteste le whisky ? Mais en son honneur, je vais en boire un peu.

Et quand le liquide lui brûla la gorge, elle plissa malgré elle le nez.

— Beurk, c'est épouvantable ! dit-elle entre ses dents.

Après la mort de son père, elle avait essayé de s'y habituer, pour se sentir proche de lui, mais ça ne passait vraiment pas.

— Tiens, reprit-elle, tu peux boire mon verre.

— Pour l'apprécier, il faut l'avaler lentement, déclara-t-il alors. Le laisser s'ouvrir en bouche. Et ne prendre qu'une gorgée à la fois.

Belle métaphore pour ce qui existait entre eux, pensa-t-elle. Royce s'ouvrait lui aussi peu à peu à elle, après leur premier baiser bien trop fulgurant, dans le cagibi. Et quand elle l'avait à nouveau savouré, elle avait compris qu'elle pourrait rapidement devenir addicte à cet homme.

Ils avaient franchi une étape en faisant l'amour au bureau, et cette semaine ils s'étaient comportés comme s'ils étaient… en couple ! Oui, elle avait osé le penser.

Si ça ne marchait pas entre eux, ce ne serait pas la fin du monde : chacun continuerait son travail au sein de la société, et elle tâcherait d'oublier qu'il était l'homme qui lui avait donné les plus beaux orgasmes de sa vie.

Mais si ça fonctionnait…

À cette idée, un sourire lui vint aux lèvres et elle but une deuxième gorgée de whisky, qui passa bien mieux que la première.

— Le glaçon aide, déclara Royce, dos appuyé contre la tête de lit rembourrée et yeux rivés sur le feu qui s'y reflétait.

La lueur orangée des flammes soulignait ses mâchoires carrées et la fermeté de ses lèvres.

— Mon père voulait que je lui emboîte le pas, reprit-elle, c'est pour cette raison que je suis devenue directrice des opérations.

— Mais ?

— Mais je souhaite également fonder une famille, même si pour ma mère un foyer n'est pas compatible avec une vie professionnelle.

Elle le vit pâlir, mais il enchaîna comme si de rien n'était :

— Et toi, qu'en penses-tu ?

— Je crois que je peux mener les deux de front.

Puis elle regarda son verre : pourvu qu'il ne se méprenne pas sur ses propos, elle ne se projetait en rien avec lui dans l'avenir !

— Le tout est de trouver le bon équilibre, dit-il.

— Tu as raison. Mon père était entièrement dédié à son travail et il avait pourtant le temps de s'occuper de moi. Il lui arrivait même de m'emmener à ThomKnox avec lui.

— Je me souviens.

— Ah bon ?

Elle se rappelait l'y avoir vu alors qu'il était fraîchement diplômé et qu'elle était encore adolescente, mais elle n'avait pas la moindre idée que lui aussi l'avait remarquée.

— Tout à fait. Et je me souviens aussi de l'avertissement de Charles.

— L'avertissement ? répéta-t-elle.

Son père l'avait plus d'une fois mise en garde contre Royce, mais elle ignorait que lui aussi avait eu droit à la leçon.

— Oh... C'est un peu gênant ! ajouta-t-elle.

— C'était nécessaire, précisa-t-il en la dévorant des yeux. Regarde où nous en sommes.

Et il caressa le bout de son sein qui dépassait du drap, ce qui était troublant, mais elle était trop perturbée par ce qu'elle venait d'apprendre pour lui sourire.

— Tout de même, je n'arrive pas à croire qu'il ait eu un tel culot ! marmonna-t-elle.

— Il t'aimait plus que tout.

— Il avait dix ans de plus que ma mère, tu le savais ? Et ils s'entendaient parfaitement. Pourquoi estimait-il qu'une relation entre nous était exclue ?

Elle perçut aussitôt qu'elle s'aventurait sur un terrain sacré : les raisons de son père étaient enterrées avec lui. Mais Royce, de toute évidence, ne pensait pas la même chose.

— Je ne vois rien là d'étonnant, plutôt un réflexe paternel stéréotypé. Il avait eu mon âge. Crois-tu qu'il se soit toujours comporté en parfait gentleman ?

— Euh...

Elle éclata de rire, préférant ne pas imaginer la vie de son père avant qu'il ne rencontre sa mère : Deena était splendide et il l'avait vénérée toute sa vie, elle ne voulait pas en savoir davantage.

— Il aimait bien Brannon, en revanche, finit-elle par dire.

— C'était un choix moins risqué, ironisa-t-il.

Et elle entendit une sorte de fierté dans sa voix à l'idée d'être le fruit défendu. Force était de le reconnaître : jamais il n'y avait eu entre Brannon et elle cette attirance explosive qui existait avec Royce.

— Allons, ne soyons pas sévères avec lui, poursuivit Royce. Ton père ne supportait pas l'idée de te voir grandir, peut-être qu'il cherchait aussi à se protéger lui-même. Dieu sait si le mien est fort en la matière.

— On peut dire que Jack sait attirer l'attention sur lui, admit-elle.

Royce regarda les flammes, sans répondre, et elle reprit :

— Quand on a parlé de ton nouveau poste, tu as dit que c'était ta responsabilité d'accepter. S'agissait-il uniquement de cela ?

— C'est mon héritage, mon droit d'aîné. Tout comme directrice des opérations est la fonction qui te revient, ton père voulait le meilleur pour toi. Tu représentais tout, pour lui.

— Il me manque, dit-elle.

— À moi aussi, répondit-il.

Et, posant son verre, Royce l'attira dans ses bras et lui baisa le front.

— Je me demande comment ma mère fait pour vivre sans lui. C'est ça la récompense qui attend une femme : quand elle a trouvé l'homme de sa vie, on le perd à la fin ?

— Ainsi va l'existence, Taylor, nul n'est éternel, il faut bien que quelqu'un parte en premier.

Pour tristes que furent ces paroles, elles la réconfortèrent et elle se blottit un peu plus contre lui. Après quoi, elle se redressa sur un coude et avala une autre gorgée de whisky.

— Alors ? demanda-t-il.

— Complexe, répondit-elle.

Et d'ailleurs, ce qualificatif convenait non seulement à sa boisson mais aussi aux sentiments qu'elle ressentait pour Royce. Elle n'avait pas du tout envisagé quoi que ce soit avec lui, sur la durée, mais elle songea alors furtivement à la beauté d'une vie auprès d'un homme de sa trempe.

— Il faut qu'on cesse de se voir ainsi, à la dérobée, déclara Taylor en entrant dans le placard à fournitures, près de la salle à imprimantes.

Cinq jours s'étaient écoulés depuis qu'elle avait siroté du whisky chez lui, dans son lit. Depuis qu'il l'avait tenue dans ses bras et consolée, et qu'elle s'était rendu compte que les sentiments qu'elle éprouvait pour lui commençaient à devenir bien plus profonds…

Il avait travaillé tard toute la semaine, et ce soir ne faisait pas exception à la règle. Tout le personnel était quasiment rentré, à cette heure, mais elle concevait aisément que son nouveau poste soit très prenant. C'était aussi passager, le temps qu'il s'habitue à ses nouvelles fonctions ; bientôt, il pourrait rentrer chez lui avant 21 heures.

En tout cas, il lui manquait, ce qui expliquait pourquoi elle l'avait suivi dans ce placard.

— Tu travailles tard, dit-elle.

Il la regarda, l'air exténué.

— C'est vrai... Et je ne trouve pas ce que je cherche dans ces boîtes, à savoir des trombones.

— Ah bon ? Ce ne seraient pas celles-ci, par hasard ?

Et elle brandit une autre boîte.

— Oui, merci ! Ah, ces entretiens pour trouver l'assistante idéale me tuent. La moitié cite des jeux vidéo dans leur CV comme violon d'Ingres et l'autre moitié est bien trop qualifiée pour le poste. Pas étonnant que Bran passe son temps à louer les compétences d'Addison.

— Tu finiras par trouver la bonne personne, dit-elle en rajustant son nœud papillon rouge. Et d'ici là, je me réjouis d'être tombée sur toi dans ce placard.

— Nous rejouons la Saint-Valentin mais de façon inversée, dit-il en l'attirant étroitement à lui.

Elle enfouit la main dans ses cheveux et poussa un petit gémissement de contentement quand, de sa langue, il titilla la sienne.

— Tu crois qu'il serait très déplacé de faire l'amour dans ce placard ? chuchota-t-elle.

Un lent sourire diabolique éclaira les traits de Royce.

— Qui pourrait nous adresser des reproches ? C'est moi qui suis aux commandes, maintenant.

— Mm, comme si je l'ignorais, dit-elle en frissonnant sous ses caresses sensuelles.

Après tout, il aurait été insensé de perdre une opportunité de s'envoyer en l'air avec lui et...

Subitement, la lumière inonda la salle d'imprimantes, éclairant aussi le placard.

— Oh ! désolée ! Je... Ça alors !

Addison se figea, documents à la main, mais ses deux derniers mots exprimaient plus la surprise que le reproche. De son côté, Royce se glissa subrepticement derrière Taylor, sans doute par décence ; de fait, elle sentit son érection contre ses reins...

Si Addison ignorait tout de leur relation, ce n'était désormais plus le cas et, qui plus est, elle pourrait dissiper chez Brannon tous les éventuels doutes qu'il nourrissait encore à leur sujet.

— Je ferai mes photocopies plus tard, déclara-t-elle avant de tourner les talons.

— Addi, une seconde ! s'écria alors Taylor.

Et elle lui emboîta le pas.

— Dernièrement, il m'a semblé que je t'agaçais et, pour ne pas tourner autour du pot, j'ai l'impression que cela a un rapport avec Brannon.

Addison s'empourpra, et ne confirma ni ne nia.

— Je ne sais pas ce que tu as entendu, mais Brannon ne m'a en réalité pas demandé en mariage, et lui et moi avons décidé d'un commun accord qu'il était préférable que nous restions de simples amis. Et quand tu nous as surpris en train de nous enlacer, c'était pour...

— Franchement, cela ne me regarde pas, Taylor, l'interrompit-elle. Et il n'était pas nécessaire que tu te justifies.

— Pourtant, à la façon dont tu regardes Brannon, on pourrait croire qu'il t'intéresse, insista-t-elle. Sait-il ce que tu ressens pour lui ?

— Je... Je ne comprends pas de quoi tu parles. Si tu recherches ma discrétion, rassure-toi, je ne dirai rien du tout pour Royce et toi.

— Non, ça n'a rien à voir. Mais Bran et toi...

— ... avons une relation d'ordre professionnel, pas privé, précisa-t-elle avec un sourire automatique. Tu peux embrasser qui tu veux au travail, ce ne sont pas mes affaires, moi, j'essaie juste de faire mon job.

Waouh ! Quelle gifle.

Agacée, elle fit encore quelques pas dans le corridor, et lança :

— Pour ma part, je trouve que Brannon et toi formeriez un beau couple.

À ces mots, Addison s'immobilisa et tourna lentement la tête vers elle, mortifiée. Ce fut alors qu'elle comprit pourquoi : Brannon venait de se profiler dans le couloir, l'air aussi outré que son assistante.

Taylor fit la grimace. La réconciliation avec Addison allait sans doute être plus longue que prévu...

16

Royce avait sous-estimé le temps que prendrait la transition d'un poste à un autre : celle-ci était plus compliquée que d'afficher une nouvelle plaque sur sa porte. En réalité, depuis sa nomination, il occupait deux postes à la fois, le précédent et le nouveau. Heureusement, il avait reçu en entretien aujourd'hui deux candidats au poste de directeur financier qui semblaient très prometteurs et il ne lui restait plus qu'à arrêter son choix sur l'un d'eux. Enfin, là encore, la décision était plus complexe qu'elle n'y paraissait, mais il pouvait tout à fait y réfléchir de chez lui.

Cette semaine, il était parvenu à dîner une seule fois avec Taylor, ce qui ne le satisfaisait guère. Par chance, elle était indulgente, et comprenait que cette période de changement soit agitée ; mais elle avait aussi ajouté que c'était juste temporaire, et qu'il allait rapidement sortir la tête de l'eau. Ces paroles étaient certes réconfortantes, encore que bien difficiles à appliquer dans la pratique.

Il s'était engagé à trois reprises pour un déjeuner avec elle, y compris aujourd'hui, samedi, et avait été incapable à chaque fois de se libérer.

Saisissant son téléphone, il s'apprêtait à lui envoyer un texto pour s'excuser lorsqu'elle apparut dans l'encadrement de la porte, deux sacs à la main.

— Surprise ! annonça-t-elle.

Il les lui prit des mains et aussitôt une délicieuse odeur de basilic, de sauce tomate et de fromage envahit son bureau : son estomac en grommela d'impatience.

— Cela sent terriblement bon, dit-il, avant de préciser précipitamment : Tout comme toi.

Et à son grand sourire, il était évident qu'elle ne lui tenait pas rigueur d'avoir fait passer la nourriture avant elle.

— Je n'ai pas entendu parler de toi, à 12 heures...

Il regarda son téléphone. 13 h 47 ? Comment était-ce possible ?

— Désolé, j'allais t'appeler, je n'avais pas vu qu'il était si tard.

— C'est ce que j'ai pensé. De toute façon, je devais passer au bureau vérifier une chose ou deux.

Elle regarda les boîtes de nourriture sur sa table de travail, et ajouta :

— Tu sais, tu peux me demander mon aide, si je peux t'être d'une quelconque utilité.

Il désigna d'une main lasse les onze fenêtres ouvertes sur son ordinateur.

— Te faire subir ça ? Non, tu me plais bien trop pour que je t'inflige une telle torture.

— Mais à qui d'autre que moi peux-tu confier les plus gros secrets de la société ? renchérit-elle.

Puis elle entreprit de déballer la nourriture et lui tendit une énorme *ciabatta* ; il en eut tout de suite l'eau à la bouche. Elle venait de chez Garlic, son restaurant italien préféré à River Grove. Il souleva un autre couvercle pour découvrir des lasagnes gratinées au parmesan, et à nouveau son estomac gronda.

Il trempa alors un peu de pain dans la sauce... Hum ! Paradisiaque.

— Bon, tu étais sérieuse pour l'éventuel coup de main ? reprit-il alors en revenant à sa proposition.

— Évidemment, je te rappelle que je suis directrice des opérations ! Je peux tout à fait t'aider pendant la transition et ainsi nous nous verrons plus souvent. Ce sera un rendez-vous de travail d'un type bien particulier.

Sur ces mots, elle lui tendit une fourchette en bambou.

— Ce que tu me proposes est proprement scandaleux ! dit-il en embrassant le coin de ses lèvres souriantes.

Ils se mirent à manger et à discuter sur la façon dont ils pourraient se répartir la surcharge de travail et, quand il termina le gratin d'aubergines – bien meilleur que ce qu'il aurait cru —, la perspective de leur tandem l'avait rasséréné.

— À propos, comment va Brannon ? questionna-t-elle tout à trac.

Un élan de jalousie le piqua alors, ce qui était tout à fait ridicule, puisqu'il savait que c'était avec lui et non son frère que Taylor voulait sortir. L'instinct possessif qu'il avait d'un coup éprouvé n'avait aucun sens.

— Il est affairé à m'ignorer, répondit-il.

— Je ne comprends pas pourquoi il est furieux contre toi. Ton père t'a choisi, sans que tu ne lui forces la main.

Il cala une de ses soyeuses mèches blondes derrière son oreille.

— Il m'en veut, car je ne lui ai rien dit quand papa m'a annoncé que le poste me revenait. C'est vrai que j'aurais dû.

— Tu étais loin d'imaginer que Jack allait en informer tout le monde le jour de son anniversaire.

Elle marqua une pause, et ajouta :

— N'est-ce pas ?

— Non, je n'en savais rien, mais j'aurais dû le deviner, connaissant mon père. Bon, tu es bien certaine que tu veux me décharger provisoirement de certaines tâches ?

— Sûre et certaine.

— Dans ce cas, merci. Pour cela et le reste.

— Le reste ?

— Avoir débarqué à l'improviste avec de la nourriture ! C'était un vrai bol d'air et tu as vraiment apaisé mon stress.

— Oh ! je voulais juste...

Mais il la bâillonna et elle ne protesta pas, ravie sans doute de son initiative : c'était ce qu'il adorait en elle, elle était toujours partante. Après sa semaine infernale, son soutien comptait énormément pour lui, même s'il éprouvait quelques difficultés à l'admettre.

— J'apprécie sincèrement ce que tu fais pour moi, plus que tu ne crois, et je tenais à l'exprimer.

En l'occurrence, il s'avançait en terrain inconnu : jamais il n'avait voulu se reposer sur qui que ce soit, jusque-là ; or, le soutien de Taylor ne lui donnait pas une impression de faiblesse, au contraire, il se sentait plus fort, avec elle à ses côtés. Et tant qu'elle ne le distrairait pas au point qu'il en travaillerait moins, il ne voyait pas le problème, ThomKnox restant en dépit de tout sa priorité numéro un !

— Cela ressemble à un abus de pouvoir, déclara Taylor.

Puis elle se mordit la lèvre, yeux rivés à l'e-mail affiché sur l'écran.

— Pourquoi ?

Elle plissa les yeux.

— Tu le sais bien, non ? Lowell Olsen est un grand distributeur et tu voudrais ruiner votre relation parce que je ne l'aime pas ?

— Personne ne l'aime, et n'oublie pas qu'il t'a rudoyée. On ne négocie pas avec les rustres comme lui. On trouvera un meilleur magasin.

Mains au-dessus de son clavier, elle hésita.

— Mais…

Il posa alors la main sur la sienne et le message partit : « Nous ne sommes plus intéressés par la vente de nos produits dans votre magasin », indiquait celui-ci.

— Oh non ! s'exclama-t-elle. Tu l'as fait.

Elle était à la fois ravie, choquée et, elle devait bien l'admettre, *ivre de pouvoir.*

— Oui, et maintenant l'affaire est réglée.

En matière de romantisme, Royce n'était pas le genre d'homme à offrir des fleurs ou des chocolats, non, son langage amoureux passait par le travail. Et elle vit dans cette rupture avec Lowell Olsen un geste très romantique envers elle.

Qu'elle apprécia fortement…

Eh oui, force était de le reconnaître, elle était complètement amoureuse de Royce Knox, mais avait assez de jugeote pour ne pas s'en ouvrir à lui. Il croulait déjà sous le travail, il n'avait pas besoin qu'une déclaration d'amour lui tombe dessus.

Refermant son portable, il le posa sur une pile de dossiers qui recouvrait la table basse.

— Devine quoi ?

Toi aussi, tu m'aimes ?

— Dis-moi.

— C'est l'heure du dessert.

Ils venaient de se goinfrer de lasagnes tout en travaillant, et il pensait encore à manger ?

— Comment peux-tu être encore affamé après ce que tu viens...

Elle s'interrompit quand il glissa la main sous la ceinture de son legging...

— Royce, protesta-t-elle pour la forme.

— Tu le mérites vraiment après ce week-end de dur labeur.

Qu'aurait-elle eu à lui opposer ? Rien. Et en un tournemain, il fit glisser son legging et sa culotte sur ses jambes qu'il se mit à embrasser, remontant de plus en plus...

Waouh ! Sa langue était en bronze, cet homme était incroyablement doué ! Ses compétences au travail, déjà énormes, se décuplaient dans la chambre à coucher, enfin en l'occurrence son salon. Ils couchaient ensemble depuis un mois à présent, et à chaque fois il l'emmenait au septième ciel. Il était le péché incarné, et elle se demandait comment il arrivait à si bien dissimuler cet aspect-là de sa personnalité au monde. Qui savait en effet ce qui bouillait sous son visage de financier sérieux portant parfois des lunettes ?

— Oui, ici, haleta-t-elle tandis qu'il la savourait.

— Tu peux être plus précise...

Non, c'était inutile, il savait parfaitement comment la satisfaire, et chacun réveillait d'ailleurs la bête débridée qui sommeillait en l'autre. En outre, quand elle lui avait proposé son aide pour le travail, cela lui était venu tout naturellement. *Ils fonctionnaient comme un couple amoureux.*

Ce fut alors que Royce, comme à chaque fois, trouva le déclic et le plaisir jaillit en elle, emportant toutes ses pensées et inquiétudes quant à leur relation : elle se referma autour de ses doigts, tandis que son clitoris vibrait sous sa langue.

— Oui, Royce, oui...

Et elle se retint de lui crier : « Je t'aime, je t'aime », le moment n'étant pas opportun pour laisser son cœur parler. Mais dans un monde parfait, il aurait répondu que lui aussi l'aimait, au lieu de lancer :

— Je reviens tout de suite.

Quand il entra dans la salle de bains, elle se jura de ne pas le bousculer : ils étaient ensemble pour l'instant, c'était tout ce qui comptait, et peu importait qu'elle l'aime à son insu. Il avait tout le temps devant lui pour découvrir la force de l'amour qu'elle éprouvait pour lui. Une fois que la période de transition serait terminée, il serait plus réceptif, voilà tout !

Lorsqu'il revint vers elle, il la souleva dans ses bras et lui ordonna à l'oreille d'enrouler ses jambes autour de sa taille. Elle obtempéra, et il la pénétra instantanément... Elle s'en mordit la lèvre, puis ils se mirent bientôt à haleter au fur et à mesure de ses allers et retours en elle.

— Taylor... Oh !

Elle cueillait de sa bouche chaque mot qui sortait de la sienne, le regard attaché à ses prunelles ténébreuses, tout en s'agitant contre le mur auquel il l'avait plaquée. Elle guettait le moment où l'orgasme allait le saisir, littéralement enivrée de lui procurer un tel plaisir, du pouvoir qu'elle avait sur lui.

La sueur coulait sur son front, des grognements de plus en plus fort lui échappaient...

— Plus vite, plus vite, l'encouragea-t-elle.

— Oui, oui...

Et sa voix se transforma soudain en un cri de jouissance tandis qu'elle embrassait son visage au goût salé.

Il ne le savait pas encore, mais il l'aimait, pensa-t-elle, mais elle ne précipiterait pas le cours des événements entre eux.

Ils avaient tout le temps voulu.

17

Un bref toc toc résonna dans le bureau de Royce, et son visiteur entra sans y avoir été invité.

— Je ne te fais pas la tête, tu sais, déclara Brannon en refermant la porte derrière lui.

Il retira ses lunettes.

— Parfait ! Et maintenant, tu peux sortir car je suis occupé.

Face au silence de ce dernier, il avait supposé que son frère était tout aussi affairé que lui et qu'il finirait par lui reparler, c'était le cas, tant mieux ! Même si un mois s'était écoulé depuis la réunion où Gia lui avait demandé s'ils étaient toujours « en bisbille ».

Celle-ci avait d'ailleurs surgi dans son bureau, la semaine dernière, en décrétant que, si à cause de lui Taylor avait le cœur brisé, elle se chargerait de lui faire regretter son attitude. Il lui avait répondu qu'entre eux il n'y avait rien de sérieux, ce qui était pur mensonge, car ils se voyaient vraiment très régulièrement et passaient la plupart de leurs week-ends ensemble. D'ailleurs, ils avaient des projets pour ce soir.

Quant à Bran, il savait qu'ils « sortaient ensemble », pour reprendre ses propos que Gia lui avait rapportés et qui étaient d'ailleurs bien plats pour décrire la réalité de leur relation.

D'ailleurs, que faisait-il encore dans son bureau, celui-là ?

— Bon, si tu comptes t'attarder, prends au moins un siège, lui dit-il.

— C'est toi qui dois te lever.

— Écoute, je travaille. On vient de régler notre différend, non ?

— Nous avons un rendez-vous à midi, lui annonça Bran en croisant les bras.

— Non, il ne figure pas sur mon agenda.

— Eh bien, inscris-le et lève tes fesses de ton fauteuil !

— Si tu as quelque chose à me dire, pourquoi ne le fais-tu pas directement, au lieu de venir m'interrompre dans mon travail pour me raconter des inepties ?

— Écoute, tu me remercieras de t'avoir incité à venir à ce rendez-vous. Il va nous permettre de retomber sur nos pieds.

Il retint un soupir. Il était prêt à tout pour son frère, même le suivre à un rendez-vous mystérieux, afin de faire amende honorable. Ils devaient gérer une société ensemble, et ThomKnox ne fonctionnerait pas si l'un des membres de la fratrie ne coopérait pas. L'union ne faisait-il pas la force ?

Refermant son ordinateur portable, il se leva.

— Que dois-je apporter ? demanda-t-il.

Bran lui adressa un sourire suffisant.

— Rien. J'ai veillé à tout.

La maison de Bran était carrée, moderne et épurée, une vraie utopie faite de verre et d'acier, sans la moindre note de chaleur. Curieux, pensa Royce, comme leurs demeures respectives contrastaient avec leur personnalité.

Son frère l'entraîna alors dans le patio où se trouvait une piscine et… Il se figea.

— Non, ne me dis pas que tu as pris papa au sérieux.

— Si. C'est bien un ring ! Et cela va nous faire le plus grand bien. Je me suis entraîné avec un coach et tu sais ce que j'ai compris ?

— Que tu n'étais pas Mike Tyson ?

— Que cela aide à libérer ses émotions. À résoudre ce qui ne l'est pas.

Sur ces mots, Bran enfila un premier gant, puis lui en lança une paire.

— Non, ne compte pas sur moi pour me battre avec toi, Bran.

— Te battre ? Mais il s'agit de boxe, c'est un sport.

C'était surtout ridicule, oui ! Espérait-il vraiment que quelques coups de poing allaient tout résoudre comme par miracle entre eux ?

— Eh bien quoi ? Tu as peur que je te batte à plate couture ?

Et Bran lui décocha un sourire oblique.

Il n'avait rien à prouver à son petit frère, mais pouvait-il refuser de relever un défi ? Cédant à ses plus bas instincts, il ôta sa veste et enfila les gants.

Une fois sur le ring, son frère lui donna de brèves instructions – puisqu'il s'était visiblement entraîné —, et chacun commença à tourner en face de l'autre.

— Tu aurais dû me dire que c'était toi que papa avait choisi, déclara Bran.

— Il m'avait demandé de ne rien dévoiler, répondit Royce en ouvrant grand les bras.

— Poings en l'air, lui rappela son frère. Je n'ai pas envie de te casser le nez.

Et il lui montra comment les tenir devant son visage pour le protéger.

— C'est vraiment stupide, soupira Royce.

— On est tous les deux dans le même bateau, ce qui veut dire que, parfois, on peut contourner les ordres de papa. Comme quand on était enfants.

Au lieu de répondre, Royce leva promptement les poings pour parer le coup que son frère tenta de lui asséner.

— Bien, tu apprends vite, observa Bran. En l'occurrence, j'aurais aimé être au courant au lieu de me sentir idiot à la réception.

— Personne ne l'a remarqué, puisque tous les regards étaient braqués sur moi, ce qui ne m'a pas davantage plu, vois-tu ?

— On aurait pu montrer un front uni, reprit Bran en balayant l'air.

Encore une fois, il sut s'écarter de la trajectoire de son poing.

— Et sinon, entre Taylor et toi, ça roule ?

— Pardon ?

— Ah non, ne me prends pas pour un demeuré, maintenant !

Taylor et toi êtes ensemble, j'en suis certain, d'autant qu'Addison vous a surpris dans le placard à fournitures.

Son frère lança à nouveau la main, et le manqua encore.

— Mais qu'est-ce que tu… ?

Il baissa les bras et les releva aussitôt pour ne pas recevoir dans la mâchoire le coup qui lui était destiné.

Bran se mit à rire, de façon un peu trop appuyée selon lui.

— Ne lâche pas la garde !

— Mais enfin, on est des ados, ou quoi ? Je ne suis pas amoureux, Taylor et moi sommes justes des partenaires physiques, au sens le plus strict du terme.

— Et elle n'attend rien d'autre de toi ?

Alors les paroles de Taylor, la nuit où il l'avait initiée à la consommation de whisky, lui revinrent.

— Elle veut se marier, fonder une famille et continuer à mener de front sa carrière, répondit-il. Et je suis certain que je ne suis pas impliqué dans la première partie de la liste.

— Ah bon ! Et comment peux-tu en être si *certain* ?

Royce lui lança un regard noir tandis que son frère poursuivait :

— Tu es intelligent, Royce, sauf quand il s'agit des femmes.

Cette fois, ce fut lui qui attaqua : il manqua le visage de Bran, mais celui-ci, sous l'effet de surprise, en perdit presque l'équilibre. *Tout de même !* pensa-t-il, satisfait de cette maigre victoire.

— Franchement, tu peux parler ! renchérit-il. Addison est complètement folle de toi, et tu ne t'en rends même pas compte.

— Taylor nous a mis mal à l'aise quand elle a hurlé qu'on formerait un beau couple, tous les deux. Et toute la société a entendu.

— Oui, c'est-à-dire quatre personnes : nous étions les seuls à traîner au bureau si tard.

— Addi et moi travaillons ensemble et partageons juste le même espace, *au sens le plus strict du terme*. Et arrête de changer de sujet, s'il te plaît.

Quelques coups de poing volèrent, mais tous manquèrent leur cible. Les paroles de Bran résonnaient dans sa tête comme un banc de piranhas affamés.

— D'abord, qu'est-ce que tu connais de Taylor, hein ? finit-il par demander.

Où son frère voulait-il en venir ? Pourquoi tournait-il autour du pot comme sur ce ring ?

— Elle est mon amie depuis toujours, elle a toujours dit qu'elle voulait des enfants, un mari. Et même un labrador, tu vois le tableau ? Vous n'êtes donc pas du tout sur la même longueur d'onde.

Il le concédait, et alors ? Entre Taylor et lui, il n'avait jamais été question d'avenir.

— Cite-moi une fleur à laquelle elle est allergique, enchaîna Bran.

— Les marguerites.

Il avait nommé la première variété qui lui était passée par la tête avant de viser les côtes de Bran. Celui-ci esquiva facilement le coup : il avait loué les services d'un coach, et cela se voyait !

— Les lys, déclara-t-il avec arrogance. Il t'arrive d'échanger avec elle ?

Échappant de justesse à un coup, il répondit :

— Nous avons dû sauter ce chapitre d'une extrême importance : « Aimes-tu les lys ou pas ? » Primordiale pour un jeune couple.

— Tiens, tu admets que tu es en couple, à présent.

Bran se figea, et il en profita pour lancer de toutes ses forces le poing en avant au point de s'en retrouver déséquilibré et d'atterrir dans les cordes.

— Je suis sûr qu'elle et toi avez eu bien plus de temps pour échanger qu'elle et moi, poursuivit Bran.

S'extrayant des cordes, il fonça sur son frère et lui asséna un bon coup dans l'estomac. Il en poussa un léger soupir de satisfaction et ajouta :

— Nos bouches nous servent à d'autres passe-temps que la parole, quand nous sommes ensemble.

À cet instant, il crut voir mille chandelles, et de sa main recouvrit son œil qui lui semblait subitement aussi gros que son gant.

— Mais tu es malade ! hurla-t-il.

— Désolé, c'est ton nez que je visais.

Quel menteur ! Bran n'avait pas l'air de vraiment regretter son geste, et son œil le faisait affreusement souffrir, à présent.

— Mais que veux-tu me dire, à la fin ? Que tu as toujours des vues sur Taylor ?

— Absolument pas ! C'est de l'histoire ancienne, on courait à la catastrophe, elle et moi. Tu le sais, non ?

— Donc tu es furieux car papa m'a nommé P-DG ?

— Mais non, bon Dieu ! Je t'en veux, car tu nous as trahis, Gia et moi. Tu ne nous as pas fait confiance alors qu'on s'est toujours serré les coudes, tous les trois.

Au ton de son frère, il perçut la réelle blessure que Bran éprouvait ; en outre, il proférait la vérité, tous avaient toujours été solidaires, d'autant plus que leurs parents, occupés à faire fructifier ThomKnox, les avaient confiés aux mains d'une armada de nourrices dans leur enfance.

Bran ôta ses gants.

— Taylor Thompson est amoureuse de toi, déclara-t-il, et, si tu ne le vois pas, tu es encore plus idiot que moi, quand j'ai voulu lui demander sa main.

Se faufilant alors entre deux cordes, il alla s'asseoir sur les marches qui permettaient de descendre du podium.

Royce retira lui aussi ses gants, conscient qu'un énorme coquart était en train de se former sur son visage. Génial pour un tout nouveau P-DG !

Il vint alors s'asseoir près de lui.

— J'ai eu tout faux, Royce, déclara Bran en regardant ses chaussures, aussi essoufflé que lui, après leur petit tour de piste.

— Tu as laissé ton cœur parler.

— Non, justement, mon cœur n'a rien à voir dans l'histoire et, si tu t'avises de le répéter, je te fais un autre œil au beurre noir.

Il leva la main et jura allégeance en silence.

— Je pensais que papa me nommerait P-DG, si j'étais fiancé à Taylor.

— Tu étais tout à fait qualifié pour l'être sans avoir besoin de Taylor !

— Je sais, tout comme j'avais aussi conscience que papa

ne pensait pas du tout à moi pour ce poste, alors j'ai voulu lui montrer que je m'y entendais pour prendre ma vie en main... Bref, c'était idiot, mais nous en avons tous les deux convenu et sommes redevenus les meilleurs amis du monde.

Il marqua une pause et poursuivit :

— J'aurais pu vraiment lui briser le cœur. Tu imagines si elle avait été amoureuse ? Car jamais je n'aurais pu l'épouser, j'aurais fait machine arrière au dernier moment. Je la connais depuis toujours, c'était insensé d'envisager le mariage avec elle.

Il sursauta malgré lui en entendant ce mot fatidique : *mariage*.

— En tout cas, je doute qu'elle veuille davantage se marier avec moi, déclara-t-il d'une voix moins assurée que voulu.

N'était-ce pas lui qui avait parlé de couple les concernant ?

Allons, il n'était pas du tout prêt à envisager leur relation sous cet angle.

— La prochaine fois que tu vois Taylor, rends-moi un service, reprit alors son frère. Dis-lui qu'Addi et moi n'allons pas sortir ensemble.

— Pourquoi ? Elle est jolie.

— Jolie ? Magnifique, oui ! Mais si Taylor continue à l'asticoter à notre sujet, elle risque de démissionner. Et tu es le premier à savoir combien il est difficile de trouver une bonne assistante. Ou un bon assistant.

Il soupira avant de poursuivre :

— Addi avait l'air atterrée par les propos de Taylor. Je t'assure qu'entre nous la compatibilité était juste d'ordre professionnel. Si je l'attirais, je le saurais.

— N'en sois pas aussi certain ! Toutes les femmes à qui l'on plaît ne nous piègent pas dans un placard.

Bran lui donna alors un coup sur l'épaule qui le fit tomber des marches et rouler sur le gazon. Il se mit à rire à gorge déployée. Cette légèreté lui rappelait l'enfance, le bon temps que la fratrie passait ensemble.

Son frère atterrit bien vite à côté de lui, sur le dos.

— Je suis désolé d'avoir gardé le secret, lui dit Royce. J'ai eu tort.

— C'est bon pour cette fois, mais ne me refais jamais un coup pareil.

Royce émit un petit rire puis redevint silencieux, et ils restèrent tous deux allongés côté à côté un bon moment, à regarder le ciel au-dessus d'eux.

Cependant, son esprit tournait à cent à l'heure, notamment concernant Taylor, car il venait de comprendre qu'une décision s'imposait.

Son nouveau poste était certes gratifiant mais exigeant, ne lui laissant guère de loisirs. Taylor s'en était accommodée jusque-là, mais en serait-il toujours ainsi ? N'allait-elle pas finir par se lasser ?

En outre, il avait été capable, pour lui plaire, de rompre avec l'un de leurs revendeurs et ce, sans consulter Gia ni Bran : il avait fait fi de leur avis. Décidément, tout cela était allé trop loin, il était temps de se ressaisir et de se concentrer sur ce qui était le plus important : le travail.

Évidemment, tout son corps était en révolte contre son esprit, car il éprouvait un désir brûlant pour Taylor. Il la voulait dans son lit, à ses côtés, mais serait-il un jour prêt à lui donner la famille dont elle rêvait ? Il l'ignorait, mais il était possible qu'il ne le soit jamais, car le succès de ThomKnox reposait désormais sur ses épaules et l'accaparait dix-huit heures par jour. Or, il refusait de toujours devoir dire à Taylor : « Attendons encore une année... »

Il ne pouvait exiger d'elle qu'elle se plie à ses ambitions et lui sacrifie les siennes.

— Je sens que ton cerveau est en train de chauffer, déclara Bran, bras croisés sur le torse. Ça réfléchit dur ?

— Je crois que paradoxalement mon œil au beurre noir m'a permis de voir plus clair en moi.

— J'en suis ravi, dit Bran en se levant.

Puis une fois debout, il le considéra et ajouta :

— Tu as besoin de glace.

— Et toi, d'une coupe de cheveux.

— En attendant d'aller chez le coiffeur, je vais te chercher de la glace.

Et il se dirigea vers le bar.

Royce entendit bientôt la machine à glaçons découper des petits cubes qui tombaient dans un bol et soulageraient sous peu sa douleur.

Il savait désormais ce qu'il lui restait à faire vis-à-vis de Taylor.

Et cela lui crevait le cœur !

18

Inutile de remettre au lendemain ce qu'on pouvait faire le jour même, pensa Royce. Et fort de cette pensée, il se rendit chez la fleuriste, car il ne pouvait arriver les mains vides chez Taylor eu égard à la conversation qu'ils allaient avoir.

Ses yeux le piquaient, car il avait fort peu dormi, ne cessant de penser à Taylor et lui, à ThomKnox, aux conseils de son frère, à Gia et même à Cooper. Ces deux-là avaient été si amoureux, plus rien ne comptait alors pour eux, et puis, soudain, ils avaient rompu. N'était-ce pas la preuve que l'amour n'existait pas ? Or, l'idée que Taylor puisse un jour éprouver du ressentiment envers lui, parce qu'il l'avait déçue, le terrifiait. Tout comme celle qu'elle n'ait pas la vie qu'elle méritait et qu'il ne se sentait hélas pas en mesure de lui donner.

Il ne pouvait jouer avec les sentiments de Taylor, elle faisait quasiment partie de sa famille ! Pour l'instant, l'attirance sexuelle qui les unissait brouillait leur raison, mais les émotions étaient mauvaises conseillères, et eu égard aux nouvelles responsabilités qui l'attendaient la plus grande clarté s'imposait.

Les mathématiques, c'était sa partie, et l'addition Taylor plus Royce, quel que soit l'angle sous lequel il l'abordait, ne fonctionnait pas : il ne pouvait mener de front son travail et sa vie privée, du moins pas maintenant, dans dix ans peut-être. Comment pouvait-il décemment lui demander d'attendre une décennie ? D'autant qu'il n'était pas exclu qu'au bout du compte son seul travail le satisfasse et qu'il n'ait pas envie de fonder une famille.

Taylor prônait la juste mesure, l'équilibre, mais ce n'était pas son fort à lui, et elle lui était trop chère pour qu'il la meurtrisse, aussi la décision la plus sage était-elle d'en finir avec cette liaison époustouflante mais vouée dès le début à l'échec.

Un bouquet à la main – sans lys, merci Bran ! —, la gorge affreusement nouée, conscient qu'il n'avait jamais effectué une démarche aussi difficile, il toqua à la porte de Taylor. L'heure de l'honnêteté avait sonné, et il lui fallait rassembler tout son courage pour trouver les mots que ni l'un ni l'autre ne voulait entendre.

Taylor retint une petite exclamation en ouvrant la porte, ravie de trouver Royce sur le pas de sa porte en ce samedi matin. Elle était encore en legging, prolongeant son petit déjeuner une bonne partie de la matinée, alors qu'il était impeccable dans son jean foncé et sa chemise bleu nuit. Si sexy aussi, ce qu'elle lui précisa en souriant.

Curieusement, il ne lui rendit pas son sourire, et elle s'aperçut alors qu'il avait l'air malheureux. Elle s'apprêtait à lui demander pourquoi, lorsqu'il lui tendit un bouquet en disant :

— Je sais que tu es allergique aux lys, alors j'ai choisi des roses et des marguerites.

Et pas n'importe lesquelles : elles étaient magnifiques, et parsemées de fleurs sauvages dont elle ignorait le nom.

— Allergique ? Non, mais il est vrai que je n'en suis pas fan, contrairement à celles-ci.

Se penchant en avant, elle en huma la douce fragrance.

— Merci, dit-elle en se relevant.

— Je t'en prie, répondit-il d'un ton sévère, sourcils froncés.

Il était clair que quelque chose le tracassait. Bah, quoi que ce soit, ensemble, ils parviendraient à surmonter la situation ! Elle l'aimait, et l'amour permettait de traverser les mauvais jours.

— Entre ! Je viens de refaire du thé.

— Non merci, répondit-il en regardant fixement le bout de ses chaussures. Je ne vais pas m'attarder.

Une curieuse prémonition la parcourut.

— Comme tu voudras.

Et elle sortit pour le rejoindre, ne supportant plus la distance, pourtant petite, qui les séparait. Il ne lui avait même pas donné un baiser, ce qui allait contre toutes leurs habitudes. Curieux ! Un autre frisson courut le long de son échine.

— Tu veux fonder un foyer, poursuivit Royce d'un ton morne.

Cette fois, ses neurones partirent dans toutes les directions. Où voulait-il en venir, au juste ? Ses cernes ne laissaient rien présager de bon.

— Avoir des enfants, une maison avec jardin, un chien aussi peut-être, non ?

— Euh, oui, mais pas tout de suite, répondit-elle.

Et elle croisa les bras : s'apprêtait-il à lui briser le cœur ?

— Ce baiser, au gala, a changé ma vie, reprit-il d'une voix adoucie, et l'attirance entre nous était indéniable, seulement… Je n'ai jamais eu l'intention que les choses aillent si loin entre nous. Or, tu as des projets pour cette relation, des projets qui ne s'accordent pas aux miens.

— Mais Royce, de quoi parles-tu ?

Et le bouquet qu'elle tenait à la main lui parut soudain peser une tonne, comme si chaque pétale à l'aspect velouté avait été sculpté dans du béton. Elle le posa sur la petite chaise qui se trouvait sur son palier, et le regretta presque aussitôt : c'était elle qui aurait dû s'asseoir, car elle sentait ses genoux chanceler.

— Le lancement de la nouvelle tablette est pour bientôt, déclara-t-il alors d'un ton rappelant celui d'un robot. C'est mon premier en tant que P-DG, et mes heures de travail ne vont cesser d'augmenter.

— Les miennes aussi, dit-elle dans un demi-rire nerveux. C'est juste temporaire.

— Comme nous.

Temporaire ?

Et dire qu'elle avait commis l'impensable : tomber amoureuse de lui en dépit de toutes ses antennes qui la mettaient en garde.

Et dire qu'elle s'était convaincue qu'elle aurait tout le temps de gagner son cœur !

— Tu romps donc avec moi, reprit-elle d'une voix qui lui sembla ne pas sortir de sa propre bouche.

Elle attendit qu'il nie sa déduction, mais à la place il confirma sa pire peur.

— Oui. Tant que nous le pouvons encore, et avant que nous ne finissions comme Gia et Jayson.

— Quel rapport entre nous et ces deux-là, bon sang ?

Elle ne comprenait plus rien. Elle avait ouvert la porte à un homme qui lui apportait des fleurs et voici qu'elle se retrouvait en face d'un messager qui proférait l'apocalypse. Cela n'avait aucun sens.

— Un coup de poing m'a ramené à la raison, répondit-il alors.

Ce fut alors qu'elle remarqua l'hématome autour de son œil gauche.

— Ah bon ? Et quel est son auteur, que je l'en remercie ?

Comme il ne répondait pas, elle poursuivit :

— Cela n'a rien à voir avec Gia et Jayson. Tu ne m'as pas apporté des fleurs pour me parler du mariage raté de ta sœur. Oui, je veux fonder une famille, je te l'ai dit, mais plus tard, pas maintenant !

— Mais tu ne m'as jamais dit en revanche que tu étais tombée amoureuse de moi.

Devant son ton accusateur, elle se sentit soudain bien jeune et insensée, comme si elle n'était pas capable de voir elle-même clair en son cœur. Un immense sentiment de honte la submergea alors, telle une chape de plomb, sous le poids de laquelle elle se mit presque à suffoquer.

— Et si tu ne m'as rien dit, poursuivit-il, c'est parce que tu redoutais ma réaction.

— Je ne redoute rien du tout, reprit-elle, plus effrayée par ses propres émotions que toute autre chose. Tu as beaucoup à faire, moi aussi, je ne voulais pas te déconcentrer, voilà tout.

Elle ne souhaitait pas l'effrayer, redoutant qu'il ne lui ferme les portes de son cœur, et pourtant c'était ce qui était en train de se passer !

— Pourquoi quelque chose devrait-il changer, entre nous ? poursuivit-elle, désespérément désireuse que tout redevienne comme avant. J'essaie de trouver un équilibre entre mon travail et ma vie privée, moi aussi. Et on peut y parvenir ensemble.

— Combien de temps ?

Elle cligna des yeux.

— Combien de temps quoi ?

— Combien d'années consentiras-tu à attendre avant de fonder une famille, Taylor ? Tu n'es pas très loin de la trentaine. Donc, combien ?

— Je ne sais pas. Quelques années.

Jamais elle n'avait eu une conversation aussi intime avec un homme, et certainement pas devant chez elle, là où tous les voisins pouvaient l'entendre !

— Cinq ans ? demanda-t-il. Ou bien sept ? Ou encore dix ?

En un éclair, elle comprit qu'il n'était pas en train de négocier un délai, mais de lui prouver qu'il avait raison.

— Je ne peux pas te demander de construire ta vie en fonction de moi, poursuivit-il.

Et elle vit son regard s'adoucir quelque peu.

Elle reconnut alors en lui l'homme qui l'avait intriguée et attirée depuis qu'elle était adolescente, celui qui avait fini par conquérir son cœur – juste pour le briser aujourd'hui.

— N'est-ce pas à moi d'en décider ? répliqua-t-elle d'un ton contenu.

— Tout à fait. Il t'appartient de choisir avec qui et quand tu veux construire une famille, mais je ne peux être cette personne. Ma position en tant que P-DG m'en empêche. Je dois reporter toute ma concentration sur mes nouvelles responsabilités, sur cet héritage familial. Je suis désolé, Taylor.

Et cette ultime phrase sonna comme un glas à ses oreilles : la décision de Royce était prise, il rompait. Elle eut alors la sensation qu'une bombe avait éclaté juste à côté d'elle, la rendant sourde, le cœur fracassé.

Sa tâche accomplie, il tourna les talons et regagna sa voiture tandis qu'elle se laissait retomber contre sa porte.

Qu'auraient-ils pu se dire d'autre ? Il la savait amoureuse de lui, mais ne lui avait pas dit que lui aussi l'aimait, il ne lui avait rien offert en retour, sauf la certitude que ThomKnox comptait plus que tout dans sa vie.

Plus qu'elle.

19

Quand Taylor reçut le texto de Gia l'invitant à venir passer la journée autour de la piscine chez elle, sa première impulsion fut de décliner.

Elle avait passé son samedi à pleurer et avait horriblement mal dormi ; elle s'était donc réveillée de mauvaise humeur, exténuée et triste. Le chagrin qu'elle éprouvait lui rappelait son état, au décès de son père. Bien sûr, les situations n'étaient pas comparables, mais elles résonnaient en elle avec la même intensité : hier, Royce avait étouffé toute la joie de son âme.

Elle avait réécrit mille fois le scénario de la scène qui s'était déroulée sur son palier : elle aurait pu réagir d'une autre façon, au lieu de le regarder partir, bouche bée. Elle aurait dû le poursuivre, lui hurler qu'il était trop pragmatique pour son propre bien. Elle aurait dû le saisir par le col et lui donner un baiser fougueux, lui montrer à quoi il renonçait. Mais non ! Elle s'était contentée de prendre son maudit bouquet *sans lys* et de le jeter fleur par fleur à la poubelle, tout en sanglotant. Avait-il espéré raccommoder son cœur en miettes, en le lui offrant ?

Avait-il la moindre idée de ce qu'il représentait pour elle ?

Elle connaissait la réponse : non, et pour cause, elle ne lui avait jamais fait part de ses sentiments. Et elle n'arrivait pas à voir si c'était là un signe d'intelligence ou de stupidité de sa part.

Une fois débarrassée du bouquet, elle s'était recroquevillée sur son canapé et avait regardé la télévision, cherchant à s'étourdir – vainement – dans des distractions faciles.

Elle espérait que sa visite chez Gia, dont elle avait fini par accepter la proposition, ne serait pas désastreuse.

De la rue, la demeure semblait déjà imposante, mais elle l'était encore plus côté piscine, au bord de laquelle elle était actuellement assise dans un transat, sous le soleil d'avril. Les températures avoisinaient les 27 °C et l'eau était chauffée ; cependant, elle n'avait nulle intention de se baigner : elle devait faire appel à toute son énergie pour ne pas pleurer, de sorte qu'il ne lui en restait plus pour se livrer à une autre activité.

— De la limonade relevée d'une pointe d'alcool, annonça Gia en revenant sur la terrasse.

Elle était vêtue d'un paréo transparent sous lequel se dessinait un bikini blanc très sexy.

— Tu veux des légumes et du houmous ? ajouta-t-elle.

— Volontiers, répondit Taylor, en se forçant à sourire.

— Bon, je vais voir ce que je peux trouver dans mon *immense* cuisine.

Après le divorce, Gia avait gardé la maison, ou plus exactement Cooper n'avait rien réclamé ; depuis, elle plaisantait toujours sur son « château ». À sa place, pensa Taylor, elle aurait tout revendu en un rien de temps. Comment pouvait-elle être heureuse dans cette maison achetée avec son ex-mari ?

Immédiatement, elle pensa à Royce et elle – à cet idiot de Royce – et les larmes menacèrent de couler. Elle les ravala vaillamment : il n'allait pas non plus lui gâcher ce beau dimanche sous un ciel sans nuages, ni ce cocktail rose dans lequel flottaient des morceaux de fruits des plus appétissants ! La légère dose de vodka qu'il contenait ne serait par ailleurs pas inutile pour l'aider à se relaxer un peu.

Gia revint peu après, un plateau à la main.

— Je voulais qu'on profite de ma piscine la semaine dernière, mais naturellement j'étais indisposée ! déclara-t-elle.

— Bah, rassure-toi ! Nous ne serons à la merci de mère Nature que vingt ou vingt-cinq ans encore, renchérit Taylor.

— Épargne-moi les chiffres ! Je ne suis pas prête à avoir des enfants, étant donné les circonstances. Aussi, pourquoi faut-il que chaque mois mon corps me rappelle que je n'en ai pas encore ?

N'était-ce pas ce qu'elle avait dit mot pour mot à Royce ? Qu'elle n'était *pas prête à avoir des enfants* ? Et il lui avait répondu que lui ne le serait jamais. Peut-être aurait-elle dû évoquer l'avenir avec lui, le questionner sur ses intentions, lui avouer son amour *dès* qu'elle avait été certaine de ses sentiments ?

Finalement, il était peut-être préférable qu'elle n'en ait rien fait, sans quoi la rupture aurait eu lieu bien avant, au lit par exemple, ce qui aurait sans doute été pire. Elle espérait qu'un jour il comprendrait ce à quoi il avait renoncé, mais ce n'était visiblement pas pour aujourd'hui.

— Rappelle-moi de te montrer les impressions pour la T13 avant de partir, lui dit soudain Gia.

Et elle se mit à lui décrire les affiches publicitaires avec conviction et enthousiasme, mais Taylor ne parvenait pas à se concentrer, car une autre question la tourmentait : à quand remontaient ses dernières règles ? Impossible de s'en souvenir... Elle en frissonna.

Allons ! Royce et elle avaient toujours été prudents, surtout lui, avec son invétérée méticulosité. De nos jours, les préservatifs étaient efficaces à 100 %, non ? Tout de même, depuis combien de temps n'avait-elle pas eu ses règles ? Elle avait été si occupée, ces derniers temps, si distraite...

Tout à coup, Gia se redressa et, ôtant ses lunettes, les planta dans son chignon.

— Bon, tu es prête à parler, maintenant ? questionna-t-elle de but en blanc.

— Prête à parler... ? Parler de quoi ?

— Tu es si triste que je perçois ton chagrin comme le soleil sur ma peau, ma chérie. J'attendais que tu t'ouvres à moi spontanément, mais bon, j'ai assez patienté.

— Effectivement, cela ne te ressemble pas d'être si discrète...

— Tu sors avec mon frère, donc j'essaie de ne pas trop me mêler de vos affaires, mais j'ai bien...

— Je l'aime, déclara-t-elle à voix haute.

Et elle eut l'impression que l'aveu lui brisait le cœur une deuxième fois. Au diable Royce et ses stupides fleurs !

— C'est vrai ? fit Gia, un sourire aux lèvres.

— Oui, mais pas lui. Il a rompu hier.

— Pardon ? Mais pourquoi ? Comme s'il pouvait trouver mieux que toi.

Et le plus vif courroux se substitua à son sourire, Gia s'étant transformée instantanément en maman ours. Ce fut alors qu'elle éclata en gros sanglots qui lui noyèrent les yeux. Gia la prit tout de suite dans ses bras.

— Je vais le tuer, je te le promets ! Je l'avais déjà averti que, s'il te faisait souffrir, il aurait affaire à moi. Il sait donc ce qui l'attend.

— Tu sais, peut-être qu'on n'était pas faits pour être ensemble, dès le début, dit Taylor en reniflant. On s'entendait très bien au lit, mais notre vision de l'avenir est si différente. Il est obsédé par son poste de P-DG, et franchement je mérite mieux que ça.

— Là, tu as sacrément raison !

— Je suis incapable d'être aussi pragmatique que lui. Je ne peux pas réduire notre relation à un tableau avec des cases, comme il adore le faire. Moi, je suis tombée amoureuse de lui, ce qui est aux antipodes de son pragmatisme calculateur.

Hélas, ses arguments ne trompaient personne, et surtout pas elle ! Elle avait le cœur en pièces, et n'allait pas pouvoir profiter de la belle piscine de Gia, ni du soleil, ni du cocktail, pas plus que de l'humour féroce de son amie.

Aujourd'hui était semblable à hier : sa tristesse pesait mille tonnes, tout comme l'avenir, qu'elle devrait désormais affronter seule.

20

Taylor attendit encore une semaine avant de faire un test de grossesse, sans rien dire à personne, pas même à Gia. Elle acheta en réalité trois tests à la fois qu'elle fit successivement, et sur tous s'affichaient les deux lignes indiquant qu'elle était enceinte.

Bouleversée, elle appela le bureau pour informer qu'elle ne se sentait pas bien, et se rendit chez sa gynécologue, qui lui confirma les résultats des tests et lui précisa que son terme était prévu pour le 27 novembre.

De fait, elle était réellement malade à l'idée de revoir Royce. Depuis qu'il était venu rompre avec un bouquet, il avait été tout à fait affable chaque fois qu'ils s'étaient croisés au bureau, ce qui s'était rarement produit, car il était constamment en rendez-vous à l'extérieur ou avait sauté sur la moindre opportunité pour ne pas être à son bureau, celui-ci étant pratiquement toujours plongé dans l'obscurité. On aurait dit que leur univers avait chacun pris un cap opposé : lui était devenu P-DG et elle était enceinte.

Mais contrairement à lui, elle ne pourrait pratiquer la politique de l'évitement très longtemps, car son corps allait bien vite la trahir. En effet, elle avait pris la décision de devenir mère et, si ses amis les plus proches, Gia et Brannon en seraient sous peu informés, elle hésitait encore concernant Royce, tout en ayant conscience qu'il aurait été injuste de ne pas lui donner l'opportunité de s'investir dans la vie de cet enfant, s'il le désirait. Donc, lui aussi devrait l'apprendre de sa bouche.

Elle soupira. Que la vie était dure, parfois !

C'était la première fois qu'elle était à la fois si heureuse et complètement dévastée : Royce lui manquait terriblement, mais l'idée qu'elle aurait un enfant bien plus tôt que prévu la remplissait d'une joie univoque.

Un nouveau soupir lui échappa. Allons, Royce devait être informé le premier, et puis un sentiment de solitude commençait à la gagner, eu égard au secret qu'elle avait gardé pour elle toute seule.

Quand elle se dirigea vers son bureau, ce matin-là, quelle ne fut pas sa surprise de découvrir qu'il avait enfin une assistante, une femme dans la cinquantaine, tirée à quatre épingles, impeccablement coiffée… et d'un esprit dans le même registre, comme elle allait vite le découvrir.

— Puis-je vous aider ? questionna-t-elle d'un ton sec.

— Bonjour, je suis Taylor Thompson. Vous êtes la nouvelle assistante de Royce ?

— Assistante de direction, précisa-t-elle.

— Naturellement. Bienvenue à ThomKnox ! Est-il dans son bureau ? Il faut que je le voie.

— Il a demandé que personne ne le dérange, mais je l'informerai que vous êtes passée.

— C'est important et je vais devoir insister.

Elle n'était pas d'humeur à attendre, elle était épuisée, à cran et enceinte !

— Je suis la directrice des opérations, estima-t-elle bon de préciser.

— Je comprends, mais il m'a donné de strictes instructions.

— À mon sujet ?

— Non, pour tout le monde.

— Vous êtes nouvelle, il est normal que vous ne sachiez pas qui peut déranger Royce ou non, mais je vous assure qu'il sera ravi d'apprendre ce que j'ai à lui annoncer.

Et sur ces mots, elle voulut ouvrir la porte.

Mais l'assistante ne l'entendit pas de cette oreille et se plaqua devant pour lui barrer l'entrée.

— Désolée, vous n'entrerez pas ! J'ai pour habitude de suivre les consignes qu'on me donne.

Rouge de colère, Taylor perdit patience.

— Croyez-vous que celles-ci s'appliquent aussi à la mère de son futur enfant ? s'exclama-t-elle. Bon, vous êtes contente, je peux entrer, maintenant ?

À cet instant, la porte s'ouvrit en grand, et le regard de Royce passa de sa nouvelle assistante à sa personne : elle s'était littéralement figée sur place.

— C'est bon, Melinda, dit-il. Taylor, tu peux entrer.

Et il referma derrière elle.

Ce n'était pas vraiment ainsi qu'elle comptait lui annoncer la nouvelle, mais elle se dirigea malgré tout vers le canapé qu'il lui désignait pendant qu'il prenait place dans le fauteuil, en face.

— Ton assistante est dure en affaires, dit-elle nerveuse, en lissant sa jupe.

— J'aurais dû être plus précis sur les personnes à qui la mesure ne s'appliquait pas.

— Donc, elle ne m'aurait pas concernée ?

Il fronça les sourcils.

— Bien sûr que non !

Cela la rassura quelque peu : au moins, il ne la détestait pas.

— J'ai trois tests de grossesse positifs et un compte rendu du médecin dans mon sac, dit-elle en l'ouvrant.

— Ce n'est pas nécessaire, je te crois, répondit-il en l'arrêtant d'un mouvement de main.

— Je ne l'ai pas fait exprès.

— Je n'en doute pas.

Il était bien trop calme à son goût ; elle ne savait pas au juste la réaction qu'elle attendait de lui, mais pas celle-ci.

— Je garde l'enfant, et continuerai à travailler comme avant.

Il cligna des yeux.

— OK.

— Tu seras impliqué dans sa vie si tu en as envie, bien sûr.

Je ne t'en exclurai pas. Mais je sais que tu es très occupé, aussi il te reviendra de choisir ton degré d'implication. Rassure-toi, je ne suis pas venue te harceler pour que l'on forme une famille, puisque tu n'es pas prêt.

Et eu égard à sa dernière visite, il était très loin de l'être !

Il baissa la tête, comme pour absorber les informations, et le silence s'abattit sur la pièce cependant qu'un maelström d'émotions s'emparait d'elle : colère, tristesse et sensation de perte. Étaient-ce les hormones qui déclenchaient un tel tumulte en elle ? Elle refusait toutefois de verser des larmes devant lui et, s'il l'avait profondément meurtrie, il ne l'avait pas pour autant anéantie : elle trouverait en elle le courage de faire front, et de s'occuper seule de l'enfant à venir, car l'expression de choc qu'elle avait lu sur le visage de Royce ne laissait rien présager de bon.

Elle reprit alors :

— Nous avons encore du temps pour régler tous les détails.

— OK, répéta-t-il tel un robot.

— Bien, je vais te laisser.

Il se leva aussitôt pour la raccompagner.

— J'espère que la sortie sera plus facile que l'entrée, dit-elle pour tenter de plaisanter.

— Je préciserai à Melinda que tu peux venir quand tu veux, dit-il. Et je crois que je vais aussi inclure Bran et Gia sur la liste des exceptions.

Aucun d'eux ne sourit quand il ouvrit la porte.

— Merci d'être venue, dit-il d'un ton formel.

Et elle espéra que cette bienséance était destinée à Melinda, pas à elle, la femme avec qui il s'était déchaîné de façon si sensuelle, il y avait encore peu, dans l'intimité.

Leur relation était désormais encore pire qu'avant le baiser dans le placard, et c'était désespérément affreux.

De retour dans son bureau, elle s'assit devant son ordinateur et regarda fixement l'écran avant de se mettre enfin à travailler.

Au fond, ils avaient peut-être besoin de se tenir à distance l'un de l'autre quelque temps, afin de digérer le fait qu'ils allaient bientôt être parents et, d'après ce qu'elle déduisait de l'attitude de Royce, de manière séparée.

21

En dépit du temps qui s'était écoulé depuis, Royce ne cessait de ressasser tristement sa dernière discussion avec Taylor et arrivait à chaque fois à la même conclusion : il n'avait pas du tout été à la hauteur de la nouvelle. Elle lui avait annoncé qu'elle était enceinte, et il n'avait pas réagi comme il aurait dû. Il était vrai que, s'il l'avait appris directement au lieu de l'entendre à travers la porte à cause de Melinda qui avait fait barrage, sans doute aurait-il eu une autre réaction... Du moins l'espérait-il !

Bon sang ! Il allait être père... Curieusement, il avait l'impression de n'avoir toujours pas compris ce que cela impliquait, probablement parce qu'il était très doué pour compartimenter sa vie.

Cependant, l'enfant ne naissant que dans quelques mois, il n'avait aucune raison de prendre une décision précipitée. Et comme il avait enfin reçu tous les potentiels candidats au poste de directeur financier et qu'il en avait sélectionné trois, il avait l'esprit plus tranquille, ce qui lui permettait de mieux réfléchir à sa prochaine paternité et à ce qu'il ressentait. Il était à la fois tout joyeux, anéanti, allègre, en rage, sincèrement heureux... Mais ce bonheur était comme un ballon que l'on ne pouvait gonfler à fond en raison d'un petit trou microscopique par lequel ressortait l'air. Et de façon objective, c'était lui-même qui l'avait percé... Ce qui le rendait furieux !

Et puis comment Taylor avait-elle osé échafauder des plans d'avenir sans l'inclure, insinuant que son implication dans la vie de leur enfant pouvait être *facultative* ? Comme s'il serait bien trop occupé pour passer un peu de temps avec son fils ou sa fille ! Quel serait d'ailleurs le sexe de leur enfant ? Cette question à elle seule était à la fois terrifiante et excitante...

— J'ai attendu que Melinda soit partie déjeuner pour pouvoir entrer, entendit-il tout à coup.

Levant les yeux, il découvrit Bran. Quel culot il avait de l'interrompre dans ses réflexions ! Il fronça les sourcils, mais son cadet poursuivit d'un ton exagéré :

— Melinda est si redoutable !

— C'est bon, dit-il. Qu'est-ce que tu veux ? Si c'est au sujet des entretiens, je...

— C'est à propos de Taylor.

— Dans ce cas, sors ! Je n'ai pas envie de parler de tout ça.

Suite à l'incident devant son bureau quelques jours auparavant, tout le monde dans l'entreprise était au courant de la grossesse de Taylor, mais lui-même avait immédiatement averti son frère et sa sœur : la dernière fois qu'il leur avait tu un secret, cela s'était retourné contre lui. Il avait donc compris la leçon.

Devant l'immobilisme de Bran, il reprit de mauvaise grâce :

— Taylor m'a dit que je pouvais choisir mon degré d'implication dans la vie de l'enfant, comme si m'occuper de lui était facultatif ! Comment a-t-elle pu proférer de telles paroles ? Ce qui s'est passé entre nous a-t-il donc si peu d'importance pour elle ?

Bran émit alors un petit rire, qui l'irrita au plus haut point.

— Non mais tu t'entends, mon vieux ? Que pouvait-elle attendre de toi après la façon dont tu as rompu avec elle, sur le seuil de sa porte ?

— J'ai fait ce que me dictait mon sens des responsabilités.

— Écoute, tu ne peux pas blâmer Taylor d'être enceinte et de planifier ce qui l'attend. Sa vie va changer de façon irrévocable.

— Et la mienne, alors ?

— Selon Gia, tu peux t'estimer chanceux que Taylor t'en ait informé.

— Ah bon ? Gia et toi complotez dans mon dos, à présent ? Enfin, peut-être que vous deux et Taylor devriez aussi décider du rôle que je jouerais dans la vie de cet enfant et m'en aviser !

— Ne te mets pas en colère contre moi. Il se trouve que Gia s'est énervée contre toi en ma présence, c'est tout. Bon, te rends-tu compte combien tu sembles malheureux, ces derniers temps ?

— Non, je vais bien.

Il avait juste l'impression qu'un bulldozer avait roulé sur son cœur, mais, à part ça, la vie était belle.

— Tu *allais* bien quand vous sortiez ensemble, reprit alors son frère.

— Ne me fais pas la leçon, s'il te plaît, s'emporta-t-il. Ce n'est vraiment pas le moment. J'essaie de me faire à l'idée que je vais être père, de trouver la perle rare au poste de directeur financier, tout en étant obsédé par le fait que la femme que j'aime se fiche que je fasse partie ou non de la vie de notre enfant !

À cet instant, la porte s'ouvrit brusquement et Gia se matérialisa à son tour sur le seuil de son bureau.

— Tiens, salut, sœurette ! dit-il en jetant sur sa table de travail le stylo qu'il tenait à la main. Je t'en prie, assieds-toi. Dois-je convoquer le reste du personnel pour annoncer à tous que je suis à bout ?

Il la vit échanger un regard prudent avec Bran, avant que tous deux ne tournent les yeux vers lui, leur aîné, et se mettent à le considérer fixement.

— Quoi ? s'écria-t-il, si furieux qu'un seul mot put sortir.

Gia haussa un sourcil.

— Pourquoi me regardez-vous ainsi, à la fin ?

Cette fois, il avait pu former une phrase.

— « La femme que j'aime », commença alors Gia en poussant du coude Bran avant d'ajouter à l'adresse de ce dernier, mais les yeux toujours attachés à lui : Tu as entendu ça, Bran ?

— Oui, il me semble bien, et je n'en crois pas mes oreilles, répondit Bran en clignant des yeux.

Mais de quoi parlaient-ils, bon sang ? Leur avis tombait vraiment mal, il avait besoin d'être seul pour...

Une seconde...

Il avait vraiment parlé... d'*amour* ?

— Incroyable, reprit soudain Gia. Je jurerais qu'il vient juste de se rendre compte des paroles qu'il a prononcées. Tu crois qu'il n'en était pas encore conscient avant qu'on ne débarque dans son bureau ?

— Difficile de me prononcer, dit Bran. Attendons encore un peu.

Et il croisa les bras, continuant à l'observer comme s'il était une bête curieuse : Royce eut alors la sensation que son nœud papillon, d'ordinaire si bien ajusté, lui étranglait subitement le cou. Comment avait-il pu laisser son cœur s'exprimer sans que celui-ci ne consulte d'abord son cerveau ?

Et tout à coup, il capitula.

— OK, je suis amoureux de Taylor, admit-il pour la première fois.

Il avait fait d'une pierre deux coups, en le reconnaissant pour lui-même et devant ses frère et sœur.

— Je suis si malheureux depuis notre rupture, poursuivit-il. J'ai l'impression que… C'est comme si je coulais avec des parpaings attachés aux pieds. Et j'ai beau me débattre pour remonter, le poids m'attire toujours plus fortement vers le fond.

— Selon moi, c'est bien d'amour qu'il s'agit, lui dit alors gentiment Gia.

Et il était si rare qu'elle s'exprime avec douceur qu'il prêta attention à la suite de ses propos.

— Je ressentais la même chose après mon divorce, j'aimerais te dire que cela s'arrange, mais ce n'est pas vraiment le cas. On s'y habitue et on se contente d'aspirer quelques bouffées d'air, quand on peut.

— Il est clair que l'arrivée de Taylor dans ta vie t'a chamboulé, enchaîna Bran. Elle t'a transformé de façon positive, même si c'est moi qui t'ai conseillé de rompre avec elle.

— Pardon ? s'insurgea Gia.

Et elle lui donna un coup sur le bras.

— Aïe ! Je sais que ce n'était pas malin… Bon, poursuivit-il à l'adresse de Royce en se massant le bras, selon moi, ce bébé, c'est un grand challenge et si tu es amoureux de sa mère, eh bien… Bon sang, Royce, tu vas être père !

— Oui, tu vas être papa, renchérit Gia d'une voix chantante. Et moi, tante ! Au départ, j'en ai voulu à Taylor de ne m'avoir rien dit, mais c'était égoïste de ma part. Elle a géré la nouvelle comme elle a pu. Et tu devrais être heureux qu'elle ne t'ait pas rayé de sa vie.

— Taylor est ainsi, souligna Bran. Généreuse.

— Tu as raison, reconnut-il. Elle a essayé de me faciliter les choses, ce que je ne méritais pas.

— Exact, approuva immédiatement sa sœur. Mais tu peux toujours te rattraper auprès d'elle.

— À quel degré veux-tu t'impliquer ou non dans la vie de l'enfant ? Tu le sais, ou pas ?

Non, il l'ignorait, il n'était doué que pour un domaine : le travail ! Il ne savait même pas ce qu'il ressentait avant qu'il ne se trahisse devant Bran et Gia.

— J'ai besoin d'être seul pour réfléchir, trancha-t-il soudain en se levant. S'il vous plaît.

— Désolé, marmonna Bran en sortant.

— Non, il n'y a pas de quoi l'être, lui répondit-il.

Il possédait au moins une certitude : pas question de ne pas vivre avec la mère de son enfant, la femme qu'il aimait. Il trouverait bien une solution pour regagner le cœur de Taylor et effacer la douleur qui étreignait le sien. Il remplacerait les mauvais souvenirs par des bons.

Brusquement, son téléphone bipa pour lui rappeler que c'était l'heure de la réunion pour les derniers détails liés au lancement de la tablette. *Mauvais timing*, pensa-t-il. Il était à chaque instant contraint de mettre sa vie en attente pour ThomKnox.

Ce fut alors qu'une petite voix monta en lui : ne se servait-il pas toujours de la société comme excuse pour remettre au lendemain ce qui le dérangeait ? Or, il détestait les prétextes, et se méprisait pour s'en être toujours trouvé, concernant Taylor.

— Et zut ! dit-il.

Et il lança son téléphone sur sa table de travail avant de sortir vivement de son bureau et de se diriger vers la rangée d'ascenseurs.

Le voyant arriver, Bran bloqua la porte de l'appareil dans lequel il se trouvait.

— Tu montes avec nous pour la conférence ?

— Non, je dois régler un problème d'ordre privé. Je te fais confiance pour me remplacer.

Jamais Royce n'oublierait le sourire de son frère à cet instant-là : il reflétait la plus grande fierté. Et il s'en réjouit vivement.

Désormais, il fuirait les mauvais prétextes, et il n'était pas question qu'il vive sans la femme qu'il aimait. Montant dans un autre ascenseur, il appuya sur le bouton qui menait au rez-de-chaussée, qu'il traversa ensuite rapidement pour regagner la sortie.

Alors qu'il s'asseyait au volant de sa voiture, il marmonna :

— Je suis prêt à tout, à tout pour elle.

La place de Taylor était à ses côtés, et il était grand temps qu'il le lui dise.

22

Taylor arriva chez sa mère pour dîner lestée du fardeau que la vie lui avait jeté sur les épaules : non seulement Royce continuait à l'ignorer, mais Gia était un peu distante, en ce moment, sans doute vexée de n'avoir pas été sa première confidente, concernant sa grossesse. Bran ne lui avait pas dit ce qu'il pensait de toute l'affaire, mais elle espérait vivement que ces légères dissensions s'estomperaient car elle souhaitait que son enfant arrive dans une famille unie qui le comblerait d'amour.

Dernièrement, elle avait des nausées le matin et l'odeur de poisson frit qu'elle perçut dès qu'elle eut franchi le seuil eut pour effet de la précipiter dans les toilettes, et de s'agenouiller devant la porcelaine qu'elle agrippa des deux mains...

— Tay ! s'écria sa mère en pénétrant quelques instants plus tard dans la pièce. Mais que... ?

Celle-ci se saisit promptement de l'essuie-mains accroché au mur qu'elle humidifia d'eau tiède. Puis, après l'avoir aidée à se relever et à s'asseoir sur le couvercle, à présent fermé, des toilettes, elle lui essuya gentiment le visage. Un geste typiquement maternel qu'elle répéterait sans doute sous peu, elle aussi. Avec ou sans Royce Knox.

— Que t'arrive-t-il ? Tu as la grippe ?

Deena la considéra plus attentivement, posa la main sur son front.

— Non, tu n'as pas de fièvre... En revanche, tu es très pâle.

— Je suis enceinte de Royce Knox, lui annonça-t-elle alors. Et en ce moment, je ne supporte pas les odeurs de poisson frit.

Elle lut alors sur le visage de sa mère au moins cinq expressions différentes, et ce fut finalement la joie qui l'emporta !

— Je vais donc être grand-mère ? Oh ! c'est merveilleux ! s'exclama-t-elle. À quelle semaine en es-tu ?

— La neuvième, et l'accouchement est prévu pour le 27 novembre, répondit Taylor.

Un petit sourire lui monta malgré elle aux lèvres devant la joie si pure de sa mère.

— Je me chargerai des faire-part, si tu le veux bien. J'ai déjà ma petite idée sur le dessin. Oh ! ma chérie, je suis si heureuse !

Et tout excitée, Deena la serra longuement contre elle.

Une heure plus tard, elles terminaient de dîner, le chef ayant remplacé au pied levé le poisson par de la viande. Au dessert, Taylor s'abstint de leur porto habituel et choisit une limonade au citron.

— Et Royce, est-il heureux ? questionna alors sa mère.

L'instant qu'elle redoutait depuis le début...

— Eh bien, il a réagi... stoïquement, dit-elle, optant pour un euphémisme. En fait, ça n'a pas marché entre nous. Avant la grossesse, je veux dire.

Sa mère fronça les sourcils.

— Ah bon ? Tu ne m'avais rien dit.

— Moi-même je digérais encore la rupture.

— Je comprends, ça n'a pas dû être facile.

Sa mère était décidément le tact incarné !

— Je ne sais pas s'il va s'impliquer dans la vie du bébé, il a simplement dit « OK » quand je lui ai annoncé la nouvelle.

— Eh bien, tu as en tout cas mon soutien le plus total !

— Tu sais, ThomKnox est son premier-né, j'aurais dû le comprendre, mais j'espère quand même qu'il saura faire de la place dans son cœur à son deuxième enfant.

— Je te le souhaite aussi, ma chérie. Ton père avait trouvé une grande place pour toi.

Elle sentit son cœur se serrer.

— Papa était si formidable, dit-elle.

— Le meilleur, approuva sa mère.

Et elles enchaînèrent bien vite sur un autre sujet, à savoir le bébé. À un moment donné, Deena lui proposa de venir tout simplement s'installer chez elle, mais elle lui opposa un refus catégorique, lui promettant qu'en tant que grand-mère elle occuperait une grande place dans la vie de son futur enfant.

En dépit de la réaction de Gia, de la non-réaction de Bran et de la « sous-réaction » de Royce, elle avait choisi de se réjouir de sa grossesse, quitte à sacrifier l'homme qu'elle aimait. Elle comptait bien donner une vie merveilleuse à son bébé, exactement comme celle qu'elle avait eue.

23

Curieux, pensa Taylor le jour du lancement de la tablette en passant devant le bureau de Royce qui était plongé dans l'obscurité. Ce dernier n'était donc pas encore arrivé ? Rebutée par Melinda qui montait la garde, elle regagna le sien, s'attendant presque à un report lorsqu'elle ouvrit son agenda électronique. Mais non, aucune alerte n'y figurait.

Il n'allait pas du tout venir ?

C'était insensé ! La T13 était son premier produit en tant que P-DG. Il ne pouvait pas se défiler, sauf s'il avait une opération à cœur ouvert. D'ailleurs, il était impensable qu'il manque un jour de travail.

Tout à coup, on toqua à sa porte.

— Entrez !

Une jolie blonde se profila devant elle.

— Tiens, Addi. Salut !

— Tu as deux minutes ?

— Bien sûr ! Assieds-toi.

— Je ne serai pas longue. Je voulais juste te présenter mes excuses, dit-elle en se tordant les mains. J'ai été odieuse avec toi, ces derniers temps, et je voulais que tu saches que je me réjouis beaucoup pour toi et le bébé. Je ne veux plus qu'il y ait de malentendu entre nous.

Taylor lui sourit.

— Je te dois moi aussi des excuses. Je ne voulais pas t'embarrasser lorsque j'ai dit que Bran et toi alliez bien ensemble.

— Oh ! ne… Ce n'est pas… Bref, merci pour la carte d'anniversaire et les fleurs, avec un peu de retard. Et compliments pour ta grossesse. Si je peux t'aider en quoi que ce soit, n'hésite pas.

— Merci, Addi, sincèrement.

Ce qu'elle lui était reconnaissante d'avoir fait le premier pas ! Après lui avoir souhaité bon courage, Addi sortit… et Gia la remplaça quelques secondes plus tard, l'air légèrement contrit, ce qui ne lui ressemblait guère.

— Je suis une affreuse personne, et je viens te présenter mes excuses, lui dit-elle d'un ton catégorique.

— Allons, tu sais bien que c'est faux. Mais dis-moi, vous êtes-vous tous concertés ? Y a-t-il une file d'attente devant ma porte ?

Et dans ce cas, pourquoi Royce n'était-il pas le premier ?

— Je regrette de m'être vexée parce que je n'ai pas été la première à qui tu as annoncé la nouvelle. Et ne crois pas que je sois du côté de Royce, tu sais bien que c'est toujours à toi que revient en premier mon soutien, qu'il soit mon frère ou pas. À propos, tu lui as parlé, aujourd'hui ?

— Non. Pourquoi ?

— Pour rien.

— D'ailleurs, sais-tu pourquoi il est absent, le jour du lancement de la tablette ?

— Non, dit-elle le regard fuyant.

— Bon, je vais voir avec Bran. Inutile que je m'adresse à Melinda qui ne dira rien.

— Oui, Bran, c'est une bonne idée, déclara Gia. Bon, je dois y aller. On ne lance pas un nouveau produit tous les jours. À tout à l'heure !

Et sur ces mots, elle se précipita hors de la pièce.

Tout cela était fort étrange, pensa Taylor. Se levant, elle emboîta le pas à Gia pour se rendre dans le bureau de Bran.

— Toi aussi, tu as l'intention de me présenter des excuses ?

— Pardon ? Mais nous avons déjà classé l'affaire, non ?

Et il lui décocha un clin d'œil.

Il avait raison : il n'y avait rien d'autre entre eux qu'une solide amitié qu'elle chérissait à sa juste valeur.

— Pourquoi Royce n'est-il pas arrivé ? Je sais que tu sais.

— Il est chez lui, déclara-t-il en la regardant droit dans les yeux. Il m'a appelé ce matin pour m'annoncer qu'il serait absent le reste de la semaine.

— Le reste de la semaine ?

— Oui. D'ailleurs, il a laissé son portable au bureau.

— Mais c'est le lancement de son premier produit !

Royce était-il devenu fou ? C'était le lancement le plus important de sa carrière et il se faisait porter pâle ?

— Il n'est pas très en forme. Tu devrais peut-être aller voir ce qu'il a.

Elle croisa les bras.

— C'est lui qui t'a chargé de cette demande ?

— Non.

— Il m'en veut. Est-ce qu'il est absent à cause de ça ?

— Non.

— Il est malade ?

— En quelque sorte, répondit Bran avec gentillesse. En fait, beaucoup de choses le rendent malade.

— Il n'est pas le seul. Les nausées matinales sont désormais mes meilleures amies.

Bran se leva et s'avança vers elle.

— Je suis désolé que la situation soit si tendue en ce moment entre vous. Je crois que Royce ne sait pas comment gérer tous les récents changements survenus si rapidement dans sa vie. Et oui, je sais que pour toi aussi il y a eu de nombreuses transformations. Enfin, je te dois un aveu : c'est moi qui ai incité Royce à venir chez toi pour rompre.

— Pardon ?

— En réalité, je m'inquiétais pour toi, car je redoutais que toi et lui ne soyez pas sur la même longueur d'onde, que tu commences à l'aimer et qu'il ne soit pas capable de te rendre cet amour. Et puis il m'a insupporté en me cachant le fait que papa l'avait nommé P-DG. C'était si immature.

— C'est toi qui lui as fait un œil au beurre noir ?

— Par accident, dit-il avec un petit sourire satisfait.

— Hum, hum. Bon, soit dit en passant, je ne suis pas allergique aux lys, c'est juste que je ne les aime pas.

— Oh...

— Eh oui, tu vois, tu ne sais pas tout de moi ! dit-elle d'un ton énervé avant de reprendre plus calmement : En fait, je ne t'en veux pas, Royce a rompu de son plein gré, tu sais bien qu'il est trop têtu pour écouter les conseils des autres. Il choisit toujours ce qui est le plus important pour lui.

Bran lui sourit alors, un vrai sourire cette fois.

— Tu as raison, ses priorités, ce sont ceux qu'il aime. D'ailleurs, pourrais-tu aller chez lui pour le prier de ma part d'assister à la réunion d'aujourd'hui ? Je trouve insupportable qu'il saborde son poste de P-DG et tu as une meilleure chance de le convaincre que moi.

— Tu crois ? questionna-t-elle, sceptique.

— Tu es directrice des opérations, la deuxième personne la plus importante de ThomKnox.

— Oh ! arrête ! Bon... Je vais voir ce que je peux faire pour qu'il sorte de son antre. Mais n'oublie pas que tu me seras redevable.

Bran leva les mains en signe de capitulation.

— Je serai ton obligé.

Royce pouvait démolir sa vie privée, mais pas ThomKnox, elle ne le lui permettrait pas. Cette société représentait bien trop à ses yeux, et elle ne serait pas la cause, même fortuite, de sa défection en tant que P-DG.

24

Taylor gara sa voiture devant le garage et pénétra par là dans la maison, puisqu'il était ouvert. Quelle pagaille ! pensa-t-elle en considérant tous les cartons. Tiens, sur l'un d'eux figurait la photo d'un parc d'enfants, sur un autre celle d'une chaise haute...

Elle se fraya un chemin parmi le chaos et arriva enfin dans le salon, là où Royce et elle avaient fait l'amour pour la première fois. Ce fut alors qu'elle entendit une sorte de grésillement électrique, au fond la maison, interrompu par un vif juron.

— Royce ? appela-t-elle.

Le bruit reprit : c'était une perceuse. Elle en suivit le son, et le trouva assis par terre, dans une des chambres inoccupées, devant de grands panneaux de bois qui devaient, si on savait les assembler, former un berceau. Il leva les yeux vers elle, visiblement stupéfait de la voir.

Vêtu d'un T-shirt gris et d'un jean, il avait les cheveux ébouriffés, ce qui ne lui ressemblait absolument pas. En outre, ses prunelles reflétaient un net désarroi intérieur...

— Taylor ? dit-il d'un ton ahuri.

— C'est le jour du lancement de la T13, le premier depuis que tu as été nommé P-DG. Que fais-tu ici, exactement ?

— Je pourrais te poser la même question, rétorqua-t-il.

Puis un sourire malicieux éclaira ses traits, et il désigna la perceuse.

— Je monte ce berceau. Enfin, j'essaie, comme tu le vois, je suis un piètre bricoleur.

— Et pourquoi t'occupes-tu d'un berceau, aujourd'hui ?

Il fronça les sourcils.

— Parce que nous allons avoir un enfant.

Nous... Elle crut qu'elle allait s'évanouir... Allons, elle ne devait pas tirer de conclusions hâtives. Il avait juste acheté des meubles pour le bébé et il faisait une sorte de dépression nerveuse, car il ne savait visiblement plus quelles étaient ses priorités, en l'occurrence inaugurer le lancement de la T13 et non assembler un berceau. Cela prouvait au moins qu'il acceptait sa responsabilité de père, mais ne changeait rien au fond à leur relation.

Encore qu'il était difficile de préjuger de ses réactions.

Elle n'aurait jamais cru qu'il la recevrait si froidement quand elle lui avait annoncé sa grossesse. Au fond, il avait peut-être besoin d'un peu de temps.

— Bon, enchaîna-t-il, tu peux me dire à ton tour ce que tu fais chez moi ?

Elle se contenta de balayer la chambre du regard : le polystyrène répandu sur le parquet, les diverses pièces, ainsi qu'un manuel d'instructions... Que pouvait-elle répondre ?

— Peu importe, trancha-t-il, et tu as raison, je devrais sans doute aller d'abord à la réunion.

Sur ces mots, il se leva : il était plus grand qu'elle ne se le rappelait, et bien moins inflexible qu'on aurait pu le croire.

Ce fut son cœur qui craqua le premier : l'amour qu'elle ressentait pour lui était si fort, et elle était tellement triste d'avoir vécu ce premier mois de grossesse sans lui. Comment allait-elle pouvoir gérer le reste, sa vie, sans lui ? Cela allait être bien plus dur qu'elle ne l'avait cru.

— Écoute, reprit-il, je me suis trompé, voilà ! dit-il en glissant les mains dans ses poches. Je croyais que ThomKnox devait passer avant tout, que je devais loyauté à mes parents, ma sœur, mon frère.

Il secoua tristement la tête.

— J'ai tout confondu, ma priorité numéro un, c'est toi, Taylor... Seulement, je ne suis jamais... Enfin, c'est un peu gênant...

Il hésita et déclara alors :

— C'est la première fois de ma vie que je tombe amoureux. Or, j'ai toujours été le pragmatique de la famille, le responsable, et l'amour m'a toujours paru frivole. Je ne m'accordais jamais une minute, sinon j'avais l'impression de ne pas jouer mon rôle de protecteur familial.

Elle s'éclaircit la voix pour parvenir à répondre.

— C'est normal, en tant qu'aîné.

— Sans doute, mais je me suis trompé. Ma priorité, c'est toi, Taylor Thompson, tu es l'amour de ma vie et je ne peux rien célébrer à ThomKnox sans toi à mes côtés. *Nous avons fait un bébé*. C'est un miracle.

Et un immense sourire barra son visage, aussi beau qu'un soleil après une longue pluie : elle ne l'avait jamais vu aussi heureux.

— Oui, c'est incroyable, dit-elle.

Et, comme lui, un sourire lui monta spontanément aux lèvres.

— Je regrette ma réaction, quand tu m'as annoncé ta grossesse, reprit-il. Je ne savais que faire, j'étais dépassé par les événements. Mais maintenant, ce n'est plus le cas : je sais ce que je dois faire.

— Ah bon ?

— Parfaitement ! lui assura-t-il en la saisissant par la taille. Je veux construire ma vie avec toi. ThomKnox est importante, mais je pourrai aussi travailler de la maison de temps en temps quand le bébé sera né et tu pourras ainsi te rendre au bureau. Nous nous relaierons, tu ne seras pas la seule à devoir t'occuper de lui. Je ne veux pas que tu l'élèves toute seule, ni vivre seul loin de vous. Ce que je souhaite vraiment, c'est que tu emménages chez moi, que tu fasses partie de ma vie et partages chaque soir mon lit.

Elle aussi le désirait de toutes ses forces. Son rêve était-il vraiment en train de devenir réalité ?

Elle l'entendait poursuivre sur cette nouvelle chambre qui serait celle de leur enfant, cette autre où elle pourrait installer son bureau, et à nouveau il évoqua leur fils ou fille dont il s'occuperait si elle préférait travailler dans les locaux de ThomKnox.

Comment aurait-elle pu demeurer insensible à cet homme qu'elle aimait ? Il avait toujours fait partie de son existence, un peu de lui était désormais en elle. Et non seulement il lui affirmait qu'il ne pouvait pas vivre sans elle, mais aussi qu'il était prêt à pratiquer le télétravail si elle préférait, c'est-à-dire à sacrifier sa propre société !

— Peu importe si nous n'empruntons pas strictement la voie que nos pères ont tracée pour nous, ils seront malgré tout fiers de nous ! Contrairement à ce que je croyais, je ne suis pas sur terre pour être au service de ThomKnox, mais pour t'aimer. Et je te jure que je vais rattraper le temps perdu.

— Jusque-là, tu t'en sors très bien, murmura-t-elle, le souffle coupé par le bonheur qui montait peu à peu en elle.

Donc, il l'aimait ? Il était sur terre pour l'aimer ? Il avait prononcé les mots qu'elle avait tant envie d'entendre, cependant...

— Royce, tu es certain que tu ne fais pas une dépression ou...

— Une dépression ? C'est tout le contraire. C'est une épiphanie. Si ton père t'avait mise en garde contre moi, c'est qu'il me pensait incapable de nuances, mais ce qu'il ne soupçonnait pas, Taylor, c'est que tu aurais le pouvoir de me transformer, de m'ouvrir à l'amour. Tu es la première et tu seras la dernière ; de cela, j'en suis convaincu. Il est grand temps que nous construisions un nouveau rêve ensemble.

— Comme tes paroles sont douces à mes oreilles, dit-elle en essuyant ses larmes.

Alors il l'attira à lui et l'étreignit fiévreusement. Oui, il avait raison, à eux de mener leur vie comme ils l'entendaient, en se libérant de la tutelle morale de leurs pères qui ne pourraient au fond que les approuver.

Contre ses lèvres, il prononça alors ces mots qu'elle n'aurait jamais cru entendre dans sa bouche :

— Épouse-moi, et élevons ensemble notre enfant.

— Entendu, répondit-elle tout simplement.

Car tout était simple : elle l'aimait, il l'aimait et ils feraient en sorte, front uni, que la vie s'organise au mieux autour d'eux. Toutefois...

— Et le lancement de...

— Crois-tu que Gia et Bran ne pourront pas s'en sortir sans nous ?

— Non, pas du tout...

— Dans ce cas, je leur laisse la responsabilité de nous représenter car, moi, je ne peux pas me rendre au bureau : je dois monter un berceau.

— Et un parc d'enfants, dit-elle en éclatant de rire. Pourquoi n'as-tu pas loué les services d'un bricoleur ?

— Pour te prouver que je suis l'homme qu'il te faut, que je serai un bon père, comme le tien, Taylor, et comme le mien.

— Tu n'as rien à me prouver, je le sais déjà. Et je t'aime.

— Je t'aime moi aussi, et je serai bien meilleur dans le rôle de mari que dans celui de petit ami, dit-il avant de l'embrasser.

Elle s'abandonna à la ferveur de son baiser, et capitula complètement quand il l'entraîna dans sa chambre où ils firent longuement et lentement l'amour. Cela ne compensait pas leur mois d'abstinence, mais c'était un bon début.

Un bon début qui aurait la plus heureuse des fins, ils y veilleraient de concert !

JESSICA LEMMON

Eprise de son patron

Traduction française de
AGNÈS JAUBERT

HARLEQUIN

Titre original :
ONE WILD KISS

Ce roman a déjà été publié en 2020.

1

Inspire. Expire. C'est juste un homme.

Certes, mais un homme au charme ravageur, dans son costume bleu marine de marque à la coupe parfaite.

Un homme aux yeux d'une couleur qui évoquait un whisky ambré dégusté au coin du feu.

Un homme d'une beauté à vous faire tout oublier, avec ses cheveux ébouriffés à la perfection par ses doigts experts… Ou peut-être par ceux d'une femme à qui la chance avait souri.

Un homme qui, depuis un an, avait pris possession de son cœur, de ses pensées, de son âme. Mais qui était aussi son patron et, par conséquent, inaccessible.

C'est juste un homme.

Addison Abrams commençait chacune de ses journées en se martelant ce mantra, avant de prendre l'ascenseur aux parois de verre qui l'amenait au dernier étage de l'immeuble abritant les bureaux de ThomKnox.

Lorsque, un an auparavant, elle avait accepté le poste d'assistante de direction du président de cette entreprise spécialisée en high-tech, elle s'était attendue à ce que celui-ci soit plus âgé. Beaucoup plus âgé. Pas à ce qu'il n'ait que six mois de plus qu'elle et qu'il soit doté d'un physique de mannequin. Dommage qu'elle n'ait pas fait de recherches sur son futur employeur avant de postuler.

L'homme en question posa devant elle un cupcake à la vanille nappé d'une crème au beurre dans laquelle était plantée une bougie dorée.

— Je n'ai pas pu résister, déclara-t-il en l'allumant.

Puis il souffla sur l'allumette. Une fois encore, Addison resta abasourdie par sa beauté si virile. Avoir hérité de tels gènes était une injustice pour tous les autres hommes de la planète.

— *Dois-je vous chanter « Joyeux anniversaire » pour votre première année ici ?*

Brannon Knox ponctua sa question d'un large sourire qui la laissa totalement désarmée.

Elle avait essayé d'arrêter de l'admirer, de le désirer, de le dévorer des yeux. En vain ! Depuis l'instant où elle l'avait vu entrer dans la salle où devait avoir lieu son entretien d'embauche, elle était incapable de contrôler son attirance pour lui. Heureusement, elle parvenait à afficher un visage impassible en toutes circonstances.

Elle reprit ses esprits pour répondre :

— Vous êtes trop haut placé pour chanter. Ce n'était pas nécessaire, mais j'apprécie, merci, ajouta-t-elle en se penchant pour souffler sur la flamme.

Non seulement Brannon Knox était le plus bel homme de l'univers, mais il était aussi affable qu'intelligent. Drôle, charmant… et, comme s'il n'obsédait pas suffisamment ses pensées, il était, en plus, sacrément sexy.

Il enfonça les mains dans les poches de son pantalon et regarda derrière lui pour s'assurer qu'ils étaient seuls.

— J'ai de la chance de vous avoir, déclara-t-il en se tournant de nouveau vers elle. J'aurais dû organiser une grande fête. Mais je ne sais rien faire sans vous.

Il lui adressa un clin d'œil complice. Et, même assise, elle eut soudain les jambes en coton. Comme elle aurait aimé que ce soit vrai ! Qu'il ait besoin d'elle autrement que du point de vue professionnel.

Dans sa chambre, par exemple… Un frisson de volupté la traversa.

— Je me réjouis de me savoir indispensable.

Désormais bien entraînée, elle pouvait garder un sourire

dégagé et maîtriser sa nervosité. La boule de chaleur qui s'était logée dans sa poitrine était plus difficile à ignorer, mais elle faisait son possible. Le simple fait de regarder son patron faisait naître en elle un désir irrépressible, et elle avait renoncé à contrôler les réactions de son corps en sa présence. Indifférent à son trouble, il poursuivait :

— Je vous aurais bien donné votre journée si nous n'avions pas eu un million de choses à faire. À propos, quel est mon programme pour aujourd'hui ? ajouta-t-il en fronçant les sourcils.

Elle se creusa la mémoire avant de lui rappeler son planning : une vidéoconférence et deux réunions. Après l'avoir écoutée, il jeta un nouveau coup d'œil dans son dos.

— Bien, nous avons largement le temps d'aller boire un café avant de commencer la journée. Et je ne vois aucun signe du grand méchant P-DG. Alors filons.

Le grand méchant P-DG en question n'était autre que Royce Knox, son frère aîné. Quelques mois auparavant, quand leur père, Jack Knox, avait pris sa retraite, les deux frères avaient tous les deux été candidats au plus haut poste de la société. Et Bran affirmait que la victoire de Royce n'était due qu'au fait qu'il était le plus âgé. Un avis qu'Addison partageait. En effet, tout aussi capable que son frère aîné, son beau patron excellait dans tout ce qu'il entreprenait. Et, pour elle, il était le premier choix en tout.

Une fois nommé P-DG, Royce avait appris qu'il allait être père. Une nouvelle qui surpassait encore celle de sa promotion. Taylor Thompson, la mère de son enfant et la directrice des opérations de ThomKnox, était une amie d'enfance des frères Knox. Mais elle était aussi une ex de Bran.

Addi réprima un soupir. Bien malgré elle, cette courte idylle avait suscité sa jalousie. Même si, étant donné la tiédeur de leur liaison, le mot idylle était exagéré. Elle était prête à parier qu'ils n'avaient jamais échangé plus qu'un baiser. Et elle ne les avait même pas vus s'embrasser.

Pourtant, elle n'approuvait pas ce trait de sa propre personnalité : habituellement, elle n'était pas une femme jalouse. Elle avait alors compris qu'il était temps pour elle de se ressaisir et de tourner la page. Même si ses sens rechignaient à écouter sa raison.

L'ironie voulait que ce soit justement Taylor qui lui avait ouvert les yeux sur la réalité. En effet, quelques jours auparavant, dans la salle des photocopieuses, cette dernière avait innocemment suggéré que Bran et elle formeraient un beau couple. Ce qui supposait que la directrice des opérations avait remarqué que son beau-frère ne laissait pas Addison indifférente. Quand, hélas, il avait surpris leur conversation, elle avait vécu l'un des pires moments de sa vie. Devant son expression consternée, elle avait cru mourir.

Il était évident qu'il ne partageait pas son intérêt.

C'était donc la mort dans l'âme qu'elle avait décidé de tirer un trait sur son attirance pour lui. Et de ne plus perdre une minute à se languir pour un homme qu'elle n'intéressait pas. Elle n'avait pas le choix. Son travail était important. Sa fierté tout autant. Aussi répondit-elle :

— J'adorerais aller boire un café, mais je dois vraiment répondre à ces mails.

Il était préférable de strictement s'en tenir au travail. Ils passaient beaucoup de temps en tête à tête à discuter de plannings et d'affaires en cours. Quoi de plus normal pour une assistante de direction ? Mais chaque fois qu'elle voyait Bran en dehors du bureau, son imagination s'emballait. Or, comme elle l'avait découvert récemment, il n'était pas fait pour elle.

Ce qu'elle avait ignoré pendant trop longtemps, bien trop longtemps.

— Allez, Addi !

Il posa les deux mains sur son bureau, sa cravate aux motifs désinvoltes se balançant entre eux et, déployant tout son charme, il lui lança :

— Laissez-moi vous emmener au café.

Incapable de résister, elle céda. Les vieilles habitudes étaient tenaces.

Prenant son sac dans le dernier tiroir de son bureau, elle le passa en bandoulière.

— D'accord, mais je veux un double expresso avec deux doses de sirop à la vanille. Et de la crème fouettée.

Il se pencha en avant, son sourire canaille la déstabilisant encore, et ajouta :

— Pour votre premier anniversaire chez ThomKnox, Addi, vous pouvez avoir tout ce que vous voulez.

Vous, par exemple ?

Sa réaction instinctive fit monter une vague de désir en elle, la ramenant au point de départ. Faire taire son attirance allait être bien plus difficile qu'elle l'espérait.

Pourtant, elle n'avait pas le choix : non seulement elle adorait son travail, mais elle voulait également préserver le peu de fierté qu'il lui restait. Le plus sage était donc de refouler ses sentiments. En matière d'indépendance, elle avait des années d'entraînement. Il ne lui restait plus qu'à appliquer le même principe à son cœur.

Ce ne serait pas facile, mais c'était nécessaire. Si ses parents lui avaient transmis un principe, peut-être le seul, c'était qu'elle ne pouvait compter sur personne. Qu'il s'agisse d'argent, d'amitié et, à plus forte raison, d'amour. Un principe qu'elle avait oublié dès qu'elle avait posé les yeux sur le cadet des frères Knox. Un principe qu'elle allait se marteler encore et encore. Jusqu'à ce qu'elle se soit débarrassée de ce béguin d'adolescente.

Peut-être qu'aller boire un café avec Brannon lui serait utile, après tout. C'était une habitude courante entre collègues de travail aux relations platoniques. Son but n'était-il pas justement d'établir entre eux la relation professionnelle la plus normale possible ? Ce n'était pas vraiment le plus motivant des objectifs, mais elle avait eu sa dose d'excitation pour un moment.

— Oublie-le, se murmura-t-elle en fouillant dans son sac pour y chercher son téléphone portable.

Ils sortaient du bâtiment.

— Pardon ? demanda-t-il.

— Rien, répondit-elle en se forçant à sourire.

Elle sentit son pauvre cœur se serrer. Décidément, le raisonner semblait être mission impossible.

Bran jeta à Addison un coup d'œil discret. La gêne persistait.

Depuis qu'il était sorti avec Taylor, avait rompu avec elle et avait appris la nomination de Royce au poste de P-DG, sa vie professionnelle était compliquée. Et Addison Abrams semblait constituer un nouveau problème.

Son assistante de direction était irremplaçable. Une confidente de confiance, qui le couvrait en toutes circonstances. Elle s'était adaptée depuis le tout premier jour avec une aisance et une efficacité qui l'avaient aidé à exceller dans son rôle de président. Si elle partait, il...

À cette pensée, il sentit son esprit s'embrumer. On disait que derrière chaque homme qui réussit il y a une femme de caractère. Il avait fait l'erreur monumentale de croire que cette femme était Taylor. Il comprenait maintenant qu'il s'agissait en réalité d'Addi.

Ces derniers temps, leur relation était tendue. Et seule la remarque de Taylor était à blâmer. Quelle mouche avait bien pu la piquer d'aller suggérer que son assistante et lui formeraient un beau couple ? Le regard d'Addison et le sien s'étaient croisés, exprimant la même panique. La sienne était due à la surprise la plus totale, celle d'Addi semblant plus proche de la pure terreur.

Conscient de l'erreur qu'avait été sa relation avec son amie d'enfance, Bran était déterminé à ne pas la répéter avec une autre. Mais il devait admettre que, depuis cet épisode, il avait commencé à remarquer sa fidèle assistante.

À la remarquer *vraiment*.

Avec Taylor, il avait fait des projets à court terme. Et cruellement manqué de discernement. Mais, au moins, il savait pourquoi : il l'avait considérée comme un atout pour son titre de P-DG. Un raisonnement très peu judicieux. Après quelques rendez-vous embarrassants, il avait cru mettre toutes les chances de son côté en... la demandant en mariage.

Cela lui avait paru logique, à l'époque. Pourtant, aujourd'hui, il était profondément soulagé à la pensée qu'ils n'étaient jamais devenus amants. Il n'osait même pas imaginer le malaise qui aurait plané pendant les réunions de famille si cela avait été le cas.

Le pire était que ce comportement pour le moins intéressé

était si éloigné de sa personnalité qu'il s'était à peine reconnu. Il n'avait pas essayé de séduire Taylor parce qu'elle lui plaisait, mais parce qu'il avait supposé que leur association ferait de lui un meilleur candidat. C'était comme si un extraterrestre avait pris possession de son corps. De la famille, il était pourtant le plus décontracté, celui qui aimait s'amuser, tandis que Royce était pragmatique et froid comme un robot.

Ce qui ramena les pensées de Bran vers Addi.

Maintenant qu'il avait perdu la course au titre de P-DG et que Taylor était en couple avec Royce, il passait plus de temps au bureau. Et faisait plus attention à son assistante. Qu'il semblait croiser de plus en plus souvent. Soit parce qu'elle cherchait à lui faire oublier la suggestion gênante de Taylor en faisant preuve d'un professionnalisme exemplaire. Soit parce qu'elle essayait d'apaiser son ego meurtri par sa défaite.

Il avait remarqué son élégance, la passion qu'elle mettait à discuter des sujets de travail les plus ennuyeux. Il avait remarqué ses jambes, longues et déliées, et s'était demandé si elle pratiquait le jogging ou le yoga. Il avait noté qu'elle apportait souvent un plat acheté dans un restaurant du quartier et que, s'il s'attardait le soir au bureau, elle restait aussi.

En bref, il en avait déduit qu'elle était célibataire.

La suggestion de Taylor lui avait fait l'effet d'une brèche dans son subconscient. Et il s'était mis à penser à Addi autrement que d'un point de vue professionnel, ce qui avait provoqué son invitation terriblement maladroite, tout à l'heure. Cet échange, étrangement, le laissait encore plus mal à l'aise que sa quasi-demande en mariage à Taylor, quelques mois auparavant.

Mais ce premier anniversaire d'Addi chez ThomKnox était un jour important. Et s'il avait l'intention de la garder avec lui une année de plus, il devait dissiper la gêne qui persistait entre eux. Sortir boire un café pour fêter son anniversaire professionnel ne suffirait sans doute pas, mais c'était un bon début.

Dehors, sous le magnifique soleil californien, l'immeuble abritant ses bureaux s'élevait en bordure d'une pelouse parsemée de hauts palmiers et de fleurs multicolores. Ils la traversèrent pour gagner le café du domaine ThomKnox. Le Gnarly Bean servait le meilleur café de l'État. Et il ne pouvait pas s'en passer.

— J'adore cet endroit, déclara Addi.

Le sourire qui se dessina sur ses lèvres fit pétiller ses yeux d'un bleu intense. Vêtue de jaune, avec ses cheveux blonds tirés en une adorable queue-de-cheval, il était impossible de ne pas l'admirer. Certes, la beauté de la jeune femme n'avait pas échappé à Bran quand il l'avait engagée. Mais il savait discipliner ses pensées. À part la fois où il avait développé cette obsession pour la place de P-DG.

Il tira sur l'élégante poignée argentée de la porte vitrée et lui fit signe de passer. Puis il huma le délicieux arôme. Un café n'était-il pas la meilleure façon de se faire plaisir dans la vie ?

Machinalement, ses yeux glissèrent sur les jambes d'Addi. En fait, il en connaissait une autre.

— Je vous invite, lui rappela-t-il en la voyant chercher son porte-monnaie.

— Merci, répondit-elle simplement.

Il lui sembla que, pendant une fraction de seconde, ses yeux azur s'étaient posés sur sa bouche. Mais peut-être prenait-il ses rêves pour la réalité.

— Nous devrions faire ça plus souvent, lança-t-il alors.

Elle le regarda avec une expression indéchiffrable.

Bien. Jusqu'ici, tout se passait bien.

— Bonjour, Addi, la salua le barman barbu derrière le comptoir.

Un large sourire aux lèvres, il faisait jouer ses muscles couverts de tatouages. Pitoyable.

— Bonjour, Ken. Ça va ? demanda-t-elle avec chaleur.

Bran sentit une pointe de jalousie l'étreindre. Aimait-elle les barbes et les tatouages ?

Il avait soudain l'impression de n'être qu'un pingouin en costume. Sa seule importance consistait à signer les bulletins de salaire. Avant, il ne faisait jamais attention aux personnes auxquelles Addi souriait. Jusqu'au jour où elle avait cessé de lui sourire. Comme cette complicité de l'époque où les rôles étaient bien délimités : lui le patron, elle l'assistante.

C'était avant que Taylor fasse remarquer qu'ils formeraient un beau couple, et que Royce renchérisse en suggérant que la femme de sa vie se trouvait juste sous son nez. Avant qu'il commence à échafauder toutes sortes de scénarios.

Il avait l'habitude de vivre au jour le jour, sans s'inquiéter du futur.

Ken énonça quelque stupidité, et Addi se mit à rire. Sûrement par politesse. Lorsqu'il s'interposa, le sourire du barman se fit défiant.

— Elle veut de la crème fouettée sur son café et je lui ai promis que ses désirs seraient des ordres. Nous fêtons notre première année ensemble aujourd'hui. N'est-ce pas, Addi ?

Ses joues rosirent et elle soutint son regard avec une attention qu'il apprécia.

— En effet, acquiesça-t-elle.

Son sourire était sincère.

— Félicitations, dit Ken en tapotant l'écran de sa caisse pour ajouter le supplément.

Bran lui jeta un coup d'œil méfiant. Le serveur ne devait pas en penser un mot. Mais il était important de lui rappeler son travail. Même si son objectif était de regagner la confiance d'une assistante aussi fiable, il n'allait pas se gêner pour empêcher Ken d'empiéter sur ses plates-bandes. De toute façon, Addi pouvait viser bien mieux qu'un barman barbu.

Après tout, à quoi servaient les patrons si ce n'était à protéger leurs collègues les plus précieux ?

2

L'arrivée de Taylor tira Addison de ses pensées. Elle persistait à s'interroger sur l'étrange comportement de Bran la veille, au Gnarly Bean.

— Toc toc. Je ne te dérange pas ?

— Tu es la directrice des opérations. Tu es toujours la bienvenue.

— Merci. Si tu savais comme je me sens lourde ! ajouta-t-elle.

Elle passa une main sur son ventre qui s'arrondissait légèrement sous sa minirobe Dolce & Gabbana.

— Voyons ! Tu es superbe. Comment ça va ?

— Tu veux dire le travail, la grossesse, les fiançailles ou le fait d'avoir emménagé avec Royce ?

Certes, Taylor avait vu sa vie bouleversée au cours des derniers mois. Il ne devait pas être facile de s'accoutumer à tous ces changements. Addi repensa au jour où elle l'avait surprise en train d'échanger un baiser avec Royce dans la salle des fournitures. Ce n'était pas si lointain.

Mais, heureusement, c'était le passé. Elle peinait encore à croire à quel point sa jalousie concernant la relation entre Taylor et Bran était immature. Il était évident qu'avec Royce la directrice des opérations avait trouvé l'âme sœur.

Addison lui avait depuis présenté des excuses pour son manque de politesse. Sans pour autant préciser qu'elle était amoureuse de Bran. Taylor les avait acceptées avec son élégance et sa générosité habituelles et, depuis, elles étaient amies.

Sa visiteuse s'installa dans le fauteuil en face de son bureau, et lança :

— Je n'ai jamais été aussi occupée et pourtant j'ai l'impression d'être exactement où je dois être. C'est logique ?

— Complètement, répondit Addi avec un sourire.

Elle aussi s'était cru à sa juste place. Avant que Bran commence à se comporter bizarrement en sa présence. À quoi rimait cette démonstration, la veille, avec le barman ? Un instant, elle avait cru qu'ils allaient en venir aux mains.

Décidément, les hommes étaient imprévisibles. Peut-être était-il temps d'arrêter d'essayer de les comprendre.

— Je n'en reviens pas d'arriver à faire tout ce que je fais en étant privée de caféine, reprit Taylor avec une grimace.

Addi s'empressa de cacher son mug derrière son écran d'ordinateur.

— Je serais incapable de me passer de café, affirma-t-elle.

— C'est le prix à payer pour avoir un bébé en bonne santé. C'est étrange de ne pas savoir si j'attends une fille ou un garçon.

— Tu ne veux pas connaître le sexe de ton enfant ?

Si elle était enceinte, elle ne savait pas si elle pourrait supporter le suspense.

— Oui. Et non. Tout ce qui est lié à ma relation avec Royce a été une surprise. Pourquoi ne pas continuer avec la naissance de notre enfant ?

Addi la regarda frotter son ventre arrondi et déclara avec conviction :

— Je suis heureuse pour toi.

Elle était sincère. Taylor était radieuse. Et ce n'était pas simplement dû à son état. Dès qu'elle était avec Royce, elle rayonnait.

— Vous avez déjà fixé une date pour le mariage ?

Taylor fit scintiller le solitaire à sa main gauche.

— Pas de panique ! plaisanta-t-elle. Je sais que les fiançailles nous mèneront au mariage, mais nous n'avons pas décidé quand. Nous naviguons à vue.

Addi lui sourit. Sans pouvoir retenir une pointe d'envie. Quelle décontraction ! Hormis sa grossesse non planifiée et ses baisers volés, Taylor avait géré les nombreux imprévus de la vie avec une aisance qu'elle-même espérait posséder un jour.

— Bon anniversaire en retard, à propos ! reprit-elle. J'ai vu Bran avec deux cupcakes, hier.

Espérant ne rien laisser paraître de ses sentiments secrets, Addi plissa les yeux d'un air faussement suspicieux. Elle déplorait assez le trouble que son patron suscitait en elle pour ne pas, en plus, se comporter en amoureuse transie devant Taylor.

— C'est drôle, il ne m'en a offert qu'un. Mais j'ai de la chance de travailler pour des gens qui se soucient de moi. J'ai eu des patrons avec lesquels ce n'était pas le cas.

Et ils avaient été nombreux. En refusant les règles de vie que ses parents voulaient lui imposer, elle avait rejeté leur argent. Elle avait voulu voler de ses propres ailes et en avait payé le prix. Elle avait souvent dîné de pâtes, accumulé les factures en retard. Mais c'était le passé. Quand elle avait décroché ce poste chez ThomKnox, elle avait pris la mesure de sa chance. Le salaire était intéressant, et les dirigeants prenaient soin de leurs salariés. Jack Knox l'avait toujours traitée avec chaleur et respect.

Or, récemment, elle avait bien failli tout gâcher. Et ce, uniquement à cause d'un ridicule béguin d'écolière.

Elle refusait de revenir au temps où elle joignait avec peine les deux bouts, de travailler de nouveau pour une société qui exploitait ses employés. Les Knox, tout comme Taylor, étaient des gens décents. Et elle était une femme bien. Aussi allait-elle cesser de laisser une stupide attirance la distraire de l'essentiel.

La voix de Taylor interrompit le fil de ses pensées.

— Quand Brannon revient-il ? demandait-elle.

Addi jeta un coup d'œil en direction du bureau peu éclairé.

— Il avait une réunion tôt ce matin. Il ne devrait plus tarder. Tu peux l'attendre, ajouta-t-elle en regardant la pendule.

Taylor se leva.

— Non, ça ira. Je repasserai plus tard.

Hésitante, elle finit par demander :

— Brannon et toi... Ça va ?

— Bien sûr, affirma Addi avec un peu trop de conviction. Pourquoi ça n'irait pas ?

— Allez, Addi ! Nous sommes entre filles. Je vois bien la manière dont tu le regardes.

Un frisson d'appréhension la traversa. Était-elle si facile à cerner ?

— Il est... très gentil. Mais il ne m'intéresse pas comme tu l'entends.

Un sourire énigmatique flottant sur ses lèvres, Taylor répliqua :

— Dommage.

— Nous avons une relation professionnelle remarquable.

C'était une définition si sobre, si fade de ce que Bran lui inspirait qu'elle en frémit intérieurement.

— Je vois, acquiesça Taylor en hochant la tête d'un air peu convaincu. Dis-lui que je suis passée. Et pense à moi en savourant ton café.

Addi la regarda s'éloigner. Comme toujours quand elle mentait, elle avait l'estomac noué. Elle apaisa sa conscience en se répétant que, bientôt, sa réponse serait la vérité.

Un jour, elle serait aussi insensible à Bran que lui à elle.

3

Bran guettait Taylor depuis la salle des photocopieuses. La voyant arriver dans le couloir, il en sortit et l'intercepta. Il était en chemin vers son propre bureau quand il avait surpris sa conversation avec Addi. Sans se faire remarquer, il avait donc changé de direction. Il était inutile d'accroître la tension avec son assistante.

— Bran, bonjour. Je voulais justement te voir.

Irrité, il croisa les bras.

— Je sais. J'ai surpris votre conversation.

Taylor commença par tiquer. Mais elle s'empressa de se justifier.

— Tu ne peux pas m'en vouloir d'avoir essayé !

La prenant doucement par un coude, il l'entraîna dans la salle des photocopieuses et ferma la porte.

— Tu dois arrêter ton petit manège.

— Quel petit manège ?

— Tu ne peux pas pousser une femme et un homme à tomber amoureux juste parce qu'ils sont tous les deux séduisants. Tu es bien placée pour le savoir, ajouta-t-il avec un air éloquent.

— Très drôle. Mais ce n'est pas la seule raison.

La façon dont elle fixait le sol éveilla ses soupçons.

— Quelle est l'autre raison ?

— Que veux-tu dire ? demanda-t-elle d'un air angélique.

Il connaissait suffisamment son amie pour savoir que son innocence était feinte.

— Taylor ?

— Bon… C'est juste que… je m'inquiète. Je veux que tu ailles bien.

Il réprima un soupir. Décidément, Taylor était vraiment un ange.

— Tu t'inquiètes pour moi ?

— Oui. Tu m'as pratiquement demandée en mariage, Brannon.

— C'était une erreur.

— Manifestement. Mais j'aimerais te voir avec une fille bien. Et tu plais à Addi. Elle a beau nier, j'en suis convaincue.

— Une fille bien, répéta-t-il. Taylor, tu n'es pas ma mère. Tu n'as pas à me caser. Et tu devrais accorder de l'importance à l'avis d'Addi. Tu lui fais peur avec tes manigances. Or, j'ai besoin qu'elle garde son poste, sinon je vais être relégué au département informatique avec Cooper.

Taylor laissa échapper un petit rire. Elle savait qu'il n'en pensait pas un mot. Le service informatique était le noyau de ThomKnox. Il était géré par Gia, la sœur des frères Knox, et son ex-mari, Jayson Cooper.

— Tu mérites d'être heureux. Je n'ai rien à ajouter.

Cette femme était adorable. Même si sa démarche était un peu castratrice. Reconnaissant d'avoir une amie qui se souciait tant de lui, il lui frôla l'épaule.

— J'ai retrouvé mon bon sens. Je ne suis pas jaloux de Royce, qu'il s'agisse de son titre de P-DG ou d'autre chose. Inutile de te faire un dessin, ajouta-t-il avec un regard appuyé. Et sortir avec Addi ne va pas me rendre plus heureux. Ça risque même de mal finir et je me retrouverai plus seul que jamais. Tu me vois recruter une assistante comme celle de Royce ?

Comme si elle lisait dans ses pensées, Taylor frissonna. Certes, Melinda était une perle, mais c'était un vrai dragon.

— Non. Gardons Addi.

— Oui, gardons-la, acquiesça-t-il en rouvrant la porte. Et maintenant, de quoi voulais-tu me parler ? Nous pouvons trouver une salle de réunion vide.

— En fait, je meurs de faim, déclara-t-elle en tapotant son ventre. Si nous allions grignoter quelque chose ?

— D'accord, acquiesça-t-il. Et pour être clair…

Taylor se tourna vers lui, ses grands yeux écarquillés exprimant la plus totale candeur.

— Depuis que tu as suggéré cette idylle entre Addi et moi, nous essayons de retrouver une relation professionnelle normale. Alors si tu veux me faire plaisir, je te demande de ne plus jamais y faire allusion.

Elle poussa un soupir, ses épaules s'affaissant dans sa robe haute couture.

— Très bien. Mais je vais avoir du mal.

Avec un sourire, il pressa le bouton de l'ascenseur.

— Je n'en doute pas.

Après son petit déjeuner impromptu avec Taylor, Bran reprit la direction de son bureau. En passant devant celui d'Addi, il s'arrêta net. Son assistante, les joues humides de larmes, sortait un mouchoir de son tiroir. Elle afficha un sourire qui n'avait rien de sincère.

Pris au dépourvu, il se contenta de la saluer.

— Bonjour.

Il avait une mère et une sœur. Et voir l'une ou l'autre en larmes le laissait totalement démuni. Exactement comme à cet instant précis.

— Bonjour, répondit-elle. Comment s'est passée votre réunion avec Franck ?

Il pouvait feindre de ne rien remarquer. Lui épargner l'embarras. Mais ne serait-ce pas une attitude de goujat ? Son but était de l'empêcher de partir. Alors, si d'un point de vue professionnel il pouvait l'aider à sécher ses larmes, il fallait qu'il le sache.

— Bien, merci. Je suis tombé sur Taylor en en sortant.

Il remarqua la tristesse qu'exprimait son regard. Quelque chose lui avait brisé le cœur. Ou bien quelqu'un. S'était-il trompé en l'imaginant célibataire ? Avait-elle un petit ami auquel elle n'avait jamais fait référence ?

Il se jucha sur un coin de son bureau et aperçut une élégante carte couleur crème et une enveloppe noire. Le genre de papier épais utilisé pour…

— Un mariage ? devina-t-il.

Elle leva vers lui un regard éploré qui exprimait un mélange de surprise et de vulnérabilité.

— L'invitation, clarifia-t-il. Un faire-part de mariage n'est pas forcément une bonne nouvelle.

Surtout si, par exemple, le marié était son ex.

— Oh ! hum, non. C'est une… réunion de famille.

Elle rangea le carton dans son agenda. Il lui paraissait un peu formel pour une réunion de famille, mais soit.

— Tout va bien ? lui demanda-t-il avec douceur.

— Oui. Très bien, acquiesça-t-elle, un faible sourire aux lèvres. La famille, ça peut être compliqué.

— Je travaille avec la mienne tous les jours.

Cette fois, le visage d'Addi s'éclaira d'un sourire d'une telle spontanéité que, même si cette conversation était gênante, il s'en félicita.

— Je ne pouvais pas arriver et prétendre ne rien remarquer. Je ne suis pas si obtus.

Elle plaqua une main sur sa bouche.

— C'est vrai. Je suis désolée. Ignorez-moi, je vais bien. Honnêtement.

Malgré lui, il s'empara de sa main menue.

— Vous êtes humaine. Vous avez le droit de pleurer.

La chaleur de sa paume contre la sienne se propagea dans son bras, poussant à son comble l'attirance qui les aimantait. Elle le dévisagea d'un air paniqué.

Après lui avoir pressé la main, il la relâcha et se leva.

— Si vous avez besoin de partir…

— Non. Merci.

Ses larmes déjà sèches, son sourire était revenu.

— Vous ne direz pas que je ne vous l'ai pas proposé. Vous savez où me trouver, ajouta-t-il en montrant la porte de son bureau.

Il s'y enferma et s'assit dans son fauteuil. Un post-it était collé sur son portable.

Taylor est passée. Pas d'urgence.

L'écriture d'Addi était jolie et délicate, à son image. Quelle que soit son affaire de famille, si c'était la vérité, il n'aimait pas du tout l'effet qu'elle produisait sur lui.

La vibration de son téléphone portable interrompit ses réflexions. C'était la réponse de Tammie à son SMS. Il l'avait envoyé sans trop savoir s'il voulait qu'elle réponde ou pas. De même, il n'était pas sûr de vouloir lire le message.

Il prit néanmoins son téléphone, trop curieux pour ignorer sa réponse.

Ça fait longtemps.

Certes, ça faisait vraiment très longtemps.

En dépit de ses efforts pour retrouver un semblant de normalité, il restait un problème dont il n'avait parlé avec personne. Sa libido indocile.

Il y avait longtemps qu'il n'avait pas eu d'aventure physique et il était distrait par Addison Abrams. Ce qui nuisait à l'équilibre qu'il essayait de restaurer au bureau.

Ce matin, la situation avait empiré. Il s'était réveillé brûlant de désir pour… son assistante. Il blâmait sa période d'abstinence. Mais hors de question de recommencer à mélanger travail et plaisir, comme il avait voulu le faire avec Taylor. Néanmoins, il avait besoin d'une aventure. Or, manifestement, son choix devait se porter sur quelqu'un qui n'avait aucun lien avec le bureau.

Le meilleur remède avait pour nom Tammie. Aussi, après une bonne douche rafraîchissante lui avait-il envoyé un message pour l'inviter à boire un verre.

Il tapa :

Trop longtemps.

Une seconde plus tard, l'écran s'éclaira de sa réponse :

Jeudi 19 heures. Vive.

Vive était un bar élégant, aux banquettes capitonnées d'un moelleux velours rouge, à l'ambiance feutrée et sexy.

Parfait. Je t'y retrouve.

Il lança le téléphone sur son bureau. Coucher avec Tammie ne ferait pas que calmer ses pulsions. Cela lui rappellerait l'époque avant ce fiasco de la course au titre de P-DG. L'époque où il savait s'amuser. Quand « travail et plaisir » était sa devise. Cette année, il s'était transformé en bourreau de travail.

Quoi d'étonnant alors à ce qu'Addi l'ait accompagné de sa présence constante ?

Il lui jeta un coup d'œil par la paroi vitrée qui séparait leurs bureaux. Les yeux rivés à son écran d'ordinateur, elle tapait sur son clavier. La convoitise qu'elle faisait naître en lui, son inquiétude pour elle étaient réelles, mais il ne pouvait pas leur permettre de nuire à leur amitié. Pas plus qu'à leur relation professionnelle.

Elle méritait de se sentir épanouie dans son travail. Et il n'avait nul besoin qu'elle s'inquiète pour lui. Pas plus que Taylor. Ce dont il avait besoin, c'était de concentrer son attention physique sur une femme qui ne s'inquiéterait de lui que pour une nuit.

Son téléphone vibra, lui indiquant un nouveau SMS de Tammie. Un émoji représentant des lèvres rouges.

Vendredi matin, il aurait résolu son problème avec Addi.

« Je ne suis pas si obtus. »

Addison n'avait pas eu l'intention d'en rire. Mais franchement ! Bran s'était montré parfaitement obtus. Non seulement il avait cru son mensonge concernant sa réunion de famille mais en plus, en un an, il n'avait jamais remarqué qu'elle était en extase devant lui.

Obtus ou pas, elle avait été touchée de sa tentative pour sécher ses larmes.

— Juste quand j'avais décidé de l'oublier, marmonna-t-elle.

Elle prit son téléphone pour envoyer un message à son amie Carey qui était en voyage d'affaires à l'étranger. Elle avait besoin de parler à quelqu'un, même s'il s'agissait d'une conversation à sens unique.

Je viens de pleurer devant mon patron.

Puis elle se cala contre le dossier de son fauteuil, ses yeux se posant sur l'invitation glissée dans la poche intérieure de son agenda : le carton qu'elle avait à la main quand Bran l'avait surprise en larmes.

L'enveloppe noire portait son nom et son adresse tracés avec une écriture méticuleuse, à l'encre dorée.

Joe était trop jeune pour mourir.

L'invitation était arrivée la veille. Mais, négligeant de l'ouvrir, Addi l'avait rangée et s'était empressée de l'oublier. Quand enfin elle s'en était souvenue, elle avait déchiré l'enveloppe. Qui, à sa grande surprise, contenait une invitation pour la célébration en hommage à Joe.

Décédé un mois auparavant, il avait été incinéré selon ses désirs. Elle découvrait qu'il avait tout organisé avant de mourir. Il avait sélectionné des membres de sa famille et des amis pour assister à une fête luxueuse dans un hôtel du lac Tahoe, qui devaient se réunir pour célébrer ses funérailles. Il avait réglé les frais des chambres et avait pris des dispositions pour le programme et les menus. Une surprise extravagante qui lui ressemblait tellement !

Ils s'étaient retrouvés pour la dernière fois à Noël. Le voir si frêle avait brisé le cœur d'Addi. Et il en avait été très malheureux

— Ne t'avise pas de revenir, Addi, lui avait-il dit. Je ne veux pas que tu gardes ce souvenir de moi.

Comme elle s'était promis de ne pas pleurer devant lui, elle avait refoulé ses larmes. S'ils avaient été séparés pendant des années, l'amitié de Joe avait beaucoup compté pour elle. Et il n'était pas facile de perdre un ami. Un ami qui lui était si cher qu'elle avait cru ne jamais pouvoir surmonter son chagrin.

En outre, elle ne serait pas étonnée que cette visite ait nourri ses sentiments pour Bran. En effet, quand, voulant faire diversion, elle avait mentionné son intérêt pour son patron, Joe l'avait encouragée à « foncer ». Ce qui était plus facile à dire qu'à faire.

L'arrivée de l'invitation réveillait le chagrin de cette journée de décembre. De nature très réservée, Addi ne laissait libre cours à ses émotions que quand elle était seule. Et si la sollicitude de Bran n'avait pas été si bienvenue, elle aurait sans doute été gênée de pleurer au bureau.

Elle ferma les yeux. Elle voulait oublier à quel point il sentait bon, assis tout près d'elle. Un mélange de pin des montagnes et d'agrumes.

— Assez !

L'oublier représentait un nouvel effort mais un effort de taille. En se concentrant sur son indépendance, elle consoliderait son travail, ce qui lui permettrait de se loger, de se nourrir et de préserver son cœur.

Par ailleurs, le voyage au lac Tahoe lui permettrait de fermer une autre blessure de son passé. Elle n'avait pas vu les parents de Joe depuis qu'elle avait démissionné de Hart Media. Ce que ses propres parents ne lui avaient jamais pardonné. Si elle doutait de les trouver dans de meilleures dispositions, les Hart, en revanche, la surprendraient peut-être.

Un rapide coup de téléphone à l'hôtel où la célébration devait avoir lieu lui confirma que sa chambre avait été réservée et réglée. Même sa voiture peu fiable pouvait faire les quatre heures de voyage jusqu'au lac.

Satisfaite de voir que, tout au moins, sa vie personnelle progressait, elle nota la date dans son agenda. Il ne lui restait plus qu'à demander quelques jours de congé et à trouver une intérimaire pour la remplacer en son absence.

Un long week-end de célébration était la meilleure manière de dire adieu à Joe. Ainsi que le moment idéal pour tirer un trait définitif sur ses sentiments pour Brannon Knox.

Le dicton ne disait-il pas « loin des yeux, loin du cœur » ?

4

Sur l'autoroute bondée, Addison se mordillait nerveusement la lèvre. Un filet de fumée s'échappait du capot de sa voiture. Elle n'avait pas besoin d'être mécanicien pour deviner que c'était mauvais signe.

Elle n'était partie que depuis vingt minutes et avait encore quelques heures de route devant elle. Tout ce dont elle avait besoin, c'était d'un peu de chance. Elle coupa l'air conditionné. Ainsi, sa vieille guimbarde rouillée atteindrait au moins la prochaine sortie. Mais la voiture eut un dernier hoquet avant d'émettre un sifflement et de finir par s'arrêter.

La chance refusait de lui sourire.

Un concert de klaxons s'éleva derrière elle, ponctué de jurons. Comme si elle avait fait exprès de tomber en panne ! Réfrénant son envie de lancer des insultes aux autres conducteurs, elle se félicita de pouvoir se garer tant bien que mal sur le bas-côté.

Sa matinée n'avait été qu'une accumulation de frustrations.

Ayant oublié de faire suspendre son courrier, elle avait découvert ce matin que le site de la poste était en dérangement. Obligée d'aller au bureau le plus proche, elle avait fait la queue pour remplir un formulaire. Aussi, au lieu de quitter River Grove à 10 heures comme prévu, ne s'était-elle mise en route qu'à midi.

Et maintenant, cette panne.

Elle n'allait pas avoir d'autre choix que d'appeler quelqu'un à l'aide.

Hors de question de faire appel à ses parents. Cela faisait

longtemps déjà qu'elle ne les sollicitait plus. Leur expliquer que sa voiture était en panne allait les pousser à lui rappeler qu'en gardant son poste chez Hart Media non seulement elle aurait pu compter sur une voiture fiable mais elle aurait déjà fini de financer sa retraite. Ils la tenaient toujours pour responsable de la fin de leur amitié avec les parents de Joe, ce dont elle refusait de porter le blâme. Elle avait travaillé dur pour arriver là où elle en était. Et elle tirait une vraie fierté d'avoir réussi sans argent ni réseau de relations. Même si sa famille ne lui en reconnaissait pas le mérite.

Elle tapa :

Dépannage Silicon Valley

Sur l'écran de son téléphone un bon millier de sites s'affichèrent. Comment pouvait-elle savoir quelle entreprise était fiable ? Laquelle ne la surfacturerait pas ? Laquelle serait la plus rapide ?

Alors qu'elle réfléchissait, elle se fit insulter par trois conducteurs qui la doublèrent à vive allure. Soudain, une idée lui vint : elle savait qui appeler. S'il y avait un point positif à cette journée horrible, c'était que sa voiture avait choisi de tomber en panne à une quinzaine de kilomètres du siège de ThomKnox.

— Bureau de Brannon Knox, en quoi puis-je vous aider ? répondit l'intérimaire qui la remplaçait.

— Bonjour, c'est Addison Abrams. L'assistante de Brannon. Est-il disponible ?

— Je vais voir.

Un instant plus tard, la voix suave de Bran lui caressa l'oreille.

— Vous ne pouvez pas vous passer de moi, à ce que je vois.

— Ma voiture est tombée en panne. J'espérais que vous pourriez me recommander un dépanneur.

Elle énonça rapidement le nom de la sortie la plus proche et dut se répéter quand un abruti l'évita en actionnant son klaxon.

— Mais, enfin ! Qu'est-ce que c'était que ça ? Ça va ?

— Visiblement, il est très mal vu de tomber en panne sur l'autoroute.

— Vous vous rendez compte que vous pourriez attendre la dépanneuse une heure ou deux ? Et encore, je suis optimiste.

— Je ne vois pas ce que je pourrais espérer de mieux, vu qu'aujourd'hui tout va de travers, grommela-t-elle.

— Je vais venir vous chercher, annonça-t-il sans ambages.

Elle resta abasourdie. Avait-elle bien entendu ?

— Oh non, ce n'était pas ce que je voulais...

— Addison !

La sévérité du ton de Bran la laissa pantoise.

— Ne bougez pas. J'arrive !

Félicitations ! Maintenant, tu fantasmes sur Brannon Knox mécanicien.

Poussant un soupir, Addi observa son patron, à moitié enfoui sous le capot de sa voiture. Sa veste de costume était posée sur le siège avant de sa petite voiture de course rouge qu'il avait garée sur le bas-côté, devant celle d'Addi. Une dépanneuse était en route, mais il avait insisté pour examiner quand même son moteur. Pourtant, avant cet épisode, elle aurait parié qu'il ne connaissait rien à la mécanique. À quoi bon ? Il était millionnaire. Il pouvait se payer les services des autres.

Bien entendu, elle s'était trompée. Et il avait pris les choses en main, faisant naître en elle de nouvelles idées torrides. Il tira un fil, un autre, vérifia la jauge, tourna un écrou. Éperdue d'admiration, elle se délectait du spectacle des muscles durs de ses avant-bras et de sa chemise humide de sueur qui collait à son dos.

Tandis qu'elle s'exhortait silencieusement au calme, il resserrait des boulons. Jamais elle n'avait été confrontée à un spectacle aussi sexy que celui de son patron essayant de ranimer sa voiture. Ses longues jambes moulées dans son pantalon gris foncé n'étaient pas cachées sous son bureau. Sans parler de ses fesses spectaculaires qu'elle pouvait maintenant admirer sans s'inquiéter d'être surprise.

Détachant les yeux du corps prodigieux de Bran, elle regarda ses mains qui s'affairaient. Ses cheveux tombaient sur son front, et une grimace déformait son visage luisant de la sueur de l'effort. Machinalement, les yeux d'Addi descendirent plus bas et elle l'imagina aussi affairé, sa chevelure hirsute, le visage transpirant. Mais, cette fois, elle serait l'objet de son attention.

Oh oui !

Il émergea soudain du capot, et elle détourna vivement la tête.

— Bien. Votre radiateur est fichu.

Avec une trace d'huile sur une joue et sa tignasse encore plus en bataille que d'habitude, il était d'une beauté à se damner.

Certes, sa décision de l'oublier avait commencé à porter quelques maigres fruits, songea Addison. Mais cette malencontreuse panne était en train de réduire tous ses efforts à néant. Elle frémit. Que le ciel lui vienne en aide !

Bran referma le coffre avec un bang retentissant et s'essuya les mains sur ce qui ressemblait à une pochette qui, Addi était prête à le parier, était en cachemire de soie et hors de prix. Sans parler de la chemise qui habillait son large torse, désormais complètement hors d'usage.

— Ce sont surtout vos vêtements qui sont fichus. Il faudra les déduire de mon salaire.

Devant son sourire éblouissant, elle se sentit défaillir.

— C'est bien mon genre. Voler au secours d'une damoiselle en détresse pour ensuite la faire payer ! Quel type d'homme serais-je si je vous laissais vous débrouiller seule ?

— Un homme qui aurait du sens pratique ?

Elle fut récompensée par un rire sonore qui la fit flageoler.

— Venez, je vais vous ramener au bureau.

Tandis qu'il transférait la valise d'Addi dans sa propre voiture, elle prit son sac. C'était la première fois qu'elle voyait cet engin à la carrosserie étincelante.

— Elle est neuve ? demanda-t-elle en s'installant sur le siège du passager en cuir souple, couleur crème.

— Très neuve. Elle a un jour. Elle m'a été livrée hier soir.

Il s'installa au volant puis, après avoir attendu l'instant propice, s'infiltra aisément dans la circulation.

— Pour l'instant, je ne l'ai conduite que pour aller au bureau, mais j'ai hâte de la faire rouler.

— Je n'en doute pas.

Quand il enfonça la pédale de l'accélérateur, le moteur se mit à gronder, et elle sentit des picotements dans ses pieds et ses jambes.

— Vous étiez en route pour le lac Tahoe, je crois ? demanda-t-il alors.

— En effet.

— Pour une réunion ?

Comme, en théorie, il n'avait pas tort, elle acquiesça.

— Dans combien de temps pensez-vous que ma voiture sera réparée ?

— C'est difficile à dire. Ça dépend des pièces détachées nécessaires qu'auront en stock les mécaniciens et du nombre de réparations qu'ils auront programmées avant la vôtre.

Addi fut soudain envahie par un sentiment de découragement. Cette vieille guimbarde était son seul moyen de transport. Et si sa remise en état revenait plus cher que le prix qu'elle coûtait, ce qui était une possibilité, elle allait devoir en acheter une autre.

— De toute façon, pourquoi conduisez-vous un tel tacot ? reprit-il. Ne me dites pas que c'est parce que je ne vous paye pas assez.

— Mais bien sûr que non ! Pas du tout.

Elle avait un salaire très généreux.

— C'est... Je la garde pour des raisons sentimentales.

— Vraiment ?

Son expression dubitative laissait aisément deviner ses pensées : comment pouvait-elle se montrer sentimentale envers un vieux tas de ferraille pareil ?

— Cette voiture a été mon premier gros achat avec mon premier salaire.

Elle avait prospecté un nombre incalculable de vendeurs d'occasion et avait parcouru les annonces en ligne. Après avoir trouvé cette voiture, elle avait conclu la transaction en personne. Une fois sa première appréhension passée, elle avait jubilé. Ce jour-là, elle avait compris qu'elle pouvait se débrouiller par elle-même, qu'elle n'avait pas besoin de ses parents. Qu'elle était capable de réussir seule.

Même si, aujourd'hui, elle avait un peu besoin de Bran. Il était grand temps de redevenir la femme intrépide qui s'était aventurée seule dans le vaste monde. De retrouver son indépendance chérie.

D'une voix empreinte de nostalgie, il reprit, interrompant ses réflexions :

— Je me souviens de ma première voiture.

— Une Maserati, je parie.

— Peut-être.

Il lui décocha un bref sourire, et elle fut obligée de rire.

— Quand devez-vous arriver au lac Tahoe ?

— Ma réservation est pour ce soir.

— Vous auriez dû prendre un avion. Vous y seriez déjà.

Elle leva les yeux au ciel. Mais naturellement. Elle n'avait qu'à louer un avion ! Où avait-elle la tête ?

— Je ne prends pas l'avion. Mais merci.

— Vous ne prenez pas l'avion ?

Il haussa les sourcils d'un air réprobateur.

— Non, je ne prends pas l'avion. J'aime sentir le bitume sous mes pneus tout le long du trajet. D'ailleurs, est-ce que vous pouvez me déposer dans une agence de location de voitures ? demanda-t-elle alors. Il doit y en avoir une dans le coin.

Elle arriverait plus tard qu'elle le souhaitait. Bien plus tard. Mais, au moins, elle serait présente pour l'hommage à Joe.

— Et si je vous emmenais ? suggéra-t-il à brûle-pourpoint.

— Pardon ? Non. Je veux dire, non merci, ajouta-t-elle de peur de paraître ingrate. Je ne voudrais pas vous déranger.

— N'ai-je pas dit que j'avais besoin de faire rouler cette voiture ? C'est l'excuse idéale pour passer un peu de temps au volant.

Il caressa le tableau de bord auquel il donna une tape affectueuse. Puis il lui fit un clin d'œil et elle se sentit fondre de l'intérieur.

— Mais… Vous seriez obligé de revenir. Ne serez-vous pas fatigué ?

— Je prendrai une chambre. Ça ne me fera pas de mal de passer une nuit loin de chez moi. Et peut-être pourrez-vous quitter votre famille un moment pour venir boire un verre ou dîner avec moi. Ce serait sympa.

Sympa ? Ces quatre heures de voiture avec Brannon, ses clins d'œil, son air canaille et sa trace de cambouis sur la joue pourraient lui être fatals.

Il changea de file pour gagner la voie rapide, ignorant un hurlement de klaxon. L'accélérateur enfoncé, il contourna un camion et lança son moteur qui rugit comme un fauve.

— Donnez-moi dix minutes pour me changer et pour faire une valise, et nous serons en route, reprit-il, sa voix couvrant le bruit.

Il la regarda, comme pour lui demander son approbation.

— D'accord ?

— Et le bureau ?

— Je suis un grand garçon. Je peux prendre un jour de congé pour m'assurer que ma précieuse assistante arrive saine et sauve au lac Tahoe. Vous ne me supportez pas ? C'est ça ?

Son ton était plus défiant qu'interrogateur.

— Pas du tout. Arrêtez de vous moquer de moi.

Elle lui donna une petite tape sur le bras. Mais la dureté de ses muscles alors qu'il changeait de vitesse lui donna l'impression de frapper un mur. Un mur brûlant et très solide. Waouh ! La température semblait avoir soudain grimpé en flèche. Elle régla le ventilateur et dirigea l'air conditionné vers elle.

— Vous n'êtes pas facile à gâter. Lundi matin, j'ai pratiquement dû vous supplier pour que vous veniez boire un café. Maintenant, il faut que je vous supplie encore pour vous conduire à Tahoe alors que non seulement vous avez besoin d'y aller, mais que ce voyage vous tient vraiment à cœur.

— Oh ! croyez-moi, il ne me tient pas vraiment à cœur.

Mais elle ne pouvait pas refuser. Ce millionnaire si sexy, doté d'une telle dose d'assurance, causerait sa perte.

— Dites merci, Addi.

— Merci, répéta-t-elle en levant les yeux au ciel.

— Je préfère ça !

Il ajusta la climatisation devant elle, et ajouta :

— C'est mieux ?

C'était mieux que mieux. Voir ses doigts presser le bouton de contrôle de la température lui donna presque un orgasme. Elle avait vraiment besoin de sortir plus souvent.

— Si vous êtes sûr que je n'interromps aucun de vos projets...

— Non, dit-il en contournant une file de voitures pour se diriger vers la sortie. Je n'en ai aucun pour ce soir.

5

Rien qui ne puisse être annulé, se corrigea Bran.

Il venait de se souvenir in extremis de son rendez-vous avec Tammie. Elle lui pardonnerait. Probablement.

Addi croisa sagement ses jambes si sexy. Dans l'habitacle étroit de sa nouvelle voiture, elles lui semblaient interminables. Assez longues pour priver ses poumons d'oxygène et distraire ses pensées. Quoi d'étonnant à ce qu'elle soit devenue l'objet de ses fantasmes ?

Il s'était longtemps posé la question de savoir si elle avait quelqu'un dans sa vie ou pas. Mais cette situation confirmait ce qu'il soupçonnait : Addi était célibataire. Si elle avait eu un petit ami, c'est à lui qu'elle aurait téléphoné. En outre, aucun homme décent ne l'aurait laissée conduire cette vieille guimbarde. À moins qu'elle vienne de commencer une histoire avec le barman ? Qui sait comment se comporterait Ken ? Il plissa le nez de mépris.

Pour sa part, il n'avait pas hésité un instant : pas question de la laisser sur le bord de l'autoroute. Elle aurait pu se faire renverser par un camion ou par le chauffeur de la dépanneuse. Dans pareille situation, une jolie femme seule courait bien des risques. Certes, il comprenait qu'elle mette un point d'honneur à ne compter que sur elle, une qualité qu'il respectait. Les femmes de caractère ne lui posaient pas de problème. Mais elle devait savoir à quel moment il fallait laisser un tiers prendre le relais et s'occuper d'elle. Aujourd'hui, il avait eu le temps, la possibilité et l'envie d'aller la chercher. Il aurait fait de même pour n'importe qui.

De là à l'emmener au lac Tahoe ? Ça, il ne l'aurait pas fait pour n'importe qui.

Pourtant, pour elle, il s'était décidé immédiatement. *Pourquoi ?*

Pourquoi ne l'avait-il pas plutôt aidée à louer une voiture ? Ou ne l'avait-il pas convaincue de prendre le jet de la société ? Pourquoi avait-il insisté pour l'accompagner en personne à bon port ?

Parce que nous sommes amis.

Parce que c'est une salariée précieuse.

Parce que je veux qu'elle sache qu'elle peut compter sur moi.

Il ne s'était jamais considéré comme un chevalier servant. Pourtant, c'était cette troisième raison qui semblait la plus honnête. Et il était évident qu'elle avait accepté son offre avec soulagement. Même si cela ne comblerait jamais le fossé qui existait entre eux, il se félicitait de l'avoir mise en confiance.

Il continua à se justifier. Son invitation à dîner ensemble le même soir était tout aussi innocente que celle d'aller prendre un café l'autre jour. Mais cela risquait fort de changer s'il continuait à regarder ses jambes.

Il était presque certain d'avoir deviné la même tension chez Addi quand ils s'étaient installés chacun dans leur siège. Elle avait beau affirmer qu'il ne l'intéressait pas, il sentait cette onde électrique quand elle le touchait. Et il avait du mal à croire que c'était à sens unique.

Après tout, qu'importait ! Il ne lui courait pas après. Et ce n'étaient pas les jambes de rêve de sa passagère sur lesquelles il devait se concentrer pendant le voyage, mais sur l'objectif d'arriver sains et saufs grâce à son nouveau bijou : son coupé sport Audi rouge.

C'était la seule façon de faire taire ses craintes.

Vingt minutes plus tard, il se garait devant chez lui. Voyant qu'elle ne descendait pas, il contourna la voiture pour lui ouvrir sa portière, résistant à l'envie de regarder de nouveau ses jambes sublimes.

— Je vais vous attendre ici.

— Vous êtes sûre de ne pas vouloir entrer ?

— Oui ! déclara-t-elle avec conviction.

Mais elle souriait.

— Je vais faire vite.

— D'accord.

Elle prit son téléphone portable et s'absorba dans les informations qui défilaient sur son écran. Elle n'avait visiblement nulle envie de découvrir son intérieur. Étant donné que c'était sa première visite chez lui, l'inviter à entrer n'était peut-être pas opportun.

Quand il avait recruté Addison Abrams, il avait été satisfait de constater que son CV tenait ses promesses. Son expérience était impressionnante. Elle avait été salariée dans plusieurs sociétés importantes et en comprenait le protocole.

Elle avait passé son entretien haut la main. Non seulement elle avait de l'assurance, mais elle n'était dépourvue ni de beauté ni d'élégance. Ce qu'il n'était pas censé prendre en considération. Toutefois, il était impossible d'ignorer de tels atouts.

Même s'il n'avait jamais estimé préférer un type de femme en particulier, il avait un faible pour les Californiennes. Et Addi en avait la blondeur et les yeux bleus.

— Il ne te reste plus qu'à faire preuve de sang-froid, se martela-t-il, tout en enfouissant ses vêtements dans un sac.

Jusqu'à cette allusion de Taylor, il avait parfaitement su séparer leur relation professionnelle et son attirance pour elle.

Il retira son pantalon de costume et sa chemise tachée de cambouis pour passer un jean et un T-shirt et se chausser de baskets. À la dernière seconde, il prit également un costume propre. Qui sait, le dîner serait peut-être formel.

Puis, son sac de voyage à la main, il redescendit. Cette petite pause était somme toute bienvenue. D'ailleurs, si tout se passait bien ce soir, pourquoi ne resterait-il pas le week-end ? Il s'était senti plein d'ardeur à la perspective de retrouver Tammie chez Vive. À ce propos, il devait la prévenir.

Il tapa rapidement sur son écran.

Je dois annuler ce soir. Un imprévu.

À peine eut-il redémarré que son rendez-vous annulé s'effaça de ses pensées. Dans son coupé rouge, bien calée contre le dossier de son siège, sa queue-de-cheval blonde volant au vent, Addi était d'une beauté irrésistible. Devant une telle tentation, n'importe quel homme aurait oublié jusqu'à son propre nom.

La vibration de son téléphone posé dans son casier sur la boîte de vitesses interrompit sa rêverie.

Une photo de Tammie avec un haut très échancré qui dévoilait largement la naissance de ses seins surgit à l'écran. Inquiet, il lança un coup d'œil à Addi. Elle regardait l'écran elle aussi.

— Oh non ! s'exclama-t-il en prenant vivement son portable. Je suis désolé.

— Aucun jugement, fit-elle en levant une main.

Sous la photo, la légende disait :

Puis-je te faire changer d'avis ?

Il répondit :

Je dois m'absenter de San Francisco. On repousse.

On verra.

Il secoua la tête. Non parce qu'il regrettait d'avoir raté cette soirée mais parce qu'il se fichait complètement de revoir Tammie une fois rentré. Où avait-il eu la tête ? Comment avait-il pu croire possible d'oublier son attrait pour Addi dans les bras de Tammie ?

Mais il s'égarait. Il n'avait nulle intention de séduire son adorable assistante. Qui était en train de lui dire :

— Je ne vous prenais pas pour un saint.

— Je n'aime pas les spams.

Sans le regarder, elle se mit à fredonner. Désireux de retrouver son attention, il reprit d'un ton dégagé :

— Ça ne vous dérange pas si je baisse les vitres ? Certaines femmes n'aiment pas être décoiffées.

Il joignit le geste à la parole et, devant son regard surpris, il se sentit fondre.

— Comme la femme du téléphone ?

— Oh ! oh ! Je sens une certaine réprobation. J'ai annulé mon rendez-vous avec elle ce soir. Je pense que c'était sa façon d'essayer de me faire changer d'avis.

— Ça manquait d'imagination.

Elle pencha la tête de côté et lui adressa un sourire espiègle. Visiblement, elle avait retrouvé la routine de leurs sympathiques conversations du bureau.

À cela près que leur badinage commençait à prendre une tournure plus intime.

Elle mit ses lunettes de soleil, dissimulant ses prunelles azur au fond desquelles dansait une lueur d'excitation, et ajouta :

— J'aime sentir le vent dans mes cheveux.

Addi se raisonna. Elle ne devait pas se soucier de la vie privée de Bran. Ni de ses conquêtes. N'avait-elle pas décidé d'oublier à quel point il lui plaisait et de retrouver son indépendance ?

Ce message coquin aurait dû la laisser parfaitement indifférente. Pourtant, ce n'était pas le cas.

Elle réprima un soupir.

La femme portait une robe moulante, plus que suggestive. Et, malgré le gros plan sur sa poitrine, elle avait aperçu son joli petit nez retroussé et ses lèvres rouges pulpeuses. Elle n'arrivait toujours pas à croire que son patron avait annulé son rendez-vous avec cette femme pour l'accompagner au lac Tahoe.

La radio diffusait un air de rock qu'il fredonnait en mesure. Elle sourit. Même s'il chantait un peu faux, elle aimait entendre sa voix.

— Ça vous fait rire de m'entendre chanter ? demanda-t-il, ses cheveux bruns voletant autour de sa tête.

— Pas du tout, mentit-elle.

— Si, je vous ai vue. Ne vous en faites pas, ajouta-t-il en baissant le son. Ma sœur se moque de moi depuis toujours.

Un moment, ils regardèrent la route en silence, puis il reprit :

— Je ne suis pas allé au lac Tahoe depuis cinq ans environ. La dernière fois, j'ai failli me tuer sur une piste de ski pour débutants.

— Parce qu'il existe des choses que vous ne savez pas faire ? demanda-t-elle, bouche bée.

— Beaucoup. Skier, faire une demande en mariage, devenir P-DG.

Avec un sourire malicieux, il ponctua sa réponse de l'un de ses clins d'œil qui mettaient les nerfs d'Addi à vif. Peut-être, un jour, parviendrait-elle à ne plus y réagir. C'était son objectif.

— Je n'y suis allée qu'une fois, avec Joe et ses parents, expliqua-t-elle alors. Je n'aime pas le ski. On a froid. On se fait mal quand on tombe. Mais Joe était un skieur remarquable.

Ce voyage avec les Hart remontait à un siècle. L'évoquer réveilla la douleur de l'absence de son ami. Ce week-end promettait de remuer bien des souvenirs qu'elle trouvait difficiles à évoquer.

Bran lui coula un regard en coin.

— Qui est Joe ? demanda-t-il. Un ex ?

— Nous étions seulement amis.

— Ah, donc il en pinçait pour vous et vous l'avez repoussé.

— Pas du tout. Nos familles étaient amies.

Elle mit l'accent sur le passé. En démissionnant de Hart Media, elle avait éloigné ses parents de leurs amis les plus riches, ce qu'ils ne lui avaient jamais pardonné. Mais elle les soupçonnait de regretter la fortune des Hart plutôt que leur amitié. Leur statut financier les avait toujours flattés. Après tout, ceux-ci étaient millionnaires. Tout comme l'homme assis à côté d'elle.

— Non. Je ne vous crois pas. C'étaient des vacances romantiques, au ski...

— Nous n'avions que dix-sept ans, protesta-t-elle.

— Encore pire. Il devait n'avoir qu'une envie, se faire remarquer de vous.

Ce que Bran ignorait, c'était que son ami était mort. Mais ce ne fut pas cette pensée qui lui fit monter les larmes aux yeux. Ce fut le souvenir de tous les bons moments partagés avec Joe. Ce week-end au ski avait été l'un des meilleurs de sa vie. Le fossé s'était creusé entre eux quand elle avait commencé à travailler pour ses parents. Des années plus tard, ils s'étaient revus. Chacun accompagné. Elle revoyait son sourire pendant que sa petite amie du moment discutait d'un match de football avec son propre amoureux.

Elle refoula ses larmes et tourna la tête pour se concentrer sur le paysage qui défilait derrière la vitre.

— Que se passe-t-il ? s'inquiéta immédiatement Bran. Ça va ?

— Ça va, répondit-elle, sa voix s'étranglant. Joe et moi nous sommes éloignés. Ça a été… difficile.

— Oh ! fit-il avec un hochement de tête. Il vous plaisait, mais ce n'était pas réciproque, c'est ça ? Je suis désolé, Addi. C'est dommage.

Elle fut prise d'une subite envie de rire. Ou de lui donner un coup de poing. Ou peut-être les deux. S'était-il écouté ? C'était lui qui lui plaisait. Mais ce n'était pas réciproque : voilà ce qui était dommage !

— Nous étions amis. Et maintenant…

Elle secoua la tête, la gorge nouée, incapable de continuer. Puis, après s'être éclairci la voix, elle poursuivit :

— La raison de ce week-end, c'est une célébration à la mémoire de Joe. Avant de mourir, il a tout organisé pour que sa famille et ses amis proches passent trois nuits au lac Tahoe.

Sa déclaration fut suivie par un silence de plomb que seuls venaient troubler le son étouffé de la musique à la radio et le sifflement du vent.

— Je suis tellement désolé, Addison. Je ne savais pas.

— Comment auriez-vous pu savoir ?

— De quoi est-il mort ?

— D'un cancer des os. Du moment du diagnostic jusqu'à la fin, il n'a vécu que neuf mois.

Il lui pressa la main.

— C'est pour ça que vous pleuriez au bureau.

Il aurait été si facile de s'appuyer sur Bran, de se livrer à lui ! De lui faire confiance en lui avouant ses peurs, ses secrets les plus enfouis, les plus sombres. Elle dégagea sa main pour chercher un mouchoir dans son sac et se tamponna les yeux.

— La distance s'est creusée après mon départ pour la fac, expliqua-t-elle. J'avais cru que la séparation serait plus difficile. Peut-être n'avons-nous pas évolué de la même façon.

L'air pensif, il acquiesça.

— Oui. Je comprends ce que vous voulez dire.

Sa réponse l'intrigua. Faisait-il référence à Taylor qui, avant de sortir avec lui, était son amie d'enfance ?

À l'époque de sa mort, Joe n'avait pas de petite amie. Il ne s'était jamais marié. Et quand elle avait appris sa maladie, sa propre vie lui avait soudain semblé plus courte.

Voilà pourquoi le mieux pour elle était d'oublier Brannon. Au lieu de se torturer en espérant que son patron la remarque un jour, elle pourrait trouver un homme qui serait fou amoureux d'elle.

Repoussant ses tristes idées, elle monta le volume de la radio et lança d'une voix forte :

— J'aime cette chanson.

— Oui, moi aussi, répondit-il aussi fort, en augmentant encore le son.

Voulait-il la laisser tranquille ou était-il sincère ? Qu'importait ! Elle allait profiter de l'occasion pour mettre un terme à sa dépendance affective. Jusqu'ici, leur voyage avait été une suite de silences gênés, entrecoupés de ses larmes pour Joe, sans oublier sa jalousie pour celle avec qui Bran aurait eu rendez-vous ce soir si elle ne l'avait pas appelé au secours.

Elle avait appris depuis longtemps que compter sur les autres avait toujours un prix. Que, si elle ne suivait pas leurs règles à la lettre, elle était rejetée. Certes, elle avait de nombreuses raisons d'éprouver de la gratitude pour Bran. D'abord, parce qu'elle était son assistante. Ensuite, parce qu'il tenait suffisamment à elle pour la réconforter et la conduire au lac Tahoe.

Néanmoins, elle ne devait pas laisser son cœur s'emballer. Ne pas aller s'imaginer que la sollicitude strictement professionnelle de son patron allait déboucher sur le grand amour, ne pas laisser son bon sens s'envoler sur un petit nuage.

Elle en avait assez de prétendre qu'il pourrait un jour l'épouser. Il était grand temps de revenir sur terre, de retrouver son pragmatisme. De redevenir la femme indépendante qui contrôlait sa propre vie.

6

L'heure qui suivit se déroula sans malaise. Addison était un bon D-J, même si elle avait choisi une station de musique country. Ce n'était pas vraiment le genre de musique qu'il écoutait habituellement, mais il pouvait le tolérer. En outre, entendre son assistante chanter les airs qu'elle connaissait par cœur le faisait craquer.

Néanmoins, il peinait encore à assimiler la nouvelle que la fameuse réunion de famille à laquelle elle se rendait était en réalité un enterrement.

Elle se livrait beaucoup moins sur sa vie privée qu'il ne l'avait cru. S'il la savait discrète, il n'avait jamais pris toute la mesure de sa retenue. Comment avait-elle pu ne pas lui faire assez confiance pour lui raconter qu'elle avait perdu l'un de ses amis proches ?

Ce qu'il savait d'Addi se limitait à très peu de détails, en réalité. Pour une bonne raison : ils ne se voyaient qu'au bureau. Maintenant qu'il avait cette unique occasion de la fréquenter en dehors du monde professionnel, il découvrait des tas d'informations sur son compte. Qu'elle n'aimait pas skier. Qu'elle n'était pas proche de sa famille. Que Joe, son ami défunt, était le fils des Hart de Hart Media. Un monstre à côté duquel ThomKnox ressemblait à une start-up de garage.

Pendant qu'il laissait son esprit vagabonder, Addi s'était refermée sur elle-même. Elle le faisait penser à la marée. Elle avançait, reculait, avançait, reculait encore. Il avait toujours l'impression qu'elle lui cachait quelque chose. Mais quoi ?

Il se remémora la conversation au cours de laquelle Taylor lui avait avoué se faire du souci pour lui. Il soupçonnait Addi d'éprouver les mêmes inquiétudes. Mais, même si cela le touchait, il était impératif de lui faire comprendre qu'il allait bien. Elle n'avait aucune raison de s'occuper de sa vie personnelle.

À la vue de ses lèvres pulpeuses qui fredonnaient, il sentit de nouveau cette tension palpable entre eux. Leur trouble mutuel semblait s'exacerber hors du bureau.

Il remonta les vitres et coupa la radio depuis la commande sur son volant. Tant pis s'il devait les embarrasser. Il allait prendre le risque.

— Vous n'aimez pas cette chanson ? s'étonna-t-elle.

Sans répondre à sa question, il déclara à brûle-pourpoint :

— Depuis que Taylor a insinué que nous devrions sortir ensemble, nous avons poliment évité le sujet.

Il la sentit se raidir.

— Dans cette voiture, je ne suis pas votre patron. Vous pouvez dire tout ce que vous voulez, aucune de vos paroles ne sortira d'ici. D'accord ? En outre, je pense qu'étant donné tout ce que nous avons partagé nous pourrions nous tutoyer, maintenant.

Sans rien dire, elle le regarda avec méfiance.

— Je n'aurais jamais dû sortir avec Taylor, reprit-il alors. Nous sommes amis, très amis. Et nous n'avons même pas couché ensemble.

Jamais il ne s'était autant dévoilé sur son intimité. Mais il ressentait la nécessité de mettre les choses au point.

— Heureusement, dit-elle dans un souffle.

Surpris, il lui lança un coup d'œil. Que voulait-elle dire ?

— Pour votre frère, s'empressa-t-elle de préciser. *Ton* frère, pardon. Et pour le bébé à venir. Pardon de t'avoir interrompu. Continue.

— Bien. Je veux seulement insister sur le fait que tu n'as pas à t'inquiéter pour moi. Même si je voulais le poste de P-DG, mes fonctions actuelles me plaisent beaucoup. Et si j'admets que je te trouve particulièrement séduisante, drôle et intelligente, je sais aussi que tu es irremplaçable. Jamais je ne compromettrai ce qui est le plus important : notre relation professionnelle.

Il se tut, et le silence se fit. Elle hocha la tête. Les yeux fixés sur la route, il poursuivit, satisfait de pouvoir faire la paix une fois pour toutes :

— Je ne conçois pas de projets romantiques avec toi, Addison.

Il lui jeta un nouveau coup d'œil.

— Aucun. Le dîner de ce soir sera un dîner entre deux collègues de travail. Voilà. Si mon invitation te met mal à l'aise ou si tu as l'impression que j'ai dépassé les limites, il te suffit de le dire. Cela ne vaut pas la peine de gâcher notre amitié.

Le regard fixé sur le pare-brise, elle était toujours muette.

Certes, pour lui, ce n'était pas la conversation la plus facile. En la rassurant sur ses intentions, il voulait lui faire comprendre qu'il ne comptait pas la séduire. Et mettre les choses au point pour éviter tout malentendu.

— Tu es mon assistante depuis un an, et je veux que tu saches que tu m'es aussi indispensable que mon bras droit. D'ailleurs, tu es tout aussi importante pour ThomKnox. Si je te perdais, Addi, je serais démuni. Et, contrairement à ton ami Joe, je suis intimement convaincu que tu n'éprouves aucun sentiment pour moi. Tu n'as aucune crainte à avoir. Je ne me fais pas d'idées.

Sa première surprise passée, le monologue de Brannon fit naître en Addi un sentiment de colère mêlée à de la nervosité. Il avait beau mettre un point d'honneur à s'en défendre, il ne se gênait pas pour s'adonner à des tas de suppositions. Il voulait une relation franche ? Eh bien, il ne perdait rien pour attendre.

Combien de fois s'était-elle disputée avec ses parents qui affirmaient toujours savoir ce qu'elle voulait ? Ce dont elle avait besoin ? Des cours de piano. Des cours de mannequinat. Des entraînements de pom-pom girl. Pourtant, de peur de les décevoir, de peur qu'ils lui coupent les vivres si elle se montrait réfractaire, elle avait tout supporté.

Puis, un jour, ils les lui avaient coupés.

Elle venait à peine de sortir de l'université, son diplôme en poche, quand ils l'avaient poussée à accepter un poste administratif chez Hart Media. En l'espace de quelques jours, elle avait été « promue » chef comptable et avait détesté chaque seconde de ce travail. Pendant un an et demi, elle avait essayé de tenir bon, tandis qu'ils l'encourageaient à ne pas laisser passer cette chance professionnelle unique. Et quand, enfin, elle avait trouvé le courage de démissionner, elle avait éprouvé un sentiment de liberté inégalable.

Ses parents avaient été furieux.

Ils étaient tellement certains de savoir ce qui était le mieux pour elle ! Mais jamais ils n'avaient pris la peine de lui demander ce qu'elle ressentait. Exactement comme Brannon à cet instant précis. Aussi, en l'entendant lui déclarer qu'elle ne devait pas craindre de le voir se faire des idées à son sujet, s'écria-t-elle, n'y tenant plus :

— Mais tu ne comprends donc pas que tu me plais, espèce d'idiot !

La vérité avait jailli de sa bouche comme la lave du cratère d'un volcan, faisant l'effet d'une bombe dans la voiture. Son cœur battant la chamade, elle sentit l'air vibrer d'électricité. C'était la toute première fois qu'elle haussait le ton avec lui. Elle n'avait pas la moindre idée de la réaction à attendre. Allait-il crier à son tour ? S'arrêter pour la laisser sur le bas-côté en lui disant de se débrouiller pour finir seule son voyage ? La licencier ?

Un frisson de terreur la traversa. Elle espérait que non. Elle avait besoin de son travail. Elle y tenait autant que Brannon lui plaisait.

Croisant les mains sur ses genoux, elle attendit, avec l'envie de disparaître sous terre.

— Oh ! se contenta-t-il de dire.

Prise au dépourvu par sa réponse, elle balbutia :

— Je suis désolée.

Elle était vraiment lamentable.

— Tout va bien, la rassura-t-il.

Mais il n'en donnait pas l'impression. Sa bouche formait une ligne mince, ses bras étaient raides, ses mains crispées sur son volant. Soit elle avait gâché leur amitié, soit elle avait perdu son travail. Et, en ce moment, elle ne pouvait affronter ni l'un ni l'autre.

Ne sachant quelle attitude adopter, elle tourna le bouton de la radio et la musique s'éleva à plein volume, sans pour autant alléger l'atmosphère.

7

Après avoir effectué le reste du voyage sans prononcer un mot, ils arrivèrent à l'hôtel exactement à l'heure annoncée par le GPS. Addison s'était murée dans un silence poli. Quant à Bran, il peinait encore à croire à ce qu'elle lui avait dit.

Il lui plaisait. Et elle l'avait traité d'idiot.

Il étouffa un petit rire. En vérité, depuis son aveu, il peinait à retenir son hilarité. Il ne l'avait jamais entendue lui parler autrement qu'avec le respect dû à son poste.

Pour lui faire perdre ainsi son sang-froid, il avait dû la perturber. Ce qui aiguisait vraiment son intérêt. Ne se faisait-il pas violence depuis leur départ pour refréner sa convoitise ? Il avait pris la décision de ne pas lui faire la cour, de refuser toute tentation de relation entre eux en dehors de leurs liens professionnels. Il était même allé jusqu'à programmer une nuit avec une autre. Mais maintenant... il découvrait que son attirance pour elle était réciproque.

Et il en avait assez de se justifier. Certes, le travail était important. Mais s'amuser ne l'était-il pas tout autant ? En outre, à cet instant précis, ils se trouvaient loin du bureau. Quand Taylor avait suggéré qu'ils sortent ensemble, il avait cru qu'Addi serait offensée. Qu'elle ne voulait rien de lui. Voir qu'il s'était trompé lui laissait entrevoir une multitude de possibilités dont aucune n'était très sage.

Plongé dans ses pensées, il se gara, coupa le moteur et examina l'hôtel. L'élégante bâtisse surplombait le lac envahi de jet-skis et de bateaux. L'endroit était huppé, plus petit que ce qu'il pensait, et isolé. Ce qui, pour une ville aussi touristique, était étonnant.

Ils descendirent de voiture et, après un échange de politesses, il se chargea de sortir leurs deux valises du coffre. Ils étaient adultes. Ils pouvaient gérer leur attirance. Surtout loin du bureau. Loin de Royce, de Taylor, de Gia, et même de son père qui passait à l'occasion, rôdant partout. Ici, Addi et lui étaient seuls. Ce qui était nouveau et… grisant.

Une fois à la réception, elle donna son nom. Après avoir consulté son ordinateur, la réceptionniste s'exclama :

— Vous avez de la chance ! Nous avons une chambre libre avec un lit king size. Vous n'aurez pas à partager une chambre à lits jumeaux.

Le rire que Bran retenait depuis si longtemps faillit lui échapper. Cette jeune Ava, comme l'indiquait son badge, avait vraiment le sens de l'à-propos !

— Non, non, s'empressa de répliquer Addi. Nous ne partageons pas de chambre. Monsieur est mon patron.

— Dommage, railla-t-il.

Addi ignora sa plaisanterie.

— Je suis désolée, s'empressa de s'excuser la réceptionniste en pianotant sur son ordinateur. Dans ce cas, l'un de vous deux prendra la chambre au grand lit et l'autre la double. Ce sont les deux dernières et elles sont contiguës. Donc, vous avez tout de même de la chance. Vous êtes aussi avec le groupe Joseph Hart, monsieur ? lui demanda-t-elle avec un sourire, en les dévisageant tour à tour.

— Plus ou moins.

Le ton enjoué de la jeune femme contrastait avec l'air mortifié d'Addi. S'emparant vivement de sa valise, elle prit sa clé électronique et lança :

— Merci de m'avoir accompagnée. Je vais m'installer.

Partagé entre la stupéfaction et l'amusement, il la suivit des yeux alors qu'elle se hâtait vers l'escalier. La voix d'Ava le ramena au présent.

— Vous comptez rester tout le week-end, monsieur Knox ?

Il avait eu l'intention de repartir le lendemain matin. Mais c'était avant qu'Addi admette qu'il lui plaisait. Et même si ce n'était pas une raison pour réagir en adolescent transi d'amour, cela ne lui paraissait pas anodin. D'autant que, depuis, elle persistait à fuir son regard.

Allons ! N'avait-il pas décidé de s'amuser vraiment, de toute façon ?

— Oui, tout le week-end, acquiesça-t-il.

La partie de son cerveau qui réfléchissait trop pouvait rester en sommeil, il s'en fichait. Ces derniers temps, il n'avait pas assez laissé s'épanouir l'autre aspect de sa personnalité. Celui du bon vivant. Du décontracté. De celui qui aurait sauté sur l'occasion d'un week-end imprévu… avec une femme qui était aussi attirée par lui qu'il l'était par elle.

Ava fit glisser une feuille sur le comptoir.

— Voilà le programme des célébrations à la mémoire de Joseph Hart. Au cas où vous et votre salariée vous croiseriez ce week-end.

Son sourire était franchement taquin.

— Merci.

Il le parcourut : un cocktail, un dîner, des sports aquatiques et un bal masqué. Jamais il n'avait entendu parler d'un enterrement aussi étrange.

— Je crois que je vais devoir trouver un costume ou deux pour mon séjour, reprit-il. Pourriez-vous, s'il vous plaît, m'indiquer les meilleures boutiques de la ville ?

— Bien sûr, monsieur Knox.

Après avoir rempli les dernières formalités pour sa chambre, il se dirigea vers sa voiture, sa valise à la main. Il n'avait pas la moindre idée de la réaction d'Addi quand elle apprendrait qu'il restait pour le week-end. Elle le découvrirait sans doute ce soir.

En dépit de ce qui s'était passé pendant leur voyage, elle avait accepté de dîner avec lui et il ne la laisserait pas se défiler.

— C'est toi qui as dit que je te plaisais, déclara-t-il à voix haute. Plus question de le nier.

Sifflotant, il laissa l'hôtel derrière lui et prit la direction du quartier des boutiques indiqué par Ava. En fin de compte, cette soirée promettait d'être bien plus amusante que celle initialement prévue.

Une fois ses robes suspendues dans la penderie et le reste de ses vêtements rangé dans la commode, Addison prit une douche rapide avant de s'habiller pour le dîner avec Bran.

Il comptait sur elle. Il lui avait envoyé un SMS pour lui confirmer l'heure. Elle avait envisagé d'annuler, mais ça aurait été une réaction vraiment immature. Elle ne pourrait pas se cacher éternellement. Mais elle pouvait concocter une histoire crédible.

Ce soir, elle se montrerait courtoise et professionnelle, et lui présenterait des excuses. Elle avait l'intention de rattraper ce moment si gênant d'honnêteté brutale de la seule façon qu'elle connaissait : en mentant.

Même si c'était injuste envers Joe, elle pouvait mettre sa déclaration intempestive sur le compte du chagrin. Mais c'était la seule excuse qu'elle avait. Étant donné qu'elle ne pouvait pas effacer ses paroles de la mémoire de Bran, elle n'allait avoir d'autre choix que de s'expliquer.

Ce fiasco si embarrassant n'était plus qu'une affaire de quelques heures. Elle allait dîner avec son patron et, demain matin, il serait parti. Ce qui lui offrirait une pause bienvenue avant son retour au bureau, lundi. À ce propos, elle allait devoir louer une voiture afin de rentrer par ses propres moyens.

Elle tira ses cheveux en chignon et, de ses paumes, lissa son élégante veste vert jade. Elle n'avait pas eu la moindre idée du genre de vêtements à emporter pour une telle occasion. Un enterrement qui devait prendre des allures de fête. Elle ne possédait quasiment que des tenues de couleur vive ou pastel. Mais elle avait pris son unique robe noire, au cas où.

Elle venait d'appliquer son rouge à lèvres quand elle entendit frapper. Prenant une profonde inspiration, elle plaqua un sourire sur ses lèvres et alla ouvrir. Surprise, elle regarda à gauche puis à droite dans le couloir. Il était vide.

C'est alors qu'elle entendit de nouveau toquer. Mais, cette

fois, derrière elle. Bien entendu, Bran avait frappé à la porte de communication qui séparait leurs deux chambres. Elle se redressa et, se forçant toujours à sourire, alla lui ouvrir.

Sans surprise, dans son costume, avec son éternelle tignasse ébouriffée, il était irrésistible. Contrairement au sien, son sourire n'était pas feint. Leurs mains posées sur chacune des poignées, ils se dévisageaient comme s'ils s'étaient regardés à travers un miroir sans tain.

— Tu n'étais pas obligée de me laisser le lit king size, fit-il remarquer.

— Tu es plus costaud que moi.

Elle jeta un coup d'œil à la chambre, derrière lui. Sa tenue de voyage était pliée sur le couvre-lit d'un blanc immaculé, ses chaussures rangées côte à côte sur le sol. Sa valise, ouverte, n'était pas défaite. Normal. Il ne restait qu'une nuit. Elle enregistra chaque détail, faisant son possible pour ne pas l'imaginer dormant, presque nu, dans ce lit, à un souffle de sa chambre. L'avait-il entendue se doucher à travers le mur ?

Elle s'empressa de refouler cette pensée. S'adonner à ses fantasmes alors que Bran se tenait face à elle n'avait rien d'approprié.

Après avoir fermé sa propre porte, il entra dans la chambre d'Addi, brisant ce miroir invisible entre eux pour envahir son espace.

— Je vois que tu es aussi ordonnée que je l'imaginais, déclara-t-il. Tes vêtements rangés, ta valise posée sur le placard.

Sous son regard qui la caressait de la tête aux pieds, elle sentit les battements de son cœur s'accélérer.

— Puisque nous ne sommes pas au travail, suis-je autorisé à te dire que tu es très belle dans cette robe ?

— Merci, parvint-elle à murmurer.

Hors du bureau, dans sa chambre d'hôtel, elle pouvait lui permettre beaucoup de choses. Comme d'effleurer ses lèvres d'un baiser plein de douceur, ou une étreinte fougueuse sur le lit qui laisserait l'édredon tout froissé.

Elle s'empressa de se reprendre. Elle avait un plan. Et celui-ci supposait qu'elle oublie les sentiments que son patron lui inspirait.

Elle devait mettre ce week-end à profit pour reprendre possession de son cœur et de son indépendance. Bran n'avait-il pas affirmé sans équivoque que, ce soir, ils seraient juste deux collègues de travail dînant ensemble ? Eh bien, elle allait honorer son souhait. Et ce n'était pas parce qu'elle avait eu la bêtise d'admettre qu'il lui plaisait qu'il avait carte blanche pour l'attirer dans son lit.

Elle prit son sac. Elle avait très chaud, soudain.

— Il est temps d'y aller, lança-t-elle.

— J'ai réservé sur la terrasse, si ça te convient.

Cela lui paraissait bien romantique. D'un autre côté, le simple fait de dire bonjour à Bran lui semblait romantique. Il lui offrit son bras qu'elle accepta, et elle se laissa guider hors de la chambre. Bientôt, ils seraient de nouveau sur la même longueur d'onde et elle pourrait anesthésier à jamais ses sentiments pour lui.

8

Quand Bran, venant chercher Addi pour le dîner, avait frappé à la porte qui séparait leurs deux chambres, il ne s'était pas attendu à sentir son corps se raidir en la voyant en face de lui, devant un lit. Cela faisait quelque temps déjà qu'elle alimentait ses fantasmes. À cela près que, dans ses fantasmes, elle était nettement moins vêtue.

Ce soir, elle portait une robe vert jade, la couleur des feuilles dans la jungle. Une teinte qui réveillait des paillettes turquoise dans ses prunelles bleues. Ses cheveux d'un blond pâle étaient relevés sur sa nuque. Mais son sage décolleté carré ne dévoilait rien. Contrairement à Tammie, Addison était un mystère. Ce qui exacerbait encore son envie de la déshabiller.

Une fois qu'ils furent installés, le serveur leur apporta du vin blanc, puis les hors-d'œuvre : des rouleaux de wonton frits, au crabe et au fromage frais, servis avec une sauce au piment doux. Bran en enfourna trois sans respirer.

— Un régal ! s'exclama-t-il.

— C'est vrai, c'est délicieux, approuva-t-elle en se tapotant la bouche avec sa serviette.

Se calant contre le dossier de sa chaise, il demanda :

— Alors, dis-moi, quel effet ça te fait de manger ailleurs que chez Pestle & Pepper ?

Ce n'était pas la première fois qu'il la taquinait à ce sujet. Au moins trois fois par semaine, il remarquait un sac contenant un plat à emporter de Pestle & Pepper posé sur son bureau.

— Tu connais Pestle & Pepper ?

Son sourire était confiant, sa voix enthousiaste. Il préférait mille fois cette attitude à ses regards fuyants.

— Je n'y ai jamais mis les pieds. Mais je commence à me demander si je ne passe pas à côté de quelque chose. Vu tous les déjeuners que tu en rapportes.

Il fut interrompu par l'arrivée de leur commande : un poisson aux légumes pour lui et des pâtes au poulet pour elle. Tous deux s'attaquèrent à leurs plats respectifs, puis elle reprit :

— Et encore, tu ne sais pas tout. J'y dîne aussi souvent que j'y déjeune. Je ne cuisine pas très bien, avoua-t-elle en fronçant le nez.

— Moi non plus. J'adore les barbecues.

Un silence confortable s'installa. Il s'en félicita. Ils progressaient.

— Qu'est-ce que cet endroit a de si extraordinaire ? Une spécialité que je devrais connaître ?

— La cuisine y est fabuleuse. Mais ce sont surtout l'ambiance et les propriétaires qui sont uniques. Après la fac, j'y dînais souvent avec mes parents. Puis les choses ont changé.

Soudain songeuse, elle se tut et fit tourner sa fourchette dans ses pâtes. Avant de reprendre :

— L'atmosphère familiale, les repas faits maison me manquaient. Chez Pestle & Pepper, je retrouve quasiment les deux.

Il remarquait que jamais elle ne s'était autant livrée sur sa vie privée. À trop vouloir garder une distance professionnelle, il avait malgré lui entretenu avec elle une relation superficielle. C'était regrettable.

— Les dîners en famille étaient rares chez les Knox, expliqua-t-il alors. Mon père travaillait beaucoup.

Si Jack Knox était loin d'être un père absent, il n'était pas non plus du genre à emmener ses enfants à la plage ou au zoo le week-end. ThomKnox avait exigé qu'il voue presque tout son temps à son travail. Bran repensa à sa brève obsession de devenir P-DG. Il avait dû être frappé d'insanité temporaire. C'était la seule explication. En effet, il ne souhaitait en aucun cas un poste lié à une pression aussi intense. Une réflexion qui le poussa à ajouter :

— Mon père a eu raison de nommer Royce P-DG. Avec moi, il aurait fait le mauvais choix.

— Pas le mauvais choix. Simplement un choix différent, répliqua-t-elle.

— Tu as dû croire que j'avais perdu la raison, cette année-là.

C'était la première fois qu'il envisageait l'épisode du point de vue de son assistante.

Elle serra les lèvres, comme si elle ne souhaitait pas encore lui confier ses impressions. Elle finirait bien par le faire.

— Tu peux considérer que tu as de la chance de ne pas avoir le privilège de rencontrer mes parents, déclara-t-elle alors. Ils vont arriver demain après-midi.

Elle but une gorgée de vin, avant de poursuivre :

— Je suppose que tu vas partir tôt demain matin ?

Encore une fois, il eut l'impression de devoir lire entre les lignes. Se demandait-elle s'il serait là pour le petit déjeuner ? Ou bien essayait-elle de connaître son emploi du temps pour l'éviter ?

— Je ne sais pas encore.

Le moment semblait mal choisi pour lui annoncer : « Je vais rester tout le week-end. » Il préféra changer de sujet.

— Ainsi, le personnel de Pestle & Pepper te considère comme un membre de la famille ?

— Exactement. Du moins le propriétaire, Mars, répondit-elle, s'animant soudain. La semaine dernière, il m'a demandé de goûter un nouveau dessert qu'ils ajoutaient au menu. Et il a suivi mon conseil d'ajouter plus de cannelle.

Un sourire de fierté se dessina sur ses lèvres si tentantes.

— Je n'ai droit à ce genre de traitement nulle part, déplora-t-il. Je suis pourtant célèbre.

Répondant à sa plaisanterie du tac au tac, elle fit mine de le consoler en lui tapotant la main.

— Ça n'a rien à voir avec le statut. C'est parce que j'ai un palais délicat.

Il s'imagina l'embrassant pour goûter à ce délicat palais. Alors qu'il soutenait son regard, l'air se chargea de cette tension désormais familière. Puis, détournant les yeux, Addi posa sa fourchette et croisa les mains sur ses genoux.

— Je voulais te prier de m'excuser pour ce que j'ai dit dans la voiture. D'abord, tu n'es pas un idiot.

— Eh bien, je te remercie.

— Et je disais la vérité quand je t'ai avoué que tu me plaisais, ajouta-t-elle, ses joues se colorant de rose. Mais j'espère que tu ne l'as pas mal pris.

Il n'avait nulle intention de la laisser s'en tirer à si bon compte.

— Comment ça, mal pris ?

— Tu me plais. Tu es un bon patron. Un bon ami de travail.

Il esquissa un sourire en coin. Un ami de travail lui donnait l'impression d'être un homme à la calvitie naissante, au ventre proéminent.

— Je te considère de la même façon que tu me vois, dit-elle alors.

Dans son lit, nue, pantelante ? Parce que c'était ainsi qu'il la voyait.

— Regarde-nous, ajouta-t-elle avec un geste vers leur table. Juste deux collègues de travail qui dînent ensemble.

C'étaient exactement les mots qu'il avait employés dans la voiture. Visiblement satisfaite de son petit discours, elle sourit. Elle avait dissipé le malentendu de façon limpide. Elle démentait le fait d'avoir admis ses sentiments pour lui.

Maintenant, il pourrait la laisser tranquille. Le devrait, même.

Mais Bran voulait vivre l'instant présent. Pas se projeter dans l'avenir. S'il voulait travailler dur, il voulait s'amuser encore plus. Depuis qu'il avait découvert qu'Addi partageait son attirance, il se fichait bien d'être prudent. Il allait prendre des risques.

Elle poursuivit :

— Je pense que mon chagrin pour Joe m'a déstabilisée. Que mes émotions m'ont joué un tour. J'étais fatiguée. Frustrée à cause de ma voiture. Inquiète du fait que tu délaisses le bureau pour m'amener ici. Je ne savais pas vraiment ce que je disais.

Elle se défend trop.

— Bref, je suis désolée. C'est ce que je suis en train d'essayer de te dire. Ma réaction était totalement hors contexte. Je ne sais pas très bien ce qui a pu la provoquer, ajouta-t-elle dans un petit rire.

Il lui rendit son sourire, et elle se cala confortablement dans sa chaise. Elle avait dit ce qu'elle avait à dire. Elle était rassérénée. Il ne lui restait plus qu'à accepter ses excuses et à retourner à son dîner. Au lieu de cela, il noya ses yeux dans les profondeurs du sublime regard outremer de son assistante et lui asséna sans ménagement :

— Tu racontes n'importe quoi.

Addi le dévisagea, avec l'impression d'être sur le point de faire une expérience extracorporelle. Si elle avait pu consciemment se détacher de son corps et flotter loin de cette table, elle l'aurait fait.

Elle se sentit prise au piège, autant que cet après-midi, dans la voiture. Si ce n'était qu'en cet instant Bran n'était plus obligé de garder le regard fixé sur la route N'aurait-il pas dû se sentir soulagé d'entendre qu'elle ne pensait pas ce qu'elle avait dit ? Il était censé s'accrocher à son explication comme à une bouée de sauvetage, tranquillisé de savoir que son employée n'attendait rien de lui.

Or, ce n'était pas du tout sa réaction.

Il continuait à manger comme si de rien n'était. Elle le regarda mastiquer, avaler et se resservir. Lui opposant un visage imperturbable.

— Je vais rester tout le week-end, annonça-t-il sans cesser de manger. Je crois bien que je vais rencontrer tes parents, finalement.

Voyant soudain double, elle cligna des yeux sur son vin. Elle n'avait bu que la moitié du verre, elle ne pouvait donc pas blâmer l'alcool.

— Et comme cette ville est équipée pour les requêtes étranges, j'ai pu trouver un costume pour le bal masqué de samedi. J'ai aussi acheté un maillot de bain.

Il continuait à manger tout en égrenant les divers événements prévus au programme d'un ton aussi détaché que s'il était invité.

— Demain, à la célébration, je serai ton escorte. Comme je ne connaissais pas Joe, il me semblerait un peu étrange d'y aller seul.

Sortant de sa stupeur, elle finit par dire :

— Pardon ? Pourquoi viendrais-tu à la cérémonie à la mémoire de Joe ?

— Pour toi, fit-il en levant son verre dans sa direction. J'avais l'intention de visiter la ville, mais maintenant que je sais à quel point tu es contrariée d'être ici, et nerveuse à la perspective de voir tes parents, j'ai changé mon programme.

Il haussa ses larges épaules drapées dans la veste de son costume sombre et ajouta d'un ton désinvolte :

— Un ami de travail ne te laisserait pas y aller seule.

— Ce n'est pas du tout de ta responsabilité.

Sans être sec, son ton était catégorique.

— Certes. Qui peut expliquer mes décisions… N'as-tu pas dit toi-même que j'étais un idiot ? la taquina-t-il avec un sourire espiègle.

— Je t'ai présenté des excuses.

— Pour m'avoir dit que je te plaisais. Je les ai entendues. Le fait est… que je ne crois pas que ton chagrin t'ait égarée. Je pense que tu m'en voulais de t'avoir dit que je ne voulais rien entre nous de personnel, de physique. De sexuel.

Il ponctua ce dernier mot d'un haussement de sourcils suggestif, et elle fut prise d'une envie irrationnelle de se cacher sous la table.

— Mais ce que tu dois comprendre, c'est que j'essayais seulement de te rassurer. J'avais surpris ta conversation avec Taylor, au bureau. Celle où tu lui disais que j'étais « sympa ». Ce qui, pour moi, signifie que tu me trouves aussi attirant que les calamars sur la table voisine.

— « Sympa » n'a rien d'une insulte, se justifia-t-elle. Et je ne te considère pas comme un calamar.

Néanmoins, elle avait menti en disant qu'elle était insensible à son charme.

Il ignora son compliment maladroit et reprit :

— Nous sommes en terrain neutre, Addi. Nous ne sommes pas au travail. Et, ici, je ne suis pas ton patron.

Elle déglutit, les nerfs à vif. Il serait si facile d'acquiescer !

— Nous avons tout le week-end. Pourquoi pas ? insista-t-il, enjôleur.

Elle le regarda en clignant des yeux. Le doute n'était plus permis. Elle était en train de vivre cette expérience extracorporelle.

« Nous avons tout le week-end. »

Ce n'était pas une proposition visant à développer une amitié, c'était une proposition purement sexuelle. Elle en était presque sûre. Et n'était-ce pas exactement ce qu'elle souhaitait ? À une différence près : ce qu'elle voulait vivre avec lui allait bien au-delà d'une simple expérience physique.

Pourtant, comment pourrait-elle refuser cette offre ?

Elle était totalement perdue. Un brasier s'était allumé en elle, la dévorant. Elle devait réfléchir à la proposition de Bran. Mais son cerveau en ébullition semblait incapable de raisonner.

— Nous... euh... travaillons ensemble. Ce..., bredouilla-t-elle, cherchant ses mots. Ce week-end ne changerait-il pas radicalement notre relation professionnelle ?

— Pas obligatoirement.

Sa fourchette à la main, il soutint son regard.

Elle prit son verre de vin d'une main tremblante. Une seule nuit avec Brannon Knox bouleverserait son monde. Il n'en serait pas de même pour lui. S'il voyait cette aventure comme une simple commodité, elle était en quête d'une relation bien plus profonde.

— Je ne suis pas le genre de femme qui envoie des photos de son décolleté, précisa-t-elle en repoussant son verre. Je ne peux pas la remplacer pour toi, comme si nous étions interchangeables.

Il releva vivement la tête, comme si sa remarque l'avait piqué au vif.

— Je sais, répondit-il, se renfrognant.

— Et tu n'as pas à venir à la cérémonie pour Joe. Tu n'as pas été invité. Ta présence créerait un malaise.

Elle se leva d'un bond, attirant l'attention des clients aux autres tables de la terrasse.

— Merci pour le dîner.

Sur ces mots, elle jeta sa serviette sur son assiette, prit son châle et, sans un regard en arrière, se fraya un chemin à travers les tables du restaurant bondé.

Une fois devant l'ascenseur, elle pressa le bouton et marmonna :

— Bravo, Addison.

Plus que tout au monde, elle avait voulu Bran. Et quand il s'était offert à elle, elle l'avait repoussé.

Sainte—nitouche, lui souffla la voix de Joe.

— Tais-toi ! lui chuchota-t-elle alors que les portes coulissaient.

Le couple à l'intérieur étouffa un cri de surprise.

— Pas vous, les rassura-t-elle en entrant dans la cabine.

Elle aurait pu jurer entendre le rire de son ami.

9

Le lendemain matin, quand Addi sortit de sa chambre pour descendre prendre son petit déjeuner, Bran n'était nulle part en vue. Elle ne le croisa pas non plus à la piscine, l'après-midi. N'aperçut pas sa voiture au parking depuis sa fenêtre.

Il semblait avoir changé d'avis concernant le week-end. Elle en était à la fois soulagée et déçue. Si elle savait qu'elle avait eu raison de refuser ses avances, ses hormones ne l'entendaient pas ainsi.

Le souvenir de leur conversation l'avait tenue éveillée toute la nuit. Elle aurait pu mieux la gérer. Elle aurait pu discuter de façon cartésienne. Lui expliquer poliment qu'elle n'était pas intéressée, et finir son dîner en toute sérénité. Elle avait eu une réaction excessive, s'était levée de table et avait quitté le restaurant en trombe.

Soudain glacée de terreur, elle tressaillit. Et s'il la licenciait ?

Bran ne la renverrait pas pour avoir refusé un week-end galant. En théorie, il n'avait jamais fait référence au sexe. Il lui avait simplement déclaré qu'ici il n'était pas son patron. Autrement dit, quoi qu'il se passe entre eux, ce serait totalement en dehors du cadre professionnel.

Oui, vraiment, elle aurait dû mieux gérer la situation.

Pour la triste réunion de ce soir, elle avait choisi de porter sa sobre robe de cocktail noire qui lui arrivait aux genoux. Elle savait que le vêtement n'aurait pas plu à Joe. Mais, d'un autre côté, il ne serait pas présent. Donc qu'importait !

Elle refoula ses larmes. Comme son ami lui manquait ! Il

aurait su la conseiller, l'aider à s'extraire de cet imbroglio avec Bran. Elle se rappelait ses paroles quand, à Noël dernier, elle lui avait confié que son patron lui plaisait : « Fonce, Addi. La vie est courte. »

Et s'il avait eu raison ? Qu'importait, de toute façon. Elle avait vraiment tout gâché la veille au soir.

La cérémonie devait avoir lieu dans le Salon Violette. Elle traversa le Salon Trèfle et le Salon Coquelicot. Visiblement, chaque salon portait un nom de plante. Et, en dépit de ce que l'on aurait pu croire, le Salon Violette n'était pas tendu de mauve, mais décoré dans des tons sobres et masculins, un mélange de bleu marine et d'or. Un immense lustre baignait les lieux d'une chaude lumière, et la foule élégante, vêtue principalement de noir, se pressait sur un tapis aux motifs neutres. Leur verre à la main, les invités admiraient les photos disséminées dans la pièce.

À l'entrée, ils étaient accueillis par le beau visage souriant de Joe, dans un cadre doré. Au fond de la salle, des souvenirs et d'autres photos étaient disposés sur une table ornée de bougies.

Malgré ses quelques minutes d'avance, le salon était déjà plein et Addi reconnut certains membres de la famille de Joe.

Elsa et Randy Hart, qui discutaient dans un petit groupe, l'aperçurent. Elle ne les avait pas revus depuis sa démission de Hart Media et avait appris par ses parents qu'ils n'avaient pas vraiment apprécié son départ précipité. Pourtant, Elsa Hart lui tendit les bras et l'attira contre elle en une brève étreinte.

— Ravissante Addison, tu t'es faite trop rare !

Surprise par cette marque d'affection, elle l'embrassa.

— En effet. Oui. Trop longtemps.

À son tour, Randy Hart déposa un léger baiser sur sa joue.

— Addi. Oh ! tu nous as manqué !

— Je suis tellement désolée pour Joe. J'ai été honorée d'être incluse dans sa liste d'invités.

— Comme si tu avais pu en douter ! Tu étais tout pour lui, répliqua Elsa avec un sourire chaleureux. Il avait tout planifié.

Quand sa voix s'étrangla, son mari passa un bras autour de

sa taille pour la soutenir. Se ressaisissant, elle demanda sur un ton plus distant :

— Tes parents sont-ils arrivés ?

Son changement d'intonation laissait deviner la distance qui s'était creusée entre eux.

— Non. Pas encore.

— Eh bien, envoie-les nous saluer. Voilà bien longtemps que nous ne nous voyons plus. Et va te servir au bar, ajouta Elsa, redevenue enjouée.

— Il paraît que le maître de cérémonie ne va pas tarder à faire une annonce. Après tout ce que ce garçon nous a fait subir, il nous impose en plus un maître de cérémonie, fit mine de grommeler Randy.

Il ponctua sa remarque d'un clin d'œil espiègle, et Addi sentit ses yeux s'embuer. Joe leur manquait tellement à tous !

Elle gagna le fond de la pièce et longea la table couverte de souvenirs réunis par les Hart. Un autre portrait de son ami la fit sourire. Elle retrouvait ses joues pleines, loin du visage émacié qu'il avait lors de leur dernière entrevue. Puis elle examina un tableau couvert d'autres photos commémorant sa vie.

Sur celle de ses vingt et un ans, les yeux fermés, il l'embrassait sur les joues, tandis qu'elle souriait à l'objectif. Sur une autre, un peu plus ancienne, prise à l'anniversaire de mariage des Hart, ils étaient en train de danser. Elle regardait au loin, mais les yeux de Joe étaient fixés sur elle.

C'était la première fois qu'elle voyait cette photo. Or, maintenant qu'elle était plus âgée et plus avertie, elle remarqua dans l'expression de son ami un désir qu'elle n'avait jamais décelé en lui.

Joe la regardait comme elle regardait Bran. Avec la même convoitise. Que, d'ailleurs, Bran ignorait comme elle n'avait jamais soupçonné celle de Joe.

Son cœur s'emballant soudain, elle se détourna pour reprendre son souffle. C'était impossible. Elle devait se faire des idées.

Sentant un étrange désarroi la gagner, elle se remémora ses conversations avec Joe, leurs mails et les messages qu'ils s'étaient envoyés au fil des ans. La dernière fois qu'elle l'avait vu, il était chez ses parents et avait insisté pour s'asseoir avec elle sur le canapé. Malgré sa faiblesse, il avait refusé de la laisser le voir dans son lit médicalisé.

— Promets-moi quelque chose, lui avait-il dit en prenant sa main dans la sienne qui était glaciale.

— Tout ce que tu voudras.

Il avait jeté un coup d'œil à leurs doigts entrelacés avant de plonger son regard dans le sien.

— Vis une belle vie, Addison ! Pas une vie acceptable. Pas une vie pas trop mal. Une vie vraiment belle. Une vie qui comble tous les désirs de ton cœur, sans renoncer à aucun. Y compris à ce patron dont tu es amoureuse.

Le cœur lourd, elle s'était forcée à esquisser un sourire.

— Fonce, Addi ! La vie est courte.

Se faisant violence pour ne pas fondre en larmes, elle n'avait pas cherché à lire entre les lignes de son discours. Joe avait-il renoncé à certains de ses désirs ? Avait-il été amoureux d'elle sans jamais le lui avouer ?

— Oh ! Joe, chuchota-t-elle.

Elle prit une flûte de champagne sur le plateau d'un serveur qui passait et but une gorgée du vin pétillant. Chaque fois que leurs parents respectifs avaient insinué qu'ils devraient se fiancer, ils en avaient ri de bon cœur. Joe ne les avait jamais pris au sérieux. C'était du moins ce qu'elle avait cru.

Des larmes perlant à ses cils, elle sursauta en entendant une voix derrière elle. Arnie, le frère aîné de Joe, s'était emparé du micro. Grand, avec des cheveux bruns et épais, il ressemblait à son frère. Il agita une enveloppe en l'air.

— Bonsoir à tous. Sur cette enveloppe est écrit :

Ne pas ouvrir avant ma soirée, sinon je vous déshériterai.

Un petit rire s'éleva de la foule. La gorge nouée, Addi leva les yeux au ciel comme pour regarder son ami, au paradis.

Je t'ai vue, sembla lui dire Joe. Bizarrement, il avait gardé un silence total pendant la révélation qu'elle venait d'avoir.

— À propos, je suis le mystérieux maître de cérémonie. Une

autre des surprises de Joe. Et, maintenant, si vous êtes d'accord, je vais vous lire son message, déclara Arnie en regardant le papier dans sa main. À mes parents adorés.

Avec Joe, on n'était jamais au bout de ses surprises, pensa-t-elle en finissant son champagne.

En arrivant dans le Salon Violette, Bran s'était présenté aux parents de Joe Hart. Et leur avait dit la vérité quand ils lui avaient demandé comment il connaissait leur fils. Qu'il ne l'avait jamais rencontré mais qu'il était ici pour soutenir Addison. Qu'il n'avait pas encore vue aujourd'hui.

Puis il avait inspecté la table des souvenirs et avait regardé les photos sur le panneau commémoratif. Plus jeune, Addison était déjà d'une beauté sublime. Son corps svelte n'avait pas encore pris ses formes féminines. Aussi raffinée et altière qu'aujourd'hui, elle souriait plus joyeusement que ces derniers temps.

Sur la photo où elle dansait avec Joe, la façon dont son ami la dévorait du regard le frappa immédiatement. Il était évident qu'il éprouvait pour elle bien plus qu'une simple amitié. Pauvre garçon.

Jusqu'à ces derniers temps, lui-même ne s'était jamais langui pour une femme qu'il ne pouvait pas avoir. Qu'il ne pouvait pas se permettre d'avoir. Mais Addi le fascinait. Pas comme elle avait fasciné Joe, mais pas loin. Après son départ précipité du restaurant, la veille, il avait décidé de rester au lac Tahoe et d'ignorer la requête de son assistante de ne pas venir à la célébration.

Elle était habituée à tout assumer seule. Mais peut-être avait-elle tort. En une occasion comme celle-ci, il ne fallait pas qu'elle soit seule. Quelquefois, être fort signifiait s'appuyer sur quelqu'un en qui on pouvait avoir confiance.

Or, il était l'homme de la situation.

Il gagna l'entrée de la salle de bal et s'effaça pour laisser passer un couple.

La foule était tournée vers la scène où, d'une voix tremblante, un homme lisait une lettre pleine d'humour et de profondeur.

S'avançant, il aperçut Addi. Debout, agrippant une flûte de champagne, elle avait le visage décomposé par le chagrin.

— Le dernier message que j'ai de Joe dit ceci, poursuivait le lecteur au micro. Addi, du plus loin que je me souvienne, tu es la femme que j'ai aimée.

L'air surpris, le maître de cérémonie s'interrompit un instant pour survoler les invités du regard.

— Nous... Hum... Nous ne nous sommes jamais mariés, mais tu as ma dévotion éternelle. Même si je suis mort. Fonce, ma beauté, et saisis à pleines mains cette vie incroyable dont nous avons parlé. Ne le laisse pas filer.

Tous les regards maintenant braqués sur elle, Addison avait l'air abasourdie. Elle cligna des yeux à plusieurs reprises, le visage soudain rouge pivoine. Contrairement aux Hart qui paraissaient interloqués, Bran était loin d'être surpris.

Addi s'éloigna de la foule, et il s'avança pour l'intercepter. Mais avant qu'il ait pu l'atteindre, elle fut arrêtée par un couple plus âgé. Manifestement ses parents.

— C'était une sacrée déclaration, lança l'homme d'une voix sévère.

— Bonsoir, papa, répondit-elle, ses épaules s'affaissant.

Bran s'interrogea. C'était la première fois qu'il la voyait prendre l'air coupable.

L'orchestre se remit à jouer, et la foule se dispersa. Il s'approcha assez près pour écouter la conversation. Elle ne l'avait toujours pas remarqué.

— Joe était amoureux de toi ? Comment, le sachant, as-tu pu le quitter ? la pressait sa mère, une femme blonde.

— Je ne le savais pas, maman, se défendit-elle, sa voix moins soumise, plus impatiente. Joe et moi étions amis. J'ignorais tout de ses sentiments pour moi.

— Et qui est cet homme que tu es censée ne pas laisser filer ? renchérit son père, ses sourcils broussailleux froncés sur son regard sombre. Il a intérêt à bien gagner sa vie. Parce que Dieu sait que ce n'est pas ton cas.

— C'est à cause de lui que tu as cessé de travailler pour Hart

Media ? Pense à la vie que tu aurais pu avoir si tu y étais restée. Une carrière magnifique. Un mariage avec Joe.

— Et après tout ce que nous avons fait pour toi, en te faisant entrer dans cette société. Tu pourrais être millionnaire aujourd'hui. Elle n'écoute jamais rien, grommela son père.

Le menton d'Addi se mit à trembler. Décidant qu'il en avait assez entendu, Bran s'avança et glissa un bras sous son coude.

— Je suis désolé d'être en retard.

Trois regards ébahis se posèrent sur lui.

— Bonsoir, je...

— Brannon Knox, dit la mère d'Addi, l'air ébloui.

— En effet.

Ils ne lui tendirent pas la main, ce qui lui était égal. Il n'avait pas vraiment envie de faire leur connaissance.

— Mon patron, ajouta Addi.

— J'accompagne Addison.

Son visage exprimant un mélange de crainte et de gratitude, elle semblait partagée entre l'envie de le frapper et celle de le serrer dans ses bras.

Ou de l'embrasser. Ce qui lui paraissait une excellente idée.

— Tu m'as manqué, déclara-t-il sans ambages.

Sur ces mots, il se pencha et s'empara de ses lèvres.

10

Tout le bâtiment parut s'embraser.

Du moins, ce fut l'impression qu'Addi eut à l'instant où sa bouche goûta enfin les délicieuses lèvres de Brannon.

Le baiser ne dura pas plus de trois secondes. Sous les regards curieux, il n'avait pas dévoré ses lèvres. C'était un simple baiser amical. Pourtant, pour elle, il n'avait rien d'anodin. Les sens exacerbés, elle se grisa de la chaleur de la bouche de son patron et de son parfum enivrant. Quand il mit un terme à ce baiser, il la laissa chancelante.

D'une main posée sur la chute de ses reins, il la stabilisa et étudia son visage. Puis il l'attira contre lui et, l'espace d'un instant, elle posa la main sur ses abdominaux durs. Se ravisant soudain, elle la retira. Il sentait divinement bon.

— Je suis content de savoir que nous avons la bénédiction de Joe, déclara-t-il. Il comptait beaucoup pour Addi.

— Elle était l'amour de sa vie, renchérit Mme Abrams en lui souriant.

Visiblement sous le charme de Bran, elle semblait moins déçue soudain de ne pas avoir réussi à marier sa fille dans la famille Hart.

Les Abrams, d'origine modeste, avaient fait fortune. Ils fréquentaient les gens utiles, cultivaient leurs relations avec les nantis. Addi avait entendu tellement de conversations, en privé, sur la conduite à tenir pour s'aligner sur les gens riches qu'elle s'était juré de ne jamais utiliser quelqu'un par intérêt.

Peut-être avait-elle pris son serment trop à cœur.

Si le travail chez Hart Media lui plaisait, elle n'avait à aucun moment décidé seule d'obtenir le poste. Elle voulait commencer au bas de l'échelle et non se voir pistonner.

Arborant un sourire mondain, son père déclara à l'intention de Bran :

— ThomKnox est une société très prestigieuse.

— Et Addi est exceptionnelle, ajouta sa mère.

— Certes, acquiesça Bran en pressant légèrement sa taille. Je ne sais pas ce que je ferais sans elle.

Comme elle aimait sentir son bras l'enlacer !

— Et maintenant, vous êtes ensemble, reprit sa mère. Ce qui, je n'en doute pas, se traduira très vite par une promotion.

— Eh bien…

Addi lui coupa la parole. Bran n'avait pas besoin d'être poli. Et elle n'autoriserait pas ses parents, suivant leur habitude, à exploiter sa relation avec lui. Elle se fichait bien d'être riche. Tout ce qui lui importait, c'était d'être aimée. Mais l'amour, dans sa famille, s'achetait un prix faramineux.

— Je suis l'assistante de direction du président de ThomKnox. C'est un poste suffisamment élevé.

— Elle est plus que ça, renchérit Bran en accentuant la pression de sa main.

Il l'enveloppa d'un regard brûlant. Non seulement il était resté, mais il ne semblait pas le moins du monde contrarié de la façon dont elle avait mis un terme à leur dîner, la veille.

Voyant les Hart approcher, elle sauta sur l'occasion pour s'éclipser.

— Si vous voulez bien nous excuser. Bran n'a rien mangé de la journée. Tu viens ?

Elle lança un coup d'œil éloquent à son « cavalier ». Il saisit la balle au bond, l'aidant à se dégager avec brio :

— Et tu veux une autre flûte de champagne. Je suis content de vous avoir rencontrés, monsieur et madame Abrams, ajouta-t-il poliment.

Alors qu'ils s'éloignaient, sa mère lança :

— Lena et Kerry, s'il vous plaît.

Entraînant Bran dans un coin tranquille, elle regarda les Hart rejoindre ses parents et fit remarquer :

— Au moins, ici, ils sont obligés de se montrer polis.

— C'est là leur façon d'être polis ? s'étonna Bran en observant les deux couples.

En voyant sa mère et celle de Joe s'embrasser, Addi se sentit soudain soupçonneuse. Leur relation ne semblait pas aussi tendue que sa mère le lui avait laissé entendre.

— Ma mère adore me faire culpabiliser, murmura-t-elle pour elle-même.

— Ils veulent ce qu'il y a de mieux pour toi. Comme tous les parents. Champagne ? ajouta-t-il en prenant une coupe sur le plateau d'un serveur.

— Merci. Pour ça. Pour tout. J'ai été... atroce.

— Tu as été incroyable, répliqua-t-il avec un sourire plein de sincérité.

Puis, muni chacun d'une assiette remplie de petits-fours, ils gagnèrent une table haute, éclairée d'une bougie. Et, pour la première fois depuis la lecture de la lettre de Joe, Addi respira. Elle décida de demander encore une fois à Bran d'excuser son attitude de la veille.

— J'aurais pu essayer de m'expliquer hier soir. Désolée d'être montée sur mes grands chevaux.

— Aucune inquiétude. J'ai fini tes pâtes. Elles étaient délicieuses.

Elle sourit et acquiesça d'un petit signe de tête. Il était vraiment exceptionnel. Et bien trop charmant.

— C'était gentil de ta part de venir. Je ne savais pas que j'aurais besoin de secours.

— Personne ne devrait assister à l'enterrement d'un ami seul. Même si, après la lecture de sa lettre, je me pose quelques questions sur les dessous de cette amitié.

Soutenant son regard, il avala un canapé.

— Je partage ta perplexité.

— Pourquoi a-t-il évoqué le fait que vous ne vous soyez pas mariés ?

— Je n'en ai pas la moindre idée. Je me demande s'il ne s'agit pas en partie d'une blague. J'ai l'impression que je vais le voir entrer et me lancer : « Je t'ai bien eue ! » Il était toujours le boute-en-train de la fête.

Se rendant compte de ce qu'elle venait de dire, elle ajouta avec un sourire

— Ironiquement.

Bran haussa les sourcils d'un air sceptique.

— Une blague dans laquelle il met en scène sa propre mort pour pouvoir admettre, à son enterrement, qu'il est amoureux de toi ?

— Non. Probablement pas.

Songeuse, elle but son champagne. La remarque de Bran l'avait troublée. Tout autant que tous les événements depuis le début de ce voyage. Ses yeux se posèrent sur ses parents qui étaient toujours en grande conversation avec les Hart.

— Je n'ai pas le courage d'affronter sa mère et de lui briser le cœur. Je ne sais pas quoi lui dire.

— Ne dis rien.

— Mais elle ne peut pas continuer à croire que Joe et moi étions amoureux.

— Pourquoi pas ?

— Parce que...

Mais elle n'avait pas d'argument. Si Joe avait dit vrai et que sa famille était heureuse de croire qu'il avait trouvé l'amour pendant son court passage sur terre, pourquoi pas, en effet ?

— En fait, c'est par sens pratique.

— Ça ne sert à rien. Je me bats contre le sens pratique en ce moment.

— J'ai remarqué.

Son baiser n'en était-il pas la preuve ?

Il prit une profonde inspiration.

— Pour le baiser, je devrais te demander de m'excuser.

Elle soupira. La véritable raison pour laquelle elle n'avait pas « foncé », comme le lui avait suggéré Joe, était que Bran ne lui avait jamais montré le moindre intérêt. Alors pourquoi un simple baiser devrait-il soudain embraser son désir pour elle ?

— Tu n'as pas à me présenter d'excuses, répondit-elle, espérant cacher sa déception.

— Ce n'est pas ce que je veux dire.

Sa voix était rauque, caressante. Elle le regarda, la flamme de la bougie se reflétant dans ses prunelles ambrées. Elles reflétaient une convoitise presque aussi brûlante.

— Je veux dire, je devrais m'excuser… mais je ne peux pas. J'ai beaucoup trop aimé ce baiser.

Abasourdie, Addi le dévisagea fixement.

— Vr… vraiment ? bredouilla-t-elle.

— Et toi ?

À sa grande satisfaction, il l'entendit répondre sans bégayer, sans la moindre hésitation :

— Oui. Oui, il m'a plu.

Voilà ce qu'il était content d'entendre.

Il lui frôla légèrement le bras avant de prendre sa main dans la sienne.

— Tu as pensé à ma proposition d'hier soir ?

Les yeux bleus d'Addi s'assombrirent, poussant son trouble au paroxysme.

— Je te croyais parti, que tu étais en colère contre moi. Alors non, je n'y ai pas réfléchi.

— Et maintenant ?

Il porta la main de son assistante à ses lèvres et en effleura les phalanges avant de frôler sa peau de sa langue. Sa bouche s'entrouvrit, mais aucun son n'en sortit.

— Je… je dois y réfléchir, finit-elle par murmurer.

— Les dirigeants qui réussissent prennent leurs décisions rapidement, déclara-t-il.

Il voulait un autre baiser comme celui qu'il lui avait volé tout à l'heure. Il voulait lui donner le temps de répondre. La laisser réfléchir et prendre sa décision. Elle semblait curieuse. Et il ne demandait pas mieux que de l'aider à approfondir sa curiosité jusqu'à ce qu'ils soient tous les deux à bout de souffle.

— Brannon, n'oublie pas que nous travaillons ensemble.

Elle le dévisageait, l'air éperdu, mais son regard était étincelant.

— Oui, il paraît. Tu es mon assistante de direction.

— Ne plaisante pas.

— Je ne plaisante pas.

Même s'il lui semblait utile de tempérer un peu l'atmosphère. L'attirance qui les aimantait l'un vers l'autre était à son comble : ils semblaient sur le point de s'embraser.

— Rappelle-toi ce que j'ai dit. Ce week-end, je ne suis pas ton patron. Juste un homme qui aimerait apprendre à mieux te connaître.

Se souvenant des paroles échangées au restaurant, il ajouta :

— Et je tiens à ce que tu saches que je ne te considère pas comme un bouche-trou à la place de Tammie.

— Bien entendu, je le savais.

Elle ferma les yeux, comme si son comportement de la veille l'embarrassait. Il n'avait pas aimé l'air fautif qu'elle avait affiché en présence de ses parents tout à l'heure. Et n'allait sûrement pas le supporter maintenant.

— La seule raison pour laquelle j'ai pris ce rendez-vous avec Tammie, c'était pour ne pas penser à toi, avoua-t-il.

— À moi ? s'étonna-t-elle.

— Oui. Tu as occupé beaucoup de place dans mes pensées ces derniers temps. Beaucoup trop.

Voyant qu'elle le dévisageait, l'air perplexe, il expliqua :

— En faisant mon possible pour te mettre plus à l'aise avec moi, j'ai commencé à te considérer comme plus qu'une simple collaboratrice. La façon la moins compliquée de m'en distraire était…

— Avec Tammie ? finit Addi à sa place.

— Oui, parce que je suis le pire des idiots.

Sa plaisanterie lui arracha enfin un sourire.

Leur conversation fut interrompue par Elsa Hart qui approchait, main dans la main avec son mari.

— Je suis désolée de vous déranger. Je viens de parler à tes parents, Addi. Bien sûr, ton ami est Brannon Knox, de ThomKnox. Il a omis de nous le préciser en se présentant, tout à l'heure.

— Lui-même, répondit-elle. Je suis son assistante de direction. Je travaille pour ThomKnox depuis un an.

Bran tiqua. La tension entre eux s'était soudain dissipée. Et elle avait profité de la diversion pour le jeter en pâture aux loups. Sans doute pour ne pas avoir à répondre à sa proposition.

Dans l'impossibilité de se soustraire poliment à cette conversation, il joua le jeu. De toute façon, il était ici pour Addi. Il n'avait d'autre choix que de lui faire plaisir.

Et si elle décidait de céder à cette convoitise mutuelle qui les dévorait, il saurait combler ses sens et la transporter aux confins du paradis.

11

Ce soir-là, Addison alla se coucher épuisée. La réunion pour Joe qui l'avait, malgré elle, propulsée au centre de l'attention générale l'avait profondément éprouvée.

Mais Bran avait eu raison de lui dire qu'elle n'avait pas d'explications à donner aux Hart. Et puisqu'ils n'avaient pas abordé le sujet avec elle, elle n'avait eu aucune raison de le faire.

Les revoir l'avait néanmoins apaisée. Elle était rassurée de voir qu'elle s'était trompée en pensant qu'ils lui en voulaient d'avoir démissionné et de s'être éloignée de Joe. Ils ne nourrissaient aucun ressentiment à son égard.

En outre, elle leur était reconnaissante d'avoir interrompu sa conversation avec Bran. Ils avaient fini par se retirer chacun dans sa chambre sans l'avoir reprise.

Malgré tout, les paroles de Bran l'avaient tenue éveillée une bonne partie de la nuit.

Le lendemain matin, s'armant de courage, elle descendit dans le foyer du deuxième étage où était prévu le brunch. L'hôtel étant principalement occupé par la famille et les amis de Joe, il était impossible d'éviter de tomber sur une connaissance. Arborant une expression joyeuse, elle se servit une grande tasse de café et se mêla à l'assistance.

Bran n'était pas venu frapper à leur porte communicante pour la réveiller. Mais elle l'aperçut dans la queue, devant le buffet du petit déjeuner, discutant avec une jolie rousse.

Elle resta un moment à observer la jeune femme qui, rejetant ses cheveux en arrière, battait des paupières. Avant de partir d'un rire franc. Quoi de plus naturel ? Son patron n'était-il pas doté d'un charme inné ? La vague d'une jalousie désormais devenue trop familière la submergea.

Elle semblait ne plus pouvoir la contrôler.

— La voilà ! s'exclama-t-il alors en l'apercevant. Addi, chérie, viens.

« Addie, chérie »... Son cœur se gonfla d'allégresse.

D'un bras, il l'attira contre lui et elle respira la délicieuse odeur de sa peau qui sentait le savon. Une sensation qu'elle n'avait jamais expérimentée au bureau.

— Je voulais te laisser dormir, déclara-t-il alors en frottant sa peau nue de sa paume.

Il ponctua son intonation suggestive d'un baiser sur le front, laissant entendre qu'ils avaient passé la nuit ensemble.

— Je suis Rebecca, se présenta la rousse.

— Enchantée.

— Il m'a tellement parlé de vous ! Vous formez un joli couple. Bran est vraiment charmant, ajouta-t-elle, enjouée. Nous devrions boire un verre ensemble, ce soir. Mon mari, Allen, était un ami de Joe. Il a des tas de bons souvenirs à raconter sur lui. En outre, comme Bran, il est dans l'informatique. Et, comme vous, je gère son bureau.

Ainsi, Rebecca était mariée. Voilà qui expliquait sa réaction dépourvue de toute animosité.

— C'est une bonne idée.

Une fois que, munie d'une assiette, Rebecca eut rejoint son mari à une table, Bran lança :

— Je parie que tu croyais que j'essayais de la séduire.

— Pardon ? Non, pas du tout, se défendit-elle.

Il haussa les sourcils d'un air dubitatif mais ne releva pas son mensonge.

— Je te sers des œufs ? proposa-t-il alors.

— Oui, s'il te plaît.

Il déposa une portion d'œufs brouillés sur chacune de leurs deux assiettes.

— Tu n'es pas obligé de t'occuper de moi, tu sais.

— C'est ce que tu persistes à dire. Mais tu t'occupes beaucoup de moi, Addi. N'oublie pas, je ne suis pas ton patron ce week-end. Je suis ton cavalier.

— C'est ce que tu persistes à dire, répéta-t-elle.

Il se contenta de sourire.

Une fois installée en face de lui à une table, son assiette devant elle, elle déclara :

— J'ai beaucoup apprécié tes efforts envers mes parents, hier soir.

— Que veux-tu dire ?

— Une conversation avec mes parents n'est pas aussi simple qu'une conversation avec les tiens. Si nous avions passé plus de temps avec eux, je suis sûre que mon père t'aurait bombardé de questions sur les actionnaires de ThomKnox, la valeur de la société et autres sujets indiscrets.

Bran se mit à rire.

— J'en ai l'habitude.

Sans cesser de manger, elle poursuivit :

— Au moins, les parents de Joe ne t'ont pas mis sur le gril.

— Ils se fichent royalement des actionnaires. Ils sont milliardaires. Sérieusement, ThomKnox est bien loin derrière Hart Media en termes de chiffre d'affaires. Fichus monopoles !

Il ponctua sa phrase d'un clin d'œil taquin.

— Parce que vous n'êtes pas milliardaires ?

— Ça ne saurait tarder.

Elle réprima un soupir. C'était loin d'être son cas. Bran et elle venaient de deux mondes différents. Elle avait toujours été amoureuse de lui à distance et savait qu'il ne ferait jamais partie de sa vie réelle. Qu'il était purement et simplement un fantasme. Seulement, maintenant, les lignes s'étaient brouillées. Créant la confusion entre eux.

Revenant au présent, elle reprit :

— Sans parler d'argent, tu as une famille exceptionnelle. Je me rappelle quand j'ai été recrutée chez ThomKnox et que je vous ai rencontrés tour à tour. Gia, Royce, toi... Puis enfin ta mère. Ce jour-là, j'ai compris à quel point j'aimerais être une Knox.

Se rendant compte que ses paroles pouvaient être mal interprétées, elle tressaillit et s'empressa de préciser :

— Sans aucun sous-entendu.

— J'avais compris, se contenta-t-il de répondre, imperturbable.

Rassurée, elle raconta alors :

— Mes parents ont toujours été avares en sentiments. Avec eux, seul le mérite importait.

Or, l'amour ne se méritait pas. Songeuse, elle prit son mug, but une gorgée de café et leva les yeux. Bran la dévisageait d'un air sérieux.

— D'où tes dîners en famille chez Pestle & Pepper ?

Décidément, rien ne lui échappait.

— Voilà. Au lieu de le mériter, je paye pour avoir un peu d'amour.

Elle ponctua sa réponse d'un petit rire sans joie. Mais toujours grave, Bran l'enveloppait d'un regard un peu trop intense. Comme s'il lisait dans son âme.

Impatiente de changer de sujet, elle suggéra :

— Nous pourrions peut-être nous y arrêter en rentrant. Je suis en manque. À supposer bien sûr que tu me ramènes.

— Bien sûr que je te ramène !

— Je te rembourserai l'essence.

Il posa sa fourchette et s'essuya la bouche de sa serviette.

— Addison ! Mais tu t'entends ? Avec quel genre de goujats acceptes-tu des rendez-vous, d'habitude ?

— Je n'en accepte plus. Justement parce que ce sont des goujats. Hormis pour aller à de fausses funérailles. Et, curieusement, ce rendez-vous en particulier se déroule plutôt bien.

Il partit d'un éclat de rire, et elle eut soudain l'impression d'avoir gagné au loto. Elle n'avait pas besoin d'être riche, elle avait Brannon Knox.

Après tout un week-end en sa compagnie, elle allait encore passer quatre heures avec lui en voiture. Elle se trouverait bien démunie lundi matin quand chacun d'eux aurait retrouvé son bureau.

À l'origine, son voyage ici avait pour but de la débarrasser de son obsession pour Bran. Mais son projet de l'oublier semblait tourner court. Elle allait revenir de ce week-end imprégnée de souvenirs vibrants de sensualité.

Soudain gênée, elle toussota.

— Le bal masqué est ce soir, déclara-t-il alors.

Sa remarque était parfaitement innocente. Alors pourquoi son cœur battait-il soudain la chamade, comme s'il s'apprêtait à l'inviter au bal du lycée ?

— Oh ! je ne m'attends pas à ce que tu y participes. C'est un vrai bal costumé, avec des masques. Si quelqu'un me demande où tu es, je dirai que tu étais fatigué.

— Que je te laisse y aller seule ? Pas question, déclara-t-il en avalant une bouchée d'œufs brouillés. Qui sait qui dansera avec toi si je ne suis pas là ?

— Je ne pense pas que les gens aient vraiment la tête à draguer. N'oublie pas qu'il s'agit d'un enterrement, souligna-t-elle.

Il se cala contre le dossier de sa chaise, son propre mug de café à la main.

— Tu as sans doute raison. Ce qui nous ramène à la discussion que nous avons laissée en suspens hier soir.

Un lent frisson la traversa. Et un silence pesant plana entre eux. Que pouvait-elle répondre ? De toute façon, il ne lui avait pas encore posé la question. Qui ne tarda pas.

— Tu as pensé à nous ?

Tous les jours depuis un an.

Bien sûr, elle ne pouvait pas lui dire ça. Tandis qu'elle le scrutait, cherchant désespérément ses mots, un sourire gourmand se dessina sur les lèvres de Bran. Puis, se penchant vers elle, d'une voix plus rauque, plus irrésistible encore, il murmura :

— Écoute, Addi, tu n'es pas obligée de dire oui. Nous pouvons finir le week-end en amis et, même si je dois me faire violence, je ne t'embrasserai plus. Si c'est ce que tu veux, tu n'as qu'un mot à dire.

Sa voix au timbre grave, si sensuelle, s'enroula autour d'elle, menaçant de la happer en un tourbillon. Elle brûlait d'envie de sentir de nouveau ses lèvres voluptueuses sur les siennes.

Lui prenant la main, il la regarda sans ciller.

— Mais j'ai vraiment envie de t'embrasser encore. Et encore et encore.

Pour lui, c'était un aveu facile. Il ne pensait pas à elle depuis un an. Et, contrairement à elle, le voir sortir avec Taylor ne l'avait pas mis au supplice.

Elle pouvait le repousser. Mais comment ? Ne partageait-elle pas le même désir ? L'alternative serait de considérer ce week-end comme la chance de sa vie. Qui lui permettrait d'avoir Brannon Knox tout à elle…

Depuis leur baiser, elle s'interrogeait. Accepter la proposition de son patron n'était peut-être pas une si mauvaise idée, après tout. Ne l'avait-il pas faite en toute franchise, sans tourner autour du pot ? Tant qu'elle gardait un certain contrôle de la situation, elle pouvait assouvir ses sens et en sortir indemne.

Aussi répondit-elle :

— C'est entendu, mais j'ai besoin d'établir quelques règles de base.

Un coude sur la table, il répliqua :

— Je ne suis plus trop du genre à suivre des règles.

— Nous pouvons les qualifier de lignes directrices, concéda-t-elle.

Son but étant de leur épargner toute gêne lorsqu'ils seraient de retour au bureau. S'ils établissaient d'emblée des paramètres, ils sauraient tous les deux quelle attitude adopter après.

— Je suis d'accord pour ce soir, mais uniquement ce soir. Après le bal, quand nous aurons fait… Quoi que nous fassions, ce sera fini.

— D'accord, acquiesça-t-il en hochant lentement la tête. J'accepte tes conditions.

Ils échangèrent un sourire complice. Et finirent leur brunch comme si de rien n'était. Ne venaient-ils pas pourtant de passer l'accord le plus insensé de tous les temps ? Elle se sentait pleine d'entrain. Grisée… et un peu nauséeuse.

Elle allait passer une nuit dans les bras de Brannon Knox. Et elle allait faire en sorte de lui laisser un souvenir inoubliable.

Elle lui tendit la main.

— Ne devrions-nous pas sceller notre accord ?

Il la lui serra, officiellement. Avant qu'il la relâche, elle ajouta :

— J'ai la permission très stricte de minuit.

— Pas d'inquiétude, Cendrillon, répondit-il, le regard assombri par le désir. Je promets que tu seras dans ton lit avant.

12

Vêtue d'une élégante robe bleu ciel parsemée de strass, qui scintillait comme une mer de diamants à chaque fois que la lumière l'accrochait, Addi descendit au foyer, le visage dissimulé derrière un masque dans les mêmes tons. Un frisson la parcourut. Dans la pièce, il faisait plus frais que dans sa chambre et son dos nu en V était très échancré.

Lorsqu'elle avait préparé son week-end, elle avait fait une recherche sur Internet en tapant « quelle tenue choisir pour un bal masqué ». Elle n'avait jamais assisté à ce genre d'événement et n'avait pas pu aller à celui donné par les Hart sept ou huit ans auparavant. Mais elle avait vu des photos de Joe, masqué, en smoking, une jolie fille à son bras.

À l'époque, elle travaillait pour une société de vêtements de sport. Un bal costumé lui avait paru si peu… pratique. Les strass et les robes de bal ne faisaient pas partie de sa garde-robe.

Soit Joe avait gardé de bons souvenirs de cette soirée, soit il voulait que ses parents en vivent une autre. Ou peut-être, trouvant comme elle l'idée d'un bal ridicule, il pensait jouer un bon tour à ses amis en le leur imposant.

Pourtant, elle devait admettre qu'elle avait pris beaucoup de plaisir à chercher une tenue à louer. Étant donné que ce type de réception n'arrivait qu'une fois dans une vie, une simple location lui avait paru la solution la plus avisée.

Le corps parcouru de picotements, elle arriva devant le Salon Tournesol où se tenait l'événement. Moulée dans sa robe de bal, elle se sentait belle. Fascinante. Comment aurait-elle pu se douter, au moment où elle l'avait louée, que ce soir elle aurait un homme à séduire ?

Hélas, tout comme de la robe, la nuit finie, elle devrait se séparer de Brannon. Oh ! mais quelle nuit ça allait être !

Il avait insisté pour qu'ils se retrouvent au bal.

« Un bal masqué est nimbé de mystère, Addi, lui avait-il dit. Où est passé ton goût de l'aventure ? »

À la lumière tamisée des guirlandes, l'orchestre jouait des airs de jazz doux et langoureux, créant une atmosphère d'un romantisme absolu.

Elle survola la foule des invités du regard. Les femmes portaient des robes dans l'esprit de la sienne, de diverses couleurs, couvertes de strass et accompagnées de bijoux étincelants. Les hommes étaient vêtus de noir, pour la plupart de smokings, malgré quelques vestes de velours.

Elle ignorait tout de la tenue de Bran et le chercha des yeux. Ce qui, pour elle, n'avait rien de nouveau. Mais à la pensée qu'il la cherchait aussi, elle sentit son cœur s'affoler.

Elle avait accepté d'être sa cavalière pour ce bal masqué qui avait un avant-goût de la nuit qui les attendait. Et, ce soir, si son objectif était simple, il était loin d'être sage.

Elle le voulait. Ce soir, elle ferait preuve d'audace. Sa chance avec lui ne se présenterait peut-être jamais une autre fois.

Une femme dans un fourreau noir, de longues boucles brunes cascadant sur ses épaules, surgit devant elle. Clignant de ses yeux couleur d'ébène derrière son masque noir, elle lui tendit une corbeille remplie d'enveloppes dorées.

— Choisissez votre destin. L'une de ces cartes vous est destinée. Laquelle ?

Addi refoula une envie de rire. Son destin dans cette corbeille ? Elle en doutait fort. Elle était seule à en décider. Elle se ravisa. Après tout, pourquoi ne pas jouer le jeu ? Cette soirée était une expérience unique. Elle devait donc la vivre à fond. Les yeux fermés, elle effleura les enveloppes de ses doigts et en prit une.

— Je sais déjà que vous avez fait le bon choix, lui déclara l'inconnue, avant de s'éloigner vers un autre invité.

Restée seule, Addi déchira son enveloppe qui lui révéla le message suivant, écrit à la main :

Trouvez quelqu'un avec un masque doré et invitez-le à danser. Votre avenir vous attend.

En riant, elle le rangea dans son sac. À quoi rimait cette attraction digne d'une fête foraine ?

— Quelle est donc cette blague, Joe ?

Une voix de femme s'éleva derrière elle.

— Vous lisez dans mes pensées.

Elle se tourna et se trouva nez à nez avec une rousse, dans une sublime robe rouge, le visage dissimulé derrière un masque de velours grenat.

— Rebecca, se présenta-t-elle. Nous nous sommes rencontrées au petit déjeuner. Vous avez une très belle robe.

— Bien sûr. Bonsoir. Désolée. Je ne vous avais pas reconnue.

— C'est le but de cette soirée. Que dit votre carte ?

— D'inviter à danser quelqu'un qui porte un masque doré. Et la vôtre ?

— D'offrir un verre à un inconnu. Ce que je vais m'empresser de faire, ajouta Rebecca en glissant son bras sous le sien. Nous nous connaissons à peine. Vous comptez donc pour une inconnue.

Une fois au bar, lorsque chacune eut une coupe de champagne à la main, elle demanda :

— Vous êtes venue avec Brannon ?

— C'est mon cavalier pour la soirée. Mais nous avons décidé de nous retrouver ici.

— Oh ! l'amour naissant. C'est adorable, approuva-t-elle avec un grand sourire. Bran porte-t-il un masque doré ?

— Je ne sais pas, répondit Addi, laissant de nouveau son regard errer sur l'assistance. Je ne l'ai pas encore vu.

Rebecca fit tinter son verre contre le sien.

— C'est une soirée placée sous le signe des surprises.

Puis elle prit congé en lui souhaitant bonne chance.

Addi se remit à observer les gens qui bavardaient par petits groupes. Elle ne voyait pas ses parents. Pourtant, laisser passer un événement de cette importance ne leur ressemblait pas.

Certains hommes n'avaient pas pris la peine de mettre des masques. Bran en porterait-il un ? Serait-il doré comme celui de l'homme qu'elle devait, selon sa carte, inviter à danser ? Naturellement, elle aurait pu l'ignorer. Mais elle voulait croire que le destin lui réservait une surprise exceptionnelle. Même si le mystère et l'aventure semblaient plus en phase avec la vie de Bran qu'avec la sienne. Pourtant, écoutant les derniers souhaits de Joe, elle décida d'avoir confiance.

Une nouvelle fois, elle survola l'assistance du regard. En se retournant, elle faillit percuter un homme en smoking noir. Ses yeux glissèrent sur son nœud papillon, puis sur un visage qui, pour l'avoir souvent vu en rêves, lui était familier.

Les traits d'une beauté incomparable de Brannon Knox étaient dissimulés sous un masque noir. Elle se grisa de sa vue, de ses cheveux ébouriffés.

— Pardon, s'excusa-t-il, sourcils froncés, en esquissant un sourire poli.

Une fraction de seconde plus tard, un éclair traversa ses yeux ambre.

— Addison.

Encore une fois, sa voix chaude lui fit l'effet d'une caresse.

— Tu es… Quelle robe ! Désolé, ta beauté me laisse abasourdi.

— C'est une première, plaisanta-t-elle.

— Tu plaisantes ? D'ailleurs, ce soir, nous allons vivre nombre de premières expériences.

Il disait sûrement vrai. Elle lui tendit alors sa carte.

— Tu n'as pas choisi le bon masque. La couleur gagnante était le doré.

Il la lut puis la déchira en plusieurs morceaux et la jeta derrière lui. Il sortit la sienne de sa poche.

— Tu t'es encore trompée, Cendrillon, répliqua-t-il avant de lire :

Une femme en bleu vous attend. Savourez votre soirée.

— Je n'y crois pas ! s'exclama-t-elle en riant.

— En fait, j'ai soudoyé la femme en noir.

— Non !

Il partit d'un rire sonore.

— Je plaisante. J'ai tiré au hasard. Honnêtement. Tu veux danser avec moi ?

— C'est tenter le sort. Mais comment résister ?

Il prit sa coupe de champagne et la posa sur la table voisine.

— Tu ne peux pas. Je suis irrésistible, c'est mon arme secrète, ajouta-t-il avec un clin d'œil.

Une fois sur la piste de danse, il l'attira plus près, sa main frôlant son dos nu.

— Ta robe est sublime. J'ai hâte de te voir la porter au bureau.

— Désolée de te décevoir, je l'ai louée.

— Dommage ! Tu aurais pu animer la prochaine réunion du personnel, plaisanta-t-il.

Le regard soudain grave, il reprit :

— Je suis sérieux, néanmoins. Tu es d'une beauté ahurissante. Avec ou sans cette robe.

Elle le dévisagea, bouche bée.

— Pardon, ce n'est pas ainsi que je voulais le formuler. À moins que ? ajouta-t-il d'un air taquin.

— Avec toi, on peut s'attendre à tout. Mais je suis contente de voir que tu as retrouvé ton sens de l'humour. Il me manquait.

— Je sais, j'étais différent quand tu es arrivée chez ThomKnox. Plus détendu. Plus drôle. Plus léger. Ce titre de P-DG m'a tourné la tête. Dire qu'en fait il ne m'intéressait pas du tout ! ajouta-t-il en hochant la tête. N'est-ce pas incroyable ? Je ne m'en suis aperçu qu'après.

Son explication la laissa songeuse. Et si la même chose s'appliquait à leur soirée ? Ce soir, il la voulait. Mais s'apercevrait-il par la suite qu'il avait fait une erreur ? Déciderait-il, avec le recul, que son comportement de ce week-end ne correspondait pas à sa personnalité ? Peu importait à quel point elle s'amusait dans son monde de conte de fées, ce soir, elle ne devait surtout pas oublier que voir son cœur voler en éclats était un risque plus important que perdre son travail. Si elle voulait s'épargner toute souffrance, elle devait garder les idées claires.

Alors qu'ils oscillaient en cadence, elle fit remarquer au bout de quelqucs minutes :

— Tu chantes peut-être faux, mais tu sais danser.

— Oh ! oui, je sais danser, chérie. Et je sais faire d'autres choses aussi. D'ailleurs, lui chuchota-t-il à l'oreille, j'ai des projets pour toi. La perspective de la nuit qui nous attend t'excite-t-elle ?

— Beaucoup. Et moi aussi, j'ai des projets pour toi.

Enhardie par son masque, elle avait parlé à voix haute.

— Vraiment ? Mais encore ?

— Je préfère te le montrer par des actes.

Elle sourit. Qui était cette diablesse effrontée qui avait pris possession de son corps ? Visiblement, elle exerçait un pouvoir sur Bran. Ce que lui confirma son étreinte qui se resserra alors qu'il lui faisait éprouver la violence de son désir.

— Combien de temps devons-nous rester ? grommela-t-il alors.

— Un long, très long moment, lui murmura-t-elle de sa voix la plus sensuelle. Je sais que ça ne va pas être facile, mais je te promets de faire en sorte que ta patience soit récompensée.

Elle combla l'espace entre leurs corps, et il poussa un grognement quand elle effleura son sexe durci. Si c'étaient les prémices de ce qui l'attendait, elle allait passer une nuit fabuleuse.

— N'avons-nous pas attendu assez longtemps ?

Encore une fois, il s'était exprimé en un grognement rauque. Jamais elle ne l'avait entendu parler ainsi, comme s'il frôlait le point de non-retour. Jamais elle ne l'avait vu ni senti aussi excité. C'était merveilleux.

— Je veux attiser ton envie.

Elle voulait qu'il se languisse de désir pour elle, qu'il l'imagine nue, qu'il la regarde en se demandant s'il pourrait survivre une seconde de plus, sans ses lèvres sur son corps. Après tout, n'était-ce pas ce qu'elle vivait depuis un an ?

— Je ne t'imaginais pas aussi cruelle, Addison, fit-il en la faisant tournoyer. Mais ça me plaît.

— Tu aurais peut-être dû faire plus attention, Brannon, répondit-elle en oscillant au rythme de la musique.

13

Qui est cette femme masquée ?

Addi avait dansé avec lui sur quelques airs. Il aimait la tenir dans ses bras, sentir sa proximité, songea Bran. La délicieuse anticipation de savoir qu'il allait lui faire l'amour. Il s'était promis que cela arriverait.

Et il allait faire en sorte que ce week-end reste à jamais gravé dans leurs mémoires.

Quand, enfin, ils quittèrent le bal, il lui fallut se faire violence pour ne pas plaquer Addi contre la paroi de l'ascenseur et l'embrasser à perdre haleine.

Arrivé devant la porte de sa chambre, il sortit sa clé électronique de sa poche. Il avait hâte de sentir les mains de la jeune femme se glisser sous son smoking. De découvrir ce qu'elle portait sous sa robe. Il voulait prendre ses seins lourds au creux de ses paumes, les happer dans sa bouche. Il voulait la serrer contre lui et lui mordiller le cou.

Il la voulait avec un besoin primaire qui ne lui était pas familier. Avait-il jamais autant désiré une femme ?

Contrôlant sa libido, il ouvrit enfin la porte et calma ses ardeurs. Il n'était pas un animal, il n'allait pas lui sauter dessus à peine entré dans la chambre. De toute façon, elle voudrait probablement commencer par boire un verre.

— Après toi, dit-il en s'effaçant devant elle.

Elle s'avança. La pièce était impeccable, le lit fait. Il se rappela où il avait rangé les préservatifs qu'il avait achetés en ville cet après-midi. À tout hasard.

Elle posa son sac sur la table et se tourna vers lui. Le masque couvrait toujours son visage, rehaussant encore le bleu intense de ses yeux. Il avait retiré le sien tout à l'heure et, trop pressé de partir quand elle le lui avait suggéré, l'avait laissé dans la salle de bal.

Mais le fait qu'elle ait gardé le sien lui plaisait. Il aimait l'aura de mystère qui l'entourait, la perspective de déshabiller chaque partie de son corps, même son visage.

Il dénoua le ruban qui retenait ses cheveux.

— Je peux ?

— Oui.

Ses lèvres roses le fascinaient. Il ne les avait pas goûtées ce soir et il brûlait d'impatience de le faire. Leur premier baiser avait été public, et ni lui ni elle n'avait pu avoir la réaction souhaitée. Mais maintenant, ils étaient seuls. Addi pourrait laisser libre court à toute sa passion si elle en avait envie.

Sans la quitter des yeux, il fit lentement glisser le masque de satin de son visage, renforçant son envie de dévoiler son corps peu à peu. Il déposa un baiser sur ses joues, et chuchota :

— Je vais t'embrasser partout ce soir, Addison.

Elle ne rit pas. Ne parla pas. Mais elle le toucha. Elle posa ses mains sur son torse et les fit remonter jusqu'à son nœud papillon qu'elle défit. Sous sa veste et sa chemise élégantes, son cœur battait à se rompre. Les flammes du désir qui couraient dans ses veines le mettaient au supplice.

Les mains tremblantes, elle déboutonna sa chemise. Il prit sa joue au creux de sa main et effleura sa lèvre de son pouce.

— Tu es nerveuse ? murmura-t-il.

— Excitée, admit-elle avec un sourire. Je ne sais pas par où commencer. C'est comme si j'avais devant moi tout ce dont j'ai toujours rêvé.

C'était flatteur ! Il la regarda. Comment avait-il pu l'ignorer si longtemps ? La voir tous les jours sans rien faire pour satisfaire leur attirance mutuelle ?

— Continue, lui dit-il.

Sa nervosité visiblement calmée, elle finit d'ouvrir sa chemise et la fit glisser sur ses épaules, sans lui retirer les manches. Puis elle passa les mains sur le torse nu de Bran.

— C'est mieux ! apprécia-t-il.

Se penchant, elle fit alors courir sa langue sur sa peau, avant de mordiller l'un de ses mamelons, lui coupant le souffle, avant de lever les yeux vers lui et de lui sourire. Qu'avait-elle en tête ? Il était partagé entre son envie de la voir continuer à lui infliger cette douce torture et celle de la posséder tout de suite.

Avec gourmandise, elle explora son torse de sa bouche et de ses mains, et il s'enivra de la sensation de se sentir désiré. C'était lui qui, en général, prenait l'initiative des caresses, des baisers. L'audace de son assistante lui plaisait.

Elle lui retira complètement sa chemise et le poussa vers le lit. Assis, il la regarda relever sa jupe sur ses cuisses avant de s'installer à califourchon sur lui. Il leva la tête. Quelques mèches s'échappaient de l'élégant chignon d'Addi, encadrant son visage éclairé par ses yeux d'un bleu incomparable. De sa langue, elle humecta sa bouche en cœur. L'érection de Bran était si dure qu'elle en était douloureuse.

— Continue, dit-il en repoussant une boucle derrière une de ses oreilles. Je suis prêt.

Il était à sa merci. Totalement en son pouvoir. Et cela ne le dérangeait pas le moins du monde.

Les doigts sur sa ceinture, elle défit celle-ci lentement avant de la laisser choir sur le sol. Puis elle caressa son sexe qui tendait le tissu de son pantalon et qui, inexplicablement, se durcit encore. Quand elle ouvrit sa braguette, elle poussa un cri de surprise. Il ne portait jamais de dessous.

— Tu… ne portes rien sous ton pantalon.

— Rien, répondit-il en souriant, se grisant de son regard étincelant de convoitise.

— Jamais ?

— Jamais.

— Waouh ! Rien ne sera plus jamais comme avant au bureau.

— Embrasse-moi.

S'il ne goûtait pas à sa bouche bientôt, il ne répondait plus de rien.

La langue d'Addi effleurant ses lèvres, elle l'embrassa avec douceur. Il ferma les yeux et, s'enivrant de son goût suave, s'allongea, l'entraînant avec lui. Les mains posées sur son dos nu, il caressa sa peau satinée. Puis, avec une lenteur infinie, il fit glisser la fermeture Éclair de sa robe et, s'arrachant à sa bouche, déclara :

— J'ai attendu cet instant toute la soirée.

Elle se redressa, une lueur fougueuse dans les yeux, et répliqua :

— J'attends ça depuis bien plus longtemps.

Au comble de l'excitation face à ses seins jaillissant du tissu, il libéra les globes de chair ferme, couronnés d'un mamelon couleur framboise. De ses doigts habiles, il les taquina et finit par capturer une pointe durcie entre ses lèvres.

Laissant échapper un gémissement, Addi se cambra, ses doigts jouant dans les cheveux de Bran. L'attirant contre l'autre sein. Il ne se fit pas prier.

Alors que le souffle d'Addi se faisait haletant, ses hanches se mirent à osciller en cadence. Pour Bran, plus rien ne compta alors que le besoin effréné de la posséder. Ses paumes plaquées sur le dos de la jeune femme, il s'apprêtait à l'allonger sous lui mais, plaquant ses mains sur son torse, elle le repoussa sur le matelas qui s'enfonça sous son poids.

— Ne bouge pas, lui ordonna-t-elle.

Il lui obéit et, amusé, la regarda se lever pour finir de retirer sa robe scintillante et enlever ses escarpins à hauts talons. Puis elle le déshabilla, ce qu'aucune femme n'avait jamais fait pour lui. Après lui avoir retiré ses chaussures, ses chaussettes et son pantalon, elle les jeta par terre. Puis elle se retourna, ses pouces dans sa culotte. Se penchant en avant, elle lui lança un coup d'œil coquin et fit glisser le fin morceau de tissu sur ses fesses si tentantes, ses cuisses et, enfin, sur ses pieds.

Le souffle court, Bran agrippait de ses poings le tissu du

couvre-lit. Elle revint vers lui et glissa sur son corps, ses hanches effleurant les siennes, ses seins soyeux frottant son torse.

Les caressant, il accepta son baiser, se sentant presque exploser sous sa fougue. Tandis qu'il pinçait doucement ses mamelons, elle explora sa bouche à loisir. Et quand, soudain, elle s'empara de son sexe, il se figea et crut mourir de plaisir.

— Bran, chuchota-t-elle, frénétique. Je te veux.

C'était la meilleure nouvelle de la journée.

— J'ai remarqué, parvint-il à plaisanter.

Glissant sa main entre ses jambes, il posa sa paume sur son sexe, avant d'insinuer un doigt plus bas, sans la pénétrer. Quand, doucement, il se mit à caresser le point sensible où se concentrait toute l'acuité de son désir, s'arc-boutant, elle laissa échapper un gémissement de plaisir, tandis que le doigt de Bran s'enfonçait dans l'étau de son sexe. Il étouffa son cri de sa bouche, alors qu'elle ondulait sous ses caresses, attisant encore son envie de la posséder. Il voulait la déguster, l'entendre crier son nom, il voulait la sentir vibrer, lui prodiguer les plus délicieuses attentions. N'y tenant plus, il l'allongea à son tour sur le matelas et descendit le long de son corps qu'il couvrit de baisers, jusqu'à ce que sa langue prenne le relais de ses doigts, ses assauts lui tirant des plaintes de volupté. Soudain, elle chavira dans l'extase, de petits gémissements accompagnant l'ultime onde de plaisir qui la souleva.

Quand elle rouvrit les yeux, il resta un moment captif de ce regard bleu, assombri par la passion, et s'empara de ses lèvres. Elle s'en arracha et poussa un cri.

— Préservatif, dit-elle d'une voix hachée. Où ?

— Dans la salle de bains.

Elle fit mine de se lever, mais il l'arrêta.

— Pas encore.

D'un genou, il lui écarta les jambes et effleura sa toison bouclée. Puis il se remit à caresser le cœur de son intimité et, cette fois, embrassa ses mamelons. Tremblante de volupté, elle s'abandonna à la valse divine.

— Bran ! plaida-t-elle dans un nouveau gémissement.

Sourd à sa supplique, il continua à lui infliger la délicieuse torture.

Elle se tortilla sous ses assauts, ses mains fourrageant dans ses cheveux, son souffle court. À chaque mouvement, le rythme augmentait, jusqu'à ce que l'orgasme l'emporte.

Elle poussa un cri de jouissance qu'il étouffa d'un baiser.

— C'était ce que je voulais, lui dit-il, en la regardant s'extirper des brumes de l'extase.

Un sourire aux lèvres, les paupières mi-closes sur son regard voilé, elle murmura :

— Merci.

— Je t'en prie.

Semblant trouver un regain d'énergie, elle le repoussa et roula sur lui tout en embrassant son cou et son torse. Puis, le laissant sur sa faim, elle se leva et lui lança un sourire. Avec sa chevelure désordonnée et ses fesses rondes, jamais elle n'avait été aussi tentante.

Chaque instant passé avec Addi au cours de ce voyage avait été une surprise. C'était un changement bienvenu pour lui qui essayait d'orchestrer chaque détail de ses journées. Avec elle, il pouvait vivre… tout simplement.

Quand elle revint, son esprit se vida. Elle s'installa sur lui et agita l'enveloppe du préservatif entre eux.

— Tu es prêt, cow-boy ?

Sans répondre, la prenant par surprise, il l'allongea de nouveau sur le dos et lui arracha le préservatif des mains. Elle partit d'un rire enchanté. Puis, se mordillant la lèvre, elle lui fit un sourire coquin et sa main se referma sur son sexe.

Il avait cru devoir la convaincre. Devoir déployer des trésors de persuasion. Il pensait qu'elle serait timide. Qu'il allait devoir la faire sortir de sa coquille en l'embrassant des pieds à la tête. Il s'était lourdement trompé. Et comme c'était bon !

Il déroula le préservatif sur son sexe en érection, la prit par les hanches et, en un mouvement souple, s'enfonça en elle. Les yeux fermés, elle renversa la tête en arrière.

— Tu es prête, Addi ?

Son souffle caressant son oreille, elle acquiesça :

— Je suis prête, beau gosse.

S'il en avait encore douté, maintenant, il en était sûr : rien n'avait jamais égalé ce qu'il s'apprêtait à vivre avec Addison.

Se glisser dans son corps chaud, accueillant, lui procura un plaisir inouï. Une décharge de sensations explosa en lui, électrifiant tous ses sens. Les dents serrées, il crut perdre la raison.

Venant à sa rencontre, elle enroula ses longues jambes autour de ses hanches, l'encourageant à la pénétrer plus profondément. Pressant ses seins nus contre son torse, elle chuchota, son souffle chaud à son oreille :

— Prends-moi.

Les yeux noyés de plaisir, elle commença à se mouvoir en cadence, révélant une sensualité qu'il n'avait jamais connue chez aucune autre femme. Il allait et venait, plongeant en elle jusqu'à ce que, tremblante, elle se mit à crier son plaisir. Accélérant le tempo, haletant, il sentit l'orgasme d'Addi monter, et l'entraîner. Tous ses muscles se tendirent. Il n'entendait plus rien. Son sang battait furieusement à ses tempes. Pressant son visage dans le cou satiné d'Addi, il s'abandonna à la sensation de perfection de leurs corps enchevêtrés. Une volupté indescriptible l'emporta, le consumant. Repu, pantelant, il s'écroula sur elle avec un râle d'une satisfaction enfin assouvie.

14

Addi avait décidé que sa seule nuit avec Brannon Knox serait inoubliable. Mais son patron surpassait toutes ses attentes.

Il allait et venait en elle, avec une frénésie nouvelle qui la comblait de volupté. Agrippée à ses épaules, elle s'attendait à ce qu'il prenne sa bouche, leurs langues se poursuivant au même tempo que cette extase qui allait les emporter. Mais il se contenta de la regarder encore. Jamais un homme ne l'avait regardée avec une telle intensité en lui faisant l'amour. Bran observait ses seins frémissants, les soubresauts de son corps, le roulement de ses hanches. Il la regardait comme s'il ne voulait rien manquer du plaisir qui déferlait sur son visage.

Baissant les paupières, elle se laissa envahir par un tourbillon de sensations prodigieuses. D'un geste ferme, il écarta encore ses genoux. Le frottement de leurs peaux, leurs souffles saccadés, leurs gémissements mêlés étaient une mélodie si douce à ses oreilles ! Elle avait chaud, des gouttes de transpiration glissaient le long de son cou, de ses seins, de ses cuisses…

Délibérément, elle enfonça les ongles dans ses épaules.

— Continue, Bran. Je veux te sentir entièrement.

Son regard se perdit dans le vague. Un tremblement puissant le secoua, avant qu'il ne renverse la tête en arrière dans un cri étouffé. Il frôlait le point de non-retour, elle le savait. Elle le voyait à ses traits durcis, le sentait à la tension qui vibrait en lui. Et pourtant, il continuait de s'enfoncer en elle, de l'envahir de son sexe, comme s'il sentait son orgasme monter et qu'il voulait qu'il l'entraîne avec lui.

Les yeux dans les yeux, ils continuèrent, prolongeant cette félicité indicible. Il se retirait, puis s'immobilisait quelques secondes.

— Je veux être sur toi, plaida-t-elle soudain, flottant dans un océan de volupté. S'il te plaît.

Cédant à son insistance, il la laissa se positionner sur lui. Elle frotta son sexe palpitant sur son érection.

— Jamais avant la semaine dernière je n'aurais envisagé faire une telle chose. Avec personne. C'est toi qui me fais cet effet, ajouta-t-elle en effleurant ses lèvres d'un baiser.

Le long frisson qui le fit vibrer se répercuta en elle.

Alors qu'elle faisait de nouveau entrer son sexe en elle, elle poussa un long gémissement alors qu'il la remplissait avec une pression inexorable, exquise.

Elle oscilla des hanches, en un lent va-et-vient, terrassée par le plaisir. Adoptant un tempo qui les conduirait inéluctablement vers la délivrance ultime. Chaque assaut se réverbérait en elle en de longues sensations qui la secouaient de la tête aux pieds. Quand, d'une voix rauque, il grogna son nom à son oreille, un sentiment d'intense excitation la fit vibrer de part en part. Elle voulait le sentir dans chaque fibre de son être, voulait qu'à chaque nouvelle poussée il s'aventure plus loin, plus profondément. Leurs regards enchaînés, elle était parcourue de picotements brûlants qui l'entraînaient en un tourbillon de plus en plus puissant. Des vagues montaient en elle, toujours plus haut, jusqu'à ce que, soudain, elle chavire dans l'extase, secouée de part en part par une onde de volupté.

Quand, enfin, elle put ouvrir les yeux, elle s'écroula sur lui, son visage enfoui dans le cou de Bran.

Le lendemain matin, Brannon se réveilla dans un lit vide.

Après une nuit presque blanche avec Addi, il avait tiré les rideaux occultant la lumière afin qu'ils puissent faire la grasse matinée. Ce qu'il avait fait sans problème. Même un tremblement de terre ne l'aurait pas réveillé. Elle l'avait épuisé !

Il se leva, se frotta le visage et ouvrit les rideaux.

— Addi ?

Le soleil inondait la chambre, éclairant les draps blancs emmêlés. Ébloui, il plissa les yeux et sourit en voyant les oreillers qui avaient atterri sur le sol pendant leurs ébats. Puis, d'un pas traînant, il alla inspecter la salle de bains. Elle n'y était pas non plus.

Il se gratta la tête, un peu perplexe. Il ne s'était jamais trouvé dans ce genre de situation.

C'était bien la première fois qu'il perdait sa conquête de la nuit précédente ! Non qu'il ait souvent eu des aventures d'un soir. Mais, étant donné le succès de celle-ci, il serait fou de ne pas répéter l'expérience. Il était loin d'être rassasié d'Addi.

Avant de s'endormir, ils avaient refait l'amour plusieurs fois. Il ne pouvait chasser le souvenir de son visage au moment de l'orgasme, ses moindres nuances imprégnées dans sa mémoire. Elle s'était assoupie, blottie contre lui, et l'avait serré dans ses bras aussi longtemps que possible.

Et maintenant, elle avait disparu ? C'était insensé.

Le réveil sur la table de nuit indiquait 8 heures. Il donna un coup discret à leur porte de communication. Elle avait sans doute regagné sa propre chambre.

N'obtenant pas de réponse, il frappa de nouveau.

— Addi ?

Il essaya de tourner le bouton de la porte. Elle était fermée à clé.

Après avoir pris une douche et s'être habillé, il descendit au rez-de-chaussée. Le brunch battait son plein, et il reconnut quelques visages familiers, croisés au cours des festivités du week-end. Enfin, il aperçut son assistante devant le bar à café.

S'approchant d'elle par-derrière, il se pencha par-dessus son épaule et lui chuchota :

— Pardonnez-moi, avez-vous vu la femme qui était dans mon lit hier soir ? Elle a disparu sans dire au revoir.

Elle fit volte-face, sa bouche formant un O de surprise.

— Brannon ! Bonjour. Je... Je n'arrivais pas à dormir.

— C'est drôle. Moi, j'ai eu du mal à me réveiller.

— Je l'ai remarqué. Tu ronfles, répliqua-t-elle d'une voix désinvolte, en versant du lait dans son café.

Il essaya de protester. Sans lui en laisser le temps, elle demanda :

— Tu veux du café ?

— Oui.

Elle remplit un mug, puis ajouta un nuage de lait et la dose idéale de sucre. Elle savait exactement comment il buvait son café alors qu'il ignorait tout de la façon dont elle prenait le sien. Depuis un an qu'elle travaillait pour lui, elle était attentive à ses goûts alors qu'il l'avait... non pas ignorée, mais il ne lui avait pas vraiment accordé d'attention.

— Voilà, déclara-t-elle en lui tendant le mug.

Avant qu'elle disparaisse une deuxième fois, il l'attrapa par le bras.

— Où vas-tu ?

— À la piscine.

Il remarqua alors son bikini jaune sous sa robe de lin blanc.

— Tu ne veux pas prendre ton petit déjeuner avec moi ?

— Je pensais que tu serais pressé de rentrer à River Grove. J'ai donc décidé de faire quelques longueurs avant de partir.

Si l'un d'entre eux était pressé de rentrer aujourd'hui, ce n'était sûrement pas lui.

— Maintenant que tu le dis, un tour dans la piscine serait le bienvenu. Mais, d'abord, prends ton petit déjeuner avec moi.

Lui tournant le dos, elle se dirigea vers une table, droite comme un I, les épaules raides. Impeccable. Élégante. Elle le glaçait. Plus de sourires mutins, plus de coups d'œil aguicheurs. Même sa proposition de lui servir un café avait été aussi banale que s'ils étaient déjà de retour au bureau.

Ils s'étaient à peine assis qu'une serveuse s'approcha et prit leurs commandes. Le menu était limité, ce qui rendait le choix plus facile.

Une fois qu'ils furent de nouveau seuls, Addi déclara d'un ton détaché :

— Moi aussi, j'ai failli commander les pancakes. Ils ont l'air délicieux. Préviens-moi quand tu voudras partir. Ma valise sera prête en trois minutes.

Il remarqua encore une fois à quel point elle était formelle. Il n'avait pas besoin qu'elle lui fasse un dessin pour comprendre qu'elle le congédiait. Et cela ne lui plaisait pas du tout.

— Que se passe-t-il ?

— Que veux-tu dire ?

— Tu m'as laissé seul dans mon lit.

Maintenant qu'il l'avait exprimé à voix haute, il se rendait compte que le départ d'Addi, au petit matin, l'agaçait au plus haut point. Certes, elle ne lui devait rien. Mais elle aurait pu avoir la politesse de lui signaler qu'elle partait. Ou, tout au moins, lui laisser un mot.

— J'ai été obligé de te chercher partout, reprit-il. Et, quand enfin je te trouve, tu me traites comme si nous étions en pleine transaction d'affaires. Alors, je te pose de nouveau la question : que se passe-t-il ?

Il but son café qui était parfait, ce qui, inexplicablement, le contraria.

— Tu connais notre marché, chuchota-t-elle, sa voix à peine audible. Une seule nuit et une rupture nette.

Surpris, il haussa les sourcils.

— Je ne m'étais pas rendu compte qu'il y avait une ligne si précise entre samedi soir et dimanche matin.

— J'avais dit minuit.

— Nous avons largement dépassé minuit.

La dernière fois qu'il avait regardé le réveil au cours de la nuit, il était 3 heures du matin.

— J'essayais de me montrer logique.

Son visage s'empourprant, elle se perdit dans la contemplation de son café.

— Mon sens pratique n'est pas très développé. Tu t'en souviens ? railla-t-il.

En tout cas, celui-ci ne l'avait pas aidé à obtenir le titre de P-DG. Et l'avait poussé à sortir avec une femme avec laquelle il ne partageait aucune alchimie. À qui il avait même acheté une bague de fiançailles alors qu'il ne l'aimait pas.

Il y avait si peu de logique en lui qu'il en perdait tout sens pratique !

La seule raison pour laquelle il avait voulu profiter de ce week-end avec Addi n'avait rien de logique. Il avait écouté son désir, tout simplement. Certes, il ne s'était pas attendu à s'amuser autant ; sinon, jamais il n'aurait accepté cette règle qui leur imposait une unique nuit ensemble et pas plus.

— Je ne veux pas que ça finisse comme ça, grommela-t-il, au comble de la frustration. Pas sur une assiette de pancakes avant un trajet de quatre heures en voiture.

Sans répondre, elle le dévisagea en silence.

— Tu t'es déjà lassée de moi ? poursuivit-il.

Comprenant qu'elle pouvait répondre oui, il se sentit soudain très vulnérable.

Elle poussa un soupir résigné.

— Non.

Percevant son hésitation, il songea qu'elle devait partager son sentiment de vulnérabilité.

— Je préfère ça, répondit-il d'un ton égal même si, intérieurement, il jubilait. Que dirais-tu dans ce cas de prolonger le week-end ? Avons-nous la moindre raison d'être au bureau demain ? Une réunion importante ? Des vidéoconférences inévitables ?

— Je... Il faut que je vérifie mais, non, je ne crois pas.

— Même si c'est le cas, nous pouvons annuler. Ce qui se passe entre nous est plus important que les affaires.

Elle esquissa un petit sourire, et il sentit la tension dans ses épaules se dissiper. Il ne cherchait pas souvent l'approbation des autres, mais celle d'Addison comptait beaucoup pour lui. Osant le tout pour le tout, il lui demanda alors :

— Addison, serais-tu d'accord pour passer une autre nuit avec moi ? Toute la nuit. Jusqu'au matin. Sans disparaître.

Elle hocha la tête.

— Je veux te l'entendre dire.

— Oui, répondit-elle.

La poitrine de Bran se gonfla de fierté.

— Tant que mon patron me permet de prendre mon lundi, je suis d'accord pour une autre nuit, ajouta-t-elle, une lueur espiègle dans le regard.

— Je ne vois pas de patron ici.

La serveuse revint avec leur commande. Agacé par l'interruption, il lui dit que tout allait bien. Quand elle les laissa enfin, ses yeux se posèrent de nouveau sur Addi. Elle n'avait même pas pris sa fourchette.

— Je vais essayer de te laisser assez d'énergie pour travailler mardi.

Un coude sur la table, elle posa son menton au creux de sa main.

— Je ne peux pas te promettre d'être en forme.

Il tressaillit. Comme elle lui plaisait quand elle faisait preuve d'audace, d'humour ! De franchise, d'entrain. Tellement plus que la femme posée, pragmatique, qu'il avait retrouvée ce matin.

— Toute la nuit, lui rappela-t-il, tout en coupant ses pancakes.

Elle le regarda avaler une grosse bouchée et éclata de rire. Il sentit son cœur se gonfler d'allégresse. Il aimait l'entendre rire.

15

Sur le toit-terrasse de l'hôtel, la piscine scintillait sous le soleil. Elle surplombait le lac, la forêt et, barrant l'horizon, les montagnes. Une nuée de bateaux sillonnait l'eau. Certains de leurs passagers s'adonnaient aux joies du ski nautique, d'autres prenaient des bains de soleil sur leurs ponts.

— Préférerais-tu faire un tour en voilier ? lui demanda Bran.

Vêtu d'un bermuda de bain jaune qui rehaussait son bronzage, il était allongé sur un transat. Un bras était replié sous sa tête, et ses lunettes de soleil cachaient ses yeux fermés. Addi ne se lassait pas d'admirer ses cheveux en bataille, son nez droit, sa bouche au dessin parfait, son long cou et son torse vigoureux. Ses yeux se posèrent sur les abdominaux de Bran, son nombril parfait et ses longues jambes musclées. Il avait même de beaux pieds.

— Je sens que tu me regardes.

Il ouvrit un œil et se tourna vers elle. Son sourire de star, qui laissait apercevoir des dents d'un blanc éclatant, réveilla immédiatement le souvenir des délices de la nuit qu'ils avaient passée ensemble. Si une chose aurait pu l'inciter à quitter la piscine et son soleil divin, c'était la promesse d'en expérimenter de nouvelles avec Brannon Knox.

— Je ne te regarde pas, mentit-elle. J'étais perdue dans mes pensées et j'ai posé les yeux sur toi par hasard.

Il retira ses lunettes et se redressa.

— À quoi rêvais-tu ? Aux heures de préliminaires que je t'ai suggérées ? J'étais sérieux. Tu n'as qu'un mot à dire. Il nous suffit de prendre l'ascenseur pour gagner nos chambres.

Elle sourit malgré elle. Il fit de même. Visiblement, il lisait dans ses pensées.

Le matin même, réveillée tôt, elle avait passé un long moment à l'admirer dans son sommeil. Envahie par une étrange tristesse, elle avait alors compris qu'il n'allait pas être facile de refermer cette parenthèse enchantée, le cœur indemne.

En se levant avant lui, elle avait espéré se préserver du tourbillon d'émotions qu'elle sentait enfler en elle. Si elle restait là à le contempler, elle craignait de voir cette nuit se graver en elle à jamais, venir tourmenter ses souvenirs.

Elle avait besoin d'oublier Bran. Parce que ce qui s'était passé cette nuit n'était pas censé arriver. Et il était bien certain que cela ne se reproduirait plus jamais.

Elle avait accepté de rester une autre nuit avec lui pour une seule raison : elle le désirait toujours. Tout le long du petit déjeuner, le souvenir de leur nuit d'amour ne l'avait pas quittée. Et quand il avait admis qu'il était loin d'être rassasié d'elle, elle avait été incapable de résister.

Refoulant ces pensées, elle estima prudent de changer de sujet.

— J'étais sérieuse, tout à l'heure.

— Mais encore ?

— Quand j'ai suggéré que nous nous arrêtions chez Pestle & Pepper au retour. Puisque tu ne connais pas ce restaurant.

Ce serait probablement sa seule chance de l'y emmener. Et c'était plus ou moins sur leur chemin.

— L'idée te plaît ?

— Tu penses !

Il remit ses lunettes sur son nez parfait et ferma les yeux pour continuer à bronzer.

Il devait être agréable de ne pas avoir à s'inquiéter du futur. D'un autre côté, il avait eu suffisamment de soucis cette année. Elle se rappela à quel point il avait été tendu quand Royce avait été nommé P-DG. Quelle frustration pour lui ! Il revenait de loin. Elle comprenait pourquoi il ne voulait plus penser mais profiter du présent.

La différence était que, pour lui, profiter du présent se traduisait par un simple week-end coquin. Alors qu'elle mettait son cœur et son âme en péril.

Tragédienne, lui chuchota la voix de Joe.

Peut-être avait-il raison. Se permettre une relation sexuelle avec Bran ne signifiait pas qu'elle devait rentrer chez elle le cœur brisé. Elle devait se faire un peu plus confiance.

C'est mieux, l'encouragea Joe.

Une voix familière la fit sursauter.

— Regarde qui est là !

Une main en visière devant les yeux, elle regarda sa mère approcher, son père sur les talons.

— Je croyais que tu étais partie sans nous dire au revoir.

— Non. Je profitais un peu du soleil avant de… euh… rentrer.

Il n'était pas question de leur annoncer leur intention de rester un jour de plus.

— Nous nous apprêtions à quitter la piscine. Mais nous pouvons rester boire un verre. Brannon, mon cher, ça vous dirait ?

Agacée, Addi fit remarquer :

— Il dort.

— Avec plaisir, répondit-il simultanément.

Elle réprima un soupir exaspéré. Quel besoin avait-il de se montrer tellement conciliant !

— Dans ce cas, allons au café, proposa sa mère.

Puis, baissant la voix, elle ajouta, assez fort pour qu'il l'entende :

— Même s'il a un torse magnifique, il devrait d'abord s'habiller.

Un peu plus tard, alors qu'ils redescendaient de la piscine, Bran déclara :

— Il faut lui reconnaître ça. Ta mère a du cran.

Addi répondit par un grognement. Leur intermède au café avait été un désastre. Sa mère avait passé Bran au crible. Elle lui avait fait honte.

— Je suis désolée. C'était affreusement gênant.

— Ne t'inquiète pas. C'est moi qui ai accepté de boire un verre avec tes parents. J'étais capable de gérer la situation.

Sa main dans la sienne, il l'attira pour effleurer sa bouche de ses lèvres. Comme ses baisers lui manqueraient quand ils seraient rentrés !

Arrivé à la réception, il s'arrêta. Ava, la réceptionniste, les salua avec un sourire.

— Bonjour, monsieur Knox, mademoiselle.

— Bonjour, Ava, répondit-il. Je souhaite prolonger nos réservations pour une nuit supplémentaire, si vous avez de la place. Nous ne sommes pas encore prêts à partir.

— Volontiers. Vous prolongez la réservation pour une chambre ou pour les deux ?

L'air entendu d'Ava laissait entendre qu'elle savait qu'ils avaient perdu du temps en ne partageant pas la même chambre d'emblée.

— Une seule, répondirent-ils en chœur.

Devant le sourire approbateur de Bran, Addi sentit un lent frisson la traverser.

— Laquelle ? poursuivait Ava en pianotant sur son clavier.

Ses yeux étincelants de désir, il répondit :

— La mienne.

— Bon choix.

La réceptionniste frappa encore quelques touches avant de les regarder.

— Je vous ai réservé la chambre avec le lit king size. Dois-je vous faire monter une bouteille de champagne ou des fraises ce soir ?

En entendant sa proposition, Addi se mit à rire. Mais, le plus sérieusement du monde, Bran répondit :

— Oui, les deux. Merci.

Ils prirent alors le chemin de l'ascenseur. Une main posée dans le dos d'Addi, il déclara :

— Tu es en train d'apprendre.

Les portes coulissèrent, et ils entrèrent dans la cabine.

— Mais encore ? demanda-t-elle une fois à l'intérieur.

— Tu m'as laissé t'inviter sans protester. Bientôt, me laisser t'occuper de toi ne te posera plus de problème.

Les portes se refermèrent et, en un mouvement souple, il la pressa contre l'une des parois.

— Et si je m'occupais de toi maintenant ?

— Main… maintenant ?

Voyant qu'il tendait la main vers le bouton rouge de l'arrêt d'urgence, elle l'attrapa entre les siennes.

— Brannon, non.

Il émit un petit bruit désapprobateur.

— Tu es trop raisonnable.

Il se dégagea, repoussa les cheveux d'Addi derrière ses oreilles et lui prit le menton au creux de sa paume. Puis il s'empara de ses lèvres en un baiser fiévreux. Il sentait l'écran solaire à la noix de coco. Ou peut-être était-ce son imagination.

— Tu es à moi ce soir, Addison. Qu'en penses-tu ?

— Je pense que tu ferais bien de ne pas perdre une minute, répondit-elle en l'attrapant par les fesses. Ce que je prévois pour toi va prendre un moment.

Une fois sa valise transférée dans la chambre au grand lit, ils purent enfin laisser libre cours à leurs étreintes. Puis, après quelques heures de volupté, suivies d'une sieste bien nécessaire, ils sortirent de leur chambre en quête d'un dîner tardif. Les fraises, arrosées de champagne, étaient délicieuses, mais n'avaient pas suffi à les rassasier.

Ils trouvèrent Allen et Rebecca au bar du foyer du rez-de-chaussée, et la jolie rousse leur fit signe de se joindre à eux.

Après son second verre, Addison était prête à prolonger la soirée, mais Rebecca, qui avait étouffé plusieurs bâillements, déclara :

— Je ne peux pas vous suivre, vous, les Californiens. Je suis toujours à l'heure de la côte Est.

— Ne l'écoutez pas. Elle se couche comme les poules, plaisanta Allen.

— Et toi, Addi ? N'es-tu pas fatiguée après ton épuisante journée ? lui demanda Bran, une lueur espiègle dans ses yeux ambre.

— En fait, j'ai envie d'un autre verre de vin.

Elle savait bien que, même s'ils s'attardaient au bar, rien ne les empêcherait de faire de nouveau l'amour une fois qu'ils auraient regagné leur chambre. Bran était infatigable.

— Permettez-moi, dit Allen en posant un billet de vingt dollars sur le comptoir. Profitez de votre soirée.

— À Joe ! ajouta Rebecca en finissant sa flûte de champagne.

Restée seule avec Bran, Addi laissa échapper un soupir à fendre l'âme. Évoquer les souvenirs de Joe avec ses amis lui avait ouvert les yeux.

Si elle s'était tenue à son plan d'« oublier » Bran, elle n'aurait jamais fait l'expérience des merveilleux moments qu'ils avaient partagés ce week-end. Et qui comptaient parmi les meilleurs de sa vie. Parce qu'elle avait adopté l'insouciance qui caractérisait son ami, son après-midi avait été riche en surprises. Pour finir par cette soirée au cours de laquelle elle avait échangé des anecdotes sur le défunt avec Rebecca et Allen, ce qui lui avait fait chaud au cœur.

La présence de Joe planait encore dans la pièce. Bran avait commandé deux verres de vin qu'ils dégustaient maintenant dans un silence confortable. Curieusement, son deuil semblait les avoir rapprochés.

Un peu mélancolique, elle commença :

— Si Joe me considérait vraiment comme l'amour de sa vie, c'est affreusement triste.

— Pourquoi ? Tu aurais voulu que son rêve devienne réalité ?

— Non. Au contraire. J'aurais été obligée de lui faire comprendre en douceur que je ne partageais pas ses sentiments. Je lui aurais peut-être brisé le cœur. C'était mon ami. Je n'ai jamais rien voulu de plus.

L'admettre à haute voix faisait monter en elle une peine infinie.

— Mais tu l'aimais. Comme un ami. C'était peut-être suffisant pour lui ?

— Hum. L'amour n'est pas si simple.

— Loin d'être simple, approuva-t-il.

— Mes parents m'aiment. Mais leur amour m'a toujours donné l'impression d'un troc. Comme si je devais l'échanger contre ma bonne conduite. Je voulais qu'ils m'aiment d'un amour inconditionnel. Le genre d'amour dont ta famille déborde.

D'un geste tendre, il posa la main sur la sienne.

— J'ai rencontré tes parents à plusieurs reprises, maintenant. Et je peux te dire qu'ils t'aiment. Ils veulent ce qu'il y a de mieux pour toi. Même s'il leur est difficile de le montrer. Leurs manigances sont dues à leur inquiétude.

La réponse de Bran lui fit soudain entrevoir sa relation familiale sous un nouvel angle. Elle s'était toujours sentie critiquée ou punie. Et si elle s'était trompée ?

— Je n'avais jamais vu les choses ainsi, dit-elle, songeuse. Je suppose que j'étais trop accaparée par mon tourbillon d'activités. Trop occupée à essayer de devenir quelqu'un. À leur prouver qu'ils avaient tort. As-tu jamais senti que tu n'étais pas à la hauteur ?

À peine eut-elle prononcé ces mots qu'elle eut envie de les ravaler. Décidément, sa mémoire lui jouait des tours. Bien sûr, il lui était arrivé de ne pas se sentir à la hauteur.

— Sûrement, ajouta-t-elle alors. Avec ton père. Avec Royce.

Sa main toujours sur la sienne, il répondit en souriant :

— Je sais que ce n'est pas facile à croire, étant donné mon physique de rêve. Mais je ne suis jamais qu'un être humain.

Feignant d'être agacée, elle leva les yeux au ciel. Pourtant, elle devait le lui accorder, il était vraiment doté d'un physique de mannequin.

Redevenu sérieux, il ajouta :

— Comme toi, je mettais la barre très haut. J'avais l'impression que je devais gagner. Royce n'a rien fait de mal en acceptant le poste de P-DG. Et Taylor non plus en acceptant de tomber amoureuse de lui. Par ailleurs, je ne peux qu'être d'accord au sujet de ma famille : ils sont tous exceptionnels. Gia, Royce et moi nous soutenons mutuellement. Nous nous protégeons. Je me suis toujours senti aimé et je sais que, qu'importe le nombre de fois où je me casserai la figure, ils seront toujours là pour moi.

— N'oublie pas que je suis fille unique. Je vais être jalouse, répliqua-t-elle, plaisantant à moitié.

— Ma famille t'adore, et tu le sais. Je ne compte pas le nombre de fois où je leur ai dit à quel point j'avais de la chance de t'avoir. Tu es un élément essentiel de ThomKnox. Tu veux une famille qui t'apprécie ? Tu ne veux plus être seule ? Eh bien, tu n'es pas seule, Addi, ajouta-t-il en effleurant ses doigts d'un baiser.

Ses paroles lui firent l'effet d'un baume sur une blessure dont elle ignorait l'existence. Elle avait admis vouloir une famille sans vraiment accepter que les Knox l'avaient toujours considérée comme faisant partie de la leur.

— Merci pour ces paroles.

— Je les pense, affirma-t-il en lui baisant de nouveau la main.

Puis, la relâchant, il leva son verre de vin.

— À la famille.

Elle l'imita, et ils trinquèrent. Pour la première fois depuis longtemps, elle ne se sentit plus seule.

— À la famille.

16

Au bout de trois heures et demie de voiture, Addi se sentait encore bouleversée par leur conversation de la nuit précédente. Non seulement Bran l'avait assurée de l'affection de sa famille, mais il avait laissé entendre qu'il tenait personnellement à elle. Et, après lui avoir promis qu'elle n'était pas seule, il l'avait raccompagnée à sa chambre et lui avait fait l'amour avec une indicible tendresse, ne pensant qu'à la combler. Elle savait qu'il était dangereux de se projeter dans l'avenir. Pourtant, elle aurait pu jurer que son corps avait exprimé ce qu'il ne savait pas dire avec des mots. Et la conversation qu'ils avaient eue ensuite, blottis dans les bras l'un de l'autre, n'était pas le fruit de son imagination.

Elle avait déclaré, un peu rêveuse :

— À propos de famille, si j'ai des enfants, j'en veux plus d'un. J'aimerais en avoir deux ou trois. J'ai trop souffert d'être fille unique.

Les doigts de Bran lui effleuraient le bras, faisant naître des frissons sur sa peau.

— J'ai toujours estimé que trois était un bon nombre, avait-il répondu. Royce, Gia et moi avons toujours été proches. Si l'un d'entre nous se comporte en abruti, les deux autres le lui disent en toute honnêteté. Et, à deux contre un, l'abruti ne fait pas le poids.

Elle avait ri comme elle riait à la plupart de leurs conversations. Si Bran n'avait pas admis d'emblée qu'il voulait lui aussi avoir des enfants, c'était ce qu'elle avait compris à demi-mot. Immédiatement, une vision lui avait traversé l'esprit : sur une plage, un bambin sur la hanche, un autre accroché à sa main, elle regardait le troisième qui poursuivait Bran le long de la mer.

Un fantasme, sans nul doute.

La voix grave de son patron mit un terme à ses réflexions.

— J'ai une proposition à te faire, commença-t-il.

— Tu m'as l'air bien sérieux tout à coup. Je suis tout ouïe, chef ! railla-t-elle en lui faisant un petit salut militaire.

— Franchement, depuis quand es-tu si effrontée ? Je t'ai corrompue, ce week-end.

Certes. Mais pas comme il l'entendait. Il était simplement parvenu à déjouer son plan de ne pas tomber amoureuse de lui. Elle avait fait son possible pour ne pas succomber. Mais comment aurait-elle pu résister alors qu'il avait déployé de tels trésors de tendresse ?

— De toute façon, c'est justement ce qui amène ma question.

Une main sur le volant, il lui jeta un rapide coup d'œil, avant de regarder de nouveau devant lui.

— Que dirais-tu de passer d'autres nuits ensemble une fois que nous serons rentrés ?

Elle en serait ravie. Enchantée.

— Je m'amuse. Et j'ai l'impression que toi aussi. Alors pourquoi pas ? ajouta-t-il avec un haussement d'épaules désinvolte.

Ce n'était pas la déclaration d'amour qu'elle attendait. Mais elle savait qu'il ne la ferait pas. En tout cas, pas maintenant. Certes, elle était amoureuse de lui depuis un an. Mais il venait de vivre plusieurs mois sous pression. S'il prenait avec stoïcisme le fait d'avoir vu le titre de P-DG lui passer sous le nez, elle le connaissait et savait qu'il en souffrait encore. Tout comme il avait été affecté par l'idylle entre Royce et Taylor.

Elle voulait être pour lui plus qu'un réconfort. Mais ils avaient besoin de temps pour explorer leur relation. Pour savoir ce qu'ils pourraient devenir l'un pour l'autre. Or, c'était la réalité qui les attendait à leur retour à River Grove.

— Et ta famille ? Et le bureau ?

— Nous n'avons pas besoin d'en parler à qui que ce soit. Pas parce que je m'inquiète des conséquences. Mais nous n'avons pas besoin de pression extérieure. Pas plus que de l'opinion des autres sur notre liaison sans engagement, puisque nous savons qu'elle nous satisfait tous les deux.

Venant d'un autre, elle se serait froissée. Mais il s'agissait de Bran. Elle le connaissait. Et le voulait à tel point qu'elle était prête à tout pour lui. Ou presque.

— Cela n'affectera pas notre relation professionnelle ?

— Pas pour moi. Cela nous donnera peut-être l'occasion d'avoir quelques réunions privées très intéressantes. Mais je ne veux surtout pas que tu t'inquiètes. Quoi qu'il arrive entre nous, cela n'aura aucune incidence sur ton travail. J'étais sérieux quand je t'ai dit que j'avais besoin de toi chez ThomKnox. C'est la stricte vérité, Addi.

Elle aussi avait besoin de lui. Mais elle ne prendrait pas le risque de le lui dire. Elle déclara :

— J'apprécie ton honnêteté. Moi non plus, je ne suis pas prête à mettre un terme à ce que nous vivons. Mais que vas-tu dire à cette pauvre Tammie ? finit-elle, taquine.

Il eut un petit rire.

— Tu ne me lâcheras donc jamais avec cette histoire ?

— Sans doute pas.

Il lui prit la main et la porta à ses lèvres.

— Je le mérite bien.

Quelques minutes plus tard, il s'engageait sur une sortie qu'elle connaissait bien.

— Pestle & Pepper, expliqua-t-il.

— Mon autre chez-moi.

— Allons déjeuner pour fêter ça. Je meurs de faim. Et puis, ils doivent se demander si tu as disparu de la planète. Ils pensent sans doute que leur meilleure cliente a été enlevée.

Elle était toujours sur la planète. Mais dans le pétrin !

Quoique... Réflexion faite, être indépendante ne signifiait peut-être pas rester seule pour toujours. Ne pouvait-elle pas partager avec Bran des journées de travail et des nuits de plaisir ?

Bien sûr que si.

Elle ne renoncerait pas à l'homme dont elle était déjà amoureuse.

Elle allait vivre au jour le jour. Il l'avait taquinée sur le fait qu'elle était trop pragmatique et il avait sans doute raison. Elle devait ce long week-end et ses agréables surprises au fait qu'elle avait écouté son cœur plutôt que sa raison.

Il se gara sur le parking du restaurant et coupa le moteur. Puis, une fois qu'ils furent descendus de voiture, il lui prit la main pour s'avancer vers l'entrée.

— Attends un peu de goûter leur gâteau au chocolat, lança-t-elle d'un ton joyeux. Le gâteau au chocolat de Pestle & Pepper te fera oublier tous les autres.

— Je te fais confiance. Et pour des choses bien plus importantes qu'un gâteau au chocolat.

Elle eut beau se faire violence pour se raisonner, elle ne put s'empêcher de se demander s'il lui ferait assez confiance pour lui donner son cœur.

Addi n'avait pas exagéré au sujet du gâteau au chocolat, pensa Bran. Il était délicieux. Tout aussi délicieux que de la regarder lécher sa cuillère.

Pendant le trajet jusque chez lui, il avait eu du mal à chasser les images sensuelles que ce souvenir faisait naître dans son esprit.

— Et voilà, annonça-t-il depuis la porte d'entrée. Tu es chez moi.

Sans laisser à Addi le temps de s'avancer dans le vestibule, il referma la porte derrière lui et la pressa contre le battant.

Il étouffa son rire en s'emparant de sa bouche. Ses lèvres avaient le goût du chocolat.

— Mais... tes bagages ? murmura-t-elle alors, en déposant une pluie de baisers sur son cou.

— Je n'ai pas besoin de vêtements pour le moment, répliqua-t-il en lui retirant sa robe par le haut. Et toi non plus.

Il ne s'était pas encore remis de la perfection de ce week-end. Et qu'importait que l'on soit lundi. Il avait toujours aussi faim d'elle.

Il avait passé presque tout leur voyage à réfléchir à leur retour au bureau. L'idée de retrouver des règles lui était odieuse. Mais, demain, on serait mardi. Et il savait bien qu'ils avaient besoin d'un plan d'action.

Il faisait confiance à son propre professionnalisme autant qu'à celui d'Addi. Qu'importait ce que lui réservait l'avenir, et jusqu'à quand leur histoire durerait, il était certain qu'ils pourraient survivre.

Elle déboutonna son jean et caressa son sexe tendu tout en murmurant d'un air appréciateur :

— Puis-je te redire à quel point j'apprécie que tu ne portes pas de dessous ?

— Je suis totalement fan des dessous, protesta-t-il, ses pouces jouant avec les bords de l'adorable slip en dentelle rose d'Addi. Sur toi. Mais tu as raison. Moi non plus, je n'aime pas que tu en portes.

Il le fit glisser le long de ses jambes, et elle se tortilla pour le retirer.

Dix minutes plus tard, sous les assauts de sa langue habile, ses cris d'extase résonnaient contre les murs. La laissant pantelante, il couvrit son corps de baisers pour remonter jusqu'à ses seins moulés dans le satin de son soutien-gorge.

— Je suis vraiment content que nous soyons tombés d'accord pour nous arrêter, déclara-t-il alors.

De ses doigts habiles, il les taquina et finit par capturer une pointe durcie entre ses lèvres.

Laissant échapper un gémissement, Addi se cambra. L'attirant contre sa bouche, elle l'embrassa avec frénésie. Se rappelant son lit moelleux qui les attendait au premier, il la souleva dans ses bras et s'avança vers l'escalier.

— Je te ferai faire le tour du propriétaire plus tard.

— Beaucoup plus tard.

Elle s'agrippa à son cou, ses yeux bleus à demi clos. Perdu dans l'exploration divine de son corps, Bran oubliait tout. Pourtant, une sonnette d'alarme résonna dans les profondeurs de son esprit, mais il l'ignora. Il n'était plus celui qui allait se convaincre de faire une demande en mariage ou courir après un but qui n'avait rien à voir avec ses véritables aspirations. Il était plus intelligent maintenant, et il refusait de s'imposer des projets pour le futur.

Addi était ici avec lui, maintenant, et le présent était tout ce qui comptait.

Et, à cet instant précis, il allait la combler de volupté dans sa chambre et profiter d'un long lundi paresseux de congé.

17

— Tu siffles ?

Sa sœur Gia se tenait sur le seuil de son bureau, l'air stupéfait.

— Je n'ai pas le droit de passer une bonne journée ?

Ou une bonne semaine ? Deux bonnes semaines ?

Depuis leur retour, Addison et lui avaient trouvé un excellent rythme. Ils travaillaient ensemble, flirtaient, et hier elle l'avait rejoint dans son bureau pour déjeuner d'un plat à emporter Pestle & Pepper.

Quand leurs soirées s'étaient prolongées, elle avait passé quelques nuits chez lui. Et il n'avait jamais protesté. Il aimait l'avoir dans son lit. Même si, le matin, avant d'avoir pris son café, elle était toujours un peu grognon.

Sa sœur déposa un dossier devant lui.

— Tu passes peut-être une bonne journée, mais te voir sourire comme ça éveille mes soupçons.

Ce fut le moment qu'Addi choisit pour entrer.

— Salut, beau gosse ! s'exclama-t-elle.

Remarquant soudain la présence de Gia, elle bredouilla :

— Oh… Euh… Je voulais dire, Bran. Pardon ! Quel manque de professionnalisme. Bonjour Gia, je ne savais pas que Bran avait de la visite.

Bien joué, Addi. Il savait déjà que sa sœur ne laisserait pas passer cette gaffe. Gia croisa les bras, un sourire narquois aux lèvres.

— Bonjour, Addi. Comment vas-tu ?

— Très bien, merci, répondit-elle en se redressant, l'air un peu espiègle. Je venais mettre à jour l'emploi du temps de Bran.

— Du beau gosse, tu veux dire ? railla Gia.

Bran se leva d'un bond et traversa la pièce.

— Laisse-la tranquille, lui enjoignit-il en déposant un baiser sur le front d'Addi. Bon, tu nous as surpris. Nous… sortons ensemble. Tâche de ne pas aller le clamer sur tous les toits afin que nous puissions avoir la paix.

— Je vois. Les idylles de bureau sont donc toujours d'actualité.

— Ça te va bien de dire ça.

— Jayson et moi ne comptons pas.

— C'est ça, persifla-t-il.

Puis, se penchant vers Addi, il lui chuchota :

— Nous parlerons plus tard.

— Oui, euh, monsieur. Bran. Merci.

Elle sortit et ferma la porte derrière elle.

— Tu devrais être plus gentille.

Pour toute réponse, sa sœur secoua la tête.

— Cette fille est vraiment amoureuse de toi.

— Elle n'est pas amoureuse de moi, se moqua-t-il. Qui a besoin d'amour ?

— La terre entière.

Ignorant sa remarque, il opta pour une réponse désinvolte :

— Ne t'inquiète pas pour moi. J'ai mon lot d'amour.

Gia émit un grognement de désapprobation.

— Addi et moi nous entendons bien, commenta-t-il en haussant les épaules. Nous aimons partager des bons moments.

Sa sœur laissa échapper un petit rire.

— J'ai l'impression de t'entendre parler de Rusty.

— Le meilleur chien du monde, dit-il, pressant sa main sur son cœur. Je ne peux pas parler de lui, c'est encore trop tôt.

— Tu avais onze ans.

— Ne commence pas à mettre des étiquettes sur ma relation avec Addi. Ce n'est pas sain.

— Vous sortez vraiment ensemble ?

— Oui.

Quel était le problème ? Il était impossible qu'Addi soit amoureuse de lui. Elle était tellement indépendante ! Les soirs où ils se voyaient, il devait la convaincre qu'elle n'avait nul besoin de rentrer chez elle. Il s'était habitué à sa voiture dans son allée.

— Ça fonctionne très bien comme ça, reprit-il. Nous sommes sur la même longueur d'onde. À ce propos, je te signale qu'elle gagne vraiment à être connue. Elle te plairait si tu sortais un peu de ton antre pour venir voir ce que nous faisons.

— Je sais très bien ce que vous faites. Mon bureau se trouve juste en dessous, et le département informatique est l'épicentre de la société. Je suis au courant de tout, ajouta-t-elle en écartant les bras.

— Et maintenant, qui est la méchante ?

Il aurait pu lui faire remarquer que certains faits lui échappaient. Ne venait-elle pas tout juste de s'apercevoir qu'il sortait avec Addi ? Certes, ils avaient été discrets. En outre, elle était la première à l'apprendre.

— Pour le 4 Juillet, Maman organise un barbecue au vignoble, déclara alors Gia, changeant de sujet.

— Déjà ? Je croyais qu'elle rénovait la cuisine de la maison.

— Oui, mais elle veut « encourager les ouvriers dans leur progression », pour reprendre l'une de ses expressions préférées. Et elle estime que, si elle leur impose le 4 juillet comme date butoir, ils mettront les bouchées doubles.

La maison d'été de leurs parents, acquise lors de la création de la société ThomKnox, était une grande bâtisse située dans la région des vins, perchée sur une colline dominant leurs vignes. Gia et Jayson y avaient passé leur lune de miel. Ce qui expliquait sans doute l'air contrarié de sa sœur, devina-t-il.

— Ça fait un moment que je ne suis pas allé au vignoble.

— Je sais.

Avec un soupir, elle ajouta :

— Maman a invité Jayson.

— C'est toi qui as voulu qu'il soit toujours considéré comme faisant partie de la famille, lui rappela-t-il.

Sa sœur s'était en effet montrée inflexible pour que son ex-mari ne soit pas traité différemment après leur divorce.

— J'en suis bien consciente, reconnut-elle, se rembrunissant. C'est juste que… Comment puis-je amener un amoureux s'il est partout où je suis ?

— Tu as un amoureux ? s'étonna Bran.

Depuis son divorce, il avait toujours vu sa sœur seule.

— Non, mais supposons que j'en aie un ?

— Tu viendrais avec lui, tout simplement. Et, avec Jayson et Royce, nous dirions derrière ton dos qu'il a l'air d'un abruti.

— Arrête ! le rabroua-t-elle sans pouvoir s'empêcher de sourire. Je suis parfaitement capable de rencontrer un type bien.

La prenant dans ses bras, il la serra contre lui.

— J'en suis sûr.

Les airs revêches de Gia dissimulaient le plus tendre des cœurs.

— Tu vas amener ta charmante blonde ? lui demanda-t-elle alors.

Il la relâcha et sentit un frisson de terreur lui parcourir le dos. Se faire surprendre par Gia au bureau était une chose. Mais venir en couple à une réunion familiale susciterait de nombreuses questions, de nombreuses attentes. Il ne voulait pas se retrouver sous les yeux scrutateurs de toute sa famille. L'épisode avec Taylor lui avait suffi.

— Je ne sais pas…

— Tu ne peux pas la cacher indéfiniment. Je ne dirai rien à Royce et à Taylor, promit-elle. Ni aux parents. Mais, si tu sors vraiment avec Addi, tu ne peux pas l'exclure des réunions familiales.

Sur ces mots, elle lui lança un baiser et sortit, le laissant se débattre avec son dilemme.

S'il conviait Addison au barbecue du 4 Juillet, il franchirait une limite. Sa venue serait la porte ouverte à maintes suppositions. Ce qu'il n'était pas prêt à affronter. Ils vivaient la relation idéale. Il ne voyait aucune raison de la compliquer.

Cela lui offrait néanmoins un excellent prétexte pour la taquiner.

Il ouvrit la porte qui séparait leurs bureaux et feignit la plus sévère des expressions.

— Mademoiselle Abrams. Pouvez-vous venir un instant ?

Addi se leva, lissa sa robe rose et le rejoignit. Avec ses cheveux blonds remontés en chignon sur sa nuque, elle était irrésistible. Il croisa les bras et s'appuya contre son bureau.

Voyant son front se plisser d'anxiété, il fut pris d'une soudaine culpabilité. Il allait vite se racheter.

— Ferme la porte.

Docile, elle obéit. Mais sa main resta posée sur la poignée, comme si elle s'apprêtait à s'éclipser.

— Je sais ce que tu vas dire. Je suis vraiment désolée. Je n'avais pas vu ta sœur entrer dans ton bureau. Manifestement, j'aurais dû frapper. Ce n'est pas une excuse. Nous sommes au bureau et je devrais savoir...

D'un doigt, il lui fit signe d'approcher. Quand elle fut devant lui, il posa ses deux mains sur ses hanches et l'attira entre ses jambes.

— Embrasse-moi !

— Pardon ?

Déjà, sa bouche frôlait la sienne. Il répéta :

— Embrasse-moi...

Elle posa ses lèvres soyeuses sur les siennes, et les craintes de Bran se dissipèrent immédiatement. Addi était souple au creux de ses bras. Ses bras noués autour de son cou, elle se hissa sur la pointe des pieds et leurs langues entamèrent un ballet langoureux.

Puis, les yeux écarquillés, elle demanda :

— Alors, tu n'es pas en colère ?

— Tu m'as déjà vu quand je suis en colère ?

Elle n'avait pas de souci à se faire. Pourquoi devrait-il s'inquiéter du qu'en-dira-t-on concernant la femme qui partageait ses nuits ? Il était adulte. Seule Addison avait le droit de refuser de le voir.

Il l'embrassa de nouveau, et elle se pressa étroitement contre lui, ses seins s'écrasant contre son torse. Cette fois, à la fin de leur baiser, il ne relâcha pas son étreinte.

— Tu ne devrais pas m'encourager.

Il était en train d'essayer de contrôler une érection alors qu'il était au travail ! Il allait être obligé de se cacher derrière son bureau jusqu'à ce que celle-ci disparaisse, et cela risquait de prendre du temps.

— Et tu ne devrais pas non plus aller à ta prochaine réunion les lèvres couvertes de gloss.

Elle lui essuya les lèvres de ses pouces.

— Tu es une vraie tigresse. Si j'avais su...

— Tu m'aurais appelée plus tôt ?

Elle lui sourit. Elle n'avait pas tort. S'il avait su à quel point ils allaient s'amuser ensemble, il aurait agi bien avant.

— Ça faisait trop longtemps ! s'exclama Addi.

Elle était installée à une table chez Pestle & Pepper, en face de son amie Carey.

Elles se retrouvaient une fois par mois. Mais elle n'avait pas vu les semaines passer depuis leur dernier rendez-vous. Sans doute parce qu'elle était si heureuse qu'elle en perdait la notion du temps.

— C'est vrai. Ton dernier SMS remonte au jour où tu es tombée en panne sur l'autoroute, quand tu étais en route pour le lac Tahoe.

Carey fit passer ses soyeux cheveux bruns derrière son épaule, dévoilant ses magnifiques pommettes. Elles avaient travaillé ensemble dans le passé et étaient restées amies. Elle était maintenant directrice d'une agence de publicité de Palo Alto. Un poste qui impliquait de nombreux voyages.

Addi n'aborda pas d'emblée le sujet des changements qui avaient bouleversé sa vie depuis leur dernière entrevue. Et la conversation porta sur le dernier séjour à l'étranger de son amie.

— Ta voiture est à la casse ? demanda alors cette dernière en examinant le menu.

— Oui. J'ai une voiture de location en attendant d'en acheter une neuve. Et j'ai été... occupée.

Son esprit d'indépendance l'avait poussée à refuser l'offre de Bran de mettre à sa disposition une voiture de société.

— Ma pauvre, dit Carey en levant les yeux. Tu as été débordée de travail ?

Addi se retint de rire. Puis, une fois qu'elles eurent commandé, alors qu'elles sirotaient un verre de chardonnay, elle commença :

— Mon travail se passe très bien. J'ai été occupée... ailleurs. J'aurais pu t'en parler avant, mais je ne voulais pas me porter malheur.

Elle avait peine à dissimuler son sourire. Contrairement à ce qu'elle avait pensé, loin d'être contrarié par son irruption dans son bureau alors qu'il était en compagnie de Gia, Bran lui avait demandé de l'embrasser. Ce qu'elle avait fait avec ferveur. Depuis, elle était sur un petit nuage. Depuis qu'ils étaient ensemble, elle avait fait attention à ne pas envahir le territoire de Bran. À s'assurer de ne pas tirer des plans sur la comète. Et, aujourd'hui, avant de quitter le bureau, elle lui avait demandé s'il avait des projets pour le 4 Juillet. Elle avait ajouté qu'elle était libre et, sans répondre, il s'était contenté d'esquisser un sourire en coin.

— J'ai rencontré quelqu'un..., annonça-t-elle.

Le cri strident de Carey attira l'attention des clients des tables voisines.

— Oh non ! Je veux tout savoir. Il est sexy, riche, c'est un super amant ?

— Oui, il est tout ça. Et c'est aussi mon patron...

Mais il était bien plus que ça encore. Ils avaient passé de nombreuses nuits au lit, à parler. Et autant de journées à régler des problèmes au bureau. À travailler ensemble, aussi harmonieusement que d'habitude.

Elle lui raconta son récent voyage à Tahoe. Depuis la proposition de Bran de l'y conduire jusqu'à la chambre d'hôtel qu'il avait prise à côté de la sienne. Puis leur décision de prolonger leur week-end d'une nuit. Et de poursuivre leur liaison à leur retour.

— Liaison est-il le mot juste ? ajouta-t-elle en fronçant le nez. Ça me paraît tellement scandaleux !

— C'est vrai. Disons plutôt une aventure avec un millionnaire sexy, déclara Carey sur un ton si catégorique qu'Addi éclata de rire.

C'était si bon de rire. Si bon d'être avec Bran. Une partie d'elle-même s'inquiétait de s'emballer trop vite. De laisser son cœur prendre le pas sur sa raison. Mais, même si elle était réticente à l'admettre, elle aimait vivre le présent.

18

L'alerte « agenda » résonna sur le téléphone de Bran. Il tapota l'écran sans regarder la notification. Après une journée infernale, la dernière chose qu'il souhaitait était une réunion en salle de conférences avec Bernie Belfry, un vieux copain de golf de son père et l'un des plus gros investisseurs de ThomKnox.

Heureusement, Addi avait préparé les documents nécessaires. Il prit la liasse, soigneusement agrafée et posée sur le plateau de son bureau.

À la pensée de son assistante, il se sentit immédiatement rasséréné. Il était difficile de rester contrarié alors qu'ils avaient rendez-vous le soir même. Il avait toujours apprécié une compagnie féminine pour se détendre après une dure journée de labeur. Mais l'avantage, avec Addi, c'était qu'il n'y avait aucun malentendu : tous les deux voulaient une relation sans attaches. Et c'était reposant.

Il passa devant le bureau de Royce, avec l'intention de le rabrouer. Pourquoi diable son frère lui avait-il imposé ce rendez-vous avec Bernie ? Mais celui-ci ne leva même pas les yeux de son écran d'ordinateur.

Arrivé devant la dernière salle de conférences du couloir, il s'arrêta, un peu perplexe. Ils n'utilisaient cette pièce que quand les autres étaient occupées.

Sans se poser plus de questions, il tourna la poignée et poussa le battant.

— Vous faites un petit somme avant la réunion ? demanda-t-il en entrant.

Son esprit se vidant soudain, il s'interrompit net.

Il se trouvait nez à nez avec Addi qui, juchée sur la table de conférences, les jambes croisées, le dévisageait. Il la dévora du regard. Elle était d'une beauté à couper le souffle.

Sa jupe noire qui découvrait ses cuisses révélait un porte-jarretelles qui retenait des bas noirs.

Son chemisier rose vif était à moitié déboutonné, dévoilant la naissance de ses seins. Ses cheveux cascadaient sur ses épaules en un joyeux enchevêtrement de boucles blondes. Ses escarpins à talons hauts se balançaient au rythme des battements affolés de son propre cœur.

Il referma derrière lui, se félicitant que la porte soit dotée d'une serrure.

— Bonjour, monsieur Knox, le salua-t-elle, souriante.

Il fit un pas vers elle.

— Bonjour, mademoiselle Adams. Je suppose que je ne vais pas avoir besoin de ça, continua-t-il en brandissant les papiers.

Elle secoua la tête, ses lèvres formant une moue mutine.

— Non.

Il jeta le rapport dans la corbeille. Il n'avait jamais envisagé de lui faire l'amour dans une salle de réunion. Même s'il devait avouer que cela avait été l'un de ses fantasmes, que ce parfum d'interdit lié au lieu de travail rendait encore plus excitant.

Il en avait assez de s'imposer des règles. Il voulait oublier l'homme obsédé par ses responsabilités qu'il avait été cette année. Alors, quoi de plus approprié que d'accepter une proposition si coquine ?

Les yeux de Bran glissèrent de la poitrine à moitié dénudée d'Addi à ses jambes. Une décharge électrique courut dans ses veines. Il ne savait plus par où commencer.

Elle résolut ce dilemme en lui prenant les mains pour les plaquer sur ses seins. Puis elle l'embrassa avec fougue.

— Jusqu'où ? demanda-t-elle d'une voix saccadée entre deux baisers, en s'affairant avec les boutons de sa chemise.

— Pardon ? répondit-il bêtement. Jusqu'où quoi ?

— Jusqu'où veux-tu aller ? J'avais l'intention de te tenter, mais je respecte le fait que nous soyons sur ton lieu de travail et si tu...

Il étouffa le reste de ses mots en l'embrassant, et défit son pantalon, le laissant tomber sur ses chevilles.

— Nous avons combien de temps ?

— Jusqu'à la réunion de 15 heures avec Royce et Taylor.

Cela lui laissait une demi-heure avant de retrouver son frère et sa future belle-sœur. Ils lui pardonneraient d'être un peu en retard.

— Tu ne m'as pas laissé longtemps.

Il finit de déboutonner le chemisier d'Addison. Au comble de l'excitation devant ses seins jaillissant de son soutien-gorge, il les libéra de leur carcan de tissu. À les voir lourds et ronds, fièrement dressés vers lui, il sentit les derniers vestiges de sa raison l'abandonner. Il voulait les sentir sous ses paumes. De ses doigts habiles, il les taquina et finit par capturer une perle durcie entre ses lèvres.

— Je n'étais pas sûre, dit-elle d'une voix étranglée.

— Nous avons bien assez de temps.

Il la débarrassa de ses escarpins et releva sa jupe. Et après avoir fait glisser son slip noir sur ses jambes, il s'inclina vers elle et déposa un chapelet de baisers fiévreux sur ses seins et son ventre. D'une main, il chercha la moiteur au creux de ses cuisses. Le visage crispé par l'impatience, elle étouffa un cri et s'agita sous lui. Son dos s'arqua, ses mains agrippant furieusement la table sous elle alors qu'il glissait un doigt, puis deux, en elle. Elle haleta, et il accéléra le rythme, la poussant vers le plaisir, lui insufflant un tempo auquel elle se pliait avec délices.

La tête renversée en arrière, avec sa chevelure blonde qui cascadait, elle était un fantasme incarné. Plongeant la tête au creux de son cou, il l'embrassa, le picora, le mordilla. En sentant les battements affolés de son pouls, il comprit qu'elle ne pouvait plus attendre. Elle était prête pour lui. Il devait lui faire l'amour, là, tout de suite.

— Nous avons besoin d'un préservatif, Addison. Tu as prévu ça aussi ?

Elle reprit appui sur ses coudes et répondit :

— Sous la plante.

— Tu plaisantes ?

— Non.

— Tu as déjà fait ça ? s'étonna-t-il.

Elle se mit à rire et lança :

— Pour qui me prends-tu ?

— À cet instant précis, je ne sais plus trop.

Après l'avoir trouvé, il déroula le préservatif sur son sexe en érection, la prit par les hanches et, en un mouvement souple, s'enfonça en elle.

Maintenant assise au bord de la table, elle le ceintura de ses jambes et, prenant ses fesses en coupe, il la tint fermement. Puis, agrippant ses épaules, elle poussa un gémissement. Heureusement que les deux autres salles de réunion étaient vides.

Il happa de nouveau une pointe dure entre ses dents et, d'une main posée sur sa bouche, elle cacha son sourire mutin. Elle était tellement belle. Tellement drôle. Exceptionnelle. Même si leur temps était limité, il allait la transporter au septième ciel.

Resserrant la pression de ses mains sur sa taille, il s'aventura plus loin, accentuant la pression à chaque poussée, provoquant une friction d'une telle volupté qu'il la sentit se tendre. Elle se livrait à la douce torture qu'il lui infligeait en retenant son orgasme qui menaçait d'exploser.

Cramponnée à lui, elle se calqua sur son rythme, et ils chaloupèrent ensemble, entraînés en un tourbillon de plus en plus rapide et puissant. Enfin l'orgasme la submergea, la secouant de tremblements alors qu'il la rejoignait dans l'extase. Elle se raidit et poussa un nouveau cri.

— Désolée, j'ai fait du bruit, dit-elle d'une voix haletante, avant de poser un baiser sur son oreille.

Une nouvelle flèche de désir le transperça.

— J'espère ne pas avoir à réfléchir pendant cette réunion, dit-il. J'en serais incapable.

— Hum… Ça en valait la peine, si tu veux mon avis, dit-elle, effleurant sa joue de ses lèvres.

— Absolument.

Bran s'apprêtait à l'embrasser de nouveau quand un coup sonore résonna à la porte, suivi par le bruit de la poignée qu'on secouait.

— Bonjour. Il y a quelqu'un ? Nous avons réservé cette salle pour 15 heures.

C'était la voix de Taylor. Il lança un regard surpris à Addi.

— Tu as réservé la même salle pour cette réunion ?

— Toutes les autres étaient prises, chuchota-t-elle. Je ne savais pas que nous aurions besoin d'autant de temps.

— Tu m'avais sous-estimé, dit-il en l'embrassant d'un baiser enfiévré. Que cela ne se reproduise plus.

Taylor tambourina de nouveau à la porte et, cette fois, il répondit :

— Ne t'énerve pas, j'arrive. Tu devrais peut-être te rhabiller, ajouta-t-il en chuchotant à l'intention d'Addi.

Les mains tremblantes, les jambes en coton, elle remit ses vêtements. Elle avait l'impression d'être liquéfiée.

Non seulement Bran avait fait exulter ses sens, mais il l'avait fait sur leur lieu de travail. Toute la journée, elle avait attendu avec impatience que l'heure fatidique arrive. Pourtant, elle n'avait pas imaginé qu'ils feraient vraiment l'amour. Et qu'ils occuperaient les lieux si longtemps.

Que lui arrivait-il depuis quelque temps ? Elle était passée d'une professionnelle irréprochable à une anticonformiste qui laissait ses cheveux voler au vent.

Mais elle savait parfaitement ce qu'elle faisait : elle testait Bran. Jusqu'où la laisserait-il aller ? Jusqu'où voulait-il aller ? Il n'avait encore jamais dit non à la moindre de ses propositions.

Ce genre de pouvoir était grisant. Ivre d'excitation, elle jubilait, son allégresse un peu ternie par le fait que Taylor les avait peut-être entendus. Il était vrai qu'elle n'avait pas été très discrète.

— Tu es prête ? lança-t-il avec un sourire plein d'assurance, une main sur la poignée.

Il était fier de lui, et qui l'en aurait blâmé ? N'avait-il pas fait exulter ses sens en un temps record ?

— Je suis prête, répondit-elle, sans trop savoir si c'était vrai.

Pendant qu'il ouvrait la porte, elle récupéra la liasse de documents dans la corbeille à papier.

Le regard de Taylor alla de l'un à l'autre.

— J'ai cru entendre quelque chose.

Avec ses cheveux blonds tirés en queue-de-cheval et sa robe bleu marine laissant deviner sa grossesse, elle était aussi belle que professionnelle. Mais elle avait l'air soupçonneuse. Les yeux plissés, elle les salua :

— Bonjour, Bran. Bonjour, Addi.

— Bonjour, Taylor, répondit Bran.

Addi lui jeta un coup d'œil en coin. Il semblait bien plus à l'aise qu'elle.

L'air visiblement approbateur, Taylor déclara :

— Eh bien, n'êtes-vous pas magnifiques, tous les deux ?

Elle se mordit la langue pour ne pas rire. C'était vrai, elle se sentait magnifique.

— Merci. J'ai fait de l'exercice, répondit Bran.

Il lissa sa cravate qu'il n'avait pas bien nouée. Quand elle baissa la tête pour dissimuler son rire, elle s'aperçut avec effroi qu'elle avait mal boutonné sa jupe.

— Je le savais. Tu nages dans le bonheur, disait Taylor à Bran.

— D'abord Gia, et maintenant toi ? Quel est le problème avec le fait que je sois heureux ?

— Aucun. Rien du tout. Je suis heureuse pour toi. Ce à quoi j'ajouterai que j'avais raison.

Son sourire était éloquent.

Rajustant sa cravate, il lança :

— J'espère que tu ne nous as pas interrompus pour te vanter, plaisanta-t-il.

— Je te rappelle que nous avons une réunion. C'est pour ça que je suis ici. Addi, peux-tu te joindre à nous ? Bran pourrait avoir besoin d'un support intellectuel. En ce moment, il a l'air complètement déconnecté de la réalité.

Il la regarda à son tour, et elle sentit une nouvelle vague de chaleur l'embraser.

— Reste.

Sentant ses joues s'enflammer, elle ne put s'empêcher de sourire. La requête n'était pas différente de celles qu'il lui avait faites à plusieurs reprises chez lui. Mais l'entendre l'admettre devant Taylor prenait une signification tout autre.

Royce surgit sur le seuil, toujours très digne, avec son air soucieux habituel. Sa cravate et sa chemise étaient impeccables.

— Tout va bien ici ?

Taylor s'installa sur une chaise au bout de la table.

— Pourquoi poses-tu la question ?

— Je ne sais pas. Je sens des ondes bizarres.

Son regard se posa d'abord sur son frère puis sur Addi.

— Il apprend à devenir perceptif, lui expliqua sa fiancée. Ce qui n'est pas gagné pour un homme.

Addi se mit à rire tandis que les deux frères protestaient. Puis ils s'installèrent pour la réunion, et Taylor commença sa présentation.

Elle l'écoutait, songeuse. Il y avait si longtemps qu'elle rêvait de faire partie de cette grande famille aimante. Or, aujourd'hui, elle touchait presque au but. Son cœur avait peine à y croire.

19

Quand arriva le vendredi matin, Bran était perplexe. Inexplicablement, il se sentait maussade.

Il aurait dû être d'excellente humeur, pourtant. Il avait commencé la semaine par cet épisode coquin dans la salle de réunion. La veille au soir, il s'était endormi dans le lit d'Addi. Et, maintenant, ils avaient tout un week-end devant eux.

Le prochain serait celui du 4 Juillet.

Soudain, l'évidence s'imposa à son esprit. Ce signal d'alarme qu'il avait déjà entendu à Tahoe résonnait de nouveau dans sa tête, et il ne pouvait pas l'ignorer. La dernière fois qu'il avait ignoré son instinct, il avait offert un diamant de chez Tiffany à Taylor pour la demander en mariage.

Pourtant, aujourd'hui, il n'avait aucune raison de s'inquiéter. C'était peut-être justement là le motif de son appréhension. Royce, Taylor et Gia savaient qu'il sortait avec Addi, et cela leur était égal. Quant à ses parents, retraités, c'était le cadet de leurs soucis.

En fin de compte, il semblait être le seul à avoir un problème.

Il n'avait pas officiellement invité Addi au vignoble familial. Et il se demandait maintenant s'il devait le faire. Peut-être n'aurait-elle pas spécialement envie de l'y accompagner. Peut-être qu'une réunion familiale était, pour elle comme pour lui, prématurée.

Il poussa un soupir de soulagement. Maintenant qu'il s'était déculpabilisé, il se sentait mieux. Mais cette journée allait-elle finir ?

Machinalement, il regarda son poignet. Il persistait à oublier qu'il n'avait plus sa montre, qu'il était sûr d'avoir laissée chez Addi. Chaque fois qu'il voulait lui poser la question, quelque chose venait le distraire. Heureusement, on était vendredi. Il avait un besoin vital d'être en week-end.

Se dirigeant vers le bureau de son frère, il passa la tête par l'encadrement de la porte.

— Tu boxes demain ? lui demanda-t-il.

— Non, je ne peux pas.

Surpris, il vit Royce se lever de sa table de travail, le cartable de son ordinateur à la main. Il jeta un coup d'œil à la pendule au mur.

— Où vas-tu ? s'étonna-t-il. Il n'est que 14 heures.

— Je rentre chez moi. Je suis le P-DG et je déclare que personne n'a besoin de rester une minute de plus. Pourquoi boxerions-nous ? ajouta-t-il en le scrutant d'un regard inquisiteur. Tu rumines une colère refoulée que tu veux passer sur moi ?

— C'est de l'exercice, cette fois, je le jure.

La dernière fois qu'il avait invité Royce dans le ring de son jardin, c'était pour régler leur différend au sujet du poste de P-DG. Et il en avait profité pour sermonner son aîné et le pousser à rompre avec Taylor. Ce combat les ayant aidés à aplanir leurs divergences fraternelles, tout s'était bien terminé.

— Tout va bien ? demanda alors Royce.

Bran aurait été parfaitement idiot de lui répondre que, non, cela n'allait pas si bien. Aussi se contenta-t-il de dire :

— Oui, merci. À demain.

— C'est ça. Bonne soirée.

Il trouva Addi à son poste. À la vue de son décolleté, son esprit se vida l'espace d'un instant. C'était la première fois qu'il la voyait ainsi vêtue au bureau. À moins qu'il n'ait pas remarqué les fois précédentes. Ce qui était fort peu probable.

Retrouvant l'usage de la parole, il déclara :

— J'ai oublié ma montre chez toi.

— Oui. Je sais.

Son sourire plein de tendresse lui rappela la nuit qu'ils venaient de passer ensemble. Elle lui avait proposé une brosse à dents neuve et l'avait invité à rester chez elle. Une offre tellement adorable qu'il n'avait pas pu refuser.

Réflexion faite, il n'avait pas beaucoup dormi. Un long moment, il était resté allongé, les yeux rivés au plafond, ses pensées en ébullition. Jamais il n'avait réagi de la sorte quand Addi dormait chez lui. Alors pourquoi le contraire le mettait-il dans un tel état ? Décidément, il avait vraiment l'esprit en pleine confusion depuis quelque temps. Peut-être n'était-ce que du stress professionnel. Il l'espérait !

— Je l'ai portée chez un horloger pour faire remplacer la pile et nettoyer l'écran, reprit-elle. Tu as gâché ta surprise. Je dois aller la chercher après le déjeuner.

Cette fois, l'alerte était tangible. Faire nettoyer une montre à son insu était une surprise que l'on réservait à un petit ami. Un petit ami qui était le futur mari avec qui fonder une famille. Pour preuve, Taylor et Royce. Même s'ils n'étaient pas encore mariés.

Il avait soudain très chaud, songea Bran. Se forçant à sourire, il répondit :

— Merci, j'apprécie. Je vais... travailler un peu.

Une fois dans son bureau, il ferma sa porte et tira les rideaux. Puis, installé dans son fauteuil, il se perdit dans la contemplation de sa table de travail.

Au début de l'année, il avait eu la certitude d'être le futur P-DG de ThomKnox et de se fiancer avec Taylor Thompson. Sa vie lui semblait toute tracée.

Puis tout avait dérapé.

Alors quelle était la solution ? Il n'en voyait qu'une : foncer dans l'inconnu sans s'inquiéter des conséquences. Cesser de planifier sa vie et la vivre.

— Et en ce moment, tu es obsédé par l'avenir. Pas étonnant que tu perdes la tête. Addi a raison. Tu es un idiot.

Il se mit à rire de lui-même et ouvrit son ordinateur.

Pourtant, même s'il faisait son possible pour se convaincre du contraire, il avait le pressentiment que quelque chose avait changé entre elle et lui. Quelque chose dont, contrairement à lui, elle était consciente.

Et qui allait mettre en péril tout ce qu'il venait de décider.

Trois quarts d'heure plus tard, il reposa le combiné de son téléphone, se cala contre le dossier de son fauteuil et, se frottant le visage, étouffa un bâillement. Un petit coup à sa porte lui annonça l'arrivée de son assistante. Elle jeta un coup d'œil à l'intérieur. Il lui fit signe d'entrer.

— Cet homme est tellement ennuyeux qu'il pourrait endormir un écureuil sous caféine, déclara-t-il en faisant référence à son interlocuteur téléphonique.

Il s'attendait à la faire rire. Mais sa plaisanterie ne lui valut que l'esquisse d'un sourire.

— Tu n'étais pas obligée de m'attendre, reprit-il alors.

— Je..., commença-t-elle en lui tendant un pochon en velours noir. Je voulais te rendre ça. C'est ta montre.

Il posa la Rolex dans sa paume et examina son cadran étincelant.

— Merci. Tu n'aurais pas dû te donner tant de peine.

Il commençait à dégrafer le bracelet quand, soudain, Addi s'agenouilla devant lui, le regard timide, un sourire hésitant aux lèvres.

— Je voulais te demander quelque chose.

— Quoi que ce soit, la réponse est oui.

Surtout si elle avait des idées coquines.

Elle laissa échapper un rire nerveux.

— Je vois. Tu ne vas pas me faciliter la tâche, je suppose.

— Au contraire, je vais grandement te la faciliter, répliqua-t-il en lui soulevant le menton de ses doigts.

Quoi qu'elle veuille, ses désirs étaient des ordres.

Elle toussota, ses yeux bleu outremer plongés dans les siens.

— Brannon.

Son pressentiment se réveillant, il répondit avec prudence :

— Addison ?

— Cela fait longtemps déjà que tu comptes beaucoup pour

moi. Très, très longtemps. Je ne mesurais pas à quel point tu pouvais compter.

Après quelques secondes, elle poursuivit :

— J'ai... J'ai été emportée par un tourbillon auquel je ne m'étais pas attendue. Je sais que, toi aussi, tu as été pris par surprise. Et je sais qu'en ce moment c'est la dernière chose que tu espérais.

Pris de panique, il ne souhaitait qu'une chose : prendre ses jambes à son cou. Mais il était coincé.

À genoux devant lui, Addison était en train de lui faire une déclaration. À la gravité de ses paroles, il ne voyait qu'une issue à son discours. Ce qu'elle était en train de lui proposer n'avait rien d'une partie de jambes en l'air au bureau. Et s'il devinait la suite, c'était qu'il avait tenu exactement les mêmes propos à Taylor, le jour du gala de la Saint-Valentin. Ce soir-là, il avait commis une terrible erreur. Dont, heureusement, il avait été sauvé en la surprenant en train d'embrasser Royce.

Or, Addison s'apprêtait à faire la même erreur. Il devait la faire taire avant qu'elle regrette d'être allée trop loin. D'avoir prononcé des paroles qu'elle ne pourrait plus effacer.

Elle prit la montre de sept mille dollars dans sa paume et la retourna, découvrant l'inscription gravée au dos. Elle tenait en quatre mots et un point d'interrogation.

VEUX-TU M'ÉPOUSER ?

Son cœur se mit à tambouriner dans sa poitrine. Il eut soudain la bouche tellement sèche qu'il fut incapable de prononcer une parole.

— Je t'aime, continua-t-elle. Plus que tout. Je sais que tu as eu une année difficile. Mais si la célébration pour Joe m'a appris quelque chose, c'est que je ne devais plus refouler mes émotions. Que je devais exprimer mes sentiments avant qu'il ne soit trop tard. Et tout comme toi, Brannon, je veux vivre l'instant présent.

Elle posa sa main sur la montre et, souriante, poursuivit :

— Ce moment est réel. Il est en train d'arriver. Notre relation ne se limite plus à dormir l'un chez l'autre ou à partager un repas Pestle & Pepper. D'ailleurs, si nous allions dîner ? poursuivit-elle, faussement désinvolte. Je meurs de faim.

Son sourire tremblotait, mais elle était rayonnante de bonheur. De certitude. Elle attendait sa réponse.

Il resta pétrifié de terreur. Elle était en train de le demander en mariage. Et il n'avait rien vu venir. Cela expliquait le nœud dans son estomac. La sensation qu'une menace invisible le guettait. Elle ne l'avait pas considéré comme un petit ami. Mais comme un futur mari.

— Tu as l'air surpris, fit-elle alors remarquer.

Il n'avait pas encore réfléchi au moyen de refuser. Mais il fallait absolument qu'il le fasse.

Elle s'était fait des idées, et il en était le seul responsable. Il avait supposé qu'ils étaient sur la même longueur d'onde, loin de se douter qu'elle échafaudait ses propres projets en catimini. Une scène de la veille lui revint à l'esprit. Avant de s'endormir, elle l'avait embrassé et, un bras enroulé autour de sa taille, lui avait murmuré bonne nuit, suivi de : « Tu es tout pour moi. »

Ce qui pouvait s'interpréter de bien des façons… Mais plus maintenant. Plus avec une demande en mariage gravée au dos de sa montre. Si elle représentait beaucoup pour lui, il lui était tout simplement impossible d'être le centre de l'univers de quelqu'un.

Son désir d'être le centre de la société familiale avait bien failli lui coûter sa relation avec son frère et avait entraîné une sacrée crise d'identité. Depuis, il mettait un point d'honneur à vivre au jour le jour, à ne plus planifier chaque journée à l'avance.

Avec Addi, il avait pris un risque. Mais il avait été tellement sûr qu'elle partageait sa philosophie ! Qu'elle était à des années-lumière de penser… mariage.

Seigneur ! Mariage ?

Il posa la montre et, lui prenant les mains, l'aida à se lever. Il ne pouvait pas lui donner cette réponse qui allait l'anéantir alors qu'elle était à genoux. Hélas, ce n'était pas plus facile maintenant que, debout devant lui, elle lui offrait un visage éclatant d'espoir. Mais il n'y avait pas moyen de se défiler. Il allait devoir le lui dire. Prononcer les paroles les plus sincères, les plus justes qu'il pourrait trouver, puis lui offrir une échappatoire.

— Tu n'étais pas censée tomber amoureuse de moi, Addi.

La perplexité se peignit sur son visage, ses traits s'altérant de nouvelles émotions : un mélange de peur et de tristesse.

— Je suis tellement désolé, Addi. Je croyais que nous étions satisfaits de notre relation. Pour le moment, je ne cherche pas...

Elle retira ses mains des siennes et les plaqua sur son ventre.

— Oh non !

Lui frottant les avant-bras de ses paumes en un geste apaisant, il la rassura.

— Écoute, tout va bien. Viens t'asseoir.

— Je ne peux pas m'asseoir. Je dois partir.

— Tu ne dois pas partir, Addi.

Il ne savait absolument pas comment régler cette situation. Mais il le fallait. Il avait besoin d'elle. Au bureau et en dehors. Il n'y avait aucune raison de gâcher tout ce qu'ils avaient uniquement parce qu'elle avait brûlé les étapes.

— Nous pouvons toujours aller dîner chez Pestle & Pepper. Rien ne doit changer. C'était une erreur, une simple erreur. Je suis sûr qu'ils pourront enlever l'inscription, ajouta-t-il en montrant sa montre.

— Une erreur ? répéta-t-elle sans conviction.

— J'ai vécu la même. Je sais ce que tu ressens...

— Tu n'as pas la moindre idée de ce que je ressens. As-tu écouté un mot de ce que je t'ai dit ?

— J'ai entendu chaque mot.

Elle l'aimait. Et c'était un cadeau magnifique. Mais la demande en mariage...

— Addi, je ne peux pas me marier en ce moment.

— Dis clairement ce que tu veux dire, Bran. Tu ne veux pas te marier avec moi.

Peut-être le pourrait-il un jour. Qu'en savait-il ? Mais, franchement, il ne voulait pas se projeter aussi loin dans l'avenir.

Essayant de s'expliquer, il commença :

— Depuis le début de l'année, je fais fausse route. En général, je ne suis pas du genre à vouloir gagner à tout prix. Pas juste pour pouvoir me vanter d'un succès. Et pourtant, quand le titre de P-DG s'est présenté, c'est exactement ce que j'ai fait. Avant notre week-end à Tahoe, je m'étais juré de ne jamais recommencer. Jamais. Mais, avec toi, je suis parti en chute libre, Addi. Néanmoins, je ne t'ai jamais considérée comme une victoire à remporter. Rappelle-toi, c'est moi qui t'ai demandé de prolonger le week-end.

Devant les larmes qui embuaient ses yeux, il prit toute la mesure de sa responsabilité.

— Ensuite, je t'ai demandé si nous pouvions continuer à nous voir. Ce que nous avons fait. Mais je ne voulais pas que tu interprètes mes intentions. Que tu penses que je voulais plus.

Ses excuses embrasèrent la colère de la jeune femme. Les joues cramoisies, elle rétorqua :

— Tout ce qui t'intéressait, c'était le sexe.

— C'est faux.

Il se rabroua intérieurement. Ce n'était pas exactement ce qu'il voulait dire. Il concéda :

— Bon, d'accord, plus ou moins. Mais, dans ta bouche, ça paraît répréhensible.

Des larmes perlant au bord de ses longs cils, elle déclara :

— Depuis que j'ai commencé à travailler pour toi, je suis amoureuse de toi. J'étais sur le point de me convaincre d'oublier les sentiments que tu m'inspirais. Mais, après cette nuit à Tahoe, tu ne m'as pas donné une chance de dissocier le plaisir du travail. C'était toi qui voulais plus, Bran, ajouta-t-elle d'une voix redevenue froide. Tu n'as peut-être pas fait de promesses. Mais tes caresses, la tendresse avec laquelle tu me faisais l'amour, m'ont fait espérer un avenir avec toi. Et maintenant tu me dis que je n'étais pas censée tomber amoureuse ? À quoi t'attendais-tu ?

— À avoir enfin trouvé quelqu'un qui me comprenne, répliqua-t-il, sa voix montant d'une octave. Je ne te promettais rien, je vivais au jour le jour. Ce qui, à propos, est la leçon que tu aurais dû tirer de Joe.

Elle tourna vivement la tête. Ignorant la petite voix qui lui soufflait qu'il ferait mieux de se taire, il poursuivit :

— Si ton ami avait vécu sa vie à fond, il t'aurait embrassée à perdre haleine, te prenant au dépourvu. Et tu lui aurais brisé le cœur parce que tu l'aurais repoussé. Et...

Il étouffa un soupir à fendre l'âme. Il se haïssait. Il détestait la faire souffrir. Voir ces larmes rouler lentement sur ses joues et savoir qu'il lui était impossible d'apaiser sa détresse.

— Tu aurais été obligée de lui parler comme je suis en train de le faire. Tu comptes beaucoup pour moi, Addi. Nous travaillons ensemble, nous sommes des amants fabuleux. Tu n'es pas une commodité. Tu n'es pas un passe-temps. Je te veux toujours dans ma vie. Mais pas de cette façon.

Se dégageant de son emprise, elle prit la montre sur son bureau et la laissa tomber dans son mug de café avec un plouf. Puis elle sortit en trombe en lui lançant, glaciale :

— Va au diable !

Aussi furieux que choqué, il prit son mug et la suivit.

— À quoi t'attendais-tu ? À quoi ? insista-t-il. À ce que nous nous mariions et que nous vivions heureux à jamais ?

Elle jeta un regard inquiet à la ronde. Mais il se fichait totalement de qui pouvait bien surprendre leur conversation.

— Et toi, quels étaient tes projets ? Que nous continuions à faire l'amour sans aucun sentiment ? persifla-t-elle.

— Je ne veux pas de projets.

L'air déterminé, elle le défia du menton.

— Aucun problème. Je ne serai pas là pour en faire avec toi. Ni *pour* toi. Je démissionne.

Sur ces mots, elle prit son ordinateur portable sur son bureau et le laissa tomber sans cérémonie dans sa corbeille à papier. Puis elle mit son sac en bandoulière et, passant devant lui à vive allure, lui lança :

— Amuse-toi bien à gérer ThomKnox sans projets !

Grommelant, il ne fit pas un geste pour la retenir. Après qui était-il le plus furieux ? Après elle ? Ou après lui-même ? Il ne savait plus très bien. Ou peut-être fallait-il blâmer Joe. Et le week-end en son honneur !

— Beau travail, Addi ! fulmina-t-il alors en sortant sa montre de sa tasse de café.

Il l'essuya avec sa cravate. Elle aurait dû deviner qu'elle était étanche. Tout comme elle aurait dû deviner ses véritables intentions.

Mais elle ne l'avait pas fait. En la convaincant d'oublier son sens pratique, il l'avait, visiblement, totalement acquise à sa cause.

Parce qu'elle était amoureuse de lui.

Soit ! Mais il n'était pas question pour lui de nier ce qu'il voulait. La seule fois où il n'avait pas suivi ses propres rêves s'était soldée par un véritable fiasco. Il ne répéterait pas cette erreur.

Or, ce mariage n'était pas son rêve mais celui d'Addi. Et avant qu'il refuse sa demande, elle l'avait voulu plus que tout au monde. Certes, il était honoré. Et tout aussi abasourdi. Mais il ne pouvait pas accepter. Même si ce refus sonnait le glas de la meilleure relation de sa vie.

Une dernière fois, il regarda longuement l'inscription gravée sur sa montre avant de la jeter à son tour dans la corbeille à papier.

Si Addison ne comprenait pas son refus, si elle n'appréciait pas son honnêteté, il était en effet préférable qu'ils se séparent.

20

Addison prit une profonde inspiration, se grisant de l'odeur de son acquisition récente. Rien ne sentait aussi bon qu'une voiture neuve. Hélas, ce parfum lui rappelait aussi la voiture de sport de Bran et le voyage à Tahoe.

Elle avait passé le week-end à chercher une voiture. Bien sûr, avoir signé un prêt sur cinq ans maintenant qu'elle était au chômage n'était pas la chose la plus intelligente à faire. Mais cet achat lui remontait le moral. Et lui donnait un sentiment d'indépendance accru.

En tout cas, elle n'était pas encore ruinée. Elle avait un compte d'épargne et elle s'était déjà trouvée dans la même situation. De plus, elle avait toujours retrouvé du travail. Les deux fois précédentes, elle avait même continué de travailler pendant son préavis. Mais, cette fois, c'était impossible. Elle ne pouvait pas faire face de nouveau à Brannon Knox.

Elle l'aimait.

Et il s'était servi d'elle.

Non seulement c'était fini entre eux, mais leur rupture avait été particulièrement sordide. Comment se remettait-on de s'être fait refuser sa demande en mariage ? Visiblement, Bran réservait son amour à une femme exceptionnelle. Ce qu'elle n'était pas puisqu'il l'avait repoussée.

Non que cela ait la moindre importance. N'ayant pas d'imprimante chez elle, elle était en chemin pour faire imprimer son CV. Bientôt, elle aurait un nouveau travail. Un travail différent.

Et, avant de l'accepter, elle s'assurerait que son patron était un vieil homme rebutant et dénué d'humour. Pas question de répéter la même erreur.

D'un autre côté, elle n'avait pas pour habitude de tomber amoureuse de ses patrons.

À l'exception d'un seul. Un patron avec qui elle avait voulu construire sa vie. N'avait-il pas dit qu'il voulait une famille ? Elle aussi voulait des enfants. Ils étaient faits l'un pour l'autre. Et jamais elle ne se serait doutée qu'il était réfractaire au mariage. N'avait-il pas envisagé d'épouser Taylor ?

Pourtant, sa demande avait été un désastre. Et elle avait quitté le bureau effondrée.

Le fil de ses pensées fut interrompu par la sonnerie de son téléphone portable. Sans lui laisser le temps de le sortir de son sac, son tableau de bord annonça le nom : Brannon Knox. Elle voulut décliner l'appel. Mais pressa malencontreusement la touche « Répondre ». Sans quitter la route des yeux, elle essaya frénétiquement de l'interrompre. En vain.

Une seconde plus tard, la voix de Bran s'élevait dans l'habitacle.

— Addi ?

— Bonjour. Tu es sur haut-parleur. Je ne sais pas comment marche le téléphone de ma voiture.

Il rit.

— Je me demandais si tu allais répondre.

Elle s'engagea sur la voie menant à la sortie suivante. Une pancarte indiquait un magasin de bricolage.

— On est lundi, continua-t-il. Tu devrais être au travail. J'ai sorti ton ordinateur de la corbeille à papier.

— Je ne reviendrai pas, Brannon.

À quoi bon ? Elle savait pertinemment que sa présence au bureau ne résoudrait pas leur problème.

— Pourquoi ?

Comment pouvait-il lui poser cette question ?

— Tu es sérieux ? Parce que... Honnêtement ? Je suis humiliée.

— Oui, je peux le comprendre. Moi aussi, je suis passé par là.

— Tu n'as jamais demandé Taylor en mariage. Tu ne l'aimais

pas. Et elle ne t'aimait pas. Ton cœur n'était pas impliqué, Bran Tu l'as dit toi-même.

Les deux situations n'avaient rien en commun. Des larmes roulant sur ses joues, elle se gara sur le parking quasiment vide, les yeux fixés sur le logo rouge du magasin de fournitures de bureau. Qui sait ? Peut-être recrutaient-ils ?

— Le mariage est un grand saut dans l'inconnu, se contenta-t-il de répondre.

— Je le sais. Un saut que tu étais prêt à faire pour te hisser au poste de P-DG. Mais pas quand la femme avec qui tu couches t'avoue ses sentiments. Bien entendu, je pensais que tu m'aimais aussi. Sinon, jamais je ne t'aurais fait cette demande.

— Je sais, acquiesça-t-il d'une voix sombre. Je suis désolé d'avoir mentionné Joe. C'était déplacé de ma part.

Frustrée par la froideur de son ton, elle répliqua :

— Et je suis désolée de t'avoir demandé en mariage. Ce n'était pas une conduite professionnelle appropriée.

— Ne t'en va pas, Addison. Tu as ta place ici. Tu es chez toi. Sans toi, je n'y arriverai jamais.

Quand, vendredi, elle était partie en trombe, la même pensée l'avait traversée. Elle ne pourrait pas vivre sans lui. Or, elle avait vite fait de découvrir qu'elle se trompait.

Cependant, à la perspective d'un monde sans lui, elle était submergée par un profond sentiment de néant. Comme elle avait mal ! Elle allait l'aimer longtemps, très longtemps encore. Mais elle avait l'habitude de souffrir. L'amour de ses manipulateurs de parents n'avait jamais été gratuit, et elle s'en passait depuis des années.

— Tu sais, une aventure d'une nuit m'aurait parfaitement suffi, reprit-elle en essuyant ses larmes d'un geste rageur.

Elle fulminait. Pourquoi diable fallait-elle qu'elle soit si émotive ?

— C'est faux.

— Ne sois pas arrogant.

— Tu as essayé d'être quelqu'un que tu n'étais pas, protesta-t-il. Mais je n'ai pas été dupe quand tu as affirmé qu'une liaison sans attaches ne te dérangeait pas.

— Et toi ?

— Moi, j'en profitais. Qu'est-ce qui ne tourne pas rond chez les gens ? Pourquoi ne pouvons-nous pas partager de bons moments, travailler ensemble et continuer à être amants, de fabuleux amants, comme nous le sommes ?

Il baissa soudain la voix, comme si quelqu'un pouvait l'entendre.

— Écoute, ce n'est pas la raison de mon appel. Je te téléphone pour te dire que j'ai fait une erreur.

L'espoir fit battre son cœur plus vite. Comme elle était stupide !

— Tu te rappelles quand je t'ai demandé quels étaient tes projets pour le 4 Juillet ? J'avais une idée derrière la tête. Puis je me suis convaincu qu'elle n'avait aucun intérêt. Je ne voulais pas subir la pression de ma famille parce que nous venions en couple. Mais j'ai réfléchi depuis. Et j'aimerais que tu m'accompagnes au barbecue de mes parents, samedi. Tout le monde sera enchanté de te voir, et cela te rappellera pourquoi tu aimes travailler avec nous. Réglons ce malentendu. Tu fais partie de ThomKnox. Je ne veux pas que tu travailles ailleurs.

Ahurie, elle l'avait écouté sans l'interrompre. Quelle magnifique déclaration d'amour ! Il aurait adoré qu'elle revienne travailler avec lui ! Et sa famille l'aimait beaucoup ! D'entendre l'homme passionné, exceptionnel, dont elle était tombée amoureuse, décrire leur relation avec un tel détachement lui brisait le cœur.

— Et ensuite ? demanda-t-elle en reniflant. Serai-je autorisée à t'embrasser ? À rentrer avec toi ? À coucher avec toi ?

— Il n'y a pas de règle. Nous allons naviguer à vue, sans rien programmer. Je sais pourquoi tu m'as demandé en mariage.

Parce que je t'aime, idiot !

— Tu te sens seule et mal aimée, répondit-il pour elle. Mais tu n'es pas seule. Ma famille et moi sommes là pour toi. Tu as ton travail. Tu n'as pas à orchestrer un mariage pour remplir un vide que tes parents n'ont pas su combler.

Ivre d'une rage soudaine, elle oublia ses pleurs.

— Alors, à ton avis, c'est seulement parce que je me sens seule ? Parce que j'imaginais qu'un mariage comblerait ce vide dans mon cœur ?

Après un court silence, il acquiesça :

— Oui, je le crois.

— Je t'ai demandé en mariage parce que je t'aime. Parce que j'avais entrevu un avenir dont tu faisais partie. Tu es tellement obsédé par ta volonté de vivre l'instant présent que tu ne vois même pas le bonheur à portée de main. Et tu as menti en prétendant qu'il n'y avait pas de règles. J'ai enfreint une règle capitale quand je t'ai demandé d'aller plus loin. Je ne passerai pas une seconde de plus à éprouver de tels sentiments pour quelqu'un qui me donne si peu. Au revoir, Brannon.

Elle pressa la touche de fin d'appel du tableau de bord et regarda droit devant elle. Derrière le pare-brise, l'énorme façade du magasin se brouillait, et elle cligna des yeux pour refouler ses larmes. À ce rythme, elles ne se tariraient sans doute pas si vite.

— Je ne laisserai personne me dicter mes sentiments et mes désirs, se martela-t-elle.

Elle refusait de s'en vouloir d'être si transparente. D'être elle-même. Or, elle était un trésor. Un sacré cadeau. Une magnifique aubaine. Si Bran était incapable de le voir, la seule erreur qu'elle avait faite, c'était de s'être laissé attirer dans son lit.

Il voulait vivre l'instant présent ? Eh bien, il allait devoir le vivre seul.

Quant à elle, elle avait son propre futur à organiser. Sans lui.

Elle s'essuya le visage avec un mouchoir et se poudra le nez. Puis, avant de descendre de voiture, elle sourit à son reflet dans le rétroviseur. Elle avait connu des jours meilleurs, mais elle s'arrangerait du moment présent.

Elle se sentait capable d'affronter n'importe quelle situation. Elle en avait assez l'habitude. Et ce n'était pas cette bévue qui allait mettre un frein à sa soif de vivre.

D'un pas lent, elle entra dans le magasin, se motivant avec des paroles d'encouragement qui sonnaient de plus en plus faux.

La vérité, c'était qu'elle n'en voulait pas à Brannon de ne pas partager ses sentiments. Joe lui en avait-il voulu de ne pas l'aimer ? Mais elle s'en voulait à elle-même de n'avoir pas su déchiffrer les signaux, de n'avoir pas été prudente.

Elle aurait dû se méfier. C'est ce qu'elle ferait désormais.

21

Brannon salua sa nouvelle assistante.

— À bientôt, Peggy.

L'intérimaire était en train d'enfiler une veste légère, et il aperçut son bureau en désordre, derrière elle. Elle était gentille, ponctuelle et avait une jolie écriture. Mais elle avait oublié de lui rappeler la vidéoconférence de mercredi. Et comme elle ne lui remettait pas ses messages immédiatement, il avait dû, pour pouvoir les trier, repousser à la semaine suivante le déjeuner qu'il devait avoir le jour même avec des clients importants.

Peggy lui adressa un petit salut de la main.

— À lundi, monsieur Knox.

Aucun risque. Il allait devoir lui trouver une remplaçante. Addison lui manquait. Et pas seulement pour des raisons professionnelles.

Toute la semaine, il avait essayé de la convaincre de revenir travailler. Elle devait avoir compris comment fonctionnait le téléphone de sa voiture, car il n'arrivait plus à la joindre. Il lui avait fait livrer des plats de chez Pestle & Pepper, lui avait fait envoyer des fleurs et des bonbons, chacun de ses colis accompagné du même message :

Reviens au bureau. Nous avons besoin de toi.

S'il pouvait la convaincre de reprendre son poste, tout le reste se remettrait en place. Il le savait. Sans elle, il était incapable de penser. Encore moins d'approfondir ce qu'il ressentait depuis une semaine qu'il ne l'avait pas touchée. Ni embrassée.

Elle lui manquait furieusement.

Il la voulait dans son lit, dans sa vie. Elle était chez elle dans ces bureaux. Elle s'y plaisait. Pourquoi se montrait-elle si têtue ?

Comme il se dirigeait vers l'ascenseur, il fut intercepté par Royce.

— Tu pars directement au vignoble ? Taylor et moi allons y passer la nuit.

— C'est aussi ce que j'ai prévu.

Il n'était pas du tout d'humeur à faire la fête, mais il ne voulait pas que ses parents, son frère et sa sœur discutent de son cas en son absence. Ce dont, les connaissant, ils ne se priveraient pas. Il ne voulait voir personne s'inquiéter de son état psychique ou de son bien-être. Il était adulte !

Ils entrèrent ensemble dans la cabine, et Royce pressa le bouton menant au hall d'entrée.

— Addi doit venir ?

— Non. Elle est… euh… occupée.

Il ne tenait pas à préciser qu'elle l'ignorait. Son aîné lui lança un coup d'œil soupçonneux.

— Je suppose que tu sais que personne n'a cru à ton excuse bidon quand tu nous as raconté qu'elle avait trouvé un autre poste. Vous avez rompu, c'est ça ?

— Oui, mais c'est réparable. Nous avons besoin d'elle au bureau.

Il n'avait pas la moindre idée de la façon dont il devait s'y prendre pour arranger les choses, mais il y travaillait. Elle allait revenir. Il le fallait.

Royce ne répondit rien et, jusqu'à ce qu'ils arrivent au parking, il garda un silence stoïque. Une fois devant sa voiture, il lui lança :

— À tout à l'heure, au vignoble !

Sur ces mots, il monta dans son véhicule, fit marche arrière et s'éloigna. Bran s'apprêtait à le suivre quand il entendit sa sœur le héler.

Il se retourna. Juchée sur ses talons aiguilles, un sac de voyage à la main, Gia courait vers lui.

— Je peux venir avec toi ? Tu pars directement au vignoble ?

— Oui. Tu ne veux pas y aller avec Jayson ?

— Je ne tiens pas à ce que la famille se fasse des idées sur la possibilité d'une réconciliation, lui rappela-t-elle.

— Monte.

Il n'avait pas l'énergie de protester. De toute façon, sa sœur s'installait déjà.

Le trajet vers le nord de la Californie durait une heure et demie. Après avoir écouté de la musique un moment, Gia finit par retirer les écouteurs de ses oreilles et le dévisagea.

— Je sais que tu ne souhaites surtout pas en parler avec moi, mais je t'avais dit qu'Addison était amoureuse de toi. Tu ne m'as pas écoutée.

— Félicitations pour ta perspicacité, grommela-t-il en augmentant le volume de la radio.

Elle l'éteignit.

— Tu n'avais vraiment pas deviné qu'elle allait te demander en mariage ?

— Comment... Comment... ? bredouilla-t-il.

Comment diable était-elle au courant ?

— La montre, répondit-elle. Je l'ai vue dans le tiroir de ton bureau. Je cherchais un post-it pour t'écrire un message.

— Je savais bien que j'aurais dû la laisser dans la poubelle.

— Oui, mais tu ne l'as pas fait.

— Qui d'autre est au courant ? la pressa-t-il en lui coulant un regard en coin.

— Allons ! Tu me connais. Je suppose que c'est la véritable raison de son départ ? Elle t'a demandé en mariage et tu as refusé ?

— Tu as toujours été la plus perspicace de nous trois.

— Quel geste adorable de sa part ! approuva-t-elle avec un sourire plein de douceur.

— Addison a un cœur d'or.

— Pourquoi as-tu refusé ?

Il étouffa un petit rire et lui jeta un bref coup d'œil, avant de regarder de nouveau la route.

— Tu plaisantes ? Tu penses que j'aurais dû accepter de l'épouser ?

— Pourquoi pas ? demanda Gia en haussant les épaules.

— N'es-tu pas divorcée ? N'es-tu pas la première à avoir une liste de raisons de ne pas te marier ?

Elle repoussa la question d'un geste de la main.

— Pour Jayson et moi, c'est différent. Arrête de changer de sujet. Ce n'est pas parce que mon mariage n'a pas fonctionné que je ne veux pas vous voir heureux, Royce et toi. N'aimes-tu pas Addi ?

— L'amour est un grand mot, aux conséquences incalculables, Gia. Je ne comprends pas ce besoin de mettre des étiquettes sur tout, de tout définir. Pourquoi Addi et moi ne pouvons-nous pas juste être ensemble ? Vivre le moment présent ?

— Parce que, crétin, le moment présent débouche toujours sur un futur, répliqua sa sœur. Et puis, chacun est comme il est. Tu ne peux pas choisir uniquement les aspects d'une personnalité qui te conviennent.

Bran poussa un soupir de lassitude. Heureusement, ils arrivaient. Il se gara dans l'allée de la maison familiale.

— Tout ce que je sais, c'est que je me sens heureux quand je suis avec elle.

— Oui, ça aussi, je le sais. Je suis désolée, dit-elle en lui effleurant la main. Savoir compartimenter sa vie n'est pas simple pour la plupart d'entre nous. À part pour moi. Je gère ma vie exactement comme je l'entends.

— Tu es la plus forte, commenta-t-il avec sincérité.

Ils descendirent de voiture et s'avancèrent vers le patio. Une délicieuse odeur de viande et de légumes grillés flottait dans l'air. Ses parents avaient engagé un traiteur. Après les salutations de rigueur, tous prirent place autour de la table et Jack Knox porta un toast.

— À ma famille, déclara-t-il. Je vous aime.

Bran leva son verre de bière et échangea un regard entendu avec Royce.

Leur père adorait les discours grandiloquents. Le laissant se glorifier de l'héritage qu'il était en train de construire et du rôle important que sa famille y jouait, Bran survola l'assemblée des yeux : ses parents, Jack et Macy, Royce et Taylor. Et Gia et Jayson, qui, même s'ils n'étaient plus ensemble, étaient assis côte à côte.

Si Addison ne s'était pas montrée aussi têtue, elle ferait partie de cette tablée. N'avait-elle pas affirmé que son souhait le plus cher était d'appartenir à une grande famille aimante ? Il avait dû prendre sur lui pour lui téléphoner et l'inviter ce soir.

Bien entendu, elle avait refusé. Elle voulait tout ou rien. Il ne la comprenait pas. Il aurait pensé que ce qu'ils vivaient était mieux que rien. Tout comme l'était son titre de président. S'il n'avait pas décroché celui de P-DG, il trouvait finalement que cette dernière fonction lui convenait beaucoup mieux. Si Addi s'était contentée de ce qu'ils avaient, elle aurait pu concrétiser presque tous ses rêves. C'était quelquefois le meilleur moyen de s'approcher au plus près de son objectif.

Au comble de la frustration, il quitta la table, emportant un verre et une bouteille de cabernet-sauvignon. Il descendit jusqu'au foyer en pierre qui, au sommet de la colline, surplombait des hectares de vignobles.

Le soleil déclinait, l'air fraîchissait. Il remplit son verre qu'il posa dans l'herbe et regarda le globe incandescent descendre lentement derrière l'horizon.

La voix de Jayson le fit soudain sursauter.

— Qu'est-ce qui t'arrive, vieux ?

Debout à côté de lui, son ex-beau-frère posa une deuxième bouteille de vin sur le bord du foyer. Un feu aurait été idéal pour réchauffer la soirée.

— Que se passe-t-il, Cooper ? Tu as gagné à la courte paille ? railla-t-il en buvant une gorgée de vin.

— Tu plaisantes ? Personne ne veut te parler quand tu broies du noir.

— Je ne broie pas du noir. Je veux être seul. Il y a une différence.

— Oui, je connais la différence, répondit Jayson en riant. Je ne sais pas si tu l'as remarqué, mais, depuis notre divorce, Gia et moi avons une relation aussi turbulente qu'amicale. Toutefois, nous avons mis le temps à trouver notre vitesse de croisière.

Surpris, il le regarda. Où diable Jayson voulait-il en venir ? Mais il étudiait le ciel.

— Avant d'atteindre l'harmonie que nous vivons désormais, nous avons dû nous parler à cœur ouvert. Admettre que nous étions amoureux quand nous nous sommes mariés et que nous avions la ferme intention de faire marcher ce mariage. Le ressentiment du divorce aurait pu nous pousser à dire que nous ne nous étions jamais aimés. En d'autres mots, il aurait été plus simple de mentir.

— Y a-t-il un but à cet intéressant exposé ?

Jayson le dévisagea avec gravité.

— Si tu veux récupérer Addison d'une manière ou d'une autre, tu dois être honnête avec elle.

Il leva les yeux au ciel.

— Gia t'a tout raconté. J'aurais dû m'en douter !

— Les conjoints ne comptent pas.

— Tu n'es pas son conjoint.

— Je l'étais. Je fais partie de la famille. Pas question de se débarrasser de moi, ajouta-t-il avec un sourire malicieux. Je sais que tu as refusé la demande en mariage d'Addison.

Merci, Gia. Il n'aurait pu rêver sœur plus discrète.

— J'ai été honnête avec elle, commença-t-il, sans savoir ce qui le poussait à s'expliquer encore. Elle était à genoux, devant moi, m'ouvrant son cœur.

Elle lui avait dit qu'elle l'aimait. Elle avait été transparente. Lui avait confié ses espoirs d'enfants. D'avenir.

— Il m'a été odieux de la repousser, mais je n'avais pas d'autre choix que lui dire la vérité. Et, maintenant, elle me déteste.

Jayson était perdu dans la contemplation des rangées de vignobles en contrebas, leurs ombres s'allongeant dans la lumière du crépuscule.

— C'est pour ça qu'elle te déteste ? As-tu pris une seule seconde pour écouter ce qu'elle te disait ?

Il lui lança un regard étonné. Son ex-beau-frère cherchait-il à le mettre en colère ?

— Est-ce que j'ai pris un moment pour l'écouter quand elle était en train de me demander de l'épouser ? persifla-t-il.

— Oui. As-tu entendu la déclaration qu'elle t'a faite à genoux ? Sans te soucier de sa vulnérabilité, tu l'as rejetée. Un vrai comportement de salaud.

La mâchoire crispée, Bran siffla entre ses dents :

— Je suis sûr que c'est comme ça qu'elle l'a vu. Voilà pourquoi elle est partie.

— Ressentais-tu quoi que ce soit pour elle ? Ou bien te faisait-elle juste passer du bon temps ?

— Je ne comprends pas pourquoi tout le monde semble me reprocher de vouloir prendre du bon temps. Quoi de plus important ? Ne sommes-nous pas juste de passage sur cette terre ? Peut-être que, demain matin, je ne me réveillerai pas.

Cet argument lui plaisait. Il était sensé. Et faire preuve de bon sens le réconfortait.

— Peut-être que ce vin est toxique et que je vais mourir dans mon sommeil, ajouta-t-il.

Ils levèrent leurs verres et burent quelques longues gorgées, tentant le sort. Il poursuivit alors :

— Et n'oublie pas que j'ai fait le choix de passer chaque journée avec elle. Ça doit bien prouver quelque chose.

— Oh ! et, en plus, elle devrait t'en être reconnaissante !

— En tout cas, moi, je l'étais.

L'honnêteté de ses paroles le bouleversa soudain.

— Je lui étais profondément reconnaissant d'être dans ma vie. J'ai appris sur elle bien des choses que j'ignorais. Nous avions beaucoup plus en commun que je ne le pensais. Elle voit les Knox comme une famille de rêve. Dont elle voulait faire partie.

— Tu penses que c'est ta famille qui l'intéressait ? Es-tu si peu digne d'être aimé ? Je doute qu'elle t'ait fait cette demande en mariage sans être follement amoureuse de toi. Même si je comprends son attrait pour la tribu Knox. Pourquoi penses-tu que je n'ai jamais voulu me séparer de vous ?

Bran tressaillit. Il se remémorait leurs conversations, quand, au creux de la nuit, seules leurs voix troublaient le silence de la chambre. Que leurs âmes étaient à nu.

— Peut-être était-elle comme envoûtée. Je l'ai leurrée malgré moi.

— Peut-être pas. Je crois que tu n'y as pas encore vraiment réfléchi.

— Je ne veux pas me marier, Coop.

— Mais elle, c'est Addison Abrams. La femme grâce à laquelle j'ai retrouvé mon vieux copain. Au lieu du crétin égoïste que tu étais devenu.

Bran fronça les sourcils.

— Oui, vieux. Tu as été un vrai crétin, cette année, insista Jayson en soutenant son regard.

— Merci beaucoup.

— Et tu as changé. Parce qu'une femme a su faire ressortir le meilleur de toi-même. Comment a-t-elle pris ton refus ?

— Elle était anéantie, répondit-il sans réfléchir.

Il revit son désarroi, l'immense douleur dans ses yeux alors qu'il essayait de la repousser en douceur. Anéantie était le mot juste.

— Et en colère, ajouta-t-il alors.

— Tu lui as brisé le cœur. J'ai déjà fait la même chose, reconnut Jayson en jetant un coup d'œil à Gia, derrière lui. À quoi pensais-tu quand elle t'a demandé en mariage ?

— À ton avis ? demanda Bran en se passant une main dans les cheveux. Je paniquais à l'idée de l'amener ici. J'avais peur de la pression que l'on m'imposerait si elle m'accompagnait à une réunion de famille. Je ne me doutais pas qu'elle pensait au... Cooper, qu'est-ce que je ferais d'une femme ?

Prenant appui sur son épaule, son ex-beau-frère se releva, la pénombre ne cachant pas son sourire.

— Tu l'aimerais, lui répondit-il en le gratifiant d'une petite tape. En espérant le meilleur.

22

Après une semaine passée à ignorer les tentatives répétées de Bran pour la convaincre de revenir au bureau, Addi décida d'appeler Carey. Elles se retrouvèrent pour déjeuner dans un restaurant mexicain de Palo Alto. Un peu déçue d'apprendre que l'agence de publicité de son amie ne recrutait pas, elle se félicitait néanmoins de pouvoir compter sur son soutien moral. Carey était peut-être la dernière personne à être capable de lui apporter du réconfort.

— Je sais que tu as ta fierté, mais si tu as besoin d'argent..., était-elle en train de lui proposer.

— Non, non. Ce n'est pas pour ça que je voulais te voir. Je ne suis pas si fauchée.

Pas encore. Même si l'achat de la voiture avait fait un gros trou dans ses économies.

Les yeux écarquillés par l'étonnement, Carey poursuivit :

— Je n'arrive pas à croire que tu aies démissionné. Tu adores ThomKnox. Mais attends ! Je comprends. C'est à cause de ton patron. Tu avais une liaison avec lui, et il a fait des siennes, c'est ça ?

Refoulant la boule dans sa gorge, Addi acquiesça d'un signe de tête.

— Oui. C'est l'autre raison pour laquelle je voulais te parler. Tu es la seule à laquelle je puisse me confier.

Son amie posa une main sur la sienne.

— Bien sûr. Raconte !

Elle espérait y parvenir sans pleurer. D'une voix un peu étranglée, elle commença :

— Je ne travaille plus chez ThomKnox parce que j'ai démissionné. Et j'ai démissionné parce que j'ai demandé Brannon Knox en mariage.

Malgré ses efforts, elle sentit des larmes lui brûler les paupières. Et ajouta :

— Il a refusé.

— Oh. Mon pauvre chou !

Après avoir relaté à son amie la scène en détail, elle poursuivit :

— Je ne sais pas quelle est la plus grande humiliation : d'avoir fait cette demande en mariage ou d'aimer Brannon alors qu'il n'éprouve pas le moindre sentiment pour moi.

— Mais tu n'en sais rien.

— Si, je le sais. Il m'a envoyé des SMS, m'a fait livrer des fleurs et des plats Pestle & Pepper.

— C'est gentil, approuva Carey.

— Totalement intéressé, tu veux dire. Il veut récupérer son assistante. Et je suis sûre qu'il ne serait pas contre le fait de recommencer à faire des galipettes dans la salle de conférences.

Elle grignota une chips qui avait un goût de carton. Elle était tellement malheureuse qu'elle n'appréciait plus rien.

— Je me suis emballée, reconnut-elle.

— Mais quoi de plus naturel ? Vous aviez une vraie relation.

Elle secoua la tête.

— Pas selon lui. Pour lui, c'était purement sexuel. Il voulait vivre notre histoire au jour le jour. Sans projets d'avenir. Alors que, de mon côté, mon monde a basculé. J'ai cru que nous étions en train de construire une vie.

— Tu as écouté ton cœur. Ce n'est jamais une erreur. Et si cet homme souffre d'un handicap affectif, tu n'y peux rien.

Carey s'interrompit pour leur commander une autre margarita. Puis elle reprit :

— Ne te retiens jamais. N'écoute que ton cœur. Ne regrettes-tu pas que Joe n'ait pas su le faire ? Même si tu l'avais repoussé, au moins, il aurait su que, pour toi, il ne serait jamais plus qu'un ami.

— C'est étrange que tu dises ça. Bran a lui aussi fait référence à Joe pour justifier son rejet. Selon lui, si Joe m'avait avoué combien il m'aimait, moi aussi je l'aurais repoussé.

— Et Joe l'aurait accepté parce qu'il t'aimait, répliqua Carey avec un sourire en coin.

Son amie avait raison. Elle imaginait aisément sa conversation avec Joe. Beau joueur, il lui aurait dit que, de toute façon, il s'était attendu à son rejet. Et il l'aurait ainsi disculpée.

Et même si la situation était inversée, c'était ce que Bran essayait avec elle : il voulait la disculper.

La réalité la frappa avec une telle soudaineté qu'elle en eut le vertige.

— Bran ne m'aime pas, déclara-t-elle alors que le serveur posait une margarita devant elle. Et je le punis parce qu'il n'a pas dit oui. C'est aussi injuste que si Joe m'avait détestée pour ne pas l'avoir aimé en retour. Ce qu'il n'aurait pas fait. Il m'a sans doute caché ses sentiments pour protéger les miens. À ton avis, est-il préférable de savoir ou pas ?

— Oui, répondit Carey.

Son amie avait raison. Il était préférable qu'elle sache à quoi s'en tenir avec Bran. Sinon, elle aurait pu passer une autre année à attendre sa demande en mariage.

— Bien, c'est décidé, déclara-t-elle alors. Je vais retourner au bureau. Je ne peux pas abandonner un travail que j'aime parce que mon patron ne veut pas m'épouser. Ce serait aussi nul que s'il me licenciait pour ne pas avoir accepté de coucher avec lui. Être indépendante ne m'oblige pas à faire table rase du passé.

Même si, dans son cas, cela semblait signifier être seule.

Elle repensa à sa relation orageuse avec ses parents et éprouva un besoin subit d'aller les voir. Et s'ils ne s'étaient pas compris depuis tout ce temps ? Et si la réconciliation était proche ? Et si une conversation au cours de laquelle tout le monde avouait ce qu'il avait sur le cœur parvenait à dissiper les malentendus ? S'ils réagissaient comme ils l'avaient toujours fait, là aussi elle aurait sa réponse.

Mais il était toujours préférable de savoir.

— J'ai le travail idéal dans une entreprise extraordinaire. Et j'ai passé un mois fabuleux avec un homme exceptionnel, reprit-elle.

Même si elle avait toujours du chagrin, elle devait voir le côté positif des choses.

— C'est une réaction pleine de maturité, approuva Carey en haussant les sourcils d'un air compatissant. Mais tu as le droit de souffrir quelque temps.

— Je sais, acquiesça Addi avec un petit sourire. Mais je vais m'en remettre. Je suis forte. Professionnelle. J'ai du bon sens.

Contrairement à son cœur qui, hélas, n'en avait aucun.

Si Bran était d'accord pour oublier toute cette histoire de demande en mariage et lui proposer de la reprendre comme assistante, elle serait folle de ne pas accepter son offre.

Même en sachant qu'elle pourrait retrouver du travail sans problème. Mais ThomKnox était plus qu'un travail. C'était une passion.

Elle ne vivrait pas un long mariage heureux avec Bran. Et après ? Ce n'était pas pour autant qu'elle devait renoncer à son avenir professionnel chez ThomKnox.

Ce lundi matin, quand Bran arriva au bureau, il s'attendait à moitié à se trouver nez à nez avec Peggy, l'intérimaire dont il avait annulé le contrat le vendredi soir.

Une femme, de dos, se tenait debout devant le bureau d'Addison. Mais, à sa grande surprise, il s'agissait cette fois d'une belle blonde mince en robe verte. Ses cheveux raides et soyeux lui caressaient les épaules. Lorsqu'elle tourna la tête, il se figea.

C'était Addison. Et, pour la première fois depuis son départ, il put respirer à fond. Il entrevit une lueur d'espoir. Peut-être ne le détestait-elle pas, après tout ?

— Addi. Que fais-tu ici ?

Interdit, il était incapable de trouver autre chose à dire. Il avait tout essayé pour la faire revenir, il l'avait suppliée, avait tenté de l'acheter, et elle était là.

Elle l'avait envoyé promener. Elle avait démissionné. Et, le jour où il lui avait téléphoné pour s'expliquer, il lui avait tenu des propos encore plus stupides que le jour où elle l'avait demandé en mariage.

Elle contourna son bureau et lissa sa robe de ses mains. Elle était si tentante qu'il voulait la toucher. La rassurer en lui affirmant qu'il ne pensait pas un mot de ce qu'il lui avait dit la semaine précédente. Hormis le fait qu'il voulait qu'elle revienne.

— À moins que tu aies changé d'avis, je souhaiterais reprendre mon poste d'assistante de direction, déclara-t-elle, d'une voix neutre. Peut-être, dans le futur, pourrai-je trouver une autre position au sein de ThomKnox. Mais, pour le moment, si tu es d'accord, je peux travailler pour toi jusqu'à ce que tu trouves ma remplaçante.

Il ne voulait pas de remplaçante. Ni à son bureau ni dans sa vie. Elle était d'une beauté à couper le souffle. Et si courageuse...

— Le fait est, reprit-elle, que je ne peux pas quitter le meilleur poste que j'aie jamais eu. Ni la meilleure famille pour qui j'aie jamais travaillé. Tu es d'accord pour oublier ce qui est arrivé et passer à autre chose ?

Absolument pas. Il ne voulait pas l'oublier. Il voulait s'en délecter.

Après sa conversation avec Jayson, au vignoble, il s'était allongé dans la chambre d'amis chez ses parents, sans pouvoir trouver le sommeil. En proie tour à tour à la colère, à la frustration et à la culpabilité, il avait fini par renoncer à s'endormir, s'était levé et était retourné s'asseoir à côté du foyer en pierre. Sous le ciel nocturne constellé d'étoiles, les pieds de vigne noueux s'étendaient à l'infini devant lui.

Et la question avait jailli à son esprit : de quoi avait-il peur ?

Addison avait fait preuve d'un tel courage en lui ouvrant son cœur ! Et il s'était comporté en véritable poltron, insistant pour ne rien changer à leur relation d'origine. Sans vouloir accepter que ce qu'ils partageaient désormais allait bien au-delà de l'ivresse de leurs sens. Ils avaient mis leurs âmes à nu, avaient partagé leurs rêves.

Et, jusqu'à l'aube, il était resté assis dans l'herbe. Puis, alors que les premiers rayons du soleil levant caressaient les vignobles, il avait regagné la maison où flottait une délicieuse odeur de café et avait salué sa famille d'un bonjour ensommeillé. Sa nuit de réflexion l'avait amené à une conclusion à la fois terrifiante et pleine d'espoir.

Il était tombé amoureux d'Addison Abrams et ne s'en était même pas rendu compte.

L'image qu'il s'était toujours faite de l'amour n'avait rien à voir avec ce qu'il vivait actuellement. Jamais il n'aurait imaginé qu'une femme le demanderait en mariage. C'était lui qui, un genou à terre, se voyait faire sa déclaration.

Mais Addison lui avait coupé l'herbe sous le pied, le laissant pantois. Et il n'était pas prêt à l'entendre. Le plus déstabilisant étant que, si elle ne l'avait pas faite, il n'aurait peut-être jamais été prêt. Et ils auraient pu continuer ainsi pendant des mois, des années. Quel gâchis cela aurait été !

Et même s'il avait lutté pour ne rien planifier dans sa vie, il ne s'en était pas privé. En décidant de ne pas prendre de décision. De ne pas se créer d'objectifs. En déclarant que la relation entre Addison et lui ne pouvait pas évoluer.

La voix douce, pleine de tendresse, de la jeune femme vint interrompre ses réflexions.

— J'ai passé des moments magnifiques avec toi, Brannon. Je ne les regrette pas. Je ne regrette rien.

Il la regarda droit dans les yeux. S'ils ne brillaient pas de larmes, ils reflétaient néanmoins son chagrin.

La voir ainsi le désolait. Il voulait l'embrasser. La prendre dans ses bras et lui demander pardon pour toutes ses bêtises depuis leur week-end au lac Tahoe. Lui dire qu'il ne lui en voulait pas, qu'il tenait à elle et qu'il ne voulait qu'une chose : l'étreindre contre son cœur.

— Je n'ai pas changé d'avis à ton sujet, déclara-t-il alors.

Devant son froncement de sourcils, il s'empressa d'ajouter.

— Je te veux au travail.

Comme c'était difficile ! Il avait fallu beaucoup de courage à Addison pour se montrer aussi vulnérable avec lui. Et maintenant qu'il avait compris qu'il partageait son amour, l'admettre était terrifiant. Elle allait peut-être l'envoyer promener. Ce qu'il mériterait. Elle lui avait ouvert son cœur, et il l'avait piétiné.

Il s'essuya le front. Pour la première fois depuis très longtemps, il se sentait en proie à une nervosité indescriptible.

— Parfait, approuva-t-elle. Dans ce cas... je vais me mettre au travail. À moins que tu veuilles me signaler un changement pendant ma semaine d'absence ?

Elle lui tendait une perche. Il le savait. Mais le moment n'était pas approprié. Il se contenta donc de répondre à sa question.

— L'intérimaire t'a probablement laissé une liste de mails à trier. J'ai répondu à certains en personne.

— Oh non ! plaisanta-t-elle, souriante. Je vais devoir réparer les dommages.

Elle était revenue au bureau. Et elle blaguait. Il ne pensait pas vouloir plus. Simplement, maintenant qu'il avait ouvert les yeux sur ses propres sentiments, il ne voulait pas les lui avouer ainsi. Il voulait la demander en mariage à son tour. Mais comme il se l'était toujours imaginé. Lui faire une vraie déclaration d'amour, un genou à terre.

La sonnerie du téléphone sur son bureau le fit sursauter. Elle souleva le combiné et s'assit dans sa chaise. Un instant plus tard, elle raccrocha, ayant retrouvé son attitude efficace d'avant leur relation.

— Tu voulais passer en revue ton planning pour la semaine ?

— En fait, j'ai une urgence à régler. Pouvons-nous voir ça plus tard ?

Qu'importaient quelques minutes quand, bientôt, si elle était d'accord, ils auraient le reste de leur vie ?

— Pas de problème.

La laissant s'organiser, il regagna son bureau et ferma la porte derrière lui. Sa montre était toujours posée sur sa table de travail. Il se félicitait maintenant de ne pas avoir fait effacer l'inscription et l'avoir vendue au bijoutier. Quel courage elle avait eu d'y faire graver ces mots :

VEUX-TU M'ÉPOUSER ?

Désormais, il était prêt à prendre le même risque, à se montrer aussi intrépide qu'elle l'avait été. Ou aussi stupide.

Par la vitre de son bureau, il la regarda plaquer le combiné du téléphone sur son oreille. Elle lui adressa un sourire professionnel et s'empressa de détourner la tête.

Il avait presque commis l'erreur de demander Taylor en mariage. Mais, cette fois, c'était à la femme de sa vie qu'il allait déclarer sa flamme. Et faire sa demande.

Il ne lui restait plus qu'à prier pour que son plan suffise à lui faire regagner le cœur d'Addison. Sinon…

Eh bien, sinon, il persisterait. Le futur comptait autant que le présent. Et il était temps pour lui de rattraper ses erreurs.

Quand elle raccrocha, il pressa le bouton de son intercom.

— Oui ? répondit-elle.

— Je pensais t'inviter à dîner chez Pestle & Pepper pour faire le point sur ce que tu as raté pendant ta semaine d'absence.

— Euh… D'accord.

— Je vais devoir t'y retrouver. J'ai beaucoup à faire aujourd'hui. Rien qui soit sur ton planning.

Une urgence dont il n'avait pris conscience qu'en la voyant ce matin. Avant cela, il avait eu pour objectif de continuer à l'appeler sans relâche. De lui envoyer des SMS. De lui livrer personnellement des fleurs et, au besoin, de lui chanter la sérénade sous sa fenêtre.

Mais sa montre venait de lui donner une bien meilleure idée. Une idée incroyable. Il espérait qu'elle fonctionnerait. Pour tous les deux.

Pour le futur. Pour leur bonheur à jamais.

Addi ne méritait pas moins.

23

Tu ne soupçonnes même pas de quoi tu es capable, se martela-t-elle.

Comme d'un dîner strictement professionnel avec Brannon Knox, le jour de sa reprise du travail, alors qu'elle l'avait demandé en mariage.

Aucun problème.

Même si elle essayait désespérément d'oublier qu'elle l'aimait toujours, maintenant qu'elle était chez Pestle & Pepper, elle était bien déterminée à s'amuser. Elle se sentait tellement bien ici ! À chaque fois qu'elle éprouvait le besoin d'être entourée, aimée, elle n'avait qu'à entrer dans ce restaurant aux lumières chaudes, être saluée par le sourire contagieux de Mars, le propriétaire, et commander son menu préféré.

Il arrivait justement à sa hauteur, comme s'il s'attendait à sa venue. Il la serra contre lui, sa corpulence prouvant qu'il appréciait beaucoup sa propre cuisine. Elle lui rendit son étreinte tout en se sermonnant : on ne saluait pas un ami avec des yeux rouges et un nez qui coulait. En outre, Bran allait arriver d'un instant à l'autre.

Mars l'escorta jusqu'au fond du restaurant.

— Ton box préféré, lui déclara-t-il.

Elle aimait être à proximité de la cuisine, entendre le bruit des casseroles et la grosse voix du patron.

— Tu nous as manqué, poursuivit-il. Brannon Knox a commandé

des plats à emporter pendant ton absence. Vous avez partagé tous les repas qu'il s'est fait livrer ?

Sa supposition était logique. Mais, hélas, elle devait le détromper.

— Non.

Voyant l'inquiétude se peindre sur le visage de son ami, elle s'empressa d'ajouter :

— Mais il m'en a fait livrer certains. Ils étaient délicieux, comme toujours. À propos, il me retrouve ici, ce soir. Pour le travail.

— Pour le travail, répéta Mars avec un soupir, en s'asseyant en face d'elle. Je suis navré, mon ange. C'est dommage.

— Oui, je sais.

Mars hocha solennellement la tête.

— Je vais te faire apporter un dessert spécial. Tu pourras le déguster en attendant.

— Oh ! il ne faut pas.

— Tu es ma meilleure goûteuse. C'est utile.

Derrière ses petites lunettes à monture en acier, son regard plein d'affection était empreint de sagesse.

C'était agréable de voir quelqu'un tant se soucier de sa santé. D'ailleurs, elle lui avait dit un jour qu'il était pour elle comme un père adoptif. Quand il lui avait demandé si elle avait perdu le sien, elle l'avait rassuré et lui avait donné une version tronquée de ses drames familiaux. Depuis, il s'était toujours fièrement fait appeler papa Mars.

Lasse de son humeur mélancolique, elle répondit :

— En fait, j'ai de bonnes nouvelles.

— Oh ?

Mars, qui s'était relevé pour se diriger vers la cuisine, s'arrêta.

— Je suis allée voir mes parents et nous avons eu une longue conversation. Ils aimeraient me voir plus ambitieuse, mais ils m'aiment. Ils s'inquiètent et ne veulent que le meilleur pour moi.

— J'ai l'impression qu'ils sont de bons parents, dit-il en lui pressant l'épaule. Tu commences par le dessert, j'insiste.

Elle hocha la tête, et il s'éloigna d'un pas vif.

Aujourd'hui, elle avait repris ses fonctions chez ThomKnox en toute discrétion. Hormis une visite à Royce et à Taylor et, plus tard, à Gia, les Knox l'avaient accueillie comme si elle n'était jamais partie. C'était un immense cadeau. Le côté de son travail que ses parents ne voyaient pas.

Elle voulait faire partie d'une équipe. Elle voulait sentir qu'elle comptait. Chez ThomKnox, c'était le cas. Ils avaient besoin d'elle. Même Bran.

Mais elle ne pouvait pas demander plus que ce qu'il était capable de donner. Elle le comprenait maintenant. La prochaine fois que son cœur s'emballerait pour un homme, avant de faire sa demande en mariage, elle commencerait par avoir une petite conversation avec lui pour s'assurer qu'il partageait ses sentiments.

Un serveur lui apporta un verre d'eau. Les yeux sur la porte d'entrée, elle attendit son patron en essayant de ne pas penser à tous leurs dîners qui avaient débouché sur des nuits d'amour torrides.

Mais les regrets étaient vains. La vie n'était-elle pas une suite de hauts et de bas ? Alors, même en sachant que leur histoire était vouée à l'échec, elle referait exactement de même. Son amour pour Bran était inscrit dans son ADN. Impossible à effacer. Elle ferait donc aussi bien d'apprendre à vivre avec.

La voix de Mars la tira de ses pensées.

— Voici le dessert. C'est une mousse au chocolat qui contient une surprise. Mais je n'arrive pas à lui trouver un nom. Je te laisse le soin d'y réfléchir pour moi, d'accord ?

Il posa un ramequin devant elle, accompagné d'un verre de vin blanc. Le dessert était surmonté d'une fraise coupée en deux en forme de cœur et parsemée d'une légère couche de sucre en poudre.

— C'est trop joli pour être mangé.

— Ne dis pas ça à mon chef invité. C'est sa première création. Mais il est vrai que, le plus important, c'est l'honnêteté, ajouta-t-il d'un ton grave en baissant la voix.

— Entièrement d'accord.

Alors qu'elle allait plonger sa cuillère dans la mousse, une silhouette se dessina dans la porte d'entrée. Se détachant à contre-jour sur le soleil, Brannon Knox approcha. Un frisson d'excitation naquit au creux du ventre d'Addi. Comme toujours, sa présence vibrante faisait fuser en elle la flèche d'un désir incontrôlable. Comme il était beau... Mais pourquoi portait-il un smoking ?

Lorsqu'il arriva à sa table, la dominant de toute sa taille, elle constata que son visage était dissimulé derrière un masque. Il portait la tenue qu'il avait au bal masqué.

Au comble de la surprise, elle bafouilla :

— Que... fais-tu ?

— Je peux m'asseoir ?

— Bien... sûr.

Elle le dévisagea, un peu méfiante. Avait-il perdu la raison ? Quelques clients le regardaient en souriant d'un air curieux.

— C'était mieux dans mon imagination, déclara-t-il alors en retirant son masque et en le posant.

Devant son sourire un peu timide, elle sentit son cœur faire un bond dans sa poitrine. Elle l'ignora. Il lui avait déjà fait faire suffisamment d'erreurs.

Sans paraître remarquer son trouble, Bran commença :

— Au printemps dernier, j'ai appris à mes propres dépens qu'on ne peut pas forcer le destin. Toutes mes manigances pour devenir P-DG ont échoué. J'ai fait des tas erreurs. Beaucoup de fausses suppositions. Je ne veux plus jamais recommencer.

Addi fut prise d'une envie subite de lui enfoncer sa serviette dans la bouche. Elle aurait aimé qu'il se taise. Elle aussi avait appris à ses propres dépens qu'on ne pouvait forcer le destin. S'il était venu pour lui expliquer pourquoi il avait refusé sa demande en mariage, elle n'avait pas besoin de flonflons.

— Tu n'as pas voulu te joindre à nous au vignoble pour le week-end du 4 Juillet, continuait-il. Pour être honnête, je suis content que tu ne sois pas venue.

Elle réprima un soupir accablé. De mieux en mieux.

— Bran...

Il l'arrêta d'une main.

— Laisse-moi finir.

Docile, elle obéit. Mais combien de temps allait-elle encore pouvoir le supporter ?

— Depuis que tout m'a explosé à la figure, j'ai avancé comme un robot. Je voulais effacer mon passé. Je ne voulais pas penser à l'avenir. Et puis, tu m'as demandé en mariage.

Elle tressaillit.

— J'ai voulu t'interrompre avant que tu dises ou fasses quelque chose que tu regretterais. Mais je n'ai pas été assez rapide. Tu m'as obligé à te repousser, Addi.

— Je sais, d'accord. Je sais ! s'exclama-t-elle.

Voyant que le couple à la table voisine les observait, elle baissa la voix.

— J'ai tout gâché. Exactement comme toi. Nous sommes pareils. Et maintenant, s'il te plaît, pouvons-nous parler d'autre chose ? chuchota-t-elle.

Devant son sourire énigmatique, elle sentit sa poitrine se gonfler de tout l'amour qu'elle avait encore pour lui. Alors qu'il la poignardait encore une fois en plein cœur, elle ne pouvait cesser de l'aimer.

— Je te dois des excuses.

— Non, répondit-elle catégorique. Tu avais raison pour ce qui est de tourner la page. D'oublier ce qui s'est passé.

Elle ne pouvait pas le laisser faire ça. À chacune de ses paroles, elle sentait grandir son envie de pleurer. Elle ne voulait pas réveiller tout ce chagrin.

— Mais je ne peux pas oublier. Et, surtout, je ne le *veux* pas. Ton absence m'a ouvert les yeux. M'a fait comprendre que, moi aussi, j'étais tombé amoureux, Addi. Ce sentiment de nausée que j'ai eu en te repoussant ? C'était mon instinct qui me hurlait que je faisais une erreur. J'étais en train de te perdre, et il m'était impossible d'arrêter le temps. Mais je ne peux pas avancer sans toi. Pas si je veux de nouveau être heureux un jour.

Étourdie, elle cligna des yeux. Avait-elle vraiment bien entendu ?

— Je suis désolé d'avoir ignoré l'amour qui se trouvait sous mes yeux, poursuivit-il. Et je suis désolé de ma réaction quand tu m'as demandé en mariage. Quand tu m'as donné ton cœur et que j'ai réagi comme si c'était un acte anodin.

Il l'enveloppait de son regard à la chaude couleur ambrée, assombri par les regrets.

— Si tu me pardonnes, je vais passer le reste de ma vie à t'aimer d'un tel amour que tu ne te sentiras plus jamais seule.

Il croisa ses mains sur la table, sa manche de smoking se relevant pour dévoiler la Rolex qu'elle avait fait graver. Elle le regarda de nouveau. Silencieux, il attendait.

Elle sentait ses pensées s'entrechoquer. Il lui fallait assembler les pièces du puzzle. Assimiler ce qu'il ressentait vraiment. Qu'elle avait fait fausse route en croyant qu'il ne l'aimait pas.

— Et si je ne te pardonne pas ? finit-elle par dire.

Parce que, en fin de compte, c'était la vraie question. Si c'était un ultimatum, il devait y avoir un revers à la médaille.

— Dans ce cas, tu peux t'attendre à des idées bien plus stupides que me voir venir dîner en smoking et masqué. Parce que je ne renoncerai jamais à toi, Addi. Jamais.

Une vague de chaleur l'inonda, lui embrasant le visage. C'était ce qu'elle désirait plus que tout. Et l'homme qu'elle aimait plus que tout au monde était en train de le lui offrir.

— Vivre dans le présent signifie en partie agir comme il se doit au bon moment.

Joignant le geste à la parole, il plongea la petite cuillère dans la mousse au chocolat pour en sortir une chaîne attachée à ce qui ressemblait à... Seigneur !

Il tira sur la chaîne et une bague couverte de chocolat apparut. Il la plongea dans le verre d'eau. Lorsqu'il l'en ressortit, comme hypnotisée, elle regarda l'énorme diamant scintillant se balancer au bout de sa chaîne. Et toutes les paroles de Bran lui revinrent à l'esprit :

« Je ne voulais pas penser à l'avenir. Et puis, tu m'as demandé en mariage. »

« Je ne peux pas avancer sans toi. Pas si je veux de nouveau être heureux un jour. »

« Je vais passer le reste de ma vie à t'aimer d'un tel amour que tu ne te sentiras plus jamais seule. »

— Et maintenant, je voudrais que tu lises l'inscription à l'intérieur de l'anneau, reprit-il.

Les doigts tremblants, elle prit la bague et, sentant l'eau couler sur ses doigts, la plaça devant la bougie pour déchiffrer la gravure.

Elle se résumait à un seul mot.

OUI.

— C'est ce que je t'aurais répondu si je n'avais pas ignoré mes sentiments. Si je n'avais pas été aussi obtus. Pourtant, je ne me trompais pas sur tout, Addi. Il faut vivre l'instant présent. Mais ce n'est pas pour autant que nous devons laisser la vie nous priver d'un avenir que nous méritons. De la famille que nous voulons tous les deux.

Il secoua la tête, un sourire plein de tendresse se dessinant sur ses lèvres.

— Ce n'est pas par hasard que tu es dans ma vie et moi dans la tienne.

Elle regarda fixement la bague, les larmes lui brûlant les paupières. Tout ce qu'elle pensait avoir perdu lui était offert. Et c'était presque trop de bonheur à assimiler d'un seul coup.

C'est alors que, se levant, Bran mit un genou à terre devant elle.

— Je t'aime Addison. Si ta demande en mariage est toujours valable, je l'accepte.

Bran avait pensé savoir ce que ressentait Addison quand elle lui avait fait sa demande en mariage. Mais, jusqu'à cet instant, il n'avait pas compris que c'était comme de sauter sans filet et tout risquer. Malgré ses nombreuses tentatives, il n'était pas parvenu à la faire revenir. Peut-être qu'en mettant son âme à nu et en lui disant la vérité il réussirait là où les fleurs, les repas livrés, les supplications avaient échoué. Du moins l'espérait-il.

Il était à sa merci. Addison tenait son cœur entre ses mains. Elle pouvait vraiment le détruire. Le ridiculiser en le refusant.

Mais elle ne pouvait pas lui dire non. Elle ne le ferait pas.

Il priait, espérait, souhaitait qu'elle le croie. Il l'aimait. Plus que tout. Il avait été trop entêté pour s'en apercevoir avant. À force d'œillères pour se protéger, il n'avait rien vu. Maintenant, tout ce qu'il pouvait faire, c'était s'agenouiller devant elle dans l'espoir qu'il n'était pas trop tard. Qu'elle ne le repousserait pas d'emblée. Qu'elle éprouvait encore un lambeau d'amour pour lui. Qu'il n'avait pas détruit tout ce qu'ils avaient vécu.

Elle tenait la bague à la main. En dépit de son expression indéchiffrable, c'était bon signe. Les battements de son cœur résonnaient à ses oreilles. Au bout de ce qui lui parut une éternité, elle le regarda enfin.

Face à ses yeux bleu azur, ses joues rosies, l'esquisse de son sourire, il eut l'impression de voir le soleil se lever sur les vignobles derrière la maison de ses parents. Et revécut le moment précis où, ce matin-là, il était arrivé à la conclusion qu'il l'aimait. Et qu'il l'aimait depuis le début. Le moment où il s'était senti à la fois libéré et anéanti parce qu'il ne voyait plus du tout comment regagner son cœur.

C'est alors que sa belle Addi, si courageuse, son amour, prit son visage en coupe dans ses mains et l'embrassa résolument. Il lui rendit son baiser, sentant à la fois la chaleur de ses lèvres et la fraîcheur de la bague contre sa joue. Et un immense soulagement.

Sans lui laisser le temps de reconsidérer sa réponse, il mit un terme à son baiser et glissa la bague à son annulaire gauche. Prenant ses deux mains dans les siennes, il entendit soudain un tonnerre d'applaudissements crépiter dans le restaurant. Il avait la vue un peu brouillée par les larmes qui embuaient ses yeux.

— Moi aussi, je t'aime, dit Addi dans un souffle.

Il sentit une larme rouler sur sa joue. Avec un sourire éblouissant, ses prunelles azur scintillant de la même émotion, Addi l'embrassa de nouveau, étouffant sa réponse.

Cela lui allait très bien. Jusqu'au jour où ils se diraient officiellement oui, ces cinq mots étaient les seuls qu'il désirait entendre.

JESSICA LEMMON

Seconde chance pour leur amour

Traduction française de
FLORENCE MOREAU

HARLEQUIN

Titre original :
ONE LAST KISS

Ce roman a déjà été publié en 2020.

Prologue

Cinq ans et demi plus tôt,
réveillon du nouvel an

— Papa ! dit Gia Knox entre ses dents.

Mais rien ne pouvait arrêter son père, affairé comme de coutume à chanter les louanges de sa fille. En l'occurrence, il s'enorgueillissait du diplôme qu'elle venait d'obtenir, avec félicitations du jury, au Massachusetts Institute of Technology, et du travail impressionnant qu'elle allait bientôt réaliser à ThomKnox, la société familiale.

— C'est de moi qu'elle a hérité son cerveau, naturellement, déclara Jack Knox en adressant un clin d'œil à sa fille.

Puis il l'enlaça par les épaules.

— Arrête tes idioties, Jack, intervint Macy, la mère de Gia. Tout le monde sait que c'est de moi qu'elle tient son intelligence. Mais laissons les enfants tranquilles, nous les empêchons de s'amuser.

Et sur ces mots, Macy entraîna si promptement Jack par le bras que Gia se retrouva en tête à tête avec l'un des designers les plus talentueux de la société. Elle se balança alors de façon périlleuse d'un pied sur l'autre dans ses Louboutin, lissa sa jupe d'un noir brillant et, quand elle se mit à triturer son long collier en perles au-dessus de son haut à paillettes, elle comprit qu'elle était en train de vivre un moment embarrassant.

— Désolée, marmonna-t-elle à l'homme qui se tenait devant

elle. Ils ne peuvent s'empêcher d'exprimer leur fierté. Bref, je suis ravie de faire ta connaissance, Jayson.

— Cooper, rectifia-t-il alors d'une voix de baryton, en la détaillant de la tête aux pieds. Personne ne m'appelle Jayson.

— Pour ma part, il est hors de question que je t'appelle Cooper, répliqua-t-elle. Je mets un point d'honneur à ne pas être comme tout le monde.

Cette répartie, juste destinée à détendre l'atmosphère après la fanfaronnade gênante de son père, donna visiblement à son interlocuteur l'impression qu'elle flirtait avec lui, puisqu'il renchérit :

— Il est vrai que tu es unique, Gia Knox.

Et un bref sourire se dessina au-dessus de sa barbichette soigneusement taillée. Un sourire éclair des plus attirant, pensa-t-elle, et si désarmant ! À son image, en fait. De large carrure, il portait merveilleusement bien le costume, comme elle l'avait déjà vérifié à la dérobée, pendant que son père se gargarisait des études universitaires qu'elle venait d'achever.

Sa sombre chevelure épaisse et ondulée avait été coupée par un professionnel, et la façon dont elle retombait sur le devant lui prêtait un air mystérieux. Sans parler de ses yeux, d'un bleu perçant, auxquels rien ne devait échapper.

— Eh bien, Jay, enchaîna-t-elle, testant l'effet de ce nouveau surnom et recevant en réponse un haussement de sourcils, de deux choses l'une : soit tu seras ravi d'apprendre que je vais rejoindre l'équipe technique, soit tu en seras déçu.

— J'en suis enchanté, répondit-il sans hésitation. Absolument enchanté.

— Dans soixante secondes ! s'écria alors Brannon, le frère de Gia avant de souffler dans un sans-gêne, ce qui lui valut acclamations et applaudissements.

Presque tous les employés de ThomKnox étaient présents pour le réveillon du nouvel an, y compris la famille de Gia, dont les membres *faisaient corps* avec la société.

Les convives emboîtèrent le pas à Bran qui les entraîna vers la piste de danse, tandis que Jay et Gia se contentaient de les observer.

— Le moment que nous attendons tous, dit-elle alors que chacun commençait le compte à rebours. Tous les employés qui s'embrassent dès que sonne la nouvelle année.

Cette fois, lorsqu'elle croisa le regard de Jayson, elle fut incapable d'en détourner les prunelles et, quand il la lâcha des yeux, ce fut pour les porter sur sa bouche qu'il se mit à scruter ouvertement.

La caresse de son regard fut aussi puissante que s'il l'avait touchée, de ses mains ou de sa bouche. C'était un moment si intime, si vertigineux, il avait complètement accaparé son attention et l'avait déstabilisée. Elle n'avait bu qu'une coupe de champagne, rien de plus, et pourtant elle avait actuellement la sensation d'avoir vidé toute une bouteille !

Avait-elle jamais éprouvé un tel désir pour un homme ? se questionna-t-elle, perplexe. Qu'avait-il donc de si spécial, ce Jayson Cooper ? En réalité, ce qui la captivait, c'était qu'elle était aussi séduite par lui que lui par elle, comprit-elle. Or, une attirance mutuelle d'une force égale était plutôt rare.

À cette seconde, et durant les trois qui suivirent, elle s'imagina céder à sa pulsion et embrasser Jayson Cooper, se hisser sur la pointe des pieds et presser sa bouche contre la sienne. Il sentait si bon, elle percevait nettement son après-rasage de là où elle se tenait ; le humer de plus près aurait été complètement enivrant...

Bon, n'y avait-il pas qu'une seule façon de s'en rendre compte ?

Le regard de Jayson remonta le long de son corps, et elle eut l'impression qu'il se penchait légèrement vers l'avant...

Ce fut alors qu'une jeune rousse, de plus petite taille que Gia et moulée dans une jupe bien plus étroite que la sienne, se précipita sur lui. Elle avait un bandeau dans les cheveux sur lequel était écrit « Bonne année ! ».

— Cooper, tu viens ? On va manquer le compte à rebours !

Sur cette injonction, elle passa le bras sous le sien.

— Salut ! lança-t-elle à l'adresse de Gia. Je m'appelle Shelly.

— Moi, c'est Gia Knox.

Et elle serra la main que la femme rousse lui tendait, tout en déplorant de perdre l'attention de Jay qui enlaça d'un bras rigide la taille de sa cavalière.

Comme sur un signal, le petit ami de Gia, Tom, se matérialisa à son tour.

— Ah, tu étais ici !

Il lui donna un baiser dans la nuque, et elle arbora un sourire forcé.

— Ravie de t'avoir rencontré, Jay, hurla Gia tandis que Tom l'entraînait vers les autres convives.

Jayson hocha la tête, sourcils légèrement froncés, quand Shelly le tira littéralement jusqu'au milieu de la salle.

Gia et Jay ne se quittèrent pas des yeux pendant que le compte à rebours se poursuivait, bien qu'une distance de plus en plus grande et un flot de personnes de plus en plus dense les séparent.

Trois.

Deux.

Un.

— Bonne année ! s'écria la foule.

Et une pluie de confettis or et rouge inonda la piste de danse.

— Bonne année, trésor, dit Tom à Gia en capturant sa bouche pour lui donner un baiser.

Elle repoussa alors dans un coin de sa tête l'attirance incongrue et nul doute insensée qu'elle venait d'éprouver pour Jay afin de se concentrer sur son petit ami. Mais le baiser de Tom n'était hélas pas à la hauteur de ses attentes, son cœur ne battait pas au même rythme que quelques instants auparavant. Aucun papillon ne voletait plus dans son estomac…

Pourtant, elle rendit son baiser à Tom, bien résolue à enfouir cette attirance passagère : elle s'apprêtait à travailler dans le même département que Jayson Cooper, bon sang ! Céder à ses fantasmes n'aurait pas été une façon géniale de lancer sa carrière à ThomKnox.

Et pourtant, cette soirée-là fut inoubliable. Pas en raison de Tom ou de la fête, et encore moins du baiser insipide qu'elle échangea avec lui. Non, ce qui la marqua à tout jamais, ce fut ce bel inconnu aux yeux azur, qui devait devenir peu après son mari… et rapidement son ex-mari.

1

Le département Technologie consistait en un immense *open space* au sein duquel Jayson Cooper se mêlait à ses collègues. Gia, qui avait travaillé quelques années dans le service, avait été promue directrice marketing, après leur divorce. Son bureau était cependant toujours situé au même étage et, comme il avait des parois vitrées, elle pouvait voir tout le monde.

Sa présence n'avait jusque-là pas gêné Jayson.

Mais maintenant, ce n'était plus le cas.

Il y aurait bientôt un an et demi qu'ils étaient divorcés, et il était difficile de tourner la page quand la femme que vous étiez censé oublier se trouvait directement dans votre champ de vision chaque jour de la semaine.

Toute la journée, le regard de celle qui avait refusé qu'il prenne soin d'elle pendant leur mariage, cause du divorce, était posé sur lui. À quoi servait en effet un mari si sa femme ne supportait pas qu'il la protège ?

À rien, c'était là tout son problème !

Gia et lui collaboraient en bonne entente pour leur propre salut et celui de leurs collaborateurs. Bien sûr, ils ne cessaient de se railler mutuellement ; toutefois, le ton restait bon enfant, et le soir ils se séparaient toujours sur une note positive. Mais cette époque semblait révolue...

Lui qui pensait être en mesure de protéger et d'aimer une femme y avait complètement achoppé, avec Gia Knox-Cooper. Elle était indépendante, déterminée, et rarement capable de faire des concessions. Il le savait en l'épousant mais avait espéré qu'elle changerait après l'échange des vœux. Or, ils n'avaient pas réussi à s'accorder, et leur divorce avait finalement été un soulagement : il était clair qu'ils s'entendaient mieux depuis leur séparation.

Taylor Thompson, qui allait bientôt devenir Taylor Knox en épousant son fiancé, Royce Knox, entra en trombe dans le département et déclara, en passant devant lui :

— Coop, tu peux venir une seconde dans le bureau de Gia avec moi ?

— Bien sûr !

Il lui emboîta le pas : elle était vêtue d'une robe d'une élégance sobre, et ses cheveux blond foncé étaient maintenus en un chignon sur sa nuque. Elle était le numéro deux de la société, c'est-à-dire directrice des opérations. Professionnelle et pleine de cran, elle était exactement l'épouse dont le frère aîné de Gia, un peu rigide, avait besoin. Elle avait annoncé une grossesse inattendue à Royce, l'an dernier, et ces deux-là allaient bientôt se marier. Avec un plus grand succès que Gia et lui, espérait-il.

Bref ! À la cérémonie, il y aurait certainement leur fille, née vers la fin de la réception organisée pour le mariage d'Addison et de Brannon Knox, six mois plutôt, c'est-à-dire la soirée où Jayson avait presque perdu la tête et manqué de recoucher avec son ex-femme…

Gia était adossée à son fauteuil en cuir, ses longs cheveux noirs tombant en cascade sur ses menues épaules ; sa robe rouge aurait fait pleurer d'envie Jessica Rabbit dans *Qui veut la peau de Roger Rabbit ?*

De petite taille et bien en chair, elle cachait un corps de rêve sous cette tenue, un corps qu'il avait emmené de nombreuses fois sur les cimes du plaisir absolu : si la compatibilité physique avait suffi à la réussite d'une union, ils seraient toujours mariés !

Taylor déposa soudain deux cartes de couleur crème sur le bureau, et plaça deux stylos dessus.

— Remplissez cela, dit-elle. Tous les deux.

Il échangea alors un regard avec Gia, qui saisit l'une des cartes pour l'examiner de plus près.

— Elle est déjà remplie, Tay, dit-elle.

— La mienne aussi, renchérit-il en prenant l'autre carte.

Son nom figurait dessus : Jayson Cooper et, en regard, la case « Invité » était cochée.

Taylor le leur arracha des mains et désigna la case vide, en dessous.

— Ici, il y a écrit : « Sera accompagné.e, oui ou non ? » et il y a aussi une ligne pour indiquer le nom de la personne afin qu'elle figure dans le plan de table.

Taylor lui rendit sa carte.

— Oui ? demanda-t-elle en le regardant avant d'ajouter, yeux rivés cette fois sur Gia : Ou non ? Il n'y a pas vingt questions, juste une. Je me fiche si c'est oui ou non, mais j'ai besoin de communiquer le nombre total d'invités aux traiteurs.

Il tourna à nouveau la tête vers Gia, yeux plissés, laquelle l'imita.

— Pour moi, c'est oui, déclara-t-elle d'un ton enjoué.

Et elle cocha avec emphase la case avant d'ajouter :

— Seulement, mon cavalier étant célèbre, il préfère que je ne communique pas son nom aux traiteurs.

Là-dessus, elle remit sa carte à Taylor, sourire tendu à l'appui, sans doute par égard pour lui, pensa-t-il.

— Ah bon ? s'exclama Taylor, prouvant qu'elle ne connaissait pas la nouvelle. Bon, on en reparle plus tard. Et toi, Coop ?

— Même chose, répondit-il en cochant la case « Oui » avant d'ajouter : C'est ce qu'on appelle l'ironie du sort.

Gia fronça le nez, mais il ne détacha pas les yeux de Taylor.

— Parfait. Eh bien, ce n'était pas la mer à boire, tout de même ! déclara cette dernière.

Sur ces mots, elle leur adressa un sourire sirupeux et, pivotant sur ses talons, sortit du bureau.

— Quelle adorable cheftaine ! commenta Gia une fois que Taylor eut disparu. C'est ma meilleure amie, je l'adore, mais par moments, *pitié* !

Yeux dardés sur lui, elle ajouta :

— Je ne savais pas que tu voyais quelqu'un.

— J'ignorais que toi aussi.

Jouant la décontraction, il enfouit les mains dans ses poches et attendit. Un silence inconfortable s'installa alors pendant quelques secondes, durant lequel Gia examina ses ongles.

— En fait, je n'avais pas envie que ce qui s'est passé au mariage de Bran se reproduise à celui de mon autre frère, déclara-t-elle avant de se mettre à triturer son stylo. C'était une erreur.

Naturellement, le fait qu'elle l'ait attiré dans une chambre d'amis, chez ses parents, et l'ait embrassé avec une telle ardeur qu'il en avait vu mille étoiles s'apparentait à une *énorme* bévue, elle n'était pas la seule à le penser. Depuis, il avait un mal fou à se concentrer au travail, et à maintenir la frontière entre leur échange badin et des allusions plus sexuelles.

Il ne cessait de repenser à sa saveur, cette nuit-là – celle du champagne et d'une femme qu'il n'avait pas eu le temps de déguster assez. S'il était une essence face à laquelle il était absolument impuissant, c'était celle si enivrante et rare de son ex-femme.

Ils avaient vécu une scène torride, à l'abri des regards, alors que la fête de mariage n'était pas encore terminée. Sa robe était relevée jusqu'à la taille au moment où elle avait plongé la main dans son pantalon. Le souvenir de cette ferveur, de leur désir à l'état brut, et de la transe qui avait été la sienne à l'idée de pouvoir la transporter là où elle brûlait précisément d'aller était toujours aussi vif en lui...

Croisant les mains devant lui afin de masquer la réaction de son corps, il se concentra sur ce qui les avait stoppés dans leur élan, ce soir-là...

Les hurlements de Taylor à cause de ses premières contractions !

Et cette pensée parvint à doucher la folle envie qu'elle venait encore de lui inspirer.

— Je n'imaginais pas que tu avais une petite amie, reprit Gia, en quête visiblement de plus de détails.

En réalité, il ne sortait avec personne ; aussi ne lui restait-il plus qu'à trouver quelqu'un de toute urgence ! Une personne célèbre, visiblement, puisqu'il avait inventé une histoire taillée sur celle de Gia, et qu'il était exclu qu'il avoue avoir menti pour sauver la face.

— C'est tout nouveau, répondit-il. D'ailleurs, moi non plus je ne pensais pas que tu avais un petit ami.

Le travail occupant l'essentiel de son temps, il était demeuré célibataire, et d'ailleurs, même si ce n'avait pas été le cas, il n'aurait pas eu envie de nouer une nouvelle relation, chat échaudé craignant l'eau froide...

À l'automne dernier, quand il s'était rendu seul au mariage de Bran, de telles considérations ne l'avaient pas effleuré. Les Knox le traitaient toujours comme un des leurs, même en dehors du travail ; il assimilait Bran et Royce à des frères. Cela étant, même s'il avait eu une petite amie, l'amener à une réunion familiale des Knox aurait été fort curieux, tant pour lui que pour cette éventuelle partenaire.

Et pas un instant l'idée que Gia puisse venir accompagnée à ce nouveau mariage ne lui avait traversé l'esprit. Il avait cru qu'elle suivrait une règle implicite entre eux : on venait sans partenaire là où on allait croiser son ex.

Apparemment, il s'était trompé.

— Le lancement de la tablette dotée de nouvelles fonctions approche, dit-il pour ramener la conversation sur un terrain neutre, en l'occurrence ThomKnox.

C'était peut-être le seul sujet non conflictuel entre eux. Par le passé, ils n'avaient pas la même façon de l'envisager – en effet, il voulait travailler dur pour la rendre heureuse, ce qu'elle désapprouvait entièrement – mais, depuis leur divorce, ils avaient tous les deux un même but : l'intérêt de la société. C'était leur priorité numéro un.

Et pour l'heure, pensa-t-il en s'asseyant afin de discuter en détail de la mise à jour de leur dernière tablette, c'était seule leur entente professionnelle qui importait.

Pour le reste, advienne que pourra !

2

Six mois avant, au mariage de Bran

C'est insensé.

Tu es fou.

Nous sommes tous les deux fous.

Mais oh, comme c'était bon, avec Jay ! À se damner ! Depuis leur divorce, Gia n'avait pas couché avec un homme au point qu'elle commençait à s'inquiéter d'éventuelles répercussions négatives sur sa santé. Elle s'était inscrite à quelques *blind dates* durant l'été, car ne pas sortir du tout aurait signifié qu'elle ne s'était pas remise de la séparation ; malheureusement, chaque rendez-vous s'était soldé par un sage baiser en guise d'au revoir, qui l'avait juste poussée à repenser à Jayson Cooper. Alors que ce dernier avait apparemment tourné la page, il était évident qu'elle était encore beaucoup affectée par le divorce...

Mais sa langue opérait pour l'heure des merveilles sur sa peau, quand elle ne s'emmêlait pas divinement à la sienne. Il aspira l'endroit où battait son pouls, à la naissance du cou, tout en relevant sa robe pour se consacrer à ce en quoi il excellait : lui procurer du plaisir.

Après avoir glissé les mains dans sa culotte, il retraça les plis humides de sa chair, ce qui la rendit littéralement folle. Elle gémit dans sa bouche, et il l'embrassa de plus belle, pour étouffer ses cris. Et ce qui renforçait encore son excitation, c'était l'idée qu'ils se trouvaient dans la maison de campagne de ses parents, à l'occasion du mariage de son frère. Quand elle avait vu que les hôtes commençaient à partir ou bien à s'installer autour du feu pour siroter un dernier cocktail, elle l'avait promptement entraîné dans la chambre d'amis la plus proche.

Personne n'avait remarqué leur absence, et nul ne se rendrait compte de rien, si elle parvenait à maintenir ses *gémissements* au niveau le plus bas. Un vrai défi, puisque sous ses caresses elle sentait une transe orgasmique se former en elle...

De fait, cela ne prit guère de temps.

Elle se cramponna à ses épaules et, détachant sa bouche de la sienne, céda à la jouissance... Elle s'accorda quelques secondes, avant de chercher son ceinturon d'une main fébrile. Elle l'avait détaché, ouvert sa braguette et avait déjà commencé à faire courir ses doigts le long de son érection quand un cri de douleur déchira la nuit...

Il venait du patio et, à n'en pas douter, de Taylor dont le terme était tout proche.

Écartant sa bouche de la sienne, Jayson cligna plusieurs fois des yeux, pour retrouver sans doute une vision plus nette. Elle retint sa respiration, tendit l'oreille.

Taylor avait à nouveau hurlé : le travail avait commencé.

Rien de plus radical pour casser l'ambiance

— Et merde ! s'exclama-t-il.

Ce qu'elle aurait sans doute proféré à l'unisson si elle avait eu la force de parler après son fabuleux orgasme.

— Rhabille-toi, G ! lui dit-il de cette voix rauque si irrésistible.

Puis il lui saisit la main et l'ôta de l'endroit où elle se trouvait avant d'en baiser la paume.

— Qu'avons-nous fait ? avait-elle murmuré.

Coucher ensemble ne les mènerait à rien, elle le savait parfaitement. Et pourtant, ils avaient été tout près de conclure.

Mais à quoi pensait-elle, bon sang ? En fait, elle ne pensait à rien, c'était aussi simple que ça !

Six mois plus tard, main sous le menton, Gia regardait au loin, le regard flou... Elle cligna des yeux pour revenir à la réalité.

Certes, elle venait de boire un demi-verre de dry martini avec olives, mais jamais elle n'aurait imaginé fantasmer à nouveau, en pleine journée, sur son ex-mari, ni se demander comment elle avait pu se priver d'orgasmes de ce calibre depuis plus de six mois. D'ailleurs, si elle était arrivée avec de l'avance dans ce bar branché, c'était pour ingérer un peu d'alcool et booster sa confiance avant de rencontrer la célébrité à qui elle avait donné rendez-vous.

Reprenant son souffle, elle balaya la pièce du regard : pourquoi avait-elle choisi un endroit aussi romantique ? Quelques couples étaient assis autour de tables basses, un verre à la main, éclairés par des bougies. Elle aurait été plus avisée de l'inviter dans un Starbucks...

Elle soupira. Denver Pippen, dit « Pip », super star du skateboard au corps de demi-dieu, allait passer un entretien avec elle pour le rôle de sa vie : être son cavalier au mariage de Royce et de Taylor.

Naturellement, il n'en savait rien.

Et elle ne le connaissait pas encore au moment où elle avait écrit qu'elle serait accompagnée sur la carte de Taylor. Mais à l'idée de venir au mariage de cette dernière et de Royce seule, et de succomber à nouveau à son ex-mari d'une beauté et d'un charme toujours aussi fous, elle avait compris qu'il lui fallait impérativement un partenaire, sans quoi elle courait le risque de se retrouver à nouveau dans une chambre d'amis avec lui comme pour les noces d'Addi et de Bran.

Ce qui était exclu !

Elle avait trouvé le profil de Pip sur Divinement Vôtre, une appli destinée à l'élite huppée. Bon, il n'y avait pas que des génies sur ce site de rencontres, mais tous avaient réussi dans la vie. Une amie bien intentionnée lui avait recommandé de s'y inscrire, un an plus tôt, mais elle s'était contentée de hausser les épaules, bien trop affairée alors par le lancement de la nouvelle tablette de ThomKnox pour se jeter dans la cage aux lions. Cependant, après avoir rempli la carte de Taylor, elle s'était dit que l'idée n'était peut-être pas si mauvaise que cela, après tout.

Elle verrait bien comment finirait cette soirée !

Elle repéra Denver dès qu'il entra en trombe dans la salle ; il charriait dans son sillage un certain charisme qui fit retourner plus d'une tête ! Quand l'hôtesse s'avança vers elle, Gia étudia sa propre réaction. Elle avait vu des photos et des vidéos en ligne, mais en l'occurrence c'était Denver Pippen en chair et en os qu'elle allait rencontrer, ce qui n'avait rien à voir !

Ses cheveux ondulés blond foncé étaient ébouriffés, il portait un jean et un T-shirt baggy, certes décontractés mais signés d'un designer ; il était par ailleurs chaussé de Converse. Le sublime sourire qu'il lui adressa une fois à sa hauteur effaça le reste de son visage.

Pas de doute, il était doué !

— Tu dois être Pip, dit-elle en lui tendant la main.

Elle ne s'était pas attendue à ce qu'il en baise le dos, et de fait elle ne fut pas déçue : tout en prononçant son nom avec un accent traînant « Jii-ahh », il l'embrassa sur la joue.

Quand il se recula, elle avisa une première cicatrice au-dessus de son sourcil, puis une deuxième à la lèvre. Elle savait, d'après les photos publiées sur Internet, que son corps en portait de nombreuses, mais, à vrai dire, celles de son visage se fondaient dans l'ensemble, grâce à sa coiffure.

— C'est un endroit chic, dit-il d'une voix de surfeur ayant fumé un peu d'herbe.

— J'ai déjà commandé, répondit-elle, je suis terriblement impatiente.

Et elle désigna son martini.

— Cool, dit-il.

Puis il appela gentiment la serveuse et commanda une bière, grand sourire à l'appui, ce qui rassura Gia. Elle n'aurait pas supporté qu'il soit impoli et aurait dû le quitter sur-le-champ afin d'étudier à nouveau les profils de Divinement Vôtre.

— Donc, ThomKnox, les ordinateurs, les portables, tous ces

trucs de geek, dit-il en agitant ses doigts comme s'il parlait de sorcellerie.

— Cela même, approuva-t-elle.

— Et toi, c'est quoi ton taf, dans la boîte ?

— Je gère le service marketing.

— Cool.

Elle avala un peu de martini, pour masquer un sourire.

Cool, effectivement. Elle avait toujours pensé qu'avec son diplôme du MIT elle gérerait l'équipe technique, mais le rôle était revenu à Jay.

Son père lui avait assuré que c'était le poste idéal pour lui, et qu'il préférait lui en réserver un plus prestigieux. Mais quand il avait pris sa retraite, elle avait laissé ses frères se livrer une petite guerre intestine pour lui succéder en tant que P-DG.

Récemment divorcée, elle avait misé sur une autre branche au sein de ThomKnox, en l'occurrence le marketing. Les jours avec, elle en était fort satisfaite, et les jours sans, elle regrettait de ne pas avoir insisté auprès de son père pour obtenir le poste qu'elle convoitait initialement.

Pip tapota ses doigts sur la table au rythme de la musique, ce qui l'arracha à ses réflexions. Des yeux, elle retraça alors ses cicatrices, sur ses mains.

— D'où est née ta passion pour le skate-board ? questionna-t-elle.

— Mon père m'a acheté une planche, quand j'avais douze ans. Il assurait un max et, quand j'ai fait mon premier grand salto, j'étais déjà mordu.

Il tendit alors la main, et elle vit que son majeur était tordu.

— Le danger ne m'en a jamais détourné.

— Je vois.

D'après ce qu'elle avait lu sur sa fiche Wikipédia, Denver Pippen s'était cassé de nombreuses fois jambes et bras.

— Cela dit, je ne le recherche pas à tout prix. Je ne suis pas téméraire.

Tiens, ça tombait bien, elle non plus, se dit-elle en repensant à la façon dont elle avait renoncé à son poste au sein du service technique. Elle adorait son travail, mais elle ne pouvait pas supporter l'idée d'être sous l'« autorité » de Jay une seconde de plus, après leur divorce. Elle avait besoin de reprendre son espace vital, même si son bureau restait au même étage.

— Qu'est-ce qu'une belle fille comme toi avec une tête aussi bien remplie que la tienne fait sur Divinement Vôtre, et surtout avec un type comme moi ? demanda-t-il tout à coup.

Bonne question, et qui prouvait qu'il avait bien étudié son profil, lui aussi ! En fait, parmi tous les millionnaires, acteurs et autres créateurs de jeux vidéo inscrits sur le site, Pip tranchait : il n'était assurément pas l'homme qu'elle aurait choisi dans un autre contexte, mais il représentait une bonne solution à court terme. Comme elle n'avait nulle envie d'une relation sérieuse, il ferait parfaitement l'affaire pour le mariage et, quand il constaterait le peu d'intérêt qu'elle lui manifestait, il la quitterait à coup sûr sans se retourner.

Au lieu de lui dévoiler ses calculs, elle lui fournit une réponse plus acceptable :

— Parce que ton physique me plaît.

Il lui sourit : indéniablement, il était très beau.

— Le tien aussi, *Jii-ahh*. Bon, que signifie ce rendez-vous un lundi soir, à 18 heures ? Ça sent le complot.

Sur cette remarque, il avala un peu de bière avant d'ajouter :

— Alors, de quoi s'agit-il ?

Il était bien plus perspicace qu'il ne voulait en avoir l'air, et direct, aussi.

Elle haussa un sourcil.

— Je me demande qui de nous deux est la grosse tête.

Il émit un rire sur des notes graves et roulantes.

Main cramponnée au pied de son verre, comme à une ancre, elle se lança :

— J'ai besoin d'un cavalier au mariage de mon frère, qui a lieu samedi prochain.

— Et ton choix s'est porté sur moi ? renchérit-il avec humour. Tu veux provoquer tes parents ou attiser la jalousie d'un type ?

Elle ne cherchait pas à susciter la jalousie de Jayson, pas plus qu'elle ne voulait contrarier ses parents en venant seule ou accompagnée au mariage. Ce qu'elle redoutait, c'était l'attirance irréfutable qu'exerçait sur elle son ex-mari !

Le regard pénétrant de Jay, même quand toute une salle les séparait, suffisait à faire cogner son cœur plus vite, et son cerveau en oubliait aussitôt leur passé en dents de scie. Une danse innocente et courtoise lors du mariage de Bran avait rapidement dégénéré quand il avait posé sa main sur ses reins, et pressé sa bouche contre son oreille.

Il n'était pas question que cela se reproduise !

— Un peu des deux, mentit-elle.

— Alors je suis l'homme de la situation, renchérit Pip.

Et il leva son verre pour porter un toast.

Pour cette soirée, en l'occurrence, oui, pensa Gia. Et un sourire aux lèvres, elle choqua son verre contre le sien.

3

La femme allongée sur le sable était grande, pensa Jay, eu égard à la façon dont ses membres se déployaient de façon attirante face à l'objectif.

Après que Gia eut affirmé sortir avec une célébrité, une idée avait germé dans son esprit. Dans la soirée, il avait appelé son demi-frère, Mason, et bingo ! Celui-ci lui avait dit avoir le lendemain une séance de photos avec un top model.

À présent, Mason était accroupi sur le sable, en face d'une femme à qui il donnait des ordres de type : « Bon, maintenant, ma jolie, fais-moi un beau sourire enjôleur » pendant qu'il activait, telle une mitraillette, l'obturateur de son appareil-photo.

Depuis toujours, on leur demandait constamment s'ils n'étaient pas jumeaux, par hasard, alors qu'en toute honnêteté ils n'étaient pas du tout construits dans le même moule : Mason était plus grand mais moins musclé que lui. Peut-être était-ce leur barbichette qui pouvait tromper ? Encore qu'il lui arrivait de la raser.

— Superbe, Natasha ! poursuivait Mason en baissant son appareil.

La « superbe Natasha » actuellement en bikini avec du sable collé sur les seins avait fait la une de nombreux magazines. Elle était sur la couverture de *Sports Illustrated*, l'an dernier, pour la nouvelle collection de maillots de bain. Cette année, elle était à l'intérieur et son carnet de commandes avait décollé.

Photographier LA Tovar, puisque tel était son nom de famille, représentait un gros contrat pour Mason ; il avait commencé sa carrière comme photographe de mariage, puis avait ciblé un autre public, en l'occurrence les mannequins, ce qui, même en Californie, n'avait rien d'évident.

— On l'a ? demanda Natasha en brossant le sable attaché à son corps souple avant d'enfiler un peignoir blanc.

Enfin, plutôt transparent, constata Jayson qui avait du mal à détacher les yeux des ronds mouillés qu'avait imprimé le haut du maillot orange.

— Qui est-ce ? s'enquit-elle encore alors qu'elle enroulait ses cheveux dans une serviette.

Et elle s'avança vers Jayson sur des jambes d'une longueur impressionnante.

— C'est mon frère, Jayson Cooper, mais tout le monde l'appelle Cooper.

Puis le regard de Mason passa de Natasha à Jayson, et il haussa alors les sourcils, comme pour dire : « Je t'avais bien dit qu'elle était parfaite. »

— Enchantée, Cooper, renchérit-elle en lui tendant la main.

Sa paume laissa quelques grains de sable sur la sienne. Elle ne jugea pas nécessaire de se présenter, sans doute parce qu'il était évident que toute personne de sexe masculin la connaissait. Puis elle s'excusa et se dirigea vers une caravane, sur la grève.

— Elle chaloupe des hanches pour toi, dit alors Mason.

Puis il fit défiler quelques photos sur son Canon pendant que l'éclairagiste délaissait ses panneaux et ses réflecteurs pour aller chercher de la nourriture au *food truck* stationné sur la partie la plus fréquentée de la plage.

— Tu as faim ? questionna Mason.

— Comme toujours, répondit Jayson.

— La bouffe à emporter n'est pas toujours géniale, déclara son frère en désignant du menton le *food truck*. Par contre, j'ai apporté des tamales maison.

Jayson sentit l'eau lui monter à la bouche : le mari de Mason confectionnait les meilleurs de la planète !

— Attention, je risquerais bien de manger la moitié de ton déjeuner, surtout si c'est Ches qui les a préparés.

— Tu sais bien qu'on peut toujours compter sur lui.

À dix-huit ans, après l'obtention de son baccalauréat, Mason avait fait son *coming out* officiel, et Jayson s'était contenté de hausser les épaules avec nonchalance : rien n'aurait pu moins le surprendre.

En revanche, le père de Mason, Albert, en fut très préoccupé, et Jayson comprit que son beau-père accordait en réalité peu d'attention aux personnes avec qui il vivait, trop accaparé par son travail. Toutefois, Albert était un homme bon et, bien qu'il lui fallût un peu de temps, il accepta le fait que son fils était gay. Quant à leur mère, Julia, elle fut aussi peu étonnée que lui, Jayson, et elle aida Albert à voir la réalité en face : peu importait qui il aimait, Mason restait le même.

Mais tout cela, c'était de l'histoire ancienne. Mason et Chester s'étaient mariés deux ans auparavant, et menaient une vie de couple aussi rasoir que des hétéros, du moins le supposait-il, puisque Gia et lui n'avaient même pas tenu jusqu'à ce stade.

Les frères partagèrent donc de délectables tamales, assis sur du bois flotté, tout en contemplant l'océan ; franchement, il y avait pire, comme après-midi !

— Je n'arrive pas à croire que tu aies parcouru tous ces kilomètres pour faire sa connaissance. Tu dois vraiment être désespéré, vieux, déclara Mason avant sa dernière bouchée.

Jayson resta d'abord concentré sur la dégustation de son tamal : que répondre à son frère ? Il lui avait juste indiqué qu'il recherchait une cavalière pour un mariage en grande pompe sans préciser pourquoi.

Il ne lui avait pas non plus confié qu'il avait fait jouir Gia six mois auparavant et que, depuis, elle l'évitait systématiquement. Et encore, cela n'avait rien à voir avec ce qui s'était passé juste avant leur audience de divorce, quand ils avaient fait l'amour dans sa voiture, de façon imprévue et fulgurante. Cinq jours plus tard, Gia s'était montrée glaciale devant le juge, comme si rien n'avait pu l'émouvoir.

Même une partie de jambes en l'air torride dans une voiture n'avait pu sauver leur mariage. À chaque dispute, et elles étaient de plus en plus fréquentes vers la fin, Gia affirmait qu'elle ne pouvait plus vivre avec un homme qui exerçait une telle autorité sur elle. Jayson, dont le père biologique terrorisait son foyer à coups de poing et d'intimidation, ne supportait pas cette accusation.

— Tu peux me dire pourquoi tu as besoin d'aller à un mariage avec un top model au bras ? demanda Mason.

Et zut !

— Eh bien, il s'agit du mariage de Royce, le frère de Gia. Comme elle sera accompagnée, je ne veux pas venir tout seul de mon côté.

— Quelle preuve de grande maturité !

— Gia et moi avons failli recoucher ensemble il n'y a pas très longtemps, Mas, expliqua Jayson en secouant la tête. Cela aurait pu nous ramener de longues années en arrière. En plus le type est célèbre, donc je dois être à la hauteur.

— Ah bon, qui est-ce ?

— Denver Pippen, marmonna Jason.

Apparemment, Gia l'avait rencontré lors d'un cocktail et les choses s'étaient bien passées entre eux. Bien sûr, il ne tenait pas ses confidences de l'intéressée, mais, en passant « fortuitement » devant son bureau, il l'avait entendu en parler sur un ton tout excité à Taylor. Et donc, elle viendrait au mariage avec rien moins qu'une légende du skate-board !

— Waouh ! Un type torride, dit Mason. Je me souviens de sa pub pour des boissons énergisantes où il bondissait sur plusieurs voitures et…

— Bon, ça va ! trancha Jayson en se levant, frustré. Sérieusement, qu'est-ce que Gia a en commun avec un individu qui s'est cassé presque tous les os ? Elle a un QI hors norme alors que lui a le cerveau en bouillie, vu toutes les chutes qu'il a prises !

— Et donc, tu crois que Natasha va la rendre aussi jalouse que tu l'es, conclut Mason d'un air narquois.

— Je ne suis pas jaloux de cet imbécile qui ressemble au Joker quand il sourit, répondit-il, sourcils froncés. Mais si je le vois embrasser Gia, je te garantis qu'il va avoir une nouvelle cicatrice.

Mason se mit à rire.

— Il est vraiment nécessaire que, tous les deux, vous tourniez la page, Coop. Cela fait bien trop longtemps que tu n'es pas sortie avec une fille.

— Merci de me le rappeler.

Il se passa la main dans les cheveux et poursuivit :

— Ce n'est pas facile de rencontrer quelqu'un avec une ex-femme qui côtoie les mêmes cercles sociaux que soi.

Mason lui jeta un regard oblique.

— Dis plutôt que vous restez chacun dans le cercle de l'autre, comme si vous étiez encore mariés. Les gens divorcés passent à autre chose, mais, vous, vous avancez toujours côte à côte.

Jayson secoua la tête : Mason avait raison, bien sûr, mais comment pouvait-il tourner la page alors que la blessure était encore à vif ?

— Eh bien, à partir d'aujourd'hui, je vais passer à autre chose, déclara-t-il, ayant juste besoin de l'affirmer à voix haute.

— Parfait ! Je t'ai bien vendu à Natasha, tu sais. Je lui ai dit que tu étais un célibataire bien chaud, puis j'ai mentionné au passage que tu passerais le week-end prochain sur le vignoble de la famille Knox. Si tu avais vu sa tête.

À cet instant, il saisit son appareil-photo.

— En fait, tu peux la voir. J'ai immortalisé sa réaction.

— Et donc tu lui as dit que j'avais besoin d'une cavalière à ce mariage ?

— Et puis quoi encore ? Je ne vais quand même pas faire tout le boulot pour toi.

Puis, tournant la tête, il s'écria :

— Natasha !

La porte de la caravane s'entrebâilla.

— Tu veux faire d'autres photos ? questionna-t-elle.

— Non, mais Cooper voudrait te demander quelque chose.

Mas lui tapa sur l'épaule quand Natasha sortit de la caravane pour s'avancer vers lui, fascinant déhanchement à l'appui.

— Il ne faut jamais remettre à demain ce qu'on peut faire aujourd'hui, lui murmura-t-il encore.

Et il s'éclipsa.

Natasha, toujours vêtue de son peignoir transparent, lui lança un regard interrogateur.

— Qu'est-ce qu'il y a, Coop ? s'enquit-elle.

Se frottant la nuque, Jayson adressa son plus beau sourire au top model, conscient que cela ne mènerait à rien :

— Tu es libre, samedi soir ?

4

Denver se rendant dans sa propre voiture au mariage, Gia était un peu nerveuse : elle espérait qu'il porterait autre chose qu'un T-shirt baggy, un jean et des Converse pour un événement aussi formel qu'un mariage chez les Knox...

Elle était pour sa part vêtue d'une robe de demoiselle d'honneur rose tendre, courte mais évasée. Celle-ci était plus courte devant que derrière, et de minces bretelles dévoilaient ses épaules. Le haut était étroit et décolleté, mais elle pouvait se le permettre.

Finalement, elle s'était inquiétée pour rien : Denver arriva en costume Armani, de sorte que ses cheveux longs surmontés d'une paire de lunettes ne choquaient pas. De nombreuses têtes se tournèrent sur son passage, le reconnaissant. Parfait !

Elle n'avait pas encore vu Jayson, mais peu importait : elle avait atteint son but, assister au mariage de Royce et de Taylor accompagnée, ce qui signifiait qu'elle n'entraînerait pas Jayson dans un recoin sombre, après avoir bu trop de champagne, en vue de déboutonner son pantalon.

Denver remonta le petit coteau au sommet duquel avaient été disposées des chaises blanches et d'où l'on pouvait jouir d'un superbe panorama sur les vignobles, tandis qu'elle s'apprêtait à tenir son rôle de demoiselle d'honneur.

Les violons retentirent, et elle s'avança sur le tapis blanc suivie par Addison et son énorme ventre, toutes deux souriant aux photographes. Elle fit un clin d'œil à son frère Royce qui paraissait nerveux, ce qui ne lui ressemblait pas du tout. Bran, à ses côtés, hocha la tête quand elle passa devant lui, puis son regard tomba sur Jayson. Elle savait bien sûr qu'il était le deuxième témoin du marié, mais ne s'attendait pas à ce que sa présence l'ébranle à ce point. Eux aussi s'étaient mariés ici...

Elle cramponna plus étroitement son bouquet : allons, elle pouvait le faire, elle y arriverait !

Faisant ensuite face aux invités, elle repéra Denver assis au deuxième rang, jambes bien écartées sur sa chaise. Avant qu'elle n'ait le temps de s'attarder sur cette position critiquable, Addison prit place près d'elle, et Taylor entama le chemin jusqu'à l'autel.

C'était une mariée à l'allure aérienne, dans cette magnifique robe blanche recouverte de perles qui scintillaient au soleil, sa traîne semblable à une aile. Des larmes lui montèrent aux yeux quand elle vit sa meilleure amie prendre la main de Royce : elle était si émue à l'idée que celle-ci allait devenir sa *sœur*...

Après qu'Addison et elle eurent mouillé plusieurs mouchoirs, la foule acclama M. et Mme Knox, et la musique finale retentit, ce qui signifiait que son rôle était terminé.

Alors qu'elle pensait souffler, Brannon passa devant elle pour prendre Addi par le bras, et déclara :

— Désolé, sœurette, mais ma femme a besoin de moi.

— Ça, c'est ce que tu crois, renchérit Gia pour le taquiner.

Et Addison éclata de rire... tout en s'éloignant au bras de son mari.

— Dans ce cas, viens avec moi, décréta Jay en lui présentant le bras.

— Quel sacrifice ne faut-il pas faire pour ceux que l'on aime ! marmonna Gia tout en souriant au photographe. À propos, je n'ai pas vu ta petite amie.

— Elle est assise derrière ton cavalier.

Immédiatement, elle tourna la tête dans la direction indiquée... et cligna les yeux deux fois !

— Mais c'est...

— Natasha Tovar, la top bien connue, compléta-t-il.

— Mm... Miss *Sports Illustrated*. C'est Mason qui a fait l'entremetteur ?

— Il nous a effectivement présentés l'un à l'autre. Elle aime beaucoup mon accent, dit-il en se penchant vers elle, adoptant alors un ton plus bas.

Cette proximité la troublait toujours autant !

— Un accent ? Tu n'as pas d'accent, enfin !

— Pour elle, si, puisqu'elle est russe.

— Tant mieux pour elle, marmonna-t-elle.

Les invités regagnaient peu à peu la tente, tandis que Gia et Jayson attendaient leurs partenaires respectifs. Quand la top model à la chevelure brune s'approcha, elle en demeura bouche bée : on l'aurait dit tout droit sortie d'un magazine de mode, avec ses longues jambes, ses hautes pommettes, et ses immenses yeux. Elle portait une robe fendue quasiment jusqu'à la taille.

— Et ton petit ami, reprit Jay de sa voix rocailleuse, il n'a pas de brosse à cheveux ou bien est-ce ainsi que les ados se coiffent de nos jours ?

Ces paroles l'arrachèrent à la contemplation de Natasha, et elle reporta les yeux sur Denver.

— J'avoue qu'il est très agréable de sortir avec un jeune homme après être resté si longtemps avec un vieux, répliqua-t-elle du tac au tac.

Il lui adressa un sourire narquois, nullement ébranlé.

— Les hommes, c'est comme le bon vin, ils s'améliorent en vieillissant, mon trésor, rétorqua-t-il.

Et elle sentit des frissons la parcourir, ce qui lui arrivait bien plus souvent qu'elle ne voulait l'admettre, en la présence de son ex-mari. Par chance, leurs partenaires respectifs les rejoignirent avant que Jayson ne remarque son trouble.

— Waouh, tu as vu qui c'est ? s'exclama Denver en désignant Natasha du pouce.

— Mademoiselle Tovar, c'est bien ça ? dit Gia en tendant la main à cette dernière. J'ignorais que vous sortiez avec notre Jayson.

— Coop et moi, on s'est rencontrés il y a quelques jours, et ça a tout de suite collé entre nous. Heureusement qu'il n'est pas gay, comme son frère !

Gia lui adressa un bref sourire, puis se tourna vers Jayson.

— Que ton amie est subtile ! marmonna-t-elle à son adresse.

Et elle dut fournir de gros efforts pour ne pas éclater de rire.

— Il ne manque pas une seule dent au sourire de ton Denver, bravo ! grommela à son tour Jayson.

Gia fronça les sourcils, mais il ne se démonta pas et, un sourire narquois aux lèvres, s'éloigna au bras de Natasha. Elle les regarda partir… et fut furieuse de constater qu'ils formaient un très beau couple !

— Elle est canon, dit Denver en posant la main sur les reins de Gia.

— Nous ne ressemblons pas toutes à des girafes, répondit-elle.

Et elle se rendit compte qu'en réalité elle se fichait de son compliment sur Natasha.

— Effectivement, enchaîna-t-il, mais, toi, tu es belle d'une autre façon. Sous tes airs de jeune fille rangée, tu dois être une sacrée bombe au lit, avec tes courbes voluptueuses.

Visiblement, c'était un compliment, se dit-elle, et elle lui rendit son sourire.

— Euh… Merci, marmonna-t-elle.

— Avec plaisir. Bon, on se rapproche de la bouffe ?

Elle l'entraîna alors vers la tente d'où l'on surplombait la propriété, et sous laquelle se pressaient les invités, bien plus nombreux qu'au mariage de Bran et d'Addi. Peut-être ne recroiserait-elle pas son ex-mari et sa top model de la soirée, voulut-elle croire. Hélas, au bar, ils tombèrent précisément sur eux !

— On prend quoi, trésor ? demanda Denver. Des shots ?

À cet instant, Jayson se retourna et fronça les sourcils : en réalité, c'était une vraie tempête qui venait de se former dans ses yeux.

Ignorant l'un et l'autre, elle commanda au serveur ce dont elle avait envie.

— Un dry martini avec trois olives, s'il vous plaît ! Farcies au fromage bleu, si vous avez, précisa-t-elle.

— Un shot de rhum, dit alors Denver. Du local, si vous avez.

Et il ne s'aperçut même pas du regard totalement désapprobateur que Jayson lui lança.

Tant pis, il n'avait qu'à s'y faire ! Elle n'appréciait pas plus sa cavalière. Le serveur tendit alors un verre de vin rouge à Jason, qui enlaça Natasha par la taille, puis l'invita à prendre place autour de la table.

— Un dry martini, franchement, dit à mi-voix Natasha en riant avant de s'éloigner avec Jayson.

— Mais qu'est-ce que ça veut dire ? marmonna Gia entre ses dents.

— Que tu tiendras toute la soirée, trésor, répondit son partenaire.

— Gia ! s'écria-t-elle, en dardant sur lui des yeux courroucés. Je m'appelle Gia !

— Jii-ahh, répéta-t-il alors avec un grand sourire.

Elle soupira : même prononcé ainsi, c'était sans doute mieux que « trésor ».

5

— Les chambres d'amis sont au premier étage, déclara Gia à Denver alors qu'ils arrivaient sur le palier.

Il se faisait tard, et la plupart des invités commençaient à partir. Et en tant que membre de la famille, il était de son devoir de s'occuper des invités qui restaient dormir.

— Cool. Je vais chercher mes affaires, dit-il.

Et il lui donna un baiser sur la bouche, ce qui l'étonna car ils ne s'étaient pas embrassés une seule fois, à part sur la joue ; il allait s'élancer dans l'escalier quand il jeta un coup d'œil au deuxième étage.

— Hé, Natasha ! s'écria-t-il. Tu restes toi aussi ?

Évidemment, Jayson était juste à côté d'elle et les deux avaient forcément vu le baiser qu'ils venaient d'échanger.

— Oui, nous restons aussi, répondit-elle.

— Génial ! marmonna Gia.

— Oui, c'est très excitant de dormir ici, renchérit Natasha sans noter l'ironie. Je suis en nage, tellement j'ai dansé. Mais je vais y retourner après m'être un peu rafraîchie.

Et, donnant un coup de coude à Jayson, elle poursuivit sa marche.

— Alors, vous vous amusez bien ? demanda Gia à ce dernier, d'un ton neutre.

— C'était un beau mariage, répondit-il, mains dans les poches.

Il avait tombé la veste et était vraiment charmant, dans sa

chemise blanche aux manches retroussées ; il était rare de le voir ainsi.

Il s'éclaircit la voix.

— Où est votre chambre ?

— Tout au fond du couloir, dit-elle, sans préciser que Denver occuperait la chambre d'angle, juste à côté de la sienne. Et vous ?

— On a la chambre du milieu, répondit-il.

Et il lui décocha un regard fiévreux : elle aurait juré qu'il repensait à la scène qui avait eu lieu entre eux, au mariage de Bran, à ce même étage… Pourtant, ce « on » la contraria : il allait donc passer la nuit avec Miss Russie !

— Elle n'est pas ton type, lança-t-elle malgré elle d'une voix lugubre.

Elle ne l'avait vu avec aucune autre depuis leur divorce, et tout à coup il surgissait avec une femme de ce calibre ? Il abusait !

Il haussa les épaules d'un air blasé qui l'énerva au plus haut point.

— Je n'ai pas de type particulier.

Eh bien elle, si ! Elle aimait les beaux bruns aux larges épaules, à la barbe de deux jours, et aux yeux si bleus qu'elle avait la sensation d'être regardée par un ange tombé du ciel…

Assez ! Elle n'était plus amoureuse de Jayson, ni de personne d'ailleurs.

Quand elle l'avait épousé, elle avait cru qu'il la comprendrait, qu'il la laisserait se forger son propre chemin. Au lieu de quoi, il avait été paternaliste et surprotecteur, comme ses frères et son père !

— Moi non plus, finit-elle par répondre.

— Coop ! J'ai trouvé ça dans notre chambre, s'exclama à cet instant Natasha en redescendant, avec à la main une paire de maracas.

C'était un cadeau que ses parents avaient rapporté de Porto Rico, s'avisa-t-elle tout de suite, et elle sentit la colère monter en elle : quelle sans-gêne, cette écervelée !

— Hé ! s'écria-t-elle d'une voix plus aiguë. Ce sont…

— Et cela va immédiatement retourner où tu l'as trouvé, trancha Jayson en les lui prenant des mains pour les remettre à Gia.

Quelques instants après, il s'éloignait avec sa cavalière ; elle l'entendit alors lui assurer qu'ils trouveraient une autre façon de bien s'amuser sur la piste de danse.

Et nul doute qu'un peu plus tard aussi, au lit ! pensa-t-elle malgré elle, écœurée.

— C'est cool, ces trucs, dit Denver en revenant vers elle. Ça sert à quoi ?

— À rien, dit-elle en lui tapotant le torse avec les maracas. Changement de plan. On couchera dans ma chambre.

Il lui adressa un regard surpris.

— Ensemble ?

— Oui, tout à fait.

Il lui décocha cette fois un grand sourire.

— Cool.

— Mais j'adore danser !

Ce n'était pas tant sa façon de prononcer les « o » qui irritait Jayson, chez Natasha, que ce ton geignard.

Certes, elle était belle et bien élevée, mais vraiment très collante, et jusqu'à quelle heure voulait-elle donc se déhancher ?

Il détacha gentiment son bras du sien.

— Non, Natasha, je suis épuisé. Vraiment.

Elle fit alors la moue, et il lui adressa un sourire patient.

— Si je ne fume pas un cigare avec Brannon, il va me mettre son pied au derrière !

Elle poussa un cri aigu.

— Ah non ! Pas question que tu portes un cigare à ta bouche.

— Juste un, répondit-il au lieu de répondre agacé : « Et pourquoi pas ? »

Ils n'étaient pas le moins du monde attirés l'un par l'autre, même si l'idée de coucher avec elle lui avait traversé l'esprit, ne serait-ce que pour cesser de penser à son ex-femme dont la robe fort courte, au décolleté plongeant, n'arrêtait pas de bruisser autour de lui. Nul doute que ces petits détails n'avaient pas échappé à Denver !

— Alors pas de baiser ! s'exclama Natasha.

Et sur ces mots, elle s'éclipsa vers la piste de danse, où elle prit d'autorité le bras d'un homme assez âgé, qui parut ravi de cette partenaire tombée du ciel.

À l'extérieur, il retrouva son beau-frère.

— Ah, te voilà enfin ! s'exclama Bran en lui tendant un cigare. Où est ton top model ? Elle s'est finalement rendu compte que tu étais un loser et t'a laissé tomber ?

— Elle s'éclate sur la piste de danse, grommela-t-il.

— Dis-moi, c'est quoi cette histoire entre Gia et Denver Pippen ? renchérit Bran, cigare entre les dents.

Jayson coupa son propre cigare puis l'alluma et expira la fumée, ce qui noya un peu sa réponse.

— J'aimerais comprendre, moi aussi.

— Tiens d'ailleurs, où sont-ils passés ?

— Dans leur chambre, j'imagine.

Non, il le savait *pertinemment* ! Au fond du couloir. Tout comme il aurait pu dire ce qu'ils étaient en train de faire. Cela aurait dû le laisser indifférent, mais quand il s'agissait de Gia, marié ou pas, son désir de la protéger l'emportait sur tout. Ce Denver paraissait inoffensif, mais elle aurait tout de même dû savoir qu'elle n'avait pas besoin de descendre si bas dans l'échelle de l'évolution pour se trouver quelqu'un !

— Mm, fit Bran.

Et il lança un coup d'œil dérisoire en direction de l'étage, sans épiloguer, ce que Jayson comprenait tout à fait : Gia était sa sœur.

— Comment va Addi ? enchaîna-t-il alors d'un ton aussi courtois que possible. Elle retient encore un peu le bébé ?

— Oui, et elle prétend que notre fille adore la musique.

Un sourire contagieux barra le visage de Bran, et il ajouta :

— J'ai tellement hâte de la voir !

— Moi aussi, répondit Jay, sincère, en lui tapant sur l'épaule.

Bran et Royce étaient comme des frères pour lui, et son divorce n'avait rien changé à leur relation.

— Gentlemen, déclara soudain ce dernier, se matérialisant à leurs côtés, avec Taylor.

— Un cigare, Tay ? offrit tout de suite Bran.

— Ah arrête ! Je suis sur le point de m'écrouler.

— Pas du tout, tu as l'air encore en grande forme, la rassura Jayson.

— Merci, Coop, répondit-elle, enchaînant à l'adresse de Bran : Tu n'as qu'un mot à dire, et on reporte notre voyage de noces. Royce et moi voulons être là pour la naissance.

— Absolument, approuva ce dernier.

— Partez tranquillement, leur répondit Bran, et vous trouverez le bébé à votre retour.

— Mais je veux être là quand il naîtra ! insista Taylor.

— Non, vous allez comme prévu aux Bahamas ; sinon, avec tout le travail que vous avez, vous ne partirez jamais ! trancha Bran.

Jayson regarda ses chaussures, amusé. Bran était tout aussi impliqué que le reste de la famille dans la société, même s'il minimisait toujours l'importance de son rôle.

— Oui, tout est sous contrôle, assura-t-il à son tour.

Il était heureux pour eux, conscient que tous les mariages ne se terminaient pas par une catastrophe.

— Bon, dans ce cas..., reprit Taylor. À propos, où est Gia ? Je voulais lui dire au revoir.

Oh non ! Ça recommençait, pitié !

— Au lit, j'imagine.

— Zut !

Et Jayson était sur le point de l'encourager à monter dans sa chambre pour interrompre ce qui était en train de s'y tramer, mais il parvint à rester maître de lui. Mine de rien, il progressait !

Royce leur serra la main.

— Appelez-nous dès qu'Addi est à l'hôpital, dit-il. Peu importe l'heure du jour ou de la nuit.

— C'est votre voyage de noces, lui rappela Bran. Donc, tu dois te détendre, frérot.

— Facile à dire ! Coop, tu gardes un œil sur la petite.

Une fois Taylor et Royce partis, Bran demanda :

— Quelle petite ?

— Leur fille, j'imagine.

Pur mensonge : Royce parlait de Gia.

Il y avait encore peu, Jack Knox lui donnait les mêmes recommandations, sa famille avait toujours voulu la protéger. Or, il lui avait fallu un certain temps pour le comprendre, mais il l'avait désormais bien intégré : Gia ne rêvait que d'une chose, à savoir prendre soin d'elle toute seule !

6

Janvier dernier,
dans le parking souterrain de ThomKnox

Jayson se trouvait dans le parking souterrain avec Gia, les bras encombrés par un énorme carton.

— Merci pour ton aide, lui dit-elle en accélérant le pas pour le suivre. Même si je t'avais dit que je pouvais tout à fait le porter.

— Jamais de la vie, G !

Il n'aurait plus manqué qu'il la laisse déplacer un écran de trente-six pouces !

— Et d'ailleurs, ajouta-t-il, que fais-tu dans ce parking ? Tu devrais avoir un emplacement avec ton nom tout près de l'entrée principale.

Elle ouvrit son coffre d'un clic de télécommande avant de répondre :

— Mes sièges en cuir absorbent toute la chaleur ; aussi, quand je monterais dans ma voiture le soir, je mourrais de suffocation.

— Effectivement, ce n'est pas possible.

Et il aurait dû le savoir : n'était-ce pas lui qui avait choisi sa magnifique Mercedes Benz Classe C ? À l'époque, il n'imaginait pas la laisser un jour à la maison, avec sa belle propriétaire.

Leur divorce serait officiellement prononcé dans cinq jours. Il avait bien sûr anticipé son emménagement dans un autre appartement, de façon progressive d'ailleurs, pensant que cela l'affecterait moins, mais en réalité il était impossible d'échapper à la douleur liée à un divorce. Un tel événement était forcément synonyme de souffrance.

Il posa le grand carton qui contenait l'écran dans le coffre de la Mercedes, puis le referma, tandis qu'elle montait déjà dans la voiture et mettait le contact. Le son résonna dans le parking souterrain quasiment vide.

Baissant alors sa vitre, elle déclara :

— J'imagine qu'on se verra plus tard.

Il plongea le regard dans ses beaux yeux couleur noisette. Quel gâchis ! pensa-t-il. Il aurait tant aimé que tout cela ne soit qu'une suite de malentendus, pouvoir effacer les accusations que chacun avait lancées à l'autre sous le coup d'une colère momentanée.

Mais il était trop tard, à présent.

— Je suis désolé, dit-il.

Et ses mots le meurtrirent quand il les prononça.

Non parce qu'il ne les pensait pas, mais bien au contraire : il était tellement affligé que tout finisse en eau de boudin, entre eux.

— Allons, nous avons fait de notre mieux, répondit-elle avec un sourire forcé.

— Tu le penses vraiment ?

Elle le regarda alors droit dans les yeux, tout en se mordant la lèvre. La question lui avait échappé, mais elle le turlupinait réellement : avaient-ils vraiment « fait de leur mieux » ou n'avaient-ils pas plutôt renoncé ?

À cet instant, elle coupa le moteur, sortit de sa voiture, et s'adossa à la portière, bras croisés.

— Oui, nous avons tout essayé avant d'en arriver là, Jay, décréta-t-elle.

— On est pourtant des gagnants, toi comme moi, et là j'ai l'impression qu'on sort tous les deux perdants.

— Jay, on ne peut pas revenir sur le passé, dit-elle en haussant les épaules. Et l'avenir reste la grande inconnue. Qui plus est, ce n'est pas comme si on allait se perdre de vue ! Nous continuons tous les deux à être dévoués à cette société, et ma famille reste la tienne. La seule différence, c'est que tu n'habiteras plus à la maison.

Il posa une main sur le toit de la voiture, la surplombant.

— Et que je ne serai plus dans ton lit.

La chaleur envahit alors clairement les beaux yeux caramel de Gia pour leur prêter une nuance chocolat. Du dos des doigts, il lui caressa la joue.

— Et je n'embrasserai plus ces lèvres le soir avant de m'endormir, poursuivit-il.

Du pouce, cette fois, il effleura sa bouche.

Ce serait probablement le plus dur, pensa-t-il, et nul doute qu'il ne serait pas le seul des deux à en souffrir.

— Nous avons encore quelques jours devant nous, murmura-t-elle alors en se cabrant.

Il ne lui fallut pas une invitation plus explicite.

Penchant la tête, il captura ses lèvres ; elle noua immédiatement les bras autour de son cou et lui rendit son baiser… Un baiser qui s'enfiévra quand elle enfonça ses ongles dans ses épaules, enroula ses jambes autour de lui… Son érection s'emballa alors qu'une petite voix en lui le sommait d'arrêter tout de suite et de décamper au plus vite.

— Point de non-retour, lui souffla-t-il contre l'oreille avant de titiller son lobe.

S'ils couchaient ensemble, cela changerait tout, il en était convaincu.

Elle s'écarta un instant de lui, et lui lança un regard langoureux.

— Une dernière fois, dit-elle alors.

Et laissant la voix de la raison derrière lui, il passa à l'action…

Après avoir fumé son cigare et tué un peu le temps pour repousser l'inévitable, Jayson remontait à présent d'un pas traînant les marches pour rejoindre son top model.

Il savait que Gia était en haut avec Denver, puisqu'aucun des deux n'était ressorti de la chambre. Comme il s'apprêtait à entrer dans la sienne, il aperçut Denver monter péniblement les marches, un verre à la main.

— Un dernier pour la route, vieux, lui lança alors celui-ci d'une voix chevrotante.

Et Jayson serra les mâchoires quand le sportif disparut dans la chambre de Gia. Poings serrés, il hésita : devait-il céder à son impulsion, entrer en trombe dans leur chambre et sommer son ex-femme de se tenir à distance de ce décérébré, ivre de surcroît ?

Il était peu probable que Gia apprécie ; au contraire, elle lui reprocherait d'avoir tout gâché en *s'immisçant* dans sa vie ! C'était son reproche préféré, comme si protéger une personne qu'on aimait était un sacrilège.

Il n'empêche qu'il devait s'assurer que ce débile mental n'allait pas la malmener. Fort de cette pensée, il s'approcha de la porte... et entendit alors le rire chaleureux de Gia passer en dessous. Il en resta figé sur place, à la fois écœuré et résigné. Pourquoi se tracassait-il, honnêtement ? Elle avait l'air d'aller très bien, elle semblait même heureuse.

Ça faisait suer, vraiment !

Le cœur lourd, il revint dans sa chambre où Natasha l'attendait.

— Tu peux réparer ça ? s'écria-t-elle alors. C'est insupportable à ma vue.

Et elle pointa du doigt un tiroir de guingois.

— Ce n'est pas cassé, juste mal emboîté, répliqua-t-il d'un ton sarcastique en s'exécutant.

Cette fille était insupportable, et il n'avait qu'une envie : dormir pour être au lendemain le plus vite possible.

— Tu n'es pas très gentil, se plaignit-elle alors. Bon, je vais me doucher, ne me suis pas.

Et entrant dans la salle de bains, elle verrouilla la porte.

— Ne t'inquiète pas, marmonna-t-il en s'asseyant sur le rebord du lit.

Il se frotta alors le visage : il était épuisé, mais serait incapable de dormir sachant ce qui se passait à l'autre bout du palier. Bon, il allait redescendre ! Le bar était fermé, mais il savait où Jack stockait ses meilleures bouteilles de whisky, et il en avait besoin au moins d'une entière !

Au moment où il franchit le seuil de sa chambre, il vit Gia sortir de la sienne sur la pointe de pieds, de sorte qu'ils refermèrent leurs portes respectives en même temps. Il lui sourit, elle lui rendit son sourire, chacun amusé par la chorégraphie fortuite.

Elle avait troqué sa robe de demoiselle d'honneur contre un bermuda et un T-shirt baggy, de couleur rose. Elle était ravissante, détendue et endormie à la fois. Si craquante, pensa-t-il. Et l'idée que Denver ait posé les mains sur elle lui donnait envie de hurler.

Elle glissa les mains dans ses poches.

— Salut ! dit-elle.

— Salut, répondit-il en écho.

Il portait toujours sa chemise blanche et son pantalon de mariage.

— Je n'arrivais pas à dormir, ajouta-t-il.

— Mouais... Mon colocataire est... Enfin, il s'est endormi.

Après quoi ?

Il n'osa toutefois pas poser la question qui lui brûlait les lèvres.

— La fête est finie ? demanda-t-elle en croisant les bras.

Puis elle se balança d'un pied sur l'autre, signe de nervosité chez elle.

— Royce et Taylor sont partis à l'aéroport, Addi et Bran sont dans leur chambre. Et tes parents sont partis, il y a un petit moment déjà, avec le bébé. Il n'y a plus que les traiteurs et le personnel de maison, en bas.

Elle hocha la tête, détourna les yeux puis les reporta sur lui.

— J'ai un petit creux. Tu m'accompagnes ?

— J'allais justement prendre un verre, mais je ne refuse jamais de la nourriture.

— Je ne veux pas non plus te voler à ta petite amie, dit-elle alors qu'ils descendaient côte à côte l'escalier.

Si elle n'avait pas prononcé cet ultime mot sur un ton si méprisant, il n'aurait jamais su que son ex-femme était jalouse. Il n'en tirait aucune fierté, mais était cependant satisfait de constater qu'elle non plus n'appréciait pas sa partenaire.

Une fois dans la cuisine, elle se faufila entre le personnel avec un sourire et un mot aimable pour chacun, direction le réfrigérateur, qui débordait de salades variées. Elle lui tendit une assiette qu'elle remplit de variétés de pâtes, de viandes, de crudités et de fromages, et déposa sur une autre deux belles parts de gâteau. Puis elle se dirigea vers la terrasse ; il lui emboîta le pas tandis qu'il prenait des bouteilles d'eau pétillante.

Ils s'installèrent à une table en bois sous un immense arbre, avec vue sur le vignoble. La maison ressemblait à une lueur apaisante dans la nuit, derrière lui.

Ils commencèrent à se restaurer en silence.

— Hum, c'est meilleur que...

Elle s'interrompit pour reformuler de toute évidence sa phrase.

— C'est bien meilleur que tout à l'heure.

— Quelque chose t'aurait-il ouvert l'appétit ? questionna-t-il, yeux plissés.

Elle engloutit un carré de fromage et haussa un sourcil.

— Et toi ?

Il but un long trait d'eau gazeuse : bon, ça ne valait pas un whisky, mais ça ferait l'affaire ! Estimant tout à coup que les limites de sa patience avaient été atteintes, il demanda tout à trac :

— Qu'est-ce que tu fiches avec ce clown, franchement ?

— Pardon ?

— Je parle de Denver Pippen. C'est bien avec lui que tu sors, non ?

— Et en quoi cela te regarde-t-il ? rétorqua-t-elle en laissant entendre un rire incrédule.

— Je ne cautionne pas le fait que tu perdes ton temps avec un idiot comme lui.

— Tu peux parler ! Tu viens au mariage de mon frère avec un top model !

— Elle ne pose que pour les maillots de bain, nuança-t-il.

Il la vit rougir de colère.

— Espèce d'hypocrite ! se récria-t-elle. Tu pourrais coucher avec qui tu veux et pas moi ? Pour qui te prends-tu ?

— Je n’ai pas couché avec Natasha, répondit-il aussitôt sans réfléchir.

— Pas encore, répliqua Gia d’une voix mal assurée.

Visiblement, sa réponse l’avait surprise.

— Non, jamais, déclara-t-il d’un ton définitif.

7

Gia regarda Jayson manger une bouchée de gâteau, puis lécher sa fourchette. Des souvenirs lui revinrent alors brusquement en mémoire, si brûlants, qu'elle en croisa les jambes.

Donc, il n'avait pas couché avec Natasha ?

— C'est juste pour le sexe, avec lui ? reprit-il après avoir repris une bonne cuillerée de gâteau. Car franchement, si c'est pour ça, tu peux mieux faire.

Elle prit le temps de mastiquer elle aussi sa part de gâteau, encore sous le choc qu'il n'ait pas couché avec la belle femme qui l'avait accompagné au mariage.

Quand elle releva la tête, elle se heurta à l'impact de son regard bleu profond, qui lui allait droit au cœur et la troublait toujours autant. C'était un amant inégalable...

— Et avec qui suis-je censée coucher ? Toi peut-être ? questionna-t-elle à brûle-pourpoint, le cœur battant à tout rompre.

Elle ne fut pas déçue de la réponse.

— Oui, absolument ! Je préfère que tu aies un orgasme avec moi, si tu en as besoin, qu'avec le premier venu qui n'est pas digne de toi.

Il avait prononcé ces paroles sur le ton de la colère, ce qui le rendait encore plus sexy... Elle avait senti son corps vibrer dès qu'il avait prononcé le mot « oui ». Assez ! Ils savaient bien que ça ne pouvait pas marcher entre eux !

— Hélas, tous les deux, on est très forts au lit, mais pas très doués en dehors ! Regarde, on ne sait même pas gérer notre relation, aujourd'hui. On devrait être chacun dans nos chambres et pourtant...

— Et pourtant ? reprit-il.

Elle devait impérativement se protéger de lui ! Elle avait eu un mal fou à se séparer de Jay, mais, une fois divorcée, elle avait enfin pu exister en tant qu'adulte, prendre sa vie en main. Elle adorait sa famille, mais pas la façon dont tous la surprotégeaient ! Assurément, elle était la plus jeune ; toutefois, elle était désormais une *adulte*, ce qu'ils n'avaient pas encore compris !

Elle avait cru s'affranchir d'eux en se mariant... pour découvrir que Jayson était encore pire que son père et ses frères réunis ! Le célibat était en revanche un tel bol de liberté : elle pouvait manger ce qu'elle voulait à l'heure qui lui convenait, se levait quand cela lui plaisait, s'endormir sur le canapé, profiter de tout l'espace dans la salle de bains...

Évidemment, la liberté présentait aussi des inconvénients, elle avait parfois la nostalgie de leurs soirées romantiques, de leur complicité, mais il était de toute façon inenvisageable de revenir en arrière. N'était-ce pas ce qu'elle lisait partout sur Internet ?

— Il est trop tard, déclara-t-elle en se levant.

Il l'imita et lui bloqua le chemin, à la fois sombre et magnifique.

— Trop tard pour quoi ?

Elle posa la main sur son torse pour le repousser, heureuse au fond de le toucher même si son cerveau hurlait au sacrilège.

— Pour que toi et moi on se remette ensemble ! finit-elle par dire.

Ce fut alors qu'il se pencha vers elle, ses lèvres toutes proches des siennes, et la fragrance de son after-shave se mêla à l'air frais qui montait du vignoble.

— Qui a parlé de se remettre ensemble ? murmura-t-il.

Et le temps s'arrêta...

Retardait-elle juste l'inévitable ou bien était-elle trop fatiguée pour réfléchir ?

Trop excitée, assurément !

— Tu as raison, G, concéda-t-il dans un soupir.

Et son souffle lui fit l'effet d'une caresse enivrante...

— Il est trop tard pour avoir ce genre de conversation, ajouta-t-il.

Ce soir, ou de manière plus générale ? Elle ne lui posa pas la question, mais, quelle que soit la réponse, il avait raison.

— Bonne nuit, dit-il encore.

— Bonne nuit, reprit-elle en écho.

Et elle le regarda s'éloigner, se retenant de courir derrière lui… Et puis elle se fustigea d'oublier si facilement pourquoi leur mariage n'avait pas tenu !

Jayson était entêté, et avait un avis sur tout. Il ne l'écoutait pas quand elle parlait, prenait des décisions à sa place : pourquoi aurait-il changé ?

En haut, elle vit la lumière de sa chambre s'allumer puis s'éteindre. Il était avec Natasha, à présent… Bon, il n'avait pas couché avec elle, pas encore… De toute façon, elle venait de laisser passer sa chance, alors à quoi bon ressasser ?

En outre, que se serait-il passé *ensuite* ?

Quand un serveur vint débarrasser leur table, elle remonta elle aussi dans sa chambre. Denver occupait tout le lit et ronflait, exactement comme tout à l'heure, quand elle était sortie.

Prenant un oreiller, elle alla s'allonger sur le canapé, puisque le Prince charmant prenait toute la place !

Natasha était d'un égoïsme rare, se dit Jayson, encore sous le choc de son caractère capricieux. Il n'avait même pas pu négocier un seul oreiller sur les quatre, hier soir ! Il avait finalement préféré dormir par terre, la tête posée sur sa veste de smoking roulée en boule. Résultat, ce matin, tout son corps était douloureux !

Il avait besoin d'un café bien serré pour se remettre. Dans le patio où était servi le petit déjeuner se trouvaient de nombreux invités qui avaient dormi ici.

Il plissa les yeux, car le soleil tapait déjà fort. Ce fut alors qu'il repéra Natasha dans une robe bleu roi, une assiette remplie à ras bord à la main. Tandis qu'il entrait prestement dans la cuisine, une seconde après, pour l'éviter, il remarqua que le buffet n'avait pas été réapprovisionné. Peu importe, du café lui suffirait ! pensa-t-il. Au moment où il s'apprêtait à porter enfin ce breuvage exquis à ses lèvres, Gia se matérialisa comme par magie à ses côtés.

— C'est la dernière tasse ? questionna-t-elle.

Elle portait les mêmes vêtements qu'hier soir, quand ils étaient redescendus ensemble, mais en plus froissés. Elle avait toutefois chaussé des escarpins, de sorte que sa bouche était presque à la hauteur de la sienne, et c'était sans doute pour cette raison qu'il n'arrivait pas à en détacher les yeux !

— On dirait que tu as mieux dormi que moi, dit-il, un rien suspicieux. Il y a encore du café, à l'extérieur.

Ce fut alors qu'elle glissa le doigt dans l'anse de sa tasse !

— Parfait, dans ce cas, je te laisse aller le chercher. Je te rappelle que je suis chez moi ! déclara-t-elle d'un ton impérieux.

— Chez tes parents ! corrigea-t-il. Et je te rappelle que j'étais là avant toi.

Il agrippa sa tasse, qu'elle s'entêtait à lui arracher des mains, les deux veillant à ne pas renverser le précieux liquide qui allait leur redonner un peu d'énergie.

— Je ne peux pas sortir, finit-elle par dire, sourcils froncés.

— Et pourquoi ?

À cet instant, il tourna la tête et son regard tomba sur Denver en train de discuter autour de la cafetière avec un couple qu'il ne connaissait pas.

— Vous vous êtes disputés, peut-être ? questionna-t-il avec un grand sourire.

— Si par dispute tu veux dire que je me suis éclipsée ce matin pour ne pas le réveiller et devoir lui annoncer que notre relation va s'arrêter là, alors oui.

Choqué par ses propos, il en oublia de « défendre » sa tasse, qu'elle lui prit aussitôt des mains avec la plus grande facilité. Puis elle ferma les yeux pour avaler une première gorgée.

— Lui annoncer que vous n'alliez pas recoucher ensemble, c'est ça ? renchérit-il pour être bien certain qu'il ne s'était *rien* passé entre eux.

— *Recoucher* ? Tu crois que je me donne à un type le premier soir, ou à peu près ?

À cet instant, il inclina la tête de côté et releva un sourcil.

Il la vit rougir.

— Non, mais, toi, tu ne comptes pas, marmonna-t-elle.

— Ah bon ?

Il posa alors la main sur ses reins et poursuivit, la bouche tout contre son oreille :

— Si je me souviens bien, c'était dans cette maison même !

Ce fut à elle d'en rester sous le choc, et il en profita pour reprendre son bien.

— Dans cette salle de bains, si tu as besoin de précisions pour retrouver la mémoire, insista-t-il, en désignant le palier, en haut de l'escalier.

— Tu exagères, ce n'était pas la première fois qu'on se voyait.

— Mais oui, c'est ça ! Bon, en tout cas, je suis content que tu n'aies pas couché avec lui.

— Et moi, soulagée que tu n'aies pas non plus couché avec *elle*.

Elle lui reprit inopinément la tasse des mains.

— Car il ne s'est rien passé entre vous, n'est-ce pas ? ajouta-t-elle bien vite.

Il secoua la tête.

— Non, rien.

— Parfait. Elle est trop belle, c'est injuste pour nous, simples mortelles.

Oh ! Gia ! Il parvint à lui adresser un triste sourire. Avait-elle conscience de la beauté de ses traits, de la profondeur de son regard couleur café ? Elle était encore plus magnifique sans maquillage, comme ce matin. Ce qu'il avait pu la contempler dans son sommeil, autrefois, quand il ne parvenait pas à dormir.

— Tu n'as rien à lui envier, G, je t'assure.

Ils étaient tous deux accrochés à la tasse de café, doigts quasi emmêlés, appuyés contre le réfrigérateur, oublieux du monde qui les entourait… En l'observant de très près, il comprenait mieux pourquoi Natasha l'avait laissé insensible…

Et pourtant, s'ils recouchaient ensemble, les disputes reprendraient forcément entre eux.

Encore que...

— Jay, commença-t-elle.

Alors, par crainte qu'elle ne prononce des paroles qu'il n'avait pas envie d'entendre, il lui bâillonna la bouche de ses lèvres.

8

Gia n'aurait su dire qui des deux avait pris l'initiative, mais le feu qui couvait en elle se déchaîna littéralement. Et enflammé, il l'était lui aussi, car, lèvres toujours collées aux siennes, il l'entraîna hors de la cuisine vers l'escalier.

Les avait-on vus ? se demanda-t-elle.

Et puis zut, elle s'en fichait !

Une fois en haut des marches, il écarta sa bouche de la sienne, le temps de reprendre sa respiration et de tendre le cou, pour voir qui parlait, à l'étage au-dessus.

Elle aurait eu le temps de se raviser, pensa-t-elle de manière fugitive, avant de se laisser bien vite entraîner dans la fameuse salle de bains ! N'était-il pas un peu risqué de revenir là où tout avait commencé ? Mais quand il referma la porte, le bonheur d'être enfin seule avec lui l'emporta sur tout.

Tout en l'embrassant à pleine bouche dans cette pièce plutôt exiguë où elle sentait le rebord du lavabo dans son dos, il n'hésita pas une seconde à lui ôter son T-shirt. Il la connaissait bien, songea-t-elle, et savait parfaitement qu'elle le désirait autant que lui. D'ailleurs, elle-même tirait sur son polo pour le lui enlever.

Quand elle posa la main sur les muscles de son torse, tant de souvenirs lui revinrent... Impatiente, elle déboutonna son jean et glissa la main à l'intérieur. Tous deux se mirent alors à gémir...

Haletante, elle déclara soudain :

— C'est une mauvaise idée !

— La pire, j'avoue ! renchérit-il, un sourire effronté aux lèvres tandis que son sexe était en pleine érection, sous sa paume.

Il en profita pour lui retirer son soutien-gorge, et quelque chose dans son rire tendre lui rappela les premiers temps de leur amour avant qu'il ne devienne Monsieur Je-décide-de-tout !

— Oh ! dit-elle soudain, tu as des préservatifs ?

— Dans ma chambre…

Elle hocha la tête.

— Non, on ne reprend pas ce risque.

Addi les avait quasiment surpris en flagrant délit, à son propre mariage, après qu'elle avait crié sur tous les toits que, si Jay et elle étaient restés en très bons termes depuis leur divorce, ils se trouvaient bien mieux séparés qu'ensemble.

Posant le front contre le sien tandis qu'elle continuait à le caresser, il déclara :

— J'ai besoin de te pénétrer. Tu prends toujours la pilule ?

— Oui, répondit-elle aussi frustrée que lui.

À ces mots, elle vit briller une lueur de convoitise fort troublante dans ses prunelles.

— Entendu, ajouta-t-elle, on se passera de préservatif.

Il ne perdit alors pas une seconde et bientôt elle l'accueillit en elle…

— Mm, murmura-t-il, haletant.

Et elle dut marmonner à peu près la même chose : elle n'avait couché avec personne depuis qu'ils avaient refait l'amour dans sa Mercedes, dans un endroit tout aussi étroit, mus par le même désir incontrôlable, laissant l'avenir et le passé au vestiaire !

Ils savaient pourtant tous deux que leur mariage avait très rapidement dégénéré en disputes, en tristesse, voire en amertume, avant de se fissurer peu à peu…

Assez ! Pourquoi repensait-elle à tout cela ? Il n'était pas question de mariage, mais d'assouvir leurs pulsions sexuelles, point ! Mm… Il la comblait de manière si intuitive, allant et venant merveilleusement en elle…

Et ce matin, Jayson Cooper était au meilleur de sa forme !

Tout comme la première fois, ici même d'ailleurs ! Elle lui avait alors dit en plaisantant qu'elle allait l'épouser, ne serait-ce que pour qu'il lui fasse l'amour à la demande, de façon aussi délirante.

— Entendu ! avait-il répondu. Je te promets d'être l'homme de tous tes orgasmes.

Et cette simple phrase lui avait donné une nouvelle raison de l'épouser. Il la lui avait souvent répétée par la suite, et chaque fois ces paroles déclenchaient les mêmes effets en elle...

Alors que de sa langue elle lui titillait à présent le cou, il lui empoigna les cheveux : il adorait ça, elle le savait ! Ce fut alors qu'incapable de résister à la tentation elle demanda tout à trac :

— Natasha s'y prend aussi bien avec toi ?

Son « non » proche d'un cri d'agonie la poussa à croire qu'il disait vrai.

— Et ton ami, il est aussi doué avec toi que moi ?

— Il peut toujours s'accrocher !

Et tous deux éclatèrent de rire. Elle ressentit presque une joie maligne de savoir que Natasha et Denver étaient encore ici, alors qu'ils étaient en train de céder aux pulsions qui les ramenaient toujours l'un vers l'autre, en dépit de tout.

Après quoi, ils cessèrent de parler et s'emportèrent bientôt mutuellement au-delà du tangible et du dicible, sur un fond sonore de grognements et de gémissements...

Quand ils eurent retrouvé leur respiration, il enfouit la tête dans son épaule, et murmura :

— C'était encore mieux que dans la Mercedes.

Ah bon ? Ce n'était pas mal du tout non plus, cette fois-là, cinq jours avant leur divorce. Mais peut-être que...

— C'est occupé ?

Horreur et damnation... *C'était la voix d'Addison, de l'autre côté de la porte !*

Addison qui était d'ailleurs en train d'agiter la poignée...

La réalité de la situation la frappa de plein fouet : elle n'avait rien à faire ici avec son ex, alors même que le « partenaire » respectif de chacun était dans le patio. Cette fois, elle n'avait plus envie d'en rire, elle se sentait juste honteuse à l'idée de devoir se justifier aux yeux de sa belle-sœur. À nouveau...

— Une seconde, lança-t-elle.

Puis elle ajouta à voix basse :

— Je ne le crois pas. C'est Addi. Elle va encore nous surprendre.

— Comme je te l'ai dit..., commença-t-il.

Il remonta bien vite sa braguette, lui donna un baiser sur le front et ajouta :

— ... certaines choses ne changent jamais !

9

— Heureusement que Royce et Taylor sont en voyage de noces, déclara Brannon, qui présidait la table de conférences.

— Tout à fait d'accord, approuva Jayson. D'autant qu'ils avaient vraiment besoin de faire un break, tous les deux.

— Nous résoudrons le problème avant leur retour, assura alors Gia.

Comme il s'y attendait, elle avait repris de *grandes* distances avec lui : elle avait réagi de la même façon après leurs ébats dans la Mercedes ! Mue par la puissance de son désir, elle se laissait aller avec lui, puis elle redevenait de glace : qui aurait pu imaginer qu'il s'était passé quoi que ce soit entre eux ?

À part Addison, bien sûr...

Ce matin-là, au mariage, Jayson était sorti le premier de la salle de bains, talonné par Gia. Addi avait écarquillé de grands yeux avant d'arborer un petit sourire oblique. Il n'y avait aucune explication à fournir, Addison Abrams en avait assez entendu pour ne pas se poser de questions !

Natasha, en revanche, n'avait même pas remarqué son absence. Il l'avait reconduite chez elle et, après un trajet alourdi par un silence tendu, elle lui avait dit :

— C'était un mariage très agréable, mais je ne pense pas que l'on se revoie, Coop.

Ce qui lui convenait parfaitement.

Cependant, il avait aussitôt appelé Mason, mortifié à l'idée que cette « mésentente » ait des retombées négatives sur son travail, mais ce dernier l'avait rassuré : Natasha était sous contrat.

Que lui avait-il pris de venir avec une inconnue au mariage de Royce ? s'était-il alors demandé, avant de se rendre compte que Gia avait agi exactement de la même façon. Il était donc clair que chacun essayait de se prémunir pour que ce qui était tout de même arrivé ne se produise pas.

Il ne regrettait pourtant rien, il était d'ailleurs prêt à recommencer : à quoi bon se priver alors que cela fonctionnait si divinement bien entre eux ?

Le seul petit hic, c'était qu'il ignorait le fond de sa pensée. Regrettait-elle de lui avoir encore cédé ou bien s'en réjouissait-elle ? Elle était très bonne actrice quand la situation l'imposait, et à ThomKnox, sous l'œil de ses frères, elle ne laissait absolument rien paraître. Pourtant, Addison était au courant, et il aurait parié gros qu'elle l'avait rapporté à Brannon.

Il jeta un coup d'œil à son ex-femme, dont le frère considérait la T13 qu'il tenait à la main. Elle lui rendit brièvement son regard, puis passa de façon machinale sa langue sur ses lèvres…

Finalement, elle n'était pas aussi indéchiffrable qu'un sphinx, songea-t-il, amusé. Ne venait-elle pas de se trahir ? Si elle croyait qu'il n'avait pas remarqué la lueur qui avait brillé dans ses prunelles, tout comme sa vulnérabilité, d'ailleurs. Et puis en détournant si vite les yeux, elle s'était vraiment démasquée !

Nul doute qu'elle le désirait encore, il le sentait dans la région la plus intime de son corps. À la réflexion, elle n'était pas aussi bonne comédienne qu'il le pensait.

— Je vois ce que tu veux dire, à présent, reprit Brannon, sourcils froncés et yeux dardés sur la tablette. Elle s'éteint toute seule.

— Oui, c'est précisément le bug !

La société avait commercialisé la T13 un an auparavant et depuis les ventes dépassaient toutes leurs espérances. Une version améliorée devait sortir le mois prochain, mais le lancement s'annonçait un peu plus délicat…

— Tout allait bien la semaine dernière et subitement ce bug est apparu, poursuivit-il.

Et il était parfaitement improbable que ce soit lié à ses folles étreintes avec son ex-femme, entre-temps !

— On va trouver ce qui cloche, reprit Gia, s'étant tout à fait ressaisie. Nous avons la meilleure équipe technique du pays.

— Cela ne fait aucun doute.

Ce fut alors que Brannon s'éclaircit la voix, et Jayson se rendit compte que Gia et lui étaient en train de se sourire comme deux ravis de la crèche.

— Bon, enchaîna ce premier, inutile d'en parler à Taylor ou à Royce avant leur retour. Il est d'ailleurs fort probable que le problème soit résolu dans quelques heures.

Et il lui redonna la tablette.

Cela était aussi *fort improbable*, pensa Jayson, en dépit de toute la confiance qu'il avait en son équipe et ses propres talents. Le problème serait résolu, assurément, mais un certain temps serait requis, il en était convaincu.

— Je vais entièrement m'y consacrer, déclara Gia. Vous pouvez compter sur un super cerveau en plus.

Et elle adressa un petit sourire supérieur à son frère et à lui-même avant de sortir de la salle de conférences.

— On dirait que vous vous entendez très bien, tous les deux, observa aussitôt Brannon d'une voix pleine de sous-entendus.

— C'est vrai, se contenta-t-il de répondre.

— J'ai l'impression que ça n'a pas marché, entre Pip et elle.

— On dirait.

— Et toi, comment ça va avec Natasha ?

— Même chose, un échec. Mais tu es déjà au courant, non ?

— Ce n'est pas comme si vous aviez été très discrets, renchérit Bran d'un air plus amusé que furieux. Bon sang, mais où aviez-vous la tête ? Vos partenaires étaient dans le patio, en train de prendre leur petit déjeuner, alors que Gia et toi…

Il secoua la tête.

— Tu as raison, je n'ai pas réfléchi. Mon cerveau était déconnecté.

— Épargne-moi les détails. Ce qu'Addi m'a raconté était déjà bien plus que je ne pouvais entendre.

Sur ces mots, Brannon passa la main dans ses cheveux.

— Tu vas me faire le coup de : « Je te préviens, ne t'avise pas de briser le cœur de ma petite sœur », maintenant ?

— En l'occurrence, si quelqu'un en ressort blessé, cela risque d'être toi. Gia prend des leçons de boxe, tu le savais ?

Il fronça les sourcils : de fait, il n'était pas au courant. Il avait très peu d'informations sur la façon dont elle s'occupait en dehors du travail, ces derniers temps.

— Sans doute pour se protéger des individus un peu louches qu'elle fréquente parfois, marmonna-t-il.

— Comme ce Pip, reprit Brannon en hochant la tête. Pourquoi a-t-elle amené ce timbré au mariage de Royce, franchement ?

— Ça me dépasse aussi, renchérit-il.

Même s'il suspectait que Bran s'en doutait un peu...

— Bon, le temps presse, résous ce bug qui éteint notre tablette avant que Royce ne revienne de son voyage de noces, déclara Bran, apparemment ravi de changer de sujet.

— Nous allons tous nous pencher sur la question ! lui assura-t-il.

— Et s'il y a besoin de fonds supplémentaire, n'hésite pas, déclara Bran en lui tapant sur l'épaule.

Après avoir réintégré son service, Jayson tapa dans ses mains pour attirer l'attention de son équipe. Gia, sur le seuil de son bureau, tendit l'oreille.

— J'ai un projet prioritaire à vous soumettre, annonça-t-il. La bonne nouvelle, c'est que les heures supplémentaires seront payées et les efforts récompensés.

— Et la mauvaise ? demanda Gia.

— C'est qu'il y aura beaucoup d'heures à effectuer et d'efforts à fournir.

Jayson entra dans le bureau de Gia et, comme à chaque fois qu'elle le revoyait depuis le mariage, elle se rappela cette journée, leur pique-nique au clair de lune et ce qu'il s'était inéluctablement ensuivi le lendemain matin. La tension sexuelle avait atteint un sommet tel que l'explosion était inévitable.

Il portait un costume et une cravate, ce qui le rendait encore plus désirable... *Assez !* se dit-elle. Depuis qu'ils s'étaient arraché réciproquement leurs vêtements dans la salle de bains exiguë, elle avait plutôt bien réussi à cacher ce qui couvait en elle, mais elle n'était plus certaine de pouvoir continuer longtemps ainsi.

Refermant la porte derrière lui, Jay s'avança sans hésiter vers elle.

— J'ai besoin de toi, déclara-t-il.

Et sans transition, elle l'imagina la faire basculer sur son bureau et lui donner un de ces baisers dont lui seul avait le secret. Mais à la place, il se laissa tomber dans le siège, en face d'elle.

Quel bloc de virilité ! pensa-t-elle en considérant son bras posé sur ses genoux pliés, ce bras à l'unique force duquel il l'avait soutenue durant leurs ébats...

— Ou plus exactement de ton matériel ! De *Big Ben*.

C'était ainsi qu'ils avaient surnommé leur installation informatique à la maison, enfin, ce foyer qui n'était plus le sien, désormais. Big Ben était à la pointe de la technologie, et Jay voulait naturellement l'utiliser pour résoudre le bug lié à la tablette.

— Et de tes logiciels, ajouta-t-il. En fait, il se pourrait qu'il y ait plusieurs bugs. Ici, les gens vont travailler en binôme et le gagnant aura une pizza gratos.

Et il remua les sourcils.

Elle éclata de rire, sachant que le gagnant serait érigé en héros et remporterait bien plus qu'une pizza !

— En résolvant ce bug, nous pourrons d'ailleurs augmenter la vitesse de toutes nos tablettes. Notre réputation est en jeu, dit-il, à nouveau sérieux.

Bien sûr, tout comme lui, elle était consciente que l'avenir de ThomKnox était un enjeu primordial si la société voulait s'imposer comme leader dans le monde de la technologie.

— Je mettrai à ta disposition tout ce dont tu as besoin, répondit-elle.

— En outre, tu es la personne la plus à même de résoudre ce problème, dit-il en se levant. À part ton père.

— Qui a pris sa retraite, compléta-t-elle.

Avant d'entrer à l'université, elle n'osait pas montrer à quel point elle était douée dans le domaine, mais la faculté lui avait permis de trouver une liberté inédite. Ça avait été la première fois qu'elle avait pu s'exprimer sans se préoccuper de l'avis de son père ou de ses frères, ni se justifier. Elle devait reconnaître que Jayson, en dépit de ses nombreux défauts, avait toujours valorisé ses qualités et l'avait encouragée à les mettre en avant. « Bon sang, G, n'hésite pas à abuser de ton intelligence, elle est nettement supérieure à la moyenne », lui disait-il souvent.

Ce qui les avait peu à peu éloignés l'un de l'autre, c'était son caractère ultra-protecteur et son besoin de tout régenter dans leur couple. Toutefois, songea-t-elle, alors qu'ils devaient résoudre ce très fâcheux bug, il ne se montrait pas du tout autoritaire.

Le voyait-elle avec des yeux encore embrumés de plaisir, ou bien avait-il vraiment changé ? Elle secoua la tête pour chasser cette pensée dangereuse : Jayson l'avait dit lui-même, ils ne pouvaient pas se remettre ensemble. Il n'y avait donc pas lieu de perdre son temps à s'interroger sur d'éventuels changements, chez lui.

Forte de cette pensée, il lui serait plus facile de supporter sa présence physique dans son espace privé lorsqu'il viendrait chercher le matériel à la maison, ce soir.

Malgré elle, ses yeux s'attardèrent sur ses mains quand il ouvrit la porte.

— Je passerai chez le traiteur thaï et j'apporterai le dîner, dit-il.

— OK, répondit-elle, tout en se demandant si l'idée était vraiment judicieuse.

10

La journée avait été longue.

Abandonnant sa posture digne du Bossu dans *Notre-Dame de Paris* qu'elle tenait depuis des heures devant son écran, Gia se laissa tomba sur son canapé.

Sur la table basse gisaient les boîtes plus ou moins vides de leur dîner thaï. Ils avaient mangé avant de se mettre au travail et pendant qu'ils tentaient de déchiffrer le code compliqué de la mise à jour, mais elle avait encore faim.

Se redressant, elle vit qu'il restait encore du curry au tofu, dans une boîte. Elle se saisit alors d'une cuillère en plastique et le mangea.

À cet instant, Jayson la rejoignit : il s'empara à son tour d'une fourchette pour terminer le bœuf au basilic thaï.

— Espérons que l'équipe aura été plus chanceuse que nous, dit-il en soupirant.

Mais il en doutait, sans quoi celle-ci l'aurait tout de suite appelé.

— Bon, reprit-il, on va bien finir par trouver.

— Bien sûr, renchérit-elle.

Elle refusait qu'une petite erreur mette en péril le succès de la T13 et vraisemblablement celui de sa version améliorée dès qu'elle sortirait. Pas question que son équipe déclare forfait, enfin, celle de Jay, bref *leur* équipe. Le département Technologie était un peu comme l'enfant qu'ils n'avaient pas eu, tous les deux.

— Tout à fait !

Et elle sentit alors la paume de Jay frôler son genou nu,

puisqu'elle avait enfilé un short et un T-shirt, en rentrant. Il avait pour sa part relevé les manches de sa chemise et ouvert deux boutons, de sorte qu'elle distinguait le haut de son torse et ce duvet brun qu'elle aimait tant, et qui lui rappelait ce dont il était capable. Même une fille aussi indépendante qu'elle était en mesure d'apprécier ce côté fiable, chez un homme.

À propos...

— Combien je te dois pour la nourriture ?

Sur cette question, elle se leva pour aller chercher son porte-monnaie.

— C'est bon, G.

— Jayson, j'ai largement mangé ma part, ce soir.

— Et ?

— Et je peux parfaitement payer mon dîner.

— C'est ThomKnox qui régale.

— Je sais bien que tu as payé avec ta carte.

— Pas du tout, déclara-t-il d'un ton délibérément lent.

— Écoute, il est important de fixer des limites.

— Des limites ? On les a dépassées le week-end dernier, non ?

— Je pensais qu'on ne remettrait pas ça sur le tapis !

— Je pensais au contraire qu'on pourrait remettre ça maintenant.

Là-dessus, il vint se planter devant elle et, avant qu'elle n'ait le temps de le mettre en garde, il se pencha vers elle pour lui demander sur un ton enjôleur :

— Pourquoi tu ne veux pas coucher avec moi ?

Oh ! elle en brûlait d'envie, mais plutôt mourir que de lui avouer ! À la place, elle fit mine de s'étrangler de rire.

— Je pourrais te donner des millions de raisons !

Bon, en réalité, il n'y en avait qu'une seule !

Quand ils faisaient l'amour, cela lui rappelait leur mariage et leur divorce – et la douleur qui y était associée. Seulement, au moment où il captura ses lèvres, toutes ces raisons se désintégrèrent d'un coup, et elle s'enivra de sa bouche épicée sans même chercher à protester.

Lorsqu'il l'enlaça de ses bras vigoureux, et la souleva légèrement de terre, elle eut la sensation enivrante d'être la seule femme qui comptait sur cette planète.

Il y a quelques années, elle était effectivement la seule chère à son cœur ; il avait pris ses devoirs de mari très au sérieux, et parfois bien trop ! Il avait voulu tout gérer dans cette maison : nombre de leurs disputes tenaient à l'incapacité de Jayson à être plus flexible dans les prises de décision, ou à sa tendance à ne pas l'inclure du tout, et au fait qu'elle voulait de son côté se débrouiller sans lui.

Son besoin d'indépendance remontait à son enfance ; toute sa vie elle s'était battue pour, et en épousant Jayson elle avait cru enfin la trouver... Grave erreur ! Il se mêlait de tout et envahissait en permanence son espace vital... et toujours avec le sourire !

Pour l'heure, il soupirait bruyamment, très excité, à en juger par son érection. Elle l'était tout autant, elle le reconnaissait. Pourtant, dans un ultime effort, elle détacha ses lèvres des siennes.

— Non, nous ne pouvons pas recommencer, parvint-elle à articuler.

— Tu ne peux pas t'en empêcher ! dit-il d'un ton amusé sans bouger d'une once. Pas une seule fois tu t'es donnée à moi facilement, durant notre mariage.

— Tu vois, tu as de la chance, nous n'en sommes plus là, Cooper ! éluda-t-elle.

Et lui échappant d'un mouvement subtil, elle se dirigea vers son sac à main.

— Pardon ? Comment m'as-tu appelé ? questionna-t-il alors qu'elle lui tendait un billet de vingt dollars.

— Comme tout le monde. Cooper. Coop, si tu préfères.

— Mais toi, tu n'es pas tout le monde, dit-il d'un ton plus brûlant qu'intimidant.

Et lui prenant le billet des mains, il le jeta sur la table basse.

— Inutile de me donner la preuve supplémentaire que tu n'as pas besoin de moi, Gia. Je crois que j'ai parfaitement compris la leçon !

Elle se figea, choquée par sa réaction.

— Tu n'es qu'un arrogant ! finit-elle par dire. Et une seule chose t'intéresse : arriver à tes fins !

— Arriver à mes fins ? Tu crois vraiment que je préfère partir au lieu de te donner un orgasme avec ma langue ?

Elle se sentit fléchir…

Allez, du cran ! s'ordonna-t-elle. Et elle lui lança sa réponse automatique :

— Je peux parfaitement prendre soin de moi toute seule.

— C'est vrai, tu n'as besoin de personne, et surtout pas de moi ! rétorqua-t-il d'un ton furieux et meurtri, qui lui brisa le cœur.

Évidemment qu'il lui manquait, qu'elle se languissait de lui, et que sa présence dans cette maison était partout… Il lui manquait, mais elle n'avait pas trouvé la façon de le garder à la fois auprès d'elle et à distance. Elle ne voulait pas qu'il la protège, juste être son égale, partager les expériences de la vie avec lui.

Mais il était trop tard pour revenir en arrière…

Résolue à se ressaisir, elle ne renchérit pas mais en revint à des considérations bien plus pragmatiques.

— Nous avons une lourde tâche à mener à bien. Nous ne devons pas nous laisser distraire, déclara-t-elle.

— Ouais, marmonna-t-il en ressemblant ses affaires.

Quand il sortit de la pièce, elle baissa les paupières en même temps que la porte se refermait doucement derrière lui.

11

— Je vais vous laisser, à présent, pour que l'une comme l'autre vous puissiez vous reposer, déclara Jayson.

Mais la fille d'Addison et de Brannon, la petite Quinn Marie, darda sur lui de grands yeux écarquillés puis enfouit à nouveau le visage dans son cou en poussant des petits cris ravis. Il s'efforça de l'écarter gentiment de lui pour la remettre à sa mère, mais ses petits doigts s'accrochaient encore aux siens quand Addison la lui prit enfin des bras. Il venait définitivement de perdre l'amour de l'adorable enfant, songea-t-il attristé.

— Désolé d'avoir tant tardé à vous rendre visite, ajouta-t-il.

Addison avait accouché le soir où Gia et lui avaient mangé thaï, chez cette dernière, puis s'étaient disputés. Dire que ce soir-là il l'avait embrassée et avait cru finir au lit avec elle, ou au moins sur le canapé.

Raté ! Leur éternelle danse à deux pas avait repris de plus belle : il avançait, elle reculait. Parviendrait-il un jour à comprendre qu'il n'y avait plus rien à espérer ?

— Pas de souci, Coop. Je sais combien tu es occupé.

Prenant le poing fermé de sa fille, elle poursuivit :

— Dis au revoir à oncle Jayson !

Il sourit et agita lui aussi la main : « Oncle Jayson », cela lui plaisait.

La famille comptait énormément pour lui, et son divorce avait représenté le pire échec de sa vie. Mais qu'aurait-il fait si, outre sa femme, il avait aussi perdu son travail et sa belle-famille ?

Heureusement que les Knox l'avaient intégré dans leur clan familial pour toujours !

En sortant par la cuisine, il retrouva Bran qui l'attendait sur le seuil de la porte arrière, et lui tendit aussitôt une paire de gants de boxe qu'il enfila sans transition.

— Prêt ? demanda ce dernier.

— Comme jamais ! répondit-il.

Contrairement à Bran, il n'avait jamais pris de cours, mais il savait se servir de ses poings, avec ou sans gants. C'était avec son père que l'entraînement avait commencé, mais à chaque fois il avait perdu. Puis, à l'âge de douze ans, il s'était interposé entra sa mère et ce père violent, et avait pris les coups à sa place : jamais de sa vie, il n'avait été aussi fier d'avoir un œil tuméfié !

Depuis, il avait été enclin à protéger ceux qu'il aimait, tâche qui avait été bien plus facile lorsque sa mère s'était remariée à un homme bon et lui avait donné un petit frère... Il sourit en repensant à l'enfant d'Addi et de Bran : la petite fille n'aurait jamais à se demander si elle était aimée, ni à craindre pour sa sécurité.

— Votre fille est adorable, dit-il à Bran.

— Les gênes des Knox, répondit-il avec un grand sourire. Même si elle a hérité de la beauté de sa mère.

En partie, pensa-t-il, car Quinn Marie lui rappelait Gia. Décidément, quelle obsession, il la voyait partout !

Une fois sur le ring installé sur la pelouse et après que Bran lui eut donné quelques recommandations de base, ce dernier et Jayson se mirent à échanger quelques coups en douceur. Le jardin de Bran était agréable, luxuriant de verdure et de fleurs, un cadre bien curieux en somme pour se donner des coups de poing, même s'il n'y avait pas la moindre animosité entre lui et son ex-beau-frère. Il s'agissait juste de technique et, bien que frustré de l'issue de sa relation avec Gia, il n'était pas question pour lui de déverser sa fureur sur Bran. Il préférait la noyer dans le travail, et notamment résoudre le bug avant le retour de Royce et de Taylor.

Il finit par toucher Bran aux côtes, ce qui lui valut un grognement de la part de son adversaire, et un sentiment de satisfaction.

Bran reprit son souffle contre la corde, hochant la tête en signe de défaite.

— Tu apprends vite, lui dit-il quand ils descendirent du ring.

Deux transats les attendaient sur la pelouse, ainsi qu'une glacière et de la bière fraîche. Chacun prit place, ouvrit sa cannette puis, après qu'ils eurent échangé quelques paroles anodines, Bran demanda tout à trac :

— Gia et toi, vous vous évitez toujours ?

Et c'était parti...

— Pourquoi ?

— Vous arrivez séparément aux réunions. Au début, je pensais que c'était une feinte pour que personne ne devine que vous vous étiez remis ensemble, mais, depuis la naissance de Quinn, on dirait que rien ne va plus entre vous.

— Et on dirait que tu es devenu très observateur, toi !

— Très drôle !

— Non, je suis sérieux.

L'année dernière, à la même époque, Bran n'avait pas encore compris qu'Addison était folle de lui ! Et si ces deux-là n'avaient pas dû se rendre au lac Tahoe en voiture, il se demandait si Bran se serait rendu compte de quoi que ce soit !

— Bon, reprit ce dernier en l'étudiant soudain plus attentivement, que se passe-t-il, au juste ? Gia est venue nous voir hier et elle a longuement parlé à Addi, mais celle-ci m'a dit qu'elle avait juré de garder le secret. Non mais tu le crois, toi ?

— Oui, sans problème, soupira Jayson. En fait, il ne s'est rien passé, enfin presque rien. Nous travaillions avec Big Ben pour résoudre le bug, j'avais apporté de la nourriture thaïe, et figure-toi qu'elle a insisté pour me régler la moitié de la note ! Alors on s'est de nouveau disputés comme lorsqu'on était mariés.

Il haussa les épaules.

— Ça en devient épuisant, je t'assure, ajouta-t-il.

— Bah, tu la connais, elle ne supporte pas qu'on la traite comme une petite chose fragile ! Et donc qu'on paie pour elle alors qu'elle a parfaitement les moyens de régler sa part. J'imagine que Royce et moi sommes en partie responsables de sa réaction allergique à ce genre d'attitude. Une adorable petite sœur nous est tout à coup tombée du ciel, dans notre enfance, au caractère bien trempé, c'est indéniable, mais il nous aurait été insupportable que quoi que ce soit, ou quiconque, la fasse pleurer.

Jayson scruta le profil de Bran, pensif. Il les comprenait tout à fait, Royce et lui : combien de fois n'avait-il pas tenté de protéger Gia comme autrefois il le faisait avec sa mère ? Le seul problème, c'était que son ex-femme n'avait pas besoin d'une telle protection : aucun dragon ne la menaçait.

Et pour la première fois, il comprit le poids que ses frères et son père avaient représenté pour elle, en dépit de leurs meilleures intentions : elle était si désireuse de voler de ses propres ailes, sans qu'ils se mêlent de sa vie.

Du coup, elle l'avait mis dans le même lot !

— Gia n'est pas fragile, dit-il alors.

Et en prononçant ces mots, il se demanda si par son côté surprotecteur il ne lui avait justement pas donné l'impression inverse...

— Je crois que j'ai exagéré, ajouta-t-il tout à trac.

— En quoi ? En refusant qu'elle te rembourse sa part du traiteur ? questionna Bran, dubitatif.

— Non, par le passé. En lui disant toujours ce dont elle avait besoin. En prenant des décisions sans elle. En me mêlant toujours de tout.

— Tu voulais juste le meilleur pour elle, nous le savons bien, répondit Bran en avalant un peu de bière. Tout comme nous connaissons son côté Madame-je-sais-tout ! Il faut toujours qu'elle ait raison. Mais je suis aussi certain que vous êtes capables de surmonter vos vieilles rancœurs ! Je voulais juste m'assurer que je n'allais pas perdre mon équipe de rêve pour résoudre le bug de la tablette afin que celle-ci puisse sortir à la date annoncée.

— N'aie aucune crainte, Gia et moi sommes des pros dans la danse de l'esquive, lui assura Jayson.

Il était évident que jamais leurs problèmes personnels ne les empêcheraient de collaborer et qu'ils finiraient par résoudre le bug. En revanche, ils ne pourraient jamais réparer ce qui était brisé entre eux.

12

Mus par la volonté commune de résoudre ce fichu bug, Jayson et Gia avaient décidé de réitérer leur séance avec Big Ben, le samedi suivant. À eux trois, ils formaient un commando redoutable, pensa-t-il.

Il avait travaillé quatre heures sans relever la tête lorsque Gia l'interrompit.

— Comment ça va ? demanda-t-elle.

Et il vit son regard se porter sur la tasse de café qu'il avait déposée sur la maudite tablette : puisqu'elle ne fonctionnait pas, elle pouvait tout à fait faire office de plateau, non ?

Sans un mot, Gia se saisit de la tasse : elle ne l'entendait visiblement pas de cette oreille. Que de petites disputes n'avaient pas éclaté entre eux pour ce genre de peccadilles ! Mais à force de s'accumuler, ces grains de sable avaient fini par former un îlot.

Une île d'incompréhensions et de malentendus entre eux...

— Je pensais avoir fait une percée capitale, mais il se trouve que non ! finit-il par répondre.

De fait, cette phrase aurait pu s'appliquer à leur relation : il avait enfin compris quel rôle il avait joué dans la détérioration de leur mariage, mais ne savait qu'en faire !

Aujourd'hui, elle avait préféré garder ses distances en s'installant près de la piscine et, quand elle s'aventurait dans la maison, elle prenait bien vite ce dont elle avait besoin et ressortait de la même façon.

— On finira bien par y arriver, répondit-elle d'un ton las, et d'un air peu convaincu.

Comme il la comprenait ! Il n'était pas facile d'admettre que quelque chose était irréparable ; reconnaître que tel était le cas pour leur mariage avait été la chose la plus difficile de sa vie.

— Je vais faire quelques courses, je ne supporte plus les écrans, annonça-t-elle.

Comme il n'avait pas envie qu'elle parte, il tenta un coup bas pour la retenir.

— À propos, déclara-t-il, je suis passé voir notre nièce.

Ce qui lui valut un beau sourire, ainsi qu'il s'y attendait. Gia croisa les bras : elle portait une robe d'été toute simple, mais tout vêtement prenait immédiatement de l'allure, sur son ex-femme. Et la façon dont cette tenue moulait ses formes était des plus tentante.

— Je suis ravie qu'Addison et Taylor aient eu des filles. Cela va rétablir l'équilibre dans une famille où les hommes sont majoritaires.

Se rappelant les propos de Bran, il saisit la balle au bond.

— Et hyper protecteurs, renchérit-il.

— Les hommes de la famille ont en effet tendance à croire que je suis en porcelaine ! J'ai dû littéralement m'enfuir au MIT pour que mes frères comprennent que j'avais grandi. Même si mon père n'a jamais voulu l'admettre, lui.

Cela, il n'en doutait pas : quand il repensait aux conversations que Jack avait eues avec lui concernant sa fille, il en avait le poil tout hérissé. Des erreurs irrémédiables avaient en effet été commises.

— Le problème, c'est que je ne suis pas fragile, et je ne renonce jamais.

Ce fameux esprit compétitif qu'il avait aussi évoqué avec Bran ! Une idée lui traversa soudain l'esprit.

— Sauf qu'en l'occurrence tu vas faire du shopping, donc en quelque sorte tu abandonnes.

Elle émit un grognement dégoûté.

— Non, je fais un break. Les pauses, c'est bon pour le cerveau.

— Je te parie que je vais résoudre ce bug avant toi, lança-t-il. On est coincés sur ce truc depuis trop longtemps maintenant, on a besoin d'une petite compétition amicale pour se remotiver.

— Pour ma part, je ne manque pas de motivation, dit-elle en levant un sourcil provocateur. Je sais que je résoudrai le bug avant toi.

— Si tu en es si certaine, alors parions !

— Et qu'as-tu de si alléchant à m'offrir ?

Il ouvrit les bras, et elle roula des yeux, mais son sourire en valait malgré tout la peine.

— Sois sérieux, s'il te plaît.

— Très bien. Si tu gagnes, je te prépare un bon dîner.

Elle émit un rire narquois.

— Des pâtes faites maison suivant la recette de ma grand-mère, ajouta-t-il.

Elle en resta bouche bée.

Il sourit, sachant qu'elle était piégée : il ne préparait pas souvent cette recette succulente, mais chronophage, la réservant pour les grandes occasions, en l'occurrence son anniversaire quand ils étaient mariés.

— Je vois très bien ce que tu veux, si tu gagnes, dit-elle en croisant les bras. Mais je te préviens, je ne recoucherai pas avec toi.

— Puisque tu es sûre que tu vas gagner, pourquoi cela te préoccupe-t-il ?

— Naturellement, je suis *sûre* de moi, mais je sais aussi que le sexe peut décupler ta motivation.

Et elle retint de toute évidence un sourire, comme si l'idée ne lui déplaisait pas autant qu'elle l'affirmait.

— Je reconnais que c'est un enjeu très incitateur. Mais cette fois, je te promets que ce ne sera pas sur un lavabo mais dans un lit.

Là-dessus, il inclina la tête, et s'approcha d'elle comme pour la mettre au défi de refuser. De reconnaître qu'elle redoutait de perdre. Ou, pire, de décliner le pari pour ne pas prendre le risque de recoucher avec lui.

Mais elle n'en fit rien : forcément, elle aurait préféré mourir plutôt qu'admettre qu'une défaite était possible. De surcroît, il aurait juré qu'elle avait envie de refaire l'amour avec lui.

— Ça s'appelle de la corruption. J'aime ces pâtes plus que tout.

Et elle resserra les bras au-dessous de sa poitrine.

— Je sais, dit-il ravi par le moindre moment de cet échange.

La frôlant, il se dirigea vers la cuisine.

— Amuse-toi bien dans les boutiques. De mon côté, je vais mettre le turbo.

— Le shopping attendra, décréta-t-elle. Si je veux gagner, autant m'en passer. En tout cas, pour le dîner, j'attends aussi les bougies et la musique. Je veux entrer dans ma cuisine et me retrouver dans un restaurant italien du dernier chic.

— Donc, tu acceptes le pari ? dit-il.

Et il ouvrit la porte du réfrigérateur, faisant mine de chercher quelque chose à se mettre sous la dent.

— Oui, Jay, répondit-elle en se plantant devant lui. Marché conclu !

Sur ces mots, prenant la tablette et ses lunettes de soleil, elle sortit de la cuisine pour rejoindre son transat près de la piscine.

Le compte à rebours avait donc commencé. Il ne s'agissait plus de résoudre le bug avant le retour de Royce et de Taylor ; il devait trouver une solution avant Gia !

Peu importe qu'elle n'aille pas faire de shopping, se dit Gia. Elle avait de toute façon une tenue toute prête pour son rendez-vous du lendemain. Et puis l'enjeu était de taille : les pâtes de la grand-mère de Jayson étaient juste divines. En outre, même si refaire l'amour avec lui était du même ordre, voire bien mieux, les retombées seraient bien plus compliquées.

Elle était censée tourner la page, que diable ! Un an et demi s'était tout de même écoulé depuis leur divorce, et non seulement ils avaient eu un rapport sexuel, mais Jayson s'était réinstallé à domicile, à cause de cette fichue tablette !

Voilà pourquoi elle n'avait pas annulé son rendez-vous...

Tout à l'heure, elle s'était en effet accordé une pause et en avait profité pour vérifier ses messages sur Divinement Vôtre. Elle en avait reçu plusieurs, y compris un de Denver Pippen. Il était actuellement en Allemagne pour une compétition de skateboard et avait adoré le mariage, affirmait-il, mais il ne les voyait pas vraiment faire un bout de chemin ensemble.

Elle en convenait tout à fait, et d'ailleurs appréciait sa délicatesse : il aurait pu tout simplement ne pas se manifester. Ce Pip n'était pas un mauvais bougre, il n'était juste pas fait pour elle.

Elle était ensuite tombée sur un message bien plus intéressant, celui d'Elias Hill. Fondateur et propriétaire de la Hill Yacht Company, il la complimentait pour son travail à ThomKnox, puis l'invitait à une petite sortie inaugurale en mer, sur son dernier modèle avant son lancement officiel. « Je ne veux surtout pas te mettre la pression, Gia, disait-il en conclusion. Ce sera juste une journée sur les flots. »

Elle avait tant besoin d'oublier la pression !

Elle ne s'attendait pas à ce que ce rendez-vous sur un yacht débouche sur une relation avec Elias Hill, mais si l'impensable se produisait et, ce qui était encore plus improbable, que Jayson gagne le pari, elle pourrait prendre Elias pour prétexte afin de ne pas coucher avec son ex. C'était sans doute de la triche, mais ne disait-on pas qu'à la guerre comme en amour tous les coups étaient permis ?

Tout en bâillant, elle rassembla ses affaires et rentra. Sa journée était terminée, décida-t-elle. Elle avait envie d'une bonne tasse de thé et d'un bon livre, voilà tout ! Et il était aussi l'heure pour Jayson de rentrer chez lui ; certes, il était infatigable, mais il y avait un moment où il fallait savoir s'arrêter.

En outre, elle devait l'informer qu'elle sortait, le lendemain – ce qu'il n'apprécierait pas – et qu'il ne pourrait pas rester chez elle en son absence, de sorte qu'ils reprendraient leur travail en commun lundi.

Happée par ses pensées, elle sursauta en découvrant son ex-mari endormi sur son canapé… Le talon de ses baskets posé tranquillement sur l'accoudoir.

— Jayson ! marmonna-t-elle.

Il ne perdrait jamais ses mauvaises habitudes ! pensa-t-elle, irritée. Sans compter les miettes et la tasse de café, sur la table basse. Néanmoins, elle n'eut pas le cœur de le réveiller, il semblait si épuisé, et avait l'air si vulnérable aussi, avec sa barbe de plusieurs jours... Elle se contenta donc de le recouvrir d'un plaid tout en se félicitant de son rendez-vous du lendemain... et de résister à l'embrasser sur le coin des lèvres. Elle se plut alors à croire que, bien que toujours attirée par son ex-mari, elle était devenue moins vulnérable.

Naturellement, la plus grande prudence était toujours de rigueur, le concernant !

13

Une fois sorti de la salle de bains, Jayson se dirigea vers la cuisine. Il s'était endormi dans son ancienne maison, la veille : s'y trouver de si bon matin et chercher le café dans la cuisine était curieusement bien trop familier.

Et d'ailleurs, qu'est-ce qui était le plus surprenant ? Avoir passé la nuit ici, ou que Gia ne l'ait pas réveillé ?

Il l'entendait marcher à l'étage : naturellement, elle avait déjà pris son petit déjeuner, puisque le café était prêt, constata-t-il alors. Il s'en servit un grand mug, et le but goulûment.

— Salut ! dit-elle en déboulant dans la cuisine.

Elle portait un short et une chemise scintillante, ainsi que des chaussures à talons. Et ses ongles, peints en jaune, étaient assortis à son short !

— Tu es très belle, dit-il, incapable de détacher les yeux de ses longues jambes bronzées.

Ses cheveux ondulés lui retombaient sur les épaules, une coiffure qu'il adorait.

— Merci, répondit-elle.

— Je vais refaire du café, déclara-t-il.

Il la vit alors prendre son sac à main et coincer des lunettes de soleil dans ses cheveux.

— Désolé de m'être endormi sur le canapé, poursuivit-il. J'étais éreinté.

— Pas de souci, répondit-elle avec un bref sourire.

— Où vas-tu ? demanda-t-il alors puisque, de toute évidence, elle attendait qu'il lui pose la question.

— Oh ! j'ai un truc à faire... En fait, j'ai rendez-vous avec quelqu'un.

— Un rendez-vous ? répéta-t-il sans en croire ses oreilles.

— Exactement. Je vais faire un petit tour sur un yacht.

— Avec qui ?

— Cela ne te regarde pas, Jayson.

Merci, il le savait !

Il lui adressa un sourire forcé pour ne pas la contrarier davantage, et déclara :

— Je me demandais juste si ton histoire avec Pip avait finalement marché.

— Non, dit-elle d'une voix suffisamment ferme pour qu'il la croie. Mais j'ai rencontré un autre homme, sur le même site. Elias Hill.

— Quoi ? Tu vas toujours sur ce site de rencontres ?

Il cligna des yeux. Était-ce un rêve ? Une hallucination ? Après ce qui s'était passé au mariage, il n'aurait jamais imaginé qu'elle continuait à chercher un partenaire !

Alors qu'elle s'élançait vers la porte, il lui emboîta vivement le pas, prenant garde à ne pas renverser son café.

— Tu es certaine que c'est bien raisonnable ?

— Si *quoi* est bien raisonnable ?

— D'aller faire un tour en mer avec un type qui pourrait être un *serial killer* !

— Jay, reprit-elle avec un petit air suffisant, Elias Hill est le P-DG d'une société dont le chiffre d'affaires se décline en milliards. Je doute qu'il ait le projet de m'assassiner en pleine mer !

La jalousie rugit en lui tel un animal déchaîné... En même temps qu'il se rendit compte qu'en dépit de sa présence chez elle de si bon matin ils n'étaient plus mariés !

Elle pouvait donc tout à fait se rendre à un rendez-vous galant, si tel était son bon vouloir. Toutefois, il ne put s'empêcher de préciser :

— Ça ne me plaît pas du tout, tu sais.

— Je n'ai pas besoin de ton approbation, Jay, répondit-elle en lui tapotant la joue.

Et elle sortit ! Il ne lui restait plus qu'à prendre une douche, se refaire du café, et passer la journée ici pour s'assurer qu'elle rentrerait bien de son expédition en mer, comme tout ami digne de ce nom l'aurait fait.

Elias Hill avait été d'une gentillesse exquise, d'une courtoisie remarquable, d'une simplicité exemplaire, et il était parfaitement assorti à une personne comme elle, pensa Gia. Il pouvait parler affaires, mais savait aussi se détendre et, contrairement à Denver Pippen, aucune remarque vulgaire ne lui échappait, ni surnom inapproprié.

Il était parfait, mais aussi *parfaitement* rasoir.

Au déjeuner elle avait réprimé un bâillement. Il n'était ni entêté, ni provocateur, ni facétieux. Eh oui, ce n'était pas Jayson ! lui susurra une petite voix intérieure qu'elle fit taire immédiatement !

Après qu'Elias l'eut raccompagnée à quai et embrassé sur la joue, elle rentra chez elle avec la ferme intention de ne plus travailler côte à côte avec son ex-mari, sans compter que leur pari n'était sans doute pas une bonne idée. Elle devait impérativement remettre de la distance entre eux !

Hélas... ! Quand elle réintégra sa maison, elle ne retrouva pas le calme tant espéré, mais Jayson Cooper installé sur un matelas pneumatique jaune au beau milieu de sa piscine. Par chance, il portait un maillot de bain... ainsi que des lunettes de soleil roses, en l'occurrence les siennes, avec lesquelles de surcroît il n'avait pas l'air ridicule. Au contraire, le spectacle qu'il lui offrait était des plus éblouissant. Des gouttes d'eau scintillaient encore sur son corps parfait.

Elle en aurait presque salivé !

Comment son propre corps osait-il réagir de cette façon ? s'insurgea-t-elle. Jayson gâchait tout, y compris son rendez-vous avec Elias : si elle n'avait pas couché récemment avec lui, nul doute qu'elle aurait trouvé ce dernier tout à fait plaisant. Parfait, même !

— Qu'est-ce que tu fiches ici ? s'écria-t-elle en arrivant au bord de la piscine.

— Ah, tu es déjà rentrée ! répondit-il. J'attendais ton retour pour partir.

— Mais oui ! marmonna-t-elle.

Et elle se rendit compte qu'en réalité sa présence ne l'irritait pas autant qu'elle le pensait.

— Alors, ça s'est bien passé ?

Elle croisa les bras et haussa les épaules.

Il fronça vivement les sourcils.

— Qu'est-ce que ce crétin a osé te faire ?

— Rien, soupira-t-elle en laissant retomber ses bras. Et je ne suis pas furieuse à cause de mon rendez-vous, mais à cause de toi ! Que fais-tu dans ma piscine alors que je voulais justement faire quelques brasses ?

— Donc il faut que je sorte de l'eau pour que tu puisses nager, à présent ? demanda-t-il.

Formulée ainsi, naturellement, la requête semblait stupide.

Sans répondre, elle se fit bien vite un chignon et ôta ses vêtements, sous lesquels elle portait un maillot deux-pièces. Elle avait tout à fait conscience que Jayson n'en perdait pas une miette derrière ses lunettes de soleil roses. D'autant plus qu'elle savait aussi que son bikini était fabuleux : il recouvrait tout ce qui devait l'être, mais le filet du décolleté suggérait aussi ce qu'il cachait.

Elle entra dans l'eau par les marches, commentant à voix haute le fait que celle-ci était plus froide que ce à quoi elle s'attendait, ce qui le fit sourire... Elle comprit alors qu'elle venait de lui donner une idée.

— Non ! s'écria-t-elle.

Mais à cet instant, il glissa du matelas jaune, lançant les lunettes sur le rebord de la piscine... et disparut.

— Non, répéta-t-elle, je viens juste de me laver les cheveux.

Elle n'eut pas le temps de sortir : il émergea juste devant elle, telle la créature des marais, et referma ses bras autour d'elle.

— Il ne fallait pas me dire que l'eau était froide, G, dit-il d'une voix menaçante.

Elle se mit bien vainement à donner des coups de pied dans l'eau, à remuer dans tous les sens.

— Je retire ce que j'ai dit, déclara-t-elle essoufflée, en riant.

— Hélas, ça, ce n'est pas possible !

Et sur ces mots, il captura fiévreusement sa bouche avant de l'entraîner vers l'eau plus profonde... Et avant qu'elle ne puisse le supplier de n'en rien faire, il la souleva dans les airs... et la laissa retomber dans l'eau froide !

14

Jayson n'aurait su dire ce qui avait été le plus divertissant : l'embrasser ou la jeter dans l'eau ? L'embrasser, sans aucun doute ! Mais la lancer dans l'air était un petit jeu dont il était coutumier, autrefois.

— Tu es vraiment un crétin, Jay ! s'écria-t-elle, quand elle refit surface en recrachant de l'eau.

— Tu savais bien comment cela allait finir, non ?

À ces mots, elle bondit sur lui, mais il ne bougea pas. Au contraire, il l'attrapa et lui enroula les jambes autour de la taille avant de l'entraîner vers l'endroit de la piscine où ils n'avaient pas pied.

— Pourquoi es-tu allée retrouver cet Elias aujourd'hui, hein ? poursuivit-il.

Elle fit la moue, sans chercher à se débattre.

— Ça ne te regarde pas.

— Tu voulais me rendre jaloux ?

— Non, j'essayais juste de t'oublier.

Et elle détourna bien vite les yeux comme si elle regrettait ses paroles.

— Intéressant ! La tentative a marché ?

Elle resserra l'étreinte autour de son cou. Dans cette position, les courbes de son corps étaient parfaitement alignées avec le sien. Que n'aurait-il donné pour y goûter… !

— Je n'ai pas l'intention de le revoir.

Excellente nouvelle, se dit-il, encore qu'un peu vague, tout de même ! Il lui adressa alors un sourire suggestif...

— Arrête, Jay ! le prévint-elle. Si on cède encore une fois à nos pulsions sexuelles, qu'est-ce qui va se passer ? Tu vas repartir, et après ?

— Quel autre choix me laisses-tu ? Tu m'as clairement dit que tu ne voulais pas que je vive dans le même espace que toi.

— Ce n'est pas loyal, Jay.

— Je le reconnais, mais c'est aussi la vérité.

— Écoute, on a déjà essayé de sauver notre mariage, on n'y est pas arrivés, je ne vois pas ce qui a changé depuis.

— Depuis, nous avons pris conscience des erreurs que nous avons faites et nous devrons en tenir compte à l'avenir.

Elle plongea alors son regard dans le sien, tandis qu'une légère brise soulevait l'eau autour d'eux. Sans ajouter un mot, elle plaqua ses lèvres sur les siennes, puis chercha sa langue, avant de glisser sa main sous l'eau... Il sentit bientôt ses doigts courir sur son érection...

Alors, avant que son cerveau ne soit plus en mesure de réfléchir, il écarta sa bouche de la sienne et déclara :

— G, je ne veux pas qu'à nouveau on gâche tout.

Cela avait le mérite d'être honnête. Trop peut-être, car elle détacha immédiatement ses jambes de ses hanches et nagea jusqu'à l'échelle. Il en conclut qu'elle avait changé d'avis, et que c'était sans doute préférable, mais, une fois hors de l'eau, elle se retourna brusquement vers lui et lança par-dessus son épaule :

— Allez, viens !

Il la suivit docilement. Son dos bronzé sur lequel ruisselait sa chevelure était juste fascinant, et les gouttes d'eau menèrent forcément son regard vers son postérieur que moulait à la perfection son bikini. Elle était si ravissante...

Contrairement à elle, il était capable de céder à l'excitation du moment sans se tracasser pour le futur. Advienne que pourrait, l'important n'était-il pas de cueillir le moment présent ? Dès qu'elle était dans ses bras, le monde tournait à nouveau rond, tout faisait sens et rien d'autre ne comptait pour lui.

Comme la maison était bien protégée des regards des voisins, ils n'avaient pas à se soucier de ceux-ci, de sorte qu'une fois qu'ils se furent essuyés et que Gia lui eut adressé un regard univoque il détacha tranquillement le haut de son maillot de bain. Ses seins magnifiques surgirent alors sous les rayons du soleil qui déclinait malgré tout assez vite, à cette heure tardive. Il vit ses tétons se hérisser. Avait-elle froid ? Il ne pouvait pas prendre le risque de lui proposer de rentrer, car il n'aurait pas été exclu qu'elle change d'avis.

Quand elle fit glisser le bas de son maillot sur ses cuisses, il l'imita. Ce qu'il pouvait aimer son corps de déesse ! Gia adorait les préambules et, les dernières fois qu'ils avaient couché ensemble, ils n'avaient pas eu la possibilité de s'y livrer, mais il avait bien l'intention d'y remédier.

Il l'entraîna vers la chaise longue en rotin où il l'incita gentiment à s'asseoir.

— Tu es..., commença-t-il.

Mais elle posa un doigt impérieux sur sa bouche, peu désireuse visiblement de laisser le doute s'immiscer entre eux sur le bien-fondé de leur acte. Puis de ce même doigt, elle parcourut son torse, et descendit plus bas encore...

Quand elle prit dans sa bouche la partie la plus sensible de son corps, il ne fut plus en mesure de penser... Il enfouit la main dans ses cheveux, se laissant emporter... Gia était une fée, si concentrée sur lui et attentive à lui donner du plaisir. Ce soir, il voulait finir en elle...

Elle leva soudain de grands yeux vers lui. Cette femme était décidément son talon d'Achille, pensa-t-il. Mais pas question de s'arrêter en si bon chemin ! Posant une épaisse serviette de bain sur les dalles, il se mit à genoux devant le transat et l'invita à s'y étendre. Le ciel d'un bleu violet rajoutait à la surréalité de cet instant, des gouttelettes irisées parsemant toujours le corps de cette beauté irréelle.

Se penchant, il en lécha une, près de son sein, qui s'apprêtait à tomber, puis une autre. Il recommença avec l'autre, pour ne pas faire de jaloux, puis fit glisser sa langue jusqu'à son nombril, tandis qu'elle enfouissait ses doigts dans ses cheveux, et qu'un petit cri lui échappait.

— J'en connais une qui est bien excitée, murmura-t-il contre sa peau humide.

— Cela faisait si longtemps, souffla-t-elle.

— Je vais rattraper le temps perdu, promit-il alors.

Il l'aida à poser ses pieds délicats sur ses épaules et, quand elle s'offrit à lui, ce fut le plus beau des présents jamais reçus... Il embrassa d'abord l'intérieur de ses jambes, et remonta peu à peu, puis l'entendit haleter... Son attente l'enivrait...

Quand, de sa langue, il effleura les plis de sa chair, un long frisson la parcourut. Il retint un sourire, redoubla d'application puis se déchaîna jusqu'à ce qu'elle hurle dans le crépuscule...

15

Le patio de Julia et d'Albert Robinson était certes accueillant mais guère spacieux, la mère de Jayson ayant toujours refusé qu'il leur achète une nouvelle maison. Il devait cependant se réjouir qu'elle ait accepté son idée de leur aménager un patio ultra-design ; c'était son cadeau de fête des mères. D'ici l'an prochain, il espérait bien la convaincre pour la piscine enterrée qu'il prévoyait de lui offrir.

Sa mère méritait d'être gâtée, encore que son beau-père y veillait, il le reconnaissait ; seulement, il n'était pas assez fortuné pour lui offrir les petits extra que lui, Jayson, était en mesure de lui procurer.

La porte du patio glissa, et Chester, le mari de Mason, se matérialisa avec un plateau de viande à griller, et des steaks végétariens pour lui.

— Mas, chéri, tu peux m'apporter une bière ? lança-t-il par-dessus son épaule.

— Je peux t'aider ? questionna Jayson en se levant.

— Oui, occupe ton frère pour qu'il ne soit pas dans mes pattes, dit Chester en roulant des yeux.

Il était d'une si bonne nature, Jayson l'adorait.

Il obtempéra immédiatement et s'installa avec son frère au bar extérieur, le plus loin possible du barbecue où s'affairaient Chester et Albert ; à l'intérieur, leur mère terminait sa divine salade de pommes de terre.

— J'adore leur nouveau patio, dit Mason avant d'avaler une gorgée de bière.

— Je suis tellement heureux que maman ait accepté.

— Tu es un fils parfait, observa son frère d'un ton moqueur.

Il savait que ce dernier n'était pas dépourvu d'ambition, et sa réussite dans l'industrie de la photographie en était une preuve éclatante. Quand la conversation roula sur Natasha, Jayson secoua la tête.

— Bon, j'aurais dû te prévenir, elle adore jouer les divas. Elle est magnifique, mais capricieuse.

— Gia est plus belle, marmonna Jayson.

La réponse de Mason fut d'abord un silence assourdissant. Puis un sourire narquois se dessina sur ses lèvres.

— Que passe-t-il, au juste ? reprit-il enfin.

— Mais rien du tout ! C'était juste un commentaire.

Et sur ces mots, il avala un peu de bière.

— J'avais remarqué que tu étais de meilleure humeur, et maintenant je comprends pourquoi : tu as couché avec ton ex !

— Mais, un peu de délicatesse ! lança Chester du barbecue. Moi, j'adorerais que vous vous remettiez ensemble, Jay.

— Quel romantique tu fais ! le taquina Mason.

— Hélas, nous ne sommes pas à la hauteur, en la matière, Gia et moi ! répondit Jayson en toute sincérité.

Ils avaient essayé de filer le parfait amour mais avaient quitté la route et fini dans un fossé.

Il considéra sa mère qui venait de rejoindre Albert, puis Mason et Chester. De toute évidence, il était le mouton noir de sa famille si douée pour les choses de l'amour !

— Je vais faire un tour dans le jardin, ajouta-t-il.

À son passage, le chien des voisins se précipita contre la clôture en jappant joyeusement.

— Tiens, salut, Ollie, lui dit-il.

Et il se pencha pour la gratter derrière l'oreille avant de s'installer sur un banc en pierre, devant le potager.

Il était si heureux que sa mère ait enfin trouvé un environnement paisible, et qu'elle soit aussi bien entourée. Rien à voir avec l'univers où il avait grandi, auprès d'un père épouvantable. Heureusement que sa mère avait des amis sur qui compter ; quand Eric Cooper avait dépassé les bornes – la seule fois où il l'avait frappée —, elle s'était enfuie avec son fils pour se réfugier chez eux.

Deux jours plus tard, quand ils étaient rentrés à la maison, Eric était parti ; Julia avait alors fait changer les serrures et s'était mise en quête sans délai d'un nouvel appartement.

Après quoi, elle avait enchaîné des contrats précaires, et Jay avait lui aussi décroché des petits jobs pendant les vacances, ou le soir. Puis Albert était entré dans leur vie et il avait tenu à ce que Jay reste dans son rôle d'enfant, sans se préoccuper des problèmes des adultes, lui demandant juste de descendre la poubelle ou de mettre la table. Ensuite, Mason était né et ils avaient formé une famille comme les autres. Jay était si reconnaissant à Albert de l'avoir accepté tel qu'il était, c'est-à-dire un enfant rebelle, que son beau-père avait su recadrer en douceur.

Quand il avait rencontré Gia, plus tard, son monde s'était arrêté : elle lui avait semblé tout droit sortie d'un film hollywoodien ! Quand quelque temps après, il était allé demander sa main à son père, Jack avait répondu :

— À condition que tu prennes bien soin d'elle.

Et il lui avait expliqué que lui-même ne pourrait pas toujours la protéger et que c'était désormais son devoir. Une tâche qu'il avait prise très au sérieux. Il savait ce dont les femmes avaient besoin, du moins le croyait-il...

Car avec Gia, chaque fois qu'il avait voulu faire son *devoir de mari*, elle l'avait proprement rabroué et, maintenant qu'ils étaient divorcés, elle avait encore moins besoin de lui.

À vouloir à tout prix être un homme bon, un mari exemplaire, contrairement à son père biologique, n'avait-il pas été un mari insupportable ? Assurément, il n'avait jamais levé la main sur Gia, plutôt mourir, mais n'avait-il pas toujours tenté de lui forcer la main ? Il avait essayé de la surveiller comme son père, de la protéger à l'instar de ses frères, et elle avait réagi avec lui de la même façon qu'avec les trois autres : elle l'avait écarté de sa vie.

Ne disait-on pas que le mieux était l'ennemi du bien ? C'était assurément la cause de son divorce, une situation qu'il n'avait jamais envisagée. Pour lui, le mariage s'apparentait à une institution sacrée, mais au fil de leurs disputes il avait finalement ravalé ses mots et opté pour le silence au lieu de lui exprimer le fond de sa pensée et ce qu'il ressentait.

Grave erreur !

— Ollie pourra t'écouter, mais pas te répondre, déclara soudain Chester en venant prendre place près de lui, sur le banc. Moi, je suis un bon confident, tu sais.

Devait-il se confier à lui ? se demanda Jayson. Après tout, l'avis d'un proche ne serait peut-être pas du luxe.

— Gia et moi avons un passé compliqué, et je crois qu'un avenir commun le serait plus encore.

— Possible, il est difficile de ne pas retomber dans certains travers. Cela dit…

Il tourna la tête pour vérifier que Mason n'était pas à portée d'oreille et enchaîna :

— J'ai connu ça avec mon ex, avant ton frère, ça a mal fini, mais notre relation n'avait rien à voir avec Gia et toi.

Jayson lui lança un regard en coin.

— C'est-à-dire ?

— Vous vous voulez du bien ; seulement, vous vous cramponnez chacun obstinément à votre orgueil. La vulnérabilité est la clé de toute relation apaisée.

— Gia et moi avons recouché ensemble il y a peu, Ches. Comment peut-on être plus vulnérable ?

Chester lui tapota alors l'épaule.

— Jayson, Jayson, il faut parfois savoir admettre ses erreurs. Mais cela prend du temps.

— C'est elle qui me repousse, dit Jayson en se levant, tant il était douloureux de l'admettre.

Et il se rendit alors compte que c'était sans doute le genre de vulnérabilité dont parlait Ches.

— À toi de voir, répliqua ce dernier en se levant à son tour. Mais permets-moi juste de rajouter une chose.

Il se doutait bien que son beau-frère ne s'en tiendrait pas là !

— Même si ce n'est pas l'amour parfait entre vous, quand Gia est partante, ne fais pas le difficile.

— Mais je pensais que tu voulais que l'on renoue vraiment ! s'écria-t-il presque indigné.

— Naturellement ! Je constate juste que tu es moins malheureux quand tu la vois, et je ne cherche que ton bonheur. Cesse de t'autoflageller à cause du passé ! Les choses finissent toujours par s'arranger.

Et après lui avoir donné un léger coup de pied dans la cheville, il s'éloigna.

Jayson posa alors les yeux sur une abeille qui butinait une fleur, songeur. Il était plus heureux avec Gia, c'était indéniable, plus heureux aussi quand il couchait avec elle. Et tout à coup, une pensée le saisit : n'avait-il pas fait passer son propre bonheur avant celui de Gia ? Elle lui avait pourtant répété des centaines de fois ce qu'elle voulait, mais l'avait-il seulement écoutée ?

Les aboiements d'Ollie l'interrompirent dans ses pensées.

— OK, je sais, lui dit-il.

Comme lui, le chien estimait que non.

16

— Je n'ai jamais été aussi épuisée de ma vie, déclara Addison tout en berçant le siège auto posé à côté d'elle. Je ne comprends pas comment c'est arrivé, mais elle prend le jour pour la nuit. Tu crois que Bran est secrètement un vampire ?

Gia éclata de rire. Elle avait convié Addi à déjeuner, consciente que, claquemurée à la maison, celle-ci commençait à devenir folle. Addison aimant passionnément son travail, son congé maternité n'avait rien d'une évidence pour elle.

Le soleil brillait et l'air était doux, aussi s'étaient-elles installées à la terrasse d'un restaurant huppé, situé à mi-chemin entre leurs deux domiciles, d'où s'échappaient actuellement d'agréables notes de jazz, auxquelles se rajoutait de temps à autre le cliquetis des couverts.

— Au moins, Quinn dort quand tu es à l'extérieur, répondit Gia avec un sourire, et un regard tendre pour sa nièce aux cils parfaits et aux joues si adorables. Et si tu as besoin d'aide, appelle-moi, je peux passer quand tu veux.

— Je sais, tu sais t'y prendre avec les bébés.

— Eh oui, je suis la meilleure tante du monde ! se rengorgea Gia en prenant un air faussement supérieur.

Elle avait adoré ses deux nièces dès qu'elle les avait vues, et passait avec grand plaisir du temps avec elles.

Quand elle vivait avec Jayson, ils n'avaient jamais vraiment envisagé d'avoir des enfants, attendant de travailler moins, de se quereller moins, aussi. Mais maintenant qu'elle était entourée de si belles fillettes, elle ne pouvait s'empêcher de penser à fonder elle aussi sa propre famille, un jour.

Le problème était qu'elle n'avait aucun père en vue. À part un, bien sûr, mais celui-ci était exclu d'emblée, même s'ils avaient couché deux fois ensemble récemment. Elle ne savait trop que faire : se refuser de manière définitive à lui pour se concentrer sur sa quête de l'homme parfait via son site de rencontres, ou continuer à voir Jayson de temps à autre sachant que cela ne les mènerait nulle part ?

— J'ai l'impression que Royce et Taylor sont en lune de miel depuis une éternité, déclara Addison en cessant de bercer sa fille pour manger sa salade d'épinards aux noix.

— Incroyable, n'est-ce pas ? Il est nommé P-DG, et il ne trouve rien de mieux à faire que de devenir un tire-au-flanc !

Ce qui était faux, bien sûr ! Son frère aîné avait largement mérité ces vacances.

— Et pour la tablette, ça avance ? Jayson et toi avez enfin craqué le code ?

— Pas encore, mais on y travaille.

— Ce doit être difficile une collaboration si étroite. Tu dois avoir constamment envie de l'étrangler, non ? À moins que vous ne passiez votre temps dans la salle de bains...

Gia secoua la tête.

— Je l'attendais, celle-ci.

— Allez, Gia, dis-m'en un peu plus, quand même ! Quand je vous ai surpris dans la salle de bains, c'était la première fois, non ?

— Depuis le divorce, oui. Mais cinq jours avant la proclamation officielle, on avait eu un rapport dans la voiture.

Addi éclata de rire.

— Ça t'amuse, n'est-ce pas ? renchérit Gia.

— Absolument ! J'ai si peu de distractions en ce moment. Et donc, maintenant que vous travaillez ensemble, vous faites l'amour dans toutes les pièces de la maison ?

Gia prit son sandwich club de son assiette.

— C'est arrivé une seule fois près de la piscine, et ce n'était pas une bonne idée. En fait, c'était juste après mon rendez-vous avec Elias.

Addi en resta d'abord bouche bée.

— Quoi ? Tu as rencontré quelqu'un ? Mais qui est cet Elias ?

— Un type que j'ai connu sur mon site de rencontres, dit Gia avant de mordre dans son sandwich. Ce n'était pas...

... Jay, faillit-elle dire avant de se reprendre en temps opportun pour ajouter :

— extraordinaire. Il est gentil, mais rasoir.

— En tout cas, une chose est certaine : entre Jayson et toi, c'est tout sauf ennuyeux !

Gia se mit à grignoter une frite : effectivement, avec lui, c'était tout le contraire, puisque les problèmes semblables à des nuages flottaient dans l'air, prêts à doucher l'ambiance. Les disputes passées et les non-dits.

— Je ne sais pas ce que nous faisons encore ensemble, tous les deux, déclara-t-elle alors. On s'est déjà mariés et on a bien vu que ça ne fonctionnait pas entre nous.

— Inutile de prendre une décision pour le moment, trancha Addi.

— Il faudra bien qu'on règle le problème un jour.

— Tu réfléchis trop, Gia. En l'occurrence, ton intelligence supérieure te dessert. Parfois, il suffit de profiter de l'instant et de voir ce qui se passe ensuite.

— Tu veux dire comme toi avec Bran ?

Et Gia croisa les bras en levant un sourcil. Addison avait saisi la balle au bond avec Bran avant que tous deux ne réfléchissent et se ravisent !

— Tout à fait, approuva Addi à son grand étonnement. Et tu vois, tout s'est bien terminé. Il n'y a pas *une* façon de procéder avec Jayson, et tu n'as rien à redouter de lui ; honnêtement, c'est un bon pari.

En un certain sens, elle n'avait pas tort : Jayson ne lui ferait jamais de mal, il la respectait, et c'était un amant hors pair. Néanmoins, elle n'avait pas l'esprit complètement tranquille avec lui, car elle n'arrivait pas à séparer le mari qui lui avait brisé le cœur de l'homme qui l'avait reconquise. Et une relation à long terme pouvait les conduire à nouveau droit vers l'échec, ce dont elle ne se remettrait pas, une fois avait suffi.

Sa conversation avec Gia la hanta quasiment toute la journée et lui fut resservie sur un plateau d'argent quand Jayson arriva chez elle, vingt minutes après sa sortie du travail.

Elle sentit son cœur fondre lorsqu'il entra, son sac en bandoulière, et lui dit :

— C'est juste moi.

Il aurait tout aussi bien pu dire : « Salut, chérie, je viens de rentrer ! »

Elle se trouvait dans la cuisine, et se préparait un sandwich.

— Tu veux que j'aille chez le traiteur prendre quelque chose ? proposa-t-il.

— Tu peux tout à fait te faire un sandwich, tu sais, répondit-elle.

— Ah merci ! Je me demandais si tu allais me le proposer.

Et il passa près d'elle, déposa un baiser juste sur le coin de sa bouche avant de prendre un cornichon dans le bocal.

Attention ! se dit-elle. On *aurait dit* qu'ils étaient en couple, mais ce *n'était pas le cas*.

— J'ai envie de chips, déclara-t-il.

— Sur le haut du réfrigérateur, répondit-elle automatiquement.

Il savait bien où elles se trouvaient, puisque c'était lui qui avait coutume de les ranger ici. Pourquoi avait-elle gardé cette habitude, voilà ce qu'elle ne s'expliquait pas, étant donné qu'il lui fallait un marchepied pour les attraper...

Il avait raison : certaines choses ne changeaient jamais !

— Tu te rappelles, avant, tu les entassais dans un placard, et elles étaient toutes émiettées, dit-il en ouvrant le sachet avec des ciseaux qu'il avait machinalement sortis du tiroir sans se demander où ils étaient.

La scène était d'une inquiétante familiarité, elle avait l'impression d'avoir remonté le temps, et pourtant tout était différent !

« Je ne veux pas qu'on gâche à nouveau tout », avait-il dit, la dernière fois. Au lieu de dire : « Je ne veux pas tout gâcher », car c'était lui qui était toujours en train de se justifier, ou bien qui espérait toujours qu'elle réagirait comme il en avait envie. Il ne l'écoutait jamais, du moins était-ce ainsi qu'elle le ressentait.

Avait-il changé depuis qu'ils étaient séparés, c'est-à-dire un an et demi, ou bien était-il trop dangereux de miser sur une transformation de sa part ?

Ils confectionnèrent leurs sandwichs côte à côte en silence. Quand elle traversa toute la grande cuisine pour aller ouvrir la poubelle, elle lui demanda :

— Pourquoi avons-nous acheté une maison si grande ?

— J'adore cette maison.

— Moi aussi ! Mais elle est un peu disproportionnée.

Il avala une grosse bouchée de son sandwich à la dinde avant de répondre :

— Tu avais fondu pour elle ; aussi, je tenais absolument à ce qu'on l'achète.

Elle le reconnaissait : dès qu'elle avait mis le pied dans cette demeure, les notes de la *Mélodie du bonheur* avaient résonné dans sa tête.

— Je l'aimais, nuança-t-elle.

— Tu parlais toujours des immenses fêtes de Noël que nous y organiserions, des enfants qui courraient partout. Tu voulais aussi un chien, tu te souviens ?

Naturellement, elle se rappelait, et le souvenir la meurtrit... Comment aurait-elle pu à présent imaginer un autre homme que lui – un Denver ou un Elias – dans cette cuisine en train de manger un sandwich au comptoir ?

— Bon, dit-elle brusquement pour les ramener à la réalité, on a du travail sur la planche, et il ne faudrait pas que tu rentres trop tard ! On a des nuits courtes, en ce moment. Encore que, si tu veux dormir ici, c'est possible...

— Ah bon ? fit-il d'un air intéressé.

— Le bungalow près de la piscine est à toi, si le cœur t'en dit.

Et elle regretta immédiatement ses paroles. À quoi jouait-elle, bon sang ?

— Le bungalow de la piscine ? répéta-t-il, déçu.

— Il y a beaucoup d'espace, et même un lit, tu sais.

— Je le connais ce lit, Gia, trancha-t-il en posant sur elle son beau regard bleu dans lequel flottaient des ombres.

Elle aurait dû détourner les yeux, mais en fut incapable.

Ils avaient dormi presque un mois dans ce lit, pendant les travaux de décoration, et chaque matin il se réveillait avant elle et lui préparait un café artisanal. Tout était si simple, alors. C'étaient des temps bien plus heureux...

Bon sang, ces souvenirs l'assaillaient de toutes parts, c'était juste insupportable ! Comment était-elle censée vivre sa propre vie si elle était incapable de les surmonter ?

17

À la tombée du crépuscule, Jayson avait failli craquer le code, il s'en était fallu de peu !

Gia était allée au lit avant lui et, quand il leva le nez de l'écran, vaincu, il avait deux options : soit rentrer chez lui, soit le bungalow…

Cela l'irritait qu'elle ait repris ses distances après qu'ils se furent tant rapprochés l'un de l'autre, ces derniers temps. Pourquoi avait-elle soudain remis une frontière entre eux ?

Il éteignit Big Ben et sortit ses clés, puis sourcilla : il n'avait aucune envie de rentrer chez lui, ni de dormir dans le bungalow ! Il se sentait si légitime dans cette maison, auprès d'elle. Ne voyait-elle pas qu'elle avait besoin de lui ? Non pour la protéger – elle vivait dans une zone résidentielle clôturée, à l'intérieur d'une maison hautement sécurisée —, mais juste pour être là.

Elle avait paru triste après lui avoir dit qu'il pouvait dormir dans le bungalow, et il ne voulait pas la savoir seule et malheureuse. Bon, il dormirait sur le canapé, pensa-t-il en s'y allongeant.

Bras derrière la tête et yeux au plafond, il repensa à toutes les fois où ils s'étaient querellés, dans cette maison. Puis à la façon dont ces disputes passionnées s'étaient transformées en lourds silences, ce qui les avait conduits à la séparation… Il dormit peu cette nuit-là et, dès 6 h 30, il l'entendit s'affairer dans la cuisine, alors qu'il était déjà devant l'écran, les yeux encore pleins de sommeil.

— Salut, dit-il d'une voix rauque pour lui signaler qu'il était dans la maison.

— Salut, répondit-elle.

Elle s'était fait un chignon sur le haut de la tête et portait un court peignoir en soie blanche orné de grosses fleurs noires. Elle était juste adorable et semblait si abordable, ce matin. Les mains le démangeaient de la prendre dans ses bras.

— Tu portes des lunettes, maintenant ? demanda-t-il en la regardant, alors qu'il se levait pour s'étirer.

— Oui, depuis peu. En alternance avec mes lentilles.

Tant de choses avaient changé et pourtant, à chaque fois qu'il venait ici, il lui semblait que le temps s'était arrêté.

— Un café ?

— Volontiers.

Après avoir mis en marche la machine à café, elle posa le poing sur sa hanche. Elle était encore tout endormie et terriblement sexy, surtout avec ses lunettes à monture noire.

— Tu n'as pas dormi dans le bungalow, avoue ?

— Comment as-tu... Je me sentais mal à l'idée de te laisser seule, répondit-il, soudain embarrassé.

— En revanche, dormir chez moi alors que je t'ai dit de partir ou bien d'aller dans le bungalow, cela ne te gêne pas ?

— Que cherches-tu à éviter en me chassant, G ?

La tension sexuelle était palpable entre eux, et c'était précisément ce genre de situation qu'elle redoutait, il en était bien conscient.

— Tu ne m'écoutes jamais. Je dors toute seule depuis un certain temps maintenant, je n'ai pas besoin de gardien au rez-de-chaussée.

Il s'apprêtait à répliquer qu'il ne cherchait pas à la surveiller, juste à être là pour elle au cas où elle aurait besoin de lui, mais il comprit que les vieux schémas allaient resurgir et qu'elle lui répondrait qu'il n'avait nul souci à se faire pour elle, puisqu'ils étaient divorcés ! Or, il ne voulait pas que cette conversation dégénère de cette façon ; il était donc temps d'opter pour une autre stratégie.

La vulnérabilité, ainsi que l'avisé Chester le lui avait recommandé, même s'il se méfiait depuis toujours de ce sentiment. Il avait bien vu que son père la considérait comme une faiblesse à exploiter et, quant à sa mère, elle se sentait coupable d'engendrer un sentiment d'insécurité chez son enfant. Voilà pourquoi il s'était toujours méfié de ses émotions, pour se protéger lui et ceux qu'il aimait. Mais en l'occurrence, n'aurait-il pas été indiqué de s'ouvrir à Gia ? C'était peut-être LA solution pour enterrer le passé une bonne fois pour toutes. Bien sûr, il y avait l'éventualité de l'humiliation si elle rejetait sa démarche...

Pour cette conversation, il avait besoin de se rapprocher d'elle ; aussi l'attira-t-il en passant un doigt sous la ceinture de soie qui lui cintrait la taille.

— Chaque fois que tu me rappelles que tu n'as pas besoin de moi, je me sens repoussé.

Elle cligna des yeux, et il se sentit soudain des plus vulnérable, comme s'il venait de lui remettre un revolver chargé. Au lieu de faire machine arrière, il décida d'aller plus loin encore.

— Quand nous étions ensemble, dit-il, je ne te protégeais pas de la bonne façon.

Elle écarquilla les yeux, visiblement choquée, et pour cause : il avait rarement admis ses fautes dans le passé, estimant toujours qu'il savait tout sur tout.

— Tu comptes tant pour moi, Gia. Je n'ai jamais eu l'intention d'entraver ta liberté, et encore moins de t'infantiliser. Mais finalement, et bien que je n'eusse nulle intention de ressembler à mon père, je me rends compte que j'ai eu la main aussi lourde que lui.

De façon métaphorique, assurément, mais tenter d'étouffer tous ses élans de liberté n'avait guère été plus reluisant. Immédiatement, elle lui enserra la joue.

— Non, Jayson, tu ne ressembles en rien à ton père ! Ta mère et toi m'avez raconté suffisamment d'histoires à son sujet pour que je sois capable d'en juger.

Il demeura silencieux, sentant qu'il devait écouter ce qu'elle avait à lui dire.

— Tu es parfois trop protecteur, c'est certain, mais tu es aussi un homme bon et doux.

Il poussa un petit grognement, et elle se mit à rire.

— Et il n'y a rien à redire à cela ! enchaîna-t-elle. Tu n'es pas ton père, tu n'as rien à voir avec la bassesse de cet homme.

Le moment n'était-il pas venu de lui donner un baiser ? Il pencha la tête, et elle inclina la sienne pour unir leurs lèvres... La vulnérabilité avait ses bons côtés, se dit-il.

Comme il était doux de l'embrasser au réveil, il y avait si longtemps que cela ne s'était pas produit, si longtemps qu'ils n'avaient pas passé une nuit ensemble.

Surpris, il sentit qu'elle s'accrochait à son cou, redoublait d'ardeur. Alors il détacha la ceinture de son peignoir, glissant les mains sur sa peau chaude : elle portait des sous-vêtements en coton blanc tout simples, qu'il adorait parce que sur elle ils prenaient une dimension extraordinairement sensuelle.

— Tu es si douce, murmura-t-il.

Il entendit la respiration de Gia s'accélérer.

— Il faut que nous travaillions, dit-elle sans grande conviction.

Il l'enserra plus étroitement : ce simple baiser avait déclenché une érection, chez lui.

— Et si pour une fois tu faisais ce que tu n'es pas censée faire ?

Elle se mit à rire, un rire rauque et sexy, puis tourna ses grands yeux vers lui.

— Cela m'arrive souvent, tu sais, depuis qu'on traîne tous les deux.

Sa réponse lui plut, et dans la foulée il la souleva pour la déposer sur le comptoir, comme il en avait l'habitude, au temps de leur mariage. Mais, au moment où sa bouche allait capturer un de ses seins, on toqua fermement à la porte.

— C'est nous ! s'écria alors une voix féminine tout aussi résolue.

Taylor Knox ! Elle n'était pas encore dans la cuisine, mais d'une seconde à l'autre elle allait y surgir...

— Zut ! J'avais oublié, marmonna Gia.

Et se détachant de lui, elle sauta du comptoir.

— Ça veut dire quoi, cette intrusion matinale ? grommela-t-il en rajustant son pantalon.

— Royce et Taylor m'avaient demandé s'ils pouvaient passer

aujourd'hui, avant d'aller au bureau, pour me donner quelque chose.

— J'espère que c'est quelque chose d'important ! maugréa-t-il.

— Allez, va te cacher, dit-elle en lui faisant signe de s'éclipser.

— Me cacher ?

— Jayson, il est 7 heures du matin, et ni toi ni moi ne sommes habillés.

— J'ai pourtant l'impression que nous ne sommes pas des ados. Tu n'as pas à te justifier.

Il croisa les bras : il n'irait nulle part.

— Tu es une adulte !

Et à ce titre, elle pouvait coucher avec lui – ou presque – quand elle en avait envie. Elle soupira.

— Prends au moins un air désinvolte, s'il te plaît ! le supplia-t-elle.

— Désinvolte, après ce baiser ?

Elle lui lança un regard noir, puis sortit de la cuisine.

Quelques instants plus tard, la voix de Taylor résonnait tout excitée dans la maison, suivie par celle plus basse de Royce. Jayson se servit une tasse de café et s'appuya à nouveau contre le comptoir. Lorsque Taylor entra dans la cuisine, elle interrompit immédiatement son bavardage.

— Salut, Coop, dit-elle avec prudence.

Puis elle échangea un bref regard avec Royce avant d'en jeter un plus long un Gia.

— Bonjour, répondit Jayson.

Puis il but une gorgée de café.

— Cooper, dit Royce au visage plus impénétrable que sa femme.

— Un café ? proposa Jayson.

— Non, merci, répondit Taylor. On a rapporté quelques souvenirs, et je voulais les déposer à Gia avant de filer à ThomKnox. Nous avons aussi un présent pour toi, Coop, mais je n'ai pas pensé à l'apporter.

— Et pour cause, enchaîna Royce dans sa barbe, on ne pensait pas te trouver ici. Bon, on va boire le café sur la terrasse ?

— Je vais prendre le mien ici, mais libre à vous de sortir, répondit Jayson avec un grand sourire.

— Nous n'allons pas nous attarder, trancha Taylor, sentant la tension monter entre les deux hommes. Ne dois-tu pas être au bureau à la première heure, Royce ?

— Non, pas particulièrement !

— Que se passe-t-il, Royce ? l'interpella alors Jayson. Tu as peur d'exprimer ce que tu ressens. Ta sœur est une adulte, tu sais.

— La peur n'a rien à voir là-dedans ! rétorqua Royce en regardant sa sœur. Vous faites attention, tous les deux ? Dans tous les sens du terme.

— Royce ! s'écria Taylor.

Et elle le foudroya du regard.

— Gia sait ce qu'elle veut, renchérit Jayson, et ce qu'elle ne veut pas. Elle n'a jamais permis à personne et certainement pas à moi d'empiéter sur son espace vital. Elle est tout à fait capable de décider par elle-même, indépendamment de ce que toi ou moi souhaitons.

Les paupières de Royce se dilatèrent, et Gia se rapprocha de Jayson : il comprit tout de suite qu'il venait précisément de faire le contraire de ce qu'il affirmait, à savoir parler à sa place. Et zut, n'apprendrait-il donc jamais ?

— Merci, Jayson, dit alors Gia.

Euh... Pardon ? Elle venait de le remercier ?

Elle reprit à l'adresse de son frère :

— Tes conseils ne m'intéressent pas, en ce qui concerne Jayson.

Puis elle fit un clin d'œil à Taylor avant d'ajouter :

— Les tiens en revanche me sont précieux.

— Oh ! merci, G ! répondit Taylor en souriant.

Puis elle donna une petite tape à son mari avant de poursuivre :

— Cesse d'être aussi inquisiteur, Royce ! Jayson a raison : Gia est assez grande pour savoir ce qu'elle doit faire.

Sur ces mots, elle posa son sac de cadeaux sur le comptoir et glissa le bras sous celui de son mari.

— Ciao ! À tout à l'heure au bureau ! ajouta-t-elle.

Une fois qu'ils furent repartis, Jayson se tourna vers son ex-femme :

— Ai-je eu une hallucination ou bien Taylor et toi avez-vous admis que j'avais raison ?

— Ne gâche pas cet instant avec ton arrogance, lui conseilla Gia en riant.

Lui retirant sa tasse de café des mains, elle la posa sur le comptoir, puis demanda :

— Bon, où en étions-nous ? Nous avons quelques minutes devant nous pour achever ce que nous faisions avant d'aller au bureau.

Il ne se fit pas prier et, la replaçant là où elle se trouvait avant l'interruption, il l'embrassa avec ferveur...

18

Lorsque Gia s'assit à son bureau, plus tard dans la matinée, et ouvrit son ordinateur, Taylor se matérialisa tout à coup devant elle comme par magie.

— Visiblement, j'ai manqué plusieurs épisodes pendant mon voyage de noces ! N'étiez-vous pas venus chacun avec quelqu'un, au mariage ? Raconte-moi tout, s'il te plaît !

Et sur ces mots, elle s'assit en face d'elle.

— Eh bien…

— Addison m'a dit qu'elle vous avait surpris dans la salle de bains, le lendemain du mariage, mais je croyais qu'elle avait exagéré. Enfin, je veux dire, c'était le matin, et il y avait encore plein d'invités dans le patio.

— Eh bien…

— Je n'ai jamais cru un instant à ta relation avec ce champion de skate-board. Ni à celle de Cooper avec ce top model.

Taylor roula des yeux.

— On ne me la fait pas, Gia !

— Tu as raison… Nos partenaires ne nous correspondaient pas vraiment.

— Donc, vous vous êtes remis ensemble ? s'esclaffa Taylor. À propos, désolée d'avoir débarqué chez toi ce matin.

— Ce n'est pas grave. De toute façon, Jayson n'était pas censé être là. En fait, je lui avais demandé de dormir dans le bungalow de la piscine.

— Tu as raison, il est important de fixer des limites, déclara Taylor avec prudence.

Gia se rappela alors les paroles que Jayson avait adressées à Royce : sa position l'avait à la fois réjouie et troublée. C'était si sexy de l'entendre affirmer avec force qu'elle pouvait décider pour elle-même, en espérant que son changement d'attitude s'inscrirait dans la durée...

— Tu sais, si vous avez envie de coucher ensemble, Coop et toi, pourquoi vous privez ? Quoi de plus naturel que le sexe.

— Ah bon, toi aussi tu t'y mets ? Addi m'a dit la même chose. Pourtant, ce n'est pas si facile que ça en a l'air, Jayson et moi sommes divorcés.

— Et alors ? Vous êtes toujours des êtres humains, non ? Et vous avez une relation bien particulière, si peu conventionnelle. Les couples commettent tous des erreurs, tu sais, et on apprend beaucoup de celles-ci. Peut-être que la première fois n'était qu'une répétition...

— Il se peut aussi que je sois complètement folle d'être attachée à ce point à cet homme !

Jayson était la tentation incarnée, mais le fait qu'il ait reconnu ses torts allait-il tout régler entre eux comme par magie ?

— Oh ! ma chérie, je t'adore ! lui dit alors Taylor en lui tapotant la main. Je te souhaite tout le bonheur du monde, que ce soit auprès de Jayson ou d'un autre. Mais parfois, il faut avoir un peu confiance en la vie, même si on n'est pas archi-sûr de soi. Prends mon cas. J'ai accumulé les erreurs avec Royce, et pourtant vois où nous en sommes aujourd'hui : mariés et parents de notre petite Emmaline. Ne m'en veux pas de te souhaiter le même bonheur !

— Absolument pas ! répondit Gia en souriant.

Elle se réjouissait tant que Taylor et Royce se soient trouvés !

— Il est normal de tâtonner, dans la vie, conclut Taylor en se levant. Je sais que tu t'estimes blindée, capable de tout faire par toi-même, mais je t'assure que tout cela, au fond, n'a pas grande importance. Tu n'as rien à prouver, Gia, et nous sommes tous à la merci d'une erreur. Cela prouve au moins qu'on a essayé.

Gia avait eu l'impression d'avoir beaucoup « essayé » pendant son mariage, mais s'y était-elle *bien* prise ? Si Jayson et elle se rendaient compte qu'ils avaient commis une erreur en divorçant, se pardonnerait-elle de leur avoir causé tant de souffrances ? Car c'était elle qui lui avait proposé le divorce, comme ultime solution.

Toutefois, elle ne fit pas part de ses doutes à Taylor, se contentant de répondre :

— Merci, Tay.

— De rien, ma jolie !

Et sa belle-sœur s'éclipsa du bureau au moment où Jay s'y immisça. Il s'arrêta sur le seuil, les deux mains plaquées contre l'encadrement. Ce qu'il pouvait être beau ! Encore plus beau que tout à l'heure, se dit-elle. L'envie subite qu'elle éprouva de le toucher la désarçonna.

— *Brainstorming* avec pizzas, ce soir, à la maison ? lança-t-il.

Il avait prononcé les derniers mots d'un ton prudent, et elle lui en sut gré.

— Entendu !

— J'apporte du vin ?

Après tout, pourquoi aurait-elle réfléchi midi à quatorze heures avant de répondre ? Sa belle-sœur ne venait-elle pas de l'inciter à profiter du moment ?

— Parfait !

— Rouge ? Blanc ?

— Un chardonnay serait l'idéal.

— Tes désirs sont des ordres !

Il tapota sur l'encadrement et s'éloigna. Rêveuse, elle riva ses yeux à son dos tout en muscles et à ses cheveux ondulés...

Cette soirée-là, Gia était étendue sur le sofa, sa tablette sur les jambes, et Jayson assis au bureau, à l'autre bout de la pièce.

Elle repensait à sa conversation avec Taylor, alors qu'elle aurait dû se concentrer pour résoudre le bug de la tablette. Personne dans leur équipe n'y était encore parvenu et, quand elle avait suggéré à Jayson de renoncer à la mise à jour, il en avait presque eu une attaque.

— Non, si on abandonne, on signe notre arrêt de mort, avait-il déclaré.

Elle avait alors pensé à eux, à leur mariage. Avaient-ils renoncé trop tôt ?

Plus il passait de temps chez elle, plus il lui semblait irrésistible. Même quand ils ne couchaient pas ensemble, leur intimité était palpable tout comme l'attirance qu'ils éprouvaient l'un pour l'autre. Même quand une boîte contenant les restes peu romantiques d'une pizza gisait sur la table basse !

Elle soupira : elle se sentait piégée par elle-même, ses montées de désir de plus en plus incontrôlables, ses pensées de moins en moins gérables, ce bug insoluble et la présence de son ex-mari qui y était liée !

Assez ! Elle redémarra la tablette pour la mille centième fois, et naturellement celle-ci s'éteignit avant qu'elle n'ait le temps de...

— Ça alors ! marmonna-t-elle.

Elle venait de comprendre comment résoudre le bug !

Jay se tourna vers elle, masquant à peine son excitation.

— Ça semble prometteur...

Elle lui sourit : il reconnaissait le ton de sa voix quand celle-ci signifiait *Eurêka* !

Se précipitant vers le bureau, elle lui prit littéralement la souris des mains et ferma la fenêtre sur laquelle il travaillait. Quelques clics et touches plus tard, elle savait qu'elle avait résolu le bug ; son intuition lui dictait qu'elle avait trouvé le bon code.

Elle était une super héroïne, il fallait bien que tout le monde l'admette ! Une poignée de secondes plus tard, elle s'écria :

— C'est bon, j'ai trouvé, je le savais, je le savais...

Le cœur battant à tout rompre, elle se leva et le regarda.

— Pourquoi ne suis-je pas surpris ? dit-il.

Il lui fit un clin d'œil, et elle comprit alors à quel point il était fier d'elle.

— Allez, montre-moi tes résultats, je vais mettre à jour ce logiciel et lancer un test. Juste pour vérifier que tu as bien gagné le pari. Ou si j'ai encore une chance.

Ah oui, le pari ! Elle n'y pensait plus, tant Jay et ce bug l'obsédaient…

Un quart d'heure plus tard, alors qu'elle faisait les cent pas, impatiente, dans la cuisine, elle entendit le son évocateur de la tablette qui se mettait en marche ; elle s'élança dans le salon. Il lui jeta un regard en coin, éteignit le tout, ralluma…

— Ça ne bugue plus. *Yes !*

Un sourire éclaira son visage, et il ajouta :

— Normalement, tout s'éteint immédiatement. Essaie, s'il te plaît, pour qu'on en soit certains.

Et il lui tendit la tablette.

— Je recommence avec la mienne, précisa-t-il.

Jayson ouvrit une page web, puis une autre, et encore une autre. Il alla ensuite sur les applis de deux ou trois réseaux sociaux, téléchargea un jeu, y joua quelques instants, le referma, puis rouvrit son fichier de documents.

Aucun plantage, pas même l'ombre du bug qui les avait bloqués depuis tant de jours.

Elle y était arrivée. *Elle y était arrivée !*

Il était impressionné par son intelligence, son esprit brillant l'excitait réellement. Dommage toutefois qu'il n'ait pas été le premier à avoir eu cet éclair de génie, sans quoi ils seraient actuellement nus, peau contre peau, et elle serait en train de jouir en hurlant son prénom !

Encore qu'il n'avait pas dit son dernier mot.

— Un problème ? s'enquit-il soudain, la voyant à nouveau concentrée sur la tablette.

— Pas vraiment, je suis juste devenue addicte à Candy Blaster. Je suis déjà au niveau 13. Tu sais ce que ça veut dire ?

— Ton nom va s'afficher sur l'appli et proclamer à la terre entière que tu es la meilleure ?

— Très drôle ! Cela signifie que tu me dois un dîner. Les pâtes maison de ta grand-mère, cela parle à ta mémoire ?

Et elle éclata de rire, un rire des plus contagieux. D'autant qu'autrefois ces pâtes avaient toujours été un prélude à des ébats fiévreux…

Non, il ne renonçait absolument pas !

Se levant, il s'avança vers le sofa.

— Tu peux être fière de toi, tu sais. Personne n'a la moindre chance contre toi. Même les cerveaux les plus brillants de ThomKnox.

— Merci, dit-elle avec un petit sourire penaud.

Son humilité était si touchante ! Même s'il lui avait souvent répété qu'elle ne devait pas hésiter à se mettre en avant.

— Je vais siffler la fin du match par e-mail, puis je file au bureau, déclara-t-il.

— Maintenant ? Enfin, tu ne veux pas qu'on boive au moins un verre de vin, pour fêter ça ?

Tiens, elle ne souhaitait pas qu'il parte… Intéressant…

Il était le premier à avoir envie de fêter l'événement, mais il savait aussi qu'elle était épuisée et il ne voulait pas abuser ; d'ailleurs, une fois l'adrénaline retombée, elle risquait de devenir grognon.

— Je ne veux pas perdre une minute de plus pour modifier le code dans notre système. Beau travail, Gia ! Tu as battu tout le monde, déclara-t-il alors.

Et il se pencha pour lui donner un baiser sur la joue.

Quand il se redressa, elle tourna la tête et chercha son regard avec une lueur presque éperdue. Il en frissonna jusqu'à la moelle…

Allait-elle l'embrasser ? Cependant, de fil en aiguille, le baiser ne leur suffirait pas… Or, le travail attendait…

— Très bien, dit-elle. Mais n'oublie pas que tu me dois un dîner.

— Compte sur moi ! approuva-t-il.

Et sur ce qui irait ensuite avec !

Visiblement, c'était elle aujourd'hui qui était frustrée : bienvenue à bord, pensa-t-il. Mais qu'elle ne s'inquiète pas, ils se rattraperaient !

— Samedi ? ajouta-t-il. 18 heures ?

Elle hocha la tête.

— Que dois-je faire ? demanda-t-elle.

— Juste apprécier le gâchis que te vaut ta victoire, dit-il avant de se précipiter vers la porte.

Au moment de poser la main sur la poignée, il l'entendit lui souhaiter une bonne nuit. Tout venait à qui savait attendre, se dit-il.

19

Le lendemain, du seuil de son bureau, Gia observait la scène.

Jayson était assis sur le coin de sa table de travail, au milieu du département Technologie, entouré de son équipe. Tout le monde était à sa place, les yeux tournés vers lui pendant qu'il annonçait de vive voix la bonne nouvelle : la mise à jour de la tablette fonctionnait !

Bras croisés, elle s'appuya d'une hanche au chambranle. Au cas où on la regarderait, elle devait donner l'impression de soutenir tout le monde, d'un air décontracté : le soutien, ce n'était pas compliqué ; la décontraction, c'était une autre paire de manches.

Jayson était pour sa part un bourreau de travail, un chef respecté et admiré. Et il était si à l'aise parmi les employés… Elle se rappela à quel point elle l'avait désiré, la veille ! Il n'avait rien tenté, et elle ne cessait depuis de se répéter qu'elle s'en réjouissait : après tout, n'essayait-elle pas de mettre des frontières entre eux, depuis le début ?

Eh bien, voilà, elle avait ce qu'elle souhaitait, non ?

Son équipe se mit à rire à ce qu'il venait de dire, et Jayson sourit. Il savait si bien gérer son charisme, comme un gladiateur dans l'arène qui savait que le spectacle reposait sur lui.

Toute sa vie, elle avait été entourée d'hommes puissants, qui pensaient, celui-ci y compris, savoir mieux qu'elle ce qui lui convenait. Mais jamais ils ne l'avaient intimidée, ni elle n'avait craint de leur dire sa façon de penser.

Elle se rappela soudain la vulnérabilité de Jayson, quand il avait admis qu'il avait voulu tout diriger dans leur couple. C'était un fait ; néanmoins, il n'était pas le seul en cause : n'avait-elle pas toujours pris le contre-pied de ce qu'il disait par pur esprit de contradiction ? Cette pensée était bien peu agréable. Aussi gênante que lorsqu'il avait tourné les yeux vers elle, la veille, et qu'elle avait tant désiré qu'il l'embrasse... Qu'il s'attarde chez elle et prenne un verre avec elle. Ça aurait été jouer avec le feu, bien sûr ; aussi pourquoi était-elle si déçue ?

Ces derniers temps, il la plongeait dans la confusion.

Elle pensait pourtant le connaître... Était-il en train de changer ? Non seulement il avait reconnu qu'il n'avait pas toujours agi au mieux quand ils étaient en couple, mais il avait pris sa défense contre Royce et argué qu'elle pouvait mener la vie qu'elle voulait sans en référer à son aîné.

Elle avait d'ailleurs cru halluciner, ce matin-là.

Et elle ne pouvait s'empêcher de voir dans la résolution du bug une métaphore de leur relation, sans compter que son corps ne l'aidait pas à se défaire de cette pensée obsédante.

La moindre parole qu'il prononçait à présent lui donnait des frissons, comme « l'analyse intégrée du logiciel », à l'instant.

— J'apprécie vraiment la façon dont toute l'équipe s'est mobilisée pour gérer cette situation de crise, disait-il actuellement de sa belle voix de baryton, sexy sans même qu'il n'en ait conscience. Vous pouvez être fiers de vous, de la façon dont vous avez sué sur ce code...

Alors qu'il parlait, elle entourait d'un air absent une mèche de cheveux autour de son doigt, évaluant la largeur de son torse. Quand ils étaient mariés, ils avaient souvent passé leurs soirées à transpirer pour autre chose qu'un bug à résoudre... Il était toujours si obstiné à trouver son point le plus sensible... Celui qui...

— Et maintenant, déclara-t-il d'une voix plus forte qui l'arracha à ses rêveries, j'ai un aveu à vous faire.

Sur ces mots, il dirigea son regard droit sur elle et poursuivit :

— C'est Gia qui a résolu le problème. Nous avions aussi fait un pari, tous les deux. Et je l'ai perdu.

Les applaudissements fusèrent de toutes parts, puis, une fois le calme revenu, Ric, un des techniciens, demanda :

— Et qu'est-ce que tu as perdu, Coop ?

— Je vais devoir passer des heures en cuisine pour faire la recette de pâtes de ma grand-mère, éluda-t-il en remuant les sourcils de façon terriblement sexy. Et si j'avais gagné...

— C'est moi qui aurais dû cuisiner pour lui ! trancha Gia. Bon, super boulot, les amis ! Beau travail d'équipe, peu importe qui a finalement trouvé la faille. Parfois, savoir ce qui fonctionne peut être aussi important que trouver ce qui ne marche pas.

Jayson lui lança un sourire approbateur.

— Bien dit, Gia, déclara-t-il avant de se tourner vers les autres pour ajouter : Nous allons célébrer l'événement en organisant une petite fête, à ThomKnox. Le champagne va couler à flots, mais avant nous devons encore entrer les ultimes corrections, puis prévoir une nouvelle date de lancement. Merci à tous, soyez fiers de ce que vous avez accompli !

Chacun retourna à sa tâche, et Jayson se leva pour venir la rejoindre dans son bureau.

— Du champagne ? dit-elle. C'est très gentil de ta part.

— N'est-ce pas ?

Il s'avança un peu plus vers elle, et elle croisa les bras, faisant abstraction de ses seins tout hérissés.

— Je ne savais pas que tu avais l'intention de me mitonner un petit plat, si je gagnais, ajouta-t-il.

— Eh bien... Je n'avais pas envie que tu leur dises la vérité, murmura-t-elle.

— C'était quoi, déjà ?

Et sur ces mots, il lui adressa son sourire le plus diabolique...

— Assez ! J'ai du travail sur la planche, lui rappela-t-elle.

— Je sais, moi aussi.

Il se dirigea alors vers la porte et, au moment de sortir, se retourna, laissa son regard courir sur sa jupe crayon noire et son chemisier rouge, puis ajouta :

— Je suis fière de toi, G. Vraiment.

— Merci, répondit-elle, en toute sincérité.

Après quoi, il lui adressa un petit sourire entendu, puis s'éclipsa, la laissant à nouveau songeuse : avaient-ils tous deux changé au cours de ces deux dernières années ? Au fond, ce n'était pas impossible.

Après avoir promis du champagne à son personnel, Jayson estima que Gia et lui n'avaient pas fêté leur victoire comme il se devait. Évidemment, c'était un travail de groupe, mais tout de même elle méritait qu'ils portent un toast en privé à sa contribution déterminante.

À présent, il se tenait devant sa porte : il sonna, ce qui lui parut étrange, étant donné qu'il avait vécu ici. Il avait conscience qu'elle avait changé elle aussi, peut-être allaient-ils finir par se retrouver à mi-chemin... C'était son souhait le plus ardent.

La porte s'ouvrit, et son ex-femme surgit, telle une apparition, dans ce même corsage d'un rouge scintillant qui épousait si bien sa poitrine. Elle était pieds nus, ce qu'il appréciait tout particulièrement.

— C'est déjà samedi ? demanda-t-elle en portant le regard sur la bouteille de champagne, affublée d'un nœud doré.

C'était la plus grosse qu'il ait trouvée.

— Et ça, c'est quoi ? s'enquit-elle, les yeux rivés à la décoration du magnum.

— Un nœud papillon ! J'ai pensé qu'un rouge serait assorti à ton chemisier, mais pour cette marque de champagne il est doré.

Elle se mordit la lèvre, songeuse.

— Je peux entrer ?

— Entendu, mais c'est bien parce que c'est mon champagne préféré et que je ne peux pas le refuser. Ce que tu savais, j'en suis sûre.

— Je plaide coupable, avoua-t-il avec un sourire.

— On prend juste une coupe, précisa-t-elle en s'effaçant pour le laisser passer.

Une petite bougie brûlait dans la cuisine, et des notes de jazz flottaient dans le salon.

— C'est paisible, ici, dit-il.

C'était d'ailleurs toujours le cas, elle avait le don pour créer des ambiances, et marquer les lieux de sa touche féminine. Il n'avait pas été capable de recréer une atmosphère chaleureuse dans son appartement qui était toujours aussi peu convivial qu'à son emménagement.

Il posa la bouteille de champagne qu'il avait transportée dans une glacière sur le comptoir, puis sa main sur la taille de Gia, que son T-shirt court ne recouvrait pas tout à fait.

— Oh ! mais tu as les mains glacées ! s'écria-t-elle.

Et elle lui donna une petite tape pour l'en chasser, une lueur amusée dans les yeux.

— C'était plus fort que moi, répondit-il d'un ton malicieux.

— Je sais, c'est ta spécialité !

Il sortit alors deux flûtes du placard.

— J'aurais tout à fait pu le faire, marmonna-t-elle.

— Oui, mais tu aurais dû effectuer une *grande* extension.

Elle lui frôla les doigts en les lui prenant des mains, et il sentit son cœur brusquement caracoler.

— Il est vrai que ce placard est haut, convint-elle.

Quand il s'empara de la bouteille pour l'ouvrir prudemment, elle l'arrêta subitement.

— Tu ne préfères pas...

Et elle désigna l'extérieur.

— Un peu risqué, non ? dit-il d'un air faussement soucieux.

— Mais ça en vaut la peine, renchérit-elle avant de se précipiter dehors.

Dans le jardin, il inclina la bouteille de sorte à viser la clôture et non le ciel, pour éviter les conséquences désastreuses qui s'étaient ensuivies, une fois. Il fit glisser à demi le bouchon puis, d'une pichenette avec le pouce, l'envoya vers la clôture, après un vol au-dessus de la piscine.

— J'adore ce bruit, déclara Gia quand le bouton eut heurté le bois. Bien visé ! Tu te rappelles la fois où il était passé par-dessus la clôture ?

— Comment aurais-je pu l'oublier ? C'était le tir de ma vie.

Si j'avais voulu viser le barbecue de Neil, je ne m'y serais pas mieux pris.

Elle éclata de rire, et il l'imita, happé par le souvenir et l'atmosphère si détendue, entre eux.

— Allons, notre mariage a eu aussi du bon, dit-il.

— Bien sûr !

Elle lui prit alors la bouteille des mains… pour boire au goulot une belle gorgée bien pétillante de ce champagne si cher ! S'en amusant intérieurement, il l'imita dès qu'elle eut fini.

Après quoi, il s'allongea sur un transat et tapota le cousin tout près, pour qu'elle vienne l'y rejoindre.

— Tu ne fais pas de trucs bizarres, le prévint-elle en prenant place à côté de lui.

Ce qui prouvait qu'elle avait bonne mémoire !

— Franchement, comment cela pourrait-il mal se passer entre deux ex-époux partageant une bouteille de champagne ? renchérit-il.

Elle reprit une gorgée, puis lui tendit la bouteille avant de regarder au loin… Repensait-elle, comme lui, à la dernière fois qu'ils avaient bu du champagne, ensemble ?

Ça avait été l'une des pires soirées de sa vie…

20

Deux mois avant le divorce

— Je pensais que cela te ferait plaisir ! grommela Jayson, à la fois confus et irrité.

Visiblement, il semblait incapable de contenter Gia, en dépit de tous ses efforts.

— Plaisir ? renchérit-elle d'un ton accusateur.

— Tout à fait ! Tu avais un problème. Je l'ai résolu.

— Mais sans me consulter ! s'indigna-t-elle.

Il était en train de leur servir du champagne quand elle lui arracha la bouteille des mains, manquant renverser une coupe qu'il rattrapa de justesse, au prix d'un peu de vin pétillant sur les doigts.

— Je ne le crois pas ! s'exclama-t-elle.

Et furieuse, elle sortit dans le patio.

Poussant un soupir, il l'y suivit.

— Pourquoi as-tu acheté cette énorme voiture qui prend toute la place dans le garage sans qu'on en discute auparavant ? Je t'aurais dit ce que j'en pensais.

— Tu voulais une voiture plus classe que la précédente qui avait un problème de moteur, et cette Mercedes te faisait rêver, tu me l'as dit !

— Mais j'étais loin d'imaginer que tu allais me l'offrir !

— Parce que tu voulais l'acheter toi-même ? Je suis conscient de ta fortune familiale, Gia, tu n'as pas besoin de me le rappeler à chaque instant.

Elle posa la bouteille de champagne qu'elle tenait toujours à la main par terre, puis croisa les bras.

— Décidément, tu ne comprendras jamais rien, Jay.

De fait, il commençait sérieusement à le croire !

— J'adore cette voiture, enchaîna-t-elle. Mais j'aurais préféré que tu m'inclues dans la décision de l'acheter. Cesse de penser que tu sais toujours ce que je veux et consulte-moi avant !

Aveuglé par la colère, il n'entendait plus ce qu'elle disait. Aussi continua-t-il à se défendre :

— Ce que je fais ne te convient jamais. Ce serait quand même bien si de temps en temps tu appréciais mes gestes.

— Tu veux vraiment que je te remercie de ne pas avoir tenu compte de mon avis et d'avoir fait ce qui te faisait plaisir à toi ?

— Cela changerait, effectivement, pour une fois, répondit-il, conscient que ce n'était pas la bonne réponse mais trop énervé pour se contrôler...

À présent, Jayson était assis près de Gia, sur le double transat : le dôme du ciel se parait d'étoiles, et de douces lumières bleues éclairaient l'eau de la piscine.

Pourquoi avait-il tout gâché, par le passé ? Il voulait toujours bien faire, mais se sentait constamment humilié. Il fallait dire qu'il lui était difficile de rivaliser avec les géants qui peuplaient la vie de Gia, qu'il s'agisse de Jack, de Brannon ou de Royce !

Il n'était pas à la hauteur, se disait-il, sans songer un instant que ce qu'elle désirait avant tout, c'était qu'on l'écoute, qu'on accorde de l'attention à son opinion.

— Tu repenses à la soirée où tu m'avais acheté la voiture, n'est-ce pas ? lui demanda-t-elle alors.

— Oui.

— Moi aussi.

— C'est la dernière fois où je t'ai vue boire du champagne au goulot.

Il posa alors la bouteille de champagne par terre et mit les coudes sur ses jambes, en dardant les yeux sur la piscine.

— J'aurais vraiment dû t'en parler avant de l'acheter.

Il la sentit plus qu'il ne la vit secouer la tête.

— Et moi, j'aurais dû tout simplement l'accepter. C'était un cadeau. Au lieu de quoi, je t'ai reproché de tout décider pour moi.

— Oui, rien ne s'est passé comme je l'attendais.

— Et je t'ai dit que je serais mieux sans toi.

— Non, tu ne l'as pas formulé ainsi. Tu as dit que nous ferions mieux de nous séparer car nous ne pouvions plus continuer à nous meurtrir ainsi : ça aurait été l'opportunité pour moi de te promettre que je ne te blesserais plus jamais. Mais non, je n'ai rien voulu reconnaître.

Et il avait convenu avec elle qu'un divorce était effectivement la meilleure solution ; il avait été si atteint dans son orgueil que son ego avait renoncé.

— Je pensais que je ne pourrais jamais te satisfaire, poursuivit-il.

— Pour ta défense, je peux être très difficile, dit-elle avec un doux sourire.

— Non, tu étais simplement toi, et c'est pour cette raison que je suis tombé amoureux de toi.

S'emparant de sa main, il emmêla ses doigts aux siens. L'impossibilité pour chacun de baisser la garde était sans doute la cause de leur divorce…

— J'ai envie de t'embrasser, souffla-t-il.

Elle inclina légèrement la tête de côté : était-ce une invitation ou une façon de lui montrer qu'elle était dubitative ? Tendrement, il lui caressa la joue avec le pouce, et ajouta :

— Ce sera juste un baiser, je te le promets. Pas de trucs bizarres.

Il était temps qu'il cesse de faire comme bon lui plaisait et qu'il soit désormais à l'écoute de ses désirs à elle. Elle était déjà sortie avec deux hommes pour prendre de la distance avec lui ! Il devait impérativement cesser de lui forcer la main.

Après le tendre baiser échangé, il se leva, comme promis, et il sentit qu'elle le retenait des yeux. Un regard nostalgique, brûlant comme le sable du désert…

— Fais attention en rentrant ! lança-t-elle finalement en se mettant elle aussi debout. Et merci pour le champagne !

Ah, il retrouvait sa Gia ! pensa-t-il.

— Avec plaisir, répondit-il.

Il rentra dans la cuisine, elle l'y suivit, et le talonna jusqu'au seuil de la porte. Il lutta contre l'envie de lui donner un dernier baiser, mais ça aurait été avouer qu'il ne pouvait pas vivre sans elle.

Or, c'était tout à fait possible.

N'était-ce pas ce qu'il faisait depuis longtemps, à présent ?

21

Le samedi après-midi, Jayson revint chez Gia, un tablier à la main, sur lequel était écrit en fluo : « Pasta la Vista, baby ».

Gia le lui avait offert au dernier Noël tout en lui assurant qu'aucun restaurant italien des environs n'était en mesure de préparer de meilleures pâtes que lui. La petite maligne ! Rien de tel que de flatter son ego pour le motiver.

Il trouva la machine à pâtes exactement à l'endroit où il l'avait remise lors de sa dernière utilisation, pendant leur vie de couple, cet ustensile qu'elle avait tenu à acheter et qu'il lui avait laissé en partant. Curieux qu'elle ne s'en soit pas débarrassée, d'ailleurs !

S'en emparant, il repensa à la dernière fois où Gia l'avait laissé seul à la maison : ce n'était pas pour aller faire une course, comme aujourd'hui, mais pour rejoindre un millionnaire sur son yacht ! Il ne s'en était toujours pas remis, même si cela était censé ne pas l'affecter : ils étaient divorcés et, tout comme lui, elle pouvait sortir à sa guise, elle n'avait pas de comptes à lui rendre. D'ailleurs, aujourd'hui, était-elle vraiment allée faire des courses ou bien rejoindre un autre homme ?

Décidément, ne pas se focaliser sur ce qui vous tracassait relevait d'un grand art qu'il ne maîtrisait pas encore ! Mais avait-il seulement essayé de prendre les choses à la légère ?

Durant les dix-huit derniers mois, il avait vu Gia presque tous les jours, elle était intrinsèquement liée à son existence, même s'il ne couchait plus avec elle. Cependant, il s'était rendu compte, le lendemain du mariage de Royce et de Taylor, qu'elle le désirait encore. Malheureusement, ils ne pouvaient plus céder à leurs impulsions sans que cela n'ait de répercussion sur leurs émotions, il aurait été illusoire de le croire.

Quand il avait apporté le champagne pour fêter leur victoire sur le bug, il s'était bien rendu compte que les querelles du passé assombrissaient toujours l'avenir, et que le sexe n'allait pas tout effacer comme par magie.

Il reconnaissait aisément ses erreurs, mais n'était-ce pas un peu trop tard ? S'il avait su les admettre avant, ils n'en seraient sans doute pas là.

Tout en s'activant à malaxer la pâte entre ses doigts, il sentait monter en lui une profonde frustration : comment avait-il pu être un tel imbécile ? Mais au fond, ne continuait-il pas sur la même voie en se morfondant toujours sur un passé qu'il ne pouvait changer, sans avoir le courage d'envisager un avenir différent ? Et de profiter pleinement de la soirée qui s'annonçait ?

— Bonjour, Siri ! cria-t-il tout à coup à l'adresse de son téléphone.

Et quelques instants plus tard, *Rocky* résonnait à plein volume dans la cuisine, leur titre préféré, à Gia et à lui. Il était bien résolu à ce que la fête soit parfaite, ce soir.

Après un shopping dont elle revint bredouille, Gia réintégra son domicile... pour se retrouver au cœur d'une véritable discothèque ! Ou plutôt d'un karaoké, car Jayson chantait à l'unisson et en rythme avec le titre qui emplissait tout l'espace sonore. Elle avait toujours admiré sa faculté à chanter si juste, elle n'était pas aussi douée que lui en la matière.

Jay ne l'avait pas entendue rentrer – et pour cause ! —, ce qui lui donna l'opportunité de l'observer à son insu. Tiens, il avait mis le tablier de cuisine qu'elle lui avait acheté à Noël dernier ! Soudain, il leva sa cuillère en bois pour taper sur une batterie imaginaire au même rythme que celui qui sortait de la baffle et en se retournant, sans doute pour asséner l'ultime coup de cymbale, ses yeux tombèrent sur elle.

— Tiens, salut ! dit-il.

Et il laissa retomber les bras, sa cuillère toujours à la main.

— Je ne t'ai pas entendue entrer, ajouta-t-il.

— Curieux, rétorqua-t-elle avant d'éclater de rire.

Son ex-mari était décidément irrésistible...

— Mm, ça sent terriblement bon ! ajouta-t-elle.

— Sauce tomate faite maison, l'informa-t-il.

Et il désigna une casserole qui mijotait sur la gazinière.

— Les pâtes sont presque terminées, poursuivit-il. Et du pain aux olives finit de cuire au four.

— Waouh, tu as fait les choses en grand !

Elle en était touchée.

— J'ai bel et bien perdu le pari ! Je n'allais quand même pas ouvrir une boîte de sauce tomate et réchauffer du pain surgelé ! Tu n'en attendais pas moins de moi, avoue ?

— J'avoue !

Son attention aux détails était ce qui l'avait notamment le plus séduite, chez Jay. Il veillait toujours à ce que tout soit parfait, constamment prêt à lui donner le meilleur ; quand il avait quitté la maison, au lieu de recouvrer le sentiment de liberté si cher à son cœur, elle n'avait cessé de lutter contre elle-même pour trouver un *modus vivendi* avec l'homme qu'elle avait promis d'aimer jusqu'à la fin des temps...

Cette pensée n'était guère réjouissante et peu en accord avec l'ambiance festive de la soirée, aussi reprit-elle d'un ton taquin :

— Si tu avais cuisiné ainsi plus souvent...

— Non, ne va pas plus loin !

— J'allais juste dire que j'aurais pris quelques kilos !

— Faux, ce n'étaient pas les mots que tu allais prononcer.

Il lui lança un regard oblique, relevant un coin de ses lèvres.

Était-ce son imagination, ou était-il bien plus sexy qu'avant ? se demanda-t-elle alors en acceptant le verre de vin rouge qu'il lui tendait.

À peine l'eut-elle goûté, qu'elle demanda :

— Est-ce celui que...

— Le même que la dernière fois, tout à fait !

Ils en avaient bu pour la première fois lors de leur voyage dans la vallée de Napa, à l'occasion du premier Noël qu'ils avaient passé ensemble… Elle avait l'impression que cela remontait à un siècle !

Une pensée en amenant une autre, elle se rappela aussi la bouteille de champagne qu'il lui avait apportée il y avait peu, pour le coup. Et elle regretta de ne pas l'avoir embrassé, ce soir-là, sans se préoccuper des conséquences ! Allons, elle n'allait pas recommencer. Ils étaient incompatibles, en dépit de l'admiration et de l'affection sincères et mutuelles qu'ils se portaient.

Avec l'aide d'une pince à pâtes, il saisit un spaghettis pour en vérifier la cuisson, puis releva les sourcils et hocha la tête, comme un chef, avant de l'avaler tout entier.

Incroyablement sexy, se redit Gia en sentant un souffle de désir monter en elle.

— C'est cuit ! annonça-t-il.

— Je monte vite me changer.

— Pourquoi ? Tu es parfaite ainsi !

Elle portait une jupe bleu foncé et un haut à rayures rouges, qui convenait tout à fait à un dîner à la maison, mais elle souhaitait faire honneur à ses efforts avec une tenue plus sophistiquée.

— J'en ai envie. D'ailleurs, toi, tu t'es mis sur ton trente et un, souligna-t-elle.

— Tu trouves ? dit-il en inspectant brièvement son pantalon gris charbon et sa chemise grise à boutons noirs, qu'elle aimait beaucoup.

— Donne-moi juste cinq minutes, pas plus.

— Accordé !

Et il lui lança un regard dans lequel brillait une lueur amusée et tendre à la fois. Un regard ouvert…

Si seulement il s'était comporté ainsi, quand ils étaient mariés. Ah non, elle n'allait pas recommencer ! s'ordonna-t-elle. Et elle monta quatre à quatre les marches afin de regagner au plus vite ce dîner en forme de rendez-vous !

22

Jayson aurait préféré qu'elle ne se soit pas changée, car c'était une véritable torture de la voir à présent dans cette robe bleu marine dont le décolleté plongeant soulignait sa poitrine parfaite. Chaque fois qu'elle se penchait sur son assiette, elle le gratifiait d'une vue à tomber par terre.

Sans compter qu'elle gémissait littéralement en savourant ses pâtes ! Il savait aussi que, sous la table, elle avait les jambes nues, car sa robe était aussi très courte, et qu'elle avait chaussé des escarpins aux talons hyper sexy. Quand elle était revenue dans la cuisine, il avait manqué d'en laisser échapper la corbeille à pain. Et à présent, ces petits gémissements ne l'aidaient pas du tout à se calmer ! Visiblement, ce dîner lui donnait quasi un orgasme : n'aurait-il pas dû se réjouir du résultat ?

Il prit son verre et avala un trait de vin. Euh, n'avait-il pas un peu trop bu, ce soir ? Au fond, s'il était ivre, il s'endormirait juste après le repas, ce qui lui éviterait de coucher avec son ex-femme.

À nouveau.

— Cela ne te tente pas de revenir au département Technologie ? demanda-t-il alors, en quête d'une bouée de sauvetage.

Le travail était une valeur sûre, comme conversation, un tue-l'amour de première catégorie.

— Pourquoi pas ?

— Mais qui dirigerait le service marketing, alors ?

— On trouverait bien quelqu'un pour me remplacer.

— Une personne plus douée que toi ?

— Je préférerais de toute façon travailler à nouveau au service technique.

— Tu as pourtant tenu à le quitter après notre divorce !

— Tu étais là le premier.

Elle avait juste cessé d'y travailler, mais occupait toujours le même bureau, à l'étage. Il le lui avait laissé, puisqu'il lui était échu un poste qui aurait dû lui revenir à elle. C'était donc une sorte de compensation.

Il enroula ses pâtes autour de sa fourchette.

— J'aurais cru que tu aurais sauté sur l'occasion pour devenir P-DG, lorsque le poste s'est libéré, au départ à la retraite de ton père.

— J'étais bien trop accaparée par les problèmes du service marketing pour y songer.

— Et maintenant ? demanda-t-il en se penchant vers elle, intéressé par ses ambitions.

— Je suis heureux que Royce occupe le poste, et soulagée que cela n'ait pas suscité un conflit entre Brannon et lui.

— Mais toi, G ? Que vises-tu ?

Elle cligna des yeux, de toute évidence surprise par la question : c'était sans doute la première fois qu'il la lui posait, voilà pourquoi. D'ailleurs, l'avait-on jamais interrogée à ce sujet ?

Bon sang ! Il était vraiment nul.

— La paix dans le monde, répondit-elle en reprenant une bouché de pain aux olives. Que t'arrive-t-il, Jay ? Tu veux que je vide les lieux à ton étage, c'est ça ?

— Tu sais bien que non ! J'ai si souvent besoin de tes conseils que je te préfère juste à côté de moi.

— Ah, enfin un homme qui m'aime pour mon intelligence !

Et elle éclata de rire avant de redevenir subitement calme, nul doute consciente d'avoir prononcé un mot presque tabou, car l'amour semblait toujours flotter dans l'air entre eux, alors qu'ils n'en voulaient pas. Cependant, il leur était plus facile de repousser les sentiments dans un coin sombre avant qu'ils ne refassent l'amour, au mariage de Royce et de Taylor. Avant qu'il ne lui prépare ce repas et apporte leur vin préféré.

— J'ai toujours apprécié ta grande intelligence, ainsi que ta gentillesse et ta générosité tout aussi immenses. Admets malgré tout que tu aurais aimé me virer du service technique, mais que tu n'avais pas non plus envie que je m'éloigne trop.

— Ma famille n'aurait jamais accepté ! lui rappela-t-elle. Après le divorce que tous me reprochaient, ils me seraient vraiment tombés dessus.

— Pourtant, tu t'en sors bien, sans moi.

— Sans toi ? Mais tu es toujours près de moi !

— Ce qui ne t'a pas empêchée d'aller à un rendez-vous sur un yacht après qu'on a recouché ensemble, G.

— Ah non ! Tu ne vas pas recommencer !

Elle en laissa tomber sa fourchette.

— Il ne s'est rien passé, entre Elias et moi. Il était ennuyeux à mourir.

Jayson se redressa : voici des propos qui lui plaisaient.

— Qui plus est, tu étais chez moi quand je suis rentrée et nous avons fait l'amour !

— C'est toi qui as fait un strip-tease devant moi.

— Pauvre chou ! Et tu étais incapable de résister ?

Et voilà : l'air vibrait à nouveau d'électricité, entre eux !

— C'est plus fort que moi, je n'arrive pas à me retenir. Ce n'est pas faute d'essayer. Que crois-tu que je fasse, actuellement ?

— Et si...

Elle haussa un sourcil et considéra son assiette avant d'ajouter :

— Et si je n'avais pas envie que tu te retiennes ? Et si...

Elle croisa son regard et battit des cils.

— ... on dégustait le dessert un peu plus tard ?

Tout son corps hurlait *oui*... Il sentit ses mains se crisper sur sa fourchette.

— Et si, poursuivit-elle en se levant de sa chaise et en passant les bras dans son dos pour dégrafer sa robe, je voulais faire l'amour avec toi maintenant, sur le sol de la cuisine ?

Sa robe tomba alors à ses pieds, et lui révéla ce fameux soutien-gorge push-up sans bretelles qui l'avait titillé pendant tout le repas.

— Je dirais non ! dit-il.

Elle fit la moue, et il faillit lui décocher ce sourire félin qu'il retenait. Se levant brusquement, il l'attira à lui, puis décréta :

— On monte immédiatement. Dans ton lit et avec la lumière.

— Cela me semble parfait, répliqua-t-elle, d'une voix tremblante d'excitation.

Et sans perdre de temps, il lui prit la main pour l'entraîner à l'étage, conscient qu'ils allaient franchir une ligne rouge. Cette fois, quand elle reprendrait ses distances, serait-ce pour toujours ?

Il l'ignorait, mais, si ce devait être la dernière fois, alors il allait s'assurer qu'elle s'en souviendrait pour toujours.

— Quelle chambre ? demanda-t-il en tournant le visage vers elle avant de lui donner un bref baiser, incapable de résister à la tentation de sa bouche si délicieuse.

— Ici, dit-elle.

Il la laissa immédiatement passer devant lui avant de l'entraîner d'autorité sur le lit.

— Tu n'as pas encore fait ton lit ? demanda-t-il en déboutonnant sa chemise.

À genoux sur le matelas, lui offrant une vue des plus appréciable sur sa poitrine, elle répondit alors :

— À quoi bon, si c'est pour le défaire à nouveau ?

Et sur ces mots, elle s'affaira sur son ceinturon, tandis qu'il lui retirait son soutien-gorge, effleurant du pouce ses deux mamelons. Un petit cri lui échappa.

— Je pensais que ce son était réservé à mes pâtes.

— Aux pâtes et au sexe, dit-elle en faisant glisser son pantalon sur ses hanches.

— Deux domaines dans lesquels j'excelle, non ?

Car c'était de sexe et non d'amour qu'il s'agissait ce soir, il ne devait surtout pas l'oublier !

— Embrasse-moi, Jayson Cooper, souffla-t-elle alors.

— À vos ordres, Gia Knox-Cooper.

L'air devint soudain très lourd entre eux. Et, quand elle enroula les jambes autour de ses hanches, il repoussa toutes les pensées parasites susceptibles de gâcher ce moment prodigieux, préférant se concentrer sur le souffle de plus en plus haletant de Gia, ses ongles qui traçaient des dessins dans son dos tandis qu'il allait et venait en elle. Sur ses dents qui titillaient son lobe.

Bientôt, ses gémissements se transformèrent en un vrai tumulte auquel vinrent se mêler ses propres grognements, et il plongea dans un monde du pur enchantement...

Gia s'étira comme un félin, langoureuse, avant de se pelotonner à nouveau sur elle-même. Jayson était ressorti de la salle de bains, et fouillait actuellement dans leur garde-robe autrefois commune, en quête de ces « escarpins dorés si follement sexy ».

Une fois, il lui avait demandé de les garder pendant l'amour, elle s'était endormie avec, et depuis il fantasmait visiblement dessus. Au petit matin, il les lui avait enlevés, avait embrassé chaque parcelle de son corps, puis lui avait apporté une tasse de café.

Ça avait été un réveil fantastique !

— Il y en a des choses dans ce placard, mais pas de chaussures dorées, déclara-t-il en en ressortant, l'air déçu. Tiens, j'ai retrouvé une vieille carte d'identité.

— Fais voir !

Il la lui tendit.

— Oh ! tu as l'air d'un tueur en série, là-dessus ! s'exclama-t-elle en riant.

Il avait les cheveux plus longs, ébouriffés, un petit bouc, et un air des plus morose.

— Ce devait être un jour sans, dit-il.

Il plaça la carte près de lui, prit la même expression, puis ajouta :

— Avant, après.

— Après, c'est mieux. Cela dit, j'aimais bien ce bouc.

— Trop compliqué à entretenir, trancha-t-il.

— Cette barbe de quelques jours te va très bien aussi.

Elle lui lança un regard songeur puis, jugeant ces considérations trop dangereuses, elle préféra changer de sujet et enchaîna :

— Tu trouves toujours ce qui te va le mieux. Un peu comme au travail. Tu as grimpé les échelons à une vitesse extraordinaire.

À vrai dire, elle venait juste de s'en rendre compte... Il était passé d'un poste de webdesigner, certes des plus talentueux, à celui de directeur de service. Elle en avait été impressionnée et si ravie de cette proposition qu'elle voulait organiser une grande réception pour fêter l'événement, mais il s'y était opposé. Curieux...

Mais pourquoi s'affairait-il encore dans son placard au lieu de s'occuper d'elle ? Il ne retrouverait pas ces fameuses chaussures...

— Bon, inutile de chercher mes escarpins, dit-elle tout à coup, je les ai jetés.

— Et c'est aussi le sort qui m'attend maintenant ?

Elle prit un air faussement dubitatif.

— C'est ce dont tu as envie ? questionna-t-elle.

— Que me dis-tu au juste ? De rester, ou que je n'ai pas à partir ?

— Il y a une différence ? dit-elle, le sourire tremblant.

— On en discutera après, proposa-t-il.

Et retirant la couette, il laissa glisser sa bouche de ses seins jusqu'à son ventre.

— Après quoi ?

— Je te propose une explication pratique, lança-t-il.

Et le lendemain, elle se réveilla à ses côtés, sans qu'ils n'aient finalement abordé de nouveau le sujet ; elle s'efforça de ne pas s'attarder sur le fait qu'elle avait adoré se cogner contre ce dos si solide et si chaud, en ouvrant les yeux.

23

Un mois auparavant, Gia avait prévu une fête autour de la piscine et avait invité chaque membre de la famille, y compris Jayson toujours considéré comme tel par les siens ; elle n'avait pas eu le courage de lui demander *ensuite* de ne pas venir.

Cependant, après cette fameuse soirée où il avait cuisiné pour elle puis passé toute la nuit dans son lit, elle regrettait de n'en avoir rien fait. Non parce qu'elle voulait le sortir de sa vie, au contraire : elle trouvait fort dangereux qu'il soit présent aujourd'hui, car plus elle luttait, et plus il s'enracinait à nouveau dans son cœur.

Elle l'avait aimé quand ils étaient mariés, pas de doute là-dessus, mais aujourd'hui ce qu'elle ressentait pour lui était différent. Ses sentiments étaient plus profonds, plus réfléchis... Assurément, leur séparation y était pour quelque chose...

Allons, pourquoi tournait-elle autour du pot ?

Elle était tout simplement retombée amoureuse de son ex-mari ! Il fallait croire qu'elle était *maudite*, il n'y avait pas d'autre terme. Car où puiserait-elle le courage de tout recommencer ? Après avoir échoué une première fois, et après qu'il fut parti de chez elle au réveil, peu de jours auparavant, avec calme et décontraction, alors qu'il venait de renverser son monde et toutes ses convictions ?

Et avec détermination aussi, puisqu'il lui avait dit :

— Je n'ai pas de regrets de mon côté, G, et je ne veux pas que tu en aies. Je te demande juste de ne pas m'éviter, je ne reviendrai chez toi que si tu m'y invites.

Sur ces paroles, il avait tranquillement franchi la porte et elle ne l'avait revu qu'au bureau, le lundi matin. Quand Bran lui avait demandé, dans la semaine, s'il viendrait à la fête de Gia, le week-end suivant, tous les trois se trouvaient dans son bureau ; aussi, pour éviter le moindre embarras à quiconque, il avait promptement acquiescé, mais, une fois Bran reparti, il lui avait précisé qu'il pouvait se faire porter pâle, si elle préférait. Elle avait rétorqué que cela n'avait aucune importance, et qu'il pouvait parfaitement venir…

Et maintenant, il était dans la piscine, en train d'éclabousser sa nièce, et elle redoutait d'avoir commis la plus grosse erreur de sa vie…

— Réunion dans la cuisine ! décréta tout à coup Taylor. Uniquement les filles !

Et sur cette précision, elle remit Emmaline à Royce et fit signe à Addi de la suivre avant de lui adresser un coup de menton, ainsi qu'à sa mère.

— Vous aussi, Macy, venez, ajouta-t-elle.

Gia, estomac noué, leur emboîta le pas, et toutes les trois s'installèrent autour de l'îlot : autant de paires d'yeux se braquèrent alors sur elle.

— Qu'y a-t-il ? questionna-t-elle, sentant sa nervosité grandir.

— S'est-il passé quelque chose ? s'enquit Taylor.

— C'est-à-dire ?

— Es-tu folle amoureuse de Jayson ? précisa Addison.

— Ma chérie, ça se voit comme le nez au milieu de la figure, enchaîna Macy qui n'en avait visiblement pas perdu une miette.

— Lui as-tu dit ? T'a-t-il renvoyé sur les roses ? Avez-vous rompu ? reprit Taylor.

— Non, non, et… Pas vraiment.

De toute évidence insatisfaite par la réponse, Taylor plissa les yeux.

— Après que nous…

Gia croisa alors le regard de sa mère et préféra rester vague :

—… que nous avons mangé les pâtes que Jayson avait préparées pour moi, il m'a dit qu'il n'attendait plus rien de moi.

— Et pour cause ! Tu t'enfuis comme une biche apeurée chaque fois qu'il s'approche de toi, renchérit Addi. Désolée, je sais que ce ne sont pas mes affaires, et je ne veux pas me disputer avec toi, mais j'ai raison, n'est-ce pas ?

Taylor et Macy approuvèrent.

Incapable de se défendre et en minorité, Gia leva les bras.

— OK, je l'aime. Et que suis-je censée faire, maintenant ?

— Tu sors d'ici et tu vas le lui dire, lui ordonna Taylor, le ton de sa voix allant *crescendo*. Nous sommes fatigués de voir comment vous vous tournez autour, puis vous vous esquivez. C'est bon, maintenant, sortez du maquis !

— Combien de verres de sangria as-tu bus ? s'enquit alors Gia.

— Beaucoup, répondit Taylor, mais cela ne signifie pas que j'ai tort.

— J'ai tant à perdre, commença-t-elle d'un ton affligé.

Elle pouvait vraiment s'effondrer : la façade qu'elle avait si soigneusement mise au point, qui lui permettait d'affirmer que Jayson ne lui manquait pas et qu'elle avait tourné la page, se désagrégerait alors complètement. Mais en même temps, elle avait l'impression d'avoir le dos au mur.

— Ça, c'est certain, convint Taylor. Mais il pourrait te surprendre. Nous allons bientôt partir, tu lui parleras après.

— Oui, nous aussi nous allons vous laisser, Quinn a besoin de faire la sieste tout comme sa maman, renchérit Addison avec un sourire chaleureux. Allez, Gia, entre en action. Et si le pire arrive, on sera là pour toi.

— Je vais aussi battre le rappel pour ton père, promit Macy.

Une seconde plus tard, les trois femmes la prirent dans leurs bras, et l'étreignirent toutes ensemble. Elle se sentit à la fois excitée et nerveuse, redoutant la réponse de Jayson. Et d'ailleurs, comment espérait-elle au juste qu'il allait réagir ?

Elle n'attendait pas une proposition en mariage, assurément, mais était-il seulement concevable qu'il lui suggère la reprise d'une vie commune ? Elle était prête à accepter qu'ils continuent à se voir ainsi, de temps à autre, si c'était la seule option qu'il leur restait... À bien y réfléchir, c'était mieux que rien.

Encore que... Si elle lui avouait qu'elle l'aimait, il risquait de se détourner complètement d'elle ! Il semblait si épuisé l'autre matin, quand il lui avait expliqué de façon très pragmatique qu'elle n'avait pas à se tracasser, qu'il lui laisserait tout l'espace vital dont elle avait besoin. Et quand Bran avait demandé s'il viendrait à sa fête et qu'il avait acquiescé pour ne pas faire de vagues, il lui avait ensuite promptement proposé de « se faire porter pâle » si elle préférait.

En l'occurrence, elle espérait avant tout qu'il l'écouterait ! Il était parfaitement inutile de spéculer sur sa réaction : elle devait se contenter de passer aux aveux et de croiser les doigts.

Comme promis, Taylor et Royce ne tardèrent pas à partir, suivis de Bran et d'Addi. Macy eut plus de difficultés à entraîner son père vers la sortie, mais, ainsi que chacun le savait, il était tout aussi difficile d'imposer quoi que ce soit à Jack Knox qu'à sa fille.

— Ah non ! s'écria-t-il, son plus beau sourire à l'appui. Je ne partirai pas avant d'avoir mangé de la glace.

— Je vais en chercher, proposa Jayson.

Mais Macy l'empêcha de passer.

— Inutile ! Gia et moi nous en occupons. Tiens plutôt compagnie à Jack.

Gia se retrouva donc à nouveau dans la cuisine, les nerfs en pelote.

— Tu tiens le coup ? demanda sa mère en sortant l'omelette norvégienne.

— Il y a tant en jeu, maman.

— Le mariage n'est pas chose aisée, qu'on se soit marié une fois ou quatre fois !

— Comment peux-tu le savoir, puisque tu es dans le club de celles à qui c'est arrivé juste une fois ? renchérit Gia en coupant des parts de glace.

— Parce que je vois des époux et épouses changer toutes les décennies et que j'ai ainsi l'impression d'avoir vécu de multiples mariages, répondit sa mère sur le ton de la plaisanterie. Chacun commet des erreurs. Jayson en a fait, toi aussi. Il s'agit à présent de les reconnaître et de vous les pardonner.

— Il se comporte différemment, ces derniers temps, déclara Gia. Il dit aussi des choses inhabituelles. Je sais qu'il est dangereux de penser que les gens peuvent changer, mais...

— Mais ça arrive ! trancha sa mère. Toi aussi, tu as changé. Le lui as-tu fait sentir ?

Gia sentit les yeux lui picoter.

— Bien sûr que non ! Tout est sa faute...

— S'il te plaît, Gia Knox-Cooper, je te connais. Tu as fait ta mijaurée concernant ce divorce, mais je sais aussi quelle peste tu peux être parfois !

— *Maman* !

— Je t'aime, ma chérie, mais, si tu ne te mets pas en quête de ce à quoi tu aspires, tu devras accepter toute ta vie ce qu'on te donne. Tu essaies depuis des années d'échapper à l'influence de ton père et de tes frères. Aujourd'hui, tu dois faire un choix *toute seule*, celui qui te convient le mieux, pour une fois...

Sur ces mots, elle lui remit l'assiette où se trouvaient les tranches glacées.

— Va leur porter. Plus vite ton père aura mangé sa part, plus vite nous partirons !

Gia prit le temps d'étreindre sa mère avant de sortir.

— Allez, vas-y, répéta Macy en lui tapotant le dos.

À l'extérieur, assis sur des chaises confortables, Jayson et son père tournaient le dos à la porte coulissante par laquelle elle sortit. Leurs voix feutrées indiquaient qu'ils avaient une conversation importante... Elle aurait dû signaler sa présence, mais elle était trop intriguée par ce que Jayson était en train de dire...

— Gia le mérite plus que moi ! affirmait-il en effet.

— Il ne s'agit pas de « mérite », Jayson, répliqua Jack, mais de vouloir. Et en l'occurrence, tu le veux. Tout comme ton plus grand souhait était de devenir le directeur du service technique.

Jayson se raidit.

— C'était une erreur.

— Non ! Je te l'avais promis quand tu m'as demandé la main de ma fille. Et tu en semblais tout excité, à l'époque.

Elle cligna des yeux, stupéfaite. Avait-elle bien entendu ?

Elle ne se montra toutefois pas, se contentant d'écouter encore un peu...

— Je n'aurais jamais dû accepter ce poste, reprit Jayson d'un ton frustré. Gia est diplômée du MIT, elle a reçu les félicitations du jury, Jack. Elle est surqualifiée pour le poste de directrice marketing qu'elle occupe actuellement.

— Mais je sais qu'elle est très intelligente, je ne cesse de le clamer.

— C'est vrai, mais, quand tu le dis, on a l'impression que c'est grâce à toi, et d'ailleurs tu la traites comme si elle était incapable de gérer sa vie toute seule. Quand tu m'as demandé de prendre soin d'elle, je pensais que c'était juste une requête paternelle, je ne savais pas que cela signifiait qu'elle occuperait un rôle moins important dans la société.

— Tu étais censé prendre soin d'elle, me semble-t-il ! Et regarde avec qui elle est venue au mariage de Royce : un sportif demeuré ! Tu m'as trahi, décréta Jack d'un ton sec, le visage devenant tout rouge. Ne crois pas que j'ai oublié.

— Non, ce n'est pas toi, mais elle que j'ai trahie, répliqua Jayson d'un ton amer. Notre mariage n'a rien à voir avec toi, et d'ailleurs ThomKnox non plus depuis que tu as pris ta retraite.

— Mais puisque vous vous revoyez, tous les deux, tu pourrais devenir vice-président. Ce serait un poste respectable si vous vous remettez ensemble.

— La date de péremption de notre mariage a expiré depuis longtemps, déclara Jayson.

À ces mots, Gia eut l'impression qu'on lui enfonçait un couteau dans le cœur.

— Tu ne peux plus me prendre au piège avec la promesse de devenir vice-président ! Tu ne peux plus m'appâter !

— J'aurais dû te virer dès que tu as divorcé de ma fille chérie ! tonna Jack.

À cet instant, Macy sortit, deux assiettes à la main.

— *Jack !* Qu'est-ce que cela signifie ?

Il tourna alors le visage vers son épouse et, apercevant également sa fille, il arbora bien vite un sourire.

— Ah, les femmes de ma vie ! dit-il.

Assommée par ces révélations, Gia était littéralement clouée sur place quand Jayson dirigea à son tour les yeux vers elle.

— Je me disais bien que tu avais gravi un peu trop rapidement les échelons de la hiérarchie, au sein de ThomKnox, dit-elle entre ses dents.

— Forcément, je l'ai promu ! Ma fille n'allait pas épouser un homme qui ne pouvait pas l'entretenir.

— Jack ! s'étrangla à nouveau Macy.

— Tu la sous-estimes, reprit Jayson à l'intention de Jack. Tout comme moi je l'ai fait. Mais au moins, j'ai eu la sagesse de m'en rendre compte.

Jack ouvrit la bouche pour rétorquer au moment où Macy s'interposa :

— Ça suffit, Jack ! Je ne veux pas entendre un mot de plus. Jayson, Gia, nous vous laissons, maintenant. Merci pour ce formidable après-midi.

— Ne crois pas que nous en resterons là, promit Jack à Jayson.

Puis il se tourna vers elle, et eut au moins la décence d'afficher un air coupable.

— Je peux tout t'expliquer, lui assura-t-il.

— Pas maintenant, papa, dit-elle en levant la main, les yeux rivés à son ex-mari.

Elle avait des comptes à régler avec les deux, mais son contentieux avec Jayson était bien plus grave.

En silence, son père suivit Macy vers la sortie. Jayson croisa les bras, et tous deux attendirent que le crissement des pneus sur le gravier se fasse entendre et que le bruit du moteur s'évanouisse.

— Je voulais prendre la tête du département Technologie, déclara-t-elle.

Il pinça la bouche.

— Je sais.

— Et mon père te l'a donné à toi comme une sorte de... de dot ?

C'était abject, il n'y avait pas d'autre mot ! s'insurgea-t-elle avant de poursuivre :

— Et tu ne m'as jamais rien dit. Tu en as pourtant eu l'occasion, l'autre jour...

— Je voulais juste te protéger. Je...

— Et moi, je voulais que tu m'aimes ! hurla-t-elle en larmes.

Elle le maudissait ! Il n'avait pas du tout changé.

— C'est ce que je me suis efforcé de faire ! répondit-il. Mais tu n'as aucune idée du désarroi que l'on éprouve à vouloir tout donner à une femme qui ne veut rien recevoir de vous !

Elle secoua la tête.

— La dernière fois que nous nous sommes vus, tu m'as dit que nous pouvions en rester là, si je voulais.

— Parce que je connais la façon dont tu fonctionnes ! Dès que l'on se rapproche l'un de l'autre, tu t'éloignes. Je te laissais juste le choix.

— Non, tu protégeais *toi*.

— Je ne le crois pas ! s'indigna-t-il. Qu'est-ce que je viens de faire à l'instant ? Refuser le poste de vice-président que ton père m'offrait sur un plateau d'argent. Est-ce que je me suis protégé ?

Non, elle était bien obligée de l'admettre.

— Je ne veux pas d'un poste que l'on me concède par pitié, répliqua-t-elle.

— Mais quel rapport avec la pitié ? reprit-il sur un ton exaspéré. Tu ne veux rien recevoir de moi, et tu ne veux pas non plus que j'accepte quoi que ce soit pour moi. Sache juste au passage que je t'aime, même si je n'arrive visiblement pas à te le montrer. Et toi, peux-tu affirmer la même chose ?

Oui, et elle aurait pu le lui dire là maintenant, mais elle hésitait : cela serait-il vraiment utile ? Et elle comprit alors qu'elle était en train de faire ce qu'elle lui reprochait : se protéger.

— Tu n'es pas obligée de répondre, déclara-t-il alors. C'est l'avantage du divorce : on n'a plus à se répondre.

Il la contourna et se dirigea vers la porte, mais, avant de disparaître, il lança encore :

— Tu as l'étoffe d'une vice-présidente, Gia. Accepte ce poste et pour une fois réclame ce que tu mérites !

Sur ces mots, il s'éclipsa.

Elle se laissa tomber sur le transat, les yeux brouillés de larmes, le cœur et l'esprit en tumulte, en proie aux sentiments les plus contradictoires, mais avant tout obsédée par une question lancinante : pourquoi n'avait-elle pas spontanément répondu à Jayson qu'elle l'aimait ? Par son silence, elle avait sans nul doute perdu l'amour qu'il lui portait.

Mason remplit d'un liquide doré un shot, puis le poussa vers Jayson.

— J'ai tout fichu en l'air, dit-il d'une voix traînante.

Il en était à son troisième shot de tequila.

Après son échange houleux avec Gia, il était venu directement chez son frère, dans un état épouvantable, en quête de réconfort.

— Cela arrive même au meilleur d'entre nous, répondit Chester, et maintenant bois !

— L'alcool ne va pas m'aider, marmonna Jay en avalant malgré tout le shot.

Puis il s'allongea sur le transat de la terrasse pour découvrir que, contrairement à son apparence, il n'était pas franchement confortable. Il se releva d'un bon, bien que la tête lui tournât.

— Moi non plus, je déplore son inconfort, dit alors Mason en arrivant avec un plateau rempli de bières. Et pourtant, Chester l'a payé cinq mille dollars.

Jay lança à ce dernier un regard affolé.

— Tu plaisantes ?

— Ça suffit ! Le sujet de conversation n'est pas ce fauteuil très design, mais toi, Jay, trancha Chester. Mon chéri, je t'adore, mais pourquoi n'as-tu pas dit à Gia *pendant* votre mariage que son père t'avait donné ce poste de directeur technique ?

— Au moment où je m'apprêtais à lui dire, elle parlait déjà de divorce.

Évidemment, il avait eu tort de procrastiner, mais il redoutait tant sa réaction : il craignait qu'elle le haïsse ! D'ailleurs, il avait la quasi-certitude que c'était désormais le cas. Comment allait-il survivre ?

— Elle me déteste, grommela-t-il.

— Mais non ! répliqua Mason. Elle est furieuse contre toi, c'est différent. Soit dit en passant, je le comprends. C'était comme si elle avait été échangée contre des moutons ou que sais-je.

— Ne sois pas désagréable avec ton frère ! dit Ches. Il traverse un passage difficile.

Puis se tournant vers lui, il ajouta :

— Tu peux dormir à la maison, ce soir.

— Oui, sur notre sofa à cinq mille dollars, renchérit Mason en souriant.

— Sans façon, répondit Jay.

Et à son propre étonnement, un petit rire lui échappa.

— Il me semble que tu voulais tourner la page, reprit son frère. Je te rappelle que tu avais invité Natasha au mariage, et que tu n'étais pas censé coucher avec Gia à ce même mariage. Ni après d'ailleurs, d'autant qu'elle ne savait pas que son père t'avait soudoyé.

— Merci, tu es d'une grande aide !

— *Mason !* s'exclama Chester d'un ton indigné. Bon, je vais préparer le dîner.

Une fois que les deux frères furent seuls, Jay reprit :

— Si tu perdais l'amour de ta vie, tu ne ferais pas tout pour passer à nouveau du temps avec lui ? Même de façon temporaire ?

Et du menton, il désigna la porte par laquelle Chester était rentré. Mason cligna des yeux.

— Je n'avais pas compris que tu étais encore amoureux de Gia. Et elle, le sait-elle ?

— Honnêtement, je ne sais pas qui de nous deux a le plus bu ! Bien sûr que je le lui ai dit, Mason ! Mais elle vient de découvrir que son père voulait à nouveau me donner un poste qui lui revient.

— Et tu as accepté ?

— *Non !* s'indigna-t-il. C'est d'ailleurs parce que j'ai refusé qu'elle s'en est rendu compte...

Il soupira et ajouta :

— Je sais ce qu'il me reste à faire : donner ma démission.

— Mais certainement pas ! ThomKnox, c'est toute ta vie !

— Dans ce cas, je pourrais demander à être rétrogradé, travailler au courrier, par exemple.

— Tu as fumé ?

— Non, juste bu.

Et l'effet attendu n'était même pas au rendez-vous. Assurément, le sol bougeait sous ses pieds, mais il avait malgré tout les idées encore bien claires, concernant sa situation.

— À propos, quel poste t'a proposé Jack ?

— Celui de vice-président.

— Quel crétin, ce type !

— Il estime que, si je suis marié à sa fille, je me dois de la protéger. Je te l'accorde, il est un peu excentrique, mais adorable.

— Excentrique ? Machiste, oui ! J'espère bien que l'idée d'accepter ne t'a jamais effleuré.

— Mais non, te dis-je ! Ce poste revient à Gia, elle le mérite.

— Tout comme toi, sans doute, qui a passé toute ta vie à prouver que tu valais mieux que ton salaud de père. Et quand Gia t'a dit qu'elle ne voulait pas que tu la protèges, tu n'as pas pu le supporter.

— Va te faire f... !

— Écoute, mon vieux, tu as choisi une femme qui a du caractère, ce n'est pas une mauvaise chose, mais laisse-la être qui elle veut. OK ? Sois à l'écoute de ses besoins et de ses attentes.

Cette nuit-là, il repensa aux paroles de son frère et prit la décision de renoncer à tout ce qui était le plus cher à son cœur pour que Gia puisse enfin s'accomplir.

24

Le lendemain, dans l'après-midi, Gia ne supportait plus sa propre compagnie ! Elle avait passé toute la matinée à faire le ménage. Elle avait dégonflé et jeté le matelas pneumatique en forme de tranche de citron géante car il lui rappelait trop Jayson et même mis sa fichue machine à pâtes dans un carton destiné à la Croix-Rouge.

Elle avait changé les draps avant de commander un nouveau lit sur Internet afin de ne plus dormir dans celui où elle avait *à nouveau* couché avec Jayson.

Quel gâchis, quel affreux gâchis ! ne cessait-elle de se répéter dans sa tête.

Sa fureur ayant fini par dépasser les frontières de sa personne et de sa maison, elle se retrouva alors devant la demeure de ses parents, sans y avoir été invitée !

Quand sa mère lui ouvrit la porte, elle entra en trombe.

— Où est-il ? s'écria-t-elle.

— En train de savourer son thé glacé, répondit Macy quand Gia passa tel l'éclair devant elle. Sur le balcon.

Redressant les épaules, Gia changea de direction pour monter l'escalier qui y menait.

— Ne le pousse pas par-dessus la balustrade ! lui lança Macy tandis qu'elle montait les marches quatre à quatre.

Le bureau de son père, riche en cuir rouge et en laiton, ouvrait sur un grand balcon doté de chaises, d'une table et d'un auvent. Elle pénétra donc d'abord dans son *antre*, avant de le trouver en train de lire tranquillement le *Wall Street Journal*, et de savourer un whisky !

— Gia ! dit-il en lui souriant.

D'ordinaire, les plis autour de ses yeux et sa crinière blanche étaient réconfortants, mais pas aujourd'hui.

— Tu me dois des explications, commença-t-elle en le surplombant, et des excuses.

— J'avais mes raisons.

— Je t'écoute.

Il lui fit signe de prendre place en face d'elle et replia son journal.

— Assieds-toi. S'il te plaît.

Elle obtempéra parce qu'il avait ajouté « s'il te plaît ». Elle était encore toute vibrante de colère et, même si elle n'allait naturellement pas le pousser par-dessus la balustrade, elle avait bien envie de vider au moins sa bouteille de whisky dans le jardin ; elle avait l'impression qu'après elle se sentirait mieux.

— Après notre mariage, tu as nommé Jayson directeur du département Technologie car tu estimais que je ne serais pas en mesure de le gérer. Tu m'as complètement écartée du jeu.

Elle était venue lui réclamer des explications, mais elle tenait aussi à lui dire ce qu'elle avait sur le cœur.

— Je voulais qu'il se sente digne de toi, déclara alors son père d'un ton posé. Je ne t'ai pas « écartée du jeu », Gia, je sais que tu serais capable de diriger le monde, s'il le fallait.

Sa plaisanterie ne la fit pas rire.

— Tu es une femme puissante, reprit-il, je ne pourrais pas être plus fier de toi. Mais ma chérie, Jayson ne vient pas du même monde que nous.

— Donc, c'est une question d'image. Tu avais honte de lui.

— Non, répliqua-t-il avec fermeté. J'ai agi dans son intérêt à lui, pour qu'il ait le sentiment d'être pleinement intégré à notre univers et non pas de courir derrière nous. C'est un homme que j'apprécie énormément, et je peux t'assurer que tu es toujours amoureuse de lui.

Elle s'enfonça dans sa chaise.

— Ça se voit à ce point ?

— Moi, je sais que tu es folle de lui, et... je suis désolé.

Elle lui jeta un regard oblique pour vérifier s'il était sincère : force était de reconnaître que oui.

— J'ai voulu réparer mes erreurs, lui proposer la fonction de vice-président pour que tu occupes enfin le poste dont tu rêves depuis toujours au département Technologie. Puis il a commencé à me dire que c'était toi qui devais être nommée vice-présidente, alors tu me connais, je n'aime pas que l'on contrarie mes plans, donc j'ai commencé à m'échauffer.

— Il faut croire que j'ai hérité de ce trait de caractère, dit-elle en lui adressant un pâle sourire.

— Jayson avait raison. Tu es la mieux placée pour devenir vice-présidente ; seulement, je ne voulais surtout pas qu'il quitte la société, d'autant que vous vous étiez... rapprochés tous les deux, ces derniers temps.

— Donc tu voulais le soudoyer pour qu'il continue à me voir ?

Pouah ! C'était répugnant.

— Non, juste le motiver un peu, rectifia-t-il en lui prenant la main.

Elle le repoussa.

— J'ai eu tort d'intervenir, mais ta mère m'avait dit que lui et toi, vous... vous revoyiez.

Gia fit la grimace.

— Je voulais juste ton bonheur, ma chérie, poursuivit-il. Tu étais si malheureuse, ces derniers temps. Je souhaitais juste te revoir sourire.

— Donner mon poste à un autre n'était pas la meilleure stratégie, figure-toi ! Moi, je pensais que c'était une promotion méritée.

— Mais ça l'est ! Il a un potentiel remarquable. Je tiens bien trop à ma société pour compromettre ses intérêts en employant des personnes qui ne sont pas à la hauteur. En toute honnêteté, Gia, il me semblait t'avoir largement dédommagée financièrement en partant à la retraite, par rapport à tes frères. En outre, tu n'as jamais exprimé le souhait de me remplacer au poste de P-DG.

— C'est vrai, reconnut-elle en secouant la tête.

Elle nourrissait de grandes ambitions, mais prendre la tête de ThomKnox ne l'intéressait pas.

— C'est pourquoi je n'ai pas imaginé que tu convoitais le poste de vice-présidente.

— Je ne sais pas ce que je veux, déclara-t-elle brusquement.

Enfin si, elle voulait son mari !

— Tu comptes énormément pour Jayson, reprit son père.

— Je sais, mais il ne s'y prend pas comme il faut.

— Bon, soupira son père, j'ai commis ma part d'erreurs, ces derniers temps. Je vais l'appeler pour lui présenter mes excuses.

— Bonne initiative !

— Mais ne lui tiens pas rigueur de rester à son poste au service technique. Je lui ai pratiquement forcé la main. Il l'a accepté pour toi.

— Je ne vois pas comment il a pu agir dans mon intérêt en me prenant mon poste ! marmonna-t-elle.

— Je lui ai dit que tu ne le voulais pas… Que tu m'avais demandé de le lui donner.

— Papa ! s'indigna-t-elle.

— Je comptais trouver une autre solution pour toi ! Et surtout, je te sais capable de toujours obtenir ce que tu veux. Je voulais juste que Cooper soit bien intégré dans notre société familiale.

— Il l'est, rassure-toi.

C'était en partie grâce à lui que ThomKnox était si prospère.

— Et entre vous, où en sont les choses ? demanda Jack d'un ton prudent.

— L'après-midi ne s'est pas très bien terminé, hier.

Son père se leva.

— Tout ça, c'est ma faute.

Bien que ce soit tentant, elle ne pouvait laisser son père culpabiliser.

— Non, le bateau prenait l'eau de toute façon, répondit-elle. Tu as juste accéléré son naufrage.

Elle se mit à son tour debout et lui toucha le bras.

— Je comprends que tu aies agi ainsi, poursuivit-elle, c'était noble de ta part, je regrette juste que tu ne m'en aies pas parlé. Et ni Jayson, d'ailleurs. Cela aurait évité de nombreux malentendus.

— Tu crois ? dit Jack en fronçant les sourcils.

Elle haussa les épaules.

— Je ne sais pas… J'ai tendance à être aussi têtue que toi, papa, c'est vrai.

— L'opiniâtreté est une qualité quand on veut obtenir ses diplômes avec les félicitations ! approuva-t-il en souriant.

— Mais pas quand on veut réussir un mariage, dit-elle. Il paraît que le compromis est plus indiqué.

— Arrête de t'autoflageller ! C'est moi qui me suis mêlé à tort de vos affaires.

Il ouvrit les bras.

— Tu me pardonnes ?

— Oui, dit-elle en l'enlaçant.

Elle comprenait mieux ses agissements, à présent, même si elle n'approuvait pas sa stratégie ; Jack avait misé sur sa force de caractère.

— Donc tu vas postuler au poste de vice-présidente ? reprit-il.

— J'en parlerai avec le trio de décideurs, Taylor, Royce et Brannon.

Sur ces mots, elle lui donna un petit coup sur le torse.

— Pas avec toi. Tu as pris ta retraite, ne l'oublie pas.

— Je voulais juste voir si toi aussi tu t'en souvenais, répondit-il avec un clin d'œil.

Au rez-de-chaussée, elle retrouva sa mère installée sur le canapé gris perlé, et adossée à un coussin de couleur vive : sur la table basse étaient éparpillés des documents liés à ses occupations caritatives. Certaines feuilles avaient même volé par terre. Gia sentit un sourire lui monter aux lèvres.

— Comment cela s'est-il passé ? demanda Macy.

— Il a été étonnamment ouvert, et m'a présenté ses excuses.

Elle s'assit près de sa mère.

— J'imagine que tu lui avais parlé avant, ajouta-t-elle.

— Ce n'est pas impossible, admit Macy avec un petit sourire

mystérieux. Il a reconnu qu'il n'avait pas à interférer dans votre couple ! Le mariage est déjà assez compliqué à deux !

Visiblement, elle savait de quoi elle parlait !

— Bon, Jayson et toi avez discuté à cœur ouvert ?

— On s'est disputés et il est parti, dit Gia.

Puis elle se servit une tasse de thé.

— Je suis désolée, vraiment.

— On va se voir à ThomKnox, dans la soirée. Une petite fête a été organisée. Je ne sais pas encore ce que je vais lui dire… Papa m'a assuré qu'il allait l'appeler pour lui présenter ses excuses.

— Parfait.

— Sur quoi travailles-tu ? enchaîna-t-elle en se penchant vers la liasse de feuilles posées juste devant elle.

— Une association pour femmes battues : HeartReach. Tu reconnais le nom de la présidente ? Regarde.

Gia posa effectivement les yeux sur un nom familier : Julia Robinson, autrement dit la mère de Jayson.

— C'est à cette association qu'elle s'était adressée pour fuir son mari, le père de Jayson… Je ne peux même pas imaginer ce genre de situation.

Gia non plus, elle avait toujours été entourée de personnes aimantes. Quant à Jayson, il avait voulu d'autant mieux faire qu'il ne souhaitait absolument pas reproduire les anciens schémas…

— À ton divorce, tu nous as vivement priés de ne pas le pénaliser, et de continuer à le considérer comme un des nôtres. Tu ne voulais pas qu'il nous perde, même si tu te séparais de lui.

Elle lui tapota le genou.

— Tu es toujours bien intentionnée, Gia, comme ton père, même si parfois votre bon cœur vous égare.

Gia approuva vaguement, comprenant mieux le tableau : il ne s'agissait pas de quel poste occupait qui dans la société, mais d'amour et de famille.

— J'ai sans doute été parfois injuste avec Jayson, dit-elle. Je l'ai accusé de vouloir tout contrôler, alors qu'il estimait bien faire.

— Il aurait peut-être dû mieux communiquer avec toi. D'une

manière générale, les hommes ont tendance à croire qu'ils savent tout mieux que nous, il faut juste les recadrer, c'est notre rôle.

Gia lui sourit puis soupira devant l'ampleur de la tâche qui l'attendait.

— Je me sens si impuissante... Je l'aime, je ne veux pas le perdre et pourtant j'ai l'impression qu'il m'a déjà échappé.

— Je comprends, c'est difficile, mais rassemble ton courage et fais appel aussi bien à ton cœur qu'à ta raison. Ne laisse rien sous le tapis.

Gia sentit alors une larme couler sur sa joue.

— C'est facile à dire, murmura-t-elle.

— Je sais, ma chérie, renchérit sa mère. Puis-je t'aider en quoi que ce soit ?

— Tu as déjà suffisamment fait pour moi, maman. C'est à moi de prendre des décisions déterminantes, à présent. Tu avais raison, je dois sortir de l'ombre de mes frères et de mon père. J'ai déjà essayé, mais je me suis trompée de tactique. Il suffit que je trouve la bonne !

— Ah, je te reconnais bien là, ma chérie !

Gia se leva, puis se tourna vers sa mère.

— Et si... S'il ne m'aime plus ?

— À mon avis, c'est impossible, répondit sa mère en secouant la tête. Que ce soient Royce, Brannon, Jack ou Jayson, tous les hommes de ta vie sont fous de toi et veulent le meilleur pour toi. Tu es leur reine.

Intéressant ! Vu sous cet angle inédit, la situation n'était peut-être pas aussi insupportable qu'elle l'avait cru jusque-là, songea Gia.

25

Quand, une tasse de café fort à la main, Jayson entra dans l'immeuble de ThomKnox, il ne se rendit pas immédiatement à son bureau : une fois dans l'ascenseur, il appuya en effet sur le bouton qui menait tout en haut.

Ici, les dirigeants de la société disposaient du même matériel high-tech qu'à son étage, mais aussi de bureaux personnels et de tables de travail fort bien rangées où ne traînait ni papier de bonbon ni tasse en plastique vide.

Ici, on pénétrait dans les hautes sphères de ThomKnox.

Et c'était là que Gia aurait dû elle aussi se trouver. Il voyait clair, à présent : c'était lui qui la retenait, l'empêchait d'avancer, même si elle le niait, par égard pour lui. Bien que ne l'aimant plus comme un mari, elle nourrissait toujours des sentiments pour lui, il le savait, comme lui ne pouvait d'un coup effacer tout ce qu'il éprouvait pour elle.

Il était tombé amoureux de son ex-épouse par manque de bon sens, sans doute, et il l'était toujours pour les mêmes raisons. Le divorce l'avait déchiré et, quand ils s'étaient revus, il avait pu sonder la profondeur de ses sentiments pour elle.

Désormais, il ne s'agissait plus de prouver à Gia qu'il avait raison, mais de se sacrifier pour elle, afin qu'elle obtienne enfin ce qu'elle méritait.

Il se rendait compte aujourd'hui que peu importait le salaire faramineux qu'il gagnait, le luxe dans lequel il vivait, jamais il n'appartiendrait à la même caste que Royce, Bran et Gia. Il s'était leurré, voilà tout, et il espérait que son renoncement d'aujourd'hui allait le dédouaner de ses présomptions passées.

Quand il traversa le couloir, le silence se fit : le cliquetis des claviers cessa, et on lui décocha des coups d'œil intéressés. Il sentit le regard brûlant de Taylor dans son dos, lorsqu'il tourna à l'angle pour gagner le bureau de Royce.

On avait dû leur rapporter ce qui s'était passé après qu'ils avaient quitté la maison, la veille. Gia les en avait peut-être elle-même informés, à moins que ce ne soit Macy. Au fond, cela le dispenserait de leur expliquer la situation.

Après avoir toqué à la porte, il entra dans le bureau de Royce, et à son visage il comprit tout de suite qu'il était en colère.

— Gia a toujours voulu le meilleur pour toi, s'exclama d'emblée ce dernier. Elle avait le cœur brisé après votre divorce, mais elle a insisté pour que rien ne change entre nous. Et j'ai respecté ses vœux.

— Je sais, Royce.

La famille Knox avait été incroyablement accommodante.

— Et tu remercies ma famille de sa loyauté en acceptant que mon père concocte ce plan ridicule ? Alors que tu avais été promu, parce que tu épousais Gia, au...

— Je ne veux pas de ce poste de vice-président, je ne l'aurais jamais accepté ! se défendit-il. À l'époque, j'avais accepté de prendre la direction du département Technologie pour faire plaisir à ton père et je pensais également qu'ainsi Gia m'estimerait digne d'elle.

La colère de Royce parut diminuer un peu, et celui-ci poussa un long soupir.

— Elle t'a toujours estimé digne d'elle, Coop.

— Comment peux-tu en être si sûr ? questionna-t-il. Je viens d'un milieu défavorisé, j'étais juste un type doué pour construire des sites web. Il était complètement déraisonnable de ma part d'imaginer épouser la fille de la puissante et fortunée famille Knox.

— Nous ne t'avons jamais jugé en fonction de tes origines.

— Parce que les circonstances le permettaient ! Gia m'aimait,

Jack me « validait », vous avez ratifié leur approbation en les croyant sur parole.

Il reprit sa respiration et poursuivit :

— Connaissant mieux Jack désormais, je n'aurais jamais accepté de devenir vice-président. Il dirige la vie de ses enfants comme un chef d'orchestre et plus particulièrement celle de Gia. En l'occurrence, il orchestrait la réconciliation de sa fille avec son ex-gendre.

Jack l'avait appelé en début de journée pour s'excuser des propos qu'il lui avait tenus, la veille, chez Gia. Il lui avait alors répondu qu'il n'aurait plus à se tracasser pour ce genre de choses, à l'avenir, car il avait trouvé une solution pour que tout rentre dans l'ordre.

— Et maintenant ? questionna Royce.

— Maintenant quoi ?

— Gia et toi avez...

Royce ferma les yeux comme s'il ne pouvait supporter les paroles qu'il allait lui-même prononcer.

—... avez passé beaucoup de temps ensemble.

— Ce ne sera plus le cas, déclara-t-il.

Et cet aveu à voix haute le meurtrit bien plus qu'il n'aurait imaginé.

— Donc, c'était juste physique, pour toi ? reprit Royce en changeant de position sur sa chaise, comme s'il était gêné de poser cette question.

— À ton avis ?

Et dire qu'il avait été si près d'avouer ses sentiments à Gia, la veille. Si seulement elle n'avait pas entendu son échange avec son père, alors il lui aurait dit qu'il brûlait encore d'amour pour elle et que, cette fois, il était certain de ne pas commettre les erreurs passées, qu'il s'engageait à respecter son espace vital, et tout ce dont elle avait besoin. Hélas, le passé l'avait rattrapé et poignardé dans le dos ! Encore une fois, il avait tout raté, parce que tel était son destin, il ne pouvait lutter contre la fatalité.

— Tu viens à la réception, tout à l'heure, pour fêter la victoire sur le bug de la tablette ? demanda Jayson.

— Oui, j'en ai bien l'intention.

— Parfait ! J'y ferai une annonce importante.

— Je n'en doute pas, répondit Royce avec un hochement de tête courtois.

Et Jayson n'aurait su dire s'il mentait ou non.

Gia arriva au tout début des festivités, et tomba sur le traiteur, Joanna.

— Waouh, beau travail ! lui dit-elle. La présentation est remarquable !

— Merci, madame Knox, tout est prêt.

Knox-Cooper, pensa Gia, mais elle ne la reprit pas.

— Parfait ! Merci à vous.

— Avec plaisir. Mon personnel et moi resterons jusqu'à la fin pour nous assurer que tout se déroule bien.

Joanna, cheveux noirs ramenés en arrière en une queue-de-cheval, disposait actuellement les plateaux de sushis de façon à ce qu'ils soient bien droits. De la musique s'élevait doucement en arrière-fond, et Gia se dirigea vers un seau rempli de glaçons où elle prit un soda. Taylor et Addison étaient là, elles aussi, et arboraient leur plus beau sourire.

— Tu peux compter sur nous, quoi qu'il arrive, déclara Taylor. Je suis si contente pour toi.

— Merci, dit Gia en les prenant tour à tour dans ses bras. Je suis si heureuse que vous ayez pu venir.

— Comment aurait-on pu manquer une si belle fête ? renchérit Addi.

— Mesdames, c'est le moment des photos, déclara le photographe dont on avait loué les services pour l'occasion. Venez prendre place sur la banquette.

— Pas maintenant, lui répondit Gia. Mais allez-y, les filles.

La salle commençait à se remplir, quand son ex-mari déclara de sa belle voix de baryton :

— Pourrais-je avoir votre attention, s'il vous plaît ?

Vêtu d'un pantalon noir impeccablement bien taillé et d'une

chemise gris anthracite des plus seyante, il venait de monter sur une chaise, même s'il se dégageait de sa personne une autorité naturelle qui forçait l'attention. Elle avait passé des années à s'en protéger, mais maintenant elle se rendait compte que c'était un élément constitutif de sa personnalité.

— Je vous rassure, personne ne m'a prié de préparer un discours, mais je dois en faire un.

Il lança un coup d'œil vers le fond de la pièce, et Gia, se retournant, vit ses frères entrer. Bran lui fit un petit salut, un sourire aux lèvres, tandis que Royce, comme à son habitude, arborait un air plus sombre, mais, quand il passa près d'elle, il lui toucha brièvement le bras.

— Je fais partie de ThomKnox depuis sept ans, poursuivit Jayson, et il y en a cinq, j'ai été nommé directeur du département Technologie, l'année même où j'ai épousé Gia Knox-Cooper.

Des sourires à la fois tendres et prudents se dessinèrent alors sur les visages, et quelques têtes se tendirent vers elle.

— Notre mariage n'a pas tenu aussi longtemps, et pendant deux ans cela n'a pas posé de problème, nous avons toujours su communiquer et je pensais que nous faisions partie de ces couples qui réussissent leur divorce. Jusqu'à ce que je me rende compte récemment que je me mentais à moi-même : non seulement j'étais amoureux de Gia pendant notre union, mais je le suis resté.

De petites exclamations remplacèrent les timides sourires, et Gia fut la première à en laisser échapper une.

— Gia est une femme formidable, à la fois généreuse et déterminée, enchaîna Jayson. Elle possède un diplôme des plus prestigieux et un QI époustouflant, c'est elle qui a trouvé la faille dans la mise à jour de la tablette optimisée que nous fêtons aujourd'hui. Elle n'a pas besoin de moi.

À ces mots, Gia sentit son cœur se serrer. C'était faux ! Elle avait affreusement besoin de lui. Elle avait récemment compris que tous ceux qui l'entouraient désiraient la protéger non parce qu'elle était vulnérable, mais par amour, et qu'elle aurait tout à fait pu accepter la bienveillance de Jayson sans l'assimiler à un énorme accroc à son indépendance, car tel n'était pas le cas.

Reconnaître qu'on avait besoin des autres n'enlevait rien à votre valeur ; au contraire, cela rendait plus humain.

— Et pourtant, c'est moi qui suis à la tête du département Technologie, ou plus exactement l'étais.

— Non, murmura Gia.

Ce poste était fait pour lui, son père avait eu raison de le lui confier, même si elle réprouvait ses méthodes.

— J'aime ce service, cette société et toute la famille Knox : Royce et Taylor, Brannon et Addison, Jack et Macy. Je les aime comme ma propre famille.

Il plongea alors les yeux dans ceux de Gia.

— J'aime mon ex-femme au point de refuser d'occuper plus longtemps le poste qui lui revient de plein droit, et je lui présente mes excuses pour ne pas avoir réagi avant, pour l'avoir accepté au moment de notre mariage, et m'y être accroché après le divorce… Juste pour rester auprès de toi, Gia.

Oh ! Jayson !

— Je quitte donc ThomKnox, avec effet immédiat, reprit-il à l'adresse de tous tandis que des chuchotements parcouraient déjà la salle. Gia sera largement capable d'assurer la relève, tout comme je sais que vos dirigeants combleront rapidement les éventuelles lacunes liées à mon départ.

Là-dessus, il descendit de sa chaise, et les bavardages reprirent de plus belle. Une affreuse panique l'envahit subitement jusqu'à ce qu'elle se rende compte qu'elle était en mesure de rattraper la situation au lieu de demeurer clouée d'effroi sur place.

— Jayson Cooper ! cria-t-elle.

Pas question de le laisser commettre une si grave erreur !

— Ma décision est prise, Gia, dit-il en se dirigeant vers la sortie.

— Et de quel droit penses-tu que tu aurais le dernier mot ? renchérit-elle.

Avec lenteur, il se tourna vers elle, ses beaux traits à la fois empreints d'espoir et de confusion. Comme elle aimait ce visage ! Comme elle aimait cet homme !

La salle redevint étrangement calme, et elle sentit tous les yeux converger sur elle quand elle se rapprocha de Jayson, bras croisés.

— En tant que vice-présidente tout juste nommée, déclara-t-elle d'une voix ferme, je m'oppose à ta démission.

26

Plus tôt ce jour-là

— Merci d'être venus, dit Gia à l'adresse de l'équipe de direction réunie autour de la table de conférences. J'ai une proposition à vous soumettre.

Brannon, tout en tapotant la gomme de son critérium sur la table, lui adressa un sourire bienveillant, tandis que Royce, à gauche d'elle, se contenta d'un hochement de tête. Taylor arbora un immense sourire, comme si elle savait ce qui se préparait.

— Nous envisageons, depuis un certain temps, de créer un poste de vice-président, poursuivit-elle. Or, lors de la fête que j'avais organisée chez moi, papa a décidé de proposer ce poste à Jayson.

Brannon fronça les sourcils, Taylor l'imita, tandis qu'un sourire oblique éclaira le visage de Royce.

— Jayson a refusé, enchaîna-t-elle.

— Mais il n'a eu aucun mal à accepter de rester au poste qu'il occupe, marmonna Royce.

Elle lui jeta un coup d'œil.

— Tu as appelé papa ? s'enquit-elle.

— En fait, il nous a appelés, intervint Brannon. Il nous a fait un laïus à tous les deux sur les erreurs qu'il avait commises et ne referait plus !

— Il aime jouer les grands seigneurs, mais on le connaît,

dit-elle en secouant la tête, un petit sourire aux lèvres. Bref, Jayson aurait été excellent au poste de vice-président ; seulement, il se trouve que je serai meilleure.

Taylor donna un coup de coude à son mari.

— Je le savais ! s'exclama-t-elle d'un ton triomphant. Tu me dois vingt dollars.

Royce lui adressa un sourire en coin.

— Je n'ai pas besoin de ton billet. En revanche, on peut revoir les termes de la négociation.

— Bref, reprit Gia en roulant des yeux devant son frère si follement amoureux de sa femme, je tiens à occuper ce poste parce que je le mérite, et non à cause du bon vouloir de Jack ou de quiconque. Je veux aussi conserver la direction du marketing et souhaite que Jayson reste à la tête du département Technologie.

— J'ai eu une réunion, ce matin, avec le P-DG, la directrice des opérations et le président de la société, disait-elle à présent à Jayson, et nous avons convenu que tu resterais à la position que tu occupes actuellement.

— Tu n'as pas besoin de moi, Gia. D'ailleurs, tu n'as jamais eu besoin de moi.

— ThomKnox, si ! renchérit-elle à bout d'arguments.

Puis, repensant au discours courageux qu'il venait de tenir devant toute la société, elle se ressaisit et ajouta d'une voix brisée :

— Et moi aussi, j'ai besoin de toi.

— Gia...

— Je n'ai jamais eu le courage de le reconnaître, je ne voulais pas être le maillon faible parmi notre famille de titans.

Elle jeta un coup d'œil à ses frères qui retenaient chacun un sourire de fierté.

— Jayson, reprit-elle en reportant le regard sur lui, être marié, c'est reconnaître que l'on a besoin de l'autre, c'est être sa moitié.

Visiblement, ces paroles eurent de l'effet sur Jayson car ses traits s'adoucirent et il inclina la tête de côté.

— Si je pars, c'est justement pour que tu n'aies plus à t'occuper de moi, déclara-t-il, car c'est l'inverse qui était censé se produire.

— Selon moi, on peut mutuellement veiller l'un sur l'autre, renchérit-elle, d'un ton vulnérable. Enfin, si je t'ai bien compris. Je ne voudrais pas que tu croies que je souhaite te contrôler.

Un lent sourire éclaira le visage de Jayson.

— Quelle ironie du sort, tout de même !

Elle lui rendit son sourire.

— Je t'aime, Gia. J'ai commis tant d'erreurs.

— Moi aussi, tu sais, dit-elle en lui effleurant la main. Et malgré tout, je ne suis pas arrivée à revenir à mon unique nom de famille, je tiens toujours à ce qu'on m'appelle Gia Knox-Cooper.

— Ah bon ?

— C'était juste impossible. On a vraiment fait du beau gâchis, toi et moi, mais on va se rattraper ! À commencer par maintenant : tu ne vas pas démissionner.

— Entendu, chef !

Elle lui adressa un sourire en coin.

— J'aime ce genre de réponse.

Ce fut alors que, se penchant vers elle, il répondit d'une voix plus basse :

— Pas de problème tant que, dans la chambre à coucher, tu sais qui est le boss.

— Jay, murmura-t-elle à son tour, nous ne sommes pas seuls...

— OK, nous reparlerons de cela plus tard !

Taylor brisa alors le silence.

— À notre directeur technique et à notre nouvelle vice-présidente, déclara-t-elle en levant sa coupe.

Addison monta la musique, et tout le monde applaudit.

Quand tous se furent dispersés et que les gens commencèrent à danser, Gia et Jayson n'avaient toujours pas bougé, plantés l'un en face de l'autre.

— Que fais-tu ce soir ? questionna-t-il.

— Rien de particulier, dit-elle en haussant les épaules. Le dîner, un verre de vin devant mon ordinateur... Ah oui, il y a aussi des livreurs qui viennent me porter un nouveau lit.

— Pardon ?

— Oui, la vue de l'autre m'était devenue trop douloureuse.

— Et maintenant ?

— Eh bien, je pense qu'on devrait l'inaugurer à deux. Ce serait vraiment dommage de renoncer à un lit flambant neuf.

— Tu as sacrément raison, Gia, murmura-t-il. Donne-moi un baiser.

— Non, toi, embrasse-moi !

— On se rencontre à mi-chemin ? suggéra-t-il avec un sourire à se damner.

— À partir d'aujourd'hui, oui !

Épilogue

Assise sur un coin du canapé, Gia plissait les yeux devant la lueur de son écran ; elle voulait juste finir cette dernière partie et...

Brusquement, son portable disparut, et un verre de vin se matérialisa devant elle.

— J'étais occupée ! s'écria-t-elle.

Mais elle accepta néanmoins ce que Jayson lui tendait.

— Tu es toujours devant ton écran. Et tu travaillerais à t'en faire exploser les yeux si je ne t'arrêtais pas.

— Quelle charmante image, franchement !

— Ça ne peut donc pas attendre ? Que faisais-tu au juste ?

Il regarda l'ordinateur.

— Non, je ne le crois pas ! Une partie de Candy Blaster !

— C'est curieusement addictif, tu sais...

— Non, c'est toi qui l'es, tu ne le sais pas ?

Et il lui donna un baiser qu'elle lui rendit, yeux fermés.

Depuis sa nomination au poste de vice-présidente, elle avait changé d'étage et Jay occupait désormais son ancien bureau : elle se réjouissait qu'il ait enfin son espace à lui, c'était la moindre des choses pour un homme qui occupait ses fonctions.

Pour sa part, elle commençait à comprendre qu'il avait eu raison de l'inciter à accepter le poste qu'elle méritait au sein de la société : à force de louvoyer pour affirmer son indépendance, elle en aurait presque oublié qu'elle aussi avait un rôle d'importance à jouer au sein de ThomKnox, ce que lui permettait à présent son poste de vice-présidente.

— À propos, j'allais te demander ce que tu pensais de cette nouvelle...

— ... position sexuelle que tu veux essayer ce soir ? l'interrompit-il.

— Jayson !

Mais quand elle sentit qu'il glissait ses doigts sous son T-shirt pour la chatouiller, elle éclata de rire.

— Il faut t'accorder des pauses, de temps en temps, G. On ne peut pas travailler à flux tendu.

Reposant son verre, elle l'embrassa au lieu de répondre : elle préférait effectivement se détendre avec lui que se quereller sans cesse, même si les chamailleries pouvaient aussi être drôles.

Il avait quitté son appartement pour réintégrer la maison où ils avaient vécu tous les deux, avant de divorcer. Depuis, ils avaient pris de nombreux bains de soleil ensemble au bord de la piscine, avaient profité à deux de l'eau chauffée et avaient adopté leur nouveau lit sans problème, tout en couchant parfois dans l'ancien, qu'ils avaient installé dans la chambre d'amis.

— Je veux porter un toast, dit-il soudain.

— Ah non ! Au moment où ça devenait intéressant !

— Allez, c'est ton chardonnay préféré.

Elle reprit son verre.

— À notre anniversaire, déclara-t-il en choquant son verre contre le sien.

— Mais ce n'est pas la date de notre anniversaire !

— Pas celle de notre mariage, mais de notre première rencontre.

— C'était au nouvel an !

— Non, je veux parler de la première fois que je t'ai vue, à ThomKnox. J'étais en train de parler à un collègue et je me suis arrêté en pleine phrase, avant de m'éloigner de lui, l'air rêveur. Il m'a fait la tête pendant une semaine.

— Je n'ai jamais entendu parler de cette histoire !

Ce fut alors qu'il se mit à genoux devant elle.

— Épouse-moi, Gia. Une seconde fois.

— Pourquoi ? Je porte toujours ton nom, et tu vis déjà chez moi.

— Chez nous, la corrigea-t-il.

Elle retint un petit sourire : en revanche, son cœur se mit à caracoler dans sa poitrine et son esprit à s'emballer. Assurément, elle voulait à nouveau s'unir à lui, et plus rien ne se mettrait désormais en travers de leur route : elle le savait jusqu'au plus profond de son âme.

— On a besoin d'une nouvelle machine à pâtes, puisque tu as donné l'ancienne ; elle pourrait figurer sur la liste des cadeaux, non ? reprit-il.

Il lui adressa un sourire oblique.

— Miam, j'adore tes pâtes maison. Si tu en faisais pour Noël, cette année ?

— Gia, je t'ai posé une question.

— Je sais, mais je réfléchis.

— À ta réponse ?

— Non, je me demandais quel mariage nous fêterions tous les ans, après. Le prochain ou le premier ? Tu crois qu'on peut en fêter deux par an ?

Un grand sourire aux lèvres cette fois, sans doute parce qu'elle était parvenue sans répondre « oui » à lui donner une réponse positive, il décréta :

— Nous fêterons ce jour-ci. Le jour où nous avons décidé de nous unir à nouveau de façon officielle, et que rien ne comptait plus au monde que l'autre, pour nous. Que dans notre couple c'était entier-entier.

— Approuvé ! Parce que, moitié-moitié, c'est pour les losers !

— Exactement !

Et sur ces mots, il plaça ses coudes des deux côtés du canapé, et la recouvrit de son corps aussi souple que solide. Une immense chaleur l'enveloppa, comme chaque fois qu'il se tenait à proximité et qu'il y avait de bonnes chances pour qu'il ne s'en aille pas de sitôt.

— Et je te laisse régler tous les détails : publication des bans, lieu, invités. Peu importe comment le tout se déroule, tant que ce mariage a bien lieu, G.

Elle enfouit la main dans ses cheveux, puis plongea les yeux dans son regard d'un pur azur, savourant la joie de cette seconde chance avec lui.

— Je t'aime, Jay, dit-elle.

— Je t'aime, ma beauté. Aujourd'hui et pour toujours.

Ce fut alors qu'il glissa la main dans sa poche et en sortit son alliance... mais surmontée cette fois d'une pierre bien plus grosse !

Elle mit sa main en visière, faisant mine de se protéger de son éclat.

— Comment as-tu retrouvé cette bague ?

— Tu n'as pas une énorme quantité de bijoux, tu sais ; je l'ai juste subtilisée dans ta boîte.

— Mais ce diamant est énorme, en revanche, dit-elle en éclatant de rire.

— Je n'ai pas pu en acheter un plus gros ; sinon, il m'aurait fallu un chariot pour le transporter. Encore que je ne sois pas opposé à te voir pousser ce genre de chose, dans quelque temps...

— Tu veux dire avec un petit chien de type bichon dedans ?

— Pourquoi pas ? Voire un enfant. Dans une poussette, ce serait plus naturel, non ?

Prenant le visage de son ex et futur mari entre ses mains, Gia répondit d'un ton plus grave :

— Je te donnerai tout ce que tu veux pour te prouver mon amour, chéri.

— Tu me combles déjà, tu sais ! Ce serait juste la cerise sur le gâteau.